J. D. ROBB

Süßer Ruf des Todes

Buch

Ein Anruf von oberster Stelle macht Eve Dallas' Pläne, einen freien Tag mit ihrem Mann zu verbringen, zunichte. Deena, die sechzehnjährige Tochter von MacMasters, dem Chef der New Yorker Drogenfahndung, wird vergewaltigt und erwürgt in ihrem Schlafzimmer aufgefunden. Ein entsetzliches Video von der Tat weist auf ein Verbrechen aus MacMasters Vergangenheit hin. Jemand ist fest entschlossen, auf brutalste Art und Weise, Rache zu üben. Doch die Spurensuche bleibt ergebnislos – bis ein weiterer Mord und ein weiteres Video die tödlichen Absichten des Killers aufdecken.

Er inszeniert ein perfides Katz- und Mausspiel mit der Polizei, benutzt unterschiedliche Identitäten und führt Eve an der Nase herum. Doch als sich die Hinweise zu häufen beginnen, glauben Eve und ihr Team, den Täter überführen zu können. Denn sie weiß: Selbstüberschätzung führt zu Flüchtigkeitsfehlern, und ein einziger Fehler des Killers genügt, um ihn zu enttarnen …

Autorin

J. D. Robb ist das Pseudonym der international höchst erfolgreichen Autorin Nora Roberts. Nora Roberts wurde 1950 in Maryland geboren und veröffentlichte 1981 ihren ersten Roman. Inzwischen zählt sie zu den meistgelesenen Autorinnen der Welt: Ihre Bücher haben eine weltweite Gesamtauflage von 500 Millionen Exemplaren überschritten. Auch in Deutschland erobern ihre Bücher und Hörbücher regelmäßig die Bestsellerlisten. Nora Roberts hat zwei erwachsene Söhne und lebt mit ihrem Ehemann in Maryland.

Von J. D. Robb bereits erschienen (Auswahl)

Blutige Verehrung · Sein teuflisches Herz · Eiskalte Nähe · Im Licht des Todes · Der liebevolle Mörder · Geliebt von einem Feind · So tödlich wie die Liebe · Das Böse im Herzen · Zum Tod verführt · Aus süßer Berechnung · Verführerische Täuschung · Tödlicher Ruhm

J. D. Robb

Süßer Ruf des Todes

Roman

Deutsch von Uta Hege

blanvalet

Die Originalausgabe erschien 2009
unter dem Titel »Kindred in Death« bei G. P. Putnam's Sons,
a member of Penguin Group (USA) Inc.,
New York.

Penguin Random House Verlagsgruppe FSC® N001967

7. Auflage
Taschenbuchausgabe Dezember 2015
by Blanvalet, einem Unternehmen der
Penguin Random House Verlagsgruppe GmbH,
Neumarkter Str. 28, 81673 München
produktsicherheit@penguinrandomhouse.de
Copyright © der Originalausgabe 2009 by Nora Roberts
Published by Arrangement with Eleanor Wilder
Dieses Werk wurde vermittelt durch die Literarischen
Agentur Thomas Schlück GmbH, 30161 Hannover
Copyright © 2014 für die deutsche Ausgabe by Blanvalet,
in der Penguin Random House Verlagsgruppe, München
Umschlaggestaltung: www.buerosued.de
Umschlagmotiv: Getty Images/Elineart
Satz: Buch-Werkstatt GmbH, Bad Aibling
Druck und Bindung: GGP Media GmbH, Pößneck
Redaktion: Regine Kirtschig
LH · Herstellung: LW
Printed in Germany
ISBN: 978-3-7341-0200-4

www.blanvalet.de

Willkommen, traute Finsternis!
Wohlige Schrecken, seid gegrüßt!

– James Thomson

Eine Lüge, die halb wahr ist,
ist die schwärzeste Lüge von allen.

– Tennyson

I

Sie war gestorben und im Himmel. Aber gab es dort oben wirklich guten Sex und faule, freie Vormittage? Wahrscheinlich war sie doch noch quicklebendig.

Nun, auf jeden Fall war sie himmlisch vergnügt. Vielleicht etwas verschlafen, ganz sicher durch und durch befriedigt und in höchstem Maße froh, dass man auch noch beinahe vierzig Jahre nach Beendigung der Innerstädtischen Revolten den internationalen Friedenstag als Feiertag beging.

Vielleicht hatte man den Junisamstag willkürlich und symbolisch zu diesem Feiertag gemacht, und vielleicht verschandelten die Überreste dieser grauenhaften Zeit selbst im Jahre 2060 noch weltweit die Landschaft, aber sie fand, die Menschen hatten einen Anspruch auf ihre Paraden, Grillpartys, pompösen Reden und ein Wochenende, an dem man sich ordnungsgemäß betrank.

Sie persönlich war ganz einfach froh, wenn es, egal aus welchem Grund, zwei freie Tage nacheinander für sie gab. Vor allem, wenn der zweite dieser beiden Tage derart angenehm begann.

Eve Dallas, hartgesottene Mordermittlerin, lag nackt auf ihrem Ehemann. Er hatte ihr gerade eben ein hübsches Stückchen Himmel offenbart, und sie ging davon aus, dass das auch andersherum der Fall gewesen war, da er unter ihr lag und langsam mit der Hand ihren Hintern streichelte, während sein Herz im Rhythmus eines Presslufthammers schlug.

Sie spürte, dass ihr fetter Kater Galahad, nun, da die Show vorüber war, zu ihnen auf die Matratze sprang.

Unsere glückliche, kleine Familie an einem faulen Sonntagvormittag, dachte sie. Na, wenn das nicht erstaunlich war. Sie hatte eine glückliche, kleine Familie, ein Heim, einen faszinierenden und geradezu absurd prachtvollen Ehemann, der sie auf Händen trug, und, was nicht zu unterschätzen war, er bot ihr wirklich guten Sex.

Ganz zu schweigen von dem freien Tag, der vor ihr lag.

Sie schnurrte beinahe so selig wie der Kater und vergrub die Nase an Roarkes Hals.

»Alles ist gut«, erklärte sie.

»Wenn nicht sogar noch besser«, antwortete er und schlang ihr seine wunderbaren Arme um den Leib. »Was würdest du gern als Nächstes tun?«

Sie lächelte vor lauter Glück über den herrlichen Moment, den Singsang Irlands, der in seiner Stimme schwang, und das warme Gefühl des Katzenfells an ihrem Arm, während der Kater in der Hoffnung, dass sie ihn liebkosen würde, seinen Schädel an ihr rieb.

Wahrscheinlich ging es ihm eher um sein Frühstück.

»Am liebsten nichts.«

»Das kriegen wir problemlos hin.«

Sie spürte, dass sich Roarke bewegte, und hörte, dass das Schnurren ihres Katers sich verstärkte, weil jetzt er von den Händen gekrault wurde, von denen eben noch sie selbst gehätschelt worden war.

Sie stützte sich auf ihren Ellenbogen ab, sah ihm ins Gesicht, und er schlug die Augen auf.

Gott, das strahlende und durchdringende Blau, die dichten, dunklen Wimpern und das Lächeln, das nur ihr alleine galt, brachten sie beinah um den Verstand.

Sie beugte sich zu ihm herab und presste einen warmen, träumerischen Kuss auf seinen zauberhaften Mund.

»Tja nun, das ist aber von Nichtstun weit entfernt.«

»Ich liebe dich.« Sie küsste seine Wangen, die aufgrund des Bartwuchses während der letzten Nacht ein wenig kitzlig waren, und fügte gut gelaunt hinzu: »Denn du bist einfach ein hübscher Kerl.«

Das war er tatsächlich, dachte sie, während sich der Kater unter ihrem Arm hindurch zwischen sie beide schob. Der wie von einem Bildhauer geformte Mund, die Augen eines Hexenmeisters, das von einer seidig weichen Mähne schwarzen Haars gerahmte, fein gemeißelte Gesicht und der straffe, durchtrainierte Körper bildeten ein prächtiges Gesamtpaket.

Es gelang ihm, sich an Galahad vorbeizudrängeln und ihre Lippen erneut auf seinen Mund zu ziehen, plötzlich aber atmete er zischend aus.

»Warum in aller Welt geht er nicht einfach runter und nervt Summerset, wenn er was fressen will?« Roarke schob den Kater fort, der ihm schmerzhaft seine Krallen in den Oberkörper trieb.

»Ich werde ihm was holen. Ich will sowieso einen Kaffee.«

Eve rollte sich vom Bett und lief schlank, geschmeidig, nackt zum AutoChef.

»Du hast mich um meinen Spaß gebracht«, raunte Roarke dem Kater zu.

Das schien das gemeine Tier zu freuen, denn als es sich von der Matratze plumpsen ließ, blitzten seine zweifarbigen Augen schadenfroh.

Eve bestellte Katzenfutter und wegen des Feiertags ein Stück Thunfisch für das Biest. Während sich der Kater völlig ausgehungert auf das Fressen stürzte, zog sie noch zwei Becher starken, schwarzen Kaffees aus dem Gerät.

»Ich hatte überlegt, ob ich noch ein bisschen trainieren gehen soll, aber da wir bereits unser gemeinsames Gymnastikprogramm absolviert haben, dusche ich stattdessen einfach nur.« Auf dem Weg zurück zu dem Podest, auf dem ihre überdimensionale Schlafstatt stand, trank sie den ersten Schluck des lebensspendenden Getränks.

»Ich komme mit.« Als sie ihm seinen Becher reichte, blickte er sie lächelnd an. »Eine zweite Trainingsrunde wäre nämlich sicher nicht verkehrt. Und vor allem unglaublich gesund. Danach gibt es was Irisches.«

»Bist du nicht schon irisch genug?«

»Ich dachte dabei an Frühstück, aber mich kriegst du natürlich auch.«

Sie sah glücklich, ausgeruht und einfach köstlich aus. Das zerzauste, braune Haar fiel wirr um ihr Gesicht, ihre großen, dunklen Augen funkelten vergnügt, und wenn sie lächelte, vertiefte sich das kleine Grübchen in der Mitte ihres Kinns, das er so sehr liebte.

Derartige Augenblicke, in denen sie vollkommen in Einklang miteinander waren, kamen ihm noch immer wie das reinste Wunder vor.

Die Polizistin und der, zugegebenermaßen geläuterte, Kriminelle – inzwischen war das so verdammt normal wie Kartoffelsalat mit Würstchen, die es am Friedenstag überall gab.

Er sah sie über den Rand von seinem Becher durch den wohlriechenden Dampf des Kaffees hindurch an. »Ich finde, du solltest dieses Outfit öfter tragen. Es ist eins von meinen Lieblingsoutfits.«

Sie legte ihren Kopf ein wenig schräg und trank den

nächsten Schluck Kaffee. »Ich finde, eine ausgedehnte Dusche wäre jetzt nicht schlecht.«

»Hervorragend. Genau das will ich auch.«

Sie trank den letzten Schluck. »Dann fangen wir am besten sofort damit an.«

Später war sie immer noch zu faul, um sich richtig anzuziehen, und so hüllte sie sich kurzerhand in einen Morgenmantel ein, während Roarke frischen Kaffee und ein irisches Frühstück für zwei in Auftrag gab. Das alles war so unglaublich gemütlich, dachte sie. Noch vor zwei Jahren hatte sie in einer Bruchbude gelebt, die kleiner als das Zimmer war, durch dessen Fenster jetzt die Morgensonne fiel. Im nächsten Monat hatten sie bereits den zweiten Hochzeitstag, ging es ihr durch den Kopf. Roarke war in ihr Leben getreten und hatte es vollkommen auf den Kopf gestellt. Er hatte sie gefunden und sie ihn, all die dunklen Seiten ihrer Seelen waren seither etwas geschrumpft und hatten sich ein wenig aufgehellt.

»Was willst du als Nächstes tun?«, fragte sie ihn.

Er drehte den Kopf, während er Teller und Kaffee auf einem Tablett zum Tisch in der Sitzecke trug. »Ich dachte, heute wäre Nichtstun angesagt.«

»Entweder das oder eben etwas anderes. Ich habe gestern ausgewählt, da stand schon jede Menge Nichtstun auf dem Programm. Wahrscheinlich gibt es irgendeine Eheregel, die besagt, dass du heute auswählen kannst.«

»Ah ja, die berühmten Regeln.« Er stellte das Essen auf den Tisch. »Selbst in deiner Freizeit merkt man dir die Polizistin an.«

Galahad kam angeschlichen und beäugte die gefüllten Teller, als hätte er vor Tagen zum letzten Mal etwas im Bauch gehabt. Roarke aber hob mahnend einen Finger, und so wandte sich der Kater angewidert ab und putzte sich das Fell.

»Dann darf ich also entscheiden?« Er schnitt in sein Spiegelei und dachte nach. »Tja, lass mich überlegen. Es ist ein wunderbarer Tag im Juni.«

»Mist.«

Er zog die Brauen hoch. »Hast du ein Problem damit, dass Juni ist, oder damit, dass die Sonne scheint?«

»Nein. Mist. Juni. Charles und Louise.« Stirnrunzelnd kaute sie auf ihrem Speck herum. »Hochzeit. Hier.«

»Ja, nächsten Samstag, wobei meines Wissens alles unter Kontrolle ist.«

»Peabody hat gesagt, dass ich Louise als ihre Trauzeugin diese Woche jeden Tag anrufen soll, um sie zu fragen, ob ich ihr auf irgendeine Weise helfen kann.« Eves Stirnrunzeln verstärkte sich bei dem Gedanken an die Mahnung ihrer Partnerin. »Aber das kann doch wohl nicht ihr Ernst sein, oder? Jeden Tag? Meine Güte. Außerdem, was zum Teufel könnte sie schon von mir wollen?«

»Vielleicht, dass du irgendwelche Besorgungen für ihre Feier machst?«

Sie hörte auf zu kauen und sah ihn aus zusammengekniffenen Augen an. »Besorgungen? Was meinst du mit Besorgungen?«

»Tja, nun, genau weiß ich das nicht, weil ich schließlich noch nie eine Braut gewesen bin, aber ich könnte mir vorstellen, dass du beispielsweise den Floristen oder den Partyservice anrufen sollst, um letzte Einzelheiten zu besprechen, dass du mit ihr Schuhe für die Hochzeit oder Sachen für die Flitterwochen oder …«

»Warum tust du so etwas?«, fragte sie mit einer Stimme, die genauso unglücklich wie ihre Miene war. »Warum sagst du solche Sachen, nachdem du zweimal an einem Vormittag von mir glücklich gemacht worden bist? Das ist einfach gemein.«

»Ich schätze einfach die Situation realistisch ein. Doch wie ich Louise kenne, dürfte sie alles unter Kontrolle haben, und wie ich dich kenne, hätte Louise, falls sie jemanden zum Schuhkauf hätte haben wollen, jemand anderen gebeten, als Trauzeugin auf ihrer Hochzeit zu fungieren.«

»Ich habe den Junggesellinnenabschied für sie ausgerichtet.« Als er ein Lachen unterdrücken musste, bohrte sie ihm einen Finger in den Arm. »Er hat hier stattgefunden, und ich war die meiste Zeit dabei, also kann man durchaus sagen, dass er von mir ausgerichtet worden ist. Und ich kriege extra ein neues Kleid und all das Zeug.«

Ihre Verwirrung und die leichte Furcht, die sie vor gesellschaftlichen Ritualen hatte, amüsierten ihn, er sah sie mit einem nachsichtigen Lächeln an. »Und wie sieht das Kleid aus?«

Sie stach mit ihrer Gabel in das Ei. »Ich muss gar nicht genau wissen, wie es aussieht. Ich glaube, es ist gelb, sie hat die Farbe ausgesucht und danach mit Leonardo die Köpfe zusammengesteckt. Als müsste sie als Ärztin einem Designer sagen, wie er seine Arbeit machen soll. Mavis meint, es sähe super aus.«

Sie dachte an den ganz besonderen Stil ihrer Freundin Mavis Freestone und fügte hinzu: »Was, wenn ich darüber nachdenke, eher erschreckend ist. Warum also denke ich darüber nach?«

»Ich habe keine Ahnung, aber ich kann dir versichern, dass zwar Mavis' Geschmack in Sachen Mode einzigartig ist, sie als deine engste Freundin aber trotzdem weiß, was dir am besten steht. Und Leonardo weiß das allemal. Auf unserer Hochzeit hast du jedenfalls einfach bezaubernd ausgesehen.«

»Unter all der Tünche hatte ich ein blaues Auge.«

»Durch und durch bezaubernd und vor allem völlig wie du selbst. Was Peabodys Rat betrifft, würde ich meinen, dass es sicherlich nicht schadet, wenn du dich mal bei Louise meldest, nur damit sie weiß, dass du bereit bist, ihr zu helfen, falls sie Hilfe braucht.«

»Und was ist, wenn sie welche braucht? Sie hätte Peabody als Trauzeugin aussuchen sollen statt nur als Stellvertreterin. Oder wie man das auch immer nennt.«

»Ich glaube, sie ist ihre Brautjungfer.«

»Was auch immer.« Eve winkte ungeduldig ab. »Die beiden haben es echt dicke miteinander, und vor allem fährt Peabody nun einmal total auf diese … Frauensachen ab.«

Wobei ihrer Meinung nach die ganze Aufregung um irgendwelche Kinkerlitzchen der totale Wahnsinn war.

»Was echt seltsam ist, weil Peabody und Charles schließlich regelmäßig miteinander ausgegangen sind, bevor und auch nachdem sie mit McNab zusammengekommen ist.« Sie runzelte erneut die Stirn, weil ihr die Dynamik der Beziehung zwischen diesen Menschen einfach völlig unverständlich war. »Zumindest waren sie weder beruflich noch privat jemals miteinander im Bett.«

»Wer, Charles und McNab?«

»Hör auf.« Sie stieß ein kurzes Lachen aus, kehrte dann aber in Gedanken wieder zu Besorgungen und Shoppingtouren zurück. »Zwischen Peabody und Charles ist nie etwas gelaufen, während er noch Gesellschafter war. Ich finde es genauso seltsam, dass er sein Geld auch noch auf diese Art verdient hat, nachdem er mit Louise zusammenkam, und dass es sie anscheinend nie gestört hat, dass er sich, obwohl sie zusammen in der Kiste waren, jobbedingt auch für andere Leute ausgezogen hat. Bis er plötzlich, ohne ihr etwas davon zu sagen, damit aufgehört, sich zum Therapeuten umschulen lassen, ein Haus gekauft und ihr einen Heiratsantrag gemacht hat.«

Geduldig ließ Roarke ihren Wortschwall über sich ergehen, während sie sich Eier, Kartoffeln und Speck in den Mund schob, sah sie aber am Ende fragend an. »Okay, und was genau willst du damit sagen?«

Sie pikste wieder etwas Ei auf, legte ihre Gabel dann fort und hob ihren Kaffeebecher an den Mund. »Ich will nichts vermasseln. Sie, das heißt die beiden, sind so glücklich, und ich weiß, dass diese Hochzeit eine Riesensache für sie ist. Das ist mir klar, nur habe ich schon bei unserer eigenen Hochzeit absolut versagt.«

»Das zu beurteilen, überlässt du lieber mir.«

»Ich habe versagt. Schließlich habe ich alles auf dich abgewälzt.«

»Wenn ich mich recht entsinne, hattest du damals gerade mit ein paar Mordfällen zu tun.«

»Das stimmt. Wohingegen du den lieben langen Tag nur auf deinen Geldbergen herumgesessen hast.«

Er schüttelte den Kopf und strich etwas Marmelade auf ein dreieckiges Stück Toast. »Jeder von uns tut eben, was er tun muss, meine geliebte Eve. Und ich finde, wir machen unsere Sache wirklich gut.«

»Am Abend vor der Hochzeit habe ich mich einfach verdrückt, weshalb du ziemlich sauer warst.«

»Das hat das Ganze wenigstens ein bisschen aufregend gemacht.«

»Dann wurden mir irgendwelche Drogen eingeflößt, und ich wurde auf meinem alkoholgeschwängerten Junggesellinnenabschied in einem Striplokal vermöbelt, bevor mir die Festnahme gelungen ist. Was rückblickend betrachtet durchaus witzig war. Aber die Sache ist die, ich habe meine Arbeit damals nicht getan und deshalb immer noch keine Ahnung, wie man so was macht.«

Er tätschelte ihr aufmunternd das Knie. Für eine Frau, die manchmal geradezu erschreckend mutig war, hatte sie vor den seltsamsten Dingen Angst. »Falls sie irgendetwas braucht, wirst du schon dahinterkommen, was du machen musst. Ich sage dir, als du an unserem Tag im hellen Sonnenschein auf mich zugelaufen kamst, sahst du wie eine Flamme aus. Strahlend hell und derart schön, dass es mir den Atem verschlagen hat. Für mich gab es in dem Moment nur dich.«

»Und ungefähr fünfhundert deiner engsten Freunde.«

»Nein, nur dich.« Er hob ihre Hand an seinen Mund. »Und ich wette, so wird es auch für die beiden sein.«

»Ich will nur, dass sie bekommt, was sie sich wünscht. Aber die Verantwortung dafür macht mich total nervös.«

»Was ein Zeichen wahrer Freundschaft ist. Du wirst irgendein gelbes Kleid anziehen und für sie da sein. Das reicht völlig aus.«

»Das kann ich nur hoffen, denn ich rufe sie bestimmt nicht täglich an. Auf keinen Fall.« Sie starrte auf ihren Teller. »Kannst du mir mal sagen, wie man ein solches Frühstück vertilgt?«

»Langsam und mit größter Entschlossenheit. Ich gehe davon aus, dass deine Entschlossenheit nicht ausreicht.«

»Nicht einmal annähernd.«

»Wenn wir dann mit unserem Frühstück fertig sind, werde ich dir sagen, was mir eben durch den Kopf gegangen ist.«

»Was?«

»Es geht darum, was ich als Nächstes machen will. Wir sollten uns gemütlich an den Strand legen und Sand und Sonne genießen, ohne groß etwas zu tun.«

»Klingt gut. Wo willst du hin? An den Strand von Jersey oder auf die Hamptons?«

»Ich hatte an etwas Tropisches gedacht.«

»Du kannst doch wohl unmöglich nur für einen nicht mal ganzen Tag auf die Insel fliegen wollen.« Roarkes private Insel war zwar einer ihrer Lieblingsorte, der jedoch praktisch am anderen Ende der Welt gelegen war. Selbst mit seinem Jet bräuchten sie mindestens drei Stunden für den einfachen Weg.

»Das wäre etwas weit für einen spontanen Trip, aber es gibt auch Inseln, die ein bisschen näher liegen. Zum Beispiel eine der Caymaninseln, auf der eine kleine Villa steht, die man für einen Tag mieten kann.«

»Und woher weißt du das?«

»Ich habe sie mir angesehen, weil ich sie vielleicht kaufen will«, erklärte er in derart beiläufigem Ton, als ginge es darum, einen neuen Anzug zu erstehen. »Wir könnten runterfliegen, wären in weniger als einer Stunde dort, könnten die Sonne und das Meer genießen, irgendwelche lächerlichen Cocktails schlürfen und dann heute Abend im Mondlicht am Strand spazieren gehen.«

Sie merkte, dass sie lächelte. »Wie klein ist diese Villa?«

»Klein genug, um eine nette Ferienunterkunft für uns zu sein, falls wir spontan mal Urlaub machen wollen, und groß genug, um ein paar Freunde mitzunehmen, falls uns danach zumute ist.«

»Du hast diesen Trip schon lange geplant.«

»Ja, für den Fall, dass du mal frei hast und was unternehmen willst. Wenn du willst, ist es jetzt so weit.«

Sie sprang auf und stürzte Richtung Schrank.

»Für den Fall der Fälle ist bereits alles gepackt, und zwar für uns beide«, klärte er sie auf.

Sie sah ihn über ihre Schulter hinweg an. »Du lässt dir einfach keine Chance entgehen, Punkte zu machen, stimmt's?«

»Schließich habe ich nur selten einen freien Tag zusammen mit meiner Ehefrau. Und wenn das doch einmal passiert, nutze ich es eben gern nach Kräften aus.«

Sie warf ihren Morgenmantel ab, zog sich ein schlichtes, weißes, ärmelloses T-Shirt an und schnappte sich khakifarbene Shorts. »Der Anfang war auf jeden Fall nicht schlecht. Wobei dieser Trip die Krönung ist.«

Während sie in ihre Hose stieg, gab das Handy auf ihrer Kommode das Signal, dass ein Anruf für sie eingegangen war. »Scheiße. Verdammt. Verfluchter Mist!« Ihr Magen rutschte in die Kniekehlen, als sie den Namen auf dem kleinen Bildschirm las, und sie bedachte Roarke mit einem bedauernden, entschuldigenden Blick. »Es ist Whitney.«

Er sah ihrer Haltung und ihrem Gesicht die Polizistin an, als sie den Anruf des Commanders entgegennahm. Und dachte: Ach, was soll's.

»Ja, Sir.«

»Lieutenant, tut mir leid, Sie an Ihrem freien Tag zu stören.« Whitneys großflächiges Gesicht füllte den gesamten Bildschirm aus, und als sie seine gestresste Miene sah, spannten sich ihre Nackenmuskeln an.

»Kein Problem, Commander.«

»Mir ist klar, Sie haben heute keinen Dienst, aber kommen Sie bitte trotzdem umgehend zum 541 Central Park South. Ich bin bereits vor Ort.«

»Sie sind bereits vor Ort?« Es musste wirklich schlimm

sein, dachte sie, wenn der Commander selbst erschienen war.

»Ja. Das Opfer ist Deena MacMasters, sechzehn Jahre alt. Ihre Leiche wurde heute Vormittag von ihren Eltern aufgefunden, als sie von einem Wochenendtrip nach Hause kamen. Dallas, der Vater des Opfers ist Captain Jonah MacMasters.«

Es dauerte einen Moment, dann aber fragte sie: »Von der Drogenfahndung? Ich kenne dort einen Lieutenant MacMasters. Ist er das? Wurde er befördert?«

»Vor zwei Wochen. Er hat ausdrücklich darum gebeten, dass die Leitung der Ermittlungen Ihnen übertragen wird. Ich würde ihm diesen Wunsch gerne erfüllen.«

»Ich werde Detective Peabody umgehend kontaktieren.«

»Das übernehme ich. Sie hätte ich gern so schnell wie möglich hier.«

»Dann mache ich mich sofort auf den Weg.«

»Danke.«

Sie legte auf und wandte sich an Roarke. »Es tut mir leid.«

»Das darf es nicht.« Er trat vor sie und berührte die Vertiefung in der Mitte ihres Kinns. »Ein Mann hat sein Kind verloren, das ist deutlich wichtiger als ein Tag am Strand. Kennst du ihn?«

»Nicht wirklich. Er hat mich kontaktiert, nachdem ich Casto festgenommen hatte.« Sie dachte an den korrupten Cop, von dem sie bei ihrem eigenen Junggesellinnenabschied überfallen worden war. »Zwar war Casto keiner seiner Leute, aber er wollte sich trotzdem bei mir dafür bedanken, dass der Fall abgeschlossen und ein unsauberer Kollege aus dem Verkehr gezogen worden ist. Das fand ich wirklich nett. Er hat einen guten Ruf«, fuhr sie fort, während sie aus ihren Freizeitshorts in eine Arbeitshose stieg. »Einen guten, grundsoliden Ruf. Ich wusste nicht, dass er befördert worden ist, aber es überrascht mich nicht.«

Sie kämmte sich, indem sie mit ihren Fingern durch die wirren Haare fuhr. »Er ist mindestens seit zwanzig oder vielleicht sogar schon fünfundzwanzig Jahren dabei. Ich habe gehört, er wäre unglaublich diszipliniert, ließe auch seinen Leuten keine Schlampereien durchgehen, und seine Aufklärungsquote wäre ziemlich hoch.«

»Klingt wie jemand anderes, den ich kenne.«

Sie zog ein Hemd aus ihrem Schrank. »Kann sein.«

»Whitney hat dir nicht gesagt, wie das Mädchen gestorben ist.«

»Weil ich mir nicht schon im Vorfeld irgendeine Meinung bilden soll. Er hat nicht einmal gesagt, dass sie ermordet worden ist. Ich und der Pathologe müssen feststellen, ob es Mord, ein Unfall oder sonst was war.«

Sie legte ihr Waffenhalfter an, steckte ihr Handy und ihren Communicator ein, schob sich ihre Handschellen in den Hosenbund und ersparte sich ein Stirnrunzeln, als Roarke ihr eine leichte Sommerjacke reichte, unter der ihr Halfter sich verbergen ließ. »Dass Whitney da ist, hat etwas zu bedeuten«, meinte sie. »Entweder, dass irgendetwas an dem Fall verdächtig ist, oder dass sie privat befreundet sind. Könnte natürlich auch beides sein.«

»Du meinst, dass er am Fundort dieses Mädchens ist ...«

»Ja.« Sie setzte sich, um ihre Stiefel anzuziehen. »Die Tochter eines Cops. Ich weiß nicht, wann ich wieder da bin.«

»Kein Problem.«

Sie blieb stehen, sah ihn an und dachte an gepackte Taschen und einen Spaziergang an einem mondbeschienenen

Tropenstrand. »Du könntest auch einfach allein hinfliegen und dir diese Villa ansehen.«

»Ich habe noch genügend Arbeit, um mich zu beschäftigen.« Er legte ihr die Hände auf die Schultern und küsste sie zärtlich auf den Mund. »Melde dich, wenn du Genaueres weißt.«

»Das mache ich. Bis dann.«

»Pass auf dich auf, Lieutenant.«

Sie joggte die Treppe hinunter in den Flur und lief einfach weiter, als dort Summerset, Roarkes Mann für alle Fälle und der stete Stein in ihrem Schuh, erschien.

»Ich dachte, Sie hätten bis morgen frei.«

»Es gibt eine Leiche, die unglücklicherweise nicht die Ihre ist.« Dann blieb sie doch noch einmal stehen. »Bringen Sie ihn dazu, dass er etwas Schönes macht. Nur, weil ich arbeiten muss …« Schulterzuckend machte sie sich auf den Weg zu ihrem Treffen mit dem Tod.

Nicht viele Polizeibeamte konnten es sich leisten, mit ihren Familien in ein frei stehendes Haus am grünen Rand des Central Park zu ziehen. Aber noch weniger Polizeibeamte – das hieß, niemand außer ihr selbst – lebten mitten in Manhattan in einem schlossähnlichen Herrenhaus. Neugierig, wie sich MacMasters die Bleibe leisten konnte, überprüfte sie ihn auf dem Weg durch den leichten Feiertagsverkehr.

Captain Jonah MacMasters, erklärte der Computer im Armaturenbrett ihres Gefährts, geboren am 22. März 2009 in Providence, Rhode Island. Eltern Walter und Marybeth, geborene Hastings. Stonebridge Academy und danach Yale, wo er sein Studium 2030 erfolgreich abgeschlossen hat.

Seit 2040 verheiratet mit Carol Franklin, eine Tochter, Deena, geboren am 23. November 2043. Seit dem 15. September 2037 bei der New Yorker Polizei. Belobigungen und Ehrungen für …

»Den Teil kannst du überspringen. Wie sieht es mit seinen Finanzen aus? Woher kommt sein Geld?«

Einen Augenblick … sein aktuelles Vermögen wird auf acht Millionen sechshunderttausend Dollar geschätzt. Er hat Anteile am Unternehmen seines Großvaters geerbt. Jonah MacMasters, Gründer von Mac Küche und Bad mit Stammsitz in Providence, starb am 6. Juni 2032 eines natürlichen Todes. Der momentane Wert …

»Das reicht. Damit ist meine Frage beantwortet.«

Der in Yale ausgebildete Sohn einer reichen Familie endete als Drogenfahnder in New York. Interessant. Seit zwanzig Jahren mit ein und derselben Frau verheiratet, mehrfach belobigt, ausgezeichnet und befördert. All das bestätigte, was sie schon von ihm wusste.

Nämlich, dass er grundsolide war.

Aber weshalb hatte dieser grundsolide Cop, den sie kaum kannte, ihren Chef gebeten, ihr die Leitung der Ermittlungen zum Tod seines einzigen Kindes zu übertragen?

Welchen Grund hatte der Mann dafür?

Als sie zu der Adresse kam, hielt sie hinter einem Streifenwagen an, schaltete das Warnlicht an und blickte auf das Haus. Eine nette Hütte, dachte sie, stieg aus und holte ihren Untersuchungsbeutel aus dem Kofferraum. Auch wenn sie diesen Ausdruck langsam überstrapazierte, kam ihr das Gebäude durch und durch solide vor.

Es stammte aus der Zeit vor den Innerstädtischen Revolten und war auf eine Weise restauriert, durch die sein ursprünglicher Charakter und auch ein paar Narben erhalten geblieben waren. Mit dem rosigen Backstein, den cremefarbenen Bordüren und den langen, momentan durch Sichtblenden geschützten Fenstern strahlte es eine gewisse Würde aus.

Hübsche Töpfe voller bunter Blumen standen links und rechts der kurzen Steintreppe, doch als sie vor die Haustür trat, galt ihr Interesse weniger dem Schmuck als der Security.

Kameras, ein Monitor, ein Daumenabdruckscanner, und sie ginge jede Wette ein, dass es auch mit einem Code versehene, stimmaktivierte Schlösser an den Türen gab. Ein Polizist, vor allem, wenn er so diszipliniert wie dieser war, sorgte sicher für den größtmöglichen Schutz nicht nur seines Heims, sondern auch der Menschen, die darin zu Hause waren.

Trotz alledem lag seine Tochter tot in diesem Haus.

Weil man eben niemals völlig sicher war.

Sie zog ihre Dienstmarke hervor, zeigte sie dem Beamten an der Tür und machte sie wieder an ihrem Gürtel fest.

»Sie werden drinnen bereits erwartet, Lieutenant.«

»Waren Sie als Erster hier?«

»Nein, Ma'am. Die Beamten, die als Erste hier waren, sind zusammen mit dem Commander, dem Captain und seiner Frau im Haus. Mein Partner und ich wurden vom Commander herbestellt. Mein Partner bewacht die Hintertür.«

»Okay. Meine Partnerin wird jeden Augenblick erscheinen. Detective Peabody.«

»Das wurde mir bereits gesagt. Ich werde sie hinein-schicken.«

Er war eindeutig kein Anfänger, konstatierte Eve, während sie darauf wartete, dass ihr die Tür geöffnet wurde. Der Beamte sah ausnehmend zäh und durch und durch erfahren aus. Hatte Whitney ihn geholt, oder war auch er auf Wunsch des Captains hier?

Sie sah nach links und rechts. Die Leute aus den Nachbarhäusern, die zu Hause waren, sahen sicher aus den Fenstern, waren jedoch zu höflich oder zu verängstigt, um herauszukommen und zu fragen, was geschehen war.

Sie trat in einen kühlen, großen Flur, aus dem man über eine mittig angelegte Treppe in die obere Etage kam. Die Blumen auf dem Tisch waren noch frisch. Höchstens ein, zwei Tage alt. In einer kleinen Schale lagen irgendwelche bunten Bonbons, aber nirgends in dem Raum, der mit seinen weichen Farben warm und einladend erschien, lag irgendetwas unordentlich herum, außer einem Paar lila schimmernder Sandalen, von denen eine unter und die andere neben einem Stuhl mit einer hohen Lehne lag.

Whitney trat durch eine Tür zu ihrer Linken auf sie zu. Mit seiner kräftigen Gestalt füllte er sie völlig aus. Sein dunkles Gesicht war sorgenvoll verzogen, und sie nahm den unglücklichen Ausdruck seiner Augen wahr.

Trotzdem hatte seine Stimme einen völlig ruhigen Klang, denn die jahrelange Polizeiarbeit hatte ihn gestählt.

»Wir sind hier drinnen, Lieutenant«, meinte er. »Vielleicht hätten Sie ja einen Augenblick, bevor Sie nach oben gehen.«

»Ja, Sir.«

»Zuerst möchte ich mich noch dafür bedanken, dass Sie mit der Übernahme dieses Falles einverstanden sind.« Als sie zögerte, hätte er fast gelächelt und fügte hinzu: »Falls meine Bitte für Sie wie ein Befehl geklungen hat, tut mir das leid.«

»Kein Problem, Commander. Der Captain will mich haben, also bin ich hier.«

Nickend drehte er sich wieder um und führte sie in den Raum.

Eve zuckte leicht zusammen, als sie Mrs Whitney sah. Die Frau ihres Commanders war mit ihrem steifen Benehmen, ihrer kühlen Distanziertheit und mit ihrem blauen Blut irgendwie furchteinflößend. Doch in diesem Augenblick schien sie völlig darauf konzentriert, die Frau zu trösten, neben der sie auf einer kleinen Couch in dem hübschen Wohnzimmer saß.

Carol MacMasters war mit ihrer Zartheit und mit ihren dunklen Haaren das genaue Gegenteil von Anna Whitneys blonder Eleganz. Ihre tränennassen, schwarzen Augen drückten Unglück und Verwirrung aus, und ihre schmalen Schultern bebten, als säße sie nackt auf einem Eisberg.

MacMasters selbst stand auf, als sie den Raum betrat. Er war circa einen Meter neunzig groß und so schlank, dass er schon fast schlaksig war. Die lässigen Jeans und das legere T-Shirt, das er trug, zeugten davon, dass er eben erst von einem Kurzurlaub zurückgekommen war. Seine Haare, schwarz wie die von seiner Frau, waren gelockt und lagen sehr dicht um ein schmales Gesicht mit tiefen Furchen in den Wangen, die in seiner Jugend vielleicht Grübchen gewesen waren. Der Blick aus seinen hellen, rauchig grünen Augen verriet Trauer, Schock und Zorn.

Er trat auf sie zu und reichte ihr die Hand. »Danke. Lieutenant ...« Da er offenkundig nicht mehr weiterwusste, brach er ab.

»Captain. Mein tief empfundenes Beileid zu Ihrem Verlust.«

»Ist sie das?« Während ihr ein frischer Tränenstrom über die Wangen lief, stand Carol schwankend auf. »Sie sind Lieutenant Dallas?«

»Ja, Ma'am. Mrs MacMasters ...«

»Jonah hat gesagt, wir bräuchten Sie. Weil Sie die Beste sind. Sie werden herausfinden, wer ... wie ... aber lebendig wird sie davon nicht. Lebendig wird mein Baby davon nicht. Sie ist oben. Sie ist oben, und ich darf nicht bei ihr sein.« Ihre Stimme wurde schrill. »Sie lassen mich nicht zu ihr rauf. Sie ist tot. Unsere Deena ist tot.«

»Bitte, Carol, du musst jetzt Lieutenant Dallas ihre Arbeit machen lassen.« Mrs Whitney hatte sich inzwischen ebenfalls erhoben und nahm Carol tröstend in den Arm.

»Kann ich nicht einfach bei ihr sitzen? Kann ich nicht einfach ...«

»Bald«, versprach Mrs Whitney in begütigendem Ton. »Bald. Erst mal bleibst du hier bei mir. Der Lieutenant wird sich gut um Deena kümmern. Sei beruhigt, ich weiß, dass sie bei ihr in den allerbesten Händen ist.«

»Ich werde Sie nach oben bringen«, bot ihr Whitney an. »Anna.«

Mrs Whitney nickte stumm.

Sie war steif und furchteinflößend, dachte Eve, aber mit einer trauernden Mutter und einem am Boden zerstörten Vater kam sie mühelos zurecht.

»Du musst bitte hier unten bleiben, Jonah. Ich bin sofort wieder da. Lieutenant.«

»Sind Sie privat mit den Eltern des Opfers befreundet?«, fragte Eve.

»Ja. Anna und Carol arbeiten gemeinsam in einigen

Komitees und sehen sich deshalb ziemlich oft. Auch als Paare haben wir des Öfteren Kontakt. Ich habe meine Frau als Freundin der Mutter des Opfers mitgebracht.«

»Ja, Sir. Sie wird ihr sicher eine große Hilfe sein.«

»Es ist furchtbar hart, Dallas«, fuhr er mit Grabesstimme fort, während er die Treppe in den ersten Stock erklomm. »Wir haben Deena gekannt, seit sie ein kleines Mädchen war, und ich kann Ihnen versichern, dass sie ein aufgewecktes, reizendes Geschöpf und die größte Freude ihrer Eltern war.«

»Die Security im Haus scheint hervorragend zu sein. Wissen Sie, ob die Alarmanlage eingeschaltet war, als die MacMasters heute früh zurückkamen?«

»Die Türen waren abgesperrt, aber die Kameras waren deaktiviert und die Aufnahmen der letzten beiden Tage nicht mehr da. Er hat nichts angerührt.« Oben angekommen, wandte Whitney sich nach links. »Er hat auch Carol nicht erlaubt, irgendetwas zu berühren – außer ihrem Kind. Er hat seine Frau daran gehindert, den Leichnam zu bewegen oder irgendetwas am Fundort zu verändern. Auch wenn es verständlicherweise einen Augenblick des Schocks für beide gab.«

»Ja, Sir.« Es war alles andere als angenehm, plötzlich in der Position zu sein, den eigenen Vorgesetzten zu vernehmen, dachte Eve. »Wissen Sie, um wie viel Uhr die beiden heute Morgen heimgekommen sind?«

»Genau um acht Uhr zweiunddreißig. Ich habe mir erlaubt, das Schließprotokoll der Haustür einzusehen, wodurch Jonahs Aussage bestätigt worden ist. Ich schicke Ihnen noch eine Kopie von seinem Anruf bei mir zu Hause zu. Er hat mich sofort kontaktiert, nach Ihnen verlangt und mich gefragt, ob ich kommen kann. Ich habe den

Fundort, das heißt Deenas Zimmer, nicht versiegelt, sondern nur die Tür hinter mir zugemacht.«

Er öffnete die Tür, trat dann aber einen Schritt zurück. »Ich denke, es ist das Beste, wenn ich wieder runtergehe und Sie Ihre Arbeit machen lasse. Sobald Ihre Partnerin erscheint, schicke ich sie zu Ihnen rauf.«

»Ja, Sir.«

Er nickte erneut und stieß einen abgrundtiefen Seufzer aus, als er auf die offene Tür des Zimmers sah. »Dallas, es ist wirklich hart.«

Sie wartete, bis er gegangen war, betrat dann allein den Raum und sah sich die junge, tote Deena MacMasters an.

2

»Rekorder an. Lieutenant Eve Dallas am Fundort der toten Deena MacMasters.«

Während sie das Versiegelungsspray aus ihrer Tasche nahm, um sich Hände und Stiefel einzusprühen, sah sie sich im Zimmer um. Es war ein großer, heller, luftiger Raum mit drei, momentan durch Sichtblenden geschützten Fenstern, durch die man auf den Park hinuntersah. Eine gepolsterte, mit farbenfrohen Kissen ausgelegte Bank erstreckte sich unter dem Glas. Poster von populären Musikern, Schauspielern und anderen Berühmtheiten waren an den in einem verträumten Veilchenblau gestrichenen Wänden aufgehängt, und Eves Magen zog sich leicht zusammen, als sie das Poster ihrer Freundin Mavis Freestone sah. Auf dem Tourneeplakat von *Mutterschaft ist echt der Hit!* wogte ihr leuchtend blaues Haar um ihr

Gesicht, sie hatte triumphierend die Arme über ihren Kopf gereckt und in der ihr eigenen großen, ausholenden Schrift vermerkt:

Hi Deena,
   du bist auch der Hit!
Mavis Freestone

Hatte Deena Mavis dieses Poster bei einem Konzert entgegengehalten, und hatte Mavis es ihr lachend und übersprudelnd, wie sie war, mit Deenas violettem Stift signiert? Hatten sie dabei Lärm, Lichter, leuchtende Farben eingehüllt, hatte Deena das Leben in seiner ganzen Intensität gespürt? Auf jeden Fall hatte sich die Erinnerung an diesen aufregenden Augenblick einem sechzehnjährigen Mädchen, das nicht gewusst haben konnte, wie wenig Zeit ihr bleiben würde, um darin zu schwelgen, sicher unauslöschlich eingeprägt.

Der Teil des Raums, der mit einem weiß schimmernden Schreibtisch, mehreren Regalen, einem teuren Daten- und Kommunikationszentrum sowie Diskettenkästen offenbar fürs Lernen und die Hausaufgaben ausgestattet war, wirkte blitzsauber und aufgeräumt. Auch die dicken Kissen, weichen Decken und die Stofftiersammlung, die wahrscheinlich noch aus ihrer Kindheit stammte, wirkten unberührt; diese Ecke war vermutlich fürs Abhängen allein oder mit Freundinnen bestimmt gewesen.

Eine Bürste und ein Handspiegel, ein paar bunte Flaschen, eine Schale voller Muscheln sowie drei gerahmte Fotos standen auf einer Kommode, die so schimmernd weiß wie Deenas Schreibtisch war.

Farbenfrohe Läufer waren auf dem glänzenden Holzboden verteilt, wobei der, der dem Bett am nächsten lag, etwas verschoben worden war. Entweder der Täter oder das Mädchen selbst schien dagegengestoßen zu sein.

Direkt neben dem Teppich lag ein schlichter, weißer Slip.

»Er hat ihr die Unterwäsche ausgezogen und dann weggeworfen«, stellte Eve mit lauter Stimme fest.

Auf den Tischchen neben dem Bett standen hübsche Lampen mit gerüschten, quastenverzierten Schirmen, von denen einer windschief auf dem Ständer hing. Offenbar war jemand mit einem Arm oder einem Ellenbogen dagegengestoßen. Alles andere um das Bett herum wies auf einen ausgeprägten Ordnungssinn und eine Vorliebe für hübsche, mädchenhafte Dinge hin.

Für ihr Alter schien das Mädchen noch recht kindlich gewesen zu sein, doch natürlich ging Eve bei dem Urteil von sich selbst in diesem Alter aus. Sie hatte mit sechzehn Jahren die Tage bis zu ihrem achtzehnten Geburtstag und dem Ende ihres Aufenthalts im Kinderheim gezählt. Weil ihre Welt nicht rosarot, gerüscht und mit süßen, heißgeliebten Teddybären bestückt gewesen war.

Trotzdem kam es ihr so vor, als wäre dies das Zimmer eines Mädchens, das noch eher ein Kind als eine Frau gewesen war. Doch im Sterben hatte es die schlimmsten Ängste einer Frau durchlebt.

Mitten in dem hübschen, anheimelnden Raum wies das Bett auf unbarmherzige Gewaltanwendung hin. Die durch rostrote Blutflecken ruinierten, pinkfarbenen und weißen Laken hatte der Kerl benutzt, um Deenas Füße so ans Fußbrett ihres Betts zu binden, dass sie mit gespreizten Beinen vor ihm lag.

Sie hatte sich gewehrt, während sie vergewaltigt worden war, das zeigten die Abschürfungen und die blauen Flecken an den Knöcheln und den Schenkeln unter dem verrutschten violetten Rock. Eve beugte sich vor und betrachtete die Polizeihandschellen, mit denen die Hände des Opfers hinter dem Rücken gefesselt worden waren.

»Polizeihandschellen. Das Opfer ist die Tochter eines Polizisten. Sie hat sich gewehrt. Darauf deuten die Abschürfungen und die Schwellungen an beiden Handgelenken hin. Sie hat es dem Kerl nicht leicht gemacht. Anzeichen von Verstümmelungen gibt es nicht. Schwellungen im Gesicht deuten auf Schläge und die Hämatome am Hals deuten auf Würgen hin.«

Sie öffnete den Mund des Opfers, leuchtete ihn aus und sah sich den Mundraum durch ein Vergrößerungsglas an. »Zwischen den Zähnen und auf der Zunge hängen ein paar Fäden, das Blut an ihren Lippen und den Zähnen zeigt, dass sie sich in die Lippe gebissen hat. Auch auf dem Kopfkissenbezug finden sich Blut und wahrscheinlich Speichel. Anscheinend hat er ihr das Kissen aufs Gesicht gedrückt. Ihre Kleidung ist verrutscht, aber sie hat sie noch am Leib, wobei es ein paar Risse an den Schultern ihrer Bluse gibt, und ein paar Knöpfe fehlen. Er hat an den Kleidern gezerrt«, fuhr sie mit rauer Stimme fort und bahnte sich mit den Augen einen Weg an Deenas Leib herab. »Hat sie zur Seite geschoben, hatte aber kein Interesse an dem Vorspiel, das für manche Vergewaltigungen typisch ist.«

Trotz ihres trockenen Mundes und des Dröhnens in ihrem Schädel sah sie sich die durch die Vergewaltigung hervorgerufenen Verletzungen genauer an.

»Er hat sie gefoltert – gewürgt, erstickt, vergewaltigt, gewürgt, erstickt, vergewaltigt. Vaginal und anal. Den vielen Abschürfungen und Risswunden zufolge wiederholt.« Als sie spürte, dass ihr Atem stockte, atmete sie mühsam aus. Ein. Und wieder aus. »Das Blut im Vaginalbereich deutet darauf hin, dass das Opfer noch Jungfrau war. Das muss der Pathologe noch bestätigen.«

Sie musste sich aufrichten und durchatmen, bevor sie vollends aus dem Gleichgewicht geriet. Denn sie konnte es sich ganz einfach nicht leisten, den Rekorder auszuschalten und sich zu beruhigen, konnte es sich ganz einfach nicht leisten, dass die Aufnahmen vom Tatort zeigten, wie sehr ihre Hände zittern wollten und dass sie den Kampf gegen die Übelkeit vielleicht im nächsten Augenblick verlor.

Sie wusste, wie es einem ging, wenn man derart hilflos war, derart missbraucht wurde und derart panisch reagierte.

»Bisher sieht es so aus, als ob die Alarmanlage an gewesen wäre. Später aber wurden die Kameras ausgeschaltet und belastende Disketten aus dem Haus entfernt. Sichtbare Spuren eines Einbruchs gibt es nicht, was jedoch die Spurensicherung noch genauer untersuchen muss. Sie hat die Tür geöffnet und den Kerl hereingelassen, obwohl sie die Tochter eines Polizisten war. Das heißt, sie hat ihn gekannt und ihm vertraut. Er hat ihr ins Gesicht gesehen, als er sie vergewaltigt und ermordet hat. Er kannte sie und wollte ihr Gesicht sehen. Es war also eine extrem persönliche Tat.«

Wieder etwas ruhiger griff sie nach dem Messgerät zur Ermittlung des genauen Todeszeitpunkts und stellte für den Rekorder fest: »Drei Uhr sechsundzwanzig. Die Ermittlungsleiterin geht von Vergewaltigung und anschließender Tötung aus, was jedoch noch durch den Pathologen bestätigt werden muss. Ich bitte um eine Untersuchung durch Dr. Morris, falls er zur Verfügung steht.«

»Dallas.«

Es zeigte Eve, wie tief sie in diesem Moment und auch in der Vergangenheit versunken war, dass sie gar nicht bemerkt hatte, wie ihre Partnerin hereingekommen war. Sie bemühte sich um einen neutralen Gesichtsausdruck und drehte sich zu Peabody, die in der Tür des Zimmers stand.

»Die Kleine ist einen schlimmen Tod gestorben«, meinte sie. »Sie hat hart gekämpft und ist qualvoll gestorben. Ich finde kein Gewebe unter ihren Nägeln, aber jede Menge Spuren von ihrem Bettzeug. Es sieht aus, als hätte er ihr das Kissen aufs Gesicht gedrückt und als hätte sie hineingebissen und sich dabei selbst an der Lippe verletzt. Da er sie höchstwahrscheinlich mehrfach vergewaltigt hat, hat ihn der Kampf möglicherweise heiß gemacht. Außerdem hat er sie gewürgt. Die blauen Flecken zeigen uns dabei die Größe seiner Hände an.«

»Ich habe sie gekannt.«

Instinktiv trat Eve so neben das Bett, dass Peabody gezwungen war, sie statt des Leichnams anzusehen. »Woher?«

Peabodys dunkelbraune Augen drückten schlichte und ehrliche Trauer aus. »Als ich zur Polizei gegangen bin, haben wir eine Art öffentlichen Dienst in Schulen absolviert.« Peabody räusperte sich leise und presste die Lippen aufeinander, ehe sie weitersprach. »Sie war dort meine Kontaktperson, hat als eine Art Helferin für mich fungiert. Ein wirklich nettes, aufgewecktes Kind. Sie muss damals elf oder zwölf gewesen sein. Ich war noch nicht lange in New York, weshalb sie mir ein paar Einkaufstipps und so gegeben hat. Und, ach, letztes Jahr hat sie ein Referat über Hippies für die Schule gemacht.« Peabody brach ab und besprühte umständlich ihre Hände und die Schuhe mit Versiegelungsspray. »Deshalb hat sie sich bei mir gemeldet und gefragt, ob ich ihr mit ein paar Hintergrundinformationen und persönlichen Anekdoten helfen kann.«

»Wird das ein Problem für Sie?«

»Nein.« Peabody atmete tief durch, schob sich das dunkle Haar aus dem Gesicht und fuhr sich mit den Fingern durch den kessen Bob. »Nein. Sie war ein nettes Mädchen, und ich mochte sie. Sogar sehr gern. Deshalb will ich herausfinden, wer sie auf dem Gewissen hat. Ich will dabei sein, wenn es diesen Hurensohn erwischt.«

»Fangen Sie mit der Überprüfung der Alarmanlage und sämtlicher elektronischer Geräte an. Achten Sie dabei besonders darauf, ob es Spuren eines Einbruchs gibt.« Es ist ein großes Haus, sagte sich Eve. Deshalb würde diese Arbeit lange genug dauern, damit Peabody die Trauer überwände und wieder ausschließlich Polizistin war. »Wir müssen uns alle Links ansehen und sämtliche Gesprächsprotokolle kopieren. Ich brauche die Spurensicherung, aber ich möchte, dass noch nichts von der Sache nach außen dringt. Eine Nachrichtensperre können wir natürlich nicht verhängen, da es schließlich um die Tochter eines Polizisten geht, aber ich will, dass die Informationen so lange wie möglich zurückgehalten werden. Als Pathologen will ich Morris, falls er zur Verfügung steht.«

»Ist er denn inzwischen wieder da?«

»Offiziell erscheint er morgen wieder zum Dienst. Falls er heute schon zurück und bereit ist, diesen Fall zu übernehmen, will ich ihn.«

Peabody nickte und klappte ihr Handy auf. »Da es sich um die Tochter eines Polizisten handelt, denke ich, hätten wir auch Feeney gern dabei.«

»Da denken Sie richtig, rufen Sie auch ruhig Ihren knochenarschigen Liebsten an. Feeney wird McNab auf jeden

Fall bei dieser Sache brauchen, also geben Sie ihm meinetwegen auch schon mal Bescheid.«

»Er ist startbereit. Als mich Whitney angerufen hat, habe ich ihn gebeten, auf mein Signal zu warten. Aber jetzt werde ich Ihnen erst einmal helfen, falls Sie sie bewegen wollen.«

Eve hörte die Botschaft, die mit diesem Angebot verbunden war. *Ich muss das tun. Ich muss beweisen, dass ich dazu in der Lage bin.*

Sie trat einen Schritt zurück und wandte sich wieder dem Leichnam zu. »Er hat ihr die Kleider nicht ausgezogen. Hat etwas daran herumgezerrt und sie aus dem Weg geschoben, aber ausgezogen hat er sie ihr nicht. Was für mich bedeutet, dass es nicht um Sex und auch nicht darum ging, sie zu erniedrigen, sondern darum, ihr Schmerzen zuzufügen, um Bestrafung, um Gewalt. Ausziehen und entblößen wollte er sie nicht. Auf drei«, erklärte sie, zählte, und gemeinsam rollten sie die Tote auf den Bauch.

»Gott.« Peabody atmete hörbar ein und aus. »Das Blut stammt nicht nur von der Vergewaltigung. Ich glaube … dass sie noch Jungfrau war. Und das hier sind Handschellen der Polizei. Indem er sie benutzt und ihr damit die Hände hinter dem Rücken zusammengebunden hat, wollte er uns irgendetwas deutlich machen und vor allem ihre Schmerzen noch verstärken. Sehen Sie nur, wie ihr diese Dinger in die Handgelenke geschnitten haben, weil sie schließlich mit ihrem ganzen Gewicht darauf gelegen hat. Dabei hätte er sie auch ans Kopfteil ihres Bettes fesseln können. Das wäre bereits schlimm genug gewesen, aber nein …«

»Es ging ihm um den Schmerz«, erklärte Eve ihr knapp. »Weil man durch ihn noch mehr Kontrolle über das Opfer bekommt. Wissen Sie etwas über ihren Freundeskreis? Über Jungen oder Männer, mit denen sie befreundet war?«

»Nein, nicht wirklich. Als ich ihr bei dem Referat geholfen habe, habe ich sie nach Jungen gefragt, wie man das so macht.«

Während sie sprach, sah sich Peabody im Zimmer um. Langsam, merkte Eve, gewann der Cop in ihr wieder die Oberhand.

»Sie wurde ein bisschen rot und meinte, sie ginge nicht oft mit irgendwelchen Jungen aus, denn sie müsste sich auf die Schule konzentrieren. Sie war ein totaler Musik- und Theaterfan, aber studieren wollte sie Philosophie und fremde Kulturen. Sie hat davon gesprochen, dass sie nach dem College entweder beim Friedenskorps oder bei *Bildung für jedermann* mitmachen will.«

Ein scheues, junges Mädchen, dachte Eve und machte sich aufgrund der Eindrücke der Partnerin ein erstes Bild. Idealistisch und ernsthaft um eine gute Ausbildung bemüht.

»Außerdem kann ich mich noch daran erinnern«, fuhr Peabody fort, »dass McNab am Ende unserer Arbeit zu uns stieß. Wir hatten uns in diesem Cyber-Lokal getroffen, sie war ihm gegenüber furchtbar schüchtern und wurde sogar ein bisschen rot. Ich schätze, dass sie Jungen gegenüber generell noch ziemlich unsicher war. Bei manchen Mädchen ist das so.«

»Okay. Jetzt bringe ich das hier zu Ende, und Sie fangen mit Ihrer Arbeit an.«

Schüchtern gegenüber Jungen, dachte Eve. Die Eltern waren übers Wochenende nicht daheim gewesen. Idealismus ging, vor allem bei so jungen Menschen, oft mit einer gewissen Naivität einher.

Vielleicht hatte sie ja den Sprung gewagt und den Jungen oder Mann hereingelassen, überlegte sie und sah sich noch einmal die ruinierten Kleider an.

Hübscher Rock und nettes Oberteil. Hatte sich das Opfer einfach für sich selbst ein bisschen aufgebrezelt oder hatte es sich eher für ein Date zurechtgemacht? Ohrringe, ein Armreif – diese Accessoires hatten ihren Schmerz wahrscheinlich noch verstärkt. Lackierte Zehen- und Fingernägel und ein wenig Schminke im Gesicht, bemerkte Eve, als sie durch ihre Mikrobrille sah. Von den Tränen, dem anstrengenden Kampf, dem Druck des Kissens verwischt.

Malten junge Mädchen sich die Gesichter an, wenn sie einen Abend ganz allein daheim verbringen wollten?

Oder war sie vielleicht ausgegangen und hatte am Ende jemanden mit heimgebracht – ein Date oder auch jemanden, dem sie zufällig über den Weg gelaufen war?

»Sie hat ihn entweder hereingelassen oder mitgebracht. Es gibt keinen Hinweis darauf, dass sie mit ihm unten im Wohnzimmer gewesen ist, vielleicht aber in irgendeinem anderen Raum. Sie selbst hätte dort nicht mehr für Ordnung sorgen können, das steht fest. Du bist irgendwann im Verlauf des Tages oder Abends hereingekommen und hast die lila Sandalen abgestreift. Vielleicht hat er unten aufgeräumt. Hast du ihn mit heraufgenommen, Deena? In dein Schlafzimmer? Das würde zu einem sexuell unerfahrenen Teenager nicht wirklich passen, aber es gibt schließlich immer irgendwann ein erstes Mal. Auch hier gibt es außerhalb des Bettes keine Spuren eines Kampfs, und selbst auf dem Bett deutet alles nur auf einen Kampf in Fesseln hin. Hat er hier auch aufgeräumt? Weshalb hätte er das tun sollen? Nein, er hat dich heraufgebracht. Nein«, fuhr sie langsam fort. »Nein, du hast deine Schuhe nicht selber ausgezogen und dann einfach liegen lassen. Dafür warst du viel zu ordentlich. Sie sind runtergefallen, als er dich die Treppe hinauf gezwungen oder getragen hat. Ich brauche eine toxikologische Untersuchung deines Bluts.«

Sie atmete tief durch. Inzwischen fiel ihr die Arbeit leichter, dachte sie, nachdem sie sich mit Peabody beschäftigt und die passende Ecke in sich selbst gefunden hatte, in der sich die Vergangenheit wieder begraben ließ.

Sie wandte sich von der Toten ab und fing mit der Durchsuchung ihres Zimmers an.

Ordentliche Kleider, registrierte sie, gute Stoffe und die für sie jedes Mal aufs Neue verwirrende, große Sammlung von Schuhen. Eine noch größere Sammlung elektronsicher Fachbücher und Romane, eine riesengroße Sammlung von CDs sowie zahllose Musik-Downloads auf dem violetten I-Pod, der auf Deenas Schreibtisch lag.

Kein verstecktes Tagebuch, das vor den Augen der Eltern verborgen gewesen war, kein Handcomputer und kein Handy, bemerkte sie.

Sie hörte den letzten Anruf auf dem Link auf Deenas Schreibtisch ab und lauschte einem fröhlichen Gespräch zwischen dem Opfer und einem Mädchen namens Jo über einen geplanten Shoppingtrip, Musik und Jos lästigen kleinen Bruder. Kein Wort über Jungs. Obwohl heranwachsende Mädchen von Jungen doch im Grunde geradezu besessen waren.

Auch keine Diskussion über Pläne für den Samstagabend.

Das Badezimmer war in Weiß und Veilchenblau gehalten und genauso ordentlich und sauber wie der andere Raum. Sie fand die Schminkutensilien des Mädchens; viele, viele selten benutzte Lippenstifte; aber nirgends waren Kondome oder Verhütungsmittel anderer Art versteckt. Nichts deutete darauf hin, dass das Opfer vorgehabt hatte, mit einem Jungen oder Mann ins Bett zu gehen.

Trotzdem, dachte Eve, hatte sie den Killer entweder ins Haus gelassen oder mitgebracht.

Sie wandte sich zum Gehen, blieb jedoch noch einmal neben dem Bett des Mädchens stehen. »Das Opfer kann jetzt ins Leichenschauhaus gebracht werden«, sie wies einen der Beamten draußen an, das Zimmer zu bewachen, bis die Spurensicherung oder der Leichenwagen kam.

Dann sah sie sich noch die anderen Zimmer in der oberen Etage an. Das Elternschlafzimmer wies warme, beruhigende Farben und ein breites Bett mit einem gepolsterten Kopfteil auf. Zwei kleine Koffer lagen neben einem tiefen, geschwungenen Sessel, als hätte irgendjemand sie dort einfach fallen lassen oder umgerannt.

Wahrscheinlich hatte MacMasters das Gepäck hereingebracht, während seine Frau ins Zimmer der Tochter gegangen war. Dann hatte sie geschrien, und er hatte die Sachen fallen lassen und war zu ihr gerannt.

Keins der anderen Zimmer – zwei private Arbeits- und ein Medienzimmer, zwei weitere Bäder und ein Raum, der offenbar für Gäste vorgesehen war – schien in den vergangenen Tagen betreten worden zu sein.

Unten markierte sie noch die Sandalen und suchte dann nach ihrer Partnerin.

»So, wie ich die Sache sehe«, meinte Peabody, »wurden die Alarmanlage und die elektronischen Schlösser von innen ausgestellt. Es gibt keinen Hinweis darauf, dass sie manipuliert worden sind. Vielleicht finden ja die elektronischen Ermittler etwas, aber für mich sieht es so aus, als hätte jemand die Sachen auch von innen wieder eingeschaltet und dann die Kameras auf ganz normale Art und Weise ausgestellt. Die letzte Diskette ist von Sonnabend. Ich habe sie mir auf meinem Handcomputer angesehen. Sie zeigt, wie das Opfer kurz nach sechs allein nach Hause kommt. Sie hatte zwei Tüten von *Girlfriends* in der Hand. Das ist eine teure Boutique für Teens und College-Kids an der Ecke Fünfter und Achtundfünfzigster.«

»Wir werden uns erkundigen, was sie dort gekauft hat, und ob sie allein dort war. Sie hatte sich mit einer Freundin zum Shoppen verabredet. Ihr Handy oder ihren Handcomputer habe ich nirgendwo entdeckt, und auf dem Link auf ihrem Schreibtisch hat sie in den letzten achtundvierzig Stunden nur den Anruf von der Freundin und zwei Anrufe von ihren Eltern entgegengenommen. Die acht Handtaschen, die ich gefunden habe, waren alle leer.«

»Auf der Diskette hatte sie eine Schultertasche aus weißem Stroh mit silbernen Schnallen dabei.«

»Die habe ich in ihrem Zimmer nicht gesehen. Gucken Sie noch in den anderen Schränken nach. Das hier sind ordentliche Leute. Vielleicht haben sie ja einen Aufbewahrungsort für solches Zeug. Hatte sie lila Sandalen an?«

»Die aus dem Flur? Nein, blaue Turnschuhe.«

»Okay.«

»Dallas, da ist noch etwas. Die Tür des Kontrollraums ist mit einem Passwort gesichert, und auch dort gibt es keinen Hinweis darauf, dass sich jemand daran zu schaffen gemacht hat. Entweder hat sie sie also selbst geöffnet, ihm das Passwort genannt, oder er kennt sich wirklich gut mit solchen Sachen aus.«

»Sie hätte ihm alles gesagt, wenn er ihr dafür versprochen hätte, dass er sie dann in Ruhe lässt. Aber die Experten sollen trotzdem gucken, ob die Tür manipuliert worden ist.«

»Auf der Arbeitsplatte in der Küche stand ein Glas. Das habe ich eingesteckt. Alles andere war aufgeräumt, deshalb kam mir das Glas seltsam vor. Außerdem habe ich mir das Protokoll des AutoChefs angesehen. Gestern Abend um achtzehn Uhr dreißig hat sie zwei Pizzas bestellt. Eine vegetarisch und eine mit Fleisch. Sie hatte Gesellschaft, Dallas.«

»Ja. Ich werde jetzt mit ihren Eltern reden. Die Spurensicherer müssten jeden Augenblick erscheinen. Übernehmen Sie bitte die Aufsicht über sie.«

Damit kehrte Eve ins Wohnzimmer zurück.

Anna Whitney saß noch immer neben Carol und nahm sich wie ein eleganter Wachhund aus. MacMasters saß auf Carols anderer Seite und hielt ihre Hand, Whitney stand am Vorderfenster und starrte hinaus.

Mrs Whitney war die Erste, die in ihre Richtung sah, und während eines flüchtigen Moments nahm Eve die abgrundtiefe Trauer und das Flehen in ihren Augen wahr.

Helfen Sie uns.

MacMasters richtete sich auf, als Eve den Raum betrat, und nahm eine kerzengerade Haltung ein.

»Tut mir leid zu stören. Ich weiß, es ist im Augenblick sehr schwer für Sie.«

»Haben Sie Kinder?«, fragte Carol sie mit ausdrucksloser Stimme.

»Nein, Ma'am.«

»Dann können Sie nicht wissen, wie es für uns ist, nicht wahr?«

»Carol«, raunte ihr MacMasters zu.

»Sie haben recht«, antwortete Eve und setzte sich dem Trio gegenüber auf die zweite Couch. »Das kann ich nicht. Aber eins weiß ich, Mrs MacMasters. Und zwar, dass ich alles in meiner Macht Stehende tun werde, um die Person zu finden, die für das, was Ihrer Tochter widerfahren ist, verantwortlich ist. Ich werde dafür sorgen, dass alles, was unternommen werden kann, auch unternommen wird. Ich werde mich um sie kümmern, das verspreche ich.«

»Wir haben sie allein gelassen. Haben sie allein gelassen, ist Ihnen das klar?«

»Sie haben sie zweimal angerufen. Haben dafür gesorgt, dass sie so sicher wie möglich war«, antwortete Eve, ehe Anna die Gelegenheit dazu bekam. »Es gehört zu meiner Arbeit, alles zu beobachten und zu analysieren, und so, wie ich die Sache bisher sehe, sind Sie gute, liebevolle Eltern und ganz sicher nicht verantwortlich für diese Tat. Das ist ein anderer, und ich werde herausfinden, wer dieser andere ist. Sie können mir dabei helfen, indem Sie mir ein paar Fragen beantworten.«

»Wir kamen früher als geplant zurück. Wir wollten sie überraschen und alle zusammen zum Brunch und danach zu einer Matinee ins Theater gehen. Sie ist ein riesiger Theaterfan. Es sollte eine Überraschung für sie sein.«

»Wann wollten Sie eigentlich nach Hause kommen?«

»Heute am späten Nachmittag«, antwortete MacMasters ihr. »Wir waren Freitagnachmittag mit einem Shuttle ins *Interlude* gefahren, das ist ein kleines Hotel in den Smokey Mountains in Tennessee. Carol und ich haben dort ein ruhiges Wochenende zur Feier meiner Beförderung verlebt.« Er räusperte sich. »Ich hatte das Zimmer vor zehn Tagen reserviert. Wir waren vorher schon mal als Familie dort gewesen, aber …«

»Deena wollte, dass wir allein verreisen«, stieß Carol mit brüchiger Stimme aus. »Normalerweise machen wir immer zusammen Urlaub, aber dieses Mal ... Wir hätten darauf bestehen sollen, dass sie zu den Jennings zieht. Aber sie ist beinahe siebzehn und extrem verantwortungsbewusst. Sie wird nächstes Jahr ans College gehen, und da dachten wir, da dachten wir ...«

»Sind die Jennings Freunde der Familie?«

»Ja, Arthur und Melissa. Ihre Tochter Jo ist Deenas beste Freundin.« Carols Lippen bebten, als sie sprach. »Deena wollte allein bleiben, und wir dachten beide, das sollten wir respektieren, sollten ihr vertrauen und ihr diese Unabhängigkeit zugestehen. Wenn ...«

»Können Sie mir die Namen ihrer anderen Freundinnen und Freunde nennen?«

Carol atmete zitternd ein. »Jo und Hilly Rowe und Libby Grogh aus ihrer Schule. Das sind ihre engsten Freundinnen. Und dann noch Jamie. Jamie Lingstrom.«

Mit einem Mal war Eve hellwach. »Der Enkel des verstorbenen DS Frank Wojinski?«

»Ja.« MacMasters nickte mit dem Kopf. »Ich war mit Frank befreundet, und Jamie und Deena waren das ebenfalls bereits seit einer Ewigkeit.«

»Wie sieht es mit anderen Jungen aus?«

»Deena war noch nicht wirklich an Jungen interessiert.«

Als MacMasters sprach, nahm Eve den Blick in Carols Augen wahr. »Ma'am?«

»Sie war Jungen gegenüber ziemlich scheu, aber durchaus interessiert. Ich glaube, dass es da einen Jungen gab, der ihr besonders gut gefallen hat.«

»Wer?«

»Das hat sie nie direkt gesagt. Aber in den letzten beiden

Monaten hat sie sich plötzlich stärker für ihr Aussehen interessiert und ... ich bin mir nicht sicher, dass ich es richtig erklären kann, aber ich wusste einfach, dass der Grund dafür ein Junge war. Deshalb habe ich auch extra noch einmal ein Gespräch über Sex mit ihr geführt.«

MacMasters runzelte die Stirn, wirkte jedoch weniger verärgert als vielmehr verblüfft. »Davon hast du mir gar nichts erzählt.«

Sie warf einen Blick auf ihren Mann und versuchte, die bebenden Lippen zu einem Lächeln zu verziehen. »Manche Dinge bereden Frauen unter sich, Jonah. Sie war noch mit keinem Jungen zusammen. Das hätte ich gewusst. Sie hätte es mir auf jeden Fall erzählt. Wir haben über Verhütung und den Schutz vor Krankheiten gesprochen, und sie wusste, dass ich bereit gewesen wäre, sie in eine Klinik zu begleiten, hätte sie sich für eine Verhütungsmethode entscheiden wollen.«

»Wissen Sie, ob sie ein Tagebuch geführt hat?«

»Eher so etwas wie ein Notizbuch oder ein Journal. Ich denke, sie hat darin Gedanken oder Beobachtungen, Beschwerden und manchmal irgendwelche Gedichte oder Songtexte notiert.« Während ihr weiter die Tränen über die Wangen strömten, zog Carol ein Taschentuch aus einer Box. »Sie liebt Musik. Sie trägt dieses Heft immer in ihrer Handtasche mit sich herum.«

»Und sie hat auch einen Handcomputer und ein Handy?«

»Ja. Die müssten auch in ihrer Tasche sein.«

»Sie hat eine weiße Strohtasche mit Silberschnallen.«

»Ihre neue Sommer- und momentane Lieblingstasche. Die haben wir letzten Monat erst gekauft.«

»Wo bewahrt sie diese Tasche auf, wenn sie sie nicht benutzt?«

»In ihrem Zimmer, an dem Haken innen an der Tür von ihrem Schrank.«

Dem leeren Haken, dachte Eve. Dann hatte also ihr Killer diese Tasche und alles, was darin war, mitgenommen.

»Ich muss Ihnen diese Fragen stellen. Hat Deena Drogen genommen?«

»Nein. Das sage ich nicht nur wegen meiner Position mit dieser hundertprozentigen Sicherheit, oder weil sie meine Tochter war.« MacMasters sah sie reglos an. »Ich kenne sämtliche Anzeichen von Drogenmissbrauch, Lieutenant. Und mir ist durchaus bewusst, wie empfänglich ein Mädchen in Deenas Alter dafür sein kann, sich dem Gruppenzwang zu beugen und Drogen zumindest einmal zu probieren. Aber sie war total gegen Drogen, und zwar nicht nur, weil sie verboten sind, sondern weil sie einen großen Respekt vor ihrem Körper und ihrer Gesundheit hatte.«

»Sie achtet sehr auf ihre Ernährung«, fügte Carol noch hinzu. »Tatsächlich habe ich oft Schuldgefühle, weil ich Kaffee trinke und mir manchmal auch irgendwelches Junkfood schmeckt. Außerdem treibt sie sechs Tage in der Woche Sport – Yoga, Jogging, Selbstverteidigung.«

»Welches Fitnessstudio hat sie dafür besucht?«

»Keins. Wir haben einen kleinen Fitnessraum im Keller, und wenn sie draußen joggen will, tut sie das im Park. Auf den Wegen, die sicher sind, außerdem hat sie noch einen sogenannten Panic Button dabei und kann sich selbst verteidigen. Dafür hat Jonah gesorgt. Sie war in letzter Zeit meistens im Park, schließlich war das Wetter gut. Drogen wären für sie nie infrage gekommen, denn dafür respektiert sie sich und ihren Vater viel zu sehr.«

Sie sprach immer in der Gegenwart von ihrem Kind, bemerkte Eve, in der Gegenwart. Weil Deena für sie noch am

Leben war. Ob es ein neuer Albtraum für sie würde, wenn sie begriff, was passiert war?

Zögernd versuchte sie, den rechten Ton gegenüber Deenas Vater anzuschlagen, ohne dass der Albtraum für die Mutter allzu schnell begann. Ein Zögern, das den anderen Cops im Zimmer nicht verborgen blieb.

»Carol ...« MacMasters verstärkte den Druck auf Carols Hand. »Könnten du und Anna uns wohl einen Kaffee kochen? Ich glaube, den können wir alle brauchen.«

»Das wäre wirklich nett«, pflichtete ihm Whitney bei.

»Natürlich können wir das.« Anna, die den Schachzug beider Männer offenbar durchschaute, reichte Carol eine Hand. »Ich hätte auch gerne einen Kaffee.«

»Ja, in Ordnung. Ich hätte allen etwas anbieten sollen ...«

»Das tun wir einfach jetzt.« Anna führte sie entschlossen aus dem Raum.

»Sie wollen wissen, ob es irgendwelche Drohungen gegen mich oder meine Familie gegeben hat«, setzte MacMasters an. »Irgendetwas, was mit meinem Job zu tun hat und das zu dieser Tat geführt haben kann. Natürlich gibt es immer irgendwelche Junkies, die groß tönen, oder Dealer, die das Maul aufreißen, um nach einer Verhaftung das Gesicht zu wahren. Ich habe eine Akte mit den am ernstesten zu nehmenden Drohungen angelegt. Vor zwei Monaten haben wir einen großen Schlag gegen ein Kartell gelandet, wobei jedoch der Anführer, ein gewisser Juan Garcia, gegen Kaution wieder auf freien Fuß gekommen ist.« Er verzog angewidert das Gesicht. »Er hatte einen durch und durch gewieften Anwalt und vor allem jede Menge Geld. Dass er ein Überwachungsarmband trägt, würde ihn bestimmt nicht daran hindern, sich an jemandem dafür zu rächen, dass er jetzt Schwierigkeiten hat.«

»Wir werden ihn überprüfen.«

»Ja. Okay. Nur ... entspricht das hier nicht seinem Stil.« MacMasters fuhr sich mit den Händen durchs Gesicht. »Er würde versuchen, mich oder die Kollegen plattzumachen, die bei der Festnahme dabei gewesen sind. Wenn er dächte, dass er damit durchkommt, würde er mir bedenkenlos die Kehle aufschlitzen oder aufschlitzen lassen, aber ich kann mir nicht vorstellen, dass er hinter dieser Sache steckt. Vor allem würde er mich, wenn er es gewesen wäre, wissen lassen, dass er es war.«

»Wir werden ihn trotzdem überprüfen und auch alle anderen Typen aus Ihrer Datei durchgehen. Ich bräuchte bitte eine Kopie davon.«

»Die werden Sie bekommen. Ich weiß, wir können niemals sicher sein ...«

Er brach kurz ab und schien mit sich zu kämpfen, fuhr dann aber fort. »Können niemals sicher sein, ob oder wann der Job negative Auswirkungen auf unsere Familien hat, aber mich hat ganz eindeutig niemand bis hierher verfolgt. Dies ist eine gute Nachbarschaft, und wir haben alles auf Carols Namen eingetragen. Natürlich spricht sich herum, wo jemand wie lebt, aber das Haus ist rundherum gesichert, und wir haben Deena schon als kleinem Mädchen eingetrichtert, immer vorsichtig und aufmerksam zu sein.«

»Vielleicht hat es ja nichts mit Ihrem Job zu tun«, schlug Eve ihm vor. »Gab es vielleicht irgendeinen Streit mit einem Nachbarn oder so?«

»Nein. Nichts.« MacMasters spreizte hilflos seine Hände. »Wir kommen mit allen gut aus. Und Deena, vor allem Deena, war bei allen sehr beliebt. Sie hat Besorgungen für Mrs Cohen ein paar Häuser weiter gemacht, als die sich den Knöchel gebrochen hat, hat die Katze der Rileys gefüttert, wenn die im Urlaub waren, und …«

»Ihnen ist nicht aufgefallen, dass sich jemand Unbekanntes in der Nähe Ihres Hauses rumgetrieben hat?«

»Nein. Nein. Und selbst wenn, hätte sie einem Fremden niemals aufgemacht, vor allem nicht, wenn sie allein zu Hause war. Ich habe nachgeschaut, während ich auf die Beamten gewartet habe, aber Spuren eines Einbruchs habe ich nirgendwo entdeckt. Es fehlt nichts, und es wurde nichts durchwühlt. Es war also kein Einbruch, der schiefgegangen ist. Es war ein direkter und vorsätzlicher Angriff auf mein Kind. Und sie hat den Angreifer gekannt.«

»Zum jetzigen Zeitpunkt der Ermittlungen würde ich Ihnen zustimmen, Captain, aber trotzdem gehen wir weiter allen Spuren nach. Ich werde auch ihre Freundinnen befragen. Falls es einen Jungen gab, der ihr besonders gut gefiel«, griff sie Carols Formulierung auf, »hat sie denen ja vielleicht mehr erzählt.«

»Es war kein … Date, das aus dem Ruder gelaufen ist. Dies war keine spontane Tat.«

»Nein, Sir, davon gehe ich auch nicht aus.«

»Dann sagen Sie mir, wovon Sie ausgehen.«

Eve blickte auf Whitney, und der nickte knapp. »Zum jetzigen Zeitpunkt gehe ich davon aus, dass sie vielleicht die Absicht hatte, einen Freund bei sich zu Hause zu empfangen, jemanden, dem sie eventuell außerhalb ihrer gewohnten Kreise irgendwo begegnet ist. Jemanden, von dem sie unter Umständen schon vorher ins Visier genommen worden ist. Vielleicht hat er sie betäubt. In der Küche stand ein Glas, ein einziges benutztes Glas. Das geben wir umgehend ins Labor.«

»Er hat sie unter Drogen gesetzt«, schloss MacMasters raus.

»Vielleicht. Captain, ich kann noch keine Schlüsse ziehen und möchte auch keine Spekulationen anstellen. Aber ich verspreche Ihnen, ich halte Sie auf dem Laufenden. Verspreche Ihnen, meine Partnerin und ich sowie das Team, das teilweise bereits zusammengestellte Team, das in dem Fall ermitteln wird, werden alles in unsrer Macht Stehende tun, damit ich Ihnen möglichst schnell Antworten auf Ihre Fragen geben kann.«

»Ich habe darum gebeten, dass Sie in dem Fall ermitteln, Lieutenant, weil ich keinen Zweifel daran habe, dass Sie und Ihr Team genau das tun.« Er presste sich die Finger vor die Augen. »Um eine offizielle Aussage zu machen und meine Erklärung dem Commander gegenüber noch einmal zu wiederholen: Meine Frau und ich kamen früher als geplant von einem zweitägigen Kurzurlaub zurück. Die Türen waren abgesperrt, aber die Kameras waren ausgestellt, wie ich später entdeckte. Das fiel mir nicht gleich auf. Wir gingen direkt nach oben, ich brachte unser Gepäck in unser Schlafzimmer, während Carol in Deenas Zimmer ging, um zu sehen, ob sie schon wach war. Dann hörte ich sie plötzlich schreien und rannte sofort los. Ich fand meine Frau, wie sie versuchte, Deena von ihrem Bett zu heben. Mir war sofort klar …«

»Nicht nötig, Captain«, fiel ihm Eve ins Wort. »Ich kann mich auch einfach auf die Aussage beziehen, die Sie gegenüber dem Commander gemacht haben.«

»Nein, wir alle wissen, dass ich es noch einmal erzählen muss. Ich konnte sehen, dass Deena nicht mehr lebte. Ich sah die Beweise dafür, dass sie sexuell missbraucht und körperlich misshandelt worden ist – das Blut, die Abschürfungen und die Fesseln. Ich zog meine Frau von unserem Mädchen weg, weil ... ich wusste, dass das wichtig war. Sie hat sich gewehrt, aber ich habe es geschafft, sie aus dem Raum in unser Schlafzimmer zu bringen, wo ich sie gewaltsam festhielt, während ich mit dem Commander sprach. Mir ist klar, dass das nicht der vorgeschriebenen Verfahrensweise entsprochen hat. Ich hätte die Nummer des Notrufs wählen sollen, aber ...«

»Ich hätte genau dasselbe getan wie Sie.«

»Danke.« Ein Schauder zog durch seine Brust, während er sichtlich um Beherrschung rang. »Ich habe dem Commander die Situation geschildert und ihn gebeten, mir zu helfen. Dann kamen die Beamten, die er verständigt hat. Nein, das ist nicht richtig. Erst ging ich in Deenas Zimmer zurück, denn ich musste sehen ... ich musste einfach völlig sicher sein. Danach überredete ich Carol, mit mir nach unten zu kommen, überprüfte die Alarmanlage und sah mich nach Spuren eines Einbruchs um. Dann erst tauchten die Beamten auf. Kurz danach kamen auch der Commander und Mrs Whitney an, und der Commander und ich kehrten zusammen an den ... an den Tatort zurück. Dann habe ich darum gebeten, dass die Leitung der Ermittlungen Ihnen übertragen wird.«

»Danke, Captain. Ich habe zwei Beamte losgeschickt, um die Nachbarn zu befragen. Mit Erlaubnis des Commanders schicke ich Ihnen Kopien sämtlicher Berichte zu.«

»Die haben Sie. Der Pathologe ist jetzt da«, fügte Whitney noch hinzu, als er den Leichenwagen vor dem Haus vorfahren sah. »Sicher wäre es das Beste, wenn wir dafür sorgen, dass Carol noch ein wenig in der Küche bleibt.«

»Ich werde zu ihr gehen.« MacMasters stand müde auf. »Wenn Sie fürs Erste mit mir fertig sind, Lieutenant.«

»Ja. Die Spurensicherung wird sich nachher im ganzen Haus umsehen. Können Sie und Ihre Frau solange irgendwo anders hingehen?«

»Ihr kommt mit zu uns«, sagte Whitney zu dem Freund.

MacMasters nickte stumm, und Eve hatte das Gefühl, dass der Cop langsam, aber sicher hinter dem Hinterbliebenen verschwand. Seine Hände zitterten, und noch während sie ihn ansah, kam es ihr so vor, als vertieften sich die Falten, die um seine Augen lagen.

»Ich werde mich wieder bei Ihnen melden, Captain. Nochmals, mein tief empfundenes Beileid zu Ihrem Verlust.«

Als er wie in Trance den Raum verließ, wandte Whitney sich an Eve. »Welche Schlüsse haben Sie bereits gezogen?«

»Bisher sind es eher Spekulationen. Sie hat ihn hereingelassen und hatte das offenbar auch geplant. Zum jetzigen Zeitpunkt kann ich unmöglich sagen, ob sie ihn nach irgendeinem Treffen außerhalb des Hauses mit hierher gebracht hat oder ob der Kerl allein kam. Auf jeden Fall hat sie ihm etwas zu essen aus dem AutoChef bestellt. Höchstwahrscheinlich haben sie zusammen gegessen, falls er ihr ein Betäubungsmittel verabreicht und das Glas anschließend stehen lassen hat, hat er das absichtlich gemacht.«

»Weil er will, dass wir es erfahren«, führte Whitney ihre Überlegung aus.

»Ja, Sir. Es ist eine persönliche, geplante, vorsätzliche Tat. Die Vergewaltigungen waren sehr brutal, die Schwellungen im Gesicht hingegen kommen mir so vor, als hätte er sie Deena zur Show erst nachträglich zugefügt. Ich glaube, er hat sie gewürgt, erstickt und vielleicht immer wieder aus der Bewusstlosigkeit erwachen lassen, um die Schmerzen und die Angst möglichst in die Länge zu ziehen. Er wollte diese Schmerzen und die Angst sehen. Der

Tod ist erst nach drei Uhr eingetreten. Alles, was ich bisher herausgefunden habe, deutet darauf hin, dass das Opfer mitten in der Nacht niemanden hereingelassen hätte, nicht einmal einen Jungen, der ihr vielleicht gefallen hat.«

»Nein. Nein, ich glaube auch nicht, dass sie das getan hätte. Außer ... wenn sie gedacht hätte, dass jemand Hilfe braucht. Jemand, den sie kennt.«

»Das ist eine Möglichkeit. Aber ich halte es für wahrscheinlicher, dass er sich recht lange bei ihr aufgehalten hat. Wenn nicht die Spurensicherung einen Beweis für das Gegenteil entdeckt, gehe ich davon aus, dass der gewalttätige Teil der Tat in ihrem Zimmer stattgefunden hat, nachdem sie bereits gefesselt war. Er ist kein Risiko eingegangen. Er ist mit einem ganz bestimmten Ziel hierhergekommen und das hat er offenbar erreicht.«

»Überprüfen Sie ähnlich gelagerte Verbrechen«, setzte Whitney an, brach dann aber wieder ab. »Jetzt sage ich Ihnen, wie Sie Ihre Arbeit machen sollen. Dabei sollte ich Sie einfach machen lassen, denn Sie wissen schließlich selber, wie es geht.«

»Ich werde mit ihren Freundinnen beginnen. Vielleicht haben wir ja Glück und bekommen einen Namen, eine Beschreibung oder einen anderen Hinweis. Das Glas, das Peabody entdeckt hat, habe ich schon ins Labor geschickt. Als Pathologen habe ich Morris beantragt; Feeney, McNab und wen auch immer Feeney außerdem noch haben will, sehen sich die elektronischen Geräte an. Außerdem werden wir uns in dem Park umsehen, in dem sie joggen gegangen ist. Falls sie ihren Killer dort getroffen hat, hat ja vielleicht jemand die beiden zusammen gesehen. Auch diesen Garcia knöpfen wir uns vor, obwohl ich der Ansicht des Captains bin, dass er es bestimmt nicht war.«

»Halten Sie mich auf dem Laufenden«, bat Whitney sie und drehte den Kopf, als seine Frau den Raum betrat.

»Ich dachte, die beiden wären vielleicht gerne kurz allein. Und ich wollte Ihnen das hier geben, Lieutenant.« Anna hielt Eve einen Memo-Würfel hin. »Die Namen und Adressen der Freundinnen, von denen Carol gesprochen hat.«

»Danke.«

»Ich weiß, Sie müssen weitermachen, aber vorher möchte ich noch etwas sagen. Carol und Jonah sind sehr liebe Freunde, und Deena war in jeder Hinsicht ein ... reizendes Geschöpf. Ihr Stil sagt mir nicht immer zu, Lieutenant. Jack«, herrschte sie ihren Gatten ungeduldig an, als der etwas sagen wollte. »Bitte. Ich finde Sie oft furchtbar schroff und kann Sie häufig nicht verstehen. Aber wie gesagt, Carol und Jonah sind sehr liebe Freunde, und Deena war einfach ein reizendes Geschöpf. Wenn nicht bereits Jonah darum gebeten hätte, dass der Fall Ihnen übertragen wird, hätte ich all meinen Einfluss auf Ihren Commander genutzt, damit er die Ermittlungen von Ihnen leiten lässt. Denn Sie erwischen diesen Bastard garantiert.«

Sie brach ab, trat in die offenen Arme ihres Mannes und brach in leises Schluchzen aus.

3

Eve flüchtete vor die Tür, wo das Elend und die Trauer nicht mit jedem ihrer Atemzüge in sie einzudringen schienen. Wo sie auch ihre eigenen Erinnerungen und Gefühle wieder in den Griff bekam.

Die Beamtin und der Beamte, die auf ihr Geheiß die Nachbarschaft befragen sollten, kamen zum Haus zurück.

»Officers. Erstatten Sie Bericht.«

»Wir haben an sämtlichen Türen des Blocks geklopft und außer in vier Häusern überall jemanden erreicht. Von anderen Bewohnern wissen wir, dass die Familie, die zwei Häuser weiter östlich wohnt, seit drei Tagen im Urlaub ist. Die Leute aus zwei anderen Häusern sind angeblich heute Vormittag auf einer Kundgebung zum Friedenstag, wo der Bewohner des letzten Hauses ist, wissen wir bisher noch nicht.«

»Geben Sie mir den Namen dieser Person. Wir werden sie aufspüren und vernehmen. Genau wie die Teilnehmer der Kundgebung. Wir brauchen Aussagen von sämtlichen Bewohnern dieses Blocks, die in den letzten vierundzwanzig Stunden zu Hause gewesen sind.«

»Zu Befehl, Ma'am. Die, mit denen wir gesprochen haben, haben gestern oder letzte Nacht nichts Ungewöhnliches bemerkt. Niemand hat jemand anderen als das Opfer das Haus betreten oder verlassen sehen.« Die Beamtin übernahm die Führung und klappte ihr Notizbuch auf. »Eine Hester Privet hat gestern Morgen gegen zehn Uhr fünfzehn noch mit ihr gesprochen. Zu dem Zeitpunkt war das Mädchen dabei, die Blumen vor dem Haus zu gießen, und sie haben sich kurz miteinander unterhalten. Dabei erwähnte sie, dass sie noch ein paar Besorgungen zu machen hätte, denn ihre Eltern kämen am nächsten Nachmittag zurück. Privet meint, sie hätte sich scherzhaft danach erkundigt, ob das Mädchen abends eine große Party schmeißen wollte, erst hätte Deena darauf ein bisschen verlegen reagiert, dann aber gelacht und gesagt, sie mache sich lieber einen ruhigen Abend. Dann ging Privet zu Fuß in Richtung Osten weiter.«

Als Eve über die Schulter der Beamtin blickte, sah sie einen riesigen, orangefarbenen Hund, der ein junges Paar durch den Parkeingang zog, sowie einen Jogger in leuchtend roten Shorts, der den Park gerade verließ.

»Später am Tag, so gegen fünfzehn und dann noch einmal gegen siebzehn Uhr, kam die Zeugin noch zweimal am Haus vorbei. Sie ging zu den Zeiten mit ihren Kindern in den Park und danach wieder heim. Sie ist sich sicher, dass zu diesen Zeiten die Alarmanlage eingeschaltet war. Sie meint, dass sie extra darauf geachtet hätte, weil sie wusste, dass die Eltern nicht zu Hause waren. Das Opfer hat sie jedoch nicht noch einmal gesehen.«

»Gut. Geben Sie mir Bescheid, sobald Sie auch die Aussagen der anderen Leute haben.«

Als sie wieder alleine war, blieb sie kurz stehen und sah zu, wie Deena in dem anonymen, schwarzen Leichensack das Haus verließ. Dann aber machte sie eilig einen Schritt nach vorn, als sie eine Frau mit wild fliegendem, blondem Haar auf das Haus zustürzen sah.

»Es ist Deena, nicht wahr? Die Polizei wollte mir nicht sagen, was geschehen ist. Nur, dass was passiert ist, weiter nichts. Ich kann einfach nicht glauben ... ist es Deena? Was ist passiert?«

»Ich kann Ihnen zum jetzigen Zeitpunkt keine Informationen geben. Sind Sie eine Freundin der Familie?«

»Ja. Eine Nachbarin. Hester Privet. Vorhin waren zwei Beamte bei mir an der Tür, aber ...«

»Ich bin Lieutenant Dallas. Sie haben gestern mit Deena gesprochen.«

»Ja, genau hier, genau hier vor der Tür. Ist sie ... Gott ... ist sie da in dem Sack?«

Es hatte keinen Sinn darum herumzureden. Denn bereits

in kurzer Zeit wüsste sowieso die ganze Nachbarschaft Bescheid. »Deena MacMasters wurde letzte Nacht ermordet«, klärte Eve die Nachbarin deswegen auf.

Die Frau taumelte einen Schritt zurück und schlang sich die Arme um den Bauch. »Aber wie? Wie ist das passiert?« Tränen sammelten sich in ihren vor Entsetzen aufgerissenen Augen. »Wurde denn eingebrochen? Sie schaltet doch immer die Alarmanlage ein und schließt auch alle Türen ab. Sie hütet meine Zwillinge, meine beiden Jungen, und hält mir ständig Vorträge darüber, dass ich dafür sorgen soll, dass das Haus rund um die Uhr ordentlich gesichert ist. Oh Gott. Meine Jungen lieben sie. Was soll ich ihnen sagen? Kann ich irgendetwas tun? Jonah und Carol. Sie sind unterwegs. Ich habe ihre Handynummern. Ich kann ...«

»Sie sind heute früh zurückgekommen. Sie sind drinnen im Haus.«

Hester schloss die Augen und atmete ein paarmal aus und ein. »Ich ... fast wäre ich rübergegangen und hätte bei ihr geklopft. Um nachzusehen, ob alles in Ordnung ist. Um zu fragen, ob sie vielleicht rüberkommen, mit uns essen und ein bisschen bleiben will. Aber dann habe ich mir gesagt, dass sie das wahrscheinlich nicht will. Ich wünschte mir, ich hätte es getan ... gibt es irgendetwas, was ich tun kann? Irgendwas?«

»Hatte Deena jemals irgendwen dabei, wenn sie Ihre Kinder gehütet hat? Eine Freundin oder einen Freund?«

»Manchmal kam sie mit Jo. Jo Jennings, ihrer besten Freundin.«

»Kamen auch mal irgendwelche Jungs mit?«

»Nein. Mein Gott.« Sie fuhr sich mit den Handrücken über die tränennassen Wangen. »Das hätten wir nicht erlaubt, und vor allem hatte Deena noch nicht wirklich was mit Jungs im Sinn.«

»Und sie hat sich immer an die Regeln gehalten?«

»Ja, oder zumindest, soweit ich weiß. Ich hätte mir oft gewünscht, dass sie mal eine Regel bricht.« Hester wischte sich die nächste Träne fort. »Für ihr Alter hat sie auf mich unglaublich jung, unschuldig und zugleich erstaunlich reif und verantwortungsbewusst gewirkt. Ich habe ihr in Bezug auf meine Jungen absolut vertraut. Ich hätte mich mehr um sie kümmern, sie besser im Auge haben müssen, während sie allein zu Hause war. Hätte darauf bestehen sollen, dass sie zum Abendessen rüberkommt. Aber es waren nur zwei Tage, und ich habe nicht nachgedacht. Habe einfach nicht nachgedacht.«

»Hat sie Ihnen jemals irgendwas von einem Jungen erzählt?«

»Von keinem besonderen. Wobei sie sich gelegentlich ganz allgemein mit mir über Jungen unterhalten hat. Die Beziehung zwischen ihr und ihrer Mutter ist ... war ... wirklich gut, aber manchmal gibt es Dinge, über die ein Mädchen nicht mit seiner Mutter reden kann. Außerdem standen wir zwei uns altersmäßig näher, vor allem bin ich ganz einfach ein neugieriger Mensch«, gab Hester mit einem schiefen Lächeln zu. »Ich glaube, dass es einen Jungen gab, für den sie eine ganz besondere Schwäche hatte, denn mit einem Mal gab sie sich viel mehr Mühe mit ihren Klamotten und mit ihrem Haar. Und ... nun, sie hatte einfach diesen Blick. Wissen Sie, was ich damit sagen will?«

»Ja.«

»Ich habe eine Bemerkung deswegen gemacht, und sie meinte, sie würde einfach ein paar neue Sachen ausprobieren. Aber da war dieser Blick. Dieser Ich-habe-ein-Geheimnis-Blick. Hat irgendein Junge ihr das angetan? Hat irgendein ...« Plötzlich drückte ihr Gesicht Verstehen und Entsetzen aus. »Oh Gott.«

»Ich kann Ihnen keine Einzelheiten nennen. Aber ich werde Ihnen meine Karte geben, und falls Ihnen noch etwas einfällt, irgendwas, was Sie gesehen haben oder was sie vielleicht zu Ihnen gesagt hat, rufen Sie mich bitte an. Das will ich dann wissen, ganz egal, wie unwichtig es Ihnen vielleicht erscheint.« Eve hielt ihr eine Visitenkarte hin. »Eins noch. Ist Ihnen, als Sie sie gestern Vormittag gesehen haben, vielleicht aufgefallen, ob ihre Finger- und die Fußnägel lackiert gewesen sind?«

»Das waren sie auf keinen Fall. Das wäre mir aufgefallen, denn sie hat sich die Nägel nur sehr selten angemalt. Und sie war barfuß. Hat mit nackten Füßen die Blumen da drüben gegossen, ich hätte es also auf jeden Fall bemerkt.«

»Okay, danke.«

»Ich muss es meinem Mann und unseren Jungen sagen. Die beiden sind erst vier und ich weiß beim besten Willen nicht, wie ich es ihnen beibringen soll.«

Peabody kam aus dem Haus, als Hester ging. »Die elektronischen Ermittler sind inzwischen unterwegs, die Spurensicherung hat sich ans Werk gemacht, und Mrs Whitney packt schnell ein paar Sachen für Mrs MacMasters ein. Je nachdem, wie lange es hier dauert, nehmen Whitneys sie für ein, zwei Tage mit zu sich.«

»Dann lassen wir sie erst mal gehen. Wir müssen Deenas Freunde und Freundinnen befragen. Es ist schon zu spät, um sich im Park auf ihrer Joggingstrecke umzusehen. An den Wochenenden und auch unter der Woche, wenn sie keine Schule hatte, hat sie zwischen acht und neun ihre

Runden dort gedreht. Also gehen wir morgen in den Park. Als Ersten nehmen wir uns Jamie vor.«

»Jamie? Unseren Jamie?«

»Lingstrom, ja. Er war ein Freund von ihr.«

»Wenn die Welt beschissen ist, ist sie erschreckend klein.«

Damit hatte ihre Partnerin eindeutig recht.

Eve wusste von ihrem Mann, dass Jamie während der Semesterferien daheim bei seiner Mutter war. Er war der Enkel eines wirklich guten, doch inzwischen toten Cops, und auch seine Schwester war ermordet worden, als er selbst ein Teenager gewesen war.

Deshalb war er mit dem Tod bereits als junger Mensch vertraut.

Außerdem hatte er schon als Sechzehnjähriger Roarkes heimische Security mit einem selbstgebauten Störsender außer Funktion gesetzt und sich ungehindert Zugang zu dem Anwesen verschafft.

Während der Semesterferien jobbte er deshalb als elektronischer Entwickler in einem von Roarkes zahlreichen Unternehmen, obwohl es Roarke leicht frustrierte, dass der Junge danach strebte, irgendwann nicht in die freie Wirtschaft, sondern wie sein Großvater zur Polizei zu gehen.

»Da die beiden Freunde waren, wird Jamie wahrscheinlich darauf bestehen, dass wir ihn in die Ermittlungen zu diesem Mordfall einbeziehen.«

»Das entscheidet Feeney.« Der dem Enkel eines alten Freundes ebenfalls verbunden war. »Aber vor allem hat er sowieso bereits mit diesem Fall zu tun. Weil außer ihm nur Freundinnen auf unserer Liste stehen.«

»Denken Sie, dass zwischen den beiden irgendwas gelaufen ist?«

»Die Eltern glauben das nicht, obwohl es der Mutter und auch einer Nachbarin zufolge offenbar jemanden gab. Erst seit ziemlich kurzer Zeit, und zwar irgendwen, über den sie nicht gesprochen hat.«

Peabody dachte kurz nach. »Wenn sie für Jamie geschwärmt hätte und er für sie, hätte sie ihren Eltern ganz bestimmt davon erzählt. Er ist genau der Typ, von dem sie begeistert gewesen wären. Er ist intelligent, verantwortungsbewusst, der Enkel eines Cops, hat ein Stipendium für Columbia und hätte jede Menge Angebote auch von anderen Spitzen-Colleges gehabt. Aber er hat Columbia gewählt, weil es von dort nicht weit bis nach Hause ist, und weil er seine Mutter nicht die ganze Zeit alleine lassen will.«

Als Eve sie mit einem durchdringenden Seitenblick bedachte, fuhr sie schulterzuckend fort: »Er redet manchmal mit McNab, deshalb weiß ich auch, dass Jamie in den letzten Monaten zwar öfter mal mit irgendwelchen Mädchen ausgegangen ist, aber nichts Ernstes dabei war. Ich glaube, Deena hat er diesbezüglich nicht erwähnt. Daran würde ich mich ganz bestimmt erinnern, schließlich kannte ich sie auch. Außerdem fahren die Jungs vom College nicht gerade auf Highschool-Mädchen ab.«

»Und worauf fahren die Mädchen ab?«

»Auf College-Jungs, das ist eine Frage des Status. Aber ... Deena war nicht so. Sie war ernsthaft und süß und ziemlich scheu.«

»Verletzlich«, fügte Eve hinzu. »Das hat irgendein Typ anscheinend ausgenutzt. Sie hat sich die Nägel angemalt.«

»Huh?«

»Irgendwann am Samstag hat sie sich die Nägel angemalt oder anmalen lassen, sich mit einem Rock, einer hübschen Bluse, Schmuck zurechtgemacht und sich sogar geschminkt. Wenn Sie abends allein zu Hause abhängen, was haben Sie dann an?«

»Entweder meinen Schlafanzug oder die schäbigsten Joggingklamotten, die sich in meinem Schrank auftreiben lassen.«

»Sie hat ihn nicht nur ins Haus gelassen, sondern ihn erwartet.« Eve hielt vor dem bescheidenen Stadthaus an.

All das hatte sie schon einmal durchgemacht, genau diesen Weg war sie schon einmal gegangen, als sie Brenda Lingstrom hatte sagen müssen, dass ihre Tochter ermordet worden war.

Dieses Mal kam Jamie an die Tür.

Seit wann war er so groß? Sie musste zu ihm aufblicken, ein seltsames Gefühl. Auch seine Haare waren etwas länger und fielen ihm in wirren blonden Strähnen ins Gesicht. Seine Jeans war voller Löcher und von seinem schlabberigen, verwaschenen T-Shirt starrten sie die Mitglieder einer beliebten Trash-Rock-Band verächtlich an.

Sein Gesicht war schmaler als beim letzten Mal und wirklich attraktiv. Schockiert erkannte sie, dass sie nicht wie früher einem Jungen gegenüberstand, sondern einem ausgewachsenen Mann.

Seine Augen blitzten vor Vergnügen auf, als er sie sah, wurden dann aber vollkommen ausdruckslos. »Oh Scheiße.«

»Freut mich auch, dich wieder mal zu sehen.«

»Wer ist tot? Sie stehen ja wohl nicht vor unserer Tür, weil Sie zufällig hier in der Gegend waren. Wer ... meine Mutter.«

Seine Stimme drückte nackte Panik aus, und er packte schmerzhaft ihren Arm.

»Nein. Ist sie nicht da?«

»Sie und Grandma sind seit Freitag weg. Sie nutzen den Feiertag und machen eine Frauenwoche mit ihren Freundinnen. Sind sie okay?«

»Soweit ich weiß. Wir müssen reinkommen, Jamie.«

»Um wen geht's? Sagen Sie mir, um wen es geht.«

Es gab keine Möglichkeit, ihm diese Nachricht schonend beizubringen, und so fiel Eve einfach mit der Tür ins Haus. »Deena MacMasters.«

»Was? Nein. Nein. Deena? Oh Gott. Oh, gott*verdammt!*«

Er wandte ihr den Rücken zu, marschierte in das Wohnzimmer, das in den letzten beiden Jahren kaum verändert worden war, und tigerte wie eine gefangene Raubkatze zwischen den Möbeln hin und her. »Geben Sie mir eine Minute, ja? Geben Sie mir eine Minute Zeit.«

Eve bedeutete Peabody, sich schon einmal zu setzen, und blieb selber stehen, während Jamie noch um Fassung rang.

Schließlich blieb er stehen und drehte sich so resigniert und müde wie ein alter Mann zu ihnen beiden um. »Wann ist es passiert?«

»Letzte Nacht.«

»Und wie?«

»Darüber werden wir noch reden. Wann hast du sie zum letzten Mal gesehen?«

»Ah.« Er rieb sich die Stelle zwischen seinen Augenbrauen, was ihn ein wenig zu beruhigen schien. »Vor ungefähr zwei Wochen. Warten Sie.« Er ließ sich auf eine Sessellehne sinken und starrte einige Minuten in die Luft.

Eve sah, wie er die Kontrolle über sich zurückgewann. Sollte er sich wirklich irgendwann einmal bei der Polizei bewerben, hätte er auf jeden Fall das Zeug zu einem guten Cop.

»Dienstag, nächsten Dienstag vor zwei Wochen. Ich war mit ein paar Kumpels im Club Zero, um mir diese neue Gruppe – Crusher – anzusehen. Ich hatte sie gefragt, ob sie Lust hat mitzukommen, denn wir hatten uns schon eine ganze Weile nicht gesehen, und ich weiß, dass Deena ein Musikfan ist. Sie liebt alle Richtungen, selbst das alte Zeug. Es ist ein Club, in den auch junge Leute dürfen, deswegen kam sie problemlos rein. Die Band war grottenschlecht, deshalb sind wir beide nach dem ersten Gig Pizza essen gegangen und haben gequatscht. Danach habe ich sie heimgebracht. Noch vor Mitternacht, länger durfte sie nämlich nicht weg.«

»Worüber habt ihr gequatscht?«

»Über alles Mögliche. Schule, Musik, Filme, Computer und so Zeug. Sie ist nicht unbedingt der Elektronikfreak, aber wenn ich davon gesprochen habe, hat sie gerne zugehört. Wir kennen uns schon eine Ewigkeit. Opa kannte ihren Dad und sie wollte nächstes Jahr auch nach Columbia gehen. Auch darüber haben wir uns unterhalten, weil ich dort schließlich schon seit zwei Semestern bin.«

»Hat sie von ihrem Freund erzählt?«

»Von was für einem Freund?« Er riss alarmiert die Augen auf. »Ich wüsste nicht, dass es da jemanden gegeben hat. Sie hatte keinen Freund. In Bezug auf Jungs war sie immer total verkrampft und hielt nicht viel von diesem eins zu eins.«

»Eins zu eins?«

»Davon, mit irgendwelchen Jungs alleine auszugehen. Sie fand sich hässlich, dabei war sie wirklich hübsch. Und sie meinte, sie hätte einfach keine Ahnung, was sie sagen oder wie sie sich ausdrücken soll, wenn sie mit einem Typ alleine ist. Mom hat immer gesagt, dass sie ihre Hemmungen und ihre Schüchternheit eines Tages überwinden würde. Aber das kann sie jetzt nicht mehr«, fügte er im Ton größter Verbitterung hinzu. »Was ist mit ihr passiert, Dallas?«

»Ihre Eltern waren übers Wochenende weg«, klärte Eve ihn mit neutraler Stimme auf. »Irgendwann gestern hat sie jemanden ins Haus gelassen. Es sieht so aus, als hätte sie diesen Besuch erwartet, nach allem, was wir bisher wissen, hat sie die Person gekannt und ihr vertraut.«

Auch diese Einzelheiten würde Jamie bald erfahren, deshalb wäre es wahrscheinlich besser, er hörte sie jetzt sofort von ihr. »Er hat sie gefesselt, vergewaltigt und anschließend umgebracht.«

Mit zornblitzenden Augen sprang er auf, doch schon wenige Sekunden später wurde seine Miene völlig ausdruckslos. Ja, er würde ganz bestimmt einmal ein guter Polizist.

»Sie war total harmlos. War die Art von Mensch, die alles tun würde, um einem anderen nicht wehzutun. Zugleich war sie auch stark, schnell und intelligent und konnte sich selbst verteidigen. Sie hat mich beim Training mehrmals flachgelegt. Man hätte sie niemals kampflos fesseln können, weshalb es doch sicher irgendwelche Spuren gibt.«

»Vielleicht hat der Täter sie betäubt, damit er sie fesseln konnte, ohne dass sie ihm dabei zu nahe kam. Sie hat gekämpft, Jamie, und zwar mit aller Kraft, aber es war bereits zu spät.«

»Wenn sie jemanden hereingelassen hat, hat sie ihn gekannt. Da haben Sie vollkommen recht. Wir waren nicht mehr ganz so dicke, seit ich mit dem College angefangen hatte, deshalb kannte ich nicht jeden, den sie vielleicht …«

»Was?«

»Als wir über unserer Pizza saßen, hat sie mich gefragt, was Collegestudenten an Mädchen interessiert. Ich habe einen Witz gemacht und ihr erklärt, uns würden genau dieselben Sachen interessieren wie jeden anderen auch. Aber sie hat nachgehakt und wollte von mir wissen, ob es eher ums Aussehen oder um Gemeinsamkeiten geht, und ob wir alle davon ausgehen, dass ein Mädchen, das mit ihnen ausgeht, auch mit ihnen schläft. Wir konnten über solche Dinge reden, weil zwischen uns beiden nie was in der Richtung lief.«

Er nahm wieder auf der Sessellehne Platz. »Ich glaube, ich habe gesagt, es würde nicht erwartet, aber sicherlich erhofft. Obwohl ich nicht mit jedem Mädchen, das mal mit mir ausgegangen ist, auch in der Kiste war. Ich habe ihr gesagt, sie sollte sich Gedanken über College-Jungen machen, wenn sie selbst am College ist, und sie hat mich lächelnd angesehen. Ich habe mir nichts dabei gedacht, dass sie nur gelächelt und danach ein anderes Thema angesprochen hat. Aber offensichtlich ging es ihr bei dieser Unterhaltung nicht um Jungs im Allgemeinen. Offensichtlich gab es jemanden Speziellen. Dieser verdammte Hurensohn.«

»Wem hätte sie vielleicht etwas davon erzählt?«

»Falls sie überhaupt mit jemandem darüber gesprochen hat, dann sicherlich mit Jo. Jo Jennings. Die war schließlich ihre BFFAE.«

»Ihre BFFAE?«

»Ihre *Best Friend forever and ever*. Ihre beste Freundin

bis in alle Ewigkeit. Die beiden haben schon in der Grundschule zusammengeklebt. Aber Deena konnte Dinge auch für sich behalten, wenn sie wollte oder wenn es nötig war. Außerdem hat sie normalerweise lieber zugehört, als selbst zu reden. Denn sie stand einfach nicht gern im Mittelpunkt, das hat sie nervös gemacht.«

»Okay. Dann haken wir bei ihrer Freundin nach.«

»Was ist mit der Security?«, fragte Jamie Eve. »Nicht einmal für einen Typen, den sie kannte, hätte sie die Überwachungskameras des Hauses ausgestellt. Die Kameras sind ständig an, das hatte ihr Dad ihr bereits als kleinem Mädchen eingebläut.«

»Es sieht so aus, als hätte sie der Killer abgestellt und die Disketten mit den Aufnahmen daraus entfernt.«

»Dazu hätte er in den Kontrollraum kommen müssen, der mit einem Zugangscode gesichert ist. Den müsste er gehabt haben. Er müsste gewusst haben, wie man …« Sein Gesicht wurde noch bleicher als zuvor. »Er hatte es von Anfang an geplant. Hat mit ihr gespielt. Hatte er die Kameras schon vorher von außen abgestellt?«

»Das wissen wir noch nicht.«

»Selbst wenn er herausgefunden hat, wie die Festplatte zu löschen ist, und wenn er die Disketten mitgenommen hat, wofür er sich mit Elektronik ziemlich gut auskennen muss, bleiben noch Schatten und Echos von dem Kerl auf dem Gerät zurück. Haben Sie den Captain darauf angesetzt? Geht Feeney der Sache nach?«

»Inzwischen sollte er mit seinen Leuten am Tatort angekommen sein.«

»Ich will ihm bei der Suche helfen. Dallas, Sie müssen ihm sagen, dass er mich mithelfen lassen muss.«

»Ich muss überhaupt nichts«, gab sie kühl zurück.

»Captain Feeney selbst entscheidet, wen er in sein Team aufnimmt.«

Er sprang wieder auf und spannte seinen ganzen Körper sichtbar an. »Sie werden mich nicht daran hindern, dieser Sache nachzugehen.«

»Ist das eine Bitte oder eine Feststellung?«

Er besann sich wieder darauf, wer er selbst und wer sein Gegenüber war. »Eine Bitte.«

»Wie gesagt, für diesen Bereich der Ermittlungen ist Captain Feeney zuständig. Und wie du aus Erfahrung weißt, wird der Job nicht gerade leichter, wenn das Opfer jemand ist, der einem wichtig war.«

Er musste schlucken, nickte aber mit dem Kopf. »Als Alice ermordet wurde, war mir Deena eine echte Stütze. Ich wollte mit keinem Menschen reden, aber sie hat immer wieder nachgehakt, bis es endlich aus mir herausgebrochen ist. Jetzt möchte ich ihr helfen. Ich komme auf alle Fälle damit klar. Wenn ich in drei Jahren mit dem College fertig bin, gehe ich sowieso zur Polizei. Erst beende ich das College, denn so ist es abgemacht, aber dann bewerbe ich mich bei der Polizei. Ich komme also auf jeden Fall damit zurecht.«

»Mit wem ist das so abgemacht?«

»Mit Roarke, da er schließlich den Teil meiner Studiengebühren zahlt, den das Stipendium nicht abdeckt. Das haben Sie nicht gewusst«, stellte er mit dem Hauch eines Lächelns fest. »Anscheinend kann auch er ganz schön verschwiegen sein.«

»So sieht's zumindest aus. Wenn dich Feeney haben will, ist das für mich okay. Tut mir leid, dass du deine Freundin verloren hast, Jamie.«

»Wissen ihre Eltern schon Bescheid?«

»Sie haben sie heute früh gefunden.«

Er stieß einen Seufzer aus. »Ich würde sie gerne sehen. Nicht nur, weil ich bei der Arbeit helfen will, sondern weil ich ihnen vielleicht helfen kann.«

»Sie sind bei den Whitneys.«

Er nickte. »Dann werde ich gleich rüberfahren und den Captain fragen, ob er mich gebrauchen kann.«

»Aber mach dich bitte vorher frisch. Weil schließlich selbst für Elektronikfreaks ein gewisser Standard gilt.«

»McNab ist auch dabei«, erklärte Peabody, stand auf, trat vor den jungen Mann und nahm ihn in den Arm. »Pack doch einfach ein paar Sachen ein und komm mit zu uns, wenn du nicht alleine bleiben willst.«

»Danke. Vielleicht mache ich das.« Er stieß einen neuerlichen Seufzer aus. »Ja, vielleicht mache ich das.«

Als er seinen Kopf auf ihre Schulter legte, wurde deutlich, dass sich hinter der erwachsenen Fassade immer noch ein Kind verbarg. »Ich war gestern Abend auf einer Party eingeladen. Vielleicht hätte ich sie fragen sollen, ob sie mich begleiten will. Vielleicht …«

»Du hättest es nicht verhindern können.« Abermals nahm Peabody ihn tröstend in den Arm. »Und jetzt müssen wir nach vorne sehen.«

Er nickte schwach. »Ja, jetzt müssen wir nach vorne sehen.«

»Er wird auch an seine Schwester denken«, meinte Peabody, als sie wieder neben Eve im Wagen saß. »Dagegen kann er nichts tun. Die meisten Menschen gehen durchs Leben, ohne auch nur einmal mit einem gewaltsamen Tod konfrontiert zu werden, aber er ist gerade einmal achtzehn Jahre alt und hat jetzt schon zum dritten Mal etwas damit zu tun.«

»Vielleicht wird es für ihn ja leichter, wenn er den Kollegen bei der Arbeit helfen kann. Wenn Sie einen heimlichen Freund hätten, würden Sie dann lange ein Geheimnis daraus machen?«

»Ich hatte derart lange Pech mit Kerlen, da hätte ich bei einem echten Date vor lauter Glück wahrscheinlich sogar eine Anzeige an einem Werbeflieger angebracht. Aber meiner Meinung nach hat Jamie recht – sie konnte echt verschwiegen sein.«

Eve hielt vor einem gepflegten Mehrfamilienhaus. »Sie war erst sechzehn, und nach unserer bisherigen Theorie hat sie wahrscheinlich für einen älteren Jungen geschwärmt. Jamie hat gesagt, sie hätte ihn nach College-Jungs gefragt. Aber irgendwem hat sie doch sicher mehr erzählt. Ich tippe auf die BFFAE.«

Das Jennings'sche Apartment nahm die dritte und vierte Etage eines Eckhauses ein. Die Frau, die an die Tür kam, wirkte leicht erschöpft. Was vielleicht an dem lautstarken Gebrüll im oberen Stockwerk lag. Die wütenden Stimmen eines Mädchens und eines Jungen hallten durch den Flur.

»Ja, bitte?«

»Mrs Jennings?«

»Ja.«

»Lieutenant Dallas und Detective Peabody von der New Yorker Polizei.«

»Gott, beschweren sich jetzt etwa schon die Nachbarn über uns?« Sie streckte ihre Arme aus. »Werden Sie mich verhaften, wenn ich jetzt nach oben gehe und die Köpfe der beiden aneinanderkrachen lasse? Bitte, bitte tun Sie das. Die Ruhe in der Zelle täte mir wahrscheinlich gut.«

»Dürften wir vielleicht reingekommen?«

Die Frau warf einen kurzen Blick auf ihre Dienstmarken und machte dann einen Schritt zurück. »Ja, ja. Ich weiß nicht einmal, worum es bei dem Streit der beiden geht. Sie liegen sich bereits den ganzen Morgen wegen irgendwelcher Sachen in den Haaren. Friedenstag, dass ich nicht lache«, fügte sie entnervt hinzu. »Ihr Vater ist mal wieder auf dem Golfplatz. Blödmann«, stellte sie mit einem schwachen Lächeln fest. »Vielleicht könnten Sie die zwei ja einfach mitnehmen, dann kehrt hier wenigstens für fünf Minuten *Frieden* ein!«

Obwohl sie das Wort Frieden Richtung Treppe brüllte, nahm der Lärm oben nicht ab.

»Mrs Jennings, wir sind nicht wegen einer Beschwerde hier.« Warum sagte sie den beiden nicht einfach, dass sie die Klappe halten sollten, überlegte Eve. »Wir sind von der Mordkommission.«

»Ich habe noch niemanden umgebracht. Ist etwas hier im Haus passiert?«

»Nein, Ma'am. Wir sind wegen Deena MacMasters hier.«

»Deena? Warum sollten Sie ... *Deena?*«

Eve sah, dass es ihrem Gegenüber dämmerte, sie fuhr entschlossen fort. »Sie wurde heute in den frühen Morgenstunden umgebracht. Uns wurde gesagt, dass sie und Ihre Tochter Jo befreundet waren.«

»Deena?«, wiederholte Mrs Jennings rau und richtete sich kerzengerade auf. »Aber wie ist das passiert?« Sie hob eine Hand, wie um sich über das Haar zu streichen, das bereits zu einem Pferdeschwanz gebunden war, und hielt in Höhe ihrer Schläfe inne. »Sind Sie sicher?«

»Ja.«

»Uns ist klar, dass das für Sie ein Schock ist, Mrs Jennings«, mischte Peabody sich ein. »Aber wenn wir kurz mit Ihrer Tochter sprechen könnten, würde uns das vielleicht helfen.«

»Jo. Jo kann Ihnen nicht helfen. Sie war den ganzen Morgen hier und hat ihren Bruder angeschrien. Sie weiß also sicher nichts.«

»Sie ist nicht in Schwierigkeiten«, versicherte Peabody der Frau. »Wir sprechen mit allen Freundinnen von Deena. Das gehört ganz einfach zur Routine. Haben Sie Deena schon lange gekannt?«

»Ja. Ja. Die beiden waren schon in der zweiten Klasse beste Freundinnen. Sie ... die zwei ... oh Gott. Mein Gott. Was ist passiert?«

»Wir müssten jetzt bitte mit Ihrer Tochter sprechen«, fiel ihr Eve ins Wort. »Sie dürfen natürlich dabeibleiben.«

»Also gut. Okay.« Sie trat an den Fuß der Treppe und umklammerte dort das Geländer derart fest, dass ihre Knöchel ganz weiß wurden. »Jo! Jo! Komm runter! Jetzt sofort! Soll ich es ihr sagen? Soll ich ...«

»Das tun wir.« Eve hörte erbostes Trampeln, ehe sie ein Mädchen mit wilden, braunen Locken und zornblitzenden, braunen Augen sah. Sie trug knielange, schwarze Shorts und zu Eves Verblüffung drei Tops übereinander, sodass man das Blaue unter dem Roten und das Schwarze unter dem Blauen hervorblitzen sah.

»Warum immer ich?«, fauchte sie die Mutter an. »Er hat schließlich angefangen. Er will einfach nicht ...« Sie brach ab und wurde rot, als sie Eve und Peabody im Flur stehen sah. »Ich wusste nicht, dass jemand hier ist.«

»Jo, Baby ...«

»Ich bin Lieutenant Dallas und dies ist meine Partnerin, Detective Peabody.«

»Polizei? Nehmen Sie diesen verdammten Freak jetzt endlich fest?«

»Du bist hier der Freak«, schnauzte ein Junge, dessen braune Locken entsprechend der gängigen Mode wild zerzaust aussahen, während er mit ebenfalls zornblitzenden Augen die Treppe heruntergeschossen kam.

»Aufhören! Alle beide! Jetzt sofort!«

Endlich, dachte Eve. Offenbar verblüfft von dem entschlossenen Ton ihrer Mutter klappten die beiden Kids die Münder zu und starrten Mrs Jennings an, als wäre sie ein zweiköpfiger Alien.

Eve wies auf einen Stuhl. »Setz dich erst mal hin.«

»Bin ich in Schwierigkeiten? Ich habe nichts gemacht. Das schwöre ich.«

»Freak«, murmelte der Junge abermals, bevor er unter Eves erbostem Blick sichtlich in sich zusammensank.

Eve wandte sich wieder an Jo. »Es tut mir leid, dir mitteilen zu müssen, dass Deena MacMasters heute Nacht ermordet worden ist.«

»Huh?«, stieß Jo mit ungläubiger Stimme aus. »Was?« Doch dann brachen sich die Tränen Bahn. »Mom? Mom? Was erzählt sie da?«

Obwohl Peabody im Umgang mit weinenden Personen eindeutig geübter war als sie, nahm Eve dem Mädchen gegenüber Platz, während sich die Mutter auf den Stuhl zu ihrer Tochter quetschte und sie tröstend in die Arme nahm.

»Jemand hat sie umgebracht. Jemand, den sie kannte. Ein Junge, mit dem sie sich heimlich getroffen hat. Kannst du mir sagen, wie er heißt?«

»Sie ist nicht tot. Wir waren am Samstag noch mit Hilly shoppen. Warum sagen Sie so was?«

»Sie hat jemanden ins Haus gelassen, während ihre Eltern fort waren. Mit wem war sie zusammen?«

»Mit niemandem.«

»Lügen hilft ihr jetzt nicht mehr.«

»Lieutenant, bitte. Können Sie nicht sehen, wie aufgelöst sie ist? Das sind wir alle drei.«

»Das sind ihre Eltern auch. Sie kamen heute früh nach Hause und fanden dort ihre tote Tochter. Mit wem war sie zusammen, Jo? Sag mir, wie er heißt.«

»Ich *weiß* es nicht. Mom. Mom. Mach, dass sie verschwindet.« Sie presste ihr Gesicht an die Brust der Mutter. »Mach, dass das alles nicht stimmt.«

»Das kann sie nicht«, erklärte Eve ihr kalt, ehe Mrs Jennings etwas sagen konnte. »Denn es ist nun mal passiert. Warst du ihre Freundin?«

»Ja. Natürlich war ich das.«

»Ich werde ihr ein Glas Wasser holen«, murmelte Peabody und wandte sich auf der Suche nach der Küche ab.

»Erzähl mir alles, was du weißt. Das ist die einzige Art, auf die du ihr noch helfen kannst. Ich gehe davon aus, dass du ihr helfen willst, wenn du ihre Freundin warst.«

»Aber ich weiß wirklich nichts. Ich bin ihm nie begegnet und habe ihn nie auch nur gesehen. Sie hat mir nur erzählt, dass er David heißt. Meinte, sein Name wäre David, und er wäre einfach wunderbar. Sie haben sich vor ein paar Wochen im Park kennengelernt, wo sie zweimal in der Woche, manchmal sogar öfter, joggen war.«

»Okay. Wie genau haben sie sich kennengelernt?«

»Sie ist gern gejoggt, an einem Tag lief er denselben Weg wie sie und geriet ins Stolpern. Er ist ziemlich unsanft hingeknallt, also hat sie Halt gemacht und geguckt, ob er in Ordnung war. Er war total verlegen, und er hatte sich das

Knie ein bisschen angekratzt und den Knöchel leicht verrenkt. Er meinte, er wäre okay, sie könnte weiterlaufen, aber als er versuchte aufzustehen, zerbrach auch noch seine Wasserflasche, da wurde er noch verlegener, weil das Wasser über ihre Schuhe lief. Sie haben sich ins Gras gesetzt und sich ein bisschen unterhalten, bis es ihm wieder besser ging. Er war wirklich süß.«

»Wie hat er ausgesehen?«

»Das weiß ich nicht genau. Sie meinte nur, er wäre wirklich süß. Anbetungswürdig im Quadrat, und er käme aus Georgia und hätte einen Akzent, der sie richtig schwindlig werden ließ. Er wäre etwas unbeholfen, aber gleichzeitig echt süß, unglaublich höflich und ein bisschen altmodisch. Genau das hat ihr gut an ihm gefallen.«

In diesem Augenblick kam Peabody mit einem Wasserglas für Jo zurück, und sie starrte es mit großen Augen an. »Danke. Ich verstehe nicht. Ich verstehe das einfach nicht.«

»Warum hat sie ein Geheimnis aus dem jungen Mann gemacht?«, fragte Peabody sie sanft.

»Weil sie das romantisch fand. Sie hat sogar mich erst letzten Monat eingeweiht, und auch das nur, weil sie meinte, dass sie einfach *platzen* würde, wenn sie nicht endlich mit jemandem über ihn reden kann. Und ... tja, sie wusste, ihre Eltern würden jede Menge Fragen stellen, und er hatte ihr erzählt, dass er zu Hause in Georgia während seiner Highschool-Zeit mal in Schwierigkeiten war. Wegen irgendwelcher Drogen. Das hätte ihrem Vater sicher nicht gefallen, obwohl er ihr sofort davon erzählt hat, seine Sozialstunden brav abgeleistet hatte und schon seit Jahren wieder völlig sauber war. Sie wollte erst noch etwas warten, bis sie irgendwem von ihm erzählt.«

»Aber getroffen hast du diesen Jungen nie.«

»Er war schüchtern, und ich glaube, er hat zu ihr gesagt, wie gut es ihm gefällt, dass es erst mal nur sie beide gibt. Sie haben nichts getan. Ehrlich, Mom, sie haben nicht ... du weißt, dass es so ist.«

»Schon gut, Schätzchen. Es ist in Ordnung, Jo.«

»Sie haben sich nur ab und zu im Park getroffen, sind spazieren gegangen oder auf seinem Airboard umgefahren, haben sich ein paar Filme angesehen und oft miteinander telefoniert. Er hat sie erst nach Wochen zum ersten Mal geküsst. Obwohl er schon neunzehn war. Deena hatte Angst, dass es ihren Eltern nicht gefallen würde, dass er älter war.«

»Waren die beiden gestern Abend verabredet?«

Jo nickte unglücklich. »Sie hatte ihn zu sich eingeladen, wollte etwas mit ihm essen und ein bisschen mit ihm abhängen, bevor sie zusammen ins Theater gehen wollten. Sie ging gerne ins Theater und er hatte Karten für *Coast to Coast*. Deshalb waren wir auch extra shoppen. Sie wollte ein neues Outfit dafür haben und hat sich diesen wirklich tollen violetten Rock – das ist ihre Lieblingsfarbe – und passend dazu neue Schuhe gekauft. Sie war total aufgeregt.«

Eve dachte an die Schuhe neben dem Tisch im Flur und den über den abgeschürften Schenkeln hochgeschobenen, violetten Rock.

»Gestern Nachmittag war sie noch extra zur Mani- und zur Pediküre.« Weinend schmiegte Jo sich an die Mutter. »Sie hat mir noch gesimst, um zu fragen, ob ich sie dort treffen will, aber wir waren bei Oma und Opa zum Essen eingeladen. Sie wollte, dass der Abend etwas ganz Besonderes wird. Sie war total glücklich. Er hätte ihr niemals wehgetan. Er war total nett. Das muss ein Irrtum sein.«

»Wem hat sie noch von ihm erzählt?«

»Niemandem. Sie hätte auch mir nichts davon erzählen sollen, denn sie hatten sich versprochen, erst mal niemandem zu sagen, dass da etwas zwischen ihnen läuft. Nur konnte sie es einfach nicht für sich behalten und musste einem Menschen mitteilen, wie glücklich sie war. Ich musste ihr schwören, niemandem ein Sterbenswörtchen zu verraten, nicht mal Hilly oder Libby. Und das habe ich auch nicht getan. Ich habe niemandem davon erzählt. Aber er war einfach so toll, dass sie es nicht für sich behalten konnte. Und wir waren beste Freundinnen. Das muss ein Irrtum sein«, wiederholte sie in eindringlichem Ton. »Bitte! Das muss ein Irrtum sein.«

Es war die junge Deena, der ein Irrtum unterlaufen war, sagte sich Eve, als sie zu ihrem Wagen zurückging. David aus Georgia – hahaha – hatte bereits mit ihr gespielt, als sie ihm zum ersten Mal im Park begegnet war. Schüchtern, unbeholfen, süß und mit einem winzig kleinen Schatten über der Vergangenheit. Damit war er unwiderstehlich für ein Mädchen ihres Schlags.

Er hatte ihren Traumjungen für sie kreiert.

Doch aus welchem Grund?

4

»Hatte er sie wohl schon ins Visier genommen, bevor er sie durch den Park joggen gesehen hat? Oder hat er sie im Park beobachtet und sich danach einen Plan zurechtgelegt?«, sinnierte Peabody. »Ich meine, ging es ihm speziell um sie oder um irgendein junges Mädchen, das vielleicht ein paar äußere Merkmale wie Deena MacMasters hat?«

»Das ist eine gute Frage.«

»Wenn er zufällig auf sie gekommen wäre, hätte er doch sicher einen Rückzieher gemacht, als er mitbekam, dass sie die Tochter eines Polizisten war. Schließlich gibt es deutlich leichtere Beute als so ein Mädchen.«

»Vielleicht hat ihn gerade das gereizt«, überlegte Eve. »Weil es eine besondere Herausforderung für ihn war. Er wusste schon im Vorfeld jede Menge über sie. Das heißt, er hatte sich bereits mit ihr befasst. Also wusste er ganz sicher schon, als er das Treffen mit ihr inszeniert hat, dass ihr Vater bei der Truppe ist. Er kannte ihren Geschmack und hat sich ihr entsprechend präsentiert. Als scheuer, etwas unbeholfener, sanfter, junger Mann.«

»Dann ging es ihm speziell um sie.« Peabody runzelte die Stirn. »Warum war das also eine gute Frage?«

»Weil die andere Möglichkeit auch nicht völlig außer Acht gelassen werden kann. Ich setze Sie bei ihrer nächsten Freundin ab und überlasse die Befragung Ihnen. Meiner Meinung nach hat Jo die Wahrheit gesagt, als sie behauptet hat, sonst hätte niemand etwas von dem Kerl gewusst. Trotzdem klappern wir auch noch die anderen Freundinnen von Deena ab. Wenn Sie mit den Mädchen durch sind, fahren Sie aufs Revier. Ich erwarte möglichst schnell einen vorläufigen Bericht der elektronischen Ermittler und reservieren uns schon mal einen Besprechungsraum.«

»Sie sind spazieren gegangen«, Eve rekapitulierte, was sie von Jo erfahren hatten. »Jo würde darauf wetten, dass er nicht in der eigenen Nachbarschaft mit ihr herumgelaufen ist. Nirgendwo, wo die Gefahr bestand, dass sie jemandem begegnen, der sie kennt. Und sie waren im Kino, wo es dunkel ist. Haben ein Geheimnis aus allem gemacht. Das sei romantischer, hat der Typ behauptet und vorgegeben, er schäme sich fürchterlich, weil er mal wegen Dope mit dem Gesetz in Konflikt geraten sei. Außerdem hat er sich als ein bisschen schüchtern ausgegeben. Es lief seit ein paar Wochen, hat uns Jo erzählt. Das ist eine ziemlich lange Zeit, wenn man jemand anderem etwas vormacht. Dieser Bastard hat erstaunlich viel Geduld.«

»Dabei ist er noch ganz schön jung, wenn er wirklich neunzehn ist.«

»Vielleicht ist er das, vielleicht weiß er auch nur, wie man sich auf neunzehn trimmt.« Sie hielt am Straßenrand. »Am besten gehen wir sämtliche ähnlich gelagerte Verbrechen im Computer durch. Damit fange ich sofort nach dem Besuch im Leichenschauhaus an.«

»Richten Sie bitte Morris von mir aus ... nun, sagen Sie ihm einfach willkommen daheim«, bat Peabody beim Aussteigen.

Er hatte ein höllisches Willkommen, dachte Eve, während sie weiterfuhr. Die Straßen waren abgesperrt und auf den Bürgersteigen bahnten sich die Leute auf dem Weg zur Parade in der Fünften mühsam einen Weg an den unzähligen Schwebegrills und fliegenden Souvenirhändlern vorbei.

Bereits nach ein paar Blocks stand sie im Stau. Sie starrte mit zusammengekniffenen Augen auf die zahllosen Touristen und New Yorker, die sich links und rechts von ihrem Wagen drängten, und kam zu dem Schluss, dass sie am besten einfach ihre Waffe zöge, wenn ihr auch nur noch ein Mensch mit einem Peace-Zeichen auf dem Pullover oder einer Blumenfahne in der Hand über den Weg liefe.

Dann hat er seinen Frieden, dachte sie erbost.

Sie warf einen Blick auf ihre Uhr, stieß einen Seufzer aus und kontaktierte Roarke über ihr Autotelefon.

»Lieutenant. Du rufst bestimmt nicht an, um mir zu sagen, dass du auf dem Weg nach Hause bist.«

»Nein. Ich kämpfe mich durch das verdammte Friedenstag-Chaos hier in der Innenstadt. Wenn diese Leute Frieden wollen, warum bleiben sie dann, verdammt noch mal, nicht einfach in Ruhe daheim?«

»Weil sie ihren guten Willen zeigen wollen?«

»Schwachsinn. Weil sie sich betrinken und begrapschen wollen.«

»Auch das. Und wo willst du gerade hin?«

»Zum Leichenschauhaus. Die Sache ist wirklich schlimm.«

»Das tut mir leid. Kannst du mir sagen, worum es geht?«

»Um die sechzehnjährige Tochter eines hochdekorierten Cops, der vor Kurzem zum Captain aufgestiegen ist. Sie wurde bei sich zu Hause vergewaltigt und ermordet. Ihre Eltern haben die Leiche heute Morgen entdeckt, als sie von einem zweitägigen Urlaub zurückkamen.«

»Das tut mir wirklich leid.« Seine leuchtend blauen Augen sahen sie durchdringend an.

»Ich bin okay.«

»Na gut. Kann ich irgendetwas für dich tun?«

Du hast bereits durch diese Frage was für mich getan. »Ich versuche, die Puzzleteile zusammenzukriegen, von denen eines Jamie ist.«

»Jamie? Was hat er damit zu tun?«

»Die beiden waren befreundet.«

»Du denkst doch sicher nicht …«

»Nein, ich denke nicht. Ich werde sein Alibi nur deshalb

überprüfen, weil ich nichts versäumen will, aber er steht nicht unter Verdacht. Sie hatte einen heimlichen Freund – der sie offenbar vorsätzlich ins Visier genommen hat. Ich fahre in die Pathologie, um zu sehen, ob ein paar der Puzzleteile in meinem Kopf zu den Beweisen passen. Danach fahre ich weiter ins Labor.«

Sie entdeckte eine winzig kleine Lücke im Verkehr, ging in die Vertikale, trat aufs Gaspedal, schoss in ihrem tollen, neuen Gefährt über die anderen Fahrzeuge hinweg und bog nach Westen ab.

»Ich habe Whitney gebeten, Morris diesen Fall zu geben. Später berufe ich ein Briefing auf der Wache ein. Wir müssen ähnlich gelagerte Verbrechen durchgehen, uns die elektronischen Geräte aus dem Haus ansehen und die Orte abklappern, an denen sie normalerweise war, deshalb …«

»Ich glaube, ich komme aufs Revier und sehe dir bei der Arbeit zu.«

»Hör zu …«

»Ich kann mich zurückhalten, wenn du das willst. Aber Jamie werdet ihr ganz sicher nicht so einfach los. Vielleicht kann ich euch ja dabei behilflich sein, ihn im Zaum zu halten. Du hast gesagt, dass ihre Eltern – der Vater ein Captain – nach Hause kamen und sie dort vorfanden. Aber du hast nichts von Überwachungsdisketten oder einer Alarmanlage erwähnt. Dabei sollte man annehmen, dass ein erfahrener Cop sämtliche erforderlichen Schritte zum Schutz seiner Familie unternimmt. Es gibt doch sicher jede Menge Arbeit mit der Elektronik des Hauses.«

»Dafür ist Feeney zuständig.«

»Dann rufe ich ihn einfach an.«

Das hatte sich Eve bereits gedacht »Hättest du nicht lieber einen netten, ruhigen Tag daheim?«

»Nur zusammen mit meiner Frau. Aber die hat eben schon was anderes vor.«

»Mach, was du willst. Aber ich hätte noch eine Frage. Warum hast du mir nichts davon erzählt, dass du Jamie finanziell bei seinem Studium unterstützt?«

»Erwischt.« Tatsächlich sah er leicht betroffen aus. »Das ist kein Verbrechen.«

»Tja, nun, da bin ich mir nicht ganz sicher, denn du siehst es sicher als Bestechungsversuch an, damit er irgendwann statt zur Polizei zu gehen, bei mir anfängt.«

»Ist es das etwa nicht?«

»Natürlich ist es das, und zwar habe ich die Methode wirklich gut gewählt. Aber momentan will der Junge trotzdem noch unbedingt zur Polizei. Wenn er das nach Ende seines Studiums auch noch will, ist mein Verlust euer Gewinn. Denn er ist einfach brillant.«

»Ist er so gut wie du?«

Seine wilden, blauen Augen blitzten auf. »Nein, aber dafür wesentlich ehrlicher. Wir sehen uns dann auf dem Revier.«

»Fahr bloß nicht durch die Fünfte. Ich wünschte, du könntest sehen, was hier abgeht. Irgendein Arschloch hat sich als Peace-Zeichen verkleidet. Ein riesengroßer, gelber Kreis mit nackten Gliedmaßen. Die Menschen sind wirklich seltsam. Wir sehen uns dann nachher.«

Ihr war klar gewesen, dass er auf die Wache kommen würde, und genauso war ihr schon seit Langem klar, wie nützlich es sein konnte, wenn ein geläuterter Einbrecher und Dieb bei der Untersuchung von geknackten Codes und Schlössern half.

Vielleicht hatte Deena ja das Passwort des Kontrollraumes gekannt und ihrem Killer irgendwann mitgeteilt. Aber für das Ausschalten der Kameras, das Löschen der Festplatte und die Entnahme der Disketten hätte der Kerl neben dem Zugangscode auch hervorragende Kenntnisse als Elektroniker gebraucht.

Ein Gebiet, auf dem ihr geläuterter Einbrecher unschlagbar war.

»Er ist einfach brillant«, münzte sie Roarkes Beschreibung seines jugendlichen Schützlings auf ihn selber um.

Feiertagsbedingt war die Pathologie nur mit einer Rumpfmannschaft besetzt. Die wenigen Leute, die geblieben waren, um die Toten zu betreuen, trugen unter ihren Kitteln farbenfrohe Shorts und aus den Büros und den Sezierräumen erklang fröhliche Musik.

Das war den Bewohnern dieses Ortes wahrscheinlich völlig egal.

Stirnrunzelnd blieb Eve vor einem Getränkeautomaten stehen. Sie wollte eine Dose Pepsi, ohne dass es irgendwelchen Ärger mit der dämlichen Maschine gab.

»Sie da!« Sie pikste einen vorbeikommenden Techniker mit einem Finger an, und sein Gesicht wurde vor lauter Schreck so käsig wie die dürren Beine, die sie aus der kurzen Hose ragen sah. »Zwei Dosen Pepsi.« Sie drückte ihm ein paar Münzen in die Hand.

»Sicher, kein Problem.« Pflichtschuldig warf er die Münzen in den Schlitz, drückte zweimal auf den Knopf, und Eve schnappte sich die Dosen, während sie noch in den Auswurf polterten und das Gerät eine Pepsi-Werbemelodie erklingen ließ.

»Danke.« Damit marschierte sie davon.

Der erste Schluck war geradezu schockierend kalt, doch genau das hatte sie sich erhofft. Sie ging den weißen Gang hinab, hörte das laute Echo ihrer eigenen Boots und roch den Hauch des Todes, der sich weder durch Desinfektionsmittel noch durch den süßen Zitrusduft, der aus der Klimaanlage strömte, vollkommen überdecken ließ.

Vor der Flügeltür des Autopsieraums blieb sie stehen. Nicht, um sich für den Tod zu wappnen, der den Raum beherrschte, sondern für den Mann, dessen Metier das Studium des Todes war.

Sie atmete tief durch und öffnete die Tür.

Dort stand er und sah wie immer aus.

Er trug einen durchsichtigen Kittel über einem rabenschwarzen Anzug, einem goldfarbenen Hemd und einem schmalen Schlips, in dem sie beide Farben wiederfand. Stirnrunzelnd sah sie auf das Peacezeichen an seinem Rockaufschlag, musste aber zugeben, dass es an Morris alles andere als lächerlich aussah.

Sein pechschwarzes Haar hatte er zu einem dicken Zopf aus dem exotischen Gesicht gekämmt.

Er stand über dem toten Mädchen, das bereits mit einem beinahe künstlerischen Schnitt von ihm geöffnet worden war.

Als er Eve aus seinen dunklen Augen ansah, zog ihr Magen sich zusammen.

Er sah so aus wie immer, aber konnte er tatsächlich noch der alte Morris sein?

»Ich schätze, das ist ein wirklich beschissener Willkommensgruß.« Sie trat auf ihn zu und bot ihm die zweite Pepsidose an. »Tut mir leid, dass ich Sie früher aus dem Urlaub holen musste, und dann noch an einem Feiertag.«

»Danke.« Er nahm ihr die Dose ab, öffnete sie aber nicht.

Ihr zusammengezogener Magen machte einen Satz. »Morris …«

»Ich muss Ihnen ein paar Dinge sagen.«

»Meinetwegen. Also gut.«

»Danke, dass Sie Amaryllis Gerechtigkeit verschafft haben.«

»Sie …«

Er hob seine freie Hand. »Ich muss diese Dinge sagen, bevor ich mit meiner Arbeit, meinem Leben weitermachen kann. Bitte hören Sie mir zu.«

Hilflos steckte sie die Hände in die Hosentaschen und blickte ihn schweigend an.

»Der ständige Umgang mit dem Tod hilft uns, die Trauer zu bewältigen. Wir glauben oder hoffen, dass die Suche nach den Antworten und das Bemühen um Gerechtigkeit den Toten und den Hinterbliebenen helfen. Und das tun sie auch. Auf irgendeine Art. Das glaube oder hoffe ich nicht mehr, sondern inzwischen weiß ich, dass es tatsächlich so ist. Ich habe sie geliebt und ihr Verlust …«

Er machte eine Pause, öffnete die Dose und nahm einen vorsichtigen Schluck. »Er ist enorm. Aber Sie waren für mich da. Als Polizistin und als Freundin. Während der ersten grauenhaften Schritte durch die Trauer haben Sie meine Hand gehalten und mich vor dem völligen Verlust meines inneren Gleichgewichts bewahrt. Indem Sie die Antworten gefunden haben, haben Sie mir und sicherlich auch ihr einen gewissen Frieden geschenkt. Ich nehme an, dies ist ein Tag, an dem man ganz besonders an den Frieden denkt. Der Job, den wir beide machen, ist oft hässlich und auch undankbar. Aber ich muss Ihnen danken.«

»Wenn Sie meinen.«

»Das ist noch nicht alles, Eve.« Er benutzte ihren Vornamen nur selten, doch jetzt tat er es und legte dabei eine Hand auf ihren Arm. »Auch wenn Ihnen das sicher nicht behagt.« Er verzog den Mund zu einem winzig kleinen Lächeln, und sie atmete ein wenig auf. ›Danke, dass Sie mir vorgeschlagen haben, zu Pater Lopez zu gehen.‹

»Dann waren Sie also bei ihm?«

»Ja. Ich hatte überlegt, ob ich wegfahren soll, bis … Aber es gab keinen Ort, an den ich hätte fahren wollen, und offen gestanden, habe ich mich ihr hier näher als anderswo gefühlt. Deshalb bin ich hier geblieben und habe Ihren Priester aufgesucht.«

Sie zuckte innerlich zusammen. »Er ist nicht *mein* Priester.«

»Er hat mir Trost gespendet«, ging der Pathologe einfach über ihre verlegene Reaktion hinweg. »Sein Glaube ist unerschütterlich, aber er hat einen beweglichen Geist und grenzenloses Mitgefühl. Er hat mir während der nächsten schwierigen Schritte beigestanden und geholfen zu akzeptieren, dass ich noch weitere Schritte gehen muss.«

»Er ist … gut, ohne dass er einem damit auf die Nerven geht. Oder wenigstens nicht allzu sehr.«

Jetzt lächelten auch seine dunklen Augen, sie konnte sich fast ein bisschen entspannen. »So könnte man zusammenfassend sagen. Danke, dass Sie mir vertraut haben, als ich selbst nicht sicher war, ob man mir vertrauen kann.«

»Ich weiß nicht, was Sie meinen.«

»Bevor Sie mich heute Morgen angefordert haben, bin ich all die Gründe – oder eher Vorwände – durchgegangen, aus denen ich noch nicht zurückkommen kann. Aus denen ich noch ein, zwei Wochen Pause machen muss. Ich war mir nicht sicher, ob ich schon wieder bereit bin, hierher zurückzukehren, diesen Ort zu sehen und wieder zu arbeiten. Aber Sie haben nach mir verlangt. Sie haben mir vertraut, was hatte ich also für eine andere Wahl, als mir ebenfalls allmählich wieder zu vertrauen?«

»Sie braucht Sie.« In diesem einen Punkt hatte Eve denselben unerschütterlichen Glauben wie der Gottesmann. »Deena MacMasters braucht Sie. Sie haben hier ein gutes Team, wirklich gute Leute, aber sie braucht *Sie*. Sie braucht uns beide.«

»Ja. Deshalb ...« Er überraschte sie, indem er zart mit seinem Mund über ihre Lippen glitt. »Schön, Sie zu sehen.«

»Hm, das finde ich andersherum auch.«

Er drückte ihr leicht den Arm und ließ sie los. »Und wo ist die geschätzte Peabody?«

»Sie ist noch unterwegs. Wir haben alle Hände voll zu tun.«

»Dann fangen wir am besten sofort an. Natürlich kenne ich MacMasters. Ein grundsolider Mann. Diese Sache macht ihn sicher total fertig.«

»Er hält sich ziemlich tapfer.«

»Was kann er auch sonst tun? Ihr Name ist Deena.« Er blickte auf Eve und fuhr, als sie nickte, fort. »Ein sechzehnjähriges Mädchen, dessen Gesundheitszustand bis zu ihrem Tod außergewöhnlich gut war. Sie hat auf sich geachtet und wurde gut versorgt. Das Scanning hat keine bemerkenswerten Verletzungen ergeben und bestätigt, dass ihre Ernährung ausgezeichnet war. Ihre letzte Mahlzeit, die sie gegen achtzehn Uhr dreißig eingenommen hat, bestand aus einer Pizza mit Peperoni, Pilzen, schwarzen Oliven und ungefähr 0,2 Liter Kirschlimo. Da Sie eine toxikologische Untersuchung erbeten hatten, habe ich sie untersucht und bin zu dem Schluss gekommen, dass das

Barbiturat, das sie zusammen mit der Mahlzeit eingenommen hat, in ihrem Getränk gewesen ist.«

»Er hat sie also betäubt.«

»Das kann ich nicht mit Bestimmtheit sagen, ich weiß nur, dass sie ein Barbiturat zu sich genommen hat, und dass es keine Anzeichen dafür gibt, dass sie regelmäßig so etwas nahm. Ganz im Gegenteil. Bei ihrem Gewicht und vorausgesetzt, dass sie nicht gewohnheitsmäßig dergleichen genommen hat, hätte die Dosis ausgereicht, um sie ungefähr für eine Stunde aus dem Verkehr zu ziehen.«

»Jede Menge Zeit, um sie eine Treppe hinaufzuschaffen, zu fesseln und danach Kameras auszuschalten und Disketten aus dem Apparat zu nehmen. Wenn er in dieser Reihenfolge vorgegangen ist. Jede Menge Zeit. Als sie wieder zu sich kam, muss sie ziemlich groggy und desorientiert gewesen sein.«

»Ja. Gegen Mitternacht wurde ihr eine zweite, kleinere Dosis von dem Zeug verpasst.«

»Eine zweite Dosis?«

»Ja. Ihre Handgelenke waren hinter ihrem Rücken gefesselt und den Einschnitten und Abschürfungen zufolge hat sie sich verzweifelt dagegen gewehrt. Die Spuren an ihren Knöcheln deuten auf eine andere Fessel hin. Wahrscheinlich aus Stoff.«

»Er hat dafür ihr Bettlaken benutzt.«

»Kann sein. Auch dagegen hat sie sich gewehrt. Wie Sie sehen können ...« Er legte eine Pause ein, griff nach einer zweiten Mikrobrille und reichte sie Eve. »Hier.«

Sie beugten sich gemeinsam über Deenas Knöchel, und er fuhr mit ruhiger Stimme fort: »Die Fesseln saßen derart eng, dass sie ihr in die Haut geschnitten haben. Hier, hier und hier.«

»Er hat sie gefesselt, die Fessel gelöst und sie dann wieder festgemacht.« Sie konnte es deutlich vor sich sehen. »Gefesselt, sie von vorne vergewaltigt, losgemacht, umgedreht, gefesselt, sie von hinten vergewaltigt, wieder losgemacht, noch einmal umgedreht und wieder von vorne vergewaltigt?«

»So sieht's zumindest aus. Sie wurde mehrmals von vorn und hinten vergewaltigt, wobei der Täter ausnehmend brutal zu Werk gegangen ist. Wie Sie sehen können ...«

Er trat vor Deenas Unterleib, während Eve der kalte Schweiß über den Rücken rann. Trotzdem stellte sie sich wieder neben ihn, brachte ein paar zusätzliche Schlösser an ihrem Gedächtnis an und sah sich den Schaden an.

»Risse und andere Wunden. Vor der Vergewaltigung war ihr Jungfernhäutchen noch intakt. So jung«, murmelte er. »Und so gnadenlos missbraucht. Samen habe ich nirgendwo gefunden. Er war vorsichtig und hat sich vor jedem Eindringen geschützt. Weder innerlich noch äußerlich weist ihr Körper irgendwelche Spuren von ihm auf. Wahrscheinlich hat er seine Scham- und eventuell auch alle anderen Haare vor der Tat entfernt. Sonst hätten wir, selbst wenn er sich geschützt hätte, bei einer mehrfachen, derart brutalen Vergewaltigung irgendwo ein Haar von ihm entdeckt. Sie hat an den Beinen und am Torso ein paar Quetschungen von seinen Händen. An den Schultern sind sie noch ein bisschen ausgeprägter, denn da hat er sie wahrscheinlich mit Gewalt aufs Bett gedrückt. Und an ihrem Hals ...«

»Er hat sie gewürgt und ihr dabei ins Gesicht gesehen. Hat ihr ins Gesicht gesehen, bis sie ohnmächtig geworden ist. Dann hat er gewartet, denn er wollte schließlich nicht riskieren, zu weit zu gehen und sich den Spaß dadurch zu verderben, dass er sie zu früh umbringt.«

Sie konnte deutlich sehen, was in dem Zimmer mit den violetten Wänden und den strahlend weißen Möbeln abgelaufen war. Sah das Grauen und die Panik im Gesicht des Mädchens und empfand auch ihren Schmerz.

»Er würgt sie, während sie sich wehrt, nach Luft ringt und erneut ohnmächtig wird. Dann bindet er ihre Beine los, dreht sie um, fesselt sie erneut. Und wartet, bis sie wieder zu sich kommt, damit sie spürt, wie er sie von hinten nimmt. Denn wenn sie es nicht spürt, macht es ihm keinen Spaß. Er will ihr wehtun. Muss ihr wehtun. Vielleicht geht ihm nur auf diese Weise einer ab. Wenn sie Schmerzen hat, verzweifelt kämpft und fleht.«

»Sie sind blass geworden.« Abermals berührte Morris sie am Arm. »Setzen Sie sich erst mal hin.«

Sie schüttelte den Kopf und entzog ihm ihren Arm. Sie würde es auf alle Fälle durchstehen, dass sie neben Deenas Elend auch ihr eigenes Leid als junges Mädchen vor sich sah. Sie fuhr sich mit der kalten Dose über die schweißnasse Stirn.

»Jedes Mal, wenn er fertig ist und sie zitternd vor ihm liegt oder irgendwohin entschwunden ist, wo sie die Schmerzen nicht mehr spüren kann, drückt er ihr Gesicht ins Kissen, bis sie abermals das Bewusstsein verliert. Damit er sie wieder umdrehen und fesseln kann. So hat er sie fast acht Stunden lang bearbeitet, das entspricht einem ganzen Arbeitstag. Hat sie ein ums andere Mal liegen lassen, bis er wieder einen hoch bekommen hat.«

»Vielleicht hat er ihr versprochen von ihr abzulassen, wenn sie ihm das Passwort für den Kontrollraum nennt. Vielleicht hatte er es sich auch schon vor dem Überfall besorgt. So oder so, hat er sich jede Menge Zeit gelassen. Sie hat ihn bestimmt gefragt, warum er ihr das antut. Und er hat es ihr genau erklärt. Denn er hatte von Anfang an die Absicht, sie zu töten, und es hat ihm sicher Spaß gemacht, ihr ausführlich zu erzählen, warum er sie derart quält.«

»Warum hat er es getan?«, fragte Morris leise und blickte sie fragend an.

»Das weiß ich noch nicht. Aber er hat ihr auf jeden Fall gesagt, dass ihm nichts an ihr liegt. Er hat nämlich bestimmt nicht all die Zeit und Mühe investiert, um ihr ein ums andere Mal körperliche Schmerzen zuzufügen, ohne sie auch emotional und mental zu malträtieren. Er hat sie gebrochen, hat sie vollkommen zerstört. Neben der Vergewaltigung und allem, was dabei mit ihrem Körper, ihrem Geist und ihrer verdammten Seele geschehen ist, wollte er auf alle Fälle dafür sorgen, dass sie weiß, dass sie ihm nie auch nur das Mindeste bedeutet hat. Dass sie nur ein Spielball für ihn war. Dass er mit ihr ausgegangen ist, ihre Hand gehalten und den Schüchternen markiert hat, damit sie sich am Schluss wie eine Närrin fühlt. Das hat er bestimmt genossen.«

Es gelang ihr, ruhig und gleichmäßig zu atmen, auch wenn sich dadurch das wilde Pochen des Bluts in ihren Schläfen nicht verhindern ließ.

»Er hat die Maske fallen lassen. Weil er sie jetzt nicht mehr brauchte und weil sie erkennen sollte, wer er wirklich ist. Er wollte, dass sie weiß, was für ein Mensch er ist, als er gewaltsam in sie eingedrungen ist. Sie war ein junges, kerngesundes, starkes Mädchen, deshalb konnte er sie über Stunden hinweg quälen, bis er ihr zum letzten Mal die Hände um den Hals gelegt und sie ihm noch einmal ins Gesicht gesehen hat, als er anfing zuzudrücken und endgültig zu beenden, was eine halbe Ewigkeit zuvor von ihm begonnen worden war.«

Jetzt wandte sie sich ab, und obwohl es ihr gelang, ein Zittern zu unterdrücken, trank sie zur Beruhigung einen möglichst großen Schluck ihres inzwischen lauwarmen Getränks. »Die Handschellen lässt er dran. Weil es Polizeihandschellen sind und er ihrem Vater damit eine Botschaft hinterlassen will. Wodurch er ihm einen zusätzlichen Schlag versetzt. Es ging nicht um sie, ging nicht einen Augenblick um sie. Sie war nur ein Werkzeug, eine Waffe. Er hätte sie schon vorher unzählige Male und auf unzählige Arten töten können. Doch er wollte, dass es in ihrem Zuhause passiert, in dem Haus, von dem der Cop geglaubt hatte, dass dort sein kleines Mädchen sicher war.«

Sie studierte das Gesicht. »Auch die zweite Dosis des Betäubungsmittels hat er ihr MacMasters' wegen verpasst. Er wollte sichergehen, dass das Zeug in ihrem Blut gefunden wird. Seines Wissens kamen die Eltern schließlich erst am Nachmittag zurück. Dann hätten wir die toxikologische Untersuchung erst viel später durchgeführt. Er hat ihr die zweite Dosis also verpasst, um ganz sicherzugehen, dass sie gefunden wird. Weshalb er auch das Glas stehen lassen hat.«

»Das Glas?«

»Es war sicher ihr Glas, das wir auf der Arbeitsplatte in der Küche stehen gesehen haben, und ich bin mir sicher, dass darin noch Spuren des Barbiturats enthalten sind. Damit wollte er MacMasters eine lange Nase machen. Ihn beleidigen. Nach dem Motto, sieh nur, was ich deiner geliebten Tochter in deinem eigenen Zuhause angetan habe, und zwar unter Verwendung von genau dem Zeug, gegen das du jeden Tag aufs Neue kämpfst. Es ging nicht um Deena, es ging nicht um sie. Was es noch viel schlimmer macht, finden Sie nicht auch?«

Inzwischen hatte sie sich wieder vollkommen in der Gewalt und blickte Morris an. »Für MacMasters ist das Ganze sicherlich noch schlimmer, wenn er hört, dass es gar nicht um seine Tochter ging. Dass sie nur ein Werkzeug war.«

»Das glaube ich auch.« *Und was waren Sie,* überlegte er. *Was waren Sie für die Person, von der Sie derart benutzt und misshandelt worden sind?*

Doch er stellte diese Frage nicht. Weil er sie dafür zu gut kannte und zu gut verstand.

Als sie später wieder auf der Straße stand, sog sie die klebrig warme Luft eines New Yorker Tages ein, der offenbar beschlossen hatte, sommerlich zu sein. Sie hatte es überstanden, dachte sie, hatte den Part überstanden, der bestimmt der schlimmste war. Sie stieg wieder in ihren Wagen und fuhr weiter zum Labor.

Tatsächlich freute sie sich auf die Auseinandersetzung mit Laborchef Dick Berenski, dessen wenig schmeichelhafter Spitzname »Sturschädel« war, denn sicher nähme ihre Anspannung dadurch ein wenig ab. Der Kerl war einfach ein Idiot, aber eindeutig der beste Laborant der Stadt.

Es war niemand im Labor außer ein paar Angestellten, die in ihren gläsernen Büros über Papierkram eingedämmert waren, und ihrem Intimfeind, dessen Eierkopf mit dem fettglänzenden, dünnen, schwarzen Haar vor einem Computerbildschirm klebte, während er seine geschickten, spinnengleichen Finger abwechselnd über den Monitor und die Tasten huschen ließ.

»Wie sieht's aus?«, fragte sie in herausforderndem Ton.

Er bedachte sie mit einem bitterbösen Blick. »Ich hatte zwei Tribünenkarten für das Basebalspiel.«

Mit denen er bestimmt von irgendwem bestochen worden war. »Und Captain MacMasters hatte eine Tochter. Also fragen Sie mich mal, ob mich Ihr Gejammer auch nur ansatzweise interessiert.«

»Sie wäre nicht weniger tot, wenn ich jetzt ein Hot Dog mampfen, etwas trinken und die Yankees gucken würde. Schließlich ist heute, verdammt noch mal, ein Feiertag.«

»Mein Gott, Sie haben recht. Zu bedauerlich, dass sie sich, nur um Sie zu ärgern, ausgerechnet letzte Nacht mehrfach vergewaltigen, schwer misshandeln und am Schluss erwürgen lassen hat.«

»Meine Güte, regen Sie sich ab.« Offensichtlich hatte er trotz seines Zorns das mörderische Blitzen ihrer Augen wahrgenommen, denn er fuhr mit seinen dünnen Spinnenfingern durch die Luft. »Schließlich bin ich hier. Und ich habe das Glas schon überprüft. Es weist Spuren von Kirschlimo und Barbituraten auf. Flüssiges *Slider* mit einer kleinen Prise *Zoner*.«

»*Zoner?*«

»Ja, einem winzigen Hauch. Das *Slider* selbst hätte bereits gereicht, aber von der Mischung kriegt man unheimliche Träume und wird für gewöhnlich mit einer mörderischen Migräne wach. Irgendeine positive Wirkung hat es nicht, wenn man diesen speziellen Cocktail schlürft, aber vielleicht fährt ja irgendwer auf diesen Horror ab.«

»Dann hat sie also sogar in der Zeit gelitten, während der sie nicht bei Bewusstsein war. Und ist mit Schmerzen wieder aufgewacht.«

»Wenn er sie einfach hätte betäuben wollen, hätte das

Slider dafür vollkommen gereicht. Er wollte offenbar noch etwas anderes. Die DNA und die Fingerabdrücke am Glas gehören dem Opfer. Der Täter hat es offenkundig nicht berührt. Ich wollte Ihnen gerade alles rüberschicken. Sie hätten sich den Weg hierher also ersparen können.«

»Was ist mit dem Bettzeug und ihren Klamotten?«, fragte Eve.

»Verdammt noch mal, ich bin kein Roboter. Ich habe das Zeug hier, aber angesehen habe ich es mir noch nicht. Außer Ihnen haben sich auch die Spurensicherer die Sachen schon am Tatort angeguckt, aber nichts daran entdeckt. Trotzdem sehen wir sie uns natürlich noch einmal genauer an. Falls es irgendwo auch nur den allerkleinsten Samen- oder Speicheltropfen von dem Typen gibt, finden wir das heraus. Und bevor Sie fragen, die Handschellen sind Standardhandschellen der Polizei und wirken ziemlich neu. Zumindest wurden sie vor letzter Nacht kaum jemals benutzt. Das Gewebe und das Blut, das wir daran gefunden haben, stimmen mit denen des Opfers überein. Fingerabdrücke gab es nicht, und die Fasern, die daran geklebt haben, stammen wahrscheinlich von ihrem Bettlaken. Harpo guckt sich morgen alles noch einmal genauer an.«

Sie musste zugeben, er hatte seinen Job gemacht. »Schicken Sie mir den Bericht über das Glas und später den über das Bettzeug und die Kleider einfach zu.«

Dabei beließ sie es und fuhr mit leichtem Kopfweh aufs Revier.

Selbst am späten Nachmittag des Friedenstags herrschte dort Hochbetrieb. Die Arbeit der Polizei war eindeutig ein Vierundzwanzigstundenjob, und von Frieden gab es nirgendwo auch nur die allerkleinste Spur. Schwere oder auch nur mittelschwere Jungs und Mädels machten eben niemals frei. Auf den Wachen drängten sich zahllose nicht ganz so schwere Jungs und Mädels, die wegen des Feiertags zu tief ins Glas geschaut, sich an einer Rauferei beteiligt hatten oder denen einfach im Gedränge während der Parade ihre Brieftasche entwendet worden war.

Statt eines schnellen Fahrstuhls nahm sie das Gleitband, denn sie bräuchte noch ein wenig Zeit, bis sie wieder vollkommen bei sich war.

Sie wünschte sich, sie könnte ihre überschüssige Kraft loswerden, hätte eine Viertelstunde, um auf einen von den Box-Droiden einzudreschen, die es unten in den Fitnessräumen gab. Doch acht Stunden nach Whitneys Anruf trat sie durch die Tür ihrer Abteilung und marschierte direkt weiter in ihr eigenes Büro.

Kaffee, dachte sie – echter Kaffee –, wäre vielleicht ein, wenn auch bescheidener, Ersatz für die Erleichterung, die sie empfände, wenn sie mit aller Kraft auf einen Gegner eindreschen könnte.

Er saß auf dem Besucherstuhl, der hart und ungemütlich war, da niemand allzu lange bei ihr verweilen sollte.

Er saß auf diesem Stuhl, hatte seine Ärmel hochgekrempelt und das Haar zurückgebunden, so wie er es immer machte, wenn er über einer kniffeligen Arbeit saß, und gab etwas in seinen Handcomputer ein.

Sie machte die Tür hinter sich zu.

»Ich dachte, du wärst bei Feeney.«

»Da komme ich gerade her.« Roarke blieb einfach sitzen und blickte ihr forschend ins Gesicht. »Sie sind noch nicht lange hier und richten sich gerade im Besprechungszimmer ein.«

Nickend trat sie vor den AutoChef und gab ihre Bestellung auf. »Ich brauche nur einen Moment, um meine Gedanken vor dem Briefing zu sortieren. Du kannst ihnen ausrichten, ich wäre unterwegs.«

Sie wollte einen Augenblick an ihrem kleinen Fenster stehen und grübeln, aber dazu musste sie alleine sein, stattdessen trat sie nun hinter ihren Schreibtisch.

Er stand lautlos auf, blieb hinter ihr stehen, nahm ihr ihren Kaffeebecher ab und stellte ihn achtlos auf den Tisch.

»He. Ich brauche den Kick.«

»Den kannst du sofort haben.« Er sah sie aus seinen durchdringenden, blauen Augen an und berührte vorsichtig mit seinen Fingerspitzen ihr Gesicht.

»Okay.« Sie schmiegte sich an seine Brust. Dort konnte sie die Augen schließen, während er sie in den Armen hielt, sie liebte und verstand.

»So.« Er presste seine Lippen auf ihr Haar. »So ist es gut.«

»Ich bin okay.«

»Nicht ganz. Ich werde dich nicht fragen, ob du diesen Fall abgeben wirst. Denn das würdest du noch nicht einmal tun, wenn du nicht von einem Kollegen angefordert worden wärst, ihn zu übernehmen.«

Sie schüttelte den Kopf, und er küsste sie erneut aufs Haar, schob sie ein Stückchen von sich fort und sah ihr ins Gesicht. »Du musst dir selbst beweisen, dass du es schaffst, das durchzustehen.«

»Das schaffe ich auf jeden Fall.«

»Das stimmt. Aber ich denke, du solltest nicht vergessen, dass du es nicht allein durchstehen musst.«

»Sie war älter als ich damals. Beinah doppelt so alt. Trotzdem …«

Er streichelte ihr sanft den Rücken, als sie vehement erschauderte. »Trotzdem war sie jung, wehrlos und unschuldig.«

»Ich war damals schon lange nicht mehr unschuldig. Ich ... Als ich im Leichenschauhaus war und sie mir angesehen habe, dachte ich, das Mädchen auf dem Tisch hätte auch ich selbst sein können. Auch ich selbst hätte dort landen können, hätte ich mir diesen Kerl nicht rechtzeitig vom Hals geschafft. Denn früher oder später hätte er mich umgebracht oder, schlimmer noch, eine bloße Sache aus mir gemacht. Ich hatte also keine andere Wahl, als dafür zu sorgen, dass statt meiner er dort liegt. Sie hatte keine Chance, nicht einmal den grauenhaften Ausweg, den ich hatte. Hatte ein gutes Zuhause, Eltern, die sie liebten, und die daran zerbrechen werden, was mit ihr geschehen ist. Aber sie hatte nicht die geringste Chance. Ich könnte diesen Fall niemals abgeben.«

»Nein, das könntest du nicht.«

Sie klammerte sich noch einmal an ihm fest und ließ sich von ihm halten, schließlich aber trat sie einen Schritt zurück. »Ich habe mir gewünscht, ich hätte etwas Zeit, um auf einen Sparringdroiden einzudreschen.«

»Ah.« Er sah sie lächelnd an. »Das tut dir schließlich immer gut.«

»Ja. Aber das hier war noch viel besser.«

Er nahm ihren Kaffee vom Tisch und drückte ihn ihr in die Hand. »Noch besser wäre es, wenn du etwas gegen die Kopfschmerzen nehmen würdest.«

»So schlimm sind sie gar nicht. Sicher gehen sie von alleine wieder weg.«

»Wobei vielleicht auch die von mir bestellte Pizza helfen wird.«

»Du hast Pizza bestellt?« Der Teil von ihr, der sich nach Pizza sehnte, kämpfte mit dem Teil, dem etwas an der Disziplin der Truppe lag. »Ich habe dir schon hundert

Mal gesagt, dass du meinen Leuten nichts zu essen kaufen sollst. Dadurch werden sie verwöhnt und korrumpiert.«

»Es gibt nur einen Cop, den ich verwöhnen und vielleicht auch korrumpieren will, und mir ist zufällig bekannt, dass Pizza eine ihrer Schwächen ist.«

Sie bemühte sich, ihn möglichst böse anzusehen, während sie ihren Becher an die Lippen hob. »Ist wenigstens Salami drauf?«

5

Während Jamie und McNab bereits jeweils nach der zweiten Scheibe Pizza griffen, kaute Feeney noch an seinem dick belegten ersten Stück. Ihr ehemaliger Partner und jetziger Chef der elektronischen Ermittler schaffte es, den Rest von seiner Pizza neben einer Dose Limo in der Hand zu balancieren, während er die Fotos vom Tatort betrachtete, die Peabody noch nicht an die Tafel geheftet hatte.

Obwohl er gerade beim Frisör gewesen war, lag das drahtige Gewirr grau durchwirkten roten Haars wie immer durcheinander um seinen Kopf. Sein faltiges, ermüdetes Gesicht sah wie das eines schläfrigen Bassets aus, und die kuhfladengrüne Jacke, die er über der knittrigen Hose trug, hatte er bestimmt bereits gekauft, bevor sein bester Mann, McNab, von der Mutter entwöhnt worden war.

Hingegen lief das junge Elektronik-Ass, das mit Peabody verbandelt war, in leuchtend roten Cargohosen sowie einem T-Shirt in der Farbe mit grellen Blitzen verrührten radioaktiven Eigelbs durch den Raum. Das lange, blonde Haar trug er in einem kompliziert geflochtenen Zopf, der sein schmales, fein gemeißeltes Gesicht vorteilhaft zur Geltung brachte.

Da die Pizza nun einmal da war, genehmigte sich Eve ebenfalls ein Stück.

Dann sah sie Feeney fragend an. »Ist es für dich okay, wenn euch Jamie bei der Arbeit hilft?«

»Er wird sich sowieso nicht daran hindern lassen, dieser Sache nachzugehen, deshalb ist es besser, wenn er das irgendwo macht, wo ich ihn im Auge behalten kann.« Er hob seine Dose an den Mund. »Zunächst wird es für ihn sicher ziemlich schwierig, aber dann kriegt er sich hoffentlich wieder ein. Ich kannte Deena auch. Sie war ein tolles Kind.« Wieder sah er sich die Tatortfotos an. »Was für ein kranker Scheiß. Die Sache wird sich in Windeseile unter den Kollegen rumsprechen und dann werden sich mehr Leute freiwillig zur Arbeit melden, als du brauchen kannst.«

»Wie gut kennst du MacMasters?«

»Wir haben ein paarmal zusammengearbeitet und ab und zu gemeinsam ein Bier gekippt. Er ist ein guter Cop.«

Das war aus Feeneys Mund das höchste Lob.

»Wenn du das hier siehst, Dallas, geht dir als Cop und Vater durch den Kopf, dass man alles richtig machen kann und dann doch keine Chance hat, sein Kind zu beschützen. Man bildet sich ein, dass man das kann, obwohl man weiß, wie die Welt draußen ist, man muss sich einfach einreden, dass man das kann. Bis urplötzlich so etwas passiert und dir deutlich vor Augen führt, dass du machtlos bist.«

Er schüttelte den Kopf und funkelte sie zornig an. »Wir wollen einfach glauben, dass wir unsere Familie schützen können.« Er brach ab und trank den nächsten großen Schluck. »Ich wollte heute Nachmittag mit meiner Frau zum Grillen zu unserem Jungen nach New Jersey. New Jersey«, wiederholte er mit der Verachtung des gebürtigen New Yorkers für das Land.

»Tja, halt dir einfach vor Augen, dass der Verkehr sicher total ätzend ist.«

»Gute Idee. Aber wie dem auch sei, meine Frau bringt mir von dort etwas zu essen mit.« Wieder blickte er die Aufnahmen von Deena an. »Diesem kleinen Mädchen wurde deutlich mehr genommen als ein Barbecue.«

»Er hatte sie ins Visier genommen, Feeney, hat sich vorsätzlich an sie herangemacht. Dafür muss es einen Grund gegeben haben. Am besten arbeiten wir uns von da aus weiter vor.«

»Rache.« Feeney nickte. »Könnte sein. Er ist schon ewig bei der Polizei, und ich schätze, dass er seit fast zehn Jahren bei der Drogenfahndung ist. Inzwischen ist er sogar Captain. Er schließt Fälle erfolgreich ab und lässt sich nichts vormachen. Ein guter Polizist«, wiederholte er. »Und gute Polizisten haben Feinde, aber …«

»Ja, die Einwände sind mir klar. Lass uns trotzdem damit anfangen, dann gehen wir sie zusammen durch. Bildschirm an.«

Der Befehl war das Signal dafür, dass die Besprechung ihren Anfang nahm.

»Das Opfer ist Deena MacMasters, sechzehn Jahre alt. Der Pathologe hat bestätigt, dass es Mord durch Erwürgen war. Das Opfer wurde während eines Zeitraums von sechs bis acht Stunden mehrfach vaginal und anal vergewaltigt. Die Spuren eines als *Slider* bekannten Barbiturats sowie eine kleine Menge beigemengten *Zoners,* die bei der toxikologischen Untersuchung gefunden worden sind, weisen darauf hin, dass sie unter Drogen stand.«

»Diese Mischung ist echt mörderisch.«

Eve machte eine Pause und sah Jamie mit hochgezogenen Brauen an.

»Sorry, Lieutenant, ich wollte Ihnen nur sagen, dass einen dieser Cocktail völlig irre macht. Wenn man so viel nimmt, dass man zusammenklappt, hat man fürchterliche Albträume. Sie sollen total real sein, und es heißt, dass man danach einen echt dicken Schädel hat.«

Feeney pikste Jamie mit dem Finger an. »Woher weißt du so viel über dieses Zeug? Falls du damit am College spielst, werde ich dir persönlich ...«

»Gucken Sie mich nicht so an. Ich bin clean. Schließlich bräuchte man mich nur mit einem Tütchen zu erwischen, damit mein Stipendium flöten ist. Außerdem, mein Gott, wenn ich einen Albtraum haben will, esse ich einfach einen Burrito und gucke mir um Mitternacht ein Horrorvideo an.«

»Das will ich für dich hoffen.«

»Jamie bestätigt das, was ich bereits vom Sturschädel erfahren habe. Da es keine Abwehrverletzungen und keine Spuren eines vorherigen Kampfes gibt, gehen wir davon aus, dass sie mit diesem Cocktail betäubt, danach in ihr Schlafzimmer getragen und mit Handschellen und an den Knöcheln mit ihrem eigenen Bettlaken gefesselt worden ist.«

»Der Horror sollte für sie schon beginnen, als sie noch bewusstlos war«, murmelte Peabody.

»Während sie bewusstlos war, hat er sich vielleicht die Zeit genommen, die Teller und sein Glas zu reinigen und sich den Kontrollraum anzusehen. Dann hätte er immer noch genügend Zeit gehabt, um wieder in ihr Schlafzimmer zu gehen, bevor sie zu sich kam.«

»Abgesehen von ihrer Unterwäsche hatte sie noch alle Kleider an. Die Sachen waren nur hochgeschoben und selbst für die Risse in der Bluse hat er keine sonderliche Kraft gebraucht. Er war also weder wütend noch im Rausch, sondern hat eiskalt einen genauen Plan verfolgt.«

Als Jamie wieder etwas sagen wollte, brauchte Eve ihn nur kurz anzusehen, damit er sie weitersprechen ließ. »Kleinere Schürfwunden in ihrem Gesicht und an ihrem Oberkörper deuten darauf hin, dass er sie geschlagen hat, aber nicht zu fest. Die Hämatome an den Oberarmen und den Schultern weisen darauf hin, dass sie von ihm festgehalten worden ist, und die Abschürfungen und die Schwellungen an ihren Handgelenken und den Knöcheln zeigen uns, dass sie versucht hat, sich mit aller Kraft zu wehren.« Sie atmete durch.

»Ihr Killer hat sich Zeit gelassen, sie außer Gefecht gesetzt, indem er sie gewürgt hat, bis sie ohnmächtig war, ihr dann die Fesseln an den Knöcheln abgenommen, sie umgedreht und die Fesseln wieder angelegt. Wahrscheinlich hat er danach gewartet, bis sie wieder zu sich kam, bevor er sie nochmals vergewaltigt hat. Es scheint, als ob der Kerl mehrfach nach diesem Muster vorgegangen ist.«

Wieder sah sie Jamie an. Sein Gesicht war kreidebleich und seine Augen dunkler als gewöhnlich, doch er sagte nichts.

»Das verrät uns viel über den Kerl«, erklärte sie und wartete dann schweigend ab.

»Hm. Er hat keine Zeit und Energie vergeudet, indem er sie geschlagen hat«, begann ihre Partnerin. »Er hatte kein Interesse daran, ihr auf diese Weise wehzutun. Und er hat sich die Mühe erspart, sie auszuziehen, weil ihm auch das nicht wichtig war. Es ging ihm nicht darum, sie auf diese Weise zu erniedrigen.«

Eve nickte knapp. »Es ist eine noch größere Demütigung für sie, wenn man ihr die Kleidung anlässt. Das macht den Akt noch niederträchtiger. Es ging einzig darum, in sie einzudringen. Um die Dominanz. Darum, ihr wehzutun.«

Ihr Herz fing panisch an zu flattern. Also blickte sie auf Roarke, sah ihm direkt ins Gesicht, und ihr Herzschlag wurde wieder ruhig.

»Dem Labor zufolge waren in dem Glas, das in der Küche stand, Reste derselben Drogen wie in ihrem Blut. Die Fesseln an ihren Handgelenken waren dieselben, wie sie auch die Polizei benutzt, und weisen ausschließlich ihr Blut und ihr Gewebe auf. Bisher haben die Leute von der Spusi keine Spur des Killers am Tatort entdeckt. Weder am noch im Körper des Opfers gibt es eine Spur von seiner DNA. Er hat sich gut geschützt. Peabody, was haben die bisherigen Zeugenbefragungen ergeben?«

»Der Lieutenant und ich haben zusammen eine Freundin des Opfers und Jamie aufgesucht, ich habe allein mit den anderen beiden Mädchen gesprochen, die auf der Liste von Deenas Eltern stehen. Von allen diesen Zeuginnen hat nur Jo Jennings eingeräumt, etwas von einem Mann zu wissen, mit dem das Opfer zusammen war. Er ist angeblich neunzehn Jahre alt und hat dem Opfer anscheinend erzählt, er wäre ursprünglich aus Georgia, ginge aber ans College von Columbia. Sie haben sich vor mehreren Wochen im Park kennengelernt, wo Deena regelmäßig joggen war, und sich danach immer wieder heimlich irgendwo getroffen. Sämtliche vernommenen Personen haben ausgesagt, dass das Opfer einen Handcomputer und ein Handy hatte, wobei keiner dieser beiden Gegenstände irgendwo im Haus gefunden worden ist. Daraus lässt sich schließen, dass der Killer beides mitgenommen hat, weil darauf möglicherweise irgendwelche E-Mails oder Anrufe von ihm gespeichert sind. Angeblich hat keine von Deenas Freundinnen und auch niemand aus ihrer Familie den Mann jemals gesehen, weshalb ihn auch niemand identifizieren kann.«

»Jos Aussage zufolge«, führte Eve ihre Erklärung weiter aus, »hat das Opfer diesem unbekannten jungen Mann erzählt, dass ihr Vater Polizist und bei der Drogenfahndung ist. Darauf hat er ihr erzählt, er wäre einmal wegen Drogenkonsums verhaftet worden, und hat dieses Argument angeblich benutzt, um sie dazu zu bringen, dass sie niemandem etwas von ihrer Beziehung verrät.«

»Worauf sie sich sicher eingelassen hat.« Jamie wandte sich an Eve und fuhr, als sie nickte, fort. »Wenn er behauptet hat, dass es ihm peinlich ist oder dass er sich einfach nicht traut, gleich auch die Bekanntschaft ihrer Eltern oder Freundinnen zu machen, hat sie sich wahrscheinlich darauf eingelassen, weil sie dachte, dass er sich sonst unwohl fühlt. Sie wollte andere nämlich nie in Verlegenheit bringen oder so.«

»Außerdem ist ein heimlicher Freund für ein Mädchen dieses Alters sicher furchtbar aufregend«, fügte McNab hinzu.

»Allem Anschein nach hat das Opfer ihn am Abend vor dem Mord nicht nur hereingelassen, sondern ihn erwartet. Jo hat uns erzählt, das Opfer hätte gedacht, der Killer käme bei ihr vorbei, um etwas mit ihr zu essen und anschließend mit ihr ins Theater zu gehen. Dem Protokoll des AutoChefs zufolge wurden gegen achtzehn Uhr dreißig zwei Pizzen bestellt, eine mit Fleisch und die des Opfers vegetarisch, wobei es so aussieht, als ob sie die erste Dosis des Betäubungsmittels mit ihrer Limo zu sich genommen hat.«

»Die erste Dosis?«, hakte Feeney nach.

»Gegen Mitternacht wurde ihr eine zweite Dosis eingeflößt. Ich glaube, der Killer wusste, wann ihre Eltern wiederkommen wollten, und zwar heute am späten Nachmittag. Ich glaube, diese zweite Dosis hat er ihr verpasst,
um ganz sicherzugehen, dass sie bei der toxikologischen
Untersuchung auch gefunden wird. Schließlich konnte
er nicht wissen, dass ihre Eltern beschließen würden, bereits mehrere Stunden früher als geplant zurückzukehren.
Das Glas hat er auf der Arbeitsplatte in der Küche stehen
lassen, damit wir es untersuchen und bemerken, dass in
Deenas Limo ein Betäubungsmittel war.«

»Das war sicher als Schlag ins Gesicht für ihren Dad
gedacht.« Feeney runzelte die Stirn, als er den toxikologischen Bericht auf dem Bildschirm sah. »Das wäre der einzig logische Grund, aber … wenn man es auf einen Polizisten abgesehen hat, macht man sich an ihn heran. Wenn
man jemanden von der Familie nimmt, braucht man eine
Signatur. Schließlich will man, dass der Polizist weiß,
dass es ein Racheakt ist. Außerdem hätte das Schwein
das Mädchen schon viel früher fertigmachen können. Sie
dazu zu bringen, dass sie wochenlang zu niemandem ein
Sterbenswörtchen über die Beziehung sagt, ist ein gewag-
tes Spiel. Jugendliche in dem Alter reden schließlich immer über alles, auch Deena hat der Freundin etwas davon
erzählt.«

»So fand er es vielleicht witziger.« Eve rief Deenas Pass-
bild auf dem Bildschirm auf und man sah ein junges, fri-
sches, lächelndes Gesicht. »Und persönlicher. Nicht nur
im Haus, sondern in ihrem hübschen Schlafzimmer. Sie
hat ihm selber die Tür aufgemacht. Wurde das bestätigt?«

Feeney nickte knapp. »Es gibt keinen Hinweis darauf,

dass jemand ein Fenster oder eine Tür des Hauses aufgebrochen hat und gewaltsam eingedrungen ist. Der vorläufig von uns ermittelte zeitliche Ablauf stimmt mit deinem überein. Die Tür wurde um achtzehn Uhr dreiundzwanzig ganz normal von innen auf- und sofort wieder zugemacht. Sie hat ihn also hereingelassen und im Anschluss wieder abgesperrt. Um dreiundzwanzig Uhr achtzehn wurde die Tür des Kontrollraums mithilfe des Passworts aufgemacht, und die Kameras wurden entsprechend der vorgeschriebenen Verfahrensweise abgestellt.«

»Da hatte er sie schon seit über vier Stunden in der Mangel.« Eve konnte nicht verhindern, dass sie daran dachte, wie es war, wenn man einem anderen Menschen über Stunden hilflos ausgeliefert war. »Sie hat ihm das Passwort wahrscheinlich genannt. Er musste nicht versuchen, es zu knacken, denn er hat stattdessen sie geknackt.«

»Sie war die Tochter eines Cops«, warf Jamie ein. »Und sie war intelligent. Deshalb hat sie es dem Kerl bestimmt nicht so leicht gemacht.«

Er konnte es nicht sehen, das wusste Eve. Wie sollte er das auch, wenn er nie in der Situation gewesen war? »Er hat sie vier Stunden lang vergewaltigt, terrorisiert, gewürgt. Dann sagt er ihr, okay, ich haue wieder ab, aber vorher muss ich die Kameras ausstellen und mir die Disketten holen. Vielleicht hat sie zuerst nein gesagt, also hat er ihr weiter wehgetan: ›Nenn mir das Passwort, Deena, dann hört das alles auf‹.«

»Aber den Code für die Entfernung der Disketten hat ihm Deena nicht genannt, zumindest nicht den richtigen«, meinte McNab. »Vielleicht hatte sie ihn gar nicht. Warum sollte ihr Vater ihn ihr auch nennen. Er hat sich in die Kiste reingehackt, und zwar ziemlich schnell. Er hat vielleicht zehn Minuten gebraucht, er hatte also entweder entsprechende Geräte, oder er kennt sich gut mit solchen Dingen aus. Dem Protokoll zufolge wurden die Disketten um dreiundzwanzig Uhr einunddreißig aus dem Aufnahmegerät entfernt. Die Festplatten wurden gelöscht und anschließend zerstört, aber die Zeit haben wir noch herausgefunden. Vielleicht gelingt es uns auch noch, die anderen Daten zusammen mit den Bildern wiederherzustellen. Das wird bestimmt nicht leicht, aber wir haben durchaus eine Chance. Das System ist oberaffengeil. Je geiler ein System, umso besser ist es abgesichert und umso größer ist die Chance, dass man gelöschte Daten wiederherstellen kann.«

»Das hat oberste Priorität«, erklärte Eve. »Sobald er die Disketten hatte und die Festplatte gelöscht war, ist er wieder zu ihr rauf und hat sie noch zwei Stunden malträtiert.«

»Danach ist er durch die Haustür hinausgegangen«, warf Feeney ein. »Hat die Schlösser von innen geöffnet und um vier Uhr drei wieder von außen zugemacht.«

»Das heißt, dass er sich nach Deenas Tod noch Zeit zum Aufräumen und Verwischen sämtlicher Spuren genommen hat. Er war dabei nicht in Eile und nicht panisch, sondern hat in aller Ruhe eins nach dem anderen erledigt. Ich wette, er hatte eine Liste all der Dinge vorbereitet, die er machen wollte«, murmelte Eve. »Danach ist er früh genug verschwunden, damit ihn niemand sieht. Obwohl er noch im Hellen angekommen ist, hat ihn offenbar niemand gesehen. Das heißt, dass er völlig unauffällig ist. Es gibt mehrere U-Bahn-Stationen im Umkreis von drei Blocks. Ich habe bereits Kopien sämtlicher Aufnahmen von dort bestellt, aber …«

Sicher war die Chance, ihn darauf zu entdecken, eher

gering. »Wenn er clever genug ist, um all das durchzuziehen, ist er sicher auch gewitzt genug, um sich nicht in einer U-Bahn-Station in der Nähe aufnehmen zu lassen. Wahrscheinlich kam er zu Fuß. Und falls es von seinem Unterschlupf bis zu Deenas Haus zu weit gewesen ist, hat er vielleicht ein Taxi genommen, aus dem er mehrere Blocks von ihrer Nachbarschaft entfernt ausgestiegen ist. Oder er kam mit dem Bus, vielleicht sogar mit einem eigenen Gefährt.«

»Ich gehe davon aus, dass er gelaufen ist«, bemerkte Roarke. »Schließlich ist am Samstagabend in der Stadt immer die Hölle los, es war schönes Wetter, wer würde schon einen Jungen oder jungen Mann bemerken, der allein unterwegs ist? Ich gehe davon aus, dass er ordentlich, aber zugleich auch möglichst unauffällig angezogen war. Da es sonnig war, hatte er wahrscheinlich eine Sonnenbrille, eine Kappe oder eine Kapuze auf. Vielleicht hat er auch Kopfhörer getragen, damit es so wirkte, als höre er Musik, oder er hatte zur Tarnung sein Handy aufgeklappt, damit es so aussah, als würde er telefonieren oder als schriebe er eine SMS. Und wenn sich die Möglichkeit dazu geboten hat, hat er sich vielleicht an eine Gruppe Leute in seinem Alter gehängt. Denn in einer Gruppe fällt man noch weniger auf. Wenn man ein Verbrechen irgendwo begehen will, wo man sich vorher blicken lassen muss, ist es immer am besten, wenn man möglichst zu seiner Umgebung passt und die Zeit, in der man gesehen werden kann, so kurz wie möglich ist. Ich an seiner Stelle hätte dieses Handy ein paar Blocks vor Erreichen meines Ziels benutzt und mein Opfer angerufen.«

Eve sah ihn aus zusammengekniffenen Augen an. »Um sie wissen zu lassen, dass er beinahe da ist und es kaum erwarten kann. Vielleicht hat er gesagt, die Verabredung steht doch wohl noch? Irgendetwas in der Art.«

»Ja, genau. Und während sie geredet haben, hat sie sicher Ausschau nach dem Kerl gehalten und war bereits an der Tür, als er am Fuß der Treppe stand. Dadurch kam er innerhalb von wenigen Sekunden rein.« Roarke zuckte mit den Schultern. »Nun, so hätte ich es auf jeden Fall gemacht.«

Sie trommelte sich mit den Fingern auf den Oberschenkel und stapfte nachdenklich durch den Raum. »Trotzdem hören wir uns noch bei den anderen Nachbarn um. Und gehen in den Park. Die Chance, dass irgendwer die beiden zusammen gesehen hat, ist dort am größten. Das tun wir morgen früh als Allererstes, Peabody. Feeney, du und deine Leute nehmt euch alle elektronischen Geräte vor, wobei ihr euch bitte vor allem auf die Überwachungsanlage konzentriert. Ich werde nach ähnlich gelagerten Verbrechen suchen und Mira darum bitten, dass sie ein Profil des Kerls erstellt. Im Augenblick klappern mehrere Kollegen sämtliche Orte ab, an denen sich Deena für gewöhnlich aufgehalten hat, zwei von ihnen knöpfen sich einen gewissen Juan Garcia, einen Dealer, vor.«

Feeney nickte in Richtung der Tatortfotos auf dem Tisch. »Solche Typen gehen anders vor.«

»Das glaube ich auch, aber trotzdem werden wir den Kerl und sämtliche anderen rachsüchtigen Typen, die in MacMasters' Akten stehen oder an die er sich erinnern kann, fragen, wo sie Samstagnacht gewesen sind. Die Wahrscheinlichkeit, dass ihr Mörder irgendwo mit Deena hingegangen ist, wo man sie kannte, ist gering. Nach dem ersten Kontakt musste er verhindern, dass jemand, der sie kannte, sie mit ihm zusammen sah. Sie waren spazieren und im Kino, aber nicht an irgendwelchen Orten, wo Deena normalerweise war. Falls sie gemeinsam in den Park gegangen sind, waren sie wahrscheinlich in einem anderen Bereich als dem, in dem sie sich zum ersten Mal begegnet sind.«

»Falls es um Rache ging ...«

Sie nickte Feeney zu. »Wir werden MacMasters' Fälle durchgehen, und ich werde auch noch einmal mit ihm reden, um zu sehen, ob er sich an irgendwas erinnern kann, was uns vielleicht weiterhilft. Jamie, hätte sie ein Gangmitglied erkannt?«

»Bestimmt. Wie gesagt, sie war intelligent und konnte auf sich aufpassen. Kapieren Sie? Sie war vorsichtig und wusste ganz genau, was für Typen man am besten aus dem Weg geht.«

»Zu was für einem Typ hätte sie sich hingezogen gefühlt?«

»Nun ... er hätte sauber sein müssen. Ich meine damit nicht frisch geduscht und mit gefönten Haaren oder so. Er hätte okay aussehen und die Dinge, die er sagt, hätten ihr gefallen müssen. Jo hat gesagt, er hätte erzählt, dass er am College von Columbia ist? Das hat sie vielleicht gelockt, denn da bin ich zum Beispiel auch, und sie selbst wollte dort nach der Schule hin. Er hätte höflich sein müssen. Hätte er sich zu offensiv an sie herangemacht, hätte er sie garantiert verschreckt.«

Es gab auch noch jede Menge anderer Schulen in New York, aber er hatte sich das College ausgesucht, auf das einer ihrer engsten Freunde ging und von dessen Besuch sie selbst geträumt hatte. Was ganz bestimmt kein Zufall war.

»Er hat sie verfolgt, beobachtet, Erkundigungen eingeholt. Und er hat sich Zeit gelassen.« Nein, er war bestimmt kein Dealer oder Knochenbrecher, der in den Diensten eines Dealers stand. »MacMasters hatte seinen Urlaub vor zehn Tagen gebucht, und der Bastard war bereit. Dies war seine große Chance. Sie hatte ihm bestimmt erzählt, dass ihr Vater befördert worden ist.«

»Gleich an dem Abend, als sie es erfuhr, hat sie mir eine SMS geschickt«, erklärte Jamie ihr. »Ich glaube, sie hat alle Freunde angesimst, denn sie war furchtbar stolz auf ihren Dad. Ich war überrascht, dass sie nicht zur Feier der Beförderung mit ihren Eltern mitgefahren ist.«

»Schließlich war sie frisch verliebt«, klärte Peabody ihn auf. »Da wollte sie ganz sicher nicht mit ihren Eltern Urlaub machen, wenn zugleich die Möglichkeit bestand, allein daheim zu bleiben, damit ihr Freund sie endlich mal besuchen kann. Wenn sie selbst unentschlossen gewesen wäre, hätte er ihr bloß zu sagen brauchen, dass sie ihm entsetzlich fehlen würde oder so, damit sie bleibt.«

»Wir gehen sämtlichen Spuren, die wir haben, nach. Peabody, kontaktieren Sie jemanden von Columbia, denn auch wenn die Chance gering ist, kann es schließlich sein, dass er diesbezüglich ehrlich war. Ich will eine Liste sämtlicher Studenten sowie aller Angestellen der vergangenen fünf Jahre, die aus Georgia stammen, und die altersmäßig zwischen achtzehn und dreißig sind. Während diese Sache läuft, rufen Sie Baxter an. Er und sein Junge sind ab jetzt wieder im Dienst. Ich will, dass sie Garcia übernehmen und sich dann in einem Umkreis von drei Häuserblocks vom Tatort umhören, ob irgendjemand etwas gesehen hat.«

Wieder in ihrem Büro loggte sie sich beim IRCCA ein, dem internationalen Informationszentrum für Verbrechensaufklärung, und suchte weltweit nach Verbrechen, die dem Fall Deena MacMasters ähnlich waren.

Während ihr Computer arbeitete, stellte sie vor ihrem Schreibtisch eine zweite Tafel auf. Die Aufnahmen der lebenden und toten Deena würden sie begleiten, bis der Fall erfolgreich abgeschlossen war.

»Du warst clever und die Tochter eines Cops«, murmelte sie vor sich hin, hängte auch noch die Berichte an die Tafel und notierte den zeitlichen Ablauf. »Das sagen sie alle. Trotzdem bist du gleichzeitig ein ganz normales junges Mädchen, und sobald ein attraktiver Junge kommt, die richtigen Dinge zu dir sagt und dir die passenden Blicke zuwirft, ist es um deine Intelligenz geschehen.«

Sie war nicht mehr ganz so jung gewesen und auch nicht die Tochter eines Polizisten, sondern selbst ein knochenharter Cop. Doch dann war Roarke gekommen, hatte die richtigen Dinge zu ihr gesagt, sie auf diese spezielle Weise angesehen, und auch um ihre Intelligenz war es geschehen. Sie hatte ihre Prinzipien vergessen, war ein Wagnis eingegangen und hatte sich in einen Mann verliebt, von dem sie gewusst hatte, dass er gefährlich und Verdächtiger in einem Mordfall war.

Nein, sie war nicht wirklich schlau gewesen, sondern hoffnungslos verliebt. Warum sollte ein junges Mädchen klüger reagieren?

»Ich weiß, was du empfunden hast oder glaubtest zu empfinden«, murmelte Eve. »Ich weiß, wie er deinen Widerstand gebrochen und dich um den Finger gewickelt hat. Ich selber hatte Glück. Du nicht. Aber mir ist klar, wie er dich dazu gebracht hat, unachtsam zu sein.«

Deshalb musste sie jetzt nicht mehr wie das Mädchen denken, sondern wie der Kerl, dem sie verfallen war.

Sie ging in Richtung AutoChef und blieb noch einmal stehen.

Kaffee, fiel ihr ein. Als Erstes hatte Roarke ihr eine Tüte echten Kaffee geschenkt. Dem hatte sie nicht widerstehen können, er war für sie wertvoller als eine Handvoll Diamanten oder anderer Juwelen gewesen.

Aufmerksam, charmant und wohldurchdacht.

Hatte Deenas Mörder ihr wohl auch etwas geschenkt? Irgendetwas Kleines, was genau das Richtige gewesen war?

Sie trat wieder hinter ihren Schreibtisch und sah sich erneut die Fotos an. Musik und Theater, erinnerte sie sich. Bücher. Musik. Vielleicht hatte er ja eine CD mit Liedern nur für sie zusammengestellt? Oder Gedichte. Fuhren Frauen nicht auf Gedichte ab, vor allem wenn sie das Geschenk eines Verehrers waren?

Sie hatte zum Friedenskorps oder zu *Bildung für jedermann* gewollt. Eve wollte verdammt sein, fiele ihr ein passendes Geschenk für so jemanden ein.

Ihr Computer gab ihr das Signal, dass die Suche abgeschlossen war. Eve setzte sich wieder hin und las diverse Akten durch. Dabei fiel ihr nichts Besonderes auf, obwohl sie über eine Stunde las, analysierte und Wahrscheinlichkeitsberechnungen anstellen ließ. Schließlich hatte sie noch eine Handvoll Fälle, denen sie pro forma nachgehen würde, obwohl ihr Instinkt ihr bereits sagte, dass die Suche nichts ergäbe. Nachdem sie mit der Hälfte dieser Fälle fertig war, erschien Peabody in ihrem Büro.

»Ich habe eine noch nicht vollständige Liste von Columbia, auf der sämtliche Studenten und Angestellten stehen. Augenblicklich gibt es dreiundsechzig Studenten, vier Dozenten, einen Wachmann und zwei andere Angestellte aus dem wunderbaren Georgia. Der Wachmann ist weit über dreißig, aber einer der Hausmeister ist vierundzwanzig und einer der Techniker zwei Jahre älter.«

»Wir werden sie alle überprüfen.«

»Es fühlt sich für mich nicht so an, als ob er ihr gegenüber so ehrlich gewesen wäre.«

»Ich denke, dass er nicht nur gelogen hat, denn wenn sie als Tochter eines Polizisten überprüft hätte, ob er die Wahrheit sagt, wäre er sofort aufgeflogen. Er hatte alles viel zu sorgfältig geplant, um ein solches Wagnis einzugehen.«

Peabody winkte in Richtung AutoChef und bestellte, als Eve nickte, zwei Tassen Kaffee. »Sie glauben, dass er dort studiert?«

»Ich glaube, er hat es so gedreht, dass es den Anschein macht, er studiert dort, falls sie diese Behauptung überprüft. Aber vielleicht hat er seine Spuren dort bereits wieder verwischt. Wenn man vorsichtig wäre, könnte man zum Beispiel so vorgehen, dass man sich einen Studenten sucht, dessen Ausweis kopiert und seinen Namen übernimmt oder ihn im Ausweis verändert. Sie können Ihren Arsch darauf verwetten, dass er etwas hatte, was wie ein Studentenausweis ausgesehen hat. Weil man damit schließlich Ermäßigungen im Kino, im Theater oder bei Konzerten bekommt. Wenn er mit ihr ausgegangen ist, hat er diesen Ausweis ganz bestimmt vorgezeigt und kam problemlos damit durch.«

»Daran habe ich nicht gedacht. Weshalb Ihr Gehalt ein bisschen weniger beschissen ist als meins.« Sie reichte Eve den dampfenden Kaffee. »Dann hat er sich also vielleicht den Namen eines dieser dreiundsechzig Typen zugelegt. Vielleicht hatte er ja auch einen Komplizen.«

»Das glaube ich nicht. Weil man einem Komplizen schließlich trauen muss. Und wem könnte er so sehr trauen? Es ist deutlich einfacher, wenn man so etwas allein durchzieht. Ich wette, dass der Ausweis eines der Studenten irgendwann im letzten halben Jahr geklaut wurde oder verloren gegangen ist. Er hat ihn kopiert, das Foto gegen ein Bild von sich selbst getauscht und, falls nötig, die grundlegenden Daten angepasst. Falls Deena Verdacht geschöpft und sich erkundigt hätte, hätte sie gemerkt, dass er als Student in Columbia eingeschrieben ist. Also überprüfen wir die Jungs und gucken nach, ob einer vielleicht nicht ganz sauber ist. Morgen fragen wir nach, ob einer von ihnen einen neuen Studentenausweis beantragt hat. Sie nehmen die ersten dreißig«, sagte sie zu ihrer Partnerin, »und ich nehme den Rest. Arbeiten Sie entweder hier oder zu Hause, morgen früh treffen wir uns um sieben bei mir.«

»Und wo wollen Sie jetzt hin?«

»Noch einmal an den Tatort, und danach nach Hause, um die Namen dieser Jungs dort durchzugehen. Schicken Sie die Daten von Columbia zu mir nach Hause, ja?«

»Okay. Falls ich etwas finde, gebe ich Ihnen Bescheid.«

Eve trank noch einen Schluck Kaffee und wählte die Nummer von Roarke. »Habt ihr irgendwelche Fortschritte gemacht?«

»Es wird sicher lange dauern und bestimmt nicht leicht.«

»Ich bin hier erst mal fertig, deshalb fahre ich zum Tatort und nehme den Rest der Arbeit mit nach Hause.«

»Wir treffen uns in der Garage.«

»Hast du nicht gesagt, es würde lange dauern und bestimmt nicht leicht?«

»Mit Zustimmung des Captains habe ich ein paar von den Geräten zu mir nach Hause schicken lassen. Weil die

Ausrüstung dort einfach besser ist. Fünf Minuten«, meinte er und legte auf.

Sie lud alles hoch, was sie brauchte, und schickte Kopien sämtlicher Berichte, Akten und Notizen an die Kiste, die bei ihr zu Hause stand. Auf dem Weg in die Garage sprach sie kurz mit einem der Kollegen, denen die Befragung aller Nachbarn der MacMasters aufgetragen worden war. Sämtliche Bewohner ihrer Straße waren aufgefunden und vernommen worden, aber niemand hatte am Samstag jemand anderen als Deena aus dem Elternhaus hinaus- oder hineingehen sehen.

Vielleicht hatten Baxter und sein treuer Helfer Trueheart ja ein bisschen mehr Glück, dachte sie. Oder sie und Peabody landeten einen Treffer, wenn sie sich im Park umsähen. Aber wenn ein Mann nicht die geringste Spur bei zahlreichen Vergewaltigungen und am Ende der Ermordung seines Opfers hiterließ, wenn er stundenlang in dessen Zimmer war, ohne dass auch nur der allerkleinste Hinweis auf seine Identität zu finden war, war die Wahrscheinlichkeit gering, dass er so unvorsichtig war und sich irgendwo mit seinem Opfer sehen ließ.

Trotzdem hatte irgendwer sie irgendwo gesehen. Wobei die Frage war, ob dieser Irgendwer sich noch daran erinnern konnte.

Sie waren über Wochen hinweg durch die Stadt gelaufen, hatten sich unterhalten, zusammen gegessen und sich amüsiert. Eve bräuchte nur einen Ort, eine Person, nur eine winzig kleine Lücke im Lügengebäude des Kerls.

Sie ging zu ihrem Wagen, lehnte sich gegen den Kofferraum, zog ihr Notizbuch aus der Tasche und schrieb sich ein paar Sachen auf.

Columbia. Studentenausweis.

Georgia. Südstaatenakzent.

Wahrheit oder Lüge? Und warum?

Das verschwundene Handy, der verschwundene Handcomputer, auf dem vielleicht ein Tagebuch des Mädchens war, eine verschwundene Handtasche. Ob vielleicht noch irgendetwas anderes in der Tasche wichtig gewesen war? Hatte er sie zu seinem Schutz oder als Trophäe eingesteckt?

Sie blickte auf, als Roarke durch die Garage kam. »Hast du als Betrüger jemals einen falschen Akzent benutzt?«

»Ich finde, dass ein Polizeirevier ein seltsamer Ort für eine solche Unterhaltung ist. Da du noch bei der Arbeit bist, fahre am besten ich.«

Er beantwortete ihr die Frage erst, als er im Wagen saß und auf die Straße fuhr. »Hin und wieder schon, und zwar maßgeschneidert für die Person, um die es ging. Meistens aber hat mein irischer Akzent völlig gereicht. Vielleicht habe ich ihn manchmal ein bisschen verändert, etwas dicker aufgetragen oder ein bisschen abgemildert, weil das eleganter klang, aber das war es dann auch schon.«

»Wenn es eine Sache ist, die über mehrere Wochen läuft und bei der sehr viel gesprochen wird, wäre es doch einfacher und sicherer, wenn man sich möglichst an seine natürliche Art zu sprechen hält. Vielleicht verstärkt man sie ein bisschen oder mildert sie ein wenig ab, aber im Grunde spricht man besser so, wie man auch normalerweise spricht.«

»Richtig«, stimmte Roarke ihr zu. »Denn ein einziger Versprecher könnte reichen, damit alles den Bach hinuntergeht.«

»Der Typ hat ihr erzählt, dass er aus Georgia ist. Der Akzent hat ihr gefallen, das hat sie ihrer Freundin erzählt.

Er ist intelligent, und es ist intelligent, das zu nutzen, was man hat und was natürlich ist. Vielleicht hat er ja zumindest eine Zeitlang wirklich im Süden gelebt. Außerdem hat er erzählt, dass er am College von Columbia ist, also war er vielleicht wirklich dort oder kennt sich zumindest gut genug dort aus, um darüber zu sprechen. Wenn sie sagt, dass sie einen Freund hat, der auch dort ist, muss er reagieren können. Er kann nicht wegen derartiger Details ins Stolpern kommen. Es fällt mir schwer zu glauben, dass der Kerl erst neunzehn ist, denn er hat eine unglaubliche Geduld, ist ungewöhnlich zielstrebig und total selbstbeherrscht.«

Sie blickte auf Roarke. »Obwohl es junge Kerle gibt, die tatsächlich so sind.«

Er wechselte die Spur und glitt in eine schmale Lücke im Verkehr. »Mit neunzehn hatte ich bereits ein ganzes Leben hinter mir. Ein Leben als Straßenratte, Dieb, Betrüger, und da wollte ich um jeden Preis heraus. Deshalb hatte ich mir ein paar Fähigkeiten angeeignet, ich wusste, dass Geduld und Selbstbeherrschung unerlässlich sind.«

»Mord ist etwas anderes als Diebstahl.«

»Allerdings. Vor allem, wenn das Opfer eines vorsätzlichen Mordes ein unschuldiges Mädchen ist. Die Frage ist, welches Motiv er hatte, findest du nicht auch? Um so etwas zu planen und skrupellos durchzuziehen, braucht man ein echt starkes Motiv. Wobei für manche schon der Kick Motiv genug ist.«

»Es fühlt sich nicht so an, als wäre es ihm um den Kick gegangen. Dafür war alles zu genau und zu kaltblütig geplant.«

Schweigend überholte er ein Taxi, überquerte kurz vor rot die nächste Kreuzung und fuhr reglos fort: »Die Rache an den Männern, die Marlena gefoltert und getötet hatten, habe ich eiskalt geplant. Vielleicht haben einige das Resultat gesehen und etwas anderes gedacht, aber es ging mir keine Sekunde um einen eventuell damit verbundenen Kick.«

Roarke hatte die junge Tochter seines Majordomus fast wie eine Schwester angesehen, um ihn zu warnen, hatte man sie missbraucht und umgebracht. »Deena wurde nicht hingerichtet, falls es also eine Ähnlichkeit zwischen den beiden Fällen gibt, dann die, dass es um Rache ging. Auf mich wirkt diese Tat noch immer wie ein Racheakt. Andererseits hätte er sie dann auch mühelos auf eine andere Art und zu einer anderen Zeit umbringen können, er hätte keine Beziehung zu ihr aufbauen müssen. Hätte sie entführen und MacMasters dieser Qual aussetzen können, bevor er sie killt.«

»Du denkst, es hat ihm Spaß gemacht, den Freund zu spielen. Die Sache auszudehnen und dafür zu sorgen, dass ihr etwas an ihm liegt. Vielleicht gefällt ihm einfach dieses Spiel. Vielleicht hat ihm ja diese Phase einen Kick verschafft. Man muss wirklich furchtbar kaltblütig und abgehärtet sein, um ein Mädchen allein zu dem Zweck zu hofieren, Gefühle in ihr zu wecken und ihr am Schluss das Leben zu nehmen.«

Als er vor dem Heim der MacMasters' hielt, stieg Eve aus und blieb auf dem Gehweg stehen.

»Er ist früher hier angekommen als wir jetzt. Er muss zu Fuß gekommen sein, alles andere macht keinen Sinn. Er hätte aus jeder Richtung kommen können, sogar durch den Park. Bis wir jemanden finden, der ihn an dem Abend gesehen hat, können wir nicht sagen, woher er gekommen ist. Er hatte die Handschellen und das Barbiturat dabei. Es war ein warmer Abend, vielleicht hatte er trotzdem eine Jacke an. Viele Jugendliche tragen Jacken eher aus Stilgründen, als weil sie ihnen nützlich sind. Vielleicht hatte er die Handschellen und das Betäubungsmittel also in einer Jackentasche. Aber für die Kameras hat er auch noch Werkzeug gebraucht. Vielleicht war er mit einem Beutel, einer Tasche oder einem Rucksack unterwegs. Oder er hatte die Sachen einfach in einer anderen Tasche seiner Kleidung untergebracht. McNab hat häufig Hosen mit einer Million Taschen an.«

»Unter einer Jacke hätte er die Handschellen auch einfach hinten in seine Hose stecken können, so machen es Polizisten schließlich auch.«

»Ich glaube, dass er hier den Weg heraufgeschlendert kam, ein ganz normaler junger Mann mit einem Ziel. Ein ganz normaler Teenager oder Student, gutaussehend, sauber und in einem Outfit, das bestimmt nicht allzu billig war. Niemand hat auf ihn geachtet. Ich denke, dass er sie, wie du gesagt hast, aus einer Entfernung von einem oder zwei Blocks von ihrem Zuhause angerufen hat. Vielleicht hat er nur gesagt: ›Ich bin gleich da‹. Vielleicht hat er auch so getan, als wäre er sich nicht ganz sicher, welches Haus es ist. Das wäre schlau gewesen. Denn dann hätte sie ihn dirigiert, hätte Ausschau nach ihm gehalten und die Tür bereits für ihn geöffnet, als er die Treppe raufgekommen ist.«

»Auch sie wollte bestimmt, dass er möglichst schnell das Haus betritt. Schließlich wollte sie ganz sicher nicht, dass irgendein Nachbar oder eine Nachbarin ihren Eltern auf die Nase bindet, dass sie einen jungen Mann zu Gast hatte, als sie im Urlaub waren.«

»Da hast du sicher recht.« Eve überlegte kurz. »Vielleicht hatten sie sogar vorher abgesprochen, wie es laufen soll, als er sie dazu überredet hat, dass er sie besuchen darf. ›Ich rufe dich einfach an, sobald ich in der Nähe bin, damit du nach mir Ausschau halten kannst‹. Weil ihre Liaison schließlich ihr Geheimnis war.«

Sie sah die Szene vor sich, als sie vor die Haustür trat, das Siegel brach und einen Generalschlüssel aus ihrer Tasche zog.

»Vielleicht hat ihn trotzdem irgendwer gesehen. Worüber er sich allerdings keine Gedanken macht. Denn sie ist inzwischen tot, und das Spiel ist aus. Er muss nur darauf geachtet haben, *was* die Leute vielleicht sehen. Also ja, er trug ganz sicher eine Jacke und hatte wahrscheinlich eine Kappe oder eine Sonnenbrille auf. Hatte den Kopf gesenkt, die Hände in den Taschen und Knöpfe im Ohr oder ein Headset auf. Vielleicht können sie seine Kleidung ja beschreiben, aber die hat er wahrscheinlich längst entsorgt. Vielleicht wissen sie, wie groß er ungefähr war, was für eine Figur und Haarfarbe er hatte und ob er eher hell- oder dunkelhäutig war. Na und? Mit Sicherheit wird ihn keiner so beschreiben können, dass er wiedererkannt wird. Schließlich war er für sie einfach ein junger Mann, der auf dem Weg zu einem Mädchen war.«

Sie betrat den Flur, blieb stehen und ging das Szenario weiter in Gedanken durch. »Sie ist total aufgeregt. Er gibt ihr einen Begrüßungskuss, aber mimt weiterhin den Schüchternen, den netten Jungen von nebenan. Er muss diese Fassade aufrechterhalten, damit er sie aus dem Verkehr ziehen kann, damit sie keine Gelegenheit bekommt, sich gegen ihn zu wehren, abzuhauen, ihn zu kratzen oder so. Sicher läuft Musik, denn sie liebt Musik und denkt, er liebt sie auch. Vielleicht zeigt sie ihm das Haus und nimmt ihn auf jeden Fall mit in die Küche, wo die Getränke und das Essen stehen.«

Roarke trat an ihrer Seite durch die Tür des Raums. »Es macht Spaß, und es ist herrlich aufregend, nur mit ihm allein zu essen. Er achtet sorgfältig darauf, ja nichts zu berühren, falls er doch etwas berühren muss, merkt er sich die Stelle und wischt sie am Schluss sorgfältig ab. Meistens hat er seine Hände sicher in den Hosentaschen. Weil er schließlich schüchtern ist. Und weil ihr beide junge Leute seid, esst ihr einfach in der Küche. Genau hier.«

Sie trat vor einen leuchtend blauen Tisch mit gepolsterten Bänken, von denen aus man in einen kleinen, von einer hohen Mauer gesäumten Garten sah.

»Ihr sitzt euch gegenüber, weil man so am besten miteinander reden und sich in die Augen sehen kann. Esst, lacht, scherzt, flirtet. Oh, he, möchtest du noch eine Limo? Sicher möchte er. Als du aufstehst, um sie ihm zu holen, kippt er das Betäubungsmittel in dein Glas. Es ist kinderleicht. Dir wird kurz schwindlig, und du fühlst dich komisch, aber durch den *Zoner* wird dieses Gefühl gedämpft. Schließlich fällst du einfach um, und er trägt dich die Treppe rauf.«

Auf dem Weg zur Hintertreppe fuhr sie fort: »Sie wog etwas mehr als einundfünfzig Kilo. Was für jemanden, der bewusstlos ist, nicht gerade wenig ist, aber ein junger, gesunder Mann hat kein echtes Problem damit. Sicher bringt er sie über diese Treppe hinauf. Weshalb sollte er unnötig Energie vergeuden, indem er die Vordertreppe nimmt? Er hat sich auf alle Fälle vorher einen Plan des Hauses besorgt oder sie einfach durch ihr Fenster beobachtet, wenn die Jalousien hochgezogen waren, und weiß deshalb genau, wo ihr Zimmer ist. Selbst wenn er sich nicht sicher gewesen wäre, hätte er es mühelos identifiziert. Die Farben und die Poster zeigen, dass der Raum ein reines Mädchenzimmer ist.«

Roarke sagte noch nichts. Er wusste, was sie tat. Sie ging den Ablauf des Geschehens gleichzeitig als Opfer und als Täter durch. »Als Erstes legst du ihr die Fesseln an, denn du willst schließlich nichts riskieren. Legst ihr die Handschellen an und bindest ihr das Laken um die Knöchel. Ziehst dabei so fest wie möglich zu, weil sie es spüren soll. Weil du Spuren hinterlassen willst. Du hoffst, dass sie dagegen kämpfen wird. Das wird sie tun. Das wird sie auf alle Fälle tun. Also gehst du erst einmal wieder runter und räumst auf. Stellst, abgesehen von ihrem Glas, alles in die Maschine, wählst das Sterilisationsprogramm, wischst alle deine Spuren weg. Überprüfst die Tür des Kontrollraums, doch es macht noch keinen Sinn zu versuchen, sie zu öffnen. Weil sie dir den Code auf alle Fälle nennen wird. Dafür wirst du sorgen. Dann ziehst du dich aus und besprühst dich von Kopf bis Fuß mit Versiegelungsspray.«

Sie drehte sich einmal um sich selbst und schüttelte erbost den Kopf. »Nein, nein, das ist die falsche Reihenfolge. Das machst du vorher, noch bevor du sie nach oben bringst. Du hast nichts von dir mit nach oben gebracht, sondern alle deine Sachen vorsichtig auf einem ordentlichen Stapel abgelegt. Als du mit ihr fertig bist, nimmst du dir ihre Tasche, guckst hinein, nimmst sie mit nach unten, legst sie auf dein Zeug, gehst wieder rauf und siehst dich noch einmal in ihrem Zimmer um, um ganz sicherzugehen, dass dort nichts mehr von dir ist. Weder auf ihrem Computer noch auf ihrem Link noch sonst irgendwo.«

Sie brach ab, lief durch den Raum und öffnete die Schubladen, die sie bereits durchsucht hatte, ein zweites Mal. »Hat er wohl etwas genommen, damit er so oft kommen kann? Weil man schließlich für eine stundenlange Vergewaltigung jede Menge Energie und jede Menge Stehvermögen braucht. Noch so eine Frage, auf die es bisher keine Antwort gibt. Vielleicht hat er nichts gebraucht. Vielleicht hat es ihn schon heißgemacht, als sie sich, in dem von ihm herbeigeführten Albtraum gefangen, hilflos und verängstigt hin- und hergeworfen hat.« Sie seufzte.

»Dann kommt sie langsam wieder zu sich, und der Spaß fängt an.«

»Tu dir das nicht an.« Es zerriss ihm regelrecht das Herz mitzuerleben, was sie tat. »Wir wissen, was dann geschehen ist, also tu dir das nicht an.«

»Es gehört nun mal dazu. Ich kann es nicht einfach ausblenden. Sie ist … verwirrt. Das Betäubungsmittel macht sie anfangs dumpf, aber dann setzt der Kopfschmerz ein, und sie hat das Gefühl, als ob jemand ihr ein Messer in den Schädel rammt.«

Sie blickte auf das Bett, auf dem nur noch die Matratze lag. »Mir fällt gerade etwas ein. Er hätte es sich leichter machen können, indem er ihr eine Dosis *Whore* oder *Rabbit* verpasst. Aber das hat er nicht getan. Er wollte nicht, dass sie sich an dem Spiel beteiligt, weil sie unter einer Vergewaltigungsdroge stand. Er wollte, dass sie panisch ist und Schmerzen hat. Erzählt er ihr, was er gleich mit ihr machen wird, oder fällt er sofort über sie her? Ich kann ihn noch nicht sehen. Kann ihn mir noch nicht wirklich vorstellen. Sie weint. Sie ist erst sechzehn Jahre alt und der junge Teil von ihr fragt ihn weinend, warum er das tut, und will einfach nicht glauben, dass der süße Junge, in den sie verschossen ist, ein Monster ist. Aber der Polizistentochter ist es klar. Die Polizistentochter hat ihn inzwischen durchschaut. Und genau das will er auch.« Eve strich sich die Haare aus dem Gesicht.

»Sie setzt sich zur Wehr, das muss ihn unglaublich befriedigen. Sie setzt sich vehement zur Wehr, selbst noch während er sie vergewaltigt. Kämpft gegen ihn an, während sie schreit, weint und fleht. Sie ist noch Jungfrau, was ein hübscher Bonus ist. Sie blutet dort, wo er in sie eingedrungen ist, an den Handgelenken und den Knöcheln. Sie ist stark und kämpft mit aller Kraft.«

Er stand mit zusammengezogenem Magen da, während Eve das Grauen jener Nacht Schritt für Schritt durchlief. Sie lief durch den Raum, umrundete das Bett, das der Ort dieser obszönen Tat gewesen war, und auch während sie über die letzten furchtbaren Momente im Leben des jungen Mädchens sprach, blieb ihre Stimme völlig ruhig.

Er sagte auch nichts, als sie fertig war und anfing, sich noch einmal gründlich umzusehen.

»Selbst nach all der Zeit mit dir verstehe ich noch immer nicht, wie du es schaffst, dich derart in diese Menschen hineinzuversetzen und die Dinge so zu sehen, wie du sie siehst.«

»Es ist eben notwendig.«

»Das ist totaler Quatsch. Es ist deutlich mehr als eine nüchterne Betrachtung dessen, was geschehen ist. Du tust das, was du tust, für sie. Du tust es für Deena und für all die anderen, denen das Leben gestohlen worden ist. Du stehst nicht nur für die Toten ein, was bereits für sich genommen schwer erträglich ist. Du vollziehst ihr Grauen nach. Trotz allem, was ich selbst in meinem Leben schon getan habe, bezweifle ich, dass ich den Mumm hätte, das zu tun, was du täglich tust.«

Sie blieb kurz stehen und presste sich die Finger vor die Augen. »Ich habe keine andere Wahl. Ich weiß nicht, ob ich sie je hatte, doch inzwischen habe ich sie ganz bestimmt nicht mehr. Ich kann den Kerl nicht sehen. Nicht nur, weil wir bisher niemand Lebenden gefunden haben, der ihn je gesehen hat, sondern weil der Kerl, die Gründe dafür, dass er so ist, wie er ist, dafür dass er das getan hat und auf diese Art getan hat, noch vollkommen verschwommen sind. Ich kann ihn nicht sehen, aber wenn ich seine Schritte nachvollziehe, hellt das diese Gestalt ein wenig für mich auf.«

Sie rieb sich abermals die Augen, ließ die Hände sinken und atmete tief durch. »Wie schnell kannst du die Disketten aus dem Rekorder hier entfernen und die Festplatte löschen?«

»Er ist doppelt gesichert, und um die Disketten rauszunehmen, braucht man einen Code. Aber ich kenne das System.«

»Weil es von einem deiner Unternehmen stammt, das habe ich inzwischen überprüft. Über das System hat er sich informiert. Er hat ganz bestimmt gewusst, was auf ihn zukommt.«

»Tja, nun, ich bräuchte ungefähr dreißig Sekunden, um die Disketten rauszunehmen, und dann ein bis zwei Minuten, um die Festplatte zu löschen. Nur hat er auch noch einen Virus hochgeladen, der sie größtenteils zerstört. Das hat die Überprüfung des Geräts gezeigt. Einen komplizierten Virus, der die Festplatte zerstört und die Daten und die Bilder löscht. Man braucht jede Menge Geld oder Talent, um an diesen Virus dranzukommen, und dann dauert es noch ziemlich lange, bis er vollständig geladen ist.«

»Er ist nicht so gut wie du – das ist kein Kompliment,

sondern einfach eine Feststellung. Wenn er als neunzehn durchgegangen ist, kann er noch keine dreißig sein. Also hat er vielleicht zwei- oder dreimal so lange wie du gebraucht, bis er an die Disketten kam, und ebenfalls zweimal so lange, um die Festplatte zu löschen, da er schließlich diesen Virus verwendet hat.«

»Wonach suchst du, Eve? Wenn du es mir sagen würdest, könnte ich vielleicht etwas anderes tun, als hier nur blöd herumzustehen.«

»Ich weiß nicht. Irgendwas. Du hast mir Kaffee geschenkt.«

»Wie bitte?«

»Du hast mich mit Kaffee becirct. Einem kleinen, nicht allzu kostspieligen Geschenk. Gleich nach unserem ersten Treffen hast du mir Kaffee geschenkt.«

»Während du mich als Verdächtigen in einem deiner Mordfälle vernommen hast.«

»Es hat funktioniert. Der Kaffee, meine ich. Damit hast du genau den richtigen Knopf bei mir gedrückt. Was also hat er ihr geschenkt? Was ... ich wusste es. Verdammt, ich habe es gewusst.« Sie zog eine Diskette aus dem übervollen Ständer und hielt sie in die Luft. »Hier steht: Happy Mix für Deena. Und sieh hier, sie hat noch dieses Bildchen draufgeklebt – ein großes, rotes Herz, und innen hat sie ein paar Buchstaben notiert.«

»DM für sich und DP für ihn.«

»Für den Namen, den er ihr genannt hat«, schränkte Eve kopfnickend ein. »David, hat Jo gesagt. Sie sind eben nie so clever, wie sie denken. Er hätte die Diskette suchen und auch einstecken sollen. Weil sie bisher die einzige Verbindung zu ihm ist.«

Sie tütete sie ein.

»Ich muss sagen, dass die Chance, dass irgendjemand darauf stößt, nicht gerade groß gewesen ist. Schließlich sieht sie ganz genau wie alle anderen CDs in ihrem Ständer aus.«

»Er hat sie gebrannt. Und eine Verbindung ist eine Verbindung, wie dürftig sie auch sein mag.« Halbwegs zufrieden sah sie sich noch einmal um. »Okay, mehr kann mir dieser Raum nicht sagen. Zumindest nicht im Augenblick. Also fahren wir am besten heim, damit ich dort meiner Arbeit nachgehen kann.«

6

»Und wo ist Mr Scary?« Eve zog überrascht die Brauen hoch, als sie das Haus betrat und Roarkes verhassten Butler nirgends sah.

Roarke bedachte sie mit einem Blick, der resigniert und gleichzeitig ein wenig tadelnd war. »Summerset hat heute Abend frei.«

»Du meinst, er ist gar nicht im Haus? Was für eine Schande, dass wir diese wunderbare Zeit mit Arbeiten vergeuden müssen.«

Er streichelte ihr sanft den Rücken und das Hinterteil. »Eine Pause täte dir wahrscheinlich gut.«

»Nein. Ich muss mehr als dreißig Leute überprüfen, und vor allem habe ich noch nicht bei Whitney angerufen, denn ich hatte die Hoffnung, dass vielleicht ein Wunder geschehen und der Kerl schon hinter Schloss und Riegel sitzen würde, bis ich mit ihm sprechen muss.« Sie marschierte los, blieb dann aber noch einmal stehen, als sie sah, dass Galahad am Fuß der Treppe saß und sie mit bitterbösen Blicken maß.

»Himmel, er kann fast so böse gucken wie der andere Haustyrann.«

»Er mag es eben nicht, wenn er allein gelassen wird.«

»Trotzdem fange ich bestimmt nicht an, ihn mit an sämtliche Tatorte zu schleppen. Tja, finde dich damit ab, Kumpel«, erklärte sie dem Tier, blieb dann aber noch einmal stehen, beugte sich ein wenig vor und strich ihm sanft über das Fell. »Einige von uns müssen sich eben ihren Lebensunterhalt verdienen. Zumindest einer von uns beiden. Der andere arbeitet hauptsächlich aus Spaß.«

»Und rein zufällig habe ich meinen Spaß heute noch nicht gehabt.«

»Du arbeitest also sogar am Friedenstag oder eher in der Friedensnacht.«

»Nur eine Kleinigkeit, mit der ich heute Morgen angefangen habe, als mich meine Frau verlassen hat.«

Sie gingen gemeinsam in den ersten Stock hinauf und der Kater trottete vergnügt hinter ihnen her.

»Kannst du diese CD kopieren?«, fragte Eve. »Weil ich das Original, wenn möglich, nicht berühren will.«

»Kein Problem.« Er nahm ihr den Plastikbeutel ab, beschied ihr: »In zwei Stunden essen wir. Vorher kannst du ja schon mal dem Kater etwas geben«, damit ging er weiter bis zu seinem eigenen Büro.

Um ihre Energie nicht zu vergeuden, runzelte sie nicht einmal die Stirn, sondern stapfte in ihr eigenes Büro, blieb aber noch einmal stehen, als sie in ihrem Schlafsessel den dicken Stoffkater – eine Kopie von Galahad, die sie von Roarke geschenkt bekommen hatte – liegen sah.

Sie blickte auf das Spielzeug, auf das Original und wieder

auf das Spielzeug. »Ich will gar nicht wissen, was du mit dem Ding gemacht hast«, sagte sie zu Galahad, marschierte weiter in die Küche, gab ihm etwas zu fressen und bestellte für sich selbst eine Kanne dampfenden Kaffees.

An ihrem Schreibtisch fuhr sie den Computer hoch, setzte sich, rief ihre Notizen sowie sämtliche Berichte auf und gab die ersten Namen ihrer Liste von Columbia ein. Während der Computer seine Arbeit tat, ging sie den Bericht für Whitney durch, schrieb ihn noch einmal um und las ihn abermals. In der Hoffnung, dass er sich fürs Erste damit zufriedengeben würde, schickte sie Kopien an seine Computer auf der Wache und daheim, rief die Ergebnisse der Überprüfung der Studenten auf, lehnte sich auf ihrem Stuhl zurück und sah sich die Daten und die Bilder an.

Jung, ging es ihr durch den Kopf, sie waren alle furchtbar jung. Keiner der zehn ersten jungen Männer hatte auch nur die kleinste Vorstrafe wegen irgendwelchen jugendlichen Unfugs oder im Zusammenhang mit Drogen, noch nicht einmal die winzigste Verwarnung wegen einer akademischen Verfehlung.

Sie überprüfte auch die anderen Namen und fing dann aus einer anderen Perspektive noch einmal von vorne an.

»Computer, ich brauche eine Überprüfung der vorliegenden Namen darauf, ob es Geschwister oder Eltern mit irgendwelchen Vorstrafen und/oder einer Verbindung zu Captain Jonah MacMasters als Ermittlungsleiter gibt.«

Einen Augenblick …

Rache – wenn es Rache war – hatte verschiedene Wurzeln, überlegte sie, und während der Computer seine Arbeit machte, stellte sie die nächste Tafel auf.

»Infos auf den Wandbildschirm.«

Jetzt gab es ein paar Festnahmen oder Zusammenstöße mit der Polizei. Elf Personen auf der Liste waren wegen Drogen dran gewesen, eine sogar wiederholt. Aber keiner dieser Leute wies eine Verbindung zu MacMasters auf.

Nachdenklich rief sie die Namen der Ermittler in den Fällen auf. Vielleicht war ja die Verbindung zu MacMasters nicht so offensichtlich.

Sie fand wieder nichts und lief vor ihrem Schreibtisch auf und ab.

Am besten spräche sie MacMasters direkt darauf an. Vielleicht war ja einer der Ermittler ein uralter Freund aus Kindertagen, ein Vetter dritten Grades oder so.

Diese Suche war die reinste Zeitvergeudung, dennoch ginge sie penibel allen Spuren nach.

Sie umrundete die Tafel, trat aus einem anderen Winkel auf sie zu, aber alles blieb so wie gehabt. Sie schüttelte den Kopf, als Roarke den Raum betrat.

»Tochter«, sagte sie. »Die Rache – wenn wir dabei bleiben, dass es Rache war – bestand darin, seine Tochter umzubringen. Hält der Täter ihm auf diese Art vielleicht den Spiegel vor? Hat MacMasters aus der Sicht des Killers die Verantwortung dafür, dass seine eigene Tochter oder auch der eigene Sohn vergewaltigt und ermordet worden ist? Es könnte auch ein Sohn gewesen sein, nur dass MacMasters' Kind nun mal ein Mädchen war.«

»Falls der Killer auch nur annähernd so jung ist, wie er sich dem Mädchen gegenüber ausgegeben hat, wäre er ein äußerst junger Vater. Was, wenn er das Kind ist und MacMasters seiner Meinung nach für die Misshandlung und Ermordung seiner Mutter oder seines Vaters verantwortlich war. Vielleicht sieht er auch sich selbst als Opfer an.«

»Das habe ich auch schon überlegt.« Sie raufte sich das Haar. »Im Grunde komme ich einfach nicht weiter. Vielleicht ist es wirklich eine gute Idee, wenn ich erst einmal eine Stunde Pause einlege. Vielleicht kriege ich dann wieder einen klaren Kopf.«

»Ich habe die Musik-CD kopiert.«

Etwas an seiner Stimme brachte sie dazu, der Tafel den Rücken zuzukehren und ihn anzusehen. »Was ist damit?«

»Ich habe sie automatisch analysieren lassen, während ich mit meinem anderen Zeug beschäftigt war. Neben den Audioaufnahmen gibt's darauf auch Videos, was äußerst ungewöhnlich ist. Natürlich gibt es auf solchen CDs häufiger irgendwelche Filme, aber in diesem besonderen Fall wurden heute Nacht gegen halb drei und dann noch einmal um kurz nach drei Aufnahmen hinzugefügt.«

»Er hat noch etwas zu sagen. Dieser verdammte Hurensohn. Hast du die Filme abgespielt?«

»Nein. Ich dachte, dass du das nicht willst.«

Sie nahm die CD und legte sie in den Computer ein. »Abspielen der Zusätze, beginnend um zwei Uhr dreißig letzte Nacht. Video auf Bildschirm eins.«

Schweigend trat Roarke neben sie.

Zuerst kam die Musik, etwas Leichtes und geradezu krankhaft Fröhliches. Die Art von Melodie, wie sie ab und zu in Kaufhäusern im Hintergrund erklang. Sie weckte in Eve immer das Verlangen, auf jemanden einzudreschen, denn dieses Gedudel machte einen einfach aggressiv.

Dann erschien ein leicht verschwommenes Bild, das aber immer schärfer wurde, bis man jeden blauen Fleck, jede Träne, jeden Blutstropfen an Deenas Körper deutlich sah.

Sie lehnte halb sitzend in den Kissen und sah in die Kamera. Wahrscheinlich ihres eigenes Handcomputers oder Handys, dachte Eve. Ihr trüber Blick verriet das Ausmaß ihrer Qualen und zeigte, dass sie schon lange geschlagen war, die schleppende Stimme drückte ihren Schock und ihr Entsetzen aus.

»Bitte. Bitte zwing mich nicht dazu.«

Das Bild verschwamm erneut und wurde wieder klar.

»Okay. Okay. Dad, das hier ist alles deine Schuld. Es ist alles deine Schuld. Und, oh Gott. Oh Gott. Okay. Das werde ich dir nie verzeihen. Und ich hasse dich. Dad. Daddy. Bitte ... Okay. Du wirst nie erfahren, warum. Du und ich, wir werden es nie erfahren. Aber ... aber ich muss für das, was du getan hast, zahlen. Hilf mir, Daddy. Warum hilft mir niemand?«

Abermals verschwamm das Bild, es ertönte eine neue Melodie. Eve hörte ein Klagelied, während die Kamera in Zeitlupe von Deenas Füßen über ihre Beine, ihren Oberkörper, ihr Gesicht bis zu ihren leeren Augen glitt.

Sie blieb auf das Gesicht gerichtet, während gleichzeitig ein Text erschien.

Vielleicht wird es eine Weile dauern, bis du das hier findest und siehst. Deine tote Tochter hat Musik geliebt! Deshalb habe ich sie für sie laufen lassen, während sie von mir zu Tode vergewaltigt worden ist. Oh, unter uns, sie war eine Idiotin, aber ein durchaus geiles Weib. Ich hoffe, unser kleiner Film bringt dich dazu, dir mit deiner eigenen Waffe das Gehirn herauszublasen.

Sie hat ihren Text nicht wirklich gut gesprochen, aber deshalb ist er trotzdem wahr. Es ist alles deine Schuld, du Arsch. Ohne dich wäre deine grottendämliche Tochter noch am Leben.

Wie lange kannst du damit leben?
Rache ist tatsächlich zuckersüß!

Als Höhepunkt des grauenhaften Films drangen Deenas laute Schreie an Eves Ohr.

»Computer, spiel diese Sequenz noch einmal ab.«

»Meine Güte, Eve.«

»Ich muss sie noch einmal sehen«, schnauzte sie Roarke an. »Muss sie analysieren. Vielleicht hat er etwas gesagt, was uns weiterbringt, vielleicht finden wir ja irgendwo sein Spiegelbild.« Als der Film begann, trat sie noch dichter vor den Monitor.

Roarke trat vor die kleine Bar, holte eine Flasche Wein und machte sie auf.

»Es gibt keine spiegelnde Oberfläche, aber ihre Augen … So, wie er sie hingesetzt hat, sehen wir vielleicht in ihren Augen etwas von diesem Kerl.«

»Den lebenden oder den toten? Tut mir leid«, entschuldigte sich Roarke sofort. »Tut mir wirklich leid.«

»Schon gut.«

»Das ist es ganz sicher nicht. Sie ist so jung, verängstigt, hilflos.«

»Sie ist nicht ich.«

»Nein. Sie ist nicht du und nicht Marlena, aber …« Er drückte ihr ein Weinglas in die Hand und trank einen großen Schluck aus seinem eigenen Glas. »Ich werde gucken, ob ich auf dieser CD noch irgendetwas entdecken kann. Natürlich wäre die Chance größer, hätte ich das Original statt der Kopie.«

»Die muss ich auf die Wache bringen, denn sie fällt in Feeneys Aufgabenbereich.« Zeit, das kostete natürlich Zeit, aber … »Wir müssen in dieser Sache die offiziellen Wege gehen.«

»Okay.« Roarke wies auf den Monitor. »Das werdet ihr dem Vater doch nicht zeigen?«

»Nein.« Sie hatte einen trockenen Hals und trank ebenfalls etwas von ihrem Wein. »Er braucht das nicht zu sehen.«

Da er die Berührung brauchte, nahm Roarke ihre Hand, während er mit ihr zusammen auf den Bildschirm sah. »Sieht aus, als wäre Rache wirklich das Motiv.«

»Es konnte auch nichts anderes sein. Ich konnte mir auch nichts anderes vorstellen.« Ein ums andere Mal las sie den Text, die grauenhafte Botschaft, die von Deenas Killer hinterlassen worden war.

»Er brüstet sich mit seiner Tat«, stellte sie mit ruhiger Stimme fest. »Er konnte der Versuchung offenbar nicht widerstehen, das Messer in MacMasters' Wunde umzudrehen. Es war kein Fehler, dass er die CD zurückgelassen hat. Doch es war ein Riesenfehler, dass er diesen Text noch aufgenommen hat. Es war ein Riesenfehler, was ihn allerdings nicht zu kümmern scheint.«

»Es hat ihm nicht gereicht, dieses Kind zu foltern und zu zwingen, diese letzten Worte für den Vater aufzunehmen. Nein, er musste selbst noch seinen Senf dazugeben.«

»Stimmt. In diesem Augenblick hat er seine Selbstbeherrschung und seine Geduld verloren.«

»Mord«, schlug Roarke ihr vor. »Für manche ist er die Krönung, er berauscht sie.«

»Richtig. Er ist verdammt zufrieden mit sich. All die Wochen, all die Monate der Vorbereitung kulminieren in diesem Augenblick, in dem er sich als Sieger fühlt. Deshalb vollführt er diesen kleinen Siegestanz. Was ein Fehler, eine Schwäche ist«, stellte sie nickend fest. »Er hat zu viel von sich selbst in diesen Text hineingelegt, konnte der Versuchung offenbar nicht widerstehen, die Verantwortung für das zu übernehmen, was dem Mädchen widerfahren ist. Solche Dinge geben uns etwas gegen ihn in die Hand.«

Es war eine persönlich motivierte Tat, dachte sie. »Er musste es MacMasters wissen lassen, und er wollte, dass er leidet, wenn er es erfährt. Darauf müssen wir uns konzentrieren. Wir müssen uns auf MacMasters konzentrieren, seine Fälle, seine Arbeit bei der Polizei. Wen hat er im Verlauf der Jahre festgenommen, mit welchen Kollegen gab's mal Krach? Alles, was der Kerl getan hat, war eiskalt und kontrolliert. Aber dieser Teil ist dreist, und auch wenn er durchaus selbstgefällig klingt, ist er in Wahrheit total angepisst. Was uns weiterhelfen wird.«

Roarke hatte nicht nur genug, sondern zu viel gesehen und gehört, er wandte sich vom Bildschirm ab. »Ich hoffe bei Gott, dass es das tut.«

»Aber jetzt machen wir erst mal eine Pause.«

»Das schlägst du doch nur mir zuliebe vor.«

»Nur zum Teil.« Sie schaltete den Bildschirm aus und erstellte eine weitere Kopie der grässlichen CD. »Du hast recht, die Sache geht mir ganz schön an die Nieren. Deshalb tut mir ein bisschen Ablenkung sicher gut.«

Er fragte sich, weshalb ihm ihre Blässe und die dunklen Augen nicht bereits viel eher aufgefallen waren. »Wir werden jetzt etwas essen. Aber nicht hier drin. Da wir beide etwas Abstand zu der ganzen Sache brauchen, essen wir am besten draußen an der frischen Luft.«

»In Ordnung. Ja.« Sie atmete tief durch. »Das wäre schön. Aber erst muss ich noch Whitney und das Team über die neue Entwicklung informieren.«

»In der Zeit bereite ich das Essen vor.«

Als sie auf die Terrasse kam, sah sie ihn mit seinem Glas am Rand der ausgedehnten Rasenfläche stehen. Er hatte Licht eingeschaltet, was die angestrahlten Bäume, Büsche, Beete sanft im Mondlicht schimmern ließ. Stilvoll, wie es typisch für ihn war, hatte er den Tisch mit flackernden Kerzen und Tellern unter silbernen Hauben für sie beide gedeckt.

Zwei Welten. Was sie vorübergehend aussperrten und das, was sie hier vor sich sah, waren zwei grundverschiedene Welten, dachte sie.

»Als ich dieses Haus gebaut habe«, setzte er an, während er weiter ins schimmernde Dunkel sah, »wollte ich ein Heim, etwas Bedeutsames und natürlich Sicherheit. Aber ich glaube, erst als ich dir begegnet bin, fand ich hier auch Geborgenheit, die mir bis dahin nicht besonders wichtig war. Bis dahin hat es mir durchaus gefallen, wie aufregend mein Leben war. Aber wenn man liebt, entdeckt man die Bedeutung von Geborgenheit. Und trotz dieser Geborgenheit, trotz dessen, was wir beide haben, gehört die Aufregung auch weiterhin dazu. Das ist uns beiden klar. Vielleicht brauchen wir es so.«

Jetzt drehte er sich zu ihr um und bestand gleichzeitig aus Schatten und aus Licht.

»Ich habe vorhin gesagt, ich könnte nicht verstehen, wie du das, was du tust und was du siehst, erträgst. Und ich nehme an, im Laufe unseres Zusammenlebens wird mir diese Frage noch unzählige Male durch den Kopf gehen. Aber heute Abend kann ich es verstehen. Ich habe nicht die Worte, die cleveren Phrasen, keine erhabene Philosophie, um es zu beschreiben. Aber trotzdem kann ich es verstehen.«

»Wenn es dir zu viel wird, wenn ich diese Dinge mit nach Hause bringe, musst du mir das sagen.«

»Meine geliebte Eve.« Er trat auf sie zu und glitt mit seinen Fingerspitzen über ihr wie meistens wild zerzaustes Haar. »Ich wollte ein Heim. Die äußere Hülle dessen habe ich geschaffen, findest du nicht auch? Eine wahrhaft beeindruckende Hülle. Aber du? Das, was du bist, das, was du mit nach Hause bringst, macht dieses Zuhause wirklich bedeutsam. Ich selbst hingegen trage kaum etwas dazu bei. Nun, vielleicht bringt das die Waagschalen etwas ins Gleichgewicht.«

»Suchst du ein solches Gleichgewicht?«

»Vielleicht«, murmelte er. »Also.« Er neigte seinen Kopf und küsste sie zärtlich auf die Braue. »Lass uns essen, ja?«

Sie hob eine der Hauben an und blickte auf den Teller, auf dem ein Stück gegrillter Fisch auf einer Gemüsemischung neben einem Haufen hübscher Nudellocken lag.

»Sieht … gesund aus.«

Lachend küsste er sie abermals. »Ich wette, dass du es trotzdem mühelos herunterkriegst. Vor allem, da du ein Zuviel an guten Lebensmitteln mühelos mit zu viel Kaffee und ein paar Keksen, die du in deinem Arbeitszimmer hortest, wieder ausmerzen kannst.«

Sie setzte sich und sah ihn reglos an. »Horten klingt, als würde ich das Zeug verstecken. Dabei habe ich es nur so verwahrt, dass gewisse Leute, deren Namen sich auf Treebody und McBlab reimen, es nicht sofort finden und in sich reinstopfen.« Sie pikste etwas von dem Fisch mit ihrer Gabel auf und schob ihn sich in den Mund. »Schmeckt ganz ordentlich.«

»Als Alternative zu Pizza.«

»So etwas gibt es nicht. Pizza ist etwas Einmaliges.«

»Erinnerst du dich an dein erstes Stück?«

»Ich erinnere mich an das erste Stück, das ich hier in

New York gegessen habe, das war wirklich toll. Ich kam damals frisch von der Schule und war endlich volljährig. Also habe ich das Heim verlassen und mich sofort auf den Weg hierher gemacht, um mich an der Polizeiakademie zu bewerben. Bis zum Beginn des Unterrichts waren noch zwei Wochen Zeit, deshalb lief ich einfach ziellos durch die Stadt und landete in diesem winzigen Lokal – Polumbi's –, das drüben in der West Side liegt, und habe mir ein Stück Pizza bestellt. Sie hatten einen Straßenverkauf, und ich habe mich dort an den Tresen gesetzt, reingebissen, und es war ... ich weiß nicht ... es kam mir wie mein ganz privates, kleines Wunder vor. Ich dachte, endlich bin ich frei. Und ich sitze hier, wohin ich immer wollte, esse diese gottverdammte Pizza und beobachte das Treiben in New York. Das war der schönste Tag in meinem Leben.«

Schulterzuckend pikste sie das nächste Stückchen delikaten Fisch auf. »Auch die Pizza war echt gut.«

Es brach ihm einerseits das Herz, erfüllte ihn zugleich jedoch mit einem ungeahnten Glücksgefühl, wenn sie so über sich sprach.

Eine Zeitlang unterhielten sie sich über wunderbar normale Dinge, doch er kannte sie, ihre Gedanken, ihre Stimmungen.

»Erzähl mir, was Whitney gesagt hat. Es geht dir die ganze Zeit im Kopf herum.«

»Das kann warten.«

»Muss es aber nicht.«

Sie schob ihr Gemüse auf dem Teller hin und her. »Er ist meiner Meinung, dass es sinnlos wäre, MacMasters die CD zu zeigen oder ihm schon jetzt zu sagen, dass es das Ding gibt. Wir werden uns auf MacMasters' aktuelle und alte Fälle konzentrieren und gucken, ob es vielleicht eine

Verbindung zu den Drohungen gibt, die er im Verlauf der Zeit erhalten hat, aber …«

»Du denkst, der Täter ist zu clever, um ihn direkt bedroht zu haben.«

»Er hat einen Fehler gemacht und wird noch andere machen, aber ich glaube nicht, dass er in dieser Akte ist. Baxter und Trueheart haben den einzigen Kerl befragt, der MacMasters eingefallen ist, einen Dealer, den er mit hochgenommen hat. Aber er hat nichts damit zu tun«, fügte sie kopfschüttelnd hinzu. »Das hätte auch nicht gepasst. Als du …«

Er legte seinen Kopf ein wenig schräg, als sie nicht weitersprach, sondern sich stattdessen etwas Fisch in den Mund schob. »Als ich was?«

Sie sah ihm ins Gesicht, und es tat ihr jetzt schon leid, dass sie gezwungen war, ihn von diesem wunderbar gedeckten Tisch zu den Schmerzen und dem Blut aus der Vergangenheit zurückzuziehen. »Okay. Die Männer, die Marlena gefoltert und ermordet haben, um dir einen Denkzettel zu verpassen …«

»Habe ich sie wissen lassen, dass ich vorhatte, sie gnadenlos zu jagen und zu töten?«, beendete er ihren Satz. »Wie soll ich es unter den gegebenen Umständen am diplomatischsten umschreiben? Es bereitet dir ein leichtes Unbehagen, mich danach zu fragen oder überhaupt darüber nachzudenken, dass ich sie gejagt und getötet habe. Und zwar jeden einzelnen der Kerle, von dem dieses Mädchen misshandelt, vergewaltigt, geschlagen und gebrochen worden ist.«

Sein mühsam unterdrückter Zorn traf sie wie ein Messerstich, sie griff nach ihrem Glas, sah ihm aber weiter reglos ins Gesicht. »Zu unserem Leben gehört Gewalt dazu.«

»Was diesem Mädchen, das wir beide oben auf dem Monitor gesehen haben, widerfahren ist, wurde auch einem anderen, noch jüngeren Mädchen angetan. Von mehr als einem Kerl. Immer wieder, ein ums andere Mal. Anscheinend aus demselben Grund. Weil man jemand anderen treffen wollte. Durch Marlena eben mich. Ich habe sie als Schwester angesehen, und sie haben sie regelrecht zerfetzt.«

»Ich habe dich gebeten, mir zu sagen, wenn es dir zu viel wird, dass ich diese Arbeit mit nach Hause bringe. Warum zum Teufel hast du also nichts gesagt?«

Es war selten, dass ihm derart deutlich anzusehen war, dass er um Beherrschung rang. »Dafür sind wir beide viel zu eng miteinander verwoben, Eve. Ich will das auch nicht ändern. Trotzdem ist es manchmal, meine Güte, als kaute ich auf Glasscherben herum.«

Plötzlich erkannte sie sein Problem, am liebsten wäre sie von ihrem Stuhl gesprungen und hätte ihm einen Schlag verpasst. »Gottverdammt, ich vergleiche das, was du getan hast, nicht mit dem, was dieses Schwein verbrochen hat. Du hast keine unschuldigen Menschen umgebracht, um jemanden zu bestrafen, der aus deiner Sicht etwas verbrochen hat. Du hast diese Kerle nicht aus blinder Rachsucht umgebracht, sondern – auch wenn ich damit vielleicht nicht einverstanden bin – aus dem Wunsch nach Gerechtigkeit heraus. Du Idiot, ich habe dich danach gefragt, weil du damals jung warst und weil junge Menschen häufig überstürzt etwas tun, weil sie noch furchtbar ungeduldig sind. Aber du hast damals Geduld bewiesen und beharrlich dein Ziel verfolgt, bis ... die Sache erledigt war. Himmel, du hast schließlich nicht zum Spaß ein junges Mädchen vergewaltigt und anschließend umgebracht.«

Er schwieg einen Moment und stellte dann mit einem nonchalanten Schulterzucken fest: »Tja, das wäre dann geklärt.« Während sie ihn stirnrunzelnd im Licht der Kerzen ansah, lächelte er. »Die Tatsache, allein die Tatsache, dass du all diese Dinge von mir weißt und einfach akzeptierst, ist mein allergrößtes Glück.«

»Schwachsinn«, murmelte sie und brachte ihn dadurch zum Lachen, dass sie eins von seinen Lieblingsschimpfworten benutzte.

»Ich bete dich ganz einfach an. Inzwischen ist mir klar, dass ich mehr als eine kurze Pause und etwas zu essen brauchte. Dass mir diese Sache furchtbar auf der Seele lag. Aber jetzt zurück zu deiner Frage, Lieutenant.«

»Was für einer Frage?«

»Habe ich den Männern, die Marlena getötet hatten, angedroht, dass ich sie bezahlen lassen würde, oder mich danach damit gebrüstet? Nein. Ich habe auch nicht die geringsten Spuren hinterlassen, damit die Leute, die etwas damit zu tun hatten, wüssten, was der Grund für diesen Feldzug war.«

»Das hatte ich mir schon gedacht.« Trotzdem nickte sie beruhigt. »Aber schließlich war es auch ein völlig anderer Fall. Weil es dir nicht um Rache ging. Dieses Motiv unterscheidet die beiden Fälle voneinander, und es ist der Grund dafür, dass er den Film gedreht und diese widerliche Botschaft hinterlassen hat.«

»Das glaube ich auch. Der Rachedurst von diesem Kerl scheint riesengroß zu sein.«

»Rachedurst«, murmelte sie und ging die Botschaft noch einmal in Gedanken durch. »Ja. Das ist ein gutes Wort.«

»Eigentlich müsste er Hinweise zurücklassen, damit MacMasters auch weiß, aus welcher Richtung ihn der

Pfeil getroffen hat. Ansonsten ergäbe dieser Siegestanz nicht den geringsten Sinn.«

»Ja, vielleicht haben wir den Hinweis bisher ganz einfach nicht gesehen. Wir müssen die Universität durchkämmen, das ist schließlich eine mögliche Spur. Und wir werden die CD analysieren. Was Feeney machen muss.«

»Bin ich etwa degradiert?«, erkundigte sich Roarke in lockerem Ton.

Sie zog die Brauen hoch. »Dafür sind wir beide viel zu eng miteinander verwoben«, wiederholte sie seine Feststellung. »Aber sie ist nun mal die Tochter eines Cops, deshalb müssen wir doppelt vorsichtig sein. Ich will, dass der Chef der elektronischen Ermittler dieses Beweisstück kriegt. Wir haben ein unbegrenztes Budget und eine unbegrenzte Zahl an Leuten, und natürlich wird es unter den Journalisten und selbst unter den Kollegen einige geben, die unsere Ermittlungen durchaus kritisch beobachten.«

Sie runzelte erbost die Stirn. »Warum wird in diesen Fall so viel Zeit und Mühe investiert? Warum wird dem ganz normalen Bürger nicht dieselbe Behandlung zuteil? Dabei sind die Antworten ganz einfach. Wer sich mit einem Cop oder seiner Familie anlegt, kriegt es mit der ganzen Polizei zu tun. Aber es ist auch noch komplizierter. Wenn sich jemand mit einem Cop oder seiner Familie anlegt, geraten wir dadurch alle ins Visier, und das macht es uns, verdammt noch mal, erheblich schwerer, auch für die normalen Bürger da zu sein. Damit müssen wir leben, aber das macht es nicht gerade einfacher für uns. MacMasters hatte im Verlauf der Jahre verschiedene Partner und als Vorgesetzter viele Leute unter sich. Wie viele von denen könnten auch auf der Abschussliste dieses Typen stehen? Wenn wir dieses Schwein erwischen, muss jedes Beweisstück und unsere gesamte Vorgehensweise lupenrein sein, weil wir nicht riskieren dürfen, dass es irgendetwas gibt, worin sich ein Verteidiger verbeißen kann.«

Sie biss selbst in ein Stück Fisch. »Falls du Zeit und Lust hättest, mit der Kopie zu arbeiten, würde dir ganz sicher niemand im Weg stehen. Dabei würdest du als ziviler Berater dem elektronischen Ermittler Feeney unterstehen.«

»Was nicht halb so lustig ist, wie dir zu unterstehen. Aber ich habe die Botschaft verstanden.«

»Eins der besten Dinge an dir ist, dass du mich über alles reden lässt. Dass du mir zuhörst und mir deine Meinung sagst. Allein über die Dinge zu reden eröffnet mir häufig neue Perspektiven. Deshalb habe ich dir diese Frage gestellt.«

»Verstehe. Und jetzt hast du ganz bestimmt noch eine andere Frage, also schieß am besten einfach los.«

»Okay, ich muss sämtlichen Spuren nachgehen, von denen eine die Verbindung zum College von Columbia ist. Obwohl die vielleicht totaler Schwachsinn ist. Aber es fühlt sich für mich so an, als hätte er zumindest teilweise die Wahrheit über sich gesagt. Zum Beispiel über seinen Akzent. Genauso über das College, ich glaube, er hat dort studiert, war dort angestellt oder kennt jemanden, der dort war. Zumindest hat er sich das College genauer angesehen und vielleicht ein paar Veranstaltungen dort besucht, damit er ihr davon erzählen kann. Vielleicht hat er sich einen falschen Namen zugelegt, aber dann hat er wahrscheinlich einen ausgesucht, der ihm natürlich vorkam oder ihm etwas bedeutet hat. Der Name war bestimmt nicht echt, aber er hatte ein paar echte Wurzeln.«

»An einem derart großen College ist es trotz der Security das reinste Kinderspiel, auf den Campus zu gelangen, sich dort umzusehen und Informationen einzuholen. Namen von Dozenten, Vorlesungszeiten und so weiter. Die meisten Sachen findet man problemlos übers Internet oder durch einfaches Fragen raus.«

Aber das war noch nicht alles, dachte sie.

»Er hat sich genau mit ihr befasst, also wusste er bestimmt, dass ein Freund von ihr dort studiert. Ich bin mir todsicher, dass das einer seiner Anknüpfungspunkte gewesen ist. Eine Möglichkeit, durch die er sie dazu gebracht hat, dass sie mit ihm spricht. Zu Anfang der Bekanntschaft hätte Deena schließlich keinen Grund gehabt, ein Geheimnis aus allem zu machen. Deshalb hätte sie Jamie durchaus erzählen können, dass sie diesen Typen kennengelernt hat, der am selben College ist wie er.«

»Ah.« Roarke nickte mit dem Kopf und nahm den Faden auf. »Und wenn er sich mit ihr befasst hat, wusste er bestimmt, dass sich ihr Freund Jamie für Computer und für Polizeiarbeit interessiert. Deshalb wollte er auf Nummer sicher gehen für den Fall, dass sich Jamie in den Kopf setzt, diesen jungen Mann zu überprüfen, in den seine gute Freundin verschossen ist.«

»Wenn er nicht ganz dumm ist, hat er das bedacht. Als er sie erst einmal an der Angel hatte, reichten seine Kenntnisse von jungen Mädchen offenbar nicht so weit, dass ihm klar gewesen wäre, dass sie es ganz einfach irgendwem erzählen *musste*. Einer Freundin oder einem Freund. Deshalb hatte er keine Angst davor, dass wir zu ihren Schulfreundinnen gehen. Aber er musste befürchten, dass sich Jamie oder Deena, die immerhin die Tochter eines Polizisten war, für seine Geschichte interessiert und sie, wenn auch vielleicht nur aus Neugier, überprüft. Und er musste im Kino und so einen Studentenausweis zeigen, damit er Ermäßigung bekommt, denn sonst hätte sie sich sicherlich gewundert, weil er anstandslos den vollen Preis bezahlt. Aber wo hatte er den Ausweis her?«

»Gestohlen oder gefälscht.«

»Vielleicht auch beides, denn wenn irgendwer ihn überprüft, und die Möglichkeit bestand durchaus, musste das Ding die Prüfung schließlich auch bestehen.«

»Wie wir wissen, kennt er sich ein bisschen mit Computern aus. Deshalb dürfte das nicht allzu schwer für ihn gewesen sein. Und«, fügte Roarke hinzu, »wenn er nicht ganz dämlich ist, hat er die betreffenden Einträge wahrscheinlich längst wieder gelöscht.«

»Das glaube ich auch. Trotzdem werde ich morgen jemanden am College dazu bringen, mir eine Liste von Studenten zu besorgen, deren Ausweise gestohlen worden sind, und diesen Berg dann langsam abtragen.«

»Und warum erst morgen?«

»Weil heute, verdammt noch mal, ein Feiertag und es dazu noch bereits Abend ist und ich deswegen garantiert kein Schwein mehr dort erreichen kann.«

»Das kann ich für dich erledigen.«

Sie pikste ihn warnend mit dem Zeigefinger an. »Ich habe dir eben erst gesagt, dass wir vorsichtig sein müssen. Ich kann auf keinen Fall erlauben, dass du dich in die Uni-Computer hackst.«

»Was wirklich schade ist, denn das hätte mir sicher Spaß gemacht. Aber ich kann auch einfach jemanden für dich anrufen.«

»Wen?«

»Warum fangen wir nicht gleich ganz oben bei der Uni-Präsidentin an?«

Sie sah ihn aus zusammengekniffenen Augen an. »Du kennst die Präsidentin von Columbia?«

»Ja. Weil Roarke Industries dort ein paar Stipendien finanziert, ab und zu ein paar Geräte spendet und es zu Beginn von Jamies Studium ein längeres Gespräch zwischen uns beiden gab.«

»Dann kannst du also einfach zum Hörer greifen und sie anrufen?«

»Das werden wir erst wissen, wenn ich es versucht habe, nicht wahr?«

Er zog sein Handy aus der Tasche, glitt mit einem Finger über das Display und suchte die Telefonnummer der Frau heraus. »Sie ist eine wirklich interessante Frau mit einem geradezu erschreckenden Gespür dafür, wenn jemand Blödsinn quatscht. Du würdest sie mögen.« Als am anderen Ende jemand an den Apparat ging, setzte er ein Lächeln auf. »Peach. Tut mir leid, dass ich Sie abends störe.«

Eve saß ihm gegenüber, hörte eine Stimme, verstand aber die Worte nicht. Roarke brach in gut gelauntes Lachen aus.

»Tja nun, freut mich, wenn ich Ihnen helfen kann. Wobei ich Sie rein zufällig ebenfalls um Hilfe bitten wollte. Ihnen ist bekannt, dass meine Frau Polizistin ist? Ach ja? Ja, genau, sie ist sehr telegen. In ihrem aktuellen Fall gibt es vielleicht eine Verbindung zu einem aktuellen oder ehemaligen Studenten Ihres Colleges.«

Er machte eine Pause, hörte zu und warf einen Blick auf Eve. »Ja, das ist ihre Partnerin. Die New Yorker Polizei weiß Ihre Mithilfe zu schätzen. Auch wenn sie Sie um einen weiteren Gefallen bitten muss. Ich denke, es wäre das Beste, wenn der Lieutenant Ihnen selbst erklären würde, was sie braucht. Würden Sie bitte einen Moment warten?«

Er schickte die Präsidentin in die Warteschleife und hielt Eve das Handy hin.

»Peach?«, fragte sie ihn. »Eine Uni-Präsidentin namens Peach?«

»Dr. Lapkoff«, klärte er sie auf.

»Okay.« Eve griff nach dem Gerät und rief die andere Frau zurück auf das Display. Als Erstes sah sie derart durchdringende, leuchtend blaue Augen, dass sich damit sicher sogar Stahl durchbohren ließ. Sie wirkten wie zwei Laser in dem kühlen, ebenmäßigen Gesicht mit dem kurzen, glatten, braunen Haar.

»Lieutenant Dallas«, grüßte sie in einem knappen Ton, der ihrem nüchternen Äußeren entsprach. »Wie kann ich Ihnen behilflich sein?«

Innerhalb von wenigen Minuten hatten sie das bürokratische Getriebe trotz des Feiertags in Gang gesetzt, und Eve hielt Roarke das Handy wieder hin. »Sie sagt, dass sie mir die Informationen innerhalb der nächsten Stunde schicken wird.«

»Dann wird sie das auch tun.«

»Ich mache mich also besser wieder an die Arbeit und bereite schon mal alles vor.«

Zurück in ihrem Arbeitszimmer fing sie mit einem Vergleich zwischen der Liste von Columbia und den Drohungen gegen MacMasters sowie seinen Fällen der vergangenen fünf Jahre an. Das würde seine Zeit dauern.

Die sie nutzte, um sich noch einmal das Video anzusehen.

Er hatte die Aufnahmen ein paarmal unterbrochen und wieder angefangen, merkte sie. Jedes Mal, wenn Deena gezögert hatte oder vom Skript abgewichen war. Zielgerichtet und geduldig. Weil er eine Botschaft hatte, die er überbringen wollte, und zwar ganz genau auf diese Art.

Sie beschuldigte den Vater, obwohl nicht zu übersehen war, dass sie diese Worte nicht freiwillig sprach. Er hatte es gebraucht, dass sie das sagte. Eine Botschaft von der Tochter an den Vater? War das wichtig? Kind zu Elternteil? War das für ihn ein Thema, oder hatte er die Art der Botschaftsübermittlung willkürlich gewählt?

Nein, er hatte alles sorgfältig geplant. Eine Botschaft direkt für MacMasters, ihre Mutter wurde nicht erwähnt. Dad, Daddy, nicht Mom.

Nie verzeihen. Hasse dich. Nie wissen, warum. Ich muss zahlen.

Ging es um die Sünden der Väter, überlegte Eve. Auge um Auge, Zahn um Zahn?

Sie nahm wieder hinter ihrem Schreibtisch Platz, legte ihre Füße in den Stiefeln auf der Platte ab und schloss ihre Augen.

Der Mörder war ein junger Mann. Doch er hatte Deena absichtlich gewählt und benutzt, um MacMasters zu bestrafen, weil sie eine Blutsverwandte von ihm war.

Ging es auch um einen Blutsverwandten von ihm? Hatte er als Sohn agiert?

Als uneheliches Kind?

Vielleicht.

Die Grausamkeit des Akts, die genaue Planung, die gesandte Botschaft – all diese Dinge deuteten auf ein schweres Vergehen hin. Am Mörder selbst? An einem Verwandten oder einem Menschen, der dem Mörder nahestand?

Im Geiste notierte sie, dass sie die Akten von MacMasters auf tödlichen Schusswaffengebrauch im Dienst oder Verhaftungen und Begegnungen mit Zeugen oder Opfern, bei denen es zu Todesfällen oder extremen Verletzungen gekommen war, durchsuchen musste. Dazu kamen noch sämtliche Personen, die aufgrund seiner Ermittlungen zu lebenslangen Freiheitsstrafen verurteilt worden waren.

Es war ein extrem persönlicher Racheakt gewesen, deutlich mehr als nur ein Job.

Sie klappte die Augen wieder auf, als ihr Computer das Signal für eine eingehende E-Mail gab. Auf Peach Lapkoff war Verlass, erkannte Eve.

Was die positive Seite ihrer Nachricht war. Das Negative war, wie vielen Studenten eines einzigen verfluchten Colleges es gelang, ihre Ausweise zu verlieren.

Sie brauchte mehr Kaffee.

Frisch gestärkt begann sie kurz darauf mit dem mühsamen Prozess, die Liste einzugrenzen, die ihr überlassen worden war. Noch während ihr Gerät erklärte, dass es bei der Suche, die sie nach der Rückkehr in ihr Arbeitszimmer angefangen hatte, keine Übereinstimmungen gab, spürte sie, dass sie auf ihren jungen Mann gestoßen war.

»Darian Powders, neunzehn Jahre alt. Studiert Literatur im zweiten Jahr und hat am fünften Januar 2060 einen Ersatzausweis beantragt und bezahlt.« Sie rief ihre bisherige Liste auf und ging sie mit zusammengekniffenen Augen durch. »Ah, da bist du, Darian, mit freundlichen Grüßen aus Savannah. Sämtliche Informationen über die Person auf den Monitor.«

Sie drehte sich mit ihrem Stuhl und sah sich seinen Ausweis an. »Du bist ein attraktiver Bursche und dein breites Lächeln wirkt echt nett. Du passt also haargenau.«

Sie sah das Foto weiter an und überlegte, ob sie auf dem Bild den Killer oder seinen Doppelgänger sah.

»Es gibt nur einen Weg, um das herauszufinden.«

Sie stand auf, zog sich die Jacke an, die über ihrem Schreibtischsessel hing, und meldete sich kurz bei Roarke.

»He, ich habe eine Spur, der ich nachgehen muss. Wird nicht lange dauern.«

»Musst du dafür noch einmal aus dem Haus?«

»Ja, ich habe einen möglichen Verdächtigen, am besten gehe ich der Sache sofort nach.«

»Ich treffe dich unten an der Tür.«

»Du brauchst ...«

»... keine Minute, bis ich unten bin. Ich fahre dich, und du erzählst mir einfach unterwegs, was du gefunden hast.«

Er legte einfach wieder auf, und sie atmete zischend aus.

Es hätte keinen Sinn mit ihm herumzustreiten und vor allem könnte sie, wenn Roarke sie schon chauffierte, nachsehen, ob es noch irgendwelche zusätzlichen Infos über diesen Powders gab.

Er war noch vor ihr an der Tür und verließ unter den bösen Blicken Galahads in dem Moment das Haus, in dem der von ihm bestellte Wagen vor der Treppe hielt.

»Wohin fahren wir und warum?«

»In ein Wohnheim auf dem Campus, denn dort wohnt ein möglicher Verdächtiger. Oder eher ein potenzieller Doppelgänger unseres Kerls. Aber wie dem auch sei, ist das hier eindeutig nicht mein Wagen.«

Roarke sah auf den schicken, offenen Zweisitzer, der silbern im Mondlicht glitzerte. »Der ist von mir, und da ich an diesem wunderbaren Abend fahre, möchte ich ein passendes Gefährt.«

Sie runzelte die Stirn, bis sie im Wagen saß. »Ich habe ein passendes Gefährt. Das hast du mir selbst geschenkt.«

»Weil es sicher, schnell und möglichst hässlich ist. Gib

die Adresse ein«, schlug er ihr vor, während er bereits in Richtung Straße schoss.

Auch wenn sie es nur ungern zugab, fühlten sich die milde Luft, die Dunkelheit, die sie umgab, und die Geschwindigkeit fantastisch an. Sie ermahnte sich, dass dies keine Spritztour zum Vergnügen war, und fing mit der Überprüfung von Darian Powders an.

»Der Junge stammt aus Georgia, hat im Januar einen neuen Studentenausweis beantragt, hat das passende Alter und sieht alles andere als übel aus.«

»Sind nicht gerade Semesterferien oder so? Weshalb sollte er im Juni auf dem Campus sein?«

»Er macht ein paar Sommerkurse und zugleich ein Praktikum bei einem Verlag. Er studiert im Hauptfach Literatur. Er hat sein zweites Collegejahr beendet und einen Notendurchschnitt von 1,7. Keine Vorstrafen, aber sein älterer Bruder, der immer noch in Georgia lebt, wurde zweimal wegen kleinerer Drogendelikte verknackt. Außerdem hat er noch einen Onkel in New York, einen Lektor in dem Verlag, in dem er sein Praktikum macht, dessen Sohn ein paar Jahre älter ist als er und der einmal wegen einer Drogensache sechs Monate im Kahn und drei in einer Reha-Klinik war. Aber hochgenommen wurde er in Brooklyn, damit hatte MacMasters also nichts zu tun.«

»Vor allem wäre das wohl kaum ein ausreichendes Motiv für das, was diesem Mädchen angetan worden ist.«

»Es ist auf jeden Fall ein Anfang«, antwortete Eve und fuhr mit ihrer Arbeit fort, während sie sich die milde Brise um die Nase wehen ließ.

7

Eve hielt der strenggesichtigen Droidin, die in der Portiers-
loge des Wohnheims saß, ihre Dienstmarke vors Gesicht.
Sicher hatte man von Menschen auf Droiden umgestellt,
weil diese nicht das mindeste Verständnis für menschliche Schwächen hatten und vor allem unbestechlich waren. Was jedoch wahrscheinlich nicht viel zählte, da wohl
mindestens die Hälfte der Bewohner wusste, wie ein solches Ding zu programmieren war und sich der Speicher
löschen ließ.

Die Droidin unterzog die Marke einer Musterung mit
bloßem Auge, überprüfte sie danach aber noch mit Hilfe
eines roten Laserstrahls.

»Was ist der Grund für Ihren Besuch?«

»Der geht dich gar nichts an.«

Nach Art der Droiden starrte das Gerät, das seinem
Namensschild zufolge »Ms Sloop« genannt wurde, sie
reglos an.

»Ich bin für die Bewohner und Besucher dieses Hauses
verantwortlich.«

»Und ich bin für die Bewohner und Besucher dieser Stadt verantwortlich. Ich habe also gewonnen.« Eve
klopfte auf ihre Marke. »Dieses Ding hier zwingt dich,
eine einfache Frage zu beantworten: Ist Darian Powders
momentan im Haus?«

Die Droidin blinzelte zweimal und sah in ihrem Computer nach, obwohl die Information wahrscheinlich auch
in ihrem eigenen System gespeichert war.

Eve fragte sich, ob der verkniffene Gesichtsausdruck
und der straffe Knoten der Maschine die Bewohnerschaft

des Heims wohl dazu bringen sollten, dass sie sich benahm.

Da die missbilligende, strenge Miene sie an Summerset erinnerte, konnte sich Eve nicht vorstellen, dass der Versuch erfolgreich war.

»Bewohner Powders hat sich bei mir um drei Uhr dreißig ein- und seither nicht wieder ausgeloggt.«

»Okay.« Eve machte kehrt und stapfte auf den Fahrstuhl zu.

»Sie müssen sich erst anmelden.«

Eve ersparte sich die Mühe, die Droidin noch einmal anzusehen. »Du hast meine Marke eingescannt. Das reicht.« Sie betrat den Lift und drückte auf den Knopf des vierten Stocks. »Warum besetzen sie solche Posten nicht mit Menschen?«, beschwerte sie sich bei Roarke. »Sich mit Droiden anzulegen macht viel weniger Spaß.«

»Keine Ahnung. Aber ich fand es durchaus amüsant. Und das Ding sah richtiggehend angefressen aus.«

»Vielleicht, aber jetzt fährt es schon wieder völlig ungerührt mit seiner Arbeit fort.« Sie wippte auf den Fersen und steckte die Hände in die Taschen ihrer Jeans. »Ein Mensch wäre wenigstens noch kurz beleidigt. Weshalb ein Streit mit ihm einfach befriedigender ist.«

Als die Tür zur Seite glitt, drang ein derartiger Krach an ihre Ohren, dass er ihr beinahe die Tränen in die Augen trieb. Verschiedene Songs in verschiedenen Stilrichtungen und vor allem mit verschiedenen Texten drangen aus den Zimmern, deren Türen offen standen, und in diesen Lärm mischten sich noch Stimmen, von denen einige im Streit oder in einer Diskussion erhoben waren, während andere fröhlich sangen oder trällerten. Mehrere Personen liefen durch den Flur, wahrscheinlich unter dem

Einfluss irgendwelcher Drogen, denn sie waren zum Teil halb nackt.

Vor einer geschlossenen Tür begrapschten sich zwei junge Leute derart wild, dass Eve sich fragte, was sie noch hier draußen machten, statt sich ins Zimmer zu verziehen und zu Ende zu bringen, was hier draußen auf dem Flur von ihnen begonnen worden war.

Sie trat vor ein Mädchen mit zwei Nasenringen und einem Tattoo, das wie eine schnatternde Gans aussah.

»Darian Powders? Wo finde ich den?«

»Dar?« Das Mädchen zeigte hinter sich, während es Roarke mit verführerischen Blicken maß. »Dahinten, letztes Zimmer rechts. Die Tür ist offen. Mein Zimmer ist gleich hier«, sagte sie zu Roarke. »Schauen Sie doch mal bei mir rein.«

»Das ist ein nettes Angebot«, antwortete Roarke. »Nur, dass ich in die andere Richtung muss.«

»Wirklich bedauerlich.«

Weniger verärgert als vielmehr verblüfft sah Eve dem Mädchen hinterher. »Sie hat dich angemacht.«

»Ich weiß. Ich fühle mich total billig und benutzt.«

»Scheiße. Es hat dir gefallen. Männer fahren echt auf so was ab.«

»Das stimmt. Deshalb sind wir oft so billig und werden schamlos ausgenutzt.«

Schnaubend marschierte sie den Gang hinauf, wobei sie kurze Blicke in die offenen Zimmer warf, in denen sie ein wildes Durcheinander von Habseligkeiten und Personen sah und neben alter Pizza frischen *Zoner* roch. Friedenstagsplakate lagen zwischen schnarchenden Studenten und Flaschen, die wahrscheinlich mit verbotenem Alkohol gefüllt waren.

»Glaubst du, dass hier wirklich irgendwer studiert?«

»Die, deren Zimmertüren geschlossen sind, nehme ich an«, gab Roarke schulterzuckend zurück. »Aber da dies schließlich das Ende eines Feiertages ist, gehe ich mal davon aus, dass die meisten noch in Feierlaune sind.« Er blickte auf ein Paar, das zusammengerollt vor einem plärrenden Bildschirm auf dem Boden lag. »Oder schlicht und einfach ohnmächtig.«

Eve konnte nur den Kopf schütteln. »Die Droidin ist vollkommen nutzlos, und das wissen sie.«

In der offenen Tür am Ende des Ganges blieb sie stehen. In dem Zimmer flätzte eine Horde junger Leute auf großen, bunten Sitzkissen und einer kleinen, roten Couch. Hier war die Ursache des Lärms ein Computerspiel. Zwei Personen lieferten sich vor dem Bildschirm ein Duell. Ihre Figuren, die im Trash-Rock-Stil gekleidet waren, klimperten auf ihren Instrumenten, während ihre menschlichen Pendants Luftgitarre spielten und sich die Seelen aus den Leibern schrien.

Sie erwog kurz, ebenfalls zu schreien, kam dann aber zu dem Schluss, dass das reine Luftvergeudung wäre, und hielt deshalb einfach einem von den anderen jungen Kerlen ihre Marke vors Gesicht.

Es war etwas enttäuschend, dass sich niemand wenigstens die Mühe machte, die verbotenen Dinge zu verstecken, die sie auf dem Boden liegen sah. Der Junge, dem sie ihre Marke vor die Nase hielt, schob sich eine bunt gefärbte Strähne aus den Augen und blickte sie fragend an. »He! Was gibt's?«

»Mach das Ding aus.«

»Was?«

»Den verdammten Fernseher.«

Seine Augen wurden groß wie Untertassen. »Aber das ist die letzte Runde, und es ist echt knapp. Dar könnte seinen Titel verlieren, wenn Luce so weitermacht.«

»Mir bricht das Herz. Stell die blöde Kiste aus.«

»Na gut.« Er strich sich abermals die Haare aus der Stirn, bückte sich dann aber nach der Playstation und drückte auf den Pausenknopf. Das war für Eve okay, aber die beiden Konkurrenten und das Publikum, das ihre Marke nicht gesehen hatte, flippten völlig aus.

»Verdammt, was soll das? Wer hat das gemacht?« Der männliche Spieler, Darian, wirbelte herum. Er sah aus, als wäre er bereit, jemanden mit seiner unsichtbaren Gitarre eins über den Schädel zu ziehen. »Fast hätte ich Luce gehabt!«

»Blödsinn«, schnaubte Luce, während sie sich einen Meter weizenblond gefärbten Strohs über die Schultern warf. »Ich hätte dich gehabt. Hätte dich total fertiggemacht.«

»Nie im Leben. Meine Güte, Coby, warum hast du das gemacht?«

»Bullen«, meinte der und wies mit einem Kopfnicken auf Eve.

Plötzlich wurden auch die anderen wach, und Darian wandte sich verblüfft an sie. »Wow! Im Ernst?«

»Im Ernst. Darian Powders?«

»Ja, hm, das bin ich!« Er hob die Hand. »Falls wir zu laut gewesen sind ... das sind die anderen auch.«

Eve sah aus dem Augenwinkel, dass einer von den jungen Männern versuchte, sich heimlich aus dem Staub zu machen, und hielt ihn mit einem bloßen Fingerzeig zurück.

»Ich bin nicht von der Uni, sondern von der Polizei. Ich habe ein paar Fragen.«

Luce stellte sich neben Darian und schob ihre Hand auf

eine Art in eine seiner Taschen, die verriet, dass zwischen ihnen mehr als nur ein Luftgitarren-Wettstreit lief. »Du brauchst einen Anwalt, Dar.«

»Was? Warum? Warum denn das?«

»Wenn dir ein Bulle Fragen stellt, solltest du nicht alleine sein.«

»Du studierst wahrscheinlich Jura.«

Luce bedachte Eve mit einem kühlen Blick aus hellblauen Augen, die wie Quellwasser aussahen. »Ich mache gerade den Vorbereitungskurs dafür.«

»Warum stehst du ihm dann nicht einfach bei der ersten Frage bei? Sie ist nämlich ganz leicht. Darian, kannst du mir sagen, wo du zwischen sechs Uhr gestern Abend und vier Uhr heute Morgen warst?«

»Tja, nun. Also bitte, Luce, das ist tatsächlich leicht. Ich war gestern mit ein paar Leuten am Strand. Wir sind gegen zwei hier losgegangen.«

»So ungefähr.« Immer noch sah Luce Eve aus ihren blassen Augen an. »Und zurückgekommen sind wir gegen sieben.«

»Dann haben wir noch was bei McGill's gefuttert und danach stieg bei Gia eine Party. Sie wohnt außerhalb des Campus, ist jetzt aber gerade hier«, erklärte er, wobei er mit der Hand auf ein winziges, brünettes Mädchen wies.

»Hm. Ich weiß nicht genau, wann er gegangen ist, aber es war ziemlich spät. Oder vielleicht auch früh«, schlug Gia vor. »Wir hatten mit dem Luftgitarren-Wettbewerb begonnen und der ging bis drei. Ungefähr jedenfalls.«

»Danach sind wir hierher zurückgekommen und haben uns ins Bett gehauen«, erklärte Darian Eve. »Ich weiß nicht genau, um welche Zeit, aber das steht bestimmt unten im Protokoll.«

»Okay. Seht ihr? Es ist ganz leicht.« Eve dachte an mögliche Verbindungen und an Jamies Bemerkung, dass er Samstagnacht auf einem Fest gewesen war.

»Also … habe ich meine Sache gut gemacht?« Darian setzte dasselbe breite Lächeln wie in seinem Ausweis auf.

»Ja. Er kann sich den Anwalt sparen«, sagte sie zu Luce. »Kennst du Jamie Lingstrom?«

»Sicher. Wir haben ein paar Kurse zusammen und hängen auch manchmal zusammen ab. He, er war gestern Abend eine Zeitlang auf der Party. Sie könnten ihn fragen … warten Sie. Ist er in Schwierigkeiten? Nein, ganz sicher nicht. Schließlich will er selbst einmal zur Bullerei. Entschuldigung, ich meine, schließlich will er selbst nach seinem Studium zur Polizei.«

»Er ist nicht in Schwierigkeiten, aber zufällig kenne ich Jamie auch. Auch du bist nicht in Schwierigkeiten, aber trotzdem habe ich noch ein paar Fragen. Alle anderen, raus.«

Die jungen Leute rappelten sich auf und stolperten eilig in den Korridor hinaus. Nur Coby saß noch auf dem Boden und Luce klebte noch immer eng an ihrem Schatz.

Eve zeigte auf Coby und dann auf die Tür.

»Aber ich wohne hier.«

»Guck trotzdem, dass du Land gewinnst. Und mach die Tür hinter dir zu.«

Nachdem er verschwunden war, wandte sich Eve an Luce.

»Ich bleibe hier. Das ist mein gutes Recht.«

»Okay. Dann setzt euch erst mal beide hin.«

Eve hielt ihnen Deenas Foto hin. »Kennt ihr dieses Mädchen?«

»Nein. Moment. Nein … ja, vielleicht.«

»Was nun?«, fragte Eve.

»Ich glaube, ich habe sie mal irgendwo gesehen.« Er bedachte Eve mit einem Blick, der sonst wahrscheinlich den Dozenten vorbehalten war. Ernsthaft, eifrig, hoffnungsvoll. »Taucht sie vielleicht manchmal irgendwo mit Jamie auf? Aber gestern Abend auf der Party war sie nicht, und wenn ich sie überhaupt schon mal gesehen habe, ist das bereits eine ganze Weile her. Ich glaube, dass sie mir schon einmal über den Weg gelaufen ist. Luce.«

Stirnrunzelnd sah sich Luce das Bild noch einmal an. »Ja. Ein paarmal zusammen mit Jamie. Ohne, dass was zwischen ihnen läuft. Ich habe ihn danach gefragt, weil sie jünger ist, und er meinte, dass er sie schon ewig kennt. Ich habe nicht viel mit ihr geredet, aber ich habe sie ein paarmal mit Jamie im *Perk It* – dem Coffee-Shop – gesehen. Warum?«

Eve ging nicht auf die Frage ein. »Darian, du hast im Januar einen neuen Studentenausweis beantragt.«

»Ja. Meinen alten hatte ich verloren.«

»Wie?«

»Das weiß ich nicht. Wenn ich es wüsste, hätte ich ihn wahrscheinlich gefunden.« Er sah sie mit einem schwachen Lächeln an.

»Und wann hast du ihn verloren?«

»Direkt nach den Weihnachtsferien. Ich weiß, dass ich ihn noch hatte, als ich nach den Feiertagen von zu Hause kam, denn man muss ihn immer unten im Wohnheim vorzeigen, wenn man nach den Ferien wiederkommt. Ich kam ziemlich früh zurück, weil ich hier Silvester feiern wollte, denn wer will da schon mit der Familie zusammen sein. Außerdem wollten Luce und ich …«

»Wir beide sind zusammen.«

Eve nickte dem Mädchen zu. »Das habe ich bereits bemerkt.«

»Seit dem letzten Herbst und deshalb wollte ich nach Weihnachten so schnell wie möglich wieder zurückkommen. Sie hat mir nämlich echt gefehlt.«

»Ah.« Luce schmiegte sich noch enger an ihn an.

»Außerdem fand an Silvester eine Riesenparty hier im Wohnheim statt. Ich weiß, dass ich meinen Ausweis da noch hatte, denn ich musste ihn vorlegen, um ermäßigt einkaufen zu können. Natürlich keinen Alkohol und so, weil ich schließlich noch keine einundzwanzig bin.« Wieder setzte er sein unschuldiges engelsgleiches Lächeln auf. »Die Party ging eine halbe Ewigkeit, wir sind erst am Dritten wieder aus dem Haus gegangen – dem Tag, an dem die Vorlesungen wieder angefangen haben. Ich meine, wir haben aufgeräumt, den Müll runtergebracht und so, aber ansonsten waren wir durchgehend hier. Weil wir von der Party vollkommen erledigt waren, außerdem war es draußen sowieso arschkalt. Dann musste ich mich am College zurückmelden, und da war mein Ausweis plötzlich weg.«

»Am Dritten? Warum hast du dann zwei Tage gewartet, bis du den Ersatzausweis beantragt hast?«

»Äh … tja, wissen Sie, man muss melden, wenn der Ausweis weg ist, einen neuen beantragen und dann … ach, Mist. Okay, okay, also habe ich mir am Dritten noch anders geholfen. Ich dachte, ich hätte das Ding einfach hier liegen lassen und fände es schon noch.«

»Anders geholfen?«

»Ich, äh …«

Er wandte sich hilfesuchend an die Freundin, aber die bedachte Eve mit einem durchdringenden Blick »Das wird ihr nicht gefallen, Dar. Es wird ihr nicht gefallen, wie du dir geholfen hast.«

»Okay, tja, nun, ich habe einen Kommilitonen gebeten, mir seinen Ausweis zu leihen. Das sollen wir nicht machen, aber strafbar ist das nicht. Oder?«

»Mach dir darüber keine Gedanken.«

»Ich habe überall danach gesucht, als ich wieder ins Wohnheim kam. Aber er ist nirgends aufgetaucht. Am nächsten Tag habe ich die ersten Stunden ausfallen lassen und habe den Ausweis in den Geschäften gesucht, wo ich einkaufen war. Dort habe ich ihn auch nicht gefunden. Am Vierten abends habe ich dann den Verlust gemeldet, und am Fünften wurde mir ein neuer Ausweis ausgestellt.«

»Wo bewahrst du deinen Ausweis für gewöhnlich auf?«

»In meinem Geldbeutel und manchmal auch einfach in meiner Tasche, weil's bequemer ist. Man muss ihn ständig zeigen, also ist es einfach praktischer, wenn man ihn in der Tasche hat.«

»Und wo war er am Abend der Party?«

»Keine Ahnung. Auch in meiner Tasche? Könnte sein. Oder vielleicht habe ich ihn irgendwo in meinem Zimmer hingelegt, deshalb habe ich da alles umgekrempelt, als ich merkte, dass das Ding verschwunden war. Ein neuer Ausweis kostet nämlich fünfundsiebzig Dollar und dazu kommen noch die ganzen Formulare. Was echt lästig ist.«

»Ich brauche eine Liste aller Leute, die auf dieser Party waren.«

»Hören Sie, Lady ...«

»Lieutenant.«

»Wahnsinn. Echt?« Überraschung und Respekt blitzten in seinen Augen auf. »Lieutenant, eine solche Liste könnte ich noch nicht einmal erstellen, wenn Sie mir Handschellen anlegen und mich auf die Wache zerren würden. Denn die Bude war gerammelt voll. Es war ein ständiges Kommen und Gehen, und ich habe höchstens die Hälfte der Leute gekannt. Sie wissen doch, wie so was ist. Wir haben das größte Zimmer hier auf unserem Flur, aber wenn wir Party machen, reicht das nicht mal ansatzweise aus. Jamie war hier«, erinnerte er sich. »Sie können ihn fragen. Hier war Tod und Teufel los, also ... Scheiße. Bin ich blöd. Jemand hat ihn mir an dem Abend geklaut. Verdammt, manche Leute können wirklich ätzend sein.«

»Wem sagst du das?«

»Jemand hat das Ding benutzt, um irgendwas Verbotenes zu tun«, erklärte Luce, während Darian erbleichte. »Etwas, das letzte Nacht geschehen ist. Zwischen achtzehn und vier Uhr. Aber Darian war das nicht.«

»Nein, Darian war das nicht. Vielleicht muss ich noch einmal mit euch reden, aber erst mal danke ich euch für eure Kooperation.«

»Wollen Sie uns nicht sagen, was der Kerl verbrochen hat, der meinen Ausweis genommen hat?«, fragte Darian.

Sie fänden es noch früh genug heraus, sagte sich Eve. Es hätte keinen Sinn, erzählte sie es ihnen gleich. »Das darf ich nicht sagen.«

»Sicher geht's um dieses Mädchen«, murmelte Darian. »Sie hat etwas getan, oder ihr ist was passiert.«

Eve nickte Roarke zu und wandte sich zum Gehen. »Pass in Zukunft besser auf deinen Studentenausweis auf.«

»Lieutenant? Ist mit Jamie alles in Ordnung? Ist Jamie okay?«

Sie blickte auf den dunkelhaarigen Jungen und das blasse, hübsche Mädchen. »Ja, er ist okay.«

Auf dem Weg nach Hause grübelte sie noch etwas über die neuen Informationen nach. »Dass dieser Junge, dieser Darian, eine Silvesterparty geschmissen hat, der Killer rein zufällig vorbeigekommen ist und dort seinen Studentenausweis liegen sehen hat, kann nicht sein. An solche Zufälle glaube ich nicht.«

»Ich auch nicht, obwohl natürlich nicht ausgeschlossen ist, dass sich einfach die Gelegenheit ergeben hat. Aber ich halte es für wahrscheinlicher, dass dein Killer Darian oder ihn und ein paar andere Jungs bereits im Auge hatte und dann die Gelegenheit genutzt hat, sich auf die Party zu schleichen, unters Volk zu mischen und sich den Ausweis anzueignen, ganz egal, ob Darian ihn bei sich hatte oder ob das Ding irgendwo rumgelegen hat. Es war ein ständiges Kommen und Gehen, ein unglaubliches Gedränge, und es war zweifellos auch Alkohol oder irgendwelches andere illegale Zeug im Spiel.«

»Er kennt sich auf dem Campus aus und kann sich dort problemlos einfügen. Er hatte Deena auspioniert, also hat er sicher auch gewusst, dass sie und Jamie, der auf dieser Party war, ziemlich dicke waren.«

»Du denkst, dass Jamie diesen Typen kennt oder ihm zumindest irgendwann schon mal begegnet ist. Vielleicht weil er der Kumpel eines Kumpels eines Kumpels ist.«

»Würde passen, oder nicht? Vielleicht hat er sogar ein paar Namen, die sie kannte, fallen lassen, damit sie gleich Vertrauen zu ihm fasst. Diese beiden jungen Leute haben sie erkannt und sofort gewusst, dass sie eine Freundin von Jamie war. Also hat der Killer vielleicht ihre oder die Namen anderer Freunde von ihm genannt. Damit sie sich automatisch sicher fühlt. Er hatte den Ausweis bereits Monate, bevor er sich ihr zum ersten Mal genähert hat. Er scheint wirklich geduldiger als eine verdammte Spinne zu sein.«

Sie kehrte in ihr Büro zurück, um das Gespräch mit Darian aufzuschreiben und die Ergebnisse ihrer Durchsuchung aller Akten von MacMasters penibel zu studieren. Als Roarke sie schlafend hinter ihrem Schreibtisch fand, war es beinahe zwei.

»Im Schlaf kannst du nicht arbeiten«, stellte er richtig fest. »Deshalb gehen wir am besten erst einmal ins Bett.«

»Ich habe eine Handvoll möglicher Verdächtiger.« Sie presste sich die Handballen vor die Augen, weil ihr etwas schwindlig war. »Verbindungen zu Leuten, die MacMasters' wegen ziemlich lange eingefahren sind, wobei einer hinter Gittern umgekommen ist. Während der letzten fünf Jahre kam es von seiner Seite aus zu keinem Schusswaffengebrauch, aber vielleicht gehe ich am besten noch weiter zurück. Außerdem muss ich mit ihm über das alles reden.«

»Was bis morgen warten kann.«

»Ja. Ja, das stimmt.« Sie stand mühsam auf. »Warum bist du überhaupt noch wach?«

»Ich habe versucht, die gelöschten Daten wiederherzustellen, was bei dem System, das MacMasters hat, ähnlich mühsam ist, als versuchte man einen Geist in einem dunklen Raum zu finden, während einem die Augen verbunden sind.«

Da sie beide viel zu müde für die Treppe waren, bestellte er den Lift. »Und ich habe die Kopie der Aufnahme analysiert. Was mit dem verfluchten Original erheblich einfacher gewesen wäre. Es gibt nirgends ein Spiegelbild. Man kann ihn nicht in ihren Augen sehen.«

»Das wäre auch zu großes Glück gewesen.« Gähnend

schleppte sie sich ins Schlafzimmer. »Ich habe für morgen früh um sieben eine Besprechung hier in meinem Arbeitszimmer anberaumt, danach fahre ich mit Peabody zum Park. Feeney kann dann die CD mit auf die Wache nehmen und sie sich noch einmal genauer ansehen.«

Bereits auf dem Weg zu ihrer Schlafstatt zog sie sich die Kleider aus. »Außerdem werde ich Mira treffen, denn inzwischen hat sie sicher ein Profil erstellt. Und ich werde Jamies Erinnerung ein bisschen auf die Sprünge helfen, weil er diesem Typen irgendwo begegnet ist. Vielleicht hat er sich gut angepasst oder sich möglichst dezent im Hintergrund gehalten, aber er war auf alle Fälle auf diesem verdammten Fest. Er ist schließlich kein Geist, weshalb es Spuren von ihm geben muss.« Sie warf sich bäuchlings auf das Bett. »Es gibt nämlich immer irgendwelche Spuren.«

»Ein paar hast du bereits in weniger als einem Tag entdeckt.« Er glitt neben sie, schlang einen Arm um ihren Bauch und zog sie eng an seine Brust. »Und du wirst noch mehr finden.«

»Vielleicht ist er ein Opfer«, fuhr sie mit vor Müdigkeit schleppender Stimme fort. »Und er denkt, MacMasters hätte nicht genug für ihn getan ... vielleicht gibt er dem Cop die Schuld, weshalb er auch den Cop bestrafen will. Vielleicht ...«

Als sie einschlief, streichelte ihr Roarke den Rücken, und als auch noch Galahad sich aufs Fußende des Bettes plumpsen ließ, dachte er: *Hier liegen wir drei, sicher und warm in unserem Bett.*

Sie träumte von dunklen Räumen und von Spuren auf den harten Straßen ihrer Stadt. Etwas verfolgte sie, während irgendetwas anderes links und rechts von ihr huschend in der Dunkelheit verschwand. In ihrem Traum sah das junge Mädchen sie aus toten Augen an.

Während sie den Spuren folgte, erwachte ein haushohes, bewegliches Werbeplakat vor ihr zum Leben, sie sah das Bild des Mädchens, wie es schluchzend, wehrlos, blutend in den Kissen lag, während es mit schmerz- und angsterfüllter Stimme zu ihr sprach.

Er war ganz in ihrer Nähe, sie spürte ihn hinter, vor und neben sich. Leise atmend, lauernd und beobachtend, während das Mädchen bettelte, blutete und starb.

Er war da, als sich das Bild verwandelte und sie ein anderes Mädchen in einem von rotem Licht erfüllten Raum sah. Das Mädchen, das sie selbst gewesen war, hatte gebettelt und geblutet, bis sie zur Mörderin geworden war.

Mit wild klopfendem Herzen und mit angehaltenem Atem riss sie sich aus diesem Traum und atmete keuchend aus. »Licht. Licht an, zehn Prozent.«

Ihre Hände zitterten, als sie sie anstarrte und umdrehte, um nachzusehen, ob sie blutig waren.

Nein, natürlich nicht. Es war nur ein Traum gewesen und gar nicht so schlimm. Gar nicht so schlimm. Sie klappte ihre Augen wieder zu, doch auch wenn ihr Herz allmählich wieder langsamer und gleichmäßiger schlug, ließ sich die Kälte nicht vertreiben, und der Mann, der sie sonst wärmte, war nicht da.

Ihre Zähne wollten klappern, also biss sie sie entschlossen aufeinander, als sie aufstand und in einen Morgenmantel stieg. Sie blickte auf die Uhr und sah, es war erst kurz nach fünf. Also trat sie vor den Monitor der Gegensprechanlage, räusperte sich leise und erkundigte sich: »Wo ist Roarke?«

Guten Morgen, geliebte Eve. Roarke ist in seinem Arbeitszimmer.

»Was zum Teufel macht er da?«

Es war total dämlich, sagte sie sich, einfach total dämlich, dass sie es nicht schaffte, noch einmal ins Bett zurück-
zugehen und die knappe Stunde auszunutzen, die ihr blieb.
Aber dort allein zu liegen, hielte sie nicht aus, deshalb
machte sie sich auf den Weg in sein Büro.

Sie hörte ihn bereits, als sie den Korridor hinunterging,
doch die Worte klangen seltsam, unverständlich, fremd.
Sie sehnte sich nach einem Becher Kaffee, wahrscheinlich
bräuchte sie den auch, um richtig wach zu werden, denn
sie bildete sich allen Ernstes ein, dass Roarke Chinesisch
sprach.

Mit verquollenen Augen trat sie durch die Tür. Vielleicht
träumte sie ja noch, weil Roarke, verdammt noch mal,
wirklich Chinesisch – oder vielleicht Koreanisch – sprach.

Wohingegen der Asiate auf dem Wandbildschirm in
fehlerfreiem Englisch antwortete. Roarke stand vor dem
Holo-Modell irgendeines Gebäudes, dessen äußere und
innere Struktur sich immer wieder leicht veränderte, als
nähmen er oder der andere Mann ständig irgendwelche
kleineren Veränderungen daran vor.

Die Glasflächen dehnten sich aus und Öffnungen, die
bisher viereckig gewesen waren, wurden plötzlich rund.

Sie lehnte sich fasziniert gegen den Türrahmen und sah
ihm bei der Arbeit zu.

Er hatte sich schon angezogen, trug aber noch keine
Anzugjacke und auch keinen Schlips. Was ihr sagte, dass
der Asiate auf dem Monitor ein Angestellter von ihm war.

Er studierte das Modell, streckte einen Arm nach seinem

Kaffeebecher aus und hörte, während er trank, den Erläuterungen seines Untergebenen bezüglich Raum, Fluss und Umgebungsbeleuchtung zu.

Mit einem erneuten chinesischen Wortschwall unterbrach er ihn, zeigte auf die südöstliche Ecke des Modells und einen Moment später sah man statt einer soliden Wand funkelndes Glas, das Dach an dieser Stelle wurde angehoben, veränderte ein wenig seinen Winkel, senkte sich in einer sanften Rundung wieder ab.

Roarke nickte zufrieden mit dem Kopf.

Sie stieß sich vom Türrahmen ab, als das Gespräch zu Ende ging, der Bildschirm wieder schwarz wurde und das Holo-Modell verschwand.

»Seit wann sprichst du Chinesisch? Oder was für eine Sprache das auch immer war.«

Er drehte überrascht den Kopf. »Was machst du denn hier? Du hast kaum drei Stunden geschlafen.«

»Das sagt genau der Richtige. Also, war das Chinesisch?«

»Ja. Das war Hochchinesisch oder Mandarin. Aber mehr als eine Handvoll Wörter kann ich nicht. Das eben war der Computer, er hat für uns beide übersetzt.«

Er trat vor seinen AutoChef und sie runzelte die Stirn. »Eine derart klare Übersetzung habe ich noch nie gehört. Es klang, als würdest du selber sprechen, nicht als käme das aus dem Gerät.«

»Daran arbeiten wir schon seit einer Weile, verkauft haben wir es bisher jedoch nur auf ein paar Schlüsselmärkten.« Er hielt ihr einen frisch gefüllten Kaffeebecher hin. »Man kann leichter Geschäfte machen, wenn sich ein Gespräch nicht wie eine Übersetzung, sondern wie ein echtes Gespräch anhört und anfühlt.«

»Was war das für ein Ding? Dieses Hologramm?«

»Ein Komplex, den wir am Rand von Peking bauen.« Er sah ihr ins Gesicht, und seine Augen wurden dunkel, als er meinte: »Du hast schlecht geträumt.«

»Ein bisschen. Aber so schlimm war es nicht. Ich bin okay.«

Trotzdem wehrte sie sich nicht, als er sie in die Arme nahm, denn jetzt wurde ihr endlich wieder warm. »Tut mir leid. Ich musste mich um diese Sache kümmern.«

»Um fünf Uhr in der Früh? Oder sogar noch früher, denn als ich hier ankam, sah es aus, als wärt ihr schon länger im Gespräch.«

»In Peking ist schon später Nachmittag. Ich hatte gehofft, bevor du wach wirst, wäre ich hier fertig.« Er zog sie erneut an seine Brust. »Es macht wahrscheinlich keinen Sinn zu fragen, ob du nicht noch etwas schlafen willst.«

»Das sagt genau der Richtige«, wiederholte sie. »Ich ziehe ein paar Bahnen durch den Pool. Das und der Kaffee bringen mich bestimmt in Schwung.«

»Also gut. Dann frühstücken wir, wenn du wieder nach oben kommst. Bis dahin gibt's noch ein paar Dinge, die ich erledigen kann.«

»Es ist noch nicht mal sechs.«

Er lächelte. »In London schon.«

»Huh. Das kommt mir immer wieder seltsam vor.« Sie trat einen Schritt zurück. »Wie viel von deiner Arbeit machst du eigentlich, wenn ich gemütlich in den Federn liege?«

»Das kommt ganz drauf an.«

»Einfach seltsam«, sagte sie noch einmal und fuhr dann mit dem Lift in das hauseigene Hallenbad hinunter.

Um sieben war sie angezogen, hatte Energie getankt und war für die Besprechung mit dem Team bereit. Es überraschte sie nicht im Geringsten, als sie das Büfett in ihrem Arbeitszimmer sah. Offenbar machte es Roarke Vergnügen, sie und ihre Leute durchzufüttern, denn das tat er ein ums andere Mal. Vielleicht sollte sie Mira gelegentlich fragen, was der Grund für diesen Versorgungskomplex war.

Sie streckte ihren Kopf durch die Verbindungstür zu seinem Raum. »Die hier mache ich am besten zu. Du weißt schließlich schon alles.«

Er machte ein zustimmendes Geräusch, während er weiter auf seinen Computerbildschirm sah. »Sag Feeney, ab zwei hätte ich Zeit.«

»Okay.«

Als sie Peabodys, McNabs und Jamies gut gelaunte Stimmen hörte, drückte sie die Tür ins Schloss und baute sich neben ihrem Schreibtisch auf.

»Nehmen Sie sich, was Sie wollen«, wies sie ihre Leute an, »aber trödeln Sie nicht allzu lange rum.«

»Ich rieche Schweinefleisch.« Dicht gefolgt von Jamie, schoss McNab wie eine Neonkugel auf die zahlreichen Delikatessen zu.

»Ich bin auf Diät«, stellte Peabody mit einem unglücklichen Seufzer fest.

»Das ist ja mal ganz was Neues.«

»Nein, im Ernst. An unserem nächsten freien Tag wollen wir an den Strand. Aber ich hasse Badeanzüge. Oder hasse mich in einem Badeanzug. Und gestern gab es Pizza, was man sicher immer noch an meinen Oberschenkeln sehen kann.« Sie stieß einen zweiten Seufzer aus. »Ich hoffe, es gibt auch Obst und vielleicht irgendwelches kalorienarmes Grünzeug, was ich knabbern kann.«

Traurig trottete sie los, um sich die verführerischen Köstlichkeiten anzusehen, als Feeney den Raum betrat. »Baxter und sein Junge sind mir auf den Fersen, ich sehe also besser zu, dass ich vor ihnen beim Essen bin. McNab, dieses Büfett ist nicht für Sie alleine da.«

»Hab ich doch gesagt, dass es was zu futtern geben würde«, stellte Baxter fest und zeigte auf den Tisch. »Los, holen Sie uns beiden was«, wies er den jungen, doch inzwischen ein wenig erfahreneren Trueheart an und ging weiter zu Eve.

Er hatte wie üblich einen wirklich schicken Anzug an. Sein attraktives Gesicht jedoch sah nicht so arrogant und selbstgefällig wie gewöhnlich aus.

»Wir sind up to date, oder zumindest haben wir Ihre letzten Informationen zu dem Fall gekriegt. Ich habe das Mädchen nicht gekannt, aber MacMasters kenne ich. Ich war als Anfänger auf dem Revier, auf dem er damals Detective war. Er ist ein wirklich guter Mann. Hätten Sie uns nicht von sich aus in Ihr Team geholt, hätte ich mich freiwillig gemeldet, und falls das Budget Probleme macht, legen wir einfach inoffiziell ein paar Überstunden ein.«

»Das wird keine Probleme machen, aber danke für das Angebot.«

»Niemand aus der Abteilung würde sich nicht bei diesen Ermittlungen engagieren. Wir werden dieses Schwein erwischen, Dallas.«

»Allerdings. Nun haut schon rein«, forderte sie in den Raum gerichtet auf. »Aber geredet wird nicht mehr. Wir sind inzwischen seit fast vierundzwanzig Stunden an der Sache dran und dürfen keine Zeit verlieren.«

»Wo steckt dein Mann überhaupt?«, warf Feeney ein.

»Der hat selber noch zu tun. Nach zwei gehört er dir.

Okay, beginnen wir. Bildschirm an.« Sie brach ab, als Whitney ihr Büro betrat. »Sir.«

»Tut mir leid, falls ich Sie störe, aber ich wäre bei dem Briefing gern dabei. Und möchte Ihnen sagen, dass Captain MacMasters Ihnen hier um neun Uhr zur Verfügung stehen wird. Ich dachte, das wäre für ihn einfacher, als wenn er auf die Wache kommt.«

»Ja, Sir. Äh … falls Sie etwas essen möchten und diese Fresssäcke nicht schon alles verschlungen haben …«

»Danke, eine Tasse Kaffee würde reichen. Bitte fahren Sie fort.«

»Sie alle wissen über diesen Fall und die ersten Ermittlungsschritte Bescheid. Ihnen allen ist bewusst, dass es sich bei dem Opfer um die Tochter eines Polizisten handelt und dass wir davon ausgehen, dass der Täter speziell sie ins Visier genommen hat. Wir glauben, dass sie ihren Mörder kannte und dass er die Tat genauestens vorbereitet hat. Inzwischen haben wir weitere Hinweise und Spuren, auf die ich gleich noch zu sprechen kommen werde. Zuerst wird Feeney uns berichten, wie weit die elektronischen Ermittler sind.«

»Wir kommen nur langsam voran. Ich weiß, dass das niemand von euch hören will, aber der Virus, mit dessen Hilfe die Festplatte gelöscht und zerstört wurde, ist äußerst effizient. Wir setzen das Ding Byte für Byte wieder zusammen, wobei die Hälfte dieser Bytes vollkommen nutzlos ist. Keins der Geräte aus dem Haus hat irgendeinen Inhalt, der uns weiterbringt. Soweit wir bisher wissen, hat der Kerl das Opfer nie von sich aus kontaktiert und wurde auch von ihr nie von einem der Links in ihrem Haus aus kontaktiert. Ebenso wenig hat er ihr irgendwelche Mails auf einen der Computer dort geschickt oder von dort bekommen. Das Gerät in ihrem Zimmer wurde zwischen zwanzig Uhr fünfzehn und zwanzig Uhr dreißig eingehend durchsucht, aber in diesem Zeitraum wurde nichts gelöscht.«

»Er hat sich die Kiste in einer seiner Pausen angesehen«, schloss Eve, »aber nichts darauf entdeckt, worüber er sich Sorgen machen müsste.«

»Keinerlei verwertbare Informationen für uns«, bemerkte McNab. »Es wird kein Treffen mit irgendjemandem erwähnt, in keinem der Gespräche und in keiner Mail von ihr, die auf dem Computer sind, wird auch nur die geringste Anspielung auf einen Freund gemacht. Vielleicht in irgendeinem Mädchen-Code, aber den verstehe ich dann nicht.«

»Sie hat ihre Mails bestimmt von ihrem Handcomputer aus verschickt. Weil das persönlicher, intimer und geheimnisvoller war.« Eve nickte zustimmend. »Selbst ihre Nachrichten und die Gespräche mit der besten Freundin über diesen Kerl hat sie auf diesem Weg verschickt oder geführt. Er hatte sie vollkommen eingewickelt. Konzentriert euch weiter auf Filme aus den Überwachungskameras.«

Dann wandte sie sich Jamie zu. »Jamie, du musst bitte mal kurz rausgehen.«

»Warum denn das?« Er richtete sich zornig auf. »Ich bin Mitglied dieses Teams.«

»Ein ziviles Mitglied dieses Teams. Ich melde mich bei dir, wenn du wieder reinkommen kannst.«

»Sie können mich nicht einfach ausschließen. Ich mache meinen Job.« Flehend sah er Feeney an. »Und ich mache meine Sache gut.«

»Widersprich dem Lieutenant nicht. Auch das ist Teil des Jobs.«

»Ich will wissen, ob der Lieutenant mir vertraut, ob er glaubt, dass ich dem Job gewachsen bin.« Wütend sprang er auf. »Denn wenn nicht, bin ich wohl eher eine Belastung als eine Bereicherung für dieses Team. Hier geht es um Deena. Also sagen Sie mir, Dallas, mache ich meinen Job nicht gut genug?«

»Das muss Feeney beurteilen.«

»Er macht seine Sache gut«, erklärte Feeney ihr.

»Aber wie soll ich meinen Job tun, wenn ich von Teilen der Ermittlung ausgeschlossen werde und nicht alle Infos habe? Falls Sie irgendetwas sagen wollen, von dem Sie denken, ich käme damit nicht klar, irren Sie sich.«

»Es geht nicht um etwas, was ich sagen will.« War es falsch, dass sie ihn schützen wollte? Vielleicht. Aber sie könnte später bereuen, wenn sie es unterließ. »Im Besitz des Opfers war eine CD, die meiner Meinung nach ihr Mörder aufgenommen hat. Auf jeden Fall den letzten Teil.«

Sie sah Jamie noch einmal an. »Computer, die letzten beiden Sequenzen der CD-Kopie mit dem Aktenzeichen M-23901.«

Einen Augenblick ...

8

Polizisten sahen im Zuge ihrer Arbeit vieles, was sonst kein Mensch sah. Was niemand sehen sollte. Sie wurden mit den allerschlimmsten Dingen konfrontiert, und Eve wusste, dass die Mitglieder des Teams, die hier in ihrem

Arbeitszimmer saßen, für gewöhnlich beim Anblick des größten Grauens nicht einmal mit der Wimper zuckten.

Doch jetzt sagte niemand auch nur einen Ton, sie hatte das Gefühl, als hielte ihre Truppe angesichts des Films, der auf dem Bildschirm lief, kollektiv den Atem an.

Von ihrem Platz aus sah sie, dass der junge Jamie vor sich auf den Boden starrte und dass Peabody, als er sichtlich erschauderte, tröstend seine Hand ergriff. Seine Knöchel traten weiß hervor, wahrscheinlich hielt er Peabodys Hand wie in einem Schraubstock fest umklammert, aber sie verzog noch nicht einmal das Gesicht.

Dank dieser Berührung schaffte es der Junge schließlich, wieder aufzublicken und mit ausdrucksloser Miene zu verfolgen, wie der Alptraum seiner toten Freundin weiterging.

Er würde zweifelsohne ein guter Cop, überlegte Eve. Bei Gott, er würde einmal ein wirklich guter Cop.

Selbst als der Bildschirm schwarz wurde und die grässliche Musik erstarb, herrschte weiter Totenstille in dem Raum.

Schließlich baute Eve sich am Kopfende des Tisches auf. »Er wird dafür bezahlen.« Ihre Stimme verriet kalten Zorn, und genau den brauchten sie und alle anderen jetzt. »Ich will, dass das jeder hier in diesem Zimmer nicht nur glaubt, sondern mit Bestimmtheit weiß. Er wird für das bezahlen, was er Deena MacMasters erleiden lassen hat.« Eve atmete tief durch, bevor sie fortfuhr.

»Sie war sechzehn Jahre alt. Sie hat Musik geliebt. Sie war schüchtern, eine gute Schülerin und hatte einen kleinen, netten Freundeskreis. Sie hatte Hoffnungen und Ideale und wollte dazu beitragen, dass die Welt ein bisschen schöner wird. Sie war noch Jungfrau, auch das hat er gnadenlos zerstört. Er hat ihr Leben, ihre Hoffnungen und ihre Ideale auf brutale Art vernichtet. Vorher hat er sie noch gezwungen, dem Vater, den sie liebte, vorzuwerfen, dass er an dem, was ihr passiert, schuld wäre und dass sie ihn dafür hasst. Bisher gibt es keinen Grund, den Vater diese Worte hören oder das, was wir gesehen haben, ansehen zu lassen. Über den Inhalt dieser Diskette wird mit keinem Menschen außerhalb des Teams gesprochen, solange es keine andere Anweisung von meiner Seite gibt.« Eve machte eine kleine Pause.

»Gibt's noch irgendwelche Fragen?«

Noch immer brachte niemand einen Ton heraus.

»Feeney, du und deine Leute werdet die Diskette eingehend analysieren und weiter versuchen, die Festplatte zu reparieren. Ich brauche sämtliche Dateien, Mails, Notizen, alles, was das Opfer im April in seinen Computer eingegeben hat. Sämtliche Recherchen, die sie durchgeführt, und alles, was sie aufgerufen hat, seit sie dem großen Unbekannten zum ersten Mal begegnet ist. Vielleicht hat sie Sachen gelöscht oder Daten im Zusammenhang mit dieser Begegnung irgendwie chiffriert. Wir wissen, dass ihr Mörder nichts gefunden hat, denn sonst hätte er etwas gelöscht. Vielleicht haben wir ja mehr Glück als der Kerl.«

Sie streckte ihre Hand nach ihrem Kaffeebecher aus. »Baxter, Sie und Trueheart hören sich noch einmal bei den Nachbarn um. Wahrscheinlich hat der Killer das Haus und die Umgebung vor Samstag oder sogar schon vor der ersten Begegnung mit Deena ausspioniert. Finden Sie jemanden, der einen attraktiven, ungefähr neunzehnjährigen Jungen dort gesehen hat. Vielleicht in einem Internet-Café, einem Drugstore oder einem Supermarkt. Ich habe hier eine Liste der Orte, an denen sich das Opfer regelmäßig aufgehalten hat. Klappern Sie die alle ab.«

»Zu Befehl, Ma'am.«

»Ich selbst gehe MacMasters' Fälle durch. Die Namen, auf die ich bisher gestoßen bin, scheinen nicht zu passen, aber trotzdem werden wir die Kerle überprüfen. Wenn Sie mit der Befragung der Nachbarn fertig sind, fangen Sie damit an.«

Sie griff nach einer Akte und einer Diskette und hielt ihm beides hin. »Ich werde veranlassen, dass Ihnen jemand dabei hilft.«

»Warum lassen Sie uns nicht selbst jemanden suchen? Wir setzen einfach einen der Kollegen darauf an, der gerade mit nichts anderem beschäftigt ist.«

»Okay. Dann überlasse ich das Ihnen. Peabody und ich fahren jetzt zu dem Park, in dem das Opfer seinem Killer angeblich zum ersten Mal begegnet ist. Danach treffen wir uns hier mit MacMasters und gehen noch einmal mit ihm zusammen seine Fälle durch.«

»Verbindungen«, erklärte sie. »Wir suchen nach Verbindungen zwischen MacMasters und dem Killer, dem Killer und Deena, dem Killer und einem Zeugen, einem Opfer, einem Täter, einem Verdächtigen oder sonst einem Menschen von Interesse, dessen Name in MacMasters' Akten steht. Falls wir nicht den Killer selber darin finden, dann auf jeden Fall jemanden, der ihm wichtig ist. Wir werden die Verbindung finden.«

»Wenn der Killer selber in den Akten ist«, warf Baxter ein, »sollte er aufgrund seines Alters leicht zu finden sein. Selbst wenn er jünger aussieht, als er ist, kann er doch höchstens Mitte, Ende zwanzig sein, wenn er für neunzehn durchgegangen ist. Könnte jemand sein, den MacMasters im Zusammenhang mit irgendwelchen Drogen hochgenommen hat.«

Jamie schüttelte den Kopf. »Das passt ganz einfach nicht. Wenn der Kerl ein Junkie wäre, hätte Deena das gemerkt und sich von ihm ferngehalten. Denn sie kannte sich mit diesen Dingen aus und hätte sich nie mit einem solchen Typen eingelassen.«

»Das sehe ich genauso«, stimmte Eve dem Jungen nickend zu. »Vor allem würde jemand, der länger im Knast gesessen hat, nie wie ein blitzsauberer, junger Mann auf die Tochter eines Polizisten wirken. Trotzdem gehen wir der Sache nach und lassen nichts und niemanden in diesen Akten aus.«

Sie machte eine kurze Pause, drückte dann aber den nächsten Knopf. »Jamie, ich glaube, dass du diesen Kerl schon einmal irgendwo gesehen hast oder ihm zumindest schon einmal irgendwo begegnet bist.«

»Was? Warum denn das? Wo sollte das gewesen sein?«

»Du kennst einen gewissen Darian Powders.«

»Dar, na klar.« Sein bisher verwirrter Blick machte einem Ausdruck ehrlichen Entsetzens Platz. »Sie glauben doch wohl nicht, dass Darian ...«

»Er ist sauber«, beeilte sich Eve, Jamie zu versichern. »Aber meiner Meinung nach ist er ein Bindeglied. Sein Studentenausweis wurde gestohlen, höchstwahrscheinlich während der Silvesterparty, die in seinem Wohnheim stattgefunden hat. Du warst auch dort.«

»Ich ... ja. Dar und Coby wissen, wie man Partys schmeißt. Ich kenne die beiden, weil ich ein paar Kurse mit ihnen zusammen hatte. Die Party an Silvester war echt der totale Hit.« Doch mit einem Mal bekam er einen harten Blick, und Eve hatte den Eindruck, dass die dunklen Ringe unter seinen Augen noch ein wenig dunkler wurden als bisher. »Er war dort? Wollen Sie etwa sagen, dass der Kerl, der Deena umgebracht hat, dort gewesen ist?«

»Wenn meine Vermutung stimmt, war er zumindest lange genug dort, um Powders den Ausweis zu klauen.«

»Aber Deena kannte Dar auch, zumindest vom Sehen. Auf alle Fälle gut genug, um ihn zu erkennen. Wenn dieser Kerl seinen Ausweis verwendet und sie ihn gesehen hat … er hat ihn kopiert«, stellte er plötzlich angewidert fest. »Wenn er gut ist und Zugriff auf das richtige Equipment und die richtigen Programme hat, hätte er den Ausweis kopieren und dabei sein eigenes Foto und seine eigenen Daten eingeben können.«

»Wobei viele Daten übereinstimmen sollten«, warf McNab stirnrunzelnd ein. »Weil eine Kopie nur dann noch echt erscheint, wenn es möglichst wenige Veränderungen darin gibt.«

»Uni und Geburtsdatum hat er also wahrscheinlich beibehalten«, fuhr Eve fort. »Wahrscheinlich auch die Größe und Statur. Er muss den Campus und die dortige Routine kennen, vielleicht hat er dort studiert oder gearbeitet. Die Verbindung nach Columbia war ein geschickter Schachzug, um Deenas Vertrauen zu gewinnen. Du bist dort am College, Jamie, Deena selber hatte vor, dorthin zu gehen, und sie kannte Darian oder zumindest seinen Namen. Er musste den Ausweis sicher öfter zeigen, wenn er mit ihr ins Kino oder sonst wie ausgegangen ist. Du musst nachdenken, Jamie, musst versuchen, dich an diese Party zu erinnern. An die Tage vor der Party und danach. Vielleicht fällt dir irgendjemand ein, der sich sehr im Hintergrund gehalten hat. Der sich unter die Gäste gemischt, sich aber nicht viel unterhalten hat. Er wollte nicht auffallen, wollte keinen bleibenden Eindruck hinterlassen.«

»Die Bude war gerammelt voll. Ich kannte nicht einmal die Hälfte der Leute, die dort waren. Ich …«

»Er war bestimmt nicht lange dort, aber lange genug, um dich zu beobachten und zu gucken, ob auch Deena auf der Party war. Ihm ging es dabei einzig ums Geschäft. Er wollte keine Party feiern, sondern hatte einen ganz bestimmten Grund, aus dem er sich dort aufgehalten hat.«

»Ich werde versuchen, mich zu erinnern. Okay, ich werde es versuchen.«

»Sicher war er auch an anderen Orten, an denen du warst. In irgendwelchen Clubs, der Bibliothek, der Mensa, einem Internetcafé. Du hast ihn wahrscheinlich gar nicht registriert. Weil er nur ein Gesicht in der Menge für dich war. Versuch trotzdem, dich an alle Gelegenheiten zu erinnern, bei denen du zwischen Januar und April mit Deena zusammen warst. Lass es dir durch den Kopf gehen, und gib mir Bescheid, wenn dir irgendetwas einfällt. Ganz egal, wie unwichtig es dir vielleicht erscheint.«

»Okay.«

»Dann sollten wir uns langsam an die Arbeit machen«, meinte Eve.

Als der Raum sich leerte, trat Commander Whitney auf sie zu. »Wenn Sie nichts dagegen haben, wäre ich gerne dabei, wenn Sie mit MacMasters sprechen.«

»Es spricht nichts dagegen, Sir.«

»Dann treffen wir uns nachher wieder hier. Bis dahin geben Sie mir bitte etwas zu tun.«

»Sir?«

»Ich bin immer noch ein Cop und habe auch das Recherchieren nicht völlig verlernt«, schnauzte er sie an, schien sich dann wieder zu fangen, wischte seine Worte mit einer Handbewegung weg und fuhr ruhiger fort. »Ich kann Laufarbeiten übernehmen, irgendwo an Türen klopfen, Wahrscheinlichkeitsberechnungen anstellen, eine Spur verfolgen. Sie sind die Ermittlungsleiterin. Also sagen Sie mir, was ich machen soll.«

»Äh …« Der plötzliche Rollenwechsel brachte sie ein wenig aus dem Gleichgewicht. Whitney war derjenige, der die Befehle gab. Aber es war klar, dass ihm das jetzt nicht reichte. Dass er aktiv an ihren Ermittlungen beteiligt werden wollte. Weil es schließlich um die Tochter eines Polizisten ging. »Ich habe eine vorläufige Liste möglicher Verdächtiger, deren Namen in MacMasters' Akten stehen. Aber offen gestanden, Sir, glaube ich nicht, dass unser Täter dort zu finden ist.«

»Trotzdem müssen wir die Spur verfolgen. Lassen Sie mich das ruhig tun.«

»Der Großteil dieser Arbeit kann vom Schreibtisch aus erledigt werden. Falls Ihnen dabei eine Person ins Auge fällt …«

»Ich weiß noch, wie man so was macht. Ich suche mir einfach einen Tisch hier in der Nähe und mache mich sofort ans Werk.«

Sie zögerte einen Moment. »Sie können gerne mein Büro und meinen Schreibtisch hier benutzen, Sir.«

Ein Hauch von Belustigung blitzte in seinen Augen auf. »Ich weiß auch, dass einem sein Büro und sein Schreibtisch heilig sind. Vielleicht gibt es ja noch einen anderen Ort in diesem Haus, an dem ich mich einrichten kann.«

»Auf jeden Fall. Ich werde Summerset sagen, dass er sich darum kümmern soll.« Sie drückte ihm ein paar Disketten in die Hand. »Das ist wahrscheinlich alles, was Sie brauchen. Peabody und ich sind spätestens um neun zurück.«

»Waidmannsheil«, wünschte er ihr und wandte sich der Tafel an der Wand des Zimmers zu.

»Am besten teilen wir uns auf«, sagte Eve zu ihrer Partnerin. »Gehen in verschiedene Gegenden des Parks und zeigen das Bild des Opfers jedem Jogger, Hundesitter, Kindermädchen, Obdachlosen, Exhibitionisten, jedem Kind und jedem Tattergreis.«

»Irgendwer wird sich bestimmt an sie erinnern, weil sie schließlich regelmäßig dort gelaufen ist. Bei ihm ist es wahrscheinlich anders«, bemerkte Peabody.

»Irgendjemand hat auch ihn und sie beide zusammen bei dem ersten Treffen gesehen. Er hat zwei Monate gewartet, bis er sie ermordet hat. Die Erinnerungen der Menschen verblassen mit der Zeit. Aber wir werden die Leute dazu bringen, sich noch einmal darauf zu konzentrieren, wie er ausgesehen hat.«

Sie blieb am Fuß der Treppe stehen, wo der knochige Summerset mit dem fetten Galahad zu seinen Füßen auf sie wartete. In dem schwarzen Anzug und mit seinem völlig ausdruckslosen, ausgemergelten Gesicht sah er wie ein lebender Toter aus.

»Commander Whitney wird von hier aus arbeiten und braucht deswegen ein Büro.«

»Ich werde ihm eins zur Verfügung stellen.«

War das alles?, fragte sie sich. Kein verächtlicher Blick und kein herablassender Satz? Sie wollte gerade das Gesicht verziehen, weil der Blödmann es nicht tat, doch dann wurde ihr klar, dass er wusste, dass ein junges Mädchen so wie einst sein eigenes kleines Mädchen vergewaltigt, schwer misshandelt und ermordet worden war.

Deshalb hatte er die verächtlichen Blicke zumindest vorübergehend eingestellt.

»Captain MacMasters kommt um neun«, fuhr sie mit derselben ruhigen Stimme fort. »Wenn ich bis dahin noch nicht wieder zurück bin, können Sie ihn in mein Arbeitszimmer bringen und den Commander informieren.«

»Verstanden. Ihr Wagen steht schon vor dem Haus.«

Sie nickte und trat in den wunderschönen, milden Vormittag hinaus. Wenn Deena diesem Jungen, der sich ihr als David vorgestellt hatte, niemals begegnet wäre, liefe dann auch sie an diesem warmen Sommermorgen in den Park? Liefe sie dann vielleicht schon im Rhythmus der Musik, die in ihren Ohren spielte, den gewohnten Weg hinab?

Würde sie tief Luft holen und kraftvoll wieder ausatmen, während sie den nächsten ganz normalen Tag in Angriff nahm?

Eve glitt hinter das Lenkrad ihres Wagens und fuhr Richtung Tor.

»Wie hält sich Jamie?«, erkundigte sie sich bei Peabody. »Ich muss wissen, ob ich die Erwartungen an ihn vielleicht ein bisschen runterschrauben muss.«

»Ich glaube, er hält sich wirklich gut. Natürlich ist es schwer für ihn«, fügte ihre Partnerin hinzu. »Aber trotzdem hält er sich echt gut. Er hat gestern Abend sehr viel von ihr erzählt. Das ist gut für ihn, und vor allem hat es das Bild, das ich selber von ihr habe, komplettiert. Oder mir auf jeden Fall gezeigt, wie Jamie sie gesehen hat.«

»Hat er denn ein anderes Bild von ihr als Sie?«

»Es ist ein bisschen anders, ja. Er hat sie nicht wirklich als Mädchen, als weibliches Wesen, sondern eher als guten Kumpel angesehen. Und ich frage mich, ob es ihr wohl genauso ging oder ob sie das möglicherweise eher frustrierend fand. Es kann nämlich echt ätzend für ein Mädchen sein, wenn ein Junge sie einfach als guten Kumpel sieht.«

Peabody rutschte auf ihrem Sitz herum und beugte sich ein wenig zu Eve vor. »Ich frage mich, ob es für sie vielleicht normal war, dass sie für die Jungen eher ein Kumpel war. Nicht das Mädchen, dem die Kerle hinterhersehen und mit dem sie zusammen sein wollen.«

»Bis sie diesem Kerl begegnet ist.«

»Ja. Er hat die junge Frau in ihr gesehen und wollte mit ihr zusammen sein oder hat auf alle Fälle so getan. Ich glaube, dass sie diesem Typen gegenüber deshalb anders war. Das passiert ganz einfach, wenn ein Mädchen sich in einen jungen Mann verliebt, vor allem in dem Alter und vor allem zum ersten Mal. Nach allem, was Jamie mir erzählt hat, glaube ich, dass sie zum ersten Mal richtig verliebt war. Dass es ihr zum ersten Mal mit einem Jungen ernst war, weshalb sie bestimmt ganz anders war als sonst.«

»Inwiefern anders?«, fragte Eve.

»Nun, nicht so schüchtern wie gewöhnlich – nicht, wenn sie mit ihm zusammen war. Denn er hat sie verdammt glücklich gemacht. Ein Mädchen in diesem Alter und mit ihrem Hintergrund, das von einem Collegestudenten angebaggert wird, fühlt sich unglaublich geschmeichelt und ist gleichzeitig entsetzlich aufgeregt. Sie wäre bereit gewesen, alles zu tun, was er von ihr verlangt, überall mit hinzugehen, wo er hingehen will, und zu glauben, dass ihr alles, was er mag, auch gefällt. Sie hat sich bestimmt bemüht, das Mädchen zu sein, von dem sie dachte, dass es ihm gefällt. Ich nehme an, das war eine der Arten, auf die er sie dazu gebracht hat, ein solches Geheimnis aus der Angelegenheit zu machen, dass sie nicht einmal ihrer besten Freundin groß etwas verraten hat.«

»Wenn sie ihm nicht gleich gefallen hätte, hätte er sich ja wohl kaum an sie herangemacht«, wandte Eve ein.

»Dieser Satz ist logisch und verrät ein Selbstbewusstsein, das ein junges Mädchen, das zum ersten Mal verliebt ist, ganz einfach nicht hat. Denken Sie doch nur einmal daran zurück, wie Sie selber in dem Alter waren.«

»Ich hatte mit sechzehn keine Jungs im Kopf. Mir ging es alleine darum, aus dem Waisenhaus zu kommen und auf die Polizeiakademie zu gehen.«

»Sie wussten schon mit sechzehn, was Sie einmal werden wollten?« Der Gedanke war für Peabody beinahe unvorstellbar. »Ich war damals besessen von Musik, irgendwelchen Filmstars und January Olsen.«

»January Olsen?«

»Einem wirklich süßen Jungen, in den ich damals verschossen war.« Sie stieß einen wehmütigen Seufzer aus. »Ich habe mir vorgestellt, mit ihm zusammenzuleben, zwei prächtige Kinder großzuziehen und nebenher noch irgendwas Bedeutendes zu leisten, was die Welt ein bisschen besser macht. Nur wusste er wahrscheinlich nicht einmal, wie ich heiße, und hat mich auch leider kaum je wirklich angesehen. Dann hatten Sie also keinen January Olsen?«

»Nein. Was heißt, dass es mir nicht so leicht wie Ihnen fällt, wie Deena zu denken.«

»Nun ... ich schätze, dass ich selbst mit sechzehn in mancher Hinsicht ganz ähnlich wie Deena war. Ziemlich schüchtern, gegenüber Jungs ein bisschen unbeholfen, auch wenn ich für viele offenbar ein guter Kumpel war. Ich hatte auch die Absicht, später irgendwas zu machen, was den Menschen hilft. Was Deenas Aussehen betrifft, war ihrer Mutter und der Nachbarin aufgefallen, dass sie plötzlich stärker darauf geachtet hat. Ein eindeutiges Zeichen dafür, dass es einen Kerl in ihrem Leben gab.«

Peabody fing an, die Punkte an den Fingern abzuzählen. »Erstens hat sie sich schmink- und kleidungstechnisch auf den neusten Stand gebracht. Zweitens hing sie seltener mit Jamie ab, was ihm jedoch jetzt erst aufgefallen ist. Da er mit seinem Studium und den Freunden vom College bereits ziemlich ausgelastet ist, hat er nicht weiter darüber nachgedacht, als sie ihm mehrmals einen Korb gegeben hat, wenn er mit ihr Pizza essen oder irgendeinen Film im Kino sehen wollte. Offenbar bauchte sie Zeit für diesen Typen, die dann für ihre anderen Freundinnen und Freunde nicht mehr zur Verfügung stand.« Peabody überlegte.

»Folglich komme ich zu meinem dritten Punkt. Sie hat sich etwas von ihren anderen Freunden distanziert. Einerseits hat sie sich sicherlich gewünscht, dass sie diesen Typen kennenlernen und sympathisch finden, aber andererseits hatte sie sicher auch ein bisschen Angst. Denn möglicherweise hätten sie ihn nicht gemocht. Deshalb hat sie ihn erst einmal nur für sich behalten und sich dieses potenzielle Drama kurzerhand erspart.«

»Klingt entsetzlich kompliziert.«

Peabody nickte weise mit dem Kopf. »Es ist Himmel und Hölle zugleich, ein Teenager zu sein. Gott sei Dank ist diese Zeit begrenzt.«

Sie selber hatte nicht als Teenager, sondern bereits viel eher die Hölle durchgemacht. Trotzdem verstand Eve, worum es ging.

»Sie fing also an, Heimlichkeiten vor den anderen zu haben.«

»Sie hat in gewisser Weise rebelliert. Wenn auch eher im Stillen«, fügte Peabody hinzu. »Außerdem hat Jamie sicher recht, wenn er behauptet, dass der Typ bestimmt kein Junkie ist. Denn das hätte sie gemerkt. Und diese Art der Rebellion hätte einfach nicht zu ihr gepasst. Ich glaube nicht, dass er sich irrt.«

»All das sagt uns, was für eine Art von Maske er getragen hat. Nicht, was darunter war. Inzwischen hat er die Maske abgenommen. Weil er sie jetzt nicht mehr braucht.«

Sie stellte ihr Gefährt ins Parkverbot und schaltete das Blaulicht an.

»Es ist noch schlimmer als bei Coltraine.«

Eve stieg aus und wartete schweigend ab, bis Peabody um die Kühlerhaube des Gefährts gekommen war.

»Wir haben Coltraine gekannt.« Peabody sah Eve unglücklich aus ihren dunklen Augen an. »Sie war eine von uns. Sie war Morris' Frau. Ich hätte nicht gedacht, dass mir jemals wieder irgendetwas derart zu schaffen machen würde wie die Arbeit an dem Fall. Aber das hier? Deena war die Tochter eines Polizisten, sie war beinahe noch ein Kind, und ich habe sie ebenfalls gekannt. Das alles macht es für mich schwieriger.«

»Das ist ihm bewusst«, erklärte Eve. »Er weiß, dass so etwas für uns das Allerschlimmste ist. Genau das will er auch, deshalb hat er das alles extra noch gefilmt. Jetzt schwebt er bestimmt im siebten Himmel, denn er bildet sich wahrscheinlich ein, er käme damit durch. Aber wir werden ihn wieder auf die Erde holen, denn wir werden ihn zur Strecke bringen und ihm so beweisen, dass er ein totaler Loser ist.«

»Ja. Okay.« Peabody ließ ihre Schultern kreisen. »Ich schätze, damit wollen Sie mich aufmuntern.«

»Ich stelle einfach Tatsachen fest, sonst nichts. Gehen Sie nach Norden und ich laufe Richtung Süden los.«

Der Tag war wie geschaffen für einen Spaziergang, dachte Eve. Weiße Wattewölkchen schwebten schwerelos an einem makellosen, strahlend blauen Himmel, die Luft war süß vom Duft der Blumen und blühenden Büsche, deren Namen sie nicht kannte, deren Anblick aber trotzdem eine Freude war. Leuchtend grünes Gras dehnte sich wie ein Teppich unter majestätisch hohen Bäumen aus, die zusammen mit den Büschen eine dichte Trennwand bildeten, durch die der Großstadtlärm, das Tempo und die Hektik draußen keinen Zugang zu der ruhigen, grünen Welt des Parks fanden.

Unter einer hübsch geschwungenen Bogenbrücke schimmerte ein kleiner Teich wie ein flüssiges Juwel, auf dessen glatter Oberfläche man das sanft verschwommene Spiegelbild der Bäume und der Wolken sah.

Leute saßen auf den Bänken, hoben Styroporbecher mit Heißgetränken an die Lippen, unterhielten sich, telefonierten oder tippten irgendetwas in ihre Handcomputer ein. Businessanzüge, Laufklamotten, Sommerkleider und die Lumpen irgendwelcher Bettler bildeten die verrückte Mischung, die auch für die Parks der Stadt so typisch war.

Kindermädchen und professionelle Eltern schoben Kleinkinder und Säuglinge in seltsamen Gefährten oder trugen sie in noch befremdlicheren Halterungen auf dem Rücken oder vor dem Bauch. Jogger mit Knöpfen in den Ohren, Kopfhörern und Fitness-Pods am Ärmel liefen in farbenfrohen Shorts oder hautengen Skinsuits, die ihre gebräunten Leiber vorteilhaft zur Geltung brachten, die Wege hinab.

Eve stellte sich Deena vor, wie sie über den braunen Pfad gelaufen war, während sich ihr Leben vor ihr ausgebreitet hatte wie die bunten Blumeninseln und das leuchtend grüne Gras. Bis sie bei einem gestürzten Jungen stehen geblieben war.

Da sie ihr am nächsten war, trat Eve vorsichtig auf eine Gruppe von Erwachsenen mit Kindern zu und hielt ihre Dienstmarke und Deenas Foto hoch.

»Polizei New York. Haben Sie dieses Mädchen schon einmal gesehen?«

Automatisch schüttelten die Angesprochenen die Köpfe, eins der Kinder, das vielleicht im Alter ihrer kleinen Patentochter Bella war, starrte sie aus ausdruckslosen Puppenaugen an und saugte heftig an dem Nuckel, der ihm in den Mund geschoben worden war.

»Vielleicht sehen Sie sich das Foto erst einmal richtig an«, schlug Eve den Frauen vor. »Sie ist mehrmals in der Woche morgens, ungefähr um diese Zeit, hier im Park gejoggt.«

Eine der Frauen, die ein winzig kleines, rundköpfiges Kind vor ihren Bauch gebunden hatte, beugte sich ein wenig vor. Eve musste sich zwingen, nicht vor ihr zurückzuweichen, als das Kleine seine Arme und die Beine schwenkte wie die Zeiger eines Metronoms.

»Ich bin schon seit Mai fast jede Woche zweimal morgens hier, aber sie ist mir nie aufgefallen. Was hat sie denn angestellt?« Sie bedachte Eve mit einem furchtsam-neugierigen Blick. »Dieser Teil des Parks soll, zumindest wenn es hell ist, sicher sein.«

»Sie hat nichts verbrochen. Wie sieht's mit allen anderen aus? Vielleicht ist sie im März oder April noch öfter hier gejoggt.«

Wieder schüttelten die anderen die Köpfe, aber eine Frau sah sich das Bild noch einmal genauer an.

»Haben Sie sie irgendwann einmal gesehen?«

»Ich bin mir nicht ganz sicher. Könnte sein. Aber nicht hier im Park. Nein, das war nicht hier.«

»Dann vielleicht hier in der Gegend«, hakte Eve hoffnungsvoll nach. »Auf der Straße oder in einem Geschäft. Vielleicht haben Sie sie ja sogar des Öfteren gesehen, wenn sie Ihnen bekannt vorkommt. Oder vielleicht haben Sie mit ihr gesprochen.« Sie warf einen Blick auf die beiden Kleinen, die zusammen in dem Wagen saßen, neben dem ihr Gegenüber stand. »Sie hatte Kinder gern. Gucken Sie sich das Bild noch einmal an.«

»Ich glaube ... ja. Natürlich. Das ist das Mädchen, das mir einmal geholfen hat.«

»Geholfen?«

»Ich hatte jede Menge Einkäufe dabei. Wissen Sie, die Frau, für die ich arbeite, denkt manchmal nicht daran, dass ich nur zwei Hände habe. Ich war mit beiden Jungs, dem kleinen Max und Sterling, unterwegs. Obwohl Sterling allein einen schon ganz schön stressen kann. Ich musste noch ein Kleid aus der Reinigung abholen, auf dem Markt einkaufen gehen und dann wollte sie noch Blumen. Lilien. Also habe ich die ganzen Sachen eingeladen und mit einem Mal fing Sterling an zu brüllen, als hätte ihm jemand ein Messer ins Ohr gerammt.« Sie lenkte ihren Blick auf eine der anderen Frauen, die verständnisvoll grinste.

»Also habe ich versucht, ihn zu beruhigen, und mit all dem Zeug jongliert, das nicht mehr in den Wagen passte, als urplötzlich dieses Mädchen nach mir rief und angelaufen kam. Dabei hat sie Mister Boos über ihrem Kopf geschwenkt.«

»Wen?«

»Mister Boos, Sterlings Teddybären. Sehen Sie?« Sie wies auf den Jungen in dem zweiten Sitz des Tandem-Buggys, der einen leuchtend blauen Teddybären mit zerzausten Ohren und schockiertem Gesichtsausdruck umklammert hielt und argwöhnische Blicke in Eves Richtung warf.

»Meiner!«, brüllte er und bleckte herausfordernd die Zähne.

Das Kindermädchen rollte mit den Augen. »Ohne seinen Mister Boos hat für ihn das Leben keinen Sinn. Er hatte ihn fallen gelassen oder weggeworfen, und ich hatte es nicht bemerkt. Also hatte sie ihn aufgehoben und brachte ihn in dem Moment, in dem auch Max anfing zu heulen, weil sein Bruder wie am Spieß brüllte, zu uns. Sie hat mich gefragt, ob sie mir helfen kann, und ich sagte, ich bräuchte nur sechs zusätzliche Hände oder etwas in der Art. Dann habe ich Sterling gesagt, dass er danke sagen soll, weil sie Mister Boos gerettet hat, und zu ihr gesagt, es wäre nur noch ungefähr ein Block, bis ich zu Hause wäre. Sie meinte, dass sie in dieselbe Richtung gehen und die Einkaufstasche tragen würde, wenn ich will. Das war wirklich nett von ihr.«

»Sie hat Sie also ein Stück begleitet.«

»Ja, sie ...« Die Frau, die offenbar einen Radar für Kinder hatte, fuhr herum und hob warnend einen Finger, ehe Sterling Mister Boos auf den Kopf von seinem kleinen Bruder krachen ließ.

Sofort ließ er den Teddy sinken, und während es in seinen Augen teuflisch blitzte, sah er sie mit einem engelsgleichen Lächeln an. Ob sie irgendwann wohl einmal dienstlich Jagd auf Sterling machen würde, wenn er älter wäre, überlegte Eve.

»Tut mir leid, er langweilt sich. Wo war ich stehen geblieben? Richtig, bei dem Mädchen. Sie hat mir die Einkäufe direkt bis vor das Haus getragen. Sie war wirklich höflich und echt nett. Die meisten Jugendlichen sehen einen gar nicht, wenn Sie wissen, was ich damit sagen will. Aber sie hat Sterling zum Lachen gebracht und mir erzählt, sie hätte Kinder wirklich gern. Und würde ab und zu bei einem Zwillingspärchen babysitten, deshalb wüsste sie, wie anstrengend es manchmal ist.«

»Wann war das?«

»Das weiß ich noch genau, weil ich am nächsten Tag Geburtstag hatte. Am fünften April.«

»War sie allein?«

»Oh ja. Auf dem Heimweg von der Schule, hat sie mir erzählt. Ich glaube, sie hatte einen Rucksack auf. Ganz sicher bin ich nicht. Aber ein paar Wochen später habe ich sie noch einmal gesehen. Vielleicht Anfang, Mitte Mai, genau kann ich das nicht mehr sagen. Es hat fürchterlich geregnet, und ich wollte mit den Kindern möglichst schnell nach Hause. Drüben in der Second Avenue, irgendwo zwischen der Fünfzigsten und Fünfundfünfzigsten, weil ich mit den Jungs zu einer Vorführung im Kindermuseum in der Gegend war. Eine Zaubershow.«

»Haben Sie da noch einmal mit ihr gesprochen?«

»Nein, wissen Sie, ich wollte möglichst schnell die Bushaltestelle erreichen, weil man mit dem Tandem-Buggy in den Maxibussen fahren kann, und wie gesagt, es hat geschüttet wie aus Eimern, wir waren bereits klitschnass, ich wollte nicht den ganzen Weg mit den beiden Jungs zu Fuß gehen. Trotzdem habe ich sie gesehen und ihr zugewinkt. Aber sie und dieser Junge sind einfach auf ein Airboard gesprungen und waren in null Komma nichts an uns vorbei.«

»Dieser Junge«, wiederholte Eve und spürte das bekannte Kribbeln im Genick.

»Sie war mit einem Jungen zusammen, und sie haben laut gelacht. Sie sah wirklich glücklich aus. Pudelnass, hat aber trotzdem über das ganze Gesicht gestrahlt.«

»Haben Sie auch den Jungen genauer gesehen?«

»Äh, nicht wirklich. Schließlich sind sie ziemlich schnell an uns vorbeigerauscht.«

»Trotzdem sind Ihnen vielleicht ein paar grundlegende Dinge an ihm aufgefallen. Wie groß, wie schwer, hell oder eher dunkel.«

»Himmel, so genau kann ich das nicht mehr sagen.« Sie fuhr sich mit einer Hand durchs Haar und biss sich auf die Lippe. »Er war größer als sie. Ich schätze, sie war ungefähr so groß wie ich, und er war größer. Ja, auf jeden Fall, denn sie ging ihm etwa bis zur Schulter, als sie auf das Brett gesprungen sind, hat ihm die Arme um den Bauch geschlungen und musste sich auf die Zehenspitzen stellen, damit sie ihr Kinn auf seine Schulter legen konnte. Das fand ich echt süß. Also, ich weiß nicht, aber ich würde sagen, er war etwa eins achtzig groß. Und schlank. Ich meine, er war weder dick noch besonders muskulös. Wie gesagt, es hat fürchterlich geregnet, deshalb klebte ihm das T-Shirt an der Brust. Er war weiß. Oder sah auf alle Fälle wie ein Weißer aus. Oh ja, er hat seine Baseballmütze abgenommen und ihr auf den Kopf gesetzt. Auch das war wirklich süß. Er hatte braunes Haar. Bräunlich, leicht zerzaust, ungefähr so lang«, sie hielt ihre Hand ein paar Zentimeter unter ihre Ohren.

»Was ist mit seiner Augenfarbe und seinen Gesichtszügen?«

»Wie gesagt, ich habe sie nur kurz gesehen. Nicht mal

eine Minute. Oh, er hatte eine Sonnenbrille auf. Aber das haben heutzutage ja fast alle Kids, selbst wenn es regnet, weil es einfach cool aussieht. Er war wirklich goldig. Ich dachte noch, dass es mich freut, dass sie einen so goldigen Freund hat, weil sie mir damals so nett geholfen hat.«

»Ist Ihnen sonst noch irgendetwas vielleicht an seinen Kleidern oder an dem Airboard aufgefallen? Trug er irgendwelchen Schmuck?«

»Keine Ahnung. Es ging alles furchtbar schnell.«

»Würden Sie mit einem Polizeizeichner zusammenarbeiten? Vielleicht fällt Ihnen dann doch noch etwas ein.«

Zum ersten Mal seit Anfang des Gesprächs wirkte sie ehrlich alarmiert, und die Frauen um sie herum brachen in aufgeregtes Murmeln aus. »Ich habe ihn kaum gesehen und meine Chefin ... außerdem möchte ich nicht, dass sie irgendwelche Schwierigkeiten kriegt. Sie hat mir echt geholfen. Sie ist wirklich nett.«

Eve wog ihre Möglichkeiten ab. Spätestens bis zum Nachmittag würde in den Medien über den Fall berichtet werden. Dann wüssten diese Frauen sowieso Bescheid. »Sie würden ihr dadurch helfen. Sie ist nämlich Samstagnacht ermordet worden.«

»Na, hören Sie mal. Das kann doch nicht sein.« Ihre Stimme wurde schrill, und die Kinder in dem Tandem brachen gleichzeitig in lautes Heulen aus. »Oh Gott.«

Sofort scharten sich die anderen Frauen um sie, strichen ihr über den Arm und zogen ihre Kinder oder ihre Chargen unwillkürlich noch etwas dichter an sich heran.

»Der Junge, den Sie mit ihr gesehen haben, könnte uns vielleicht Informationen geben. Deshalb ist es wichtig, dass wir ihn so schnell wie möglich finden.«

»Ach, ich weiß nicht, schließlich habe ich ihn kaum gesehen, und es hat stark geregnet. Aber sie war wirklich nett. Und sie war beinahe noch ein Kind.«

»Wie heißen Sie?«

»Marta. Marta Delroy.«

»Sie hieß Deena, Marta. Es war Deena, die Ihnen geholfen hat. Und jetzt können Sie sich revanchieren. Ich werde mit Ihrer Chefin sprechen.«

»Okay.« Aus einer von dem Dutzend Taschen an dem Buggy zerrte sie ein Taschentuch hervor. »Was muss ich tun?«

Nachdem Eve den Namen ihrer Chefin aufgeschrieben hatte, meldete sich auch noch eine andere Frau zu Wort.

»Sie haben gesagt, sie wäre öfter morgens ungefähr um diese Zeit hier im Park gejoggt? Dann sollten Sie vielleicht mit Lola Merrill reden, weil die nämlich beinahe jeden Vormittag hier läuft, seit ihre Tochter in den Kindergarten geht. Normalerweise kommt sie anschließend noch auf ein Schwätzchen hier vorbei. Eine große, blonde Frau mit einer fantastischen Figur. Wobei sie heute Morgen sicher schon gelaufen ist.«

»Danke«, meinte Eve, wandte sich zum Gehen, zog ihr Handy aus der Tasche, rief bei ihrem Lieblingszeichner an, damit er Marta übernähme, und wählte danach die Nummer ihrer Partnerin.

»Ich wollte mich gerade bei Ihnen melden«, meinte die. »Ich glaube nämlich, dass ich etwas habe. Eine Frau, die denkt, dass sie das erste Treffen von den beiden mitbekommen hat.«

»Groß, blond, fantastische Figur?«

»Meine Güte, können Sie jetzt auch noch hellsehen?«

»Nein, aber ich habe eine andere Zeugin, die sie mir beschrieben hat. Nehmen Sie Lolas Aussage auf, und dann soll sie so bald wie möglich auf die Wache kommen, damit Yancy ein Phantombild von dem Typen machen kann. Ich gebe ihm schon mal Bescheid. Halten Sie sie noch ein paar Minuten fest. Ich bin unterwegs.«

Sie rief noch einmal auf der Wache an, meldete eine zweite Zeugin an und lief dorthin, wo Peabody mit der Blondine sprach, deren wirklich prachtvolle Figur in ihrem leuchtend blau gestreiften, schwarzen Laufanzug besonders vorteilhaft zur Geltung kam.

»Lola Merrill?«

»Ja.«

»Ich bin Lieutenant Dallas, die Partnerin von Detective Peabody. Vielen Dank, dass Sie uns helfen wollen. Erzählen Sie mir, was Sie gesehen haben, und vor allem, wann genau das war.«

»Vor ein paar Wochen, wahrscheinlich Mitte April, weil man da um diese Uhrzeit noch etwas gefroren hat und die Osterglocken gerade am Erblühen waren. Ich habe das Mädchen mehrmals pro Woche gesehen. Sie war echt gut in Form und hatte eine super Kondition. Wir haben uns immer zugenickt oder gewinkt, wie man das so macht.«

Lola fing mit ein paar Dehnübungen für die Oberschenkel an. »Gesprochen haben wir beide nie. An dem Tag, von dem ich spreche, sah ich sie mit diesem Jungen. Einem wirklich hübschen Kerl. Sie saßen ein Stück neben dem Weg im Gras. Er hatte einen seiner Schuhe ausgezogen und rieb sich den Knöchel. Ich habe nicht extra Halt gemacht, weil sie ihm bereits half, und vor allem haben die beiden fröhlich miteinander gelacht.«

Sie richtete sich wieder auf und zog ihr Bein zur Dehnung der Streckmuskulatur in Richtung Po. »Also lief ich einfach weiter, und als ich zurückkam, waren die beiden nicht mehr da. Es war das erste und zugleich das letzte Mal, dass ich ihn dort gesehen habe, und wie ich schon Ihrer Partnerin erzählt habe, habe ich auch sie in letzter Zeit nicht mehr gesehen.«

»Können Sie mir sagen, wie er ausgesehen hat?«

Lola zuckte mit den Schultern. »Ich habe nicht allzu sehr auf ihn geachtet. Bei mir wurden gerade die Endorphine freigesetzt. Braunes, leicht zerzaustes Haar. Wie gesagt, echt hübsch. Er hatte gute Schuhe. Seine Schuhe sind mir aufgefallen. Weil mich so was interessiert.«

»Was für Schuhe waren das?«

»Anders Cheetahs – eine wirklich teure Marke. Weiß mit dem marineblauen Logo.«

»Was für eine Augenfarbe hatte er?«

»Er hatte eine Sonnenbrille auf. Viele Jogger haben Sonnenbrillen auf. Darüber eine Mütze. Eine Baseballkappe. Ja, das weiß ich noch genau. Oh, und ein Columbia-Sweatshirt. Ich war selbst dort auf dem College, deshalb habe ich das im Vorbeilaufen erkannt.«

Eve sah in Peabodys Gesicht dieselbe Befriedigung, die sie in diesem Augenblick empfand. »Ms Merrill ist bereit, mit dem Polizeizeichner zusammenzuarbeiten«, erklärte ihre Partnerin.

»Es ist irgendwie aufregend, aber ich habe keine Ahnung, ob ich Ihnen wirklich helfen kann. Schließich habe ich ihn kaum gesehen.«

Doch zumindest gut genug, sagte sich Eve, während sie wieder zum Ausgang gingen, dass ihr sein Haar, seine Schuhe, seine Kappe und das Sweatshirt aufgefallen waren. Falls sonst noch irgendetwas in ihrem Unterbewusstsein abgespeichert wäre, fände Yancy das heraus.

»Wir hatten Glück«, erklärte sie, während sie sich abermals hinter das Steuer ihres Wagens schwang. »Verdammtes Glück.«

»Verdammt riesiges Glück. Zwei Zeuginnen auf einen Schlag, und beide sind bereit, mit Yancy zusammenzuarbeiten.«

»Baseballmütze, Sonnenbrille – so wird die Beschreibung des Gesichts bestimmt nicht leicht. Diesbezüglich war er schlau, aber es war alles andere als schlau, dass er in so teuren Schuhen gelaufen ist. Wahrscheinlich dachte er, dass er mit diesen Tretern Eindruck auf sie macht. Mit seinem Sweatshirt hat er gleich eine Verbindung zu ihr hergestellt. Schließlich konnte er unmöglich davon ausgehen, dass jemand wie meine Zeugin sie zusammen drüben im East End sieht und sich mehr als zwei Monate später noch daran erinnern kann. Die Chance, dass wir diese Zeugin finden würden, war tatsächlich minimal.«

Peabody nickte. »Sicher. Vielleicht hat sie irgendjemandem erzählt, dass sie diesem Typen im Park begegnet ist und ihm geholfen hat. Aber danach hat er sie dazu gebracht, ein Riesengeheimnis aus allem zu machen, und ging sicher davon aus, dass niemand etwas von ihnen weiß. Weil er offenbar nicht weiß, wie Mädchen ihres Alters ticken und dass Deena gar nicht anders konnte, als der besten Freundin zu erzählen, dass da etwas zwischen ihnen lief. Auf alle Fälle haben wir es jetzt nicht mehr mit einem Geist, sondern mit einem Mann aus Fleisch und Blut zu tun.«

»Ungefähr eins achtzig groß, schlank, braunes Haar,

weiß, jung. Das ist noch nicht wirklich viel, aber mehr als wir vor einer Stunde hatten«, stimmte Eve ihr zu.

»Wenn Yancy mit den beiden Frauen fertig ist, haben wir bestimmt noch mehr.«

Eve bog in die Einfahrt ihres Grundstücks ein. »Während ich gleich mit MacMasters rede, fangen Sie schon einmal mit den Schuhen an. Schnappen Sie sich noch jemanden aus unserer Abteilung, damit der Ihnen dabei hilft. Jemanden, der nicht schon irgendetwas anderes macht. Ich wette, die Dinger waren brandneu und er hatte sie sich extra für das Treffen zugelegt. Außerdem fangen wir mit einer Befragung der Leute in der Gegend an, in der Marta die beiden gesehen hat. Gucken Sie, ob Sie rausfinden können, an welchem Tag es so geschüttet hat und die Zaubershow im Kindermuseum war. Dann haben wir den Tag, an dem sie sie gesehen hat. Lassen Sie jemanden Spielhallen, Musikkneipen und andere Läden in der Gegend abklappern, in denen Teenies abhängen.«

»Okay.«

»Sagen Sie Summerset, dass er Ihnen ein Zimmer geben soll.« Sie stellte ihren Wagen vor die Haustür und stieg aus. »Er wird nicht in der Gegend wohnen. Weil ihn schließlich niemand sehen und vielleicht sogar ansprechen sollte. Nicht, wenn er mit ihr zusammen war. Wenn sie zusammen waren, waren sie immer ganz allein.«

Sie betrat das Haus und wies wortlos mit dem Daumen auf die Partnerin, als Summerset erschien.

»Captain MacMasters wartet in Ihrem Büro. Commander Whitney ist bei ihm.«

Wortlos wollte sie nach oben in ihr Arbeitszimmer gehen, doch der Butler fügte noch hinzu: »Ihr Kleid ist fertig und wird heute noch geliefert.«

»Welches Kleid?«

»Ihr Kleid für Dr. Dimattos Hochzeit. Leonardo hätte gern, dass Sie es anprobieren für den Fall, dass noch irgendeine Kleinigkeit geändert werden muss.«

Eve öffnete den Mund, klappte ihn wieder zu, stieß dann aber ein leises Knurren aus. »Es passt sicher ausgezeichnet. Legen Sie es einfach dahin, wo Sie solche Sachen aufbewahren, wenn es kommt.«

Kleider, Anproben und Hochzeiten. Um Gottes willen. Sollte sie Louise anrufen und ihr sagen, dass das Kleid inzwischen fertig war?

Um Gottes willen, dachte sie erneut.

Dieser Anruf müsste warten. Zuerst würde sie mit einem Vater sprechen, dessen Kind ermordet worden war.

Alles andere hatte Zeit.

9

Als sie in ihr Arbeitszimmer kam, sah sie Deenas Vater an einem der Fenster stehen. Er blickte auf den Garten, doch sie wagte zu bezweifeln, dass er etwas von dem Grün, dem Blau und all den anderen leuchtend bunten Farben sah.

Er sah irgendwie kleiner aus als noch am Tag zuvor. Von der Last der Trauer gebeugt und vollkommen erschöpft. Könnte er sich trotzdem wie ein Cop verhalten? Wie ein Cop denken und die Dinge, über die sie sprechen müssten, aushalten, als gingen sie ihn nur beruflich etwas an?

Sicher war sie nicht.

Sie warf einen Blick auf den Commander, der neben

MacMasters stand. Seine Haltung drückte Unterstützung, Freundschaft und geteilte Trauer aus.

Doch sie müssten sich beide von ihrer Trauer distanzieren, um ihr zu geben, was sie brauchte.

Sonst hatte es keinen Sinn.

Sie betrat den Raum. »Commander. Captain.«

Beide Männer wandten sich ihr zu. Im Gesicht von Deenas Vater blitzte der bekannte Funken Hoffnung auf. Hinterbliebene, war ihr bewusst, brauchten Antworten.

»Haben Sie schon irgendwelche Fortschritte erzielt, Lieutenant?«

»Wir gehen verschiedenen Spuren nach«, erklärte sie und ging an der Tafel mit den Aufnahmen der toten Deena, die sie absichtlich im Zimmer hatte stehen lassen, vorbei auf ihren Schreibtisch zu. Er musste sich den Bildern stellen. Wie hatte Roarke es formuliert, als sie Morris eben diese Tafel hatte sehen lassen, nachdem die von ihm geliebte Frau ermordet worden war?

Dass er sehen würde, dass Coltraine im Zentrum des Geschehens stand. Dass Eves Augenmerk allein auf sie gerichtet war.

»Ich habe den Captain entsprechend unserer heutigen Besprechung auf den neuesten Stand gebracht.« Whitney sah sie reglos an. »Dadurch sparen Sie Zeit.«

»Ja, Sir. Trotzdem müssen wir ein paar der Punkte noch einmal ansprechen, aber erst möchte ich Ihnen sagen, dass wir heute Morgen auf zwei Zeuginnen gestoßen sind, die glauben, dass sie Deena zusammen mit dem Verdächtigen gesehen haben. Beide sind bereit, mit einem Polizeizeichner zusammenzuarbeiten, ich habe Yancy aufs Revier bestellt.«

»Zwei?« MacMasters' Stimme wurde schrill. »Zwei Menschen haben ihn gesehen?«

»Zwei voneinander unabhängige Zeuginnen glauben, dass sie Deena zusammen mit einem jungen Mann gesehen haben. Die bisherigen Beschreibungen der beiden stimmen überein. Setzen Sie sich, Captain.«

»Ich ...«

»Bitte.« Jetzt war er kein Cop, sondern ein Vater, registrierte Eve. Sie müsste versuchen, ihn auf eine Weise anzusprechen, die den Polizisten und den Hinterbliebenen erreichte, das wusste sie. »Ich werde Ihnen sagen, was ich weiß und was wir tun.«

Sie berichtete von den Vernehmungen der beiden Frauen im Park. »Der Zeitpunkt, an dem Merrill sie gesehen hat, stimmt mit dem Zeitpunkt überein, an dem sie sich aus unserer Sicht zum ersten Mal getroffen haben. Das Datum, an dem Delroy sie gesehen hat, deutet darauf hin, dass sie sich auch weiterhin getroffen haben, und zwar außerhalb ihres nach Ihren Aussagen sowie den Aussagen von Ihrer Frau und Deenas Freundinnen gewohnten Territoriums. Wissen Sie, ob Deena öfter in der East Side war?«

»Normalerweise nicht. Ihre Lieblingsläden und die Orte, an denen sie sich normalerweise aufgehalten hat, lagen näher an unserem Haus. Oder in der Nähe von Columbia.«

»Wir gehen davon aus, dass die beiden sich außerhalb dieses Bereichs getroffen haben, damit niemand etwas von ihrer Beziehung mitbekommt. Wir konzentrieren uns auf den Tag, an dem Delroy sie gesehen hat, und ich schicke gleich ein paar Beamte an den Ort, an dem sie ihr begegnet sind, damit sie Deenas Foto dort herumzeigen.«

Sie sah im Gesicht des Captains, wie erneut leise Hoffnung mit Verzweiflung rang.

»Vielleicht finden wir noch andere Zeuginnen und Zeugen, die uns dabei helfen, den Verdächtigen zu identifizieren. Falls jemand sie erkennt«, fuhr Eve mit ruhiger Stimme fort, »erinnert er sich vielleicht auch an ihn. Merrill, die in dem Bereich des Parks fast jeden Morgen ihre Runden dreht, hat ausgesagt, sie hätte Deena schon seit einer ganzen Weile nicht mehr dort gesehen. Dabei haben Sie und Ihre Frau gesagt, sie wäre regelmäßig dort gejoggt.«

»Ja. Sie … mehrmals in der Woche. Sie …«

»Vielleicht hat sie ihre Strecke verlegt, um sich mit dem Verdächtigen zu treffen.«

»Warum ist mir die Veränderung nicht aufgefallen?«, murmelte MacMasters. »Carol hat etwas bemerkt. Aber ich … ach, hätte sie es uns doch nur erzählt. Hätte sie doch nur …«

»Captain, meiner Meinung nach war dieser Mann sehr überzeugend und vor allem hatte er von Anfang an ein ganz bestimmtes Ziel.« War ihm das ein Trost, fragte sich Eve. »Er hat sie eingehend studiert, er hatte einen Plan, und er hat ihre Jugend und ihr Vertrauen ausgenutzt. Durch die tatsächliche oder vermeintliche Verbindung nach Columbia hat er gleich bei der ersten Begegnung eine Beziehung zu ihr hergestellt. Ich habe das Gefühl, dass sie ein Schlüssel zu dem Ganzen ist. Weil einer ihrer Freunde dort studiert, sie die Absicht hatte, nach Beendigung der Schule ebenfalls dorthin zu gehen, und sie, wenn auch vielleicht nur flüchtig, mehrere andere Studenten und Studentinnen der Uni kannte, die Freunde oder Freundinnen von Jamie sind.«

»Ja. Eine, wenn auch vielleicht eher angedeutete Verbindung zwischen ihm und Jamie hätte Deena ganz bestimmt dazu gebracht, ihm zu vertrauen. Und dass er anscheinend hilflos war«, fuhr MacMasters fort. »Dass er so getan hat, als wäre er verletzt oder hätte ein Problem. Weil sie ihm da sicher instinktiv ihre Hilfe angeboten hat.«

»Wir wissen, was der Mann getan hat, wie er dabei vorgegangen ist, und ich werde nachher noch mit Dr. Mira sprechen, damit sie mir ein Profil des Täters gibt. Aber über das Warum wissen wir bisher noch nichts. Unserer Meinung nach hat er sich aus einem ganz bestimmten Grund speziell an Deena herangemacht. Dieser Grund waren wahrscheinlich Sie, das heißt die Arbeit, die Sie tun.«

»Falls Sie Beweise dafür haben, dass der Mord an Deena mit einem von meinen Fällen in Verbindung steht ...«

»Ich gehe davon aus, dass es eine solche Verbindung gibt, aber bisher weiß ich nicht, um welchen Fall es geht.«

»Warum gehen Sie davon aus?« Seine Stimme und sein Blick verrieten abgrundtiefen Schmerz. »Wie soll ich damit leben, wenn es diesem Kerl um Rache ging, wenn sie meines Jobs wegen ermordet worden ist? Vor allem brauche ich keine Spekulationen, sondern Antworten.«

Dies war der schmale Grat, auf dem sie sich bewegen musste, und sie fuhr mit ausdrucksloser Stimme fort. »Sie müssen schon darauf vertrauen, dass die Ermittlungsleiterin, die Sie persönlich angefordert haben, und ihr handverlesenes Team alles Erforderliche unternehmen, um die Antworten zu finden. Innerhalb von weniger als vierundzwanzig Stunden haben wir zwei potenzielle Zeuginnen gefunden, die uns dabei helfen können, diesen Mann zu identifizieren. Wir haben eine solide Verbindung nach Columbia und möglicherweise zusätzliche Zeuginnen und Zeugen, die den Mann gesehen haben. Wir kennen den zeitlichen Ablauf des Geschehens, und das Fehlen von Spuren und DNA am Tatort sagt uns, dass die Tat kein spontanes Verbrechen aus Leidenschaft, sondern sorgfältig geplant war. Sämtliche Beamte, die in diesem Fall ermitteln, arbeiten mit ganzer Kraft.«

»Davon bin ich überzeugt.«

Er bewegte sich auf unsicherem Terrain, erkannte Eve. Doch wie sollte es auch anders sein? »Ich muss wissen, ob Sie in der Lage sind, Ihre Akten und auch Ihr Gedächtnis zu durchforsten und auf diese Weise daran mitzuwirken, die Verbindung zwischen der Tat und einem Ihrer Fälle herzustellen. Ich habe mir bereits die Akten der vergangenen drei Jahre angesehen und eine kurze Liste möglicher Verdächtiger erstellt. Von meinem Gefühl her ist der Täter nicht dabei, aber vielleicht sagt Ihr Gefühl etwas anderes.«

»Geben Sie mir die Namen.«

»Die bekommen Sie nachher. In dem Ordner mit den Drohbriefen, die Sie bekommen haben, finden wir ihn nicht.«

»Wie können Sie sich da so sicher sein?«

»Wir werden auch alle darin vorkommenden Namen durchgehen, das können Sie mir glauben«, versicherte ihm Eve. »Aber trotzdem kann ich Ihnen jetzt schon sagen, dass es keiner dieser Namen ist. Dadurch, dass man einem anderen droht, zieht man die Aufmerksamkeit auf sich, aber unser Mann hat sorgfältig vermieden, das zu tun. Wie oft haben in den letzten Jahren junge Männer zwischen achtzehn und Mitte bis Ende zwanzig Sie bedroht?«

»Die Namen finde ich mühelos für Sie heraus. Gangmitglieder, Drogendealer, Junkies ...«

»All das ist er nicht. Das hätte sie gemerkt.«

Sie ließ MacMasters Zeit, um kurz darüber nachzudenken, am Ende rieb er sich die Stirn und nickte mit dem Kopf.

»Ja. Sie haben recht. Das hätte sie gemerkt. Sie war vorsichtig. Sie war ...«

»Er ist clean«, fiel Eve ihm ruhig ins Wort, bevor er abermals in seinem Schmerz versank. »Er ist intelligent und, wenn er will, anscheinend ausnehmend charmant. Beide Zeuginnen haben ihn als süßen Jungen beschrieben. Als Jungen, Captain, nicht als Mann. Er hat Ihnen also sicher keine Drohbriefe geschickt. Vielleicht jemand, zu dem er eine Beziehung hat, aber ganz sicher nicht er selbst. Weil Sie diesen Jungen niemals festgenommen haben. Aber vielleicht seinen Vater, seinen Bruder, seine Mutter, seine Schwester oder seinen besten Freund. Für diese Art von Rache muss es um ein großes Ding gegangen sein. Um eine langjährige Haftstrafe oder vielleicht sogar um einen Todesfall im Zusammenhang mit einer Festnahme.«

Er fuhr sich mit den Händen durchs Gesicht. »Lieutenant, ich leite schon seit Jahren eine eigene Abteilung, bin fast nie mehr selber auf der Straße und ermittle auch kaum selbst in einem Fall, sondern überwache mehr die Arbeit, die die anderen tun. Das war mein eigener Wunsch. Ich helfe, koordiniere, gebe Ratschläge und habe seit Jahren kaum noch etwas anderes getan.«

»Aber Sie haben das Sagen und damit auch die Verantwortung. Das ist eine Tatsache, und so nehmen es die Leute wahr.«

»Damit wollen Sie sagen, dass jeder der Fälle, an denen meine Leute gearbeitet haben, der Grund für diese Tat sein kann.«

»Ja. Ich glaube, Sie hatten einen aktiven Anteil an dem Fall, standen dabei irgendwie im Blickpunkt oder wurden dafür irgendwie gelobt. Soweit wir bisher wissen, wollte er an keinem Ihrer Leute Rache nehmen, sondern hat seinen

Zorn ausschließlich gegen Sie gelenkt. Und er hat seine Rache verübt, kurz nachdem Ihre Beförderung bekannt gegeben worden ist.«

Er starrte sie entgeistert an. »Er hat sie getötet, weil man mich befördert hat?«

Unsicher, ob dadurch sein Entsetzen noch vergrößert oder eher neuer Kampfgeist in ihm wachgerufen würde, verpasste ihm Eve den nächsten Schlag. »Er hätte sie auf alle Fälle umgebracht. Tut mir leid, aber so ist es nun einmal.«

Er sprang von seinem Stuhl, stapfte Richtung Fenster und starrte hinaus.

»Fahren Sie fort, Lieutenant«, wies Whitney sie mit ruhiger Stimme an.

»Das Timing könnte dabei durchaus von Bedeutung sein. Sie wurden befördert, Captain, und Deena war eine gewisse Zeit allein im Haus. Das hat er ausgenutzt. Ich denke, Dr. Miras Meinung und Theorien werden uns sehr nützlich sein, aber bis ich mit ihr gesprochen habe, gehen wir die Sache folgendermaßen an: Für den Anfang gehen wir zehn Jahre zurück und fangen mit Todesfällen im Zusammenhang mit Verhaftungen und Todesfällen im Gefängnis an. Danach nehmen wir uns die Fälle vor, bei denen es im Rahmen irgendwelcher Festnahmen oder während der anschließenden Haftzeit zu schweren Verletzungen gekommen ist. Dann fahren wir mit den Lebenslangen fort.«

Sie machte eine Pause, als MacMasters weiter stumm aus ihrem Fenster sah, dann aber bedeutete ihr Whitney, dass sie weitersprechen sollte, und sie öffnete erneut den Mund.

»Es kann um keine Kleinigkeit gegangen sein. Man riskiert nur derart viel, plant nur derart sorgfältig und bringt nur einen Menschen um, wenn einem eine Sache wirklich wichtig ist. Wir suchen nach einer Verbindung zwischen einer großen Sache und einer Person in der Altersklasse unseres Verdächtigen.«

»Besorgen Sie mir die Namen«, forderte sie Deenas Vater nochmals auf, »und ich überprüfe sie. Jetzt sagen Sie mir spontan – fallen Ihnen irgendwelche Namen ein?«

Der Captain atmete erschaudernd ein. »Leonard und Gia Wentz. Sie hatten eine Drogenküche und haben das Zeug hauptsächlich von Minderjährigen verticken lassen, weil das den Handel auf den Schulhöfen und in den Spielhallen noch um ein Vielfaches gesteigert hat. Ich hatte vier Detectives auf die Sache angesetzt, im Januar haben wir die beiden hochgenommen. Leonard zückte eine Waffe und bei dem folgenden Schusswechsel wurden zwei meiner Männer verletzt. Er sitzt jetzt für fünfundzwanzig, sie sitzt für fünfzehn Jahre ein.«

»An den Fall kann ich mich noch erinnern. Aber Mitte Januar ist zu spät. Es kann kein Fall aus diesem Jahr gewesen sein. Denn da hatte der Kerl den Studentenausweis schon geklaut. Da hatte er die Tat wahrscheinlich schon geplant. Gehen Sie also noch ein Stück weiter zurück.«

MacMasters wandte sich vom Fenster ab und marschierte durch den Raum. »Meine Leute leisten gute Arbeit. Es ist wie der Versuch, die Flut zurückzuhalten, aber trotzdem leisten sie echt gute Arbeit, haben eine hohe Aufklärungsrate und führen die meisten Verhaftungen erfolgreich ohne irgendwelches Blutvergießen durch.«

»Überlegen Sie nicht zu viel, Captain. Und Sie brauchen sich auch nicht zu rechtfertigen für das, was Sie und Ihre Leute tun. Ich werde uns jetzt erst einmal einen Kaffee holen gehen.«

Eve ging in die angrenzende Küche und stieß einen leisen Seufzer aus. Es würde nicht funktionieren, dachte sie. Zumindest jetzt noch nicht. Er schaffte es ganz einfach nicht, als Cop zu denken. Aber weshalb sollte und, vor allem, wie könnte er das auch?

Sie bestellte den Kaffee und trug ihn in ihr Büro.

»Wir ruinieren Leben«, meinte sie. »Wenn man es mal aus der anderen Perspektive sieht, tut ein Typ ganz einfach, was er tut – vergewaltigt, tötet, stiehlt, dealt mit Drogen oder was auch immer. Dann kommen wir und hindern ihn nicht nur daran, sondern unternehmen darüber hinaus auch noch alles, was in unserer Macht steht, damit er hinter Gitter kommt. Dadurch verliert er seine Freiheit, sein Einkommen, vielleicht auch sein Zuhause oder die Familie, falls er eine hat, oder sogar sein Leben, wenn es echt beschissen läuft.«

Sie trank einen Schluck Kaffee und hoffte, ihre Sätze drängen zu MacMasters durch. »Wir haben sein Leben ruiniert. Wir sind verantwortlich. Sie sind verantwortlich. Denken Sie über die Leben nach, die Sie ruiniert haben. Versuchen Sie, es so zu sehen. Gucken Sie nicht Ihren Job, sondern die Resultate an. Aus der Sicht der anderen.«

»Okay.« Er hob seinen Becher an den Mund und sah ihr ins Gesicht. »Okay. Nattie Simpson. Buchhalterin mit einer hübschen, kleinen Wohnung in der Upper East Side, einem durchaus ordentlichen Einkommen, einem Mann und einem Kind. Trotzdem hat sie sich im Nebenjob als Drogendealerin versucht und die Bücher für das mittelständische Unternehmen, bei dem sie angestellt war, frisiert. Als wir diesen Laden hochgenommen haben, flog auch Nattie auf. Sie sitzt gerade das letzte von fünf Jahren in Rikers ab. Die nette, kleine Wohnung haben sie verloren, vor zwei

Jahren hat ihr Mann die Scheidung eingereicht, das Sorgerecht für ihren Jungen ging allein an ihn.«

»Und wie alt ist der?«

»Elf, zwölf? Ich weiß es nicht genau.«

»Damit ist er zu jung. Vielleicht hat sie ja noch einen Bruder oder einen Liebhaber. Wir sehen sie uns auf jeden Fall genauer an.«

MacMasters raufte sich das Haar, und dabei war ihm deutlich anzusehen, wie sehr er sich bemühte, sich zu konzentrieren. »Vielleicht war es ein Auftragsmord.«

»Das glaube ich nicht. Nennen Sie mir noch ein, zwei Namen, ja?«

»Cecil Banks. Ein echtes Schwein. Hat mit Zeus gedealt, jugendliche Streunerinnen von der Straße aufgelesen, von dem Dreckszeug abhängig gemacht und dann auf den Strich geschickt. Wir haben in dem Fall mit der Special Victims Unit zusammengearbeitet. Als wir versucht haben, den Laden auszuheben, ist er abgehauen. Sprang aus einem Fenster, verpasste die Feuerleiter und stürzte kopfüber aus dem vierten Stock. Jede Menge Leute haben gute Einkünfte und leichten Zugriff auf die Drogen und die Kids verloren, als der Kerl von uns aus dem Verkehr gezogen worden ist.«

»Wann war das?«

»Im September vor zwei Jahren.«

»Hat der Kerl Familie?«

»Ja. Genau. Zwei Frauen, Junkies, die beide behaupteten, mit ihm verheiratet zu sein. Wobei das in Wahrheit keine von den beiden war. Außerdem gab es noch einen jüngeren Bruder, der für ihn gedealt hat, aber statt in den Kahn in die Reha gewandert ist. Risso. Risso Banks. Er dürfte zweiundzwanzig, dreiundzwanzig sein.«

»Der Name ist in Ihrer Akte mit den Drohbriefen nicht aufgetaucht.«

»Ich war zwar bei der Festnahme dabei, habe diesen Einsatz aber nicht geleitet. Die beiden Frauen haben jede Menge Krach geschlagen, aber Angst gemacht hat mir das nicht. Und der Junge, Cecils Bruder? Hat wie ein Schlosshund geheult, was natürlich vor Gericht für ihn von Vorteil war.«

»Gut. Wir gehen der Sache nach. Und jetzt werde ich Ihnen sagen, was Sie weiter machen sollen. Immer, wenn Ihnen etwas einfällt, schreiben Sie es bitte auf, notieren die Daten und die wichtigsten Details und schicken es mir zu.«

»Lieutenant, wie groß ist die Wahrscheinlichkeit, dass es eine Verbindung zwischen der Ermordung meiner Tochter und mir selbst, beziehungsweise meiner Arbeit gibt? Das haben Sie doch sicher schon berechnet.«

Es gab keine Möglichkeit, den Schlag zu dämpfen. Es auch nur zu versuchen, wäre eine schändliche Beleidigung für ihn und für sein Kind. »Zum jetzigen Zeitpunkt und nach allem, was wir bisher wissen, beträgt die Wahrscheinlichkeit achtundneunzig Komma acht Prozent.«

Der Becher in seiner Hand fing sichtlich an zu zittern, während er sich kraftlos wieder in den Sessel sinken ließ. »Es ist besser, das zu wissen. Aber soll ich das auch ihrer Mutter sagen? Ich muss es ihr wahrscheinlich sagen, aber wie soll ich das tun? Wir planen gerade die Gedenkfeier für sie. Für Donnerstag. Das erscheint mir viel zu früh. Schon Donnerstag. Aber wir können schließlich nicht einfach … Ich werde Ihnen die Namen aufschreiben. Aber wie soll ich das ertragen?«

Jetzt brach er zusammen. Ihm dabei zuzusehen, zerriss

ihr regelrecht das Herz. Trotzdem blieb sie einfach stehen, als Whitney zu ihm ging, ihm sanft den Kaffeebecher aus der Hand nahm, auf den Tisch stellte und ihm mitfühlend über die Schulter strich.

Dann sah Whitney auf und bedeutete ihr stumm zu gehen.

Also trat sie in den Flur hinaus und lief ins Erdgeschoss. Sie wollte in den Garten, nur für einen kurzen Augenblick, denn sie brauchte dringend frische Luft.

Als Summerset ans Fußende der Treppe trat, war ihr offenbar noch etwas von dem Zorn und dem Mitgefühl mit Deenas Vater anzusehen, denn er stellte mit leiser Stimme fest: »Der Verlust von einem Kind trifft einen mehr als alles andere, und der Schmerz vergeht auch nicht. Ganz egal, auf welche Weise man sein Kind verliert, fragt man sich als Vater immer, was hätte ich tun können, was habe ich versäumt? Wenn das Kind ermordet worden ist, ruft das zusätzliche Fragen wach. Jede Antwort, die Sie Deenas Vater geben können, wird gleichzeitig schmerzlich und tröstlich für ihn sein, aber ohne Schmerz gibt es auch keinen Trost.«

»Keine der Antworten, die ich ihm heute geben konnte, hat ihn irgendwie getröstet.«

»Jetzt vielleicht noch nicht.«

Als er sich wieder zum Gehen wandte, setzte Eve sich einfach auf die Treppe, um sich ihre kurze Auszeit dort zu nehmen, wo sie gerade war.

Aber ehe diese Auszeit auch nur angefangen hatte, klingelte bereits ihr Handy, und sie klappte es mit einem Seufzer auf. »Dallas.«

»Lieutenant Dallas, hier ist Dr. Lapkoff von der Universität Columbia. Ich habe gestern Abend mit Ihnen und Ihrem Mann telefoniert.«

»Stimmt.«

»Ich wäre Ihnen dankbar, wenn Sie heute einen Augenblick in dieser Angelegenheit für mich erübrigen könnten.«

»Bei dieser *Angelegenheit* handelt es sich um den Mord an einem jungen Mädchen.«

»Das ist mir bewusst.« Lapkoffs Miene blieb vollkommen ausdruckslos. »Da Teile Ihrer Ermittlungen in meinem Umfeld stattfinden, würde ich gern mit Ihnen darüber sprechen. Dieses Institut wird in größtmöglichem Umfang mit Ihnen kooperieren, und ich wäre Ihnen dankbar, wenn Sie und Ihre Abteilung ebenfalls größtmögliche Rücksicht auf unsere Interessen nehmen würden.«

»Sind Sie gerade auf dem Campus?«

»Ja.«

»Ich bin in zwanzig Minuten da«, erklärte Eve, drückte auf den roten Knopf und wählte die Nummer ihrer Partnerin. »Wie sieht's bei Ihnen aus?«

»Diese Schuhe wurden in den letzten Monaten in rauen Mengen verkauft. Erst mal konzentriere ich mich auf die Läden in der Stadt und die Online-Shops.«

»Machen Sie damit weiter. Ich treffe mich erst mit der Präsidentin von Columbia und danach mit Mira. Wenn ich damit fertig bin, überprüfen wir ein paar der Namen, die MacMasters eingefallen sind. Entweder ich komme auf dem Weg dorthin noch einmal vorbei, um Sie abzuholen, oder ich rufe Sie an und sage Ihnen, wohin Sie kommen sollen.«

Sie drückte wieder auf den roten Knopf und kontaktierte Miras Sekretärin. »Richten Sie Dr. Mira von mir aus, dass ich nicht in ihre Praxis kommen kann und sie mich deshalb treffen soll.«

»Dr. Mira ist …«

»Ein wichtiges Mitglied des Ermittlungsteams. Der Commander hat diesen Ermittlungen höchste Priorität eingeräumt. Also richten Sie Ihrer Chefin aus, dass sie mich in einer Stunde auf dem Campus von Columbia treffen soll.«

»Das schafft sie nicht. Neunzig Minuten.«

»Neunzig Minuten«, bestätigte Eve und machte sich auf den Weg nach Morningside Heights, wo die wunderschöne, alte, ehrwürdige Universität Columbia lag. Sie parkte so nah wie möglich am Verwaltungstrakt und schaltete das Blaulicht und die Diebstahlsicherung des Wagens ein.

Sollte irgendein Idiot versuchen, ihre Kiste zu bewegen, würde ihm ein ordentlicher Schlag verpasst.

Studenten und Studentinnen lungerten gemütlich auf den Rasenflächen herum, saßen auf den Rändern hübscher Brunnen oder schlenderten gemächlich auf den Wegen zwischen den Gebäuden hin und her. Ihr Alter reichte von knapp zwanzig bis beinahe hundert, wobei einige der Älteren wahrscheinlich Angestellte waren. Andere jedoch bildeten sich durch Seniorenkurse weiter oder gingen einfach hobbymäßig irgendwelchen Studien nach.

Auch die Kleidung variierte. Man sah schicke Anzüge und schlabberige Cargohosen, Jeans und Miniröcke sowie jede Menge Baseballmützen und vor allem Sweat- und T-Shirts mit dem Logo der berühmten Universität.

Auf dem ausgedehnten Campus mit den sorgfältig gepflegten Rasenflächen und den prächtigen, alten Gebäuden hätte sich ihr großer Unbekannter problemlos unter alle diese Menschen mischen können. Wie der Central Park war das hier eine völlig eigene Welt, in der ein fremdes Gesicht nicht weiter auffiel. Vor allem nicht, wenn es so wirkte, als gehöre es dazu.

Er hatte ganz genau gewusst, was er hier wollte, und sich selbstbewusst bewegt. Hatte irgendwo im Gras oder auf einer Bank gesessen und die frische Luft genossen oder so getan, als läse er in einem Buch.

Hatte beobachtet. Genau, wie sie es selber gerade tat. Wollte ein Gefühl für den Rhythmus und die Atmosphäre dieses Orts bekommen.

Schließlich ging sie weiter bis zum Eingang des Verwaltungstrakts und hielt dem Wachmann ihre Marke hin. »Ich habe einen Termin mit Dr. Lapkoff.«

Nickend scannte er die Marke ein. »Sie hat Sie angemeldet und gesagt, dass ich Sie direkt zu ihr schicken soll.«

Er drehte seinen Kopf und beschrieb ihr knapp, aber präzise den Weg zu Lapkoffs Büro.

Das Gebäude wirkte äußerst elegant. Die Architektur und selbst die Luft, die Eve umgab. Die Innerstädtischen Revolten hatten kaum einem der älteren Gebäude auf dem Campus etwa anhaben können. Sicher gab es hier auch Zeichen von Moderne – Kameras, Alarmanlagen, bewegliche Campusführer. Aber diese Dinge waren sorgfältig versteckt, sodass sie die Atmosphäre von Gediegenheit und alter Tradition nicht störten.

Bevor sie das Büro erreichte, kam ein Mann von vielleicht dreißig in einem piekfeinen Anzug quer über den teuren Marmorboden direkt auf sie zu.

»Lieutenant Dallas?«, fragte er mit einem kaum hörbaren italienischen Akzent und bedachte sie mit einem Lächeln, das noch feiner als sein Anzug war. »Ich bin Dr. Lapkoffs Verwaltungsassistent. Sie hat mich gebeten, Sie direkt hereinzubitten.«

Er war durchaus attraktiv, ginge aber nie als unter zwanzig durch. Und mit seiner mokkaschwarzen Haut sah er ganz bestimmt nicht wie ein Weißer aus. Schade, denn der Assistent der Präsidentin hätte einen prima Kandidaten für sie abgegeben, dachte Eve.

»Wie viele Menschen arbeiten hier im Verwaltungstrakt?«, erkundigte sie sich.

»Jetzt im Sommer?«

»Nein, während des ganzen Jahrs.«

»Diese Information kann ich Ihnen auf jeden Fall besorgen. Neben mir hat Dr. Lapkoff noch einen persönlichen Assistenten sowie eine Sekretärin. Uns dreien sind ebenfalls noch Assistenten unterstellt und dann gibt es natürlich den Verwaltungsdirektor, dessen Angestellten und die Vizepräsidenten sowie deren Personal. Hier entlang.«

Er führte sie durch einen Empfangsbereich direkt ins Allerheiligste der Universität.

Eve hätte gedacht, dass dieser Raum noch eleganter und beeindruckender als der Rest des Hauses wäre, aber trotz der Größe und der würdevollen, alten Möbel wirkte er wie das Büro einer vielbeschäftigten Person. Er bot einen hervorragenden Ausblick auf den Campus, doch die Sitzecke bestand aus einer Reihe durchgesessener Möbel, deren Polster von der Sonne und der Zeit verblichen waren.

Was erheblich Eindruck auf Eve machte, waren all die Fotos und die Zeugnisse an einer Wand und die Frau, die hinter einem großen, mit Papieren übersäten Schreibtisch saß, sich jedoch bei ihrem Eintreten von ihrem Platz erhob.

Sie war eine stattliche Erscheinung, aber ihre ausdrucksstarken Züge wurden von den laserblauen Augen beinahe in den Hintergrund gedrängt.

Eve stellte sich vor, dass unter ihrem durchdringenden

Blick bereits mehr als ein aufsässiger Student, Dozent oder Geldgeber zusammengefahren war.

»Lieutenant, danke, dass Sie so prompt erschienen sind.« Als sie vor den Schreibtisch trat, tat sie das wie eine Frau, die nur selten einen Umweg machte, reichte Eve die Hand und bat ihren Assistenten: »Harry, würden Sie dem Lieutenant bitte einen Kaffee holen?«

»Nein, danke.«

»Nein? Dann können Sie gehen, Harry. Lieutenant.« Sie wies knapp auf einen Stuhl und nahm selber wieder auf dem Sitz der Macht hinter ihrem Schreibtisch Platz. »Wie ich hörte, haben Sie gestern Abend eins von unseren Wohnheimen besucht.«

»Das ist korrekt.«

»Ich habe Darian heute früh danach gefragt. Er hat Angst, dass er vielleicht in Schwierigkeiten ist, die Umstände Ihres Besuchs haben ihn ziemlich aus dem Gleichgewicht gebracht.«

»Mit mir hat er keine Schwierigkeiten. Aber die Umstände meines Besuchs hätten wahrscheinlich jeden aus dem Gleichgewicht gebracht.«

»Da haben Sie natürlich recht. Darian ist ein ausgezeichneter Student, der sich bisher höchstens irgendwelche Kleinigkeiten zu Schulden kommen lassen hat. Ich habe seine Akte heute Morgen eingehend studiert, weil mich die Tatsache, dass einer unserer Studenten missbraucht wurde, um ein derart schreckliches Verbrechen zu begehen, natürlich sehr betroffen macht. Wir haben die von Ihnen erbetenen Informationen für Sie zusammengestellt.«

»Das ist nett.«

Lapkoff lehnte sich zurück und sah Eve mit einem leisen Lächeln an. Es machte ihr Gesicht ein wenig weicher, doch ihr Blick blieb weiter kühl und klar. »Es stört Sie, dass ich Sie einbestellt habe, wenn ich es so formulieren darf. Das verstehe ich. Wir sind schließlich beide Frauen in einflussreichen Positionen, deshalb mögen wir es nicht, wenn uns jemand einbestellt.«

»Ich mag es noch viel weniger, wenn jemand ermordet wird.«

»Da haben Sie natürlich recht. Aber ich habe Sie nicht hergebeten, um meine Neugier zu befriedigen. Obwohl ich zugebe, dass mich der Cop von Roarke und von Jamie Lingstrom durchaus interessiert. Auch Jamies Werdegang verfolge ich mit einigem Interesse, denn er hat uns Roarke gebracht.«

Ihre durchdringenden, blauen Augen blitzten amüsiert. »Wenn ich das so sagen darf.«

»Roarke hat ebenfalls ein persönliches Interesse daran, was einmal aus Jamie wird.«

»Das habe ich bereits gehört. Darian hat mir erzählt, dass es eine Verbindung zwischen Jamie und dem Mädchen gab.« Sie legte ihren Kopf ein wenig schräg. »Eine weitere Gemeinsamkeit zwischen uns ist wahrscheinlich die Fähigkeit, anderen Informationen zu entlocken und zugleich möglichst diskret zu sein. Ich weiß Ihre Diskretion durchaus zu schätzen, Lieutenant, aber«, sie beugte sich wieder vor. »Dies hier ist für mich erheblich mehr als nur ein Job. Diese Universität und alles, was damit zusammenhängt, fallen in meinen Verantwortungsbereich und sind meine große Leidenschaft. Ich ziehe die offensichtliche Schlussfolgerung aus Ihren Ermittlungen, dass es vielleicht eine Verbindung zwischen dieser Universität und dem Tod von Deena MacMasters gibt. Was mich natürlich ziemlich stört.«

Sie machte eine Pause und schüttelte ungeduldig ihren Kopf. »Nein, das ist nicht richtig. Es regt mich vielmehr richtiggehend auf. Es liegt mir sehr viel daran, herauszufinden, ob es tatsächlich eine Verbindung zwischen der Person, die dieses Mädchen umgebracht hat, und Columbia gibt. Deshalb biete ich Ihnen jede erdenkliche Hilfe bei diesen Ermittlungen an.«

»Ich weiß Ihre Kooperationsbereitschaft zu schätzen«, antwortete Eve.

»Der Vater meines Vaters war ein Cop.«

Eve zog überrascht die Brauen hoch. »Ach ja?«

»In St. Paul. Seine Geschichten haben mich als Mädchen fasziniert. Er ging als Detective-Inspector in Pension, und wir waren sehr stolz auf ihn. Lieutenant.« Die Präsidentin faltete die Hände auf der Schreibtischplatte und fuhr fort. »Ich glaube an Recht und Ordnung – und an möglichst trockene Martinis. Außerdem glaube ich an diese Universität und an das, wofür sie steht. Darian und Jamie sind ein Teil von dem, wofür sie steht. Darian ist richtiggehend krank vor Schuldgefühlen und vor Angst, während Jamie sicher krank vor Trauer um das tote Mädchen ist. Sie, Lieutenant, stehen in dem Ruf, Dinge zu bewegen und, falls nötig, anderen Dampf zu machen, bis sich etwas bewegt. Das tue ich auch. Weshalb Ihnen dieses sowie alle anderen Büros und Einrichtungen dieser Universität bis zur Klärung dieses Falles uneingeschränkt zur Verfügung stehen.«

»Das ist ein wirklich großzügiges Angebot.«

Peach beugte sich noch etwas weiter vor, und ihre Augen wirkten wie mattiertes Glas. »Ich habe heute Morgen die Berichte über diesen Mord gesehen.«

»Dann ist es also heraus.«

»Die Journalisten haben nicht besonders viel, aber auf jeden Fall genug. Und sie haben ihr Bild gezeigt.«

»Ich hoffe, spätestens bis heute Abend gibt es ein Phantombild des Verdächtigen. Dadurch kommen wir vielleicht an einen Namen oder Ort, aber wenn der Täter nicht schon aktenkundig ist, kann das ziemlich lange dauern. Haben Sie hier Bildverarbeitungsprogramme?«

»Ja.«

»Vielleicht hat er einmal hier studiert oder gearbeitet, und wenn Sie das Phantombild mit den Bildern in den Akten sämtlicher Studenten und auch Angestellten vergleichen lassen würden, fänden Sie ihn wahrscheinlich eher als wir.«

»Wird erledigt«, sagte Lapkoff einfach zu.

»Aber das darf keiner von den Angestellten machen. Das muss einer von meinen Kollegen tun. Ohne Ihre Erlaubnis und offizielle Zustimmung bräuchte ich dafür jedoch einen richterlichen Befehl.«

»Meine Erlaubnis haben Sie.«

»Dadurch ersparen Sie uns den ganzen lästigen Papierkram und vor allem jede Menge Zeit.«

Jetzt sah Lapkoff sie mit einem breiten Grinsen an. »Was eine meiner größten und liebsten Fähigkeiten ist.«

»Tja, dann schicke ich, sobald wir das Phantombild haben, einen unserer elektronischen Ermittler für den Bildabgleich vorbei.«

»Ich werde dafür sorgen, dass er freien Zugriff auf sämtliche Datenbanken hat.«

»Ich glaube, der Verdächtige hat sich im April in Ihre Studentendateien eingehackt und seine eigenen oder die von ihm gewünschten Daten eingegeben, damit eine Überprüfung zeigen würde, dass er hier studiert. Ungefähr am

Tag des Mordes hat er seine Daten wahrscheinlich wieder entfernt. Ein guter elektronischer Ermittler kann sicher herausfinden, wann er in den Dateien gewesen ist, und vor allem sehen, was er dort für Spuren hinterlassen hat.«

Die Präsidentin atmete vernehmlich aus. »Okay. Das wird sicher ziemlich langwierig und mühsam.«

»Das ist unsere Arbeit oft.«

»Verstehe. Aber so geht es mir auch. Ich nehme einfach an, ich hatte auf etwas Unmittelbareres und Aufregenderes gehofft.«

»Dann haben Sie Ihrem Großvater nicht richtig zugehört.«

Sie lächelte erneut. »Er hat wohl seine Geschichten etwas aufgepeppt. Obwohl Ihr Job auch so schon wirklich spannend ist. Ich freue mich bereits auf das Buch von Nadine Furst zum Icove-Fall.«

»Hm.« Eve stand wieder auf.

»Lieutenant. Auch wenn ich an Recht und Ordnung, eine gute Ausbildung und den extra trockenen Martini glaube, glaube ich auch an die Jugend – an ihr Potenzial, die Kürze dieser Lebensphase und den wunderbaren Hunger, der damit verbunden ist. Das mit Deena MacMasters tut mir wirklich furchtbar leid. Es tut mir furchtbar leid, dass ihr die Jugend und das Potenzial genommen worden sind.«

»Das tut uns allen leid.«

Die Präsidentin drückte Eve eine Visitenkarte in die Hand. »Da sind meine Kontaktdaten einschließlich meiner privaten Handynummer drauf. Wenn Sie irgendetwas brauchen, rufen Sie mich bitte an.«

»Danke, Dr. Lapkoff.«

»Nennen Sie mich einfach Peach.«

Während sie erneut über die Rasenfläche lief, zog Eve ihr Handy aus der Tasche, um zu hören, ob Mira bereits in der Nähe war, als sie die Top-Profilerin und Psychologin auf dem breiten Rand von einem Brunnen sitzen sah. Wegen des hellen Sonnenlichts hatte sie sich eine leuchtend pinkfarben gerahmte Sonnenbrille aufgesetzt. Eve war sich nicht sicher, ob sie die elegante Mira je zuvor mit einer Sonnenbrille im Gesicht gesehen hatte und ob ihr deren beinahe schon frivole Weiblichkeit jemals vorher aufgefallen war. Sie hatte ihr Gesicht der Sonne zugewandt, ihr weich gewelltes Haar im Nacken zusammengefasst, was die bunten Gehänge, die an ihren Ohren baumelten, besonders vorteilhaft zur Geltung brachte, und sah inmitten des lässigen Treibens auf dem sommerlichen Campus vollkommen entspannt und durch und durch zu Hause aus.

Ein leichtes Lächeln lag auf ihrem lieblichen Gesicht, während sich das Wasser hinter ihrem Rücken melodiös über die Steinstufen ergoss. Sie trug einen knielangen, vanillegelben Rock, der ihre phänomenalen, übereinandergeschlagenen Beine ebenso betonte wie die kessen, an den Zehen offenen Schuhe mit den nadelspitzen Absätzen, und hatte eine zart pinkfarbene Tasche, in der mühelos ein kleines Kind hätte verschwinden können, neben sich gestellt.

Eve fragte sich, ob Mira vielleicht schlief und ob sie sie anpiksen oder sich vernehmlich räuspern sollte. Dann aber dehnte sich Miras Lächeln noch ein wenig weiter aus, und mit einem wohligen Seufzer sah sie zu ihr auf.

»Gott! Was für ein wunderbarer Tag. Ich habe viel zu

selten die Gelegenheit, einen prachtvollen Vormittag wie diesen zu genießen.« Mira zog die Schultern an und ließ sie fröhlich wieder fallen. »Ich muss Ihnen dafür danken, dass Sie mich vor die Tür gelockt haben.«

»Nun, freut mich, wenn Sie mir deshalb nicht böse sind. Aber ich hatte einfach keine Zeit, um aufs Revier zu fahren und danach noch einmal in Ihre Praxis. Wir alle stehen gerade ziemlich unter Druck.«

»Verstehe. Das Alter des Opfers und seine Verbindung zu einem Kollegen machen diesen Fall besonders heikel. Können wir unser Gespräch vielleicht einfach hier draußen führen?«

»Kein Problem.« Eve setzte sich neben sie. »Sie haben die Akte gelesen.«

»Ja.« Angesichts der schmerzlichen Erinnerungen, die Eve selbst an ihre Kindheit hatte, berührte Mira flüchtig ihre Hand. »Hätten Sie den Fall auch übernommen, wenn Sie nicht ausdrücklich von MacMasters angefordert worden wären?«

»Ich suche mir meine Fälle nicht aus.« Eve war selbst von ihrer schroffen Antwort überrascht, atmete kurz durch und fuhr dann ruhiger fort. »Käme ich damit nicht klar, wäre ich die Falsche für den Job.«

»Ich hatte mir bereits gedacht, dass Sie das so sehen. Obwohl ich mit dieser Philosophie nicht wirklich einverstanden bin, kann ich verstehen, dass Sie dieser Überzeugung sind. Deena hat echt Glück, dass sie Sie bekommen hat, denn Sie verstehen, was sie in den letzten Stunden ihres Lebens durchlitten hat.«

»Das ist nicht dasselbe.«

»Nein, das ist es nicht. Deshalb muss ich Sie, bevor wir gleich zu unserem eigentlichen Thema kommen, fragen, was die Albträume und die Erinnerungen machen. Ich muss Ihnen diese Frage stellen«, wiederholte Mira sanft, als sie Eves urplötzlich völlig ausdruckslose Miene sah. »Denn wenn dieser Fall sie irgendwie verschlimmert ...«

»Nein. Das tut er nicht. Sie sind längst nicht mehr so schlimm, wie sie einmal waren.« Sie raufte sich das Haar und kämpfte gegen die Verärgerung über die persönliche Natur der Frage an. Denn Mira hatte recht, sie musste diese Frage stellen. »Ich habe sie immer noch, aber sie sind nicht mehr ganz so ... hart«, erklärte sie. »Kommen nicht mehr jede Nacht und sind auch nicht mehr so intensiv. Ich glaube, ich habe einen Punkt erreicht, an dem mir bewusst ist, dass es nun einmal geschehen ist und nicht rückgängig gemacht werden kann, aber dass ich es beendet habe. Wenn ich jetzt in meinen Albträumen in diese Zeit zurückkehre, kann ich es wieder beenden. Denn aus irgendeinem Grund hat nicht mehr er, sondern ich selbst die Macht.«

»Ja.« Miras Lächeln war so strahlend wie der Sonnenschein, und wieder legte sie die Hand auf die von Eve. »Die haben Sie.«

»Ich kann die Albträume nicht verhindern, aber ich komme inzwischen besser damit klar. Sie sind noch immer kein Spaziergang, wobei dieser Vergleich mir immer schon verdächtig war. Weshalb sollte ein Spaziergang, am besten noch durch hohes Gras, in dem sich alles mögliche Getier verstecken kann, und wo einem die Käfer um die Birne schwirren, ein Vergnügen sein?«

»Hm.« Auf die Schnelle fiel der Psychologin keine andere Antwort ein.

»Was ich meine, ist, ich freue mich nicht unbedingt darauf, von meinem Unterbewusstsein verarscht zu werden, aber es macht mich nicht mehr derart fertig und vor allem träume ich inzwischen nicht mehr jede Nacht.«

»Das freut mich. Das freut mich sogar sehr.«

»Ich hatte ein paar schwierige Momente, als ich mir das Mädchen angeguckt und gesehen habe, was sie erlitten hat. Aber dann war ich wieder okay. Meine Arbeit als Ermittlungsleiterin wird dadurch nicht beeinträchtigt.«

»Ihre Arbeit würde eher beeinträchtigt, wenn es Sie völlig kalt ließe, was diesem Mädchen widerfahren ist.«

Eve schwieg einen Moment. »Sie haben die Sprache nur darauf gebracht, damit ich es loswerde. Damit mir diese Sache nicht die ganze Zeit im Kopf rumspukt.«

Mira tätschelte sanft ihre Hand. »Und, hat es funktioniert?«

»Anscheinend.«

»Das ist gut. Für mich. Für Sie. Und auch für Deena.«

»Meinetwegen.« Damit war das Thema erst einmal erledigt, dachte Eve und wandte sich dem eigentlichen Grund des Treffens zu. »Haben Sie sich das Video angesehen?«

»Ja. Es ist ganz besonders grausam, finden Sie nicht auch? Das Mädchen zu zwingen, diese Dinge auszusprechen, damit der Vater sie hört, und ihm danach auf drastische Art das Ergebnis vor Augen zu führen.«

»Es besteht also kein Zweifel daran, dass es eine Botschaft an MacMasters ist.«

»Nein. Es ist alles als eine einzige Botschaft an ihn gedacht. Der Ort, die Verwendung der Polizeihandschellen, die Methode und sogar die lange Zeit, die der Mörder mit der Tat verbracht hat. Stunden.«

»Er hat es genossen«, meinte Eve. »Es hat ihm Spaß gemacht, die Sache auszudehnen.«

»Davon bin ich überzeugt. Außerdem gibt er mit dem,

was er getan hat, an. Er zeigt es MacMasters. Sieh nur, das hier habe ich mit dem Menschen, den du geliebt hast, in deinem eigenen Haus gemacht, und ich habe mir dabei viel Zeit gelassen, habe mein Vergnügen ausgedehnt.«

»Er hat sie leiden lassen, und er wollte, dass MacMasters weiß, dass sie gelitten hat, dass er die totale Macht über sie hatte.«

»Wobei die Vergewaltigungen einfach eine andere Form dieser Macht und dieser Botschaft an MacMasters waren. Ich habe sie missbraucht, verletzt, erniedrigt, in Angst und Schrecken versetzt und ihr erst die Unschuld und am Schluss das Leben genommen.« Mira rutschte auf dem Brunnenrand herum und wandte sich Eve zu. »Und das hat er getan, nachdem er sie umgarnt, Gefühle in ihr geweckt und sie glauben lassen hat, dass auch er Gefühle für sie hat.«

»Weil es ihr dann noch mehr wehtut.« Eve beobachtete die Studenten und Studentinnen, die an ihr vorüberjoggten oder -schlenderten. »Weil es ihr noch mehr wehtut, wenn sie erkennt, dass er nie etwas für sie empfunden hat.«

»Dadurch wird seine Macht verstärkt. Erst hat er sie getäuscht und jede Menge Zeit und Mühe in den Aufbau einer Beziehung investiert. Denn die Planung, die Täuschung, die romantische Beziehung haben ihm denselben Spaß gemacht wie der anschließende Mord.«

»Er ist jung. Wenn er als neunzehn durchgegangen ist, kann er nicht älter als dreißig sein.« Sie betrachtete die Leute, die an ihr vorübergingen, und versuchte, aufgrund ihres Aussehens, ihres Teints, ihrer Bewegungen, der Gesten und der Kleider ihr Alter zu erkennen. »Eher Mitte zwanzig«, korrigierte sie sich selbst. »Aber er ist organisiert, beherrscht und zielstrebig. Er hat keinen jungen

Geist, ist nicht impulsiv, zumindest nicht in dieser Angelegenheit. Er hat seine Zielperson verfolgt, studiert, erforscht. Er wusste ganz genau, wie er sich ihr nähern muss.«

»Ein zielstrebiger Mensch mit soziopathischen Tendenzen«, bestätigte die Psychologin ihr. »Was eine gefährliche Mischung ist. Auch wenn er dieses Video nicht aus einem Impuls heraus gedreht hat, hat er sich dabei zügellos gezeigt. MacMasters musste unbedingt verstehen, dass er an diesem Unglück schuld war. Die Grausamkeit, die Vergewaltigungen und der Mord haben ihm nicht gereicht, MacMasters musste auch noch verstehen, dass alles seine Schuld ist. Der Vater sollte nicht nur am Boden zerstört sein, weil die Tochter nicht mehr lebt, sondern sollte wissen, dass das Leiden seines Kindes das Ergebnis irgendeiner Handlung von ihm war.«

»Wir gehen seine Fälle durch, ich habe schon ein paar Fäden gefunden, an denen ich ziehen kann.«

»Er wird irgendwo in diesen Akten sein.« Mira schüttelte den Kopf. »Aber nicht als Hauptperson. Auch wenn es unglaublich scheint, könnte dies sein erster Mord gewesen sein. Denn er hatte ein ganz bestimmtes Ziel, was für ihn vielleicht die Antriebsfeder war. Sämtliche Beweise, die Sie bisher haben, deuten für mich darauf hin, dass er es versteht, sich anzupassen und auf eine Weise zu verhalten, die aus Sicht der anderen normal oder zumindest akzeptabel ist.«

»Er hat Zeit hier auf dem Campus zugebracht und kennt sich mit Elektronik aus«, ergänzte Eve.

»Er verfügt auf jeden Fall über ein gewisses Maß an Bildung. Ihr Opfer war eine gute Schülerin und ging sicher davon aus, dass er halbwegs gebildet ist, nachdem er sich als Collegestudent ausgegeben hat. Er musste ihren Erwartungen entsprechen und hat sich daran angepasst. Außerdem hat er wahrscheinlich einen Job, bei dem er meiner Meinung nach mit Menschen umgehen muss. Dort betreibt er Studien, um die Fähigkeit auszubauen, den Erwartungen seiner Mitmenschen zu entsprechen. Wahrscheinlich lebt er allein und gilt bei seinen Nachbarn und Kollegen als freundlicher und hilfsbereiter junger Mann. Er verabscheut Autoritäten, achtet aber sorgfältig darauf, sich das nicht anmerken zu lassen. Er tut stets, was man ihm sagt, findet aber wenn nötig einen Weg, sich zu rächen, wenn ihm jemand auch nur im Geringsten an den Karren fährt.«

Nach einer kurzen Pause fuhr Mira fort. »Er sieht die Polizei als Feind, aber es ist unwahrscheinlich, dass er in den Akten steht. Höchstens wegen irgendwelcher Kleinigkeiten, bevor seine Beherrschtheit und die Zielgerichtetheit vollends entwickelt waren. Aber vor allem sieht er *diesen* Cop als Feind, als jemanden, den er zerstören muss. Das erledigt er nicht direkt, weil er weiß, dass es schmerzlicher ist, wenn er ihm einen geliebten Menschen nimmt.«

»Wie MacMasters ihm einen genommen hat.«

»Ich glaube, ja. Ja, diesen Schluss würde ich aus seinem Vorgehen ziehen. Wenn es eine Sache zwischen ihm persönlich und MacMasters wäre, hätte er ihn auch direkt bestraft. Aber diese Strafe deutet auf eine bestimmt Art der Rache hin: Du hast mir genommen, was mir wichtig war, und deshalb nehme ich jetzt dir, was dir wichtig ist.«

Aber an wem oder woran hat er derart gehangen, überlegte Eve frustriert. »MacMasters macht schon ewig Innendienst. Er steht in dem Ruf, dass er oder sein Dezernat Fälle ordentlich zum Abschluss bringt. Aber er geht dabei eher methodisch vor, macht kein großes Aufhebens davon. Er ist grundanständig und hat keinen einzigen tödlichen Schusswechsel in seiner Akte stehen.«

»Es gibt auch andere Wege als den Tod, auf dem man jemanden verlieren kann.«

»Darüber habe ich auch schon nachgedacht. Aber vergewaltigt und ermordet man ein Mädchen, weil ein Cop daran beteiligt war, dass der eigene Bruder, Vater oder wer auch immer irgendwann im Knast gelandet ist? Auge um Auge. Tod um Tod. Wie Sie selbst gesagt haben, verfolgt der Kerl ein ganz bestimmtes Ziel.«

»Ich bin durchaus Ihrer Meinung. Aber es könnte auch sein, dass jemand im Gefängnis gestorben ist. Dass jemand dort getötet wurde, sich dort umgebracht hat, oder entlassen wurde und danach nicht mehr Fuß fassen konnte. Ab und zu versucht die Polizei, Zeugen dazu zu bewegen, eine Aussage zu machen, und dann werden sie ermordet, weil irgendjemand verhindern will, dass es dazu kommt. Opfern widerfährt nicht immer Gerechtigkeit.«

»Auch daran habe ich bereits gedacht. Aber wie finden wir den Menschen, den dieses Schwein geliebt hat, und der gestorben ist, ermordet wurde, hinter Gittern saß, verprügelt worden ist, in den Akten eines Cops, der seit über zwanzig Jahren bei der Truppe ist?«

»Er glaubt oder hat sich auf alle Fälle eingeredet, dass die Person, die er rächt, unschuldig war. Weil auch Deena unschuldig war. Vielleicht sollten Sie in Erwägung ziehen, dass diese Person, an der der Killer derart hing, im Gefängnis oder außerhalb missbraucht, verletzt, vergewaltigt und ermordet worden ist. Oder sich nach der Entlassung getötet hat. Ich an Ihrer Stelle würde erst einmal jemanden suchen, der erstickt oder erdrosselt worden ist. Denn auch die Methode ist eine Botschaft. Er hätte sie erschlagen, erstechen oder ihr eine Überdosis verpassen können. Es gibt unzählige Arten, ein hilfloses Mädchen umzubringen. Aber er hat diese Art gewählt.«

»Richtig, stimmt.« Eve dachte mit zusammengekniffenen Augen über diesen Hinweis nach. »Er hat jedes Detail genau geplant. Also hat er natürlich auch diese Methode absichtlich gewählt. Nicht nur, um sie zu sehen, während er sie ermordet, und nicht nur, um selber Hand an sie zu legen, sondern, um MacMasters etwas zu verdeutlichen. Genau. Damit können wir das Feld noch weiter einengen, dadurch wird die Zahl der möglichen Verdächtigen begrenzt.«

Sie ging die Sache in Gedanken weiter durch. »Donnerstag findet die Gedenkfeier für Deena statt.«

»Etwas Schmerzlicheres gibt es sicher nicht. Wie hält sich MacMasters?«

»Gerade mal so. Er gibt sich bereits die Schuld an Deenas Tod, auch ohne dieses Video gesehen zu haben. Diese Mühe hätte sich der Killer also sparen können. Er hat mich gefragt, wie er damit leben soll, ich konnte ihm keine Antwort darauf geben. Zwar habe ich keine Ahnung, wie es ist, wenn man Kinder hat, aber trotzdem weiß ich, dass es extrem schwierig ist, wenn die Opfer Kinder sind. Ich kann ihm wirklich keinen Rat geben, wie er damit leben soll.«

»Die meisten Menschen gehen davon aus, dass Kinder ihre Eltern irgendwann begraben und nicht umgekehrt. In unserem Metier wissen wir, dass der Tod keinerlei Respekt vor dieser natürlichen Ordnung hat. An dieser Last werden MacMasters und seine Frau bis an ihr Lebensende tragen. Im Verlauf der Zeit werden sie lernen, irgendwie damit zu leben, zu arbeiten, miteinander auszugehen, Sex zu haben und zu lachen, aber der Schmerz wird niemals völlig verschwinden.«

Etwas in der Richtung hatte auch schon Summerset ihr gesagt. »Das habe ich bereits von jemand anderem gehört. Aber wie dem auch sei ... diese Gedenkfeier. Ich glaube, dass er dort erscheinen wird. Dass er das Ergebnis seiner Arbeit sehen will. Dass er sehen muss, wie MacMasters leidet. Dass er sich noch einmal vergewissern muss, dass er sein Ziel erreicht hat. Denn wie zielgerichtet er auch immer ist, er ist auch sehr jung. Und was hätte es für einen Sinn, jemandem ans Bein zu pissen, ohne mitzukriegen, wie der das Gesicht verzieht?«

»Das sehe ich genauso. Meiner Meinung nach ist die Wahrscheinlichkeit sehr groß, dass er dort erscheinen oder wenigstens auf irgendeine Art verfolgen wird, wie MacMasters leidet. Das Mädchen war die Waffe, doch MacMasters ist die eigentliche Zielperson.«

»Das glaube ich auch. Danke, dass Sie sich mit mir getroffen haben.«

»Ich bedauere nur, dass ich keinen Vorwand habe, um den Rest des Tages hier zu arbeiten. Das hier ist ein wunderbarer Campus. Ich halte hier manchmal Vorlesungen ab und habe mir auch schon ein paar Aufführungen angesehen, aber ...«

»Einen Augenblick. Vorlesungen. Aufführungen ... so wie im Theater?«

»Ja, sie haben ein ausgezeichnetes Theater hier.«

»Und die Öffentlichkeit darf sich die Aufführungen ansehen?«

»Selbstverständlich. Sie ...«

»Einen Augenblick.« Eve klappte bereits ihr Handy auf. »Dr. Lapkoff.«

»Das ging aber schnell.«

»Ich brauche eine Liste aller Aufführungen, Konzerte, Vorträge und Filme zwischen April und letztem Samstag, zu denen auch die Öffentlichkeit Zutritt hatte. Schicken Sie sie mir an folgende Adresse, ja?« Sie nannte der Präsidentin die E-Mail-Adresse des Geräts in ihrem Büro auf dem Revier.

»Wird erledigt.«

»Vielen Dank.«

»Sie kennen Peach?«, erkundigte sich Mira, während Eve den roten Knopf des Handys drückte und bereits die nächste Nummer wählte.

»Hm. Nicht wirklich gut. Kennen Sie sie denn?«

»Ja. Dennis und ich gehören zum Lehrkörper der Universität. Er war hier Dozent.«

»Echt? Mr Mira hat hier unterrichtet?«

»Sie wissen doch, dass er Professor war.«

Eve dachte an Dennis Mira mit seinen bequemen, immer falsch geknöpften Strickjacken, dem warmen Blick und der charmant zerstreuten Art. »Ja, aber ich schätze, ich habe bisher nie ...«

»Er hält immer noch gelegentlich ein paar Kurse oder Vorlesungen ab, und wir sind mit Peach und ihrer Familie eng befreundet.«

»Die Welt ist wirklich klein. Jamie«, wandte sie sich wieder ihrem Handy zu. »Hast du seit April irgendwelche Konzerte, Theateraufführungen, Lesungen oder so in Columbia besucht?«

»Was?« Er hatte den glasigen Blick des Elektronikfreaks, der ganz in seiner Welt versunken war. »Ja, ich habe eine Vorlesung über Elektronikverbrechen besucht.«

»So was habe ich nicht gemeint. Etwas, wofür sich auch Deena interessiert hätte.«

»Sie meinen etwas mit Gesang und Tanz und diesem ganzen Mist?« Bei dieser Frage hatte er den schmerzerfüllten Blick, der der Jugend vorbehalten war. »Weshalb sollte ich zu so was gehen?«

»Genau mit dieser Antwort hatte ich gerechnet.« Abermals legte sie auf und wählte die Nummer ihrer Partnerin. »Ich will, dass Sie noch einmal an den Tatort fahren und dort sämtliche Programme, Poster, Souvenirs und was zum Teufel noch zu einem Konzert, einer Theateraufführung oder einer Lesung in Columbia gehört einsammeln. Und zwar zwischen April und ihrem Todestag. Haben Sie auch ein Auge auf Veranstaltungen außerhalb von Columbia. Bringen Sie die Sachen aufs Revier.«

»Okay. Zu den Schuhen: Ich habe über Ihre Worte nachgedacht. Die Upper East Side ist bestimmt nicht sein Revier. Er hat die Dinger sicher auch nicht irgendwo gekauft, wo Deena regelmäßig war, denn dann hätte sie ihn ja vielleicht entdeckt. Also konzentriere ich mich erst einmal auf die Läden in der Innenstadt. Ist einfach so ein Gefühl, dass er die Dinger dort erstanden hat.«

»Nicht schlecht. Dann klappern wir also die Händler in der City ab. Aber besorgen Sie zuerst das andere Zeug und fahren damit aufs Revier. Ich bin in einer Stunde da.«

Eve steckte ihr Handy wieder ein und stand entschlossen auf. »Danke. Das war ein guter Tipp. Aber jetzt muss ich allmählich wieder los.«

»Falls Sie auf die Wache zurückfahren, könnten Sie mich vielleicht mitnehmen.«

»Ich muss erst noch mit einem Typen über seinen toten Bruder sprechen.«

Mira griff nach ihrer großen, pinkfarbenen Tasche. »Das wird sicher interessant. Dürfte ich da vielleicht mit?«

»Meinetwegen. Er ist einer unserer potenziell Verdächtigen. Er steht ziemlich weit unten auf der Liste, aber ... tja, falls er uns irgendwelche Schwierigkeiten macht, könnten Sie ihn einfach mit der Tasche hauen und ihm dadurch ziemlich wehtun.«

»Es hat eben jeder seine eigenen Waffen.« Liebevoll strich Mira über das pastellfarbene Leder und erhob sich ebenfalls.

Als sie zu ihrem Wagen kamen, suchte Eve als Erstes die Privatadresse und den Arbeitsplatz von Risso Banks heraus.

»Männlich, weiß, vierundzwanzig Jahre alt. Nach der versuchten Festnahme und dem unglücklichen Ableben des Bruders hat er einen erfolgreichen Entzug gemacht und sich einen anständigen Job gesucht. Was zum Profil des Täters passt. Nicht verheiratet und ohne eingetragene Partnerschaft. Das passt ebenfalls. Und zugleich auch nicht. Sein Bruder ist im wahrsten Sinn des Wortes tief gefallen – und zwar aus dem vierten Stock. MacMasters war der Boss, aber nicht der Ermittlungsleiter in dem Fall, in dem sein Team obendrein noch mit der Special Victims Unit zusammengearbeitet hat. Cecil, der Bruder, hat mit Drogen und als Zuhälter in Pädophilenkreisen sein Geld verdient.«

»Offenbar ein wirklich netter Mensch.«

»So sieht es aus. Aber er wurde weder vergewaltigt noch geschlagen, noch erstickt oder erwürgt, sondern ist kopfüber aus dem Fenster gesprungen, um sich der Verhaftung zu entziehen. Der Arbeitsplatz von seinem Bruder liegt beinahe auf dem Weg.«

»Es geht erst einmal darum, möglichst viele Dinge auszuschließen, stimmt's? Um jede Menge Lauf- und Telefonarbeit und die Suche nach Details.« Zufrieden lehnte Mira sich auf ihrem Sitz zurück. »Was für ein interessantes Fahrzeug«, meinte sie. »Von außen sieht es eher gewöhnlich aus, aber die Elektronik hier drinnen ist noch ausgefeilter als in meinem Büro. Und es ist unglaublich bequem«, fügte sie hinzu, als Eve vom Parkplatz auf die Straße fuhr.

»Es hat dieselbe Power wie ein Turbo und geht wie ein Helikopter in die Vertikale. Außerdem ist die Karosserie verstärkt und die Fenster sind aus kugelsicherem Glas. Es war eine Art ... Geschenk oder Gefälligkeit von Roarke.«

»Damit Sie sich nicht ständig mit den Leuten aus dem Fuhrpark anlegen müssen. Ich habe von dem letzten Unfall gehört.«

Bevor sie es verhindern konnte, zuckte Eve beleidigt mit den Schultern. »Der war nicht meine Schuld.«

»Er hat es als Gefälligkeit deklariert, damit Sie es akzeptieren konnten und damit er das Gefühl hat, dass Sie möglichst sicher sind.«

»Ich schätze, Ihr Scharfsinn ist ein Grund für all die Abkürzungen hinter Ihrem Namen.«

»Vor allem bilde ich mir gerne ein, dass ich Sie und Roarke inzwischen recht gut kenne. Aber meiner Meinung nach ist dies eine fantastische Gefälligkeit, die er Ihnen und sich selbst mit dem Gefährt erwiesen hat. Sagen Sie mir, da wir gerade noch ein bisschen Zeit haben, sind schon alle für die Hochzeit bereit? Wir freuen uns schon sehr darauf.«

»Ich schätze ja, wahrscheinlich.« Das Wort *Hochzeit* rief wie immer Schuldgefühle und ein leichtes Unbehagen in Eve wach. »Die Leute sagen, ich sollte Louise anrufen und ihr anbieten, zu tun, was Brautjungfern vor einer Hochzeit tun. Auch wenn ich keine Ahnung habe, was das ist. Wir haben diesen Junggesellinnenabschied gefeiert und das Kleid, das ich auf der Feier tragen soll, wird heute geliefert. Was könnte ich wohl sonst noch tun?«

»Ist das eine rhetorische Frage?«

»Mist.«

»Ich würde Ihnen empfehlen, Louise zu kontaktieren, wenn Sie mal ein paar Minuten frei haben, um sie zu fragen, ob sie irgendetwas braucht. Höchstwahrscheinlich wird sie sowieso nichts benötigen, außer ein bisschen zu reden oder Dampf abzulassen, weil alles drunter und drüber geht. Sie ist ausnehmend praktisch veranlagt, weiß, was sie will, und hat alles entsprechend arrangiert. Trotzdem gibt es immer im letzten Augenblick irgendwelche Dinge, die nicht ganz so laufen wie geplant. Aber Sie brauchen nur zuzuhören, sonst nichts.«

»Wirklich?«, fragte Eve und ihre Stimme drückte vorsichtige Hoffnung aus.

»Mit achtundachtzig-Komma-drei-prozentiger Wahrscheinlichkeit.«

Eve dachte kurz darüber nach und atmete erleichtert auf. »Das ist okay.«

»Ich war letzte Woche kurz in ihrem neuen Haus, um mir Charles' Praxis anzusehen. Er ist ziemlich nervös und furchtbar aufgeregt, aber die Räumlichkeiten sind perfekt. Natürlich hat er mir auch noch den Rest vom Haus gezeigt. Ich denke, es wird wunderschön. Urban, klassisch, mit allen möglichen Stilrichtungen, was ausgezeichnet zu den beiden passt. Ihr Leben dort wird sicher schön.«

»Das ist gut. Ich habe die beiden wirklich gern. Es ist alles gut. Wäre nur diese blöde Hochzeit schon vorbei.«

»Jetzt erzählen Sie mir bitte nicht, Sie wären aufgeregt. «

»Nein. Das heißt, vielleicht ein bisschen. « Da es sie nervös machte, wenn sie nervös war, rutschte sie auf ihrem Sitz herum. »Was, wenn ich irgendeine heiße Spur verfolgen muss oder der Fall kurz vor dem Abschluss steht oder irgendetwas von dem Mist, der bei der Arbeit jeden Tag passiert, auch dann passiert? Was mache ich dann? Bei Roarke muss ich mir deshalb nie Gedanken machen. Weil er das versteht. Wenn ich einen Termin absagen muss, mich verspäte oder so, versteht er das. In dieser Hinsicht ist er wirklich cool. Und trotzdem habe ich deswegen manchmal Schuldgefühle. Aber diese Hochzeit ist etwas anderes. Es ist Louises großer Tag, den ich ganz sicher nicht vermasseln will. «

»Sie können nur die Dinge tun, die in Ihrer Macht stehen, Eve. Louise kennt sich mit Notfällen und den Anforderungen des Berufes aus und weiß aus Erfahrung, wie es ist, wenn man Prioritäten setzen muss. Sie ist schließlich Ärztin. «

Eve runzelte die Stirn und dachte kurz darüber nach. »Das stimmt. Sie ist Ärztin. Wenn sie gerade in den Eingeweiden irgendeines Menschen wühlt, zieht sie nicht einfach die Hände raus und lässt ihn liegen, weil sie sich in Schale werfen muss. Erst näht sie den Kerl sorgfältig wieder zu. «

»Das will ich zumindest hoffen. «

»Okay. Jetzt geht's mir wieder besser. Jetzt geht es mir wieder gut. «

»Und was ziehen Sie an? «

»Irgend so ein gelbes Ding. «

Mira lächelte. »Augen geradeaus. Gucken Sie mich nicht an, und sagen mir, was ich heute anhabe. «

»Haben Sie das etwa vergessen?«

»Machen Sie mir die Freude, ja?«

»Ein Kostüm, knielanger Rock, Jacke mit drei Knöpfen, in einem dunklen Weiß oder Vanilleton. Viereckige Silberknöpfe, spitzenbesetztes Top. Helle, pinkfarbene Schuhe, an den Zehen offen, mit stecknadeldünnen Absätzen, auf denen man sich garantiert die Knöchel bricht. Mit bunten Steinen besetzte, baumelnde, silberne Ohrringe und eine Kette mit drei Strängen, an denen in verschieden großen Abständen kleine Steinchen befestigt sind. Eine riesengroße, pinkfarbene Handtasche und dazu eine obermegacoole Sonnenbrille mit pinkfarbenem Gestell, was beides zu dem Lack auf Ihren Zehennägeln passt. Ihren Ehering und eine schicke Silberarmbanduhr mit strassbesetztem Armband. Wie gelingt es Ihnen nur, daran zu denken, alle diese Glitzersachen anzulegen?«, fragte sie.

»Das nennt man Eitelkeit«, erklärte Mira ihr. »Wobei meine Eitelkeit mir durchaus Freude macht. Es ist wirklich interessant, dass Sie Ihr Kleid für diese Hochzeit nur als gelbes Ding beschreiben können, aber sich an meine Kleidung so genau erinnern können, dass Sie sogar wissen, wie breit die Absätze von meinen Schuhen sind. Die zugegebenermaßen alles andere als komfortabel sind, aber dafür sehen sie wirklich hübsch aus.«

Mira drehte ihre Knöchel, um ihr Schuhwerk zu bewundern. »Da ich den Inhalt Ihres Kleiderschranks inzwischen gesehen habe, kann ich einfach nicht verstehen, wie Sie der Versuchung widerstehen können, diese wunderbaren Sachen täglich anzuziehen.«

»Vielleicht bin ich wie dieser Wagen«, überlegte Eve. »Von außen eher gewöhnlich, damit niemand merkt, was für eine Power in mir steckt.«

»Sehr gut«, stellte Mira lachend fest. »Sehr gut.«

»So macht er es auch«, murmelte Eve.

»Womit wir wieder bei unserem eigentlichen Thema wären.«

»Nach außen gibt er sich total normal. Niemand sieht, was in ihm steckt. Niemand sieht, dass er ein Monster ist. Wenn er sich eine Pizza holt oder Schuhe kaufen geht, fällt er keinem Menschen auf. Wenn er will, dass die anderen ihn bemerken, sehen sie den netten, attraktiven, jungen Mann. Nicht so spektakulär, dass sie sich auch später noch an ihn erinnern würden, sondern einfach einen attraktiven, höflichen, zurückhaltenden, jungen Mann. Wir haben zwei Zeuginnen, die ihn zusammen mit Deena gesehen haben, viel mehr wusste keine von den beiden über ihn zu sagen. Natürlich wird ihnen noch etwas einfallen, weil Yancy sich darauf versteht, den Leuten noch die kleinsten Kleinigkeiten zu entlocken, aber sie haben sich keine Gedanken über ihn gemacht oder zweimal hingesehen. Wahrscheinlich hätten sie ihn überhaupt nicht wahrgenommen, wenn er nicht mit ihr zusammen gewesen wäre. Aber da sie Deena kannten, haben sie ihn ebenfalls bemerkt.«

Sie fuhr auf ein Parkdeck einen halben Block von Rissos Arbeitsplatz entfernt und warf einen Blick auf Miras Absätze. »Es ist ein Stück zu laufen. Kriegen Sie das hin?«

»Was denken Sie? Ich bin ein Profi.«

Eve, die schon auf halbem Weg in Richtung Straße war, stieß einen Seufzer aus und schwang sich über das Geländer auf den Bürgersteig. »Bin sofort wieder da«, rief sie der verblüfften Mira über die Schulter zu.

Sie hatte ganz genau gesehen, wie es gelaufen war. Der Kerl war selber schuld.

Er schlenderte gemächlich an den Schaufenstern vorbei, sah sich eingehend die ausgestellten Waren an und wandte die ausgebeulte Gesäßtasche der Straße zu. Das hieß, die bis vor Kurzem ausgebeulte Tasche, denn ein kleiner Gauner hatte einen klassischen Zusammenstoß mit diesem hirnlosen Passanten arrangiert und ihm dabei die Brieftasche geklaut.

Der Dieb schlenderte gemächlich weiter, denn die Beute war längst sicher in der rechten Vordertasche seiner Hose unter einem schlabbrigen Kapuzenshirt versteckt.

Eve sprintete einen Viertelblock, um den Abstand zu verringern, setzte dann den Weg im typischen New Yorker Laufschritt fort und klopfte dem Typen auf die Schulter. »Hallo, können Sie mir vielleicht helfen?«

Er bedachte sie mit einem überraschten, unschuldigen Blick, als wär er ein ganz gewöhnlicher Passant. »Wobei?«

»Nun, ich habe noch jede Menge Zeug zu tun und bin deshalb ein bisschen in Eile, deshalb geben Sie die Brieftasche, die Sie gerade geklaut haben, am besten kurzerhand zurück. Sie ist da drin«, erklärte sie, während sie auf die rechte Hosentasche ihres Gegenübers wies. »Oh, und auch alle anderen Sachen, die Sie heute schon gestohlen haben. Dann können wir beide wieder unserer Wege gehen.«

»Ich weiß nicht, wovon Sie reden. Hauen Sie ab.« Sie spürte, dass er türmen wollte, und hielt ihn vorsorglich an der Schulter fest.

»Du könntest es uns beiden leicht machen. Ich will wirklich keine Zeit damit vergeuden … he!«

Er tauchte unter ihrer Hand hindurch, machte eine schnelle Drehung, wand sich ähnlich einer Schlange, die sich häutete, und plötzlich hielt sie nur noch den Kapuzenpulli in der Hand.

Er war ein gedrungener Kerl mit kurzen Beinen, deshalb

hatte sie ein leichtes Spiel. Obwohl sie einen Bogen um die anderen Leute machte, während er sich einfach mit den Ellenbogen durch den Menschenstrom drängte, hatte sie ihn schon nach ein paar Metern eingeholt.

»Hilfe, Hilfe!«, brüllte er, als sie ihn mit dem Gesicht gegen die Wand eines Gebäudes krachen ließ. »Polizei!«

»Also bitte, du Idiot, ich bin die Polizei. Das weißt du ganz genau.« Sie fesselte seine Hände hinter dem Rücken, schob eins ihrer Knie zwischen seine Beine, damit er sie spreizte, und herrschte ihn an: »Wenn ich deinetwegen noch einmal laufen muss, landest du mit dem Gesicht auf dem Asphalt.«

Sie tastete ihn ab, wobei sie keine Waffe, dafür aber sechs verschiedene Brieftaschen und Börsen fand. »Gehört eine davon dir, Arschloch?«

»Die habe ich alle gefunden.« Er blickte sich hektisch um. »Ich habe gerade einen Cop gesucht, um die Dinger abzugeben. Echt.«

»Uh-huh. Ich habe zufällig gesehen, wo du diese Brieftasche gefunden hast. Der Kerl, der sicher nicht mehr wusste, dass er dieses Ding in seiner Hosentasche hatte, wird dir wirklich dankbar sein.«

In diesem Augenblick kam Mira in ihren pinkfarbenen Stöckelschuhen anmarschiert. »Ich habe einen Streifenwagen gerufen.«

»Gut, dann brauche ich das nicht zu tun.« Sie klopfte dem Dieb gegen den Hinterkopf. »Siehst du? Siehst du? Du hättest mir auch einfach helfen können. Jetzt haben wir beide jede Menge Scherereien. Sie da!« Sie wies auf den bestohlenen Mann, der im Kreis der anderen Schaulustigen stand und gebannt verfolgte, was geschah.

»Meinen Sie mich? Ich habe nichts gemacht.«

»Können Sie sich ausweisen?«

»Na klar. Ich …« Er schob eine Hand in seine Hosentasche und riss seine Augen auf. »Meine Brieftasche! Meine Brieftasche ist weg!«

»Na, wenn das kein Zufall ist. Ich habe sie nämlich hier.« Sie rammte dem Dieb den Ellenbogen in den Rücken und hielt das Fundstück in die Luft. »Die reinste Magie, nicht wahr? Um das Ding zurückzukriegen, müssen Sie auf die uniformierten Beamten warten und bei ihnen Anzeige erstatten.«

»Ich hatte einen guten Tag«, murmelte der Dieb. »Einen wirklich guten Tag.«

»Der jetzt gelaufen ist.« Sie zückte ihre Dienstmarke, als zwei Beamte angelaufen kamen. Obwohl sie keine Zeit damit vergeuden wollte, ihnen zu erklären, was geschehen war, sorgte sie noch für eine präzise, kurze Übergabe.

»Sie haben mich vielleicht erschreckt«, stellte Mira fest. »Im einen Augenblick waren Sie noch da, und dann haben Sie plötzlich einen Satz gemacht und sind einfach losgerannt.«

»Ein weiterer Grund, nicht in irgendwelchen schicken Fummeln und mit meterhohen Knöchelbrechern rumzulaufen«, antwortete Eve.

»Da haben Sie wahrscheinlich recht.«

Sie liefen zurück bis zu dem Laden, in dem Risso tätig war.

Unter einem Transparent mit der Aufschrift *Diese Woche 20% auf alles!,* das wahrscheinlich schon seit Jahren dort flatterte, boten sie in dem Geschäft jede Menge Schnickschnack an.

Sie erkannte Risso Banks aufgrund seines Passfotos und sah, dass er wusste, dass sie Polizistin war. Er kam lässig auf sie zugeschlendert und bedachte sie mit einem alles andere als einladenden Blick.

»Ich habe gesehen, wie Sie diesen Typen hochgenommen haben. Er war nicht besonders schnell.«

»Aber er hatte sechs fremde Brieftaschen dabei.«

»Das Verbrechen lauert eben überall.«

Er war vielleicht ein bisschen schmierig, davon abgesehen aber ein durchaus attraktiver Kerl mit düster dreinblickenden, braunen Augen und frisch geschnittenem, dunklem Haar. Die Statur und Größe kamen hin, seine Ausstrahlung jedoch war grundverkehrt.

»Wo wollen Sie reden, Risso? Hier oder irgendwo, wo wir ein bisschen ungestörter sind?«

»Immer nur heraus damit, falls Sie mir was zu sagen haben. Mein Boss weiß, dass ich mal Schwierigkeiten hatte. Aber das ist lange her. Seitdem bin ich sauber, das weiß er ebenfalls. Ich habe alle Bewährungsauflagen erfüllt.«

»Wohingegen es für Ihren Bruder so etwas wie Bewährung nicht mehr gab.«

Er zuckte mit den Schultern und wies mit dem Kopf in Richtung des hinteren Ladenteils. »Er hat mich in diese Scheiße reingezogen. Hat mir bereits Stoff gegeben, als ich noch ein kleiner Junge war, und mich abhängig gemacht. Sicher, ich habe das Zeug für ihn vertickt. Was hätte ich auch anderes machen sollen? Als dann die Bullen kamen, hat er mich einfach im Regen stehen lassen und ist abgehauen. Hat versucht, seinen eigenen Arsch zu retten, und nicht einen Finger für mich krumm gemacht. Deshalb hat er verdient, was ihm passiert ist. Ich weine diesem Mistkerl keine Träne nach. Inzwischen bin ich sauber, habe einen anständigen Job, und wenn ein Cop wie Sie hier auftaucht, um mir nachzuspionieren, meinetwegen. Kein Problem.«

»Wenn Sie mir die richtige Antwort auf eine Frage geben, haue ich gleich wieder ab, und Sie können in aller Ruhe weitermachen wie bisher.«

»Kommt auf die Frage an.«

»Sie riskieren eine ganz schön dicke Lippe, Risso. Echt bewundernswert. Wo waren Sie zwischen Samstagabend achtzehn Uhr und drei Uhr Sonntagnacht?«

»Wir schließen sonnabends um sechs. Ich und der Boss haben den Laden zugemacht und sind gegen Viertel nach gegangen. Fragen Sie ihn ruhig.«

»Und danach?«

Sein Schulterzucken wirkte weniger nervös als vielmehr genervt. »Dann bin ich heimgefahren und habe geduscht. Später haben ich, der Boss und drei andere Typen Karten gespielt, wie wir es einmal im Monat samstagabends tun. Letzten Samstag waren wir bei mir.« Wieder setzte er ein leicht schmieriges Grinsen auf. »Natürlich haben wir nicht um Geld gespielt.«

»Das ist mir egal. Ist das da Ihr Boss?« Sie zeigte auf den schmerbäuchigen Kerl, der versuchte, einem Kunden einen neuen Handcomputer anzudrehen.

»Ja, und Carmine, der Typ hinten im Lager, war auch dabei.«

»Einen Augenblick.«

Sie trat vor den Schmerbauch und zeigte ihm ihre Dienstmarke. »Eine kurze Frage. Wer hat den Laden um welche Zeit am Samstagabend zugemacht?«

»Ich und Risso, der junge Mann da drüben. Gegen sechs.«

»Und wann und wo haben Sie ihn danach das nächste Mal gesehen?«

»Zwei Stunden später in seiner Bude. Wir haben Karten gespielt. Gibt es ein Problem?«

»Nein, alles in Ordnung. Danke.«

»Risso ist ein guter Junge«, fügte er hinzu, während sich Eve zum Gehen wandte. »Er kommt nie zu spät, macht seine Arbeit sehr gewissenhaft und beschwert sich nie. Ich habe erst letzte Woche sein Gehalt erhöht, denn das hat er verdient.«

»Er ist nicht in Schwierigkeiten«, wiederholte Eve, ging noch einmal zu Risso und drückte ihm ihre Karte in die Hand. »Falls es irgendwann mal Ärger mit Kollegen von mir gibt, geben Sie mir einfach kurz Bescheid.«

Er starrte die Visitenkarte an. »Warum sollte ich das tun?«

»Weil ich Sie etwas gefragt habe und Ihre Antwort richtig war. Weil Sie nicht Ihr Bruder sind.«

Während er noch immer auf die Karte starrte, trat Eve aus dem Laden auf den Bürgersteig hinaus.

»Das haben Sie gut gemacht«, stellte Mira anerkennend fest.

»Routine«, antwortete Eve. »Ich habe einen möglichen Verdächtigen von der Liste gestrichen.«

»Das habe ich nicht gemeint.«

Schulterzuckend kehrte Eve zusammen mit der Psychologin zu ihrem Gefährt zurück.

I I

Karlene Robins tippte den Zugangscode in das Zahlenfeld ein, zog ihren Ausweis durch den Schlitz und summte fröhlich vor sich hin, während der Scanner ihre Daten las. Es war einfach ein perfekter Tag. Sie schüttelte ihre schwarz schimmernde Mähne aus. Der Tag fände einen spektakulären Abschluss, wenn es ihr gelänge, den Verkauf des hippen Lofts an ihren sehr jungen, äußerst gut betuchten Klienten unter Dach und Fach zu bringen.

Diese Wohnung war haargenau das Richtige für ihn. Sie konnte ihr Glück kaum fassen. Es war geradezu unglaublich, dass ihr ausgerechnet dieses Loft einen Tag zuvor, nachdem die bisherigen Interessenten kurzfristig von dem Vertrag zurückgetreten waren, in den Schoß gefallen war.

Der Verlust dieser Kunden wäre, wie sie hoffte, ihr Gewinn.

Sie betrat das winzige Foyer, ging weiter bis zum Fahrstuhl und gab dort den Code der Wohnung ein.

Die Provision wäre der Hit und käme genau zur rechten Zeit. Denn sie würde am Samstag heiraten, als sie daran dachte, tänzelte sie fröhlich in den Lift.

Sie könnte diesen Deal und den dazugehörigen Papierkram heute noch zum Abschluss bringen. Sofort nach ihrer Hochzeitsreise würde sie dem glücklichen Klienten einen prächtigen Präsentkorb voll mit teuren Weinen und mit jeder Menge Leckereien bringen und bekäme ihre noch viel prächtigere Provision.

Sie sah sich in dem kleinen Fahrstuhl um und nickte zufrieden mit dem Kopf. Das Gefährt bewegte sich geräuschlos, die Security war ausgezeichnet und die schmiedeeisernen Gitter verliehen dem Ganzen ein absolut angesagtes Retro-Flair.

Die Türen öffneten sich lautlos und Karlene betrat einen dank einer megabreiten Fensterfront und sechs Oberlichtern sonnenhellen, hohen Raum.

Der Original-Parkettboden – Wie oft fand man so etwas noch? – wirkte auf stilvolle Weise abgenutzt, die wegen des Verkaufs neutral gestrichenen Wände waren rundum schallgeschützt, und die Küchenzeile glänzte total modern. Die kompakten, schimmernden Geräte und die hippen schwarz-weiß gestreiften Arbeitsflächen boten dem Benutzer jeden nur erdenklichen Komfort.

Wobei ihr Klient wahrscheinlich gar nicht selber kochen würde. Er stammte aus einer ausnehmend wohlhabenden Familie, versuchte, sich als Künstler in New York zu etablieren, und war Hausarbeiten sicher nicht gewohnt. Aber er würde jede Menge Gäste haben und dafür war dieser Raum perfekt.

Dazu kamen noch zwei Schlafzimmer, eins davon wäre wegen seiner zusätzlichen Oberlichter und weiterer Fenster Richtung Süden ein ideales Atelier für einen Künstler; schließlich war da noch ein Traum von einem Bad, das mit seinem Whirlpool, seiner Multi-Jet-Massagedusche, seiner Trockenkabine und den Rauchglaswänden an Komfort und Chic ganz einfach nicht zu überbieten war.

Jeder Winkel dieses Lofts besagte – nein, dachte Karlene, rief einem richtiggehend zu: Wer hier wohnt, ist jung, hip, witzig und stinkreich.

Sie bauschte sich die Haare auf, während sie vor den Spiegel trat. Sie hatte ihre Kleidung und ihre Frisur sorgfältig auf den Klienten und die Wohnung abgestimmt. Schließlich war auch ihr äußeres Erscheinungsbild von nicht unerheblicher Bedeutung.

Er suchte eine Bleibe in SoHo, die zu einem Künstler passte und inmitten unzähliger Galerien, Restaurants und Szenekneipen lag. Das Loft war genau der rechte Ort. Karlene war der Ansicht, dass auch sie als Maklerin mit ihrer Optik deutlich machen sollte, dass er an der richtigen Adresse war. Deshalb trug sie einen kurzen, schwarzen Rock, hohe Leopardenstiefel und ein knappes, rotes Top mit Silberperlen statt eines gediegenen Kostüms.

Gegenüber manchen anderen Klienten trat sie besser wie eine gediegene, reife, nüchterne Geschäftsfrau auf, aber so wirkte sie jung und cool – was sie, wie sie lachend dachte, auch tatsächlich war.

Dieser Typ war noch jünger als sie.

Es war sicher angenehm, wenn man sich ein erstklassiges Loft in einem angesagten Viertel leisten konnte, obwohl man erst zweiundzwanzig war, überlegte sie mit einem Blick auf ihre Uhr, während sie weiter durch das Zimmer wanderte, um ein paar der wild gemusterten Kissen auf den Möbeln zu verteilen.

Doch auch sie und Tony hatten eine hübsche Wohnung, rief Karlene sich in Erinnerung. Mit ihrem Blick für günstige, dekorative Einrichtungsgegenstände hatte sie alles aus ihr herausgeholt. Aber eines Tages – und mit dicken Provisionen wie der heute zu erwartenden – hätten sicherlich auch sie genügend Geld für ein großes, sonnenhelles Loft in einer Gegend wie SoHo.

Sie grub in ihrer Tasche nach dem Duftspray, das sie mitgebracht hatte, ging noch einmal in die Küche, steckte den Flakon in den dafür vorgesehenen Schlitz der Lüftungsanlage und wusste, in ein paar Minuten würde der Geruch von süßen Plätzchen überall im Raum verteilt. Eine gute Wahl für einen jungen Kunden, dachte sie, wählte einen energiegeladenen Mix aus Farben und verschiedenen Formen für den Stimmungsbildschirm aus und schaltete die Stereoanlage ein.

»Schließlich soll er sich gleich wie zu Hause fühlen«, murmelte sie gut gelaunt und drehte sich einmal um sich selbst.

Sie erwog, das Wandpaneel zu öffnen, damit er sofort die Überwachungsmonitore sähe, entschied sich dann aber dagegen. Denn er war zu jung, um schon um seine Sicherheit besorgt zu sein, sie würde ihm die Monitore einfach zeigen, wenn sich die Gelegenheit dazu ergab. Also trat sie vor die breite Fensterfront und sah sich das Viertel an, in dem, wie sie für sich selbst und für ihren Klienten hoffte, der junge Drew Pittering bald zu Hause wäre.

Wie die Küche waren auch die Leute, die dort unten liefen, modisch auf dem neuesten Stand. Der hier herrschende Ton und das Tempo gehörten zu den modernen Bohemiens. Die Gäste der Cafés und der Bistros nippten an modischen Getränken und führten intensive Diskussionen, vor ihnen auf den Bürgersteigen stellten Künstler ihre Werke aus, und links und rechts der Straße quetschten sich trendige Boutiquen zwischen angesagte, kleine Galerien.

All das passte hervorragend zu ihm.

Karlene arbeitete hart, um für jeden Kunden das passende Domizil zu finden und andersherum. Spätestens mit dreißig wollte sie ihr eigenes Unternehmen haben. Einen Namen hatte sie bereits. *Urbane Aussichten.*

Ihr blieben noch vier Jahre, überlegte sie. Aber ihr war klar, dass sie es schaffen würde. Ja, das wusste sie genau.

Falls Drew tatsächlich anbiss, wäre sie auf dem besten Weg dorthin.

Er kam ein bisschen spät, bemerkte sie. Aber schließlich war der Kunde König. Sie atmete ein, während sie ihr Handy aus der Tasche zog. Sie würde positiv denken, optimistisch sein und zur Feier dieses Deals schon einmal einen Tisch in ihrem und Tonys Lieblingsrestaurant bestellen.

Das hieß nicht, dass sie ihr Glück beschrie, beruhigte sie sich. Sie ging einfach sicher davon aus, dass dieser Deal erfolgreich wäre, und sah deshalb bereits bildlich vor sich, wie sie beide heute Abend mit Champagner auf die Zukunft anstoßen und überlegen würden, wie das Geld, das sie für diesen Deal bekäme, am günstigsten anzulegen war.

Nach dem kurzen Telefongespräch nahm sie sich ihren Terminkalender vor, um sich zu vergewissern, dass die Planung für den Rest der Woche stand. Ihrer letzten Woche vor der Hochzeit. Letzte Anprobe, letzte Gespräche mit dem Lieferservice und dem Hochzeitsplaner und danach ein ganzer Tag im Spa für sie und ihre Freundinnen.

All diese Termine ging sie noch einmal durch.

Als ihr Handy schrillte, warf sie einen Blick auf das Display und runzelte besorgt die Stirn. »Bitte ruf nicht an, um jetzt noch abzusagen«, murmelte sie leise, sprach dann aber fröhlich in den Apparat. »Hi, Drew! Ich sehe gerade aus einem Ihrer Fenster. Die Aussicht ist einfach phänomenal.«

»Tut mir furchtbar leid, dass ich nicht pünktlich bin. Ich war so ins Malen vertieft, dass ich nicht gemerkt habe, wie spät es bereits ist. Aber ich bin sofort da. Es ist nicht einmal mehr ein Block.«

»Super.« Vor lauter Erleichterung hätte sie am liebsten einen kleinen Freudentanz vollführt. »Ich mache Ihnen schon auf, damit Sie direkt raufkommen können. Die Adresse haben Sie?«

»Na klar. Oh, Karlene, ich liebe dieses Viertel. Es ist genau das, was ich will.«

»Warten Sie erst, bis Sie Ihre zukünftige Bleibe sehen.« Sie trat neben die Tür und stellte die Security unten am

Eingang aus. »Ich schwöre Ihnen, wenn Sie die Gelegenheit nicht nutzen, kaufe ich sie selbst.«

»Sagen Sie mir, dass sich nicht schon jemand anderes die Bude angesehen hat. Ich habe nämlich ein echt gutes Gefühl.«

»Ich habe Sie, wie versprochen, noch vor allen anderen kontaktiert. Die nächsten Interessenten kommen frühestens morgen früh, wenn Sie wollen, ist die Sache dann schon unter Dach und Fach.«

»Perfekt. Ich bin schon auf dem Weg nach oben. He, der Lift ist toll. Zehn Sekunden.«

Lachend klappte sie ihr Handy zu und nahm ihn mit einem strahlenden Lächeln in Empfang.

»Es tut mir wirklich leid, dass ich Sie habe warten lassen«, meinte er, als er das Loft betrat. »Aber ich habe Ihnen als Wiedergutmachung etwas mitgebracht.« Er hielt ihr einen der beiden Kaffeebecher hin, die er aus einer Tüte zog.

»Jetzt ist Ihnen auf jeden Fall verziehen.« Sie prostete ihm zu. »Wo sollen wir anfangen?«

»Lassen Sie mich einfach kurz hier stehen.« Er schob sich den Riemen seines Rucksacks wieder auf die Schulter und sah sich bewundernd um. »Das ist ... mein Gott, was für ein Licht.«

»Genau deshalb habe ich sofort an Sie gedacht. Weil ganz einfach jede Menge natürliches Licht durch all die Fenster fällt und der Raum dadurch ideal für einen Künstler ist. Sie könnten ihn für Ihre Arbeit nutzen, aber wenn Sie hier lieber einfach wohnen und Gäste empfangen wollen, bietet das zweite Schlafzimmer dieselbe Helligkeit und genauso viele Oberlichter an.«

»Und wie sieht es mit dem Sichtschutz aus? Ich mag

es nämlich nicht, wenn man mir bei der Arbeit zusehen kann.«

»Natürlich.« Sie hob einen Finger hoch. »Computer, Sichtblenden an allen Fenster an.«

Mit einem leisen Summen fuhren die durchsichtigen Blenden aus. »Wie Sie sehen können, haben sie eine hervorragende Qualität. Sie beeinträchtigen den Lichteinfall von außen nicht. Falls Sie die Sonne blendet, können Sie die Blenden abdunkeln.«

»Perfekt.« Er lächelte sie an. Jungenhaft, charmant und attraktiv. »Absolut perfekt. Wie schmeckt Ihnen der Kaffee?«

»Er ist ebenfalls perfekt.« Sie trank den nächsten Schluck. »Aber um noch einmal auf die Lage zu sprechen zu kommen: Hier in der Umgebung gibt es alles, was das Herz begehrt. Galerien, Kneipen, Restaurants sowie echt tolle Coffeeshops, aber das haben Sie ja selbst bereits entdeckt.«

»Hier möchte ich leben.« Er trat auf die inzwischen sichtgeschützten Fenster zu.

»Die Möbel sollen Ihnen eine Vorstellung davon vermitteln, wie man diese Räume nutzen kann. Aber natürlich könnten Sie hier alles machen, was Sie wollten, Drew. Arbeiten, sich amüsieren oder beides. Ich weiß, Sie haben gesagt, dass Sie nicht kochen, trotzdem müssen Sie die Küche sehen. Sie ist nämlich einfach perfekt. Superpraktisch und total modern. Vielleicht hätte ja eine Freundin ihren Spaß daran.«

Er wehrte grinsend ab.

»In Ordnung, dann sind Mädels also erst einmal tabu«, stimmte sie ihm lachend zu. »Denn an erster Stelle kommt die Kunst. Aber schließlich laden Künstler öfter gleichgesinnte Menschen ein. Und ernähren müssen sie sich auch. Hier können Sie problemlos irgendwelche Reste vom Chinesen aufbewahren, den AutoChef auffüllen und über den eingebauten Computer rausfinden, wo man überall Speisen mit nach Hause nehmen kann, wo der nächste Lieferservice ist, und sich schon einmal die Speisekarten ansehen.«

»Das wäre schon eher etwas für mich.«

»Oh, und die Security. Wenn Sie möchten, kann ich Ihnen zeigen, welcher Monitor welchen Bereich des Lofts aufnimmt.«

Er winkte ab. »Lassen Sie mich erst den Rest des Lofts ansehen.«

»Dann gehen wir am besten zunächst ins Schlafzimmer. Es ist ebenfalls möbliert, damit Sie eine Vorstellung davon bekommen, wie es eingerichtet werden könnte. Einer der Vorteile der Wohnung in der obersten Etage ist, dass es auch in diesem Raum Oberlichter gibt.«

Sie machte ein paar Schritte und fing an zu schwanken. »Sind Sie okay?«

»Wow. Mir ist plötzlich ein bisschen schwindelig.«

»Vielleicht sollten wir uns setzen?«, schlug er mit besorgter Stimme vor.

»Nein, schon gut. Es geht mir gut. Ich habe einfach in der letzten Zeit alle Hände voll zu tun gehabt, damit alles rechtzeitig fertig wird.«

»Richtig. Sonnabend ist ja der große Tag.«

»Der größte Tag meines Lebens. Da wir bereits am Montag in die Flitterwochen starten, möchte ich, dass vorher alles, was zu tun ist, auch erledigt ist. Ich brauche nur noch einen Schluck von meinem Muntermacher.« Wieder hob sie ihren Becher an den Mund.

»Direkt an das zweite Schlafzimmer, das aus meiner Sicht ein ideales Atelier abgäbe, grenzt ein kleines Bad. Das wäre für Sie durchaus praktisch, aber das Hauptschlafzimmer ist einfach der Hit.«

Sie betrat den Raum, und ihre Knie gaben nach.

»He, he.« Er nahm ihren Arm, um sie zu stützen, und führte sie bis zum Bett. »Setzen Sie sich erst einmal hin.«

»Tut mir leid. Es tut mir wirklich leid.« Sie hatte das Gefühl zu schweben. »Ich fühle mich irgendwie ... nicht gut. Aber gleich wird's sicher wieder gehen.«

»Das glaube ich eher nicht. Hier, trinken Sie aus.« Jetzt hielt er ihr den Becher an den Mund und kippte ihr, während ihre Augen bereits glasig wurden, den Rest des Kaffees in den Hals.

»Warten Sie.«

»Keine Sorge. Ich lasse mir jede Menge Zeit. Wir haben noch den ganzen Tag für uns.«

Obwohl sein Gesicht verschwamm, empfand sie, als sie die gebleckten Zähne und das grauenhafte Lächeln sah, ein Gefühl der Angst. Oder eher ein Gefühl von nackter Panik, doch dann wurde plötzlich alles schwarz.

Er hatte seine Hände schon im Lift versiegelt, und so brauchte er jetzt nur noch seinen Rucksack aufzumachen und das Seil herauszuziehen.

»Schließlich wollen wir auf Nummer sicher gehen«, murmelte er, während er Karlene die schlaffen Hände auf den Rücken band.

Da das Bett von den Verkäufern mit sehr hübscher, teurer Bettwäsche versehen worden war, band er damit ihre Beine in Höhe ihrer Knöchel an den Silberknäufen am Fußende fest.

Dann nahm er den Rest von seinem Werkzeug aus der

Tasche, zog sich aus und packte seine ordentlich zusammengelegten Kleider ein.

Er betrachtete Karlene, während er seinen eigenen, nicht mit einem Schlafmittel versetzten Kaffee trank, und fand, sie sähe friedlich aus. Aber das würde nicht lange dauern, dachte er und nickte mit dem Kopf.

Das Loft war schallgeschützt, das hatte er geprüft. Genauso hatte er geprüft, ob die beiden anderen Bewohner des Gebäudes außer Hauses waren.

Er trat unbekleidet vor die Stereoanlage, wechselte zu hartem, rauem Trash und drehte die Lautstärke etwas weiter auf. Danach überprüfte er die Kameras und guckte, ob die Wohnung abgeschlossen war.

Später, dachte er, wenn er sie erst … weich gemacht hätte, würde sie ihm ihren Code verraten. Würde darum betteln, dass er ihn sich sagen ließe. Dann würde er die Kameras herunterfahren und den Virus hochladen.

Vorher aber würde er ihr Angst machen, sie leiden lassen, mit ihr über dieses Miststück, ihre Mutter, reden. Und ihr ganz genau erklären, weshalb Jaynie Robins schuld am grauenhaften Tod der eigenen Tochter war.

Er stellte ihren Becher, den er ein paar Häuserblocks entfernt erstanden und mit seinem Drogenmix gefüllt hatte, auf einer Arbeitsplatte in der Küche ab. Kehrte ins Schlafzimmer zurück und überprüfte seine Checkliste, um sich zu vergewissern, dass er auch nichts vergessen hatte.

Als sie stöhnte und sich rührte, blickte er sie lächelnd an. Zeit, mit seiner Arbeit zu beginnen.

Eve marschierte zielstrebig in ihre Abteilung auf dem Hauptrevier. Sofort brachen sämtliche Gespräche ab, und Baxter sprang von seinem Stuhl auf.

»Lieutenant ...«

»Zehn Minuten, Konferenzraum, Teambesprechung.«
Sie marschierte schnurstracks weiter durch die Tür ihres
Büros. Sie bräuchte diese Zeit, um wieder einen klaren
Kopf zu kriegen und ihre Gedanken zu sortieren, sie hol-
te sich einen Kaffee und rief die neu eingegangenen Mails
auf ihrem Computer auf.

»Journalisten, Journalisten, Journalisten. Aber ich spreche ganz sicher nicht mit euch. Wendet euch gefälligst an
die Pressestelle, wenn ihr etwas wissen wollt.«

Auch Peach Lapkoffs Liste war schon da, die Frau war
wirklich schnell, Eve ging die Aufführungen und die Daten
durch.

»Computer, ich brauche die Namen sämtlicher Personen, die im Gefängnis vergewaltigt und danach erstickt
oder erdrosselt worden sind. Auf der Erde, extraterrest-
risch, einschließlich derer im offenen Vollzug oder unter
Hausarrest, und zwar hier in New York, den Vereinigten
Staaten und weltweit. Captain Jonah MacMasters muss
in irgendeiner Funktion an den Ermittlungen gegen diese
Personen oder an ihrer Verhaftung beteiligt gewesen sein.«

Einen Augenblick ... Über welchen Zeitraum soll die Suche
sich erstrecken?

Bruder, Sohn, Geliebter. Er könnte all dies oder auch nichts
von all dem sein. »Fünfundzwanzig Jahre.«

Warnung ... eine Suche nach Informationen dieser Art,
die sich über einen Zeitraum von über zwanzig Jahren
erstreckt, wird mehrere Stunden dauern.

»Dann machst du dich am besten sofort an die Arbeit. Los.«

Einen Augenblick ... Suche beginnt ...

»Computer, schick die Suchergebnisse für jedes Jahr an meine Computer hier und zu Hause.«

Warnung ... eine Aufteilung der Suchergebnisse nach Jahren wird mehrere Stunden dauern.

»Da kann man wohl nichts machen. Los.«

Sie schenkte sich noch einmal frischen Kaffee nach und machte sich auf den Weg in den Besprechungsraum.

Sie hatte gehofft, Peabody wäre inzwischen wieder da, damit sie ihr die Vorbereitung der Besprechung übertragen könnte. So aber rief sie die Daten selbst auf dem Computer auf, brachte die Notizen an der Tafel auf den neuesten Stand, schleifte eine zweite Tafel in den Raum und griff erneut nach ihrem Stift.

Spiegelt das Verbrechen ein vorheriges Geschehen?

Verbindungen MacMasters – Killer sowie Killer – unbekannte Person, die auf dieselbe Weise umgekommen ist. Suche noch nicht abgeschlossen.

Der Täter ist anpassungsfähig, organisiert und zielstrebig.

Sie fuhr fort und listete die Hauptpunkte von Miras Täterprofil an der Tafel auf.

Verbindung nach Columbia. Studierenden- und Angestelltenakten werden eingesehen.

Schuhe und Columbia-Sweatshirt wurden von einer Zeugin identifiziert.

Hat der Täter zusammen mit dem Opfer eine Theater-
aufführung und/oder Lesung in Columbia besucht?

Sie war immer noch am Schreiben, als Baxter und Trueheart kamen, erbat aber trotzdem erst einmal ihren Bericht.

»Der Besuch der Nachbarschaft hat nicht das Mindeste ergeben. Wenn wir ein Phantombild hätten, hätten wir möglicherweise eher etwas herausgekriegt. Dann haben wir die Orte abgeklappert, an denen sie regelmäßig war, ebenfalls ohne Ergebnis. Schließlich achtet niemand auf zwei junge Leute, die er irgendwo in einem Laden, einer Beize oder auf der Straße sieht. Sie wurde von jeder Menge Leute wiedererkannt, aber niemand hat sie mit einem Typen zusammen gesehen, auf den seine Beschreibung passt.«

»Nun, auch der Besuch der Gegend, in der Ihre Zeugin sie gesehen haben will, hat nichts erbracht«, fuhr Trueheart auf einen Wink hin fort. »Zwei Leute dachten, sie wären ihr vielleicht mal irgendwo begegnet, aber sicher waren sie sich nicht. Ein Mann meinte, er hätte sie zusammen mit einem vielleicht zwanzigjährigen Jungen gesehen, aber mehr konnte er nicht sagen. Nicht mal, ob der Junge dunkel oder hell, dick oder eher dünn, geschweige denn wie er angezogen war. Aber wir haben uns seinen Namen und seine Adresse aufgeschrieben, wenn wir das Phantombild haben, fahren wir noch einmal hin.«

»Wir haben auch mit der Durchsicht von MacMasters' Fällen angefangen, wobei wir rückwärts gehen«, ergriff Baxter abermals das Wort. »Wenn irgendetwas auch nur ansatzweise merkwürdig auf uns wirkt, gehen wir der Sache weiter nach.«

»Teilen Sie die Fälle auf, arbeiten Sie sich jeder von

einem Ende vor und treffen sich dann in der Mitte«, empfahl Eve. »Die aktuellen Fälle haben nichts gebracht, also fangen wir jetzt mit den alten Fällen an.«

»Mit fünfundzwanzig Jahre alten Fällen?«, fragte Baxter naserümpfend, fügte dann aber hinzu: »Was soll's, Sie sind der Boss.«

»Genau.« Sie drehte den Kopf, als Peabody den Raum betrat. Sie schleppte eine riesengroße Kiste, sofort lief Trueheart los und nahm sie ihr ab.

»Er ist eben ein echter Gentleman«, stellte Baxter spöttisch fest.

»Mehr als die Cops im Fahrstuhl garantiert, denn die haben nicht mal Platz gemacht. Das müssen an die fünfzig Eintrittskarten sein«, fuhr Peabody schnaufend fort. »Außerdem Poster und Programme. Da ich mir vorstellen kann, worum es Ihnen geht, bin ich noch einmal alle ihre Sachen durchgegangen und habe auch T-Shirts von Musicals und Konzerten sowie alle anderen Souvenirs mitgenommen.«

»Gut. Ich habe Dr. Lapkoffs Liste mit sämtlichen Aufführungen und Lesungen, die es seit April an der Universität gegeben hat. Die Chance ist groß, dass unser Opfer, falls es dort gewesen ist, mit dem Killer zusammen war. Deshalb gleichen wir die Sachen, die Sie haben, mit der Liste ab.«

Sie wandte sich wieder ihrer Tafel zu, an der eine Karte hing. »Die roten Punkte zeigen die drei Orte, von denen wir wissen, dass sie dort zusammen waren. Den Park, die Stelle in der Second Avenue, wo die Zeugin sie gesehen hat, und ihr Haus. Aber wir werden weitergraben, bis wir auch noch andere Orte haben.«

Sie warf einen Blick auf ihre Uhr. »Wo zum Teufel bleiben die elektronischen Ermittler?«

»Ich habe mit McNab auf dem Weg hierher telefoniert. Er meinte, sie wären unterwegs.« Peabody ließ ihren Blick über den leeren Konferenztisch schweifen. »Nichts zu essen und noch nicht mal was zu trinken. Möchte jemand was? Blöde Frage«, meinte sie, ehe jemand etwas sagen konnte. »Ich bin sofort wieder da.«

»Nun, während Peabody Ihre Erfrischungen besorgt«, begann Eve sarkastisch, brach dann aber ab, als Feeney vor McNab den Raum betrat. »Freut mich, dass ihr kommen konntet.«

Feeney fuchtelte mit einem Finger vor ihrem Gesicht herum. »Wir stecken bis zum Hals in Arbeit, und wenn meine Augen weiter derart bluten, brauche ich bald eine Transfusion.«

Er setzte sich auf einen Stuhl, ließ den Nacken kreisen, und Eve konnte das laute Knirschen seiner Knochen bis ans andere Zimmerende hören.

»Dieser verdammte Hurensohn hat irgendeinen neuen Virus eingesetzt. So was habe ich noch nie gesehen. Ich habe ein paar Leute auf die Identifizierung und das Zusammensetzen der einzelnen Bestandteile des Bastards angesetzt.«

»Es tauchen täglich irgendwelche neuen Viren auf«, stellte Eve ein wenig ungehalten fest. »Dagegen sollten Computer ja wohl hinlänglich gewappnet sein. Dafür ist die Computerüberwachung doch angeblich da.«

»Die haben bereits mehr als genug damit zu tun, sich ständig irgendwelche neuen Vorschriften auszudenken, den sogenannten Datenschutz noch zu verschärfen und nicht registrierte Geräte ausfindig zu machen. Deshalb taucht alle paar Wochen irgendein neuer, blöder Virus auf, und alle ein, zwei Jahre wird etwas entwickelt, was uns echtes Kopfzerbrechen macht. Wozu dieser Virus eindeutig gehört.«

»Wie lange würdest du brauchen, um etwas zu entwickeln, was anderen echtes Kopfzerbrechen macht?«

»Ich bin Polizist«, erklärte er empört.

»Na und?«

»Käme darauf an, wie viel Zeit ich dafür hätte und wie groß der Schaden sein sollte, den ich damit anrichten wollte«, stellte er mit einem gleichmütigen Schulterzucken fest.

»Etwas wie diesen Virus hier?«, warf sein Untergebener ein. »Dafür bräuchte man gut hundertfünfzig Stunden, wenn man kein Profi wäre, mehr. Außerdem müsste man das Ding gut abschirmen, weil die Computerüberwachung wirklich gute Detektoren hat. Die finden zwar nicht alles, aber wenn sie dich erwischen, kriegst du Riesenscherereien.«

Sie wollte etwas sagen, aber er kam ihr zuvor. »Wir haben bereits versucht zu überprüfen, wen die Computerüberwachung bereits alles am Schlafittchen hatte, aber das Problem ist, dass die Typen dort nicht gern mit anderen teilen und sie deshalb für jeden Namen eine gesonderte richterliche Verfügung sehen wollen.«

Sie dachte an die Fähigkeiten ihres Mannes und die nicht registrierte Kiste, die in seinem Arbeitszimmer stand. Wenn nötig, wäre sie bereit, ihn darum zu bitten, ausnahmsweise einmal die dämlichen Vorschriften zu umgehen.

Sie wandte sich wieder ihrer Tafel zu und schrieb dort auf: *Neuer Computervirus deutet auf Ausbildung oder Anstellung des Täters in der Computerbranche hin.*

»Ja.« Feeney nickte zustimmend. »Das wäre durchaus eine Möglichkeit.«

»Miras Profil zufolge hat er eine Arbeit oder eine geregelte Einkommensquelle, ist gebildet, talentiert und zielstrebig. Lauter Eigenschaften, die jemand aus eurer Branche braucht.«

»Worauf Sie Ihren Arsch verwetten können«, pflichtete McNab ihr bei und verzog den Mund zu einem breiten Grinsen, als er Peabody den nächsten offenbar schweren Karton in Richtung des Tisches schleppen sah. »He, She-Body, warte, ich helfe dir.«

»Seht ihr, auch mein Schätzchen ist ein echter Gentleman«, stellte Peabody mit wild flatternden Lidern fest.

»Er hat das Essen gerochen«, schränkte Baxter feixend ein.

»Sandwiches, Soja-Fritten, Energieriegel, Wasser, Limo, Pepsi.« Peabody klappte den Kasten auf und schnappte sich ein Brot.

»Ich brauche dringend eine Limo. Mein Gehirn ist völlig ausgetrocknet«, stellte Jamie fest.

»Also, zurück zu unserem Fall.« Eve genehmigte sich eine Dose Pepsi und klärte ihr Team über ihre morgendliche Arbeit auf.

»Die Methoden spiegeln sich.« Feeney stopfte sich den letzten Bissen eines mit geheimnisvoller Wurst und Schmelzkäse bestrichenen Sandwichs in den Mund. »Das ist wirklich gut. Er hat sie nicht einfach nur so auf diese Weise umgebracht.«

»Andererseits wäre es vielleicht auch einfach schmutziger gewesen, hätte er ein Messer, einen Knüppel, ein Stück Rohr oder etwas anderes in der Art benutzt«, spekulierte McNab.

»Er hatte Drogen dabei. Ihr eine Überdosis zu verpassen, hätte keinen Dreck gemacht, aber das hat er nicht getan. Und bei einem Messerstich direkt ins Herz – er hätte jede Menge Zeit zum Zielen gehabt – spritzt auch kaum Blut. Aber er hat sie mit bloßen Händen erwürgt. Dafür braucht man Zeit und Kraft und, ja, ein ganz bestimmtes Ziel.«

»Es ging ihm darum ihr wehzutun, richtig?« Jamie starrte auf die Limo-Dose, die er in den Händen hielt. »Das war sein Ziel.«

»Er hat sie äußerlich nicht wirklich übel zugerichtet.« Trueheart räusperte sich leise, denn urplötzlich sahen ihn alle anderen an. »Ich meine, ihr Gesicht. Wenn er wütend gewesen wäre, hätte er das meiner Meinung nach getan. Vielleicht wollte er seine Fäuste nicht benutzen, wollte nicht, das was an seine Hände kommt. Aber im Haus wären auch jede Menge Waffen gewesen. Spitze oder stumpfe Gegenstände, die er hätte nehmen können. Und er hat sie mehrfach gewürgt, also hat er das … gewollt. Er hat gewollt, dass sie auf diese Weise stirbt. Könnte ich mir zumindest vorstellen.«

Baxter strahlte wie ein Honigkuchenpferd. »Dafür kriegt der Junge eine glatte Eins.«

»Ich lasse den Computer gerade ähnliche Verbrechen innerhalb des Strafvollzugs suchen, bei denen es eine Verbindung zwischen den Opfern und MacMasters als ermittelndem Beamten oder Chef der ermittelnden Beamten gibt.«

»Das wird sicher ewig dauern«, überlegte Feeney. »Aber trotzdem eine gute Spur.«

»Wie dem auch sei, dass Detective Yancy nicht bei der Besprechung ist, zeigt mir, dass er immer noch mit einer oder beiden Zeuginnen beschäftigt ist. Wir werden nachher erfahren, was bei diesen Sitzungen herausgekommen ist. Bisher haben Baxter und Trueheart bei der nochmaligen Zeugensuche kein Glück gehabt. Aber sobald wir ein Phantombild haben, ziehen die beiden nochmal los.« Eve wandte sich der Tafel zu.

»Außerdem gehen wir ein paar Spuren an der Uni nach. Wir werden die Studenten und die Angestellten noch einmal überprüfen, den Kreis dieser Leute auf alle Südstaaten ausdehnen und weitere Jahre zurückgehen. Des Weiteren werden wir gucken, welche Sachen aus dem Zimmer des Opfers in Zusammenhang mit irgendwelchen seit April stattgefundenen Theateraufführungen, Lesungen und Ähnlichem auf dem Campus stehen. Wenn er sie dorthin begleitet hat, haben wir noch einen Ort, an dem sie zusammen waren, und finden vielleicht irgendwelche Zeugen, von denen sie dort gesehen worden sind. Jetzt zu seinen Schuhen, Peabody.«

Ihre Partnerin stieß einen Seufzer aus. »Okay, die Zeugin aus dem Park hat die Schuhe des Verdächtigen erkannt. Anders Cheetahs, weiß mit dunkelblauem Logo. Laufschuhe, die alles andere als billig sind. Da sie nach Ansicht der Zeugin neu oder noch ziemlich neu gewesen sind, habe ich überprüft, wo dieses Modell seit Januar verkauft worden ist. Ich hätte nie gedacht, wie viele Leute so viel Kohle für ein dämliches Paar Schuhe ausgeben, in denen sie nur joggen gehen. Ich habe die Verkäufer in verschiedene Kategorien unterteilt. Online-Shops, Einkaufszentren sowie einzelne Geschäfte in New Jersey und New York. Da die Orte, an denen der Verdächtige tatsächlich oder angeblich mit dem Opfer war, wohl kaum infrage kommen, habe ich mich auf die Gegend unterhalb der Vierzigsten, die Online-Shops und die Läden außerhalb Manhattans konzentriert.«

Sie machte eine Pause und hob ihre Wasserflasche an den Mund. »Trotzdem bleiben jede Menge Läden übrig. Wegen der Beschreibung, die die Zeuginnen von ihm gegeben haben, habe ich mich auf die durchschnittlichen Schuhgrößen von einem Meter achtzig großen, schlanken Männern konzentriert und die Suche damit noch ein bisschen weiter eingegrenzt. Aber trotzdem ...«

»Wir haben verstanden, Peabody«, fuhr Eve sie an.

»Tut mir leid. Mein Handcomputer setzt die Suche automatisch fort und auf der U-Bahn-Fahrt von Deenas Haus hierher hatte ich ein bisschen Zeit zum Nachdenken. Die Schule war anscheinend gerade aus, es waren jede Menge Teens und Twens in meinem Waggon, ich habe darüber nachgedacht, wie sie gekleidet waren, und dabei fiel mir etwas ein. Wir gehen davon aus, dass er sich möglichst unauffällig gibt. Das glaube ich auch. Aber dann habe ich mich gefragt, wie es wohl bei diesem ersten Treffen war. Das hatte er schließlich sorgfältig geplant. Das Columbia-Sweatshirt war wie ein Kostüm für den Charakter, den er spielen wollte, etwas, wodurch sich Kontakt zu ihr herstellen ließ. Und die Schuhe? Sie war Joggerin, deshalb hat sie bestimmt erkannt, dass seine Schuhe teuer waren.«

»Er hat sich passend zu seiner Rolle kostümiert«, stimmte Eve ihr zu.

»Ja. Und er ist ein Planer. Denkt die Dinge vorher durch. Weshalb also hätte er nicht auch seine Kostümierung planen sollen? Wenn ich mir etwas Wichtiges zum Anziehen kaufe – für ein wichtiges Event –, will ich sicher sein, dass alles zusammenpasst. Wenn möglich, kaufe ich deswegen alles – Kleid, Schuhe, Tasche, all das Zeug – in einem Laden ein. Und wenn das nicht geht, nehme ich eins der Stücke, die ich bereits habe, oder wenigstens ein Foto davon mit, wenn ich auf die Jagd nach den anderen Sachen gehe.«

»Ein Foto?«, fragte Eve sie ehrlich überrascht.

»Ja klar. Weil sich weder die Tasche mit den Schuhen beißen noch die Schuhe blöd zum Kleid aussehen sollen. Weil man schließlich gut aussehen will. Weil man sogar, wenn man einen festen Partner hat ...« Sie klapperte McNab mit ihren dunklen Wimpern an. »... einen guten Eindruck machen will.«

»Für mich siehst du immer fantastisch aus«, stellte der mit einem schnulzigen Lächeln fest.

»Hören Sie auf, bevor mir schlecht wird«, befahl Eve.

»Vielleicht hat er also die Schuhe und die Hose, ich meine, die Jogginghose, zusammen gekauft. Ich meine, am selben Ort«, fuhr Peabody fort, während sie verstohlen ihre Hand zwischen die Stühle schob und über die Hand von ihrem Liebsten strich. »Das gesamte Outfit. Denn, wenn auch auf eine völlig kranke Art, war dies so etwas wie ein erstes Date. Und das Outfit während eines ersten Dates spielt eine entscheidende Rolle. Schließlich wollte er, dass sie etwas Bestimmtes in ihm sieht, dass sie einen bestimmten Eindruck von ihm kriegt.«

»Verstehe«, meinte Eve. »Dafür kriegt das Mädel eine Eins.«

»Echt?« Peabody blies stolz die Backen auf. »Ich habe bereits damit angefangen, alle Läden rauszusuchen, in denen es Collegeklamotten, Laufsachen und Anders-Schuhe gibt. Von denen gibt es jede Menge, aber nicht so viele wie Geschäfte, in denen es nur diese Schuhe gibt.«

»Sonnenbrille«, sagte Eve. »Er hatte eine Sonnenbrille und darüber eine Baseballkappe auf.«

»Dann gebe ich diese beiden Sachen auch noch ein. Die andere Sache ist die: Falls er all das Zeug in einem Laden gekauft hat, hat er sicherlich nicht bar bezahlt. Weil das aufgefallen wäre. Schließlich hat alles zusammen sicher einen Tausender gekostet, eher noch mehr. Also hat er bestimmt mit einer Kreditkarte bezahlt. Und bei einer Kartenzahlung hinterlässt man immer eine Spur.«

»Weshalb hätte er sich darüber auch Gedanken machen sollen?« Eve nickte zustimmend. »Schließlich hat sich sicher niemand was bei diesem Kauf gedacht. Gehen Sie der Sache nach.«

»Bin schon dabei.«

»Baxter, Trueheart, gehen Sie weiter MacMasters' Fälle durch. Sobald die Suche nach ähnlichen Verbrechen etwas ergeben hat, beziehen wir das Resultat mit ein. Du kriegst einen halben Liter meines eigenen Bluts«, bot sie Feeney an, »wenn du mir dafür irgendwas von der Festplatte holst.«

»Dein Mann hat mich schon angerufen und gesagt, dass er sich das Ding am späten Nachmittag ansehen wird. Und er wird bestimmt etwas finden, weil er schließlich immer irgendwelche Tricks auf Lager hat.«

Das war ohne Zweifel richtig, dachte Eve. »Die Gedenkfeier für Deena ist am Donnerstag. Ich will, dass jeder von euch, der es einrichten kann, sowie möglichst viele Beamte in Zivil an der Feier teilnehmen. Weil er dort erscheinen wird, um die Früchte seines Treibens zu genießen. Selbst wenn unser Phantombild bis dahin vielleicht noch etwas vage ist, bekommt jeder eine Kopie davon. Auf geht's, schnappen wir uns diesen Kerl.«

Eve versuchte zu übersehen, wie McNab und Peabody sich in der Tür zum Abschied küssten und begrabschten, während sie erklärte: »Die Idee, dass er das ganze Zeug auf einmal irgendwo gekauft hat, war echt gut.«

»Shoppen ist für mich, anders als für Sie, ein wichtiger Bestandteil meines Lebens. Also weiß ich, wie das geht. Aber trotzdem kommt es mir so vor, als wüssten wir inzwischen zwar zahlreiche Details, aber als hätte dieser Kerl noch immer keine wirkliche Gestalt. Als wäre er immer noch ein Geist.«

»Hoffen wir, dass Yancy ihn für uns zum Leben erwecken kann.«

12

Sie wusste ganz genau, dass es nicht ratsam war, den Zeichner zu bedrängen, während er mit ihren Zeuginnen zusammensaß. Aber ein kurzer, kräftiger Stupser wäre sicherlich okay.

Als sie ihn nicht an seinem Arbeitsplatz vorfand, klapperte sie kurzerhand die drei kleinen Besprechungszimmer ab, wobei sie zwei andere Zeichner bei der Arbeit störte, ohne Yancy zu finden. Denn der lungerte im Pausenraum herum, hatte ein Headset auf, lehnte mit geschlossenen Augen an der kurzen Arbeitsplatte und schob sich genüsslich Trockenobst aus einer durchsichtigen Plastiktüte in den Mund.

Er hatte dichtes, wild gelocktes Haar, ein anziehendes Gesicht und trug ein am Kragen offenes Hemd mit hochgerollten Ärmeln über abgewetzten Jeans. Er sah weniger wie ein Detective als wie eins der Kids vom College aus und ginge problemlos noch als Anfang zwanzig oder, wenn er sich bemühte, sogar als noch jünger durch.

Dann aber schlug er die Augen auf, und sie fügte fünf Jahre hinzu. Denn für jemanden, der gerade mit der Schule fertig war, hatten sie bereits zu viel gesehen.

»Wie alt sind Sie?«

Er zog überrascht die Brauen hoch. »Achtundzwanzig. Warum?«

»Mir ging nur gerade etwas durch den Kopf.«

Er schob sich die nächste Handvoll Trockenfrüchte in den Mund. »Sie denken an den Verdächtigen. Er wirkt noch ziemlich jung, könnte aber älter sein.«

»Etwas in der Art.« Sie lehnte dankend ab, als er ihr etwas von dem Obst anbot. »Warum essen Sie das Zeug?«

»Das weiß ich selbst nicht so genau. Mit Marta Delroy bin ich fertig.«

»Mit dem Kindermädchen aus dem Park. Hat die Sitzung was gebracht?«

Er schüttelte den Kopf. »Sie hat ihn nur flüchtig gesehen. Sie hat sich echt bemüht, aber es hat an dem Tag ziemlich geregnet, und sie hat ihn nur ganz kurz gesehen. Viel mehr als die Größe, die Statur, die Haarlänge und Hautfarbe hat sie sich nicht gemerkt. Ich bin die Begegnung noch mal mit ihr durchgegangen, und es hat sich herausgestellt, dass sie ihn im Profil gesehen hat. Ich glaube, die Beschreibung der Klamotten und des Airboards waren ziemlich gut, aber von seinem Gesicht hatte sie nur einen ungefähren Eindruck. Jung und attraktiv.«

»Warum zeigen Sie mir das Bild nicht schon einmal?«

Er blies unglücklich die Backen auf. »Sie werden damit sicher nicht zufrieden sein.«

Trotzdem kehrte er mit ihr an seinen Arbeitsplatz zurück und rief die Skizze auf seinem Computer auf.

»Verdammt. Das ist ein Allerweltsgesicht. Könnte sogar das von einem Mädchen sein.«

Yancy reckte einen Zeigefinger in die Luft. »Ja, wobei der zweite Teil vielleicht ein Vorteil ist. Es war ein junger Mann, da ist sie sich ganz sicher, aber sie verwendet immer wieder Worte wie niedlich oder hübsch, wenn sie ihn beschreibt. Weshalb er vielleicht androgyne Züge hat. Junge Mädchen fühlen sich von Jungs mit androgynen Zügen häufig angezogen, weil die weniger bedrohlich sind.«

»Dann haben wir es also vielleicht oder vielleicht auch nicht mit einem hübschen Kerl zu tun, der vielleicht oder vielleicht auch nicht so um die neunzehn ist.«

»In einer halben Stunde geht es mit Ihrer zweiten Zeugin weiter. Ich habe sie schon telefonisch aufgewärmt. Sie ist deutlich forscher und entschiedener als Marta und kommt mir erheblich selbstbewusster vor. Vielleicht habe ich mit ihr mehr Erfolg. Dann kann ich das, was sie mir gibt, mit dem, was ich schon habe, abgleichen und gucken, ob den beiden noch irgendetwas einfällt, wenn sie die fertige Skizze sehen.«

»Erzählen Sie mir etwas von dem Airboard.«

»Schwarz mit Silberstreifen. Marta denkt, dass es Metallicsilber war, denn sie haben geglänzt, obwohl es geregnet hat und deshalb keine Sonne schien. Ein ziemlich schlichtes Design, deshalb habe ich ein bisschen recherchiert und festgestellt, dass es zwei Hersteller von derartigen Brettern gibt. Go-Scoot und Anders Street Sport.«

»Anders.«

»Ja, genau. Haben Sie nicht erst vor Kurzem den Mord an diesem Typen aufgeklärt?«

»Die Welt ist selbst für Tote offenkundig ganz schön klein. Aber es ist deshalb interessant, weil nach Aussage der zweiten Zeugin seine Schuhe ebenfalls von Anders waren. Vielleicht ist er der Marke treu. Geben Sie mir, was Sie mir geben können, und zwar bitte möglichst schnell.«

»Na klar«, erklärte er und sah sie grinsend an.

Sie kehrte in ihr Büro zurück und überprüfte Nattie Simpson sowie deren Mann und Kind. Wie MacMasters ihr bereits berichtet hatte, saß die gute Nattie noch im Kahn, während ihr geschiedener Mann mit dem Jungen nach East Washington verzogen war. Er war fünfunddreißig und ginge genauso wenig wie das zehnjährige Kind als Teenie durch.

Trotzdem rief sie noch in Rikers an, um sich nach Nattie zu erkundigen, bevor sie die Familie endgültig von ihrer Liste strich.

Keinerlei Verbindung, keinerlei Gemeinsamkeiten mit dem aktuellen Fall. Sie war in einer Sackgasse gelandet, dachte sie am Schluss.

Danach rief sie die Ergebnisse der Suche nach ähnlichen Verbrechen während der vergangenen fünf Jahre auf, doch eine Verbindung zu MacMasters gab es nicht.

Sie überlegte, ob sie vielleicht auch Opfer sowie Zeugen in die Suche einbeziehen sollte, kam dann aber zu dem Schluss, dass die Kiste in ihrem Büro wahrscheinlich implodieren würde, lüde sie ihr jetzt noch irgendeine zusätzliche Arbeit auf. Sie machte sich eine Notiz, diese Suche von daheim aus anzugehen, und hievte den Karton mit Deenas Souvenirs auf ihren Tisch.

Sie verglich die Gegenstände mit der Liste, die die Uni-

Präsidentin für sie angefertigt hatte, und traf schon nach kurzer Zeit ins Schwarze.

»*Shake It Up*. Das Frühlingsmusical. 15. bis 18. Mai.«

Sie ging die Fotos, die Zusammenfassung des Stücks, die Besetzungsliste und die Anzeigen verschiedener Sponsoren durch, obwohl sie keine Anmerkung oder Notiz von Deena darauf fand, tütete sie das Programmheft als Beweisstück ein.

Dann ging sie die Sachen weiter durch, legte sie geordnet nach Konzerten, Schauspiel, Tanztheater und Performance Art auf vier verschiedenen Stapeln ab. Sie runzelte die Stirn, als sie plötzlich abermals ein Programmheft von *Shake It Up* in den Händen hielt.

»Hast du etwa auch sein Heft mitgenommen, Deena? Ach, verdammt.« Eilig versiegelte sie ihre Hände, blätterte das Heft vorsichtig durch und fand gleich oben auf der zweiten Seite eine kleine, von einem Herzen gerahmte Anmerkung.

D & D

16.5.60

»Eines von den Programmen ist von ihm. Eins von den Programmen muss von ihm sein.« Sie tütete auch das zweite Heft ein und rief umgehend bei den Jennings an.

Diesmal sah Ms Jennings nicht zerzaust, sondern total erledigt aus, fand Eve.

»Lieutenant, Jo ist völlig fertig. Einfach fix und fertig. Sie gibt nämlich sich die Schuld daran, dass Deena nicht mehr lebt. Macht sich schlimme Vorwürfe, weil sie niemandem erzählt hat, dass sich Deena heimlich mit jemandem trifft. Sie hatte ihr versprochen, niemandem etwas davon zu sagen, und Versprechen, die man seiner besten Freundin gibt, muss man schließlich halten, aber trotzdem bringen ihre Schuldgefühle sie jetzt beinah um.«

»Vielleicht hilft es ihr, wenn sie uns unterstützen kann. Ich brauche nur eine Bestätigung von ihr, falls sie mir die geben kann. Es könnte für die Ermittlungen ausnehmend wichtig sein.«

»Also gut. Okay.« Ms Jennings rieb sich unglücklich die Stirn. »Sie ist in ihrem Zimmer. Sie kommt kaum noch raus, seit Sie hier gewesen sind und … vielleicht schläft sie ja. Ich werde sie nicht wecken, wenn sie schläft.«

Der Bildschirm wurde blau, Eve verkürzte sich die Wartezeit und schickte eine Mail an Berenski im Labor:

Habe möglicherweise Fingerabdrücke zum Mordfall MacMasters. Bringe sie so schnell wie möglich persönlich bei Ihnen vorbei. Größte Dringlichkeit. Also ersparen Sie mir irgendwelche blöden Sprüche und untersuchen das Zeug sofort.

»Lieutenant, hier ist Jo. Ich werde in der Nähe bleiben.«

»Kein Problem. Jo, ich muss wissen, ob sich Deena zusammen mit diesem Jungen, den sie heimlich getroffen hat, am 16. Mai ein Musical an der Uni angesehen hat.«

»Keine Ahnung.«

»Hätte sie dir vielleicht etwas davon erzählt? Ich weiß, dass sie gerne ins Theater ging. Sie hat immer die Programme aufgehoben, und sie hatte jede Menge von dem Zeug.«

»Er hätte an dem Abend mit ihr ins Theater gehen sollen, aber dann hat er sie umgebracht.« Das junge Mädchen brach in Tränen aus.

»Aber das war nicht das erste Mal, dass sie zusammen ins Theater gehen wollten, stimmt's?«

»Sie hat mir erzählt, dass er genauso gerne ins Theater

geht wie sie. Aber er ist einfach ein Lügner«, stieß sie verbittert aus. »Ein Lügner, weiter nichts.«

»Es reicht, Lieutenant.«

»Einen Moment. 16. Mai, Jo. Da müssen sie seit ungefähr vier Wochen zusammen gewesen sein. Es war ein Musical von Collegestudenten, in dem es um Collegestudenten ging. Ich wette, dass ihr das gefallen hat.«

»*Shake It Up.*«

»Genau. Hat sie sich das mit ihm zusammen angesehen?«

»Es war so etwas wie ein Jubiläum. Weil sie einen Monat zusammen waren. Sie hat ihn zum Abendessen getroffen, danach haben sie sich das Stück zusammen angesehen. Er hat ihr an dem Tag einen kleinen Stoffhund geschenkt.«

Eve erinnerte sich an die Stofftiersammlung, die ihr im Zimmer des Opfers aufgefallen war. »Was für einen Hund?«

»Einen kleinen, braun mit weiß. Wenn man seine Ohren reibt, sagt er *Ich liebe dich.* Mom.«

»Okay, Baby, okay. Das ist alles, Lieutenant.«

»Du hast mir sehr geholfen, Jo. Du hast Deena sehr geholfen, indem du mit mir gesprochen und dich an diese Dinge erinnert hast.«

»Ja?«

»Auf jeden Fall. Danke.«

Das Mädchen vergrub sein Gesicht an der Brust der Mutter, die nickte Eve kurz zu und legte auf.

Eve schnappte sich die Tüten, verließ ihr Büro und ging bei Peabody vorbei. »Vielleicht habe ich etwas. Zwei Programme für eine Aufführung am 16. Mai an der Columbia. Die beste Freundin hat bestätigt, dass Deena dort mit dem großen Unbekannten war.«

»Zwei? Dann hat sie also sein Programm behalten.«

»So sieht's aus. Ich bringe die beiden Dinger jetzt persönlich ins Labor. Ich habe noch ein paar Details, die ich in die Suche nach ähnlichen Verbrechen einbeziehen will, aber meine Kiste hier kriegt das nicht hin. Deshalb fahre ich erst zum Labor und danach nach Hause, weil ich an meinem Computer dort wahrscheinlich mehr erreichen kann.«

»Roarke ist oben bei den elektronischen Ermittlern.«

»Mist. Tja, dann sehe ich ihn eben erst, wenn er später nach Hause kommt. Außerdem muss ich noch einmal an den Tatort. Unser großer Unbekannter hat dem Mädchen eins der Stofftiere geschenkt. Vielleicht haben wir ja Glück, und es sind irgendwelche Spuren von ihm dran. Ich hole das Ding ab und bringe es gleich morgen früh als Erstes ins Labor.«

»Falls ich bis dahin irgendetwas finde, kriegen Sie sofort Bescheid.«

»Genau. Suchen Sie noch einmal nach dem Geschäft und geben dabei auch noch ein Anders-Airboard ein. Street Sport. Schwarz mit Silberstreifen. Vielleicht hat er das zusammen mit den Schuhen gekauft.«

»Okay.«

Auf dem Weg in Richtung der Garage klappte sie ihr Handy auf.

»Lieutenant«, grüßte Roarke.

»Ich muss noch mal los, und dann arbeite ich zu Hause weiter. Wollte nur kurz hallo sagen, denn ich bin schon auf dem Weg zu meinem Wagen.«

Er zog seine Brauen hoch. »Dann muss ich wohl sehen, wie ich nach Hause komme.«

»Tut mir leid. Wenn du ... wir reden einfach, wenn du heimkommst, ja?«

»Wenn du meinst. Obwohl ich noch nicht weiß, wie spät es bei mir wird. Iss erst mal etwas, wenn du nach Hause kommst, und warte nicht auf mich«, wies er sie an und brach die Übertragung ab.

Stirnrunzelnd starrte sie den schwarzen Bildschirm an. Es war nicht zu überhören gewesen, dass er leicht verärgert war. Aber er hätte sich nicht in ihre Arbeit mischen sollen, wenn er Anstoß daran nahm, dass sie nicht so lange warten konnte, bis er fertig war, damit er bequem nach Hause kam.

Immer noch schlecht gelaunt betrat sie das Labor und war mehr als nur bereit, dem Sturschädel das Herz herauszureißen, falls er sie auch noch reizen sollte.

»Also, worum geht's?«, fuhr er sie übellaunig an. »Ich habe, verdammt noch mal, allmählich Feierabend, denn schließlich haben Sie mich schon um ...« Er brach ab und brachte sich auf seinem Rollhocker in Sicherheit. »Meine Güte, Dallas, haben Sie etwa geknurrt?«

»Wenn Sie weiter derartigen Blödsinn quatschen, reiße ich Ihnen auch noch mit meinen bloßen Händen Ihre Eingeweide raus.« Sie klatschte die beiden eingetüteten Programme vor ihm auf den Tisch. »Auf einem dieser Dinger müssen seine Fingerabdrücke sein. Die will ich, verdammt noch mal, so schnell wie möglich haben. Ob Sie dafür verfluchte Überstunden machen müssen, interessiert mich nicht.«

»He, he, he. Bisher haben Sie mir wenigstens immer eine ordentliche Bestechung angeboten. Die würde ich unter den gegebenen Umständen natürlich nicht annehmen«, fügte er schnell hinzu. »Ich meine nur ...«

Mit hängenden Schultern zog er eins von den Programmen mit einer Pinzette aus der Tüte, legte es auf einer sterilen Unterlage ab, las die Titelseite mit dem Scanner ein, tippte etwas in seinen Computer. Und atmete zischend aus.

»Alleine auf der Vorderseite sind jede Menge verschmierte Teilabdrücke und ein paar anständige Abdrücke. Wissen Sie, wie viele Leute so etwas in den Händen halten? Die Leute, die sie zusammenstellen, die, die sie verpacken, die, die sie ausliefern, die, die sie wieder auspacken, die, die sie auslegen, und die, die sie verteilen.«

»Ich will, dass Sie jeden einzelnen Abdruck, der sich irgendwo auf den beiden Programmen findet, analysieren und identifizieren.«

»Verdammt, für so was braucht man Zeit. Natürlich werden wir das machen und es hinkriegen, aber bei dieser Menge Abdrücke brauchen wir, verflucht noch einmal, jede Menge Zeit.«

»Besorgen Sie mir einfach die Abdrücke. Die Zuordnung erledige ich selbst.«

»Das werden Sie auf jeden Fall.« Er richtete sich – sitzend – zu seiner ganzen Größe auf und hob zornig einen Zeigefinger in die Luft. »Wir haben Ihnen heute Morgen alles besorgt, was Sie gebraucht haben. Ich habe die Arbeit selbst erledigt und dazu noch zwei von meinen besten Leuten darauf angesetzt. Wir haben unseren Job gemacht, und das werden wir auch bei diesen Programmen tun. Also lassen Sie mich in Ruhe, ja?«

Da sie seinen Zorn und seinen Stolz erheblich eher respektierte als das jämmerliche Winseln, mit dem er ihr für gewöhnlich gegenübertrat, nickte sie nur knapp. »Der Bastard, der Deena MacMasters getötet hat, hatte eins dieser Programmhefte in der Hand. Bisher habe ich kein Gesicht und auch keinen Namen zu dem Kerl. Ich habe jede Menge Spuren, denen ich nachgehen kann, aber einen richtigen Verdächtigen habe ich bisher noch nicht. Bald sind die ersten achtundvierzig Stunden rum, und ich habe noch keinen Verdächtigen.«

»Wie gesagt, wir werden Ihnen besorgen, was Sie brauchen.«

Die Hände in den Hosentaschen, trat sie einen Schritt zurück. »Zwei Logenplätze auf der Seite des dritten Mals für das erste Heimspiel der Yankees im Juli.«

Er bleckte die Zähne zu einem zufriedenen Lächeln und erklärte gut gelaunt: »Das höre ich viel lieber, als wenn Sie mir drohen.«

Was soll's, sagte sie sich, während sie zu ihrem Wagen trottete. Schließlich hätte er sich diese Plätze fast redlich verdient.

Sie wollte auf direktem Weg nach Hause fahren, als ihr plötzlich auffiel, dass es vom Labor aus gar nicht weit bis zu Louises neuem Haus im West Village war. Vielleicht sollte sie noch einen kurzen Umweg machen, dann hätte sie ihre Pflicht als Trauzeugin erfüllt.

Vielleicht wäre ihre Freundin gar nicht da. Falls Charles ihr öffnete, könnte sie einfach behaupten, dass sie auf dem Weg nach Hause hatte fragen wollen, ob sie noch auf irgendeine Weise helfen könnte.

Damit wäre sie aus dem Schneider und hätte es in höchstens einer halben Stunde hinter sich.

Ein hervorragender Plan.

Sie rief die Adresse, die sie sich absolut nicht merken konnte, in ihrem Adressverzeichnis auf und bahnte sich einen Weg durch das Gewühl in Richtung des angesagten Bezirks.

Schattenspendende Bäume, alte Backsteinhäuser und gepflegte kleine Vorgärten verliehen diesem Teil des West Village die Atmosphäre eines kleinen Dorfs. Blumen blühten, Menschen, die nichts anderes zu tun hatten, als mitten in der Woche gemütliche Spaziergänge in ihrer Nachbarschaft zu unternehmen, führten kleine Hunde aus, die gut gelaunt an ihren Leinenenden tänzelten, und schicke, auf Hochglanz polierte Fahrzeuge waren links und rechts der Straße abgestellt. Eve erwischte einen freien Platz zwei Häuserblocks von ihrem Ziel entfernt und führte während ihres Gangs dorthin noch ein paar Wahrscheinlichkeitsberechnungen an ihrem Handcomputer durch.

Miras Profil besagte, dass er einer Arbeit nachging, und da er sich mit Computern besser als die meisten anderen Menschen auszukennen schien, hatte er vielleicht in dieser Branche einen Job, sinnierte sie, wobei ihr Handcomputer mit einer Wahrscheinlichkeit von 72,1 Prozent derselben Meinung war.

Davon ausgehend, dachte sie, hatte er, falls er tatsächlich irgendwann einmal Student an der Columbia gewesen war, sicher mehr als die normale Menge Elektronik-Kurse absolviert und vielleicht sogar einen Abschluss in diesem Bereich gemacht.

Zapf einfach noch einmal deine Quelle an, sagte sie sich und schickte Peach Lapkoff eine kurze Mail, in der sie darum bat, sämtliche Studenten aus den Südstaaten in ihre Liste aufzunehmen, deren Studienschwerpunkt im Bereich Computertechnik angesiedelt war.

Sie war derart in ihre Überlegungen vertieft, dass sie

Louise wahrscheinlich übersehen hätte, hätte die nicht laut gegrüßt.

»Dallas! Sie sind so ungefähr der letzte Mensch, von dem ich jemals angenommen hätte, dass er einfach so an meinem Haus vorüberläuft.«

Eve blieb stehen, sah sich um. Und da stand die zukünftige Braut, eine pinkfarbene Baseballkappe auf dem sonnenhellen Haar, in einem erdverschmierten T-Shirt und in schlabberigen Jeans mit einer kleinen Schaufel in der Hand vor einem bunten Blumenbeet.

»Ich war gerade in der Gegend. Haben Sie das etwa selbst gemacht?« Eve wies auf die Blütenpracht hinter dem hübschen, schmiedeeisernen Tor.

»Oh ja. Wer hätte das jemals gedacht?« Lachend streifte sie die pinkfarbenen Gummihandschuhe von ihren Fingern ab. »Eigentlich wollte ich jemanden engagieren, der den Garten richtet, aber dann dachte ich, um Gottes willen, wenn ich in den Eingeweiden anderer Menschen wühlen kann, kann ich ja wohl auch ein bisschen in der Erde wühlen. Es macht tatsächlich einen ungeheuren Spaß.«

»Okay.« Eve konnte zwar die Begeisterung der anderen Frau für diese Tätigkeit nicht nachvollziehen, aber das Ergebnis ihrer Arbeit war nicht schlecht. »Sieht wirklich super aus.«

»Ich wollte, dass alles bis zur Hochzeit fertig ist. Ein paar der auswärtigen Gäste tauchen bereits morgen Abend bei uns auf. Ich muss total verrückt sein, dass ich auch noch eine Dinnerparty neben all dem anderen Treiben gebe, aber irgendwie gehört die einfach dazu. Kommen Sie doch erst einmal rein. Sie müssen sich unbedingt das Haus ansehen.«

»Ich kam gerade hier vorbei«, erklärte Eve, als Louise

das Tor zum Garten öffnete. »Eigentlich will ich nach Hause, um dort noch etwas zu arbeiten, aber ich dachte, ich frage, ob es irgendetwas gibt, was Sie noch brauchen oder was ich machen sollte, bevor es am Samstag so weit ist.«

»Ich glaube, bisher verläuft alles nach Plan. Was bestimmt auch daran liegt, dass ich total aufgeregt und deshalb ständig auf den Beinen bin. Ich hätte nie gedacht, dass ich so versessen auf die Klärung selbst der allerkleinsten Kleinigkeiten wäre. Aber irgendwie macht es mir Spaß.« Sie ging vor Eve den Weg hinauf zur Tür. »Ich habe inzwischen sogar Listen, auf denen all meine Listen aufgelistet sind. Und genieße jeden Augenblick.«

»Das sieht man Ihnen an. Sie sehen einfach rundum glücklich aus.«

»Das bin ich, das heißt, das sind wir auch. Charles ist mit zwei Klienten unten in seiner Praxis und taucht frühestens in einer Stunde wieder auf.«

»Wie gefällt ihm seine neue Arbeit?«

»Es ist super angelaufen und genau das, was er will. All das ist genau das, was wir beide wollen.« Sie öffnete die Tür, trat einen Schritt zurück und bat Eve mit einer Handbewegung in den Flur.

Auf einem schmalen Tischchen waren schlanke, leuchtend bunte Flaschen in verschiedenen Größen aufgereiht, und der subtile, warme Ton der Wände wurde von modernen Spiegeln und diversen auffälligen Bildern noch betont.

Louise nahm ihre Hand und zog sie in das Wohnzimmer, in dem dank eines schlanken Sofas sowie zweier sanft geschwungener Sessel haargenau derselbe wunderbare Mix aus Ruhe und Moderne anzutreffen war.

Dem gehobenen, urbanen Chic des Raums wurde durch

verschiedene Fotos, Blumen sowie ein paar hübschen Nippsachen, die Eve schon vorher in den Wohnungen der beiden aufgefallen waren, der persönliche Stempel der Bewohner aufgedrückt.

»Dieses Haus war leer, als Sie es gekauft haben, nicht wahr?«

»Ja.« In Louises für gewöhnlich graue Augen trat ein amüsierter Silberglanz. »Wir hatten jede Menge Spaß beim Einrichten und Dekorieren. Wir sind natürlich noch nicht fertig, aber ...«

»Oh, für mich sieht's fertig aus.«

»Das ist es ganz bestimmt noch nicht, aber langsam geht es voran. Kommen Sie, ich zeige Ihnen noch den Rest.«

Es war ausgeschlossen, einfach nein zu sagen, und so schleppte Eve sich durch das ganze Haus und versuchte, irgendwelche passenden Geräusche auszustoßen, wenn Louise davon schwärmte, wie sie irgendeiner Lampe oder einem Stuhl verfallen war. Überall in dem Gebäude herrschte eine Atmosphäre wunderbarer Ruhe und geschliffener Eleganz.

»Hier darf Charles erst mal nicht rein.« Louise öffnete die nächste Tür. »Weil hier drinnen bis am Samstag der totale Wahnsinn herrscht.«

Vielleicht kein echter Wahnsinn, doch auf jeden Fall organisiertes Chaos, dachte Eve. In dem Raum, der irgendwann in Zukunft vielleicht als Gästezimmer dienen würde, war offenbar Louises Hochzeits-Hauptquartier errichtet worden. Zwei zum Teil gepackte Koffer lagen auf dem Bett, in einer Ecke bildeten verschiedene Pakete, wahrscheinlich Geschenke, die noch keinen Platz gefunden hatten, einen meterhohen Turm, und auf einem Tisch lag neben einem Mini-Daten-und-Kommunikations-Gerät ein Stapel Disketten neben einem voll beschriebenen Block.

Mitten in dem Raum stand eine große, zweiseitige Tafel, an der Stoffproben, Fotos von Blumen, Kleidern und Frisuren, Menüvorschläge, Grafiken und Zeitachsen festgemacht beziehungsweise angeschrieben waren.

Eve umrundete die Tafel mit zusammengekniffenen Augen und war nur ein wenig überrascht, als sie ein computergeneriertes Foto von sich selbst in dem gelben Kleid dort hängen saß.

»Wie die Tafel in meinem Büro«, murmelte sie, zuckte dann aber zusammen. »Tut mir leid, ist kein wirklich gelungener Vergleich.«

»Oh doch, durchaus. Weil das Prinzip dasselbe ist. Alles, was für die Feier von Bedeutung ist, wird hier notiert, bis hin zu den Olivenpiksern für den morgendlichen Empfang. Weil ich von der ganzen Sache regelrecht besessen bin.«

Sie lachte leicht verzweifelt auf und presste sich die Hand aufs Herz. »Dazu habe ich zahllose Tabellen im Computer, in denen alles von den Geschenken, über die Zu- und Absagen der Gäste, die Sitzordnung und die vorgesehene Garderobe bis hin zu unserer Hochzeitsreise festgehalten wird. Es ist wie eine Droge.«

»Sie sind so gut organisiert, da brauchen Sie mich sicher nicht.«

»Nicht für die Details, aber, Junge, Junge, sonst auf jeden Fall.« Abermals packte Louise ihre Hand, ließ sie wieder los und schlang sich nervös die Arme um den Bauch.

»Vielleicht sollten Sie ein Beruhigungsmittel nehmen«, schlug ihr Eve ein wenig unbehaglich vor.

»Ha. Ich hätte nie damit gerechnet, aber tatsächlich bin

ich total nervös. Wir ändern unsere Leben füreinander und bauen uns ein gemeinsames Leben auf. Das ist es, was ich will, und ich will es jeden Tag, an dem wir zwei zusammen sind, noch etwas mehr.«

»Das ist gut.«

»Das ist einfach phänomenal. Trotzdem bin ich fürchterlich nervös, denn ich möchte, dass die Hochzeit – dieser eine Tag – so perfekt und richtig für uns beide wird, dass mich der Gedanke an die unzähligen Dinge, die danebengehen können, langsam, aber sicher in den Wahnsinn treibt. Auch wenn das natürlich total dämlich ich. Ich bin einfach im Märchen dieses Tags gefangen.«

»Weil Sie sich keine Gedanken darüber machen, wie es anschließend werden wird. Weil Sie beide Ihr Leben längst verändert und sich ein gemeinsames Leben eingerichtet haben. Und zwar hier in diesem Haus.«

Zu Eves Besorgnis wurden die Augen ihrer Freundin feucht. »Oh Gott, ich brauche Sie.« Louise schlang ihr die Arme um den Hals. »Und Sie haben völlig recht. Das haben wir bereits getan. Deshalb bin ich hinsichtlich der Zukunft kein bisschen nervös.«

Ein bisschen verwirrt tätschelte ihr Eve den Rücken und murmelte: »Okay.«

»Ich kann mir Gedanken darüber machen, dass die Limousine, die mich am Hotel abholen soll, nicht pünktlich kommt, dass die Farbe der Blumen nicht ganz stimmt oder ob die Größe der Champagnerflöten passt, weil mich der Gedanke daran, Charles zu heiraten, kein bisschen aus der Fassung bringt, sondern mich vollkommen ruhig, zufrieden und ganz einfach glücklich macht. Danke, dass Sie mich daran erinnert haben.«

»Gern geschehen.«

»Und jetzt lassen Sie uns wieder hinuntergehen und Kaffee trinken.«

»Tut mir leid, aber dafür reicht die Zeit nicht. Ich muss dringend weiterarbeiten.«

Louise trat einen Schritt zurück, und ihre grauen Augen wurden ernst. »Es geht um dieses junge Mädchen, stimmt's? Das Mädchen, das in seinem eigenen Zimmer vergewaltigt und ermordet worden ist. Ich habe davon in den Nachrichten gehört. Es hieß, Sie wären die Ermittlungsleiterin.«

»Das stimmt.«

»Ich hoffe, Sie finden diesen Bastard schnell«, meinte Louise, als sie neben Eve nach unten ging. »Ihre Eltern müssen völlig fertig sein.«

»Wir gehen verschiedenen Spuren nach.«

»Dann werde ich Sie nicht länger aufhalten, auch wenn ich mir wünschen würde, dass Sie noch ein bisschen bleiben könnten. Ich freue mich total, dass Sie vorbeigekommen sind. Jetzt kann ich nervös sein, ohne deswegen nervös zu sein.«

»Genau.« Eve blieb in der Haustür stehen, denn plötzlich fiel ihr eine seltsame Bemerkung ihrer Freundin ein. »An was für einem Hotel?«

»Wie bitte?«

»Warum müssen Sie sich von einem Wagen an einem Hotel abholen lassen?«

Louise zuckte mit den Schultern und bedachte sie mit einem treuherzigen Blick. »Das ist auch so ein Tick von mir. Ich will nicht, dass Charles mich vor der Hochzeit sieht, weil das angeblich Unglück bringt. Vielleicht ist an diesem Mythos ja was dran, deshalb möchte ich auf Nummer sicher gehen. Und da ich sowieso den ganzen Tag zum

Schminken, Anziehen und Erledigen der letzten Details brauchen werde, habe ich beschlossen, die Nacht vor meiner Hochzeit in einem Hotel mit Wellnessbereich zu verbringen, in dem Trina mir die Nägel, die Haare und alles andere machen kann.«

Hier, erkannte Eve, konnte sie als Trauzeugin behilflich sein. »Stornieren Sie die Reservierung, ja? Sie können unmöglich die Nacht vor Ihrem großen Tag allein in einem Hotelzimmer verbringen. Kommen Sie zu uns, denn schließlich findet dort auch alles andere statt.« Opferbereit, wie sie nun einmal war, fügte sie tatsächlich noch hinzu: »Trina kann auch dort alles tun, was nötig ist. Vielleicht hätten Sie ja gern noch ein paar Freundinnen dabei. Das ist schließlich so etwas wie ein Ritual, nicht wahr?«

Louise packte begeistert ihre Hände und fing an zu strahlen wie ein Honigkuchenpferd. »Das wäre natürlich wunderbar. Rundherum perfekt. Es würde mir sehr viel bedeuten.«

»Dann ist es also abgemacht.«

»Tausend Dank.« Wieder schlang sie ihr die Arme um den Hals. »Tausend, tausend Dank.«

»Schreiben Sie den Termin auf Ihre Tafel. Wir sehen uns dann Freitagabend.«

»Die Probe ist um fünf«, rief Louise ihr hinterher.

»Sicher.« Hatte sie das schon gewusst?, fragte sich Eve. Probe. Himmel, mussten sie das etwa alles zweimal machen?

Auf dem Weg zurück zu ihrem Wagen raufte sie sich unglücklich die Haare. Sicher gäbe es bis dahin jede Menge weiterer Tabellen und Zeitachsen und ...

»Mist!« Ohne auf die beleidigten Blicke der beiden Frauen zu achten, die in diesem Augenblick an ihr vorübergingen, klappte sie ihr Handy auf. »Feeney, überprüf noch einmal die Überwachungskameras. Guck, ob es schon vor der Nacht des Mordes einen Aussetzer, eine Verzögerung, irgendeine Anomalie gegeben hat. Ein paar Wochen oder vielleicht sogar Monate vorher«, fügte sie hinzu. »Denn zeitlich allzu nah an dem tatsächlichen Mord hat er die Sache sicher nicht geprobt.«

»Ich soll mir die Aufnahmen mehrerer Wochen ansehen?«

»Was, wenn er schon vorher irgendwann mal in dem Haus war? Bereits alles vorbereitet und dann abgewartet hat? Lass mich erst noch mit MacMasters reden, vielleicht ist ihm irgendetwas aufgefallen.«

Damit brach sie die Übertragung ab und rief, während sie eilig weiterlief, bei Deenas Vater an. »Captain, können Sie mir sagen, ob es irgendwann im letzten halben Jahr Probleme mit der Security in Ihrem Haus gegeben hat? Einen Aussetzer der Kameras oder etwas in der Art?«

»Nein.« Er sah sie ausdruckslos aus eingesunkenen Augen an. »Ich überprüfe die Anlage routinemäßig einmal in der Woche. Zwar ist das seit dem letzten Upgrade angeblich nicht mehr nötig, aber …«

»Seit was für einem Upgrade?«, fragte sie, während sie sich hinter das Lenkrad ihres Wagens schwang.

»Das Wartungsunternehmen informiert uns immer automatisch, wenn es irgendwelche neuen Upgrades gibt.«

»Wann wurde das letzte Upgrade vorgenommen?«

»Ich bin mir nicht ganz sicher. Ich glaube … irgendwann im März. Ich habe es extra so getimt, dass es mit der jährlichen Wartung des Systems zusammenfiel.«

»Führt das Unternehmen diese Upgrades und die Wartung bei Ihnen zu Hause oder online durch?«

»Sowohl als auch.«

»Ich brauche den Namen dieses Unternehmens.«

»Security Plus. Wir sind schon seit Jahren Kunden dort. Sie sind wirklich gut. Glauben Sie, dass jemand dort ...«

»Ich gehe allen Spuren nach, Captain. Wir gehen allen Spuren nach. Ich rufe Sie wieder an.«

Sie kämpfte sich durch den Verkehr nach Hause und rief abermals bei Feeney an. »Geh zurück bis März«, wies sie ihn an. »MacMasters hat im März ein Upgrade für das System gekriegt, und zugleich wurde das System gewartet. Von einer Firma Namens Security Plus. Die gucke ich mir gleich genauer an.«

»Man müsste wirklich total dreist sein, und man bräuchte jede Menge Grips, um einfach so bei jemandem hineinzuspazieren und sich alles anzusehen. Aber wenn er es so gemacht hätte, hätte er die Anlage genau erforschen können und gesehen, wie alles funktioniert. Allerdings haben wir das Unternehmen bereits überprüft. So etwas gehört bei uns einfach dazu. Ich habe das Upgrade und den Namen von dem Typen, der die Anlage gewartet hat. Er ist sauber, arbeitet seit fünfzehn Jahren für den Laden und ist mindestens zwanzig Jahre zu alt, um unser Mann zu sein.«

»Verdammt. Aber vielleicht hat unser Typ ja trotzdem irgendeine Verbindung zu dem Unternehmen. Vielleicht hat er dieselbe Anlage bei sich zu Hause und dieselbe Nachricht über das Upgrade von ihnen gekriegt. Vielleicht hat er gar nicht vor Ort, sondern bei sich daheim geprobt. Ich werde sämtliche Kunden überprüfen, die dieselbe Anlage besitzen und von denen dieselben Upgrades hochgeladen worden sind.«

»Die Mühe kannst du dir sparen. Ich setze einen meiner Leute darauf an. Das geht deutlich schneller.«

»Ruf mich an, sobald du etwas hast. Warte, Mist, Moment. Hat dieses Unternehmen mehr als einen Sitz?«

»Sie haben ein gutes Dutzend allein in der Umgebung von New York.«

»Also könnte er trotzdem für sie arbeiten. Könnte für sie arbeiten, einer ihrer Kunden sein oder vielleicht beides.« Ja, so fühlte es sich an. »Geh der Sache nach. Ich bin erst noch unterwegs, und dann arbeite ich zu Hause weiter. Schick mir alles, was du findest.«

»Du willst es ja nicht anders haben«, murmelte ihr alter Freund und legte auf.

13

Kurz entschlossen schickte Eve zwei ihrer Leute, um den Stoffhund abzuholen und persönlich zum Labor zu bringen. Denn so blieb ihr selber Zeit, um der möglichen Verbindung zwischen ihrem Täter und dem Securityunternehmen nachzugehen.

Als sie durch die Haustür trat, bedachte sie Summerset mit einem kurzen Blick. »Warum stecken Sie nicht einfach einen Droiden in einen dieser Sargträgeranzüge und lassen ihn hier rumlungern? Er wäre sicher wesentlich lebendiger als Sie.«

»Dann bekäme ich ja nicht mehr mit, wie Sie sich jeden Tag aufs Neue krampfhaft darum bemühen, witzig zu sein.«

»Mit meinem *krampfhaften* Bemühen passe ich mich nur an mein total verkrampftes Gegenüber an.« Selbstzufrieden stapfte sie an ihm vorbei. Das war gar nicht schlecht gewesen, dachte sie, marschierte schnurstracks in ihr Arbeitszimmer, zog die Jacke auf dem Weg zu ihrem Schreibtisch aus und sah nach den neu eingegangenen Mails.

Die ellenlange Namensliste von Peach Lapkoff bewies wieder einmal, wie schnell und effizient die Präsidentin arbeitete. Eve wünschte sich, sie könnte sie für ihre Truppe engagieren. Auch Peabody hatte ihr eine Liste von Geschäften in der Innenstadt geschickt, die die fraglichen Gegenstände führten, und kurz angefügt, sie wäre unterwegs, um in den Läden nachzufragen, ob der große Unbekannte vielleicht dort gesehen worden war.

Dann ging Eve die Liste der Security-Plus-Filialen in Manhattan und die Informationen über den für die MacMasters zuständigen Angestellten durch und kämpfte, während sie sich einen Kaffee holen ging, gegen ihre Ungeduld, weil von Yancy keine Mail gekommen war.

Mit ihrem Becher in der Hand umkreiste sie einmal die große, weiße Tafel, die vor ihrem Schreibtisch stand. »Irgendeine Verbindung, eine einzige Verbindung, das ist alles, was ich brauche. Wenn du vor der Nacht des Mordes keinen Zugang zu dem Haus und der Alarmanlage hattest, hättest du dein Vorgehen trotzdem proben wollen, oder etwa nicht? Weil du schließlich supervorsichtig und ungemein präzise bist. Als Angestellter dieses Unternehmens hättest du problemlos Zugriff auf die Daten, ohne dass es irgendjemand mitbekommt. Oder vielleicht bist du gut genug und hast dich von außen reingehackt.«

Sie machte auf dem Absatz kehrt und drehte eine zweite Runde um das weiße Brett. »Ich glaube nicht. Oh nein, ich glaube nicht, dass es so war. Weil ein Zugriff von außen nicht hundertprozentig sicher ist. Aber vielleicht brauchtest du dich gar nicht reinzuhacken, weil das Opfer dir genug Informationen über die Anlage gegeben hat. Vielleicht nicht ganz präzise und nicht wirklich detailliert, aber es hätte dir vielleicht gereicht.«

Sie blieb stehen, trank einen Schluck Kaffee, rollte sich auf ihre Zehen und zurück auf ihre Fersen und fuhr mit nachdenklicher Stimme fort. »Vielleicht finden wir keinen Aussetzer, weil du das System auf andere Art getestet hast. Wahrscheinlich hast du zwar solide Kenntnisse auf dem Gebiet, bist aber kein Genie. Denn als Genie hättest du einen Weg gefunden, um die Kameras per Fernbedienung auszuschalten, ehe du ins Haus gegangen bist. Du musstest es von innen machen und den Virus hochladen, damit er die Festplatte zerstört. Weil du nicht so gut bist wie dieses System.«

Mit schräg gelegtem Kopf starrte sie die Tafel an. »Ich frage mich, ob es dich nervt, dass du zwar gut bist, aber eben nicht brillant? Auf alle Fälle nicht brillant genug, um die Überwachungskameras von außen abzuschalten. Um die Überwachungsanlage von MacMasters, deinem Feind, zu überlisten. Kratzt dich das? Ich gehe jede Wette ein, dass dich das total nervt. Er ist reich, intelligent und vorsichtig genug, um das Beste vom Besten in seinem Haus zu installieren, und gegen das Beste kommst du nur mit Mühe an.«

Sie nahm hinter ihrem Schreibtisch Platz, legte ihre Füße auf den Tisch und versuchte mit geschlossenen Augen, diese Überlegungen in ihr Bild von diesem Kerl einzubeziehen.

Es wäre am geschicktesten und sichersten gewesen, dasselbe System beim selben Unternehmen zu bestellen. Aber das war teuer. Vor allem hätte er ein Haus gebraucht, um es darin zu installieren.

Wobei das Haus nicht ihm hätte gehören müssen, sondern ruhig auch einem Freund, einem Verwandten oder einem anderen Kunden. Das führte zu einer Reihe zusätzlicher Fragen, und sie richtete sich wieder auf, um erneut bei Feeney anzurufen, als sie eine neue Mail bekam. Die Liste der Angestellten und der Kunden. Die bereits von ihrem Gatten überprüft und ausnahmslos als unverdächtig angesehen worden waren.

Trotzdem glich sie seine Liste mit der Liste von Columbia ab. Doch sie fand keine Namensgleichheit.

Verärgert stand sie auf und stapfte vor dem Schreibtisch auf und ab. »Du bist ganz sicher da, du bist ganz bestimmt auf diesen Listen. Und ich kriege dich, du Schwein.«

Sie umkreiste abermals die Tafel, stapfte nochmals auf und ab, ließ sich wieder in den Schreibtischsessel sinken und ging diesen verfluchten Fall aus einem Dutzend Perspektiven auf ein Dutzend Arten in Gedanken durch.

Während Karlene Robins starb.

Er überprüfte noch einmal alle Einzelheiten in dem Loft. Bereits Stunden zuvor hatte er ihren Zugangscode benutzt, um zu suggerieren, dass sie das Haus wieder verlassen hatte, zusätzlich hatte er ihrem Verlobten eine zuckersüße SMS geschickt, damit der sich nicht fragte, wo sie blieb. Inzwischen hatte er sich wieder angezogen, neben seinem Werkzeug auch ihr Handy, ihren Handcomputer und ihren Kalender eingepackt, die Kameras ausgeschaltet und die Überwachungsanlage mit seinem Virus infiziert.

Jetzt verließ er das Gebäude und kehrte zufrieden heim.

Polizeiarbeit, fand Roarke, war ganz schön anstrengend. Er hatte keinen Zweifel daran, dass sie auch für ihn noch lange nicht beendet war. Doch als er sein Haus betrat, war er fest entschlossen, erst eine anständige Mahlzeit zu genießen und dann eine Stunde frei zu machen, damit dieser verfluchte Elektronik-Müll aus seinem Gehirn verschwand.

»Das ist mal was Neues«, meinte Summerset. »Sie kommen zu spät zum Abendessen, ohne mir Bescheid zu geben, und sehen gereizt und müde aus.«

»Dann versuchen Sie am besten gar nicht erst, mich zu beleidigen wie Eve.«

»Sie ist, gleich als sie heimkam, in ihr Arbeitszimmer hinaufgegangen. Haben Sie schon irgendwelche Fortschritte erzielt?«

»Nicht annähernd genug.«

Er marschierte weiter in den ersten Stock und traf sie wie erwartet mit einem Becher Kaffee in der Hand vor ihrem Computer an.

Sie stand auf, als er den Raum betrat, doch bevor sie etwas sagen konnte, hob er mahnend einen Finger in die Luft. »Wir werden jetzt essen, denn außer einem Schokoriegel und Kaffee hast du bisher noch nichts gehabt.«

Sie blinzelte, doch dann bemerkte sie, dass sie vergessen hatte, das Papier des Schokoriegels zu entsorgen. »Ich muss wissen, ob …«

»Ich werde dir erzählen, was es zu erzählen gibt, aber erst will ich, verdammt noch mal, was essen.«

»Meinetwegen.« Ihr kam der Gedanke, dass er noch weniger Schlaf bekommen hatte als sie selbst und neben seiner eigenen auch noch ihre Arbeit erledigte. »Ich werde uns was holen.«

Er zog überrascht die Brauen hoch. »Ach ja?«

»Ach ja. Wie wäre es mit einem Steak? Das täte uns sicher beiden gut.«

»Bestimmt.« Als sie an ihm vorbeiging, streckte er die Hand aus und strich sanft über ihr wild zerzaustes Haar. »Danke.«

Dann öffnete er eine Flasche Wein, während sie in die Küche ging, und wandte dabei der Tafel absichtlich den Rücken zu, um für ein paar Minuten nichts davon zu sehen. Eine kurze Auszeit, dachte er und hob sein Glas an den Mund.

Er zog abermals die Brauen hoch, als sie einen kleinen Tisch ins Zimmer rollte. Denn er hatte angenommen, dass sie wie gewohnt die Teller kurzerhand auf ihren Schreibtisch stellen würde, um, während sie aß, weiter irgendwelche Daten durchgehen zu können.

»Komm, wir setzen uns ans Fenster«, meinte sie und nickte in Richtung des Weins. »Ich könnte einen Schluck davon gebrauchen.«

Also füllte er ein zweites Glas für sie, ging zu ihr, legte eine Hand unter ihr grübchenverziertes Kinn und gab ihr einen Kuss. »Hallo, Lieutenant.«

»Hallo, Zivilist. Lass uns eine kurze Pause machen, ja?«

»Die brauche ich fast so dringend wie das rote Fleisch.«

»Okay.« Sie nahm ihm gegenüber Platz und pikste etwas von dem Salat, den sie vor allem ihm zuliebe aß, mit ihrer Gabel auf. »Ich habe Louise in ihrem neuen Haus besucht.«

Jetzt erreichten seine Brauen fast den Haaransatz. »Du bist stets für eine Überraschung gut.«

»Ich war gerade in der Nähe und … okay, ich dachte, sie wäre nicht da und ich könnte einfach eine Nachricht hinterlassen und auf diese Weise Freundschaftspunkte sammeln.«

Zum ersten Mal seit Stunden lachte Roarke. »Du änderst dich wahrscheinlich nie.«

»Tja, es hätte funktionieren können, nur war sie eben da. Hat Blumen in ihrem Vorgarten gepflanzt, wer hätte das gedacht?«

»Erstaunlich«, stimmte er ihr zu.

»Ich brauche Sarkasmus nicht zu essen, um zu wissen, wie er schmeckt. Aber wie dem auch sei, musste ich mit ins Haus, um mir alles anzusehen. Ich muss sagen, dass es super zu den beiden passt. Schick, elegant und hip. Sie ist derart glücklich, dass es geradezu ansteckend ist.« Sie stopfte sich die nächste Ladung Grünzeug in den Mund, denn dann hätte sie es hinter sich. »Wie ein Virus oder so.«

»Du bist einfach eine hoffnungslose Romantikerin. Kein Wunder, dass ich so verschossen in dich bin.«

Sie sah ihn grinsend an. »Während ich infiziert war, hat sie davon geredet, dass sie die Nacht vor der Hochzeit in einem Hotel verbringen will, weil Charles sie vorher nicht sehen soll und sie sich auf Hochglanz bringen lassen will. Also habe ich zu ihr gesagt, dass sie hier übernachten soll.«

»Auf jeden Fall.«

»Dann habe ich vorgeschlagen, dass sie vielleicht noch ein paar Freundinnen einladen kann. Keine Ahnung, wie ich auf diese Idee gekommen bin. Sicher war dieser verdammte Virus schuld. Erst als ich ein bisschen Abstand zu ihr hatte und es, verdammt noch mal, zu spät war, wurde mir bewusst, dass eine dieser Frauen sicher Trina sein wird. Ich habe also das Haus für eine Horde Frauen im Hochzeitsrausch geöffnet, von denen sich eine mit irgendwelchen widerlichen Klebsachen und irgendwelchem ekelhaften Glibber auf mich stürzen wird.«

Wenn es um die Menschen ging, die ihr am Herzen lagen, dachte Roarke, waren ihre Gefühle immer stärker als ihr Selbsterhaltungstrieb.

»Denk nur an die Freundschaftspunkte, die du dadurch machen wirst.«

»Ich weiß nicht, ob es das wert ist. Außerdem ...«

»Zurück zu deinem Fall«, bestimmte er. »Du hast mir eine Pause und rotes Fleisch verschafft. Aber du brauchst nicht noch darauf zu verzichten, über die Dinge zu reden, mit denen du gerade beschäftigt bist.«

»Du siehst gereizt und müde aus. Das kommt bei dir nur selten vor. Weil das schließlich mein Job ist.«

Er dachte an die Worte seines Majordomus und runzelte unweigerlich die Stirn. »Ich war tatsächlich müde und gereizt.«

»Worin ich deutlich besser bin als du.«

Abermals brach er in leises Lachen aus. »Auf jeden Fall. In der Regel macht die Arbeit am Computer mir ja durchaus Spaß, vor allem, wenn die Aufgabe ein bisschen knifflig ist. Aber das hier ist wie der Versuch, ein Knäuel Fäden zu entwirren, wobei man immer nur an einem Faden ziehen darf.«

»Vielleicht muss das gar nicht sein. Weil ich nämlich eine Reihe anderer Fäden habe und gerade versuche, sie auf irgendeine Weise miteinander zu verbinden. Yancy arbeitet an dem Gesicht, ich habe verschiedene Kontaktpunkte, und wenn ich ihn mit einem davon in Verbindung bringen kann, werden die anderen automatisch folgen. Meiner Meinung nach ist er in der Elektronikbranche tätig oder kann sich jede Menge derartiges Spielzeug leisten. Einschließlich derselben Überwachungsanlage wie der, die MacMasters hat. Ihr habt diese Anlage entwickelt und bringt sie regelmäßig auf den neuesten Stand.«

»Entsprechend der technischen Weiterentwicklung, ja. Unsere Kunden haben dann die Wahl, entweder alle oder Teile der neuen Funktionen zu bestellen.«

»Genau das hat MacMasters diesen März getan. Das Timing ist einfach zu gut, als dass das ein bloßer Zufall sein kann. Denn zwei Wochen später macht der Killer sich an das Mädchen heran. Ich kann weder ihn noch MacMasters mit dem Techniker in Verbindung bringen, der die Updates vorgenommen hat, aber es gibt bestimmt eine Verbindung, und zwar entweder zu ihm oder zu dem Unternehmen. Security Plus.«

»Das gehört mir nicht. Wir übertragen diese Arbeit anderen Unternehmen, und die Kunden haben dann die Möglichkeit, unter diesen Unternehmen auszuwählen oder auf eigene Gefahr ein anderes Unternehmen mit der Wartung zu beauftragen. Security Plus ist gut organisiert und als Servicecenter für die meisten teuren Systeme ausnehmend beliebt.«

»Aber ihr habt im März ein Upgrade auf den Markt gebracht.«

»Da müsste ich nachsehen.«

»Wenn du schon dabei bist, könntest du vielleicht auch gucken, wer im letzten halben Jahr, nein, im letzten Jahr dieselbe Anlage wie MacMasters gekauft und im März dieselben Updates vorgenommen hat. Er hat jede Menge Zeit auf dieses Projekt verwandt. Deshalb hat er sich bestimmt auch die Upgrades für dieses System besorgt. Und zwar jedes einzelne.«

»Leider ist es so, dass sich das System in einem bestimmten Kundenkreis ausnehmend gut verkauft und dass die wenigsten Kunden anschließend die Kosten für die Upgrades scheuen.«

»Trotzdem werden wir am Ende etwas finden. Das System, seinen Job, seine Ausbildung, sein Gesicht und sein Motiv. Etwas davon entdecken wir auf jeden Fall.« Sie hatten schlicht keine andere Wahl. »Dann finden wir auch alles andere. Dann nehmen wir dieses Knäuel und stopfen ihm damit das Maul.«

»Darauf freue ich mich schon. Des Mädchens, seiner Eltern sowie deinetwegen und auch aus dem durchaus egoistischen Grund, dass dieses Schwein eins meiner Systeme geschrottet hat.«

»Das sind alles gute Gründe«, stimmte sie ihm unumwunden zu.

»Ich werde dir die Informationen besorgen. Auch wenn das vielleicht ein bisschen dauern kann.«

Sie genehmigte sich einen Schluck von ihrem Wein. »Warum setzt du die Suche nicht in Gang und dann beenden wir die kurze Atempause mit einer Runde durch den Pool?«

Er legte seinen Kopf ein wenig schräg. »Einer Runde durch den Pool? Ist es möglich, dass du damit etwas anderes umschreibst?«

»Könnte sein.«

»Dann bereite ich schnell die Suche vor.«

Sie wollte ein paar ordentliche Bahnen durch das Wasser ziehen, und zwar im wörtlichen wie auch im übertragenen Sinn. Brauchte die körperliche Anstrengung als Ausgleich für die stundenlange Grübelei. Vielleicht könnte sie ja, wenn sie nur für einen kurzen Augenblick nicht nachdächte, anschließend klarer sehen.

Es waren ganz einfach zu viele Fäden, überlegte sie. Sie musste einen dieser Fäden packen und kräftig daran ziehen, weil dieses verdammte Knäuel sich nur auf diese Art entwirren ließ.

Sie überlegte immer noch.

Sie machte sich nicht die Mühe, einen Badeanzug anzuziehen, sondern legte in der feuchten, parfümierten Hitze ihres hauseigenen Schwimmbads einfach ihre Kleider ab und sprang kopfüber in das leuchtend blaue Nass. Sie spürte, wie er sich direkt neben ihr ins Wasser stürzte, tauchte wieder auf und pflügte los. Sie kannte ihn und wusste, dass er immer Spaß an einem Wettkampf hatte. Deshalb ließe er bestimmt nichts unversucht, um sie zu überholen, was, da sie im Wasser gleich schnell, alles andere als einfach war.

Sie erreichten gleichzeitig den Beckenrand, machten eine Rolle und kraulten so schnell es ging zurück.

Der schnelle, harte Takt verfehlte seine Wirkung nicht. Es war ganz unmöglich nachzudenken, während sie das Potenzial auch noch des kleinsten Muskels ausschöpfte und ihr Herz vor Anstrengung fast schmerzhaft gegen ihren Brustkorb schlug.

Nach fünf Bahnen schwammen sie immer noch synchron.

Also legte sie etwas Tempo zu, durchschnitt das dunkle, träumerische Blau und streckte, während ihre Beinschläge das Wasser fliegen ließen, ihre Arme noch ein wenig weiter aus. Nur ein bisschen schneller, nur ein bisschen härter, dachte sie, holte auch noch den letzten Rest an Kraft und an Geschwindigkeit aus sich heraus und sah verschwommen sein Gesicht, als sie, um Luft zu holen, ihren Kopf kurz aus dem Wasser hob.

Weiter, dachte sie, dann schaffst du es bestimmt. Rollte sich zusammen, stieß sich mit den Beinen von den Kacheln ab und kämpfte sich wie ein Schatten direkt neben Roarke durch das klare, kühle Blau.

Sie verlor jegliches Zeitgefühl und wusste auch nicht mehr, wie viele Bahnen sie bereits geschwommen hatte, denn inzwischen nahm sie nur noch die Bewegung, die Geschwindigkeit, die rein körperliche Anstrengung und Freude wahr, die sie wie immer, wenn sie sich und dadurch ihn anspornte, empfand.

Der harte Wettstreit, die Dynamik, ihre nackte Haut im kühlen Wasser und das hohe Tempo weckten ihre Leidenschaft.

Als er sie packte und sie mitten aus der Kraulbewegung eng an seinen nassen Körper zog, war sie für ihn bereit.

Äußerlich abgekühlt vom Wasser, aber innerlich glühend vor Verlangen suchten ihre Lippen einander, und sie knabberte begierig an der Zunge, die sich zwischen ihre Zähne drängte, während sie mit wild klopfendem Herzen, gleichgültig, ob sie wie Steine untergingen, ihre Beine um ihn schlang.

»Jetzt.« Sonst würde sie verrückt.

Sie nahm ihn in sich auf, während er noch ihre Hüften packte, schmiegte sich in dem Verlangen nach mehr Nähe noch enger an ihn, und als er sie rücklings gegen die gefliese Wand des Beckens drängte und ihr endlich alles gab, ließ sie ihren Kopf nach hinten fallen und schrie leise auf.

Sie war einfach herrlich stark und wunderbar geschmeidig, dachte er und küsste ihren Hals. Und sie gehörte ihm.

Liebe, Lust, Verlangen und Vergnügen wirbelten in seinem Inneren durcheinander, als der Sturm ihrer Vereinigung das Wasser schäumen ließ.

Mit erneut synchronen Stößen schlossen sie den letzten wilden Teil des Rennens ab, sie schlang ihre Glieder wie Fesseln um seinen Leib, küsste ihn erneut voller Verlangen auf den Mund.

Herrlich stark und wunderbar geschmeidig bebte sie für ihn, als er sie gemeinsam die Ziellinie überqueren ließ.

Er legte seine Stirn auf ihrer Schulter ab und schaffte es mit Mühe, den Beckenrand zu packen, als sie langsam unterging. »Pass auf«, stieß er mit rauer Stimme aus. »Sonst finden sie uns morgen früh, wie wir beide mit dem Gesicht nach unten auf dem Wasser treiben.«

»Meinetwegen.« Trotzdem schmiegte sie sich weiter an ihn. »Ich brauche noch einen Moment, bevor ich aus dem Becken steigen kann.«

»Ich auch. Ich hatte keine Ahnung, dass ein Wettschwimmen ein derart intensives Vorspiel ist.«

»Und wessen Idee war das?«

»So, jetzt hast du an einem Tag Sex- und Freundschaftspunkte gemacht.«

Sie machte ein Geräusch, das halb wie ein Lachen und halb wie ein Seufzer klang. »Louise ist fürchterlich nervös, weil ihre Hochzeit rundherum perfekt sein soll. Sie hat jede Menge Tabellen und Zeitachsen erstellt und mir erzählt, dass sie gar nicht damit gerechnet hätte, dass das alles sie so fertigmacht.«

»Schließlich ist das auch ein ungemein wichtiger Tag.«

»Ja, aber ich habe zu ihr gesagt, die Einzelheiten ihrer Feier machten sie nur deshalb so nervös, weil die Hochzeit selbst, das, was sie und Charles sich vorgenommen haben, und die Gründe für ihr Tun sie nicht nervös machen.«

Er strich mit seiner Wange über ihre Wange, zog den

Kopf ein Stück zurück und sah sie an. »Wenn das nicht weise Worte waren.«

»Mich haben die Einzelheiten unserer Hochzeitsfeier nicht nervös gemacht. Ich habe mich kaum darum gekümmert und dich fast alles alleine machen lassen.«

»Stimmt.« Er küsste ihre Nasenspitze. »Aber schließlich warst du auch durch einen Serienkiller abgelenkt.«

»Nein, das war es nicht. Ich meine, ja, das war natürlich auch der Fall.« Sie strich ihm die nasse, schwarze Seide seines Haars aus dem Gesicht. »Aber ich glaube, mich haben diese Dinge deshalb nicht nervös gemacht, weil ich wegen dem ganzen Rest schon völlig fertig war. Wegen dieser Hochzeit, wegen dem, was du und ich uns vorgenommen hatten, und wegen der Gründe, die es dafür gab. Meiner Meinung nach war das und nicht die Feier der verrückte Teil des Deals.« Sie umfasste sein Gesicht und sah ihm in die Augen. »Aber ich bin wirklich froh, dass das ein Irrtum war. Wirklich total froh.«

Wie ein Blitz durchzuckte ihn, was sie alles für ihn war. »Damit stehst du nicht allein.«

Sie küsste ihn sanfter, weicher, süßer auf den Mund. Und machte sich entschlossen von ihm los. »Genug davon. Die Pause ist vorbei.«

Sie entwand sich seinem Griff, schwang sich auf den Rand des Beckens und warf ihrem Liebsten, als er wenig später aus dem Wasser kam, ein Handtuch zu.

»Wobei das hier eine außergewöhnlich schöne Pause war.«

»Tja, nun, die Anstrengung hat sich gelohnt. Das denkt er sicher auch.«

»Damit wäre der Übergang komplett«, erklärte Roarke, während er sich das Handtuch um die Hüften schlang.

»Mein Kopf ist wieder frei. Ich denke, er ist gut und vorsichtig in allem, was er tut. Will keine Aufmerksamkeit auf sich ziehen und mimt den zuverlässigen Kollegen, der alles, egal, was man ihm aufträgt, ohne großes Aufhebens erledigt kriegt. Die Leute loben ihn bestimmt für seine Zuverlässigkeit. Was er wahrscheinlich hasst.«

»Und warum das?«

Sie zog einen Bademantel an und marschierte Richtung Lift. Für den Rest des Arbeitsabends zöge sie Zivilklamotten an. »Weil er seiner Meinung nach viel besser ist. Weil er seiner Meinung nach viel besser als die anderen ist. Er ist jung und attraktiv, charmant, praktisch veranlagt, intelligent und talentiert genug, um einen Virus zu entwickeln oder entwickeln zu lassen, der euch Super-Elektroniker bisher echt alt aussehen lässt.«

»Wir sehen ganz bestimmt nicht alt aus«, korrigierte Roarke sie leicht verärgert, während er mit ihr nach oben fuhr. »Unsere dämlichen Ermittlungen sind einfach noch nicht abgeschlossen, und wir gehen sämtlichen verfluchten Spuren nach.«

Auch wenn es sie amüsierte, dass er die Standardantwort ihres Pressesprechers unter Zugabe einiger Flüche übernommen hatte, stellte sie mit einem gleichmütigen Schulterzucken fest: »Das Ergebnis ist dasselbe. Er gehört ganz sicher nirgendwo auch nur zum mittleren Management. Ich denke, er ist eher ein kleiner Angestellter oder Techniker, der klaglos auch die langweiligsten Sachen übernimmt und freiwillig jede Menge Überstunden macht. Der seinen Job erledigt und sich nicht beschwert, wenn sein Vorgesetzter, Boss oder Kollege anschließend das Lob einheimst.«

Sie betrat ihr Schlafzimmer, trat dort vor die Kommode und zog frische Unterwäsche an. »Was er bestimmt genauso hasst, wie er es gehasst hat, dass sich die Security im Hause der MacMasters nicht von außen schlagen lassen hat.«

»Glaubst du?«

»Davon bin ich überzeugt. Nimm doch nur einmal dich selbst. Du bist total angepisst, weil er computertechnisch was getan hat, was du bisher nicht verstehst. Wobei das natürlich«, sie versuchte gar nicht erst, ihr Grinsen zu verbergen, als sie das erboste Blitzen seiner blauen Augen sah, »echt frustrierend ist.«

»Du machst es noch frustrierender«, murmelte er rau.

»Früher oder später wirst du diese Nuss auf alle Fälle knacken. Aber die Sache ist die – der Durchschnittstyp ist nur eine Fassade, ein Kostüm, das er zwar tragen muss, das ihm aber nicht wirklich passt. Es sind die Kleinigkeiten, die verhindern, dass es richtig sitzt. Dass er das Glas in der Küche stehen lassen, dieses Video aufgenommen, Stunden mit dem Mord verbracht und ihn in ihrem Haus begangen hat. Er hätte sein Ziel auf sichererem und vor allem einfacherem Weg erreichen können, aber er musste einfach ein bisschen angeben.«

Roarke bedachte sie mit einem faszinierten Blick, während er in seine Kleider stieg. »Und was sagt dir das?«

»Nun, wenn ich außerdem bedenke, dass er höchstens Mitte, Ende zwanzig ist – was trotz seiner Beherrschtheit und Geduld eine Rolle spielen wird –, heißt das für mich, dass er auch weiter irgendwelche Fehler machen wird. Vielleicht nur irgendwelche Kleinigkeiten, irgendwas, womit er angibt, aber begehen wird er sie auf jeden Fall. Ich werde sein Bedürfnis, die Maske des langweiligen Durchschnittsmenschen abzuwerfen, nutzen, wenn der Kerl mir endlich gegenübersitzt. Weil er mir dann alles genau erzählen will.«

»Und jetzt?« Sie fuhr sich mit einer Hand durch das noch feuchte Haar. »Jetzt sagt es mir, dass er, falls er auf der Gehaltsliste von diesem Unternehmen steht, einer ihrer Elektronikfuzzis ist. Dass er, was er auch immer macht, zwar durchaus anständig verdient, aber eben nicht genug, um sich dieses System selbst leisten zu können. Deshalb muss er ganz einfach als Elektronikfuzzi für den Hersteller oder ein Serviceunternehmen tätig sein.«

»Ich habe mir von Caro die Namen sämtlicher Männer unter dreißig schicken lassen, die in dieser Branche für mich tätig sind«, erklärte Roarke. »Zusammen mit deinen Kollegen habe ich die Namen überprüft. Keiner von den Männern fiel dabei besonders auf, und es entspricht auch keiner dem Profil, das Mira erstellt hat.«

Eve war klar, dass seine geradezu erschreckend effiziente Assistentin sicher keinen Namen übersehen hatte und dass auch die Überprüfung dieser Namen durch die elektronischen Ermittler lückenlos gewesen war.

»Profile können auch danebenliegen«, meinte sie deshalb. »Aber die Idee, dir die Namen zu besorgen und sie dann auch noch sofort mit Feeney und den anderen zusammen durchzugehen, war wirklich gut.«

»Vielleicht sollte ich um eine Gehaltserhöhung bitten.«

»Hat dir der Bonus eben etwa nicht gereicht?« Grinsend trat sie in den Flur hinaus. »Ich glaube eher, dass er bei einem Serviceunternehmen tätig ist. Weil das einfach besser passt. Da führt er irgendwelche langweiligen Dienstleistungen aus, er selber entwickelt nichts Großartiges. Weil er so weniger hohe Wellen schlägt.«

»Wenn ich mich recht entsinne, gab es ziemlich hohe Wellen, als ich dir eben zu Diensten war.«

»Okay, jetzt haben wir beide einen blöden Witz gemacht.«

»Dann sind wir quitt. Aber, Eve, er könnte auch ein unabhängiger Berater, Mitglied eines Beraterstabs oder ein sogenannter Troubleshooter sein. Es ist schließlich ein großes Feld. Vielleicht ist er bei gar keinem Unternehmen angestellt.«

»Mist. Verdammt.« Sie musste sich bewegen und stapfte vor Roarke den Flur hinab. »Das wäre noch günstiger für ihn, nicht wahr? Jemand, der kommt, Probleme löst oder Ratschläge erteilt, ohne dass er mit dem langweiligen Alltagskram behelligt wird. Das wäre geradezu perfekt. Verdammt. Am besten gehe ich das alles noch einmal durch, beziehe die Informationen, die du mir gegeben hast, und die Daten von Columbia mit ein und ...«

»Eins hast du noch nicht bedacht«, fiel ihr Roarke ins Wort. »Er ist jung, intelligent, talentiert und völlig skrupellos. Für so jemanden gibt es auch noch andere Wege, genug Kohle zu verdienen, damit er sich eine superteure Überwachungsanlage und den dazugehörigen Wohnsitz leisten kann. Zum Beispiel könnte er das Geld einfach klauen.«

»Klauen?«

»Entsprechend der guten, alten Hackertradition. Vielleicht hat er sich einfach in irgendwelche fremden Konten eingeklinkt und einen Teil der dort geparkten Gelder für sich abgezwackt. Immer nur kleinere Summen, nie allzu viel auf einmal, weil das unauffälliger ist. Er weiß, wie man die Identität von jemand anderem benutzt, um zu kriegen, was man haben will. Wenn man Talent hat, ist Identitätsdiebstahl ausnehmend lukrativ.«

Sie rieb sich die Hände, denn dieser Gedanke war nicht dumm. »Man riskiert dabei, erwischt zu werden, aber er ist durchaus bereit, gewisse Risiken einzugehen. Obwohl er vorsichtig ist und diese Risiken möglichst begrenzt. Weshalb sollte er arbeiten oder hart arbeiten, wenn er sich das Geld auch einfach nehmen kann? Wäre eine Möglichkeit. Wäre durchaus eine Möglichkeit.«

Als sie in ihr Arbeitszimmer kam, klingelte das Link auf ihrem Tisch, sie stürzte los und drückte eilig auf den grünen Knopf. »Yancy, ich hoffe, Sie haben gute Nachrichten.«

»Ich hatte noch eine zweite Sitzung mit jeder der beiden Zeuginnen. Wir alle brauchten eine Pause zwischendurch, aber mir ist klar, wie eilig diese Sache ist, und ich glaube, dass das Bild inzwischen recht gelungen ist. Lola ist sich sicherer als Marta, aber ...«

»Zeigen Sie es mir.«

»Einen Augenblick. Seine Augen hat keine der beiden gesehen, denn er hatte diese blöde Sonnenbrille auf, zudem hat diese doofe Baseballkappe einen Teil seines Gesichts verdeckt. Deshalb habe ich diesen Bereich so gezeichnet, wie er mit einer Wahrscheinlichkeit von etwas mehr als siebenundachtzig Prozent aussehen dürfte. Das betrifft die Augen, die Brauen und die Stirn. Marta hat einen kurzen Blick auf seine Stirn und die obere Gesichtshälfte geworfen, als er seine Kappe abgenommen hat, aber ...«

»Zeigen Sie mir das Bild«, verlangte Eve erneut.

»Sie kriegen es als Datei und Ausdruck, und zwar so, wie er möglicherweise aussieht und wie er mit Mütze und mit Sonnenbrille aussieht.«

Sie betrachtete die Bilder auf dem Monitor des Links, während Roarke sie aus dem Drucker zog.

Er sah wirklich jung aus, dachte sie. Anfang bis Mitte zwanzig, weiß mit gleichmäßigen, attraktiven, etwas femininen Zügen. Eine kleine, gerade Nase, volle Lippen, sanfte, schwerlidrige Augen. Ein ovales, beinahe klassisches Gesicht und dunkles, leicht zerzaustes Haar.

Dann studierte sie das Bild, auf dem wegen der Kappe und der Brille nur ein Teil seines Gesichts zu sehen war. Sie nickte mit dem Kopf.

»Gut gemacht, Yancy.«

»Wenn es Ihrer Meinung nach so geht, können wir es rausschicken.«

»Aber erst mal nur an unsere Leute, ja? Nicht an die Medien. Denn ich gehe jede Wette ein, dass er auf der Gedenkfeier für das Opfer erscheinen wird, und will ihn nicht vorwarnen. Schicken Sie das Bild an die Kollegen, aber sagen Sie ihnen, dass es außer ihnen niemand sehen darf. Ich beginne sofort einen Bildabgleich. Vielleicht finde ich ja heraus, wer dieser Bastard ist.«

»Viel Glück.«

»Was Sie mir hier geschickt haben, ist viel mehr als bloßes Glück. Vielleicht bringt dieses Bild den durchschlagenden Erfolg. Schicken Sie es raus, Yancy, und dann fahren Sie heim.«

»Auf jeden Fall.«

Nach Ende des Gesprächs ging Eve gedanklich ihre Möglichkeiten durch und rief bei Jamie an.

»Hallo, Dallas.«

»Du kriegst gleich ein Bild geschickt«, begann sie ohne Vorrede. »Fahr damit rüber an die Columbia. Ich werde dafür sorgen, dass du das dortige Bildbearbeitungsprogramm benutzen darfst, um zu überprüfen, ob der Kerl in einer ihrer Dateien gespeichert ist.«

»Dann ist das Bild also von ihm.«

»Es ist alles, was wir bisher haben. Aber die Sache bleibt erst einmal geheim, Jamie. Niemand außer dir, und wenn du ihn brauchst McNab, kriegt dieses Bild zu sehen. Du zeigst es keinem deiner Kumpel, nein?«

»Verstanden. Nein. Ich werde mich sofort an die Arbeit machen, Dallas.«

»Ich hole die entsprechenden Genehmigungen für dich ein. Sieh zu, dass du was findest«, fügte sie hinzu, atmete vernehmlich aus und rief erneut Peach Lapkoff an.

»Aber hallo, Lieutenant, langsam werden wir die besten Freundinnen.«

»Bitte entschuldigen Sie die späte Störung. Aber wir haben ein Bild, und ich schicke Jamie als zivilen Polizeiberater an die Uni, damit er dort mit Ihrem Bildbearbeitungsprogramm arbeiten kann.«

»Jetzt sofort?«

»Ja, jetzt sofort. Ich brauche Ihre Erlaubnis, Dr. Lapkoff, und muss Sie gleichzeitig darum bitten, mit niemandem darüber zu sprechen. Weil ich mir eine undichte Stelle ganz einfach nicht leisten kann.«

»Ich werde mich persönlich darum kümmern.«

»Sie erleichtern meine Arbeit ungemein.«

»Mein Großvater würde auch nichts anderes von mir erwarten.«

»Sie ist echt okay«, murmelte Eve nach Ende des Gesprächs. »Also.« Sie nickte den Bildern auf dem Bildschirm zu. »Da bist du also, du Schwein. Jetzt muss ich nur noch wissen, wer du bist. Computer, ich brauche sämtliche Informationen über das Individuum auf den beiden Bildern, er ist wahrscheinlich ein Bewohner von New York.«

Einen Augenblick ...

»Außerdem brauche ich einen Abgleich dieser Fotos mit denen sämtlicher Studenten, die in der Date: Lapkoff-Columbia-C verzeichnet sind.«

Einen Augenblick ...

»Vielleicht habe ich ja Glück und finde ihn auf dieser Liste, bevor Jamie den Campus auch nur erreicht. Okay. Wenn ich Informationen von dir kriege, kann ich die in meine Überlegungen mit einbeziehen und ...«

Roarke schob sie unsanft an die Seite, drückte eilig ein paar Knöpfe und richtete sich wieder auf. »Unsere Überprüfung wurde gerade abgeschlossen. Und ja, wir haben in der dritten Märzwoche ein Upgrade für dieses System herausgebracht. Wenn du jetzt auch noch eine dritte Überprüfung unter Einbeziehung dieser Info willst, kann ich die übernehmen.«

»Unbedingt.«

Er gab den Auftrag in ihren Computer ein. »Ich würde sagen, es ist Zeit für frischen Kaffee, und dann fahre ich mit meiner eigenen Arbeit fort.«

»Vielleicht brauchen wir ja gar nicht ...«

»Darum geht es nicht, nicht wahr? Ich lasse mich ganz sicher nicht von diesem kleinen Arsch besiegen. Also mach mit deiner Arbeit weiter, Lieutenant, und ich nehme meine Arbeit wieder auf.«

Sie holte sich ihren eigenen Kaffee, hängte die beiden Bilder an der Tafel auf, und während ihr Computer seine Arbeit machte, dachte sie noch einmal gründlich über Roarkes Vermutung nach. Hacking oder Identitätsdiebstahl. Aber so etwas musste jemand erst mal lernen, oder? Weshalb einer jüngeren Version des Mannes an der Tafel vielleicht ein paar Fehler unterlaufen waren. Ein paar kleine Ausrutscher, während er gelernt hatte, wie es richtig funktionierte.

Ein kleiner Fleck in seinem jugendlichen Strafregister, dachte sie. Diese Möglichkeit sollten sie ruhig in ihre Überlegungen einbeziehen. Vielleicht noch bei sich zu Hause, wo auch immer das Zuhause dieses Typen war.

Er hielt sich immer möglichst nahe an der Wahrheit, fiel ihr ein. Hatte Deena gegenüber angedeutet, dass er einmal wegen irgendeiner Drogensache vor Gericht gelandet wäre. Vielleicht hatte er den Ärger ja nicht wegen Drogen, sondern wegen Cyberkriminalität gehabt.

Sie ließ ihren Computer weitersuchen, griff nach ihrem Handcomputer, gab Roarkes Infos und die Daten von Columbia ein und überprüfte, welche Männer hauptsächlich in ihrer Jugend auf die eine oder andere Weise aufgefallen waren.

Sie war nicht weiter überrascht, als sie die hohe Trefferquote sah. Als Polizistin fand sie es viel überraschender, wenn irgendwer durchs Leben ging, ohne dass er je mit den Gesetzen in Konflikt geriet.

Sie begann mit dem mühsamen Prozess des Aussortierens, verlor dabei wieder einmal jedes Zeitgefühl und hätte ihren dritten Becher Kaffee beinahe umgeworfen, als das Link auf ihrem Schreibtisch sie aus ihren Nachforschungen riss.

»Dallas.« Jamies Miene zeigte, dass er ihr erzählen würde, was sie hören wollte. Und tatsächlich meinte er: »Ich habe ihn erwischt. Ich glaube, ich habe ihn erwischt. Die Wahrscheinlichkeit, dass er es ist, beträgt 97,3 Prozent. Das Foto ist fünf Jahre alt, und er war nur anderthalb Semester hier, aber ...«

»Schick mir das Foto zu, und zwar sofort«, wies sie den Jungen an.

Sofort kam er der Bitte nach, und sie starrte auf das Bild.

»Super, Jamie, gut gemacht. Jetzt löschst du die Suchpfade auf deinem Computer, fährst die Kiste runter und gehst heim.«

»Er ist es, nicht wahr? Das ist das Schwein, das Deena ermordet hat.«

Sie sah in seine müden, zornblitzenden Augen und wiederholte: »Du hast deine Sache gut gemacht« und fügte im Kommandoton hinzu: »Komm zur Teambesprechung morgen früh. Fahr jetzt erst einmal nach Hause und hau dich aufs Ohr.«

Es war ihm deutlich anzusehen, dass er ihr widersprechen wollte, schließlich aber riss er sich zusammen. »Zu Befehl.«

Sie beendete die Übertragung, wandte sich wieder dem Bildschirm zu und erblickte dort den nächsten attraktiven, jungen Mann.

»Hallo, Darrin Pauley. Du verdammter Hurensohn.«

Drüben im Computerraum wandte Roarke sämtliche ihm bekannten Tricks und Kniffe an. Er hatte den formlosen Schwanz des Geists gepackt und klammerte sich daran fest. »Sehen Sie ihn?«

Feeney starrte mit zusammengekniffenen Augen von

einem der Wandbildschirme herab. »Ich bin schließlich nicht blind. Sie müssen den Bypass neu kalibrieren und dann ...«

»Verdammt noch mal, was mache ich hier wohl?« Roarke rollte sich vor einen anderen Computer und gab einen anderen Code in die Tasten ein.

»Von hier aus kann ich das Ding packen.« McNab lief auf einem anderen Bildschirm auf und ab. »Wenn wir uns hier das hintere Ende schnappen ...«

»Arbeiten Sie weiter an der Vergrößerung«, schnauzte Feeney seinen Untergebenen an. »Ich habe das verdammte Ding.«

»Roarke.«

»Jetzt nicht!«, ertönte es dreistimmig, als Eve den Raum betrat.

»Himmel, eine ganze Galerie von Computerfuzzis«, murmelte sie, als sie Feeney und McNab auf den Wandbildschirmen sah. Aber dann erblickte sie das andere Bild, auf dem der Schatten eines Schattens zu erkennen war.

»Ihr habt das Ding erwischt.«

»Allerdings. Nur halten wir es bisher nur mit unseren blutenden Fingerspitzen fest. Ruhe. Wenn wir das verdammte Ding jetzt nicht sicherstellen können, ist es uns im nächsten Augenblick wieder entwischt.«

Plötzlich tauchte eine Reihe weißer Punkte auf dem Bildschirm auf, die das Bild wieder verschwimmen ließ. »Oh nein«, stöhnte McNab. »Verdammt! Das Bild verzerrt sich wieder. Mist.«

»Das hier ist etwas anderes«, schnauzte Roarke. »Das Muster ist noch zu erkennen. Drehen Sie den Code und alle anderen Sequenzen um.«

Feeneys Gesicht glänzte vor Schweiß, und die Stimme

ihres Mannes verriet stählerne Entschlossenheit, erkannte Eve.

Die Punkte auf dem Bildschirm lösten sich allmählich wieder auf.

»Wir haben es geschafft!«, brüllte McNab.

»Noch nicht ganz«, Roarkes Stimme wurde etwas ruhiger. »Aber, verdammt, jetzt schaffen wir's auf jeden Fall.«

Sie hatte keine Ahnung, was die Männer machten, doch der Schatten auf dem Bildschirm flimmerte so stark, dass sie die Befürchtung hatte, dass er gleich wieder verschwände.

Dann aber wurde er ruhiger und stand schließlich völlig still.

»Erwischt!«, juchzte McNab. »Wir haben diesen Bastard tatsächlich erwischt. Himmel, Arsch und Wolkenbruch.« Er vollführte einen kleinen Freudentanz.

»Geschafft.« Aufatmend lehnte sich Roarke auf seinem Stuhl zurück. »Jetzt könnte ich ein Bier gebrauchen.«

»Ich genehmige mir jetzt auf alle Fälle eins. Das haben wir, verflucht noch mal, echt gut gemacht«, stellte Feeney selbstzufrieden fest.

»Äh ... ist das alles?« Als Eve auf den Schatten zeigte, wurde sie von drei Männern zugleich aus zornblitzenden Augen angesehen.

»Wir sind bis zu dem Virus vorgedrungen«, klärte Roarke sie ungehalten auf. »Wir haben dieses Bild aus Millionen von verzerrten Pixeln wiederhergestellt, was an ein verdammtes Wunder grenzt. Und nein, das ist ganz sicher noch nicht alles. Aber fürs Erste ist es das.«

»Jetzt kommen noch die Vergrößerung, die Abgrenzung und die Bereinigung«, erklärte Feeney ihr, ehe er den ersten großen Schluck aus seiner Flasche trank. »Das wird

Stunden oder vielleicht sogar einen ganzen Tag lang dauern, aber diese Aufnahme ist da, und wir kriegen sie auch wieder hin. Während wir das tun, haben wir auch die Sequenz und die Codierung, mit der sich alles andere finden lässt. Wir werden dafür sorgen, dass du deinen kleinen Hurensohn dabei beobachten kannst, wie er in das Haus spaziert.«

»Das wäre natürlich echt der Hit. Aber bis es so weit ist, habe ich dank Jamie einen Namen und auch einen Ort. Darrin Pauley, dreiundzwanzig, angeblich aus Sundown, Alabama, südlich von Mobile, wo er mit seinem Vater Vincent Pauley gelebt hat oder lebt. Bisher habe ich noch keine Verbindung zwischen einem der beiden Pauleys und MacMasters, aber bis hin zu seinem scheuen Lächeln ist er sicher unser Mann.«

»Er stammt wahrscheinlich ebenso wenig aus Alabama wie ich selbst«, warf Feeney ein.

»Nein, aber sein Vater lebt tatsächlich dort. Ich habe ihn überprüft. Er lebt mit seiner Frau und seiner zwölfjährigen Tochter in besagtem Sundown und hat einen ordentlichen Job.«

»Könnte auch nur Tarnung sein«, schlug Feeney vor.

»Das stimmt, nur ist es einfach so, dass die Ähnlichkeit der beiden nicht zu übersehen ist. Deshalb müssen wir den Mann vernehmen, und zwar möglichst schnell, und wenn es geht, von Angesicht zu Angesicht.«

Roarke warf einen Blick auf die Geräte, die ihm langsam wieder Freude machten, und stieß seufzend aus: »Ich nehme also an, dass du heute Abend noch nach Alabama musst.«

»Auf jeden Fall.«

14

Eve gab zu, dass es gelegentlich durchaus von Vorteil war, mit einem Mann verheiratet zu sein, der nur mit den Fingern schnipsen musste, damit einer seiner Privatjets startklar gemacht wurde.

Was in diesem Fall ein Riesenvorteil war. Denn so konnte sie es sich auf ihrem Platz gemütlich machen, weiter Spuren nachgehen, mit Peabody streiten, verschiedene Theorien mit ihrem persönlichen Piloten durchsprechen und den Ausblick aus dem Fenster weitestgehend ignorieren.

»Ich wäre in fünf Minuten startklar gewesen«, beschwerte sich ihre Partnerin. Auf dem Monitor sah Eve ihr schmollendes Gesicht, während im Hintergrund McNab in der unverständlichen Sprache der Computerfuzzis weiter seine Arbeit tat.

»Sie hätten mindestens eine halbe Stunde gebraucht, um am Flughafen zu sein. Wir werden ihn dort nicht antreffen, Peabody. Um Himmels willen, seine Festnahme wird Ihnen heute Abend nicht entgehen. Und ich brauche Sie dort, wo Sie sind, damit Sie eine New Yorker Adresse oder Kontaktperson von diesem Darrin Pauley finden. Seinen Arbeitgeber, den Führerschein, mögliche Vorstrafen, die Finanzen, die Krankenakten. Jedes verdammte Detail.«

»Diese Sachen könnte ich auch suchen, während ich …«

»Sie kriegen irgendwann anders einen Flug.«

Peabodys Miene hellte sich ein wenig auf. »Wann?«

»Meine Güte. Graben Sie. Jetzt gleich.«

»Das werde ich. Das tue ich. Bin schon dabei.«

»Gehen Sie auch weiter der Spur der Schuhe und der

übrigen Klamotten nach. Gucken Sie, ob er eine Kreditkarte auf seinen Namen hat. Wenn nicht, gleichen wir die Daten, die Sie haben, mit denen sämtlicher Männer mit den Anfangsbuchstaben DP ab. Er hat den Studentenausweis von Darian Powders benutzt. Wenn er in dem Fall die vertrauten Initialen beibehalten hat, hat er das vielleicht auch bei anderen Aliasnamen gemacht.«

»Gute Idee. Ich werde …«

»Das ist erst mal alles. Und hauen Sie sich rechtzeitig aufs Ohr, denn ich habe für morgen früh um sieben eine Teambesprechung angesetzt. Buchen Sie dafür schon mal einen Besprechungsraum. Gesprächsende«, meinte Eve und brach die Übertragung ab.

»Auch wenn ich deinen Befehlston wie immer ausnehmend erregend finde«, meinte Roarke, »wird dir dieses Mitglied deines Teams morgen früh nicht zur Verfügung stehen.«

Sie unterdrückte einen Fluch, denn sie hätte ihn tatsächlich brauchen können. »Für zivile Berater mache ich natürlich eine Ausnahme.«

»Ich kann ein paar meiner Termine umlegen, falls Feeney mich noch braucht, und ihm dann morgen um dieselbe Zeit wie heute zur Verfügung stehen.«

»Wenn das für dich in Ordnung geht. Er wird nicht in Alabama sein. Weil er mit eigenen Augen sehen muss, wie fertig MacMasters ist. Er ist schon eine ganze Weile in New York. Vielleicht nicht seit fünf Jahren, vielleicht nicht die ganze Zeit, seit er dort an der Uni war, aber einige Zeit ist er ganz bestimmt schon dort. Hält die Augen offen, webt sein Netz. Er wird auf der Gedenkfeier erscheinen, deshalb kann ich das Bild noch nicht an die Medien schicken, denn dann wäre er gewarnt. Die Gefahr besteht natürlich auch durch meinen Besuch bei seinem Vater.«

»Warum fliegen wir dann jetzt schon hin? Warum wartest du dann nicht, bis diese Gedenkfeier vorüber ist?«

»So was nennt man kalkuliertes Risiko.« Sie wollte aufstehen und sich bewegen, aber die Enge des Fliegers, die Weite der Nacht und die Leere hinter der Windschutzscheibe hielten sie an ihrem Platz. »Weil schließlich die minimale Chance besteht, dass er doch in Alabama ist. Sie ist wirklich minimal, aber auszuschließen ist es nicht. Außerdem besteht die Chance, dass sein Vater weiß, wo er sich aufhält, und ich es aus ihm herausbekommen kann. Dann können wir die Kommunikationsgeräte seines Vaters sperren, bis der Bastard von uns festgenommen worden ist. Andererseits besteht natürlich die Gefahr, dass ich nichts aus diesem Mann herausbekomme und er Pauley einen Tipp gibt, woraufhin der verschwindet. Aber ...«

»Du glaubst nicht, dass das passieren wird.«

»Der Mann ist ein Familienmensch, seit Jahren verheiratet, mit einem zweiten Kind. Wurde nur einmal mit Mitte zwanzig wegen Ruhestörung belangt. Hat seit Jahren dieselbe Arbeitsstelle, ein durchschnittliches Gehalt und ein kleines Haus in einem Vorort, das noch mit einer Hypothek belastet ist. Würde ein solcher Mann seine Frau und Tochter, dieses kleine Haus, seinen Job und sein Leben aufs Spiel setzen, um die polizeilichen Ermittlungen zur Vergewaltigung und Ermordung eines Mädchens zu behindern? Würde ein solcher Mann freiwillig eine Anklage wegen Begünstigung einer strafbaren Handlung, Strafvereitelung und was mir sonst noch alles einfällt, um ihn unter Druck zu setzen, in Kauf nehmen?«

»Kommt wahrscheinlich darauf an, wie sehr er den

Sohn liebt und wie weit er gehen würde, um ihn zu beschützen.«

»Diese Art der Liebe, die ein Monster schützen würde, könnte ich beim besten Willen nicht verstehen. Weil das meiner Meinung nach gar keine Liebe wäre. Wenn er diesen kranken Hurensohn tatsächlich liebt, werde ich das nutzen. Werde ihm erklären, dass der Junge Hilfe braucht. Und dass er mir helfen muss, wenn ich seinem Sohn helfen soll. Dass ihn vielleicht jemand anderes vor mir findet. Jemand, der das Recht in seine eigene Hand nimmt, weil das Opfer dieses Jungen eine Polizistentochter war.«

Sie trommelte sich mit den Fingern auf den Oberschenkel und bemühte sich zu ignorieren, wie der Flieger schwankte, als er tiefer ging. »Ich muss auch noch ein anderes Wagnis eingehen«, meinte sie und rief Baxter zu Hause an. »Nehmen Sie das Bild«, begann sie ohne Vorrede. »Schnappen Sie sich Trueheart und klappern sämtliche Cafés, Clubs und andere Treffpunkte in der Nähe der Uni sowie auf dem Campus ab.«

»Jetzt gleich?«

»Meine Güte, nein, wann immer Ihnen danach ist. Jamie hat mit einem Bildbearbeitungsprogramm an der Columbia nach dem Kerl gesucht. Rufen Sie ihn an und geben ihm durch, wo Sie sind. Und, falls es Ihnen keine allzu große Mühe macht und nicht Ihre anderen Pläne für den Abend stört …«

»Himmel, Dallas, gehen Sie mir bloß nicht auf den Sack.«

»Ihr Sack war mir schon immer vollkommen egal.«

»Aua, das tut weh.«

»Zeigen Sie das Foto in MacMasters' Nachbarschaft herum. Falls etwas dabei herauskommt, rufen Sie mich an.

Wenn nicht, sehen wir uns morgen früh um sieben zur Besprechung auf dem Revier.«

»Okay, okay. Wo zum Teufel sind Sie überhaupt?«

»Kurz vor Alabama.« Ihr Magen machte einen Satz. »Ich hoffe nur, ich komme heil dort an. Peabody hat Einzelheiten, falls Sie noch etwas wissen müssen. Setzen Sie sich in Bewegung, Baxter.«

»Bin schon unterwegs.«

Lieutenant Dallas, die nicht mit der Wimper zuckte, wenn sie bei der Arbeit unter heftigstem Beschuss geriet, kniff während der Landung ängstlich ihre Augen zu.

Erst, als ihr in einem schicken, offenen Mietwagen die schwere Luft der Südstaaten entgegenschlug, atmete sie wieder auf.

»Ein bisschen spät für einen Polizeibesuch bei einem Familienmenschen«, meinte sie. »Was für uns durchaus von Vorteil ist.«

»So spät ist es gar nicht. Hier ist es noch eine Stunde früher als in New York«, erklärte Roarke.

Sie presste sich die Finger an die Augen. »Dann sind wir also hier angekommen, bevor wir zu Hause losgeflogen sind. Wie schafft es irgendwer, bei diesem Durcheinander nicht vollkommen durchzudrehen?«

Grinsend stupste Roarke sie an. »Und wenn wir nach Hause zurückkommen, geht uns die Stunde wieder verloren.«

»Siehst du? Es macht einfach keinen Sinn. Wie kann man eine Stunde verlieren? Wie soll so was gehen? Kann jemand anderes sie finden? Und wenn ja, bringt er sie dann vielleicht ins Fundbüro?«

»Meine geliebte Eve, leider muss ich dich darüber informieren, dass die Erde keine Scheibe und New York auch nicht ihr Zentrum ist.«

»Der erste Teil, okay, aber der zweite? Vielleicht sollte es das sein. Dann wäre alles einfacher.«

Er nahm den Fuß vom Gaspedal und bog in eine Wohnstraße mit jeder Menge Bäume und so dicht gedrängten Häusern, dass Eve nicht verstehen konnte, warum die Bewohner nicht ganz einfach in Apartments lebten, denn da war man wahrscheinlich ungestörter.

Winzig kleine Vorgärten reichten fast bis an den Rand der Straße. Der Duft von frisch gemähtem Gras und irgendetwas Süßem, der Eve in die Nase stieg, vermittelte ihr das Gefühl, als befände sie sich auf dem platten Land.

Dem Navigationsgerät des Wagens folgend, bog Roarke irgendwann links ab und hielt vor einem Haus, das genauso aussah wie sämtliche anderen Häuser in dem Block.

Stirnrunzelnd sah Eve sich das Gebäude an. Hatte das luxuriöse Leben, das sie selbst seit ihrer Eheschließung führte, sie inzwischen so hoffnungslos verwöhnt, oder hatte dieses Häuschen wirklich nur die Größe eines Schuhkartons? Bodendecker blühten links und rechts der schmalen Einfahrt, in der sie zwei Kleinwagen dicht an dicht hintereinanderstehen sah.

Hinter den Fenstern brannte Licht und in seinem Schein sah sie neben der vorderen Veranda ein verbeultes Kinderfahrrad stehen.

»Diese Leute könnten es sich ganz bestimmt nicht leisten, eins von ihren Kindern an die Uni von Columbia zu schicken. Außer mithilfe eines Stipendiums, was wiederum nicht zum Profil von diesem Typen passt. Welche Möglichkeit hat er wohl gefunden, um sein Studium zu bezahlen?«

»Nun, weise und vorausschauende Eltern fangen oft schon an, für das Studium ihres Nachwuchses zu sparen, ehe der das Licht der Welt erblickt. Aber zugegeben, sogar dann müssten sie jeden Monat einiges auf die Seite legen, damit es am Ende reicht.«

Sie stieg aus, marschierte Richtung Haus. Blieb noch einmal stehen und legte ihre Hand um ihren Waffenknauf.

»Hörst du das?« Mit schräg gelegtem Kopf lauschte sie dem wiederholten dumpfen Bellen, das sich in der schwülen Luft erhob.

»Natürlich. Schließlich stehe ich direkt neben dir.«

»Was zum Teufel ist das?«

»Ich bin mir nicht ganz sicher, aber ich glaube, es ist eine Art Frosch.«

»Ein Frosch? Im Ernst? Eins von diesen grünen, hüpfenden Dingern?« Suchend sah sie sich im Licht der Straßenlaternen um. »Klingt echt riesig. Wie ein großer Alien-Frosch.«

»Ich kenne mich mit Fröschen nicht besonders aus, aber ich glaube nicht, dass es in Alabama Alien-Frösche gibt. Zumindest nicht die Art, auf die man mit einem Stunner zielen muss.«

»Das werden wir ja sehen.« Für den Fall der Fälle ließ sie ihre Hand auch weiterhin auf ihrer Waffe ruhen.

Durch das Vorderfenster sah sie, dass der Fernseher im Wohnzimmer der Leute lief, dass der Mann bequem in einem Liegesessel lag und die Frau mit angezogenen Füßen auf dem Sofa saß.

»Ein gemütlicher Abend zu Hause vor der Glotze«, murmelte Eve. »Könnten oder würden diese Leute wohl in aller Ruhe fernsehen, wenn sie irgendwie an dem beteiligt wären ... verflucht ... was macht sie da? Die Frau.

Was macht sie mit diesen beiden langen Stäben und dem fusseligen Faden?«

»Keine Ahnung. Woher soll ich das wissen?«

»Weil du immer alles weißt«, antwortete sie, und er lachte fröhlich auf.

»Nun, wenn ich raten müsste, würde ich wahrscheinlich sagen, sie macht irgendeine Art von ... Handarbeit.«

Eve ging weiter, blickte nochmals auf die Stäbe, die Wolle und die Frau. Und urplötzlich tauchte die Erkenntnis irgendwo aus ihrem Unterbewusstsein auf. »Sie strickt!«, erklärte sie und boxte Roarke gegen die Schulter. »Der Punkt geht an mich. Sie strickt.«

»Wenn du es sagst.«

»Ich habe dieses Zeug, diese Stäbe und den Faden, schon mal irgendwann bei den Ermittlungen zu einem anderen Fall gesehen. Sie strickt, er sieht fern und trinkt ein Bier, und das Fahrrad von dem Mädchen steht direkt neben der Tür und ist dort nicht einmal mit einer Kette festgemacht. Das hier sind ganz sicher keine kriminellen Meisterhirne, die den Mord an einem Teenager vorbereitet haben, und falls sie an irgendwelchen Hackerangriffen oder Identitätsbetrügereien beteiligt sind, fange ich selbst zu stricken an.«

»Und das alles sagt dir ein Blick durchs Fenster dieser Leute?«, fragte Roarke verblüfft.

»Die Security ist minimal und momentan noch nicht mal aktiviert. Die Vorhänge stehen offen, weil es hier nichts zu verbergen gibt.« Sie trat vor die Tür und klopfte an.

Einen Moment später öffnete die Frau, ohne wenigstens durch den Spion zu sehen oder laut zu fragen, wer dort draußen stand.

Als sie sie erblickte, sah sie etwas überrascht, doch

durchaus freundlich aus. »Hallo, was kann ich für Sie beide tun?«

Ihre Stimme war so warm und süß wie die umgebende Luft, und sie strich sich kurz über das honigblonde Haar, als wolle sie sich vergewissern, dass ihre Frisur auch richtig saß.

»Wir sind auf der Suche nach Darrin Pauley.«

»Oh Gott, ich glaube, der lebt oben in Chicago oder so. Wir haben ihn schon seit einer ...«

»Wer ist es denn, Mimi?«

»Sie suchen nach Darrin, Schatz. Ich möchte Sie wirklich nicht da draußen stehen lassen, aber ...«

Eve zog ihre Dienstmarke hervor, und Mimi riss die Augen auf, während Vincent Pauley an die Haustür trat. »Was hat das zu bedeuten? Polizei? New Yorker Polizei? Ist er in Schwierigkeiten? Ist Darrin in Schwierigkeiten? Ach, verdammt.« Letzteres stieß er mit einem resignierten, unglücklichen, wenig überraschten Seufzer aus. »Wir sollten besser drinnen weiterreden.«

Er winkte sie an sich vorbei, und seine Frau rieb tröstend seinen Arm. »Warum hole ich nicht erst einmal für uns alle einen Eistee? Schließlich ist es heute Abend ziemlich warm, da täte uns etwas Kaltes sicher gut.«

»Mama?« Ein kleines Mädchen blickte über das Geländer der Treppe rechter Hand des Flurs.

»Geh wieder ins Bett, Jennie. Es sind nur zwei Leute, die mit Daddy reden wollen. Geh schlafen, schließlich hast du morgen sehr viel vor.«

Das Mädchen blinzelte verschlafen, ehe es wieder verschwand.

»Wir fahren morgen zusammen mit Jennies bester Freundin und deren Eltern in die Spielwelt. Zwei Tage

Amüsement, Wasserbahnen und so Zeug. Gott steh uns bei. Ich brabbele lauter unwichtiges Zeug. Am besten hole ich erst mal den Tee.«

Schnellen Schrittes lief sie aus dem Raum. Eve fragte sich, ob sie es derart eilig hatte, aus dem Raum zu kommen, oder ob ihr daran lag, dass sie möglichst schnell wieder bei ihnen war. So oder so, ließ sie den attraktiven Vincent Pauley mit dem unglücklichen Blick erst einmal mit ihr und Roarke allein.

»Setzen Sie sich doch. Fernseher aus«, fing Vincent an und das Gelächter der Studiogäste irgendeiner Comedysendung erstarb. »Ich schätze, ich habe die ganze Zeit darauf gewartet, dass irgendwann einmal die Polizei wegen Darrin vor unserer Haustür steht. Dabei habe ich ihn schon seit Jahren nicht mehr gesehen. Ich kann Ihnen nicht sagen, wo er ist. Er meldet sich nie bei uns.«

»Wann haben Sie Ihren Sohn zum letzten Mal gesehen, Mr Pauley?«

Sein Lächeln hatte einen bitteren Zug. »Ich kann nicht mal sicher sagen, ob ich überhaupt sein Vater bin.« Er rieb sich die Augen. »Gott, manche Dinge lassen einen einfach nie mehr los, nicht wahr? Als er auf die Welt kam, war ich seit ein paar Monaten mit seiner Mutter zusammen und habe ihn deshalb als mein Kind anerkannt. Ich dachte auch, dass ich sein Vater wäre, denn ich wusste nicht, dass sie vor und auch während unserer Beziehung noch mit jemand anderem zusammen war. Ich war damals noch keine zwanzig, grasgrün hinter den Ohren und geradezu erschreckend dumm.«

»So etwas darfst du nicht sagen, Vinniè!« Mimi kam mit einem Tablett mit einem großen Krug und mehreren Gläsern voller Eis ins Wohnzimmer zurück.

Roarke stand auf. »Lassen Sie mich Ihnen helfen, Mrs Pauley.«

»Oh, danke. Sie haben aber einen netten Akzent. Stammen Sie aus England?«

»Nein, aus Irland, aber es ist lange her, seit ich von dort hierhergekommen bin.«

»Die Urgroßmutter meines Vaters stammte ebenfalls aus Irland. Aus einem Ort mit Namen Ennis.«

Ihre Aussprache des Orts war falsch, doch Roarke stellte mit einem leisen Lächeln fest: »Ein reizendes kleines Städtchen. Ich habe Verwandte dort.«

»Und Sie sind den ganzen Weg bis nach Amerika gekommen, um hier Polizist zu werden?«

Roarke musste ein Lachen unterdrücken, deshalb erklärte Eve: »Er ist als ziviler Berater für uns tätig.« Sie wandte sich wieder Vincent zu. »Als Darrins Mutter wird eine gewisse, inzwischen verstorbene Inga Sorenson in den Akten geführt.«

»Den Namen hat sie benutzt, als ich mit ihr zusammen war, und ich habe ihn so stehen lassen. Keine Ahnung, ob sie tatsächlich so hieß. Ich weiß auch nicht, ob sie noch lebt oder gestorben ist. Man sagte mir, sie wäre tot, aber ...«

»Warum erzählen Sie mir nicht, wann Sie Darrin zum letzten Mal gesehen oder gesprochen haben?«

»Ich schätze, das ist sechs oder vielleicht auch sieben Jahre her.«

»Sieben«, bestätigte Mimi. »Irgendwann im März, denn ich habe damals gerade die Blumen hinten im Garten gepflanzt. Jennie war im Kindergarten, Vinnie bei der Arbeit, und ich war alleine hier. Aber ich hatte Angst, sie einfach hereinzulassen, deshalb habe ich Vinnie angerufen, und er kam sofort.«

»Sie?«, wiederholte Eve und sah, dass Mimi einen Blick auf ihren Gatten warf.

»Darrin und der Mann, der vielleicht sein Vater ist«, nahm Vinnie den Faden auf. »Der Mann, den er für seinen Vater hält und der vor oder vielleicht auch während unserer Beziehung mit Inga zusammen war. Mein Bruder.«

»In Ihrem Eintrag im Personenstandsregister ist kein Bruder aufgeführt, Mr Pauley.«

»Nein. Ich habe ihn daraus streichen lassen. Was mich eine ganze Stange Geld gekostet hat und wahrscheinlich auch verboten war, aber ich musste es ganz einfach tun. Ich musste ihn daraus streichen lassen, bevor ich Mimi bitten konnte, mich zu heiraten.«

»Er ist ein schlechter Mensch. Ein wirklich schlechter Mensch. Vinnie hat keinerlei Gemeinsamkeiten mit dem Mann, Officer.«

»Lieutenant. Dallas. Inwiefern ist er ein schlechter Mensch?«, erkundigte sich Eve.

»Er macht immer, was er will, nimmt sich alles, was er will, verletzt jeden, den er verletzen will«, erklärte Vinnie ihr. »Das hat er immer schon gemacht, sogar als Kind. Er ist von zu Hause abgehauen, als wir sechzehn waren.«

»Wir?«, hakte Roarke umgehend nach. »Dann sind Sie also Zwillinge?«

»Zweieiig, nicht eineiig.« Eine Unterscheidung, die ihm offenkundig wichtig war. »Obwohl wir uns sehr ähnlich sehen.«

»Ich würde die beiden nie verwechseln. Weil der Blick von seinem Bruder einfach furchteinflößend ist.« Mimi erschauderte. »Irgendwie verschlagen und gemein. Und es tut mir leid, Vinnie, aber auch der Junge hat diesen gemeinen Blick. Egal, wie nett er lächelt, und egal, wie höflich er mit einem spricht, hat er immer diesen verschlagenen Blick.«

»Vielleicht. Aber wie dem auch sei, die beiden waren nicht lange hier. Sie wollten ein paar Tage bleiben. Weiß der Himmel, was sie verbrochen hatten, dass sie bei uns unterkriechen mussten. Ich habe zu Darrin gesagt, dass er hier unterkommen kann, dass Vance jedoch verschwinden müsste. Daraufhin hat er erklärt, dass er ohne Vance nicht bleibt. Dann habe ich ihn nach seiner Mutter gefragt, wollte von ihm wissen, warum er ohne sie gekommen ist. Darauf meinte er, sie wäre tot. Wäre ermordet worden.«

»Wie?«

»Das hat er mir nicht gesagt. Ich war schockiert und habe ihn gefragt, wie das passiert ist. Wann sie umgekommen ist. Wer sie getötet hat. Aber alles, was er sagte, war, dass er wüsste, wer dafür verantwortlich wäre, und dass er schon einen Plan hätte, ihr Genugtuung zu verschaffen. Mimi hat vollkommen recht. Etwas stimmt mit seinen Augen nicht. Als er das gesagt hat, konnte ich es sehen. Als er meinte, er hätte einen Plan, wollte ich nur noch, dass die zwei verschwinden, damit meine Familie vor ihnen sicher ist.«

Er blickte Richtung Treppe. »Ich wollte, dass sie sich von Mimi und von Jennie fernhalten. Selbst, wenn er mein Sohn wäre, hätte ich nicht gewollt, dass er auch nur in die Nähe meiner Mädchen kommt. Wissen Sie, das ist für mich das Allerschlimmste. Dass ich ihn auf keinen Fall in der Nähe meiner Mädchen ertragen könnte, selbst wenn er doch mein Sohn wäre.«

»Wir sind deine Familie«, flüsterte ihm Mimi zu. »Das ist das Einzige, was zählt.«

Vinnie nickte und nahm einen großen Schluck aus

seinem vom Eis beschlagenen Glas. »Ich war noch keine zwanzig, als ich mit Inga … sie war einfach wunderschön. Tut mir leid, Schätzchen.«

»Schon gut.« Seine Frau nahm seine Hand und drückte sie. »Das bin ich schließlich auch.«

Er hob ihre Hände vorsichtig an seine Lippen, küsste ihre Knöchel und nickte mit dem Kopf. »Das bist du. Das bist du auf jeden Fall.«

»Los, erzähl ihnen davon«, drängte Mimi ihn. »Hör auf, dir Gedanken zu machen, und erzähl ihnen davon.«

»Also gut. Ich habe mich damals unsterblich in sie verliebt. Oder in den Menschen, für den ich sie hielt. Ich habe keine Ahnung, ob sie meinem Bruder weggelaufen war oder ob sie gemeinsam geplant hatten, mich hinters Licht zu führen und mich zu benutzen, damit sie während ihrer Schwangerschaft irgendwo unterkommen konnte. Es war einmal schwer für mich, das nicht zu wissen. Inzwischen spielt es kaum noch eine Rolle, aber damals, als es passierte, war es schwer. Deshalb habe ich dafür bezahlt, dass der Name meines Bruders nirgends mehr in meinen Akten steht.«

»Deswegen wird Ihnen niemand Schwierigkeiten machen, Mr Pauley«, versicherte ihm Eve, und er nickte knapp.

»Nun, das ist gut zu wissen. Aber wie dem auch sei, verließ mich Inga, als Darrin ein paar Monate alt war. Sie nahm alles, was nicht niet- und nagelfest war, aus der Wohnung mit, packte es in meinen Wagen, räumte meine Konten und sogar das Sparbuch, das ich für den Jungen bereits vor seiner Geburt angelegt hatte. Sie ließ nur eine Videobotschaft meines Bruders für mich zurück, auf der er sich lachend bei mir dafür bedankt, dass ich für ihn eingesprungen war. Dann fand ich heraus, dass er fast ein Jahr im Kahn gesessen hatte. Wegen irgendeiner Betrugsgeschichte oder so. Ich schätze, er hatte Inga zu mir geschickt, damit ich, wie er selbst es formuliert hat, für ihn einspringe. Nach seiner Entlassung hat er sich die beiden kurzerhand zurückgeholt.« Vinnie hielt inne.

»Inga habe ich nie wieder gesehen, und Vance und den Jungen auch erst an dem Tag, an dem mich Mimi bei der Arbeit angerufen hat. Ich hatte einen Privatdetektiv damit beauftragt, sie zu suchen, aber das konnte ich mir nicht lange leisten, und es kam auch nichts dabei heraus. Trotzdem wollte ich sie finden, denn auch wenn ich keine Ahnung habe, ob ich Darrins Vater bin, habe ich mich damals so gefühlt.«

»Du hast alles in deiner Macht Stehende getan.«

Er lächelte Mimi an, doch seine Augen waren feucht. »Ich hatte das Gefühl, als würde ich aufgeben. Vielleicht habe ich das auch getan. Danach war ich noch ewig lange wütend, aber dann, tja dann habe ich Mimi kennengelernt und das alles hinter mir gelassen, bis die beiden plötzlich vor ein paar Jahren hier auftauchten. Ich habe keine Ahnung, wohin sie von hier aus gefahren sind. Vor ungefähr drei Jahren bekamen wir von Darrin eine Mail. Darin stand, er würde aufs College gehen. In Chicago. Würde sich bei seinem Studium anstrengen und etwas aus sich machen. Das klang durchaus ...«

»... ehrlich«, führte Mimi aus.

»Das stimmt«, pflichtete ihr Vinnie seufzend bei. »Er wollte wissen, ob wir ihm dabei unter die Arme greifen können. Mit ein bisschen Geld. Da ich meinen Bruder kenne, habe ich die Sache überprüft, und dabei stellte sich heraus, dass er tatsächlich, wie behauptet, an dem College eingeschrieben war. Also habe ich ihm tausend Dollar überwiesen.«

»Und danach nie mehr ein Wort von ihm gehört«, fügte Mimi unglücklich hinzu. »Aber kurze Zeit später hat jemand auf unser Bankkonto zugegriffen. Gott sei Dank nur auf das Konto, auf dem unsere Notgroschen liegen, von dort aus hatte Vinnie Darrin das Geld geschickt. Danach waren noch fünftausend drauf, von denen er viertausend abgehoben hat. Natürlich war er das, Vinnie«, erklärte sie, als ihr Mann den Mund aufmachte, um zu prostieren.

Resigniert stimmte Vinnie ihr mit einem Seufzer zu. »Ja, ich nehme an, dass er es war.«

»Trotzdem hat Vinnie sich geweigert, in der Angelegenheit zur Polizei zu gehen.«

»Falls er mein Sohn ist, hat er einen Anspruch darauf, dass ich ihn auf irgendeine Weise unterstütze. Wobei die Sache mit dem Geld, das er genommen hat, für mich erledigt ist. Anspruch auf mehr hat er ganz sicher nicht. Ich habe versucht, ihn über das College zu kontaktieren, aber dort sagten sie mir, dass er nicht bei ihnen eingeschrieben wäre. Dass sein Name nicht in ihren Unterlagen stünde. Ich habe erklärt, dass das nicht sein könnte, weil er schließlich, verdammt noch mal, erst zwei Wochen vorher noch bei ihnen eingeschrieben war. Aber das hat nichts gebracht.«

Wie viel durfte sie ihnen erzählen, überlegte Eve. »Wir glauben, der Mann, den Sie als Darrin Pauley kennen, lebt seit einer Weile in New York, wo er unserer Meinung nach diverse Cyberverbrechen und Identitätsdiebstähle begangen hat.«

Vinnie ließ den Kopf zwischen die Hände sinken. »Wie

Vance. Genau wie Vance. Was soll ich nur meinen Eltern sagen? Oder sage ich ihnen am besten einfach gar nichts?«

»Das ist noch nicht alles, Mr Pauley. Es kommt noch schlimmer, und innerhalb der nächsten achtundvierzig Stunden werden auch die Medien den Namen Ihres Sohnes kennen.«

Er hob sein Gesicht und sah sie ängstlich an.

»Wir ermitteln wegen der Vergewaltigung und Tötung eines sechzehnjährigen Mädchens, der Tochter eines mehrfach ausgezeichneten Polizisten, und der Mann, den Sie als Darrin Pauley kennen, ist unser Hauptverdächtiger.«

»Nein. Nein. Nein. Mimi.«

Sie nahm ihn in den Arm, und obwohl ihre Miene schockiertes Entsetzen ausdrückte, zeichnete sich keine Spur von Unglauben auf ihren Zügen ab. Sie begegnete Eves Blick, während sie Vinnie hielt, und nickte kurz. »Ich hatte Angst vor ihm. Als er mich angesehen hat, hatte ich Angst vor ihm. Dieses Mädchen, wir haben davon gehört. Wir haben heute früh im Schlafzimmer in den Nachrichten davon gehört, als wir uns angezogen haben. Dabei fiel auch Ihr Name. Lieutenant Dallas. Das hatte ich vergessen.«

»Ich brauche alles, woran Sie sich erinnern können, jedes Detail, das Sie mir über Darrin, Ihren Bruder oder Inga Sorenson erzählen können.«

»Ich glaube, sie haben meine Eltern hin und wieder angezapft.« Vinnie rieb sich abermals die Augen. »Wir sprechen nicht darüber, sprechen nicht über die beiden, aber zu seinem eigen Fleisch und Blut Nein zu sagen, ist nun einmal schwer.«

»Lassen Sie uns rausfinden, ob die beiden bei Ihren Eltern waren.«

»Lassen Sie mich das bitte tun. Lassen Sie mich mit

ihnen reden und es ihnen irgendwie erklären. Ich werde dazu ins Nebenzimmer gehen, wenn das in Ordnung ist.«

»Okay.«

»Was sollen wir jetzt machen?«, wollte Mimi wissen. »Was sollen wir jetzt tun? Wenn er in der nächsten Zeit hier auftaucht …«

»Ich glaube nicht, dass er hierherkommt. Denn Sie haben nichts, was für ihn von Interesse ist. Trotzdem werde ich noch mit den hiesigen Kollegen sprechen. Falls er sich bei Ihnen meldet, sollten Sie Ruhe bewahren, sich möglichst normal verhalten und sofort die Polizei vor Ort und mich verständigen.«

»Wir fahren morgen in den Urlaub.«

»Das sollten Sie auch tun«, empfahl ihr Eve. »Fahren Sie wie geplant einfach ein paar Tage weg. Verschwinden Sie von hier.«

»Freuen Sie sich über Ihre Tochter«, fügte Roarke hinzu. »Sie haben eine echt tolle Familie.«

Auf dem Weg zurück zum Flughafen starrte Eve den Himmel an. »Diese drei sind auch nichts anderes als unschuldige Opfer dieses Kerls.«

»Sie ist eine empfindsame Person. Zumindest hat sie ein Gespür für Menschen«, fügte Roarke hinzu, als Eve den Kopf drehte und überrascht die Brauen in die Höhe zog. »Das ist so ein Gefühl, das sie mir vermittelt hat, es würde auch erklären, warum sie diesen Jungen derart leicht durchschaut hat. Vielleicht war er damals noch nicht besonders gut darin, sein wahres Wesen zu verbergen, aber ich glaube eher, dass sie ihn durchschaut und sich vor dem, was sie gesehen, gefürchtet hat.«

»Dazu hatte sie auch allen Grund.« Sie lehnte sich auf

ihrem Sitz zurück und fing mit einer Standardüberprüfung von Vance Pauley an. »Sie hatte auch recht, als sie gesagt hat, Vance wäre ein schlechter Mensch. Er hatte bereits jede Menge Scherereien. Sein jugendliches Vorstrafenregister ist geöffnet, offenkundig war jemand schneller als ich. Den ersten Ärger hatte er bereits mit neun. Schulschwänzerei, Diebstahl, Zerstörung privaten Eigentums, Cybermobbing, Hacking, tätlicher Angriff, Körperverletzung.«

»Und das alles mit neun?«

»Ich gehe die Taten chronologisch durch. Den ersten tätlichen Angriff hat er als Zwölfjähriger verübt, aber es war der Identitätsdiebstahl, weswegen er während seiner Inga-Phase eingefahren ist. Seither ist er wie vom Erdboden verschluckt. Zwischen neun und einundzwanzig hat er ein kilometerlanges Vorstrafenregister angesammelt, aber danach ist er nirgendwo mehr aufgetaucht.«

»Weil er dazugelernt hat.«

»Vielleicht war auch Inga schlauer, hat von da an die Regie geführt und ihm verschiedene Dinge beigebracht. Über sie finde ich nichts, zumindest nichts unter dem Namen, passend zu dem Alter, zu der Beschreibung, die mir Pauley von der Frau gegeben hat, und der Adresse, unter der sie damals bei ihm gemeldet war. Zwar wird sie als Mutter von Darrin Pauley, geboren am 16. Mai 2037, aufgeführt, aber eine offizielle Todesmeldung für sie gibt es nicht.«

»Sie wird in MacMasters' Akten sein. Wenn auch vielleicht unter einem anderen Namen, aber sie ist ganz eindeutig das Motiv. Der Grund für den Plan, den Darrin Pauley vor sieben Jahren hatte.«

»Ja. Und ich werde sie finden.«

Als ihr Handy schrillte, klappte sie es auf. »Dallas.«

»Sind Sie wirklich in Alabama?«, wollte Baxter von ihr wissen.

»Ich bin bereits auf dem Weg zurück und spätestens in einer Stunde wieder in New York.«

»Könnten Sie mir vielleicht ein bisschen Grillfleisch mitbringen? Es geht doch einfach nichts über das Grillfleisch aus den Südstaaten.«

»Baxter, wenn Sie mich ohne guten Grund anrufen, grille ich nach meiner Rückkehr Sie.«

»Kriege ich ein bisschen Grillfleisch, wenn ich was gefunden habe? Meine Güte, Dallas, Ihr Gesicht verschlägt mir regelrecht den Appetit. Okay, wir haben einen Treffer. Ein Mädchen, das in einem Club für Collegekids hinter der Theke steht. Sie hat den Typen auf dem Bild erkannt. Meinte, sie hätte ein paar Kurse mit ihm zusammen gehabt. Was heißt, dass er tatsächlich dort am College war. Was noch besser ist und was sicher auch Sie ein bisschen milder stimmen wird, ist, dass er ihr auf einer verdammten Silvesterparty über den Weg gelaufen ist.«

»Bei Powders.«

»Ja, genau. Sie meinte, sie wäre alleine dort gewesen und hätte sich deshalb ein bisschen an ihn herangemacht. Aber er hätte sie eiskalt abblitzen lassen. Was man, wenn man sie erst mal gesehen hat, beim besten Willen nicht verstehen kann. Stimmt's, Trueheart?«

»Sie ist sehr hübsch.«

»Eine wirklich heiße Braut. An der man sich bestimmt ganz schön die Pfoten verbrennen kann.« Er stieß den Seufzer eines nachsichtigen Lehrers aus. »Bei diesem Jungen endet meine Arbeit nie.«

»Schreiben Sie das alles auf.«

»Schreibarbeiten kriegt der Junge schon ganz gut alleine hin. Nach dem Gespräch mit dieser heißen Braut sind wir sofort weiter geeilt ...«

»Sie sind was?«

»Weiter geeilt, und zwar in das Wohnheim, in dem dieser Powders lebt. Er, sein Zimmergenosse und seine unglücklicherweise noch minderjährige Gespielin haben ihn alle auf dem Bild wiedererkannt. Zwar konnten sie nur sagen, dass er jemand ist, den sie ab und zu gesehen haben, aber das Mädchen wusste noch, dass er ihr auf der Party aufgefallen war. Sie meinte, sie hätte einfach einen Blick für coole Typen – und hat sich dabei mit wildem Augenklappern unserem guten Trueheart zugewandt ...«

»Sir, sie hat ganz sicher nicht ...«

»Oh, du mein junger Lehrling hast einfach noch einen allzu ungeschulten Blick. Wir haben also zwei Zeuginnen, die Powders an dem Abend, an dem der Studentenausweis verschwunden ist, auf der Party gesehen haben. Das ist schon mal nicht schlecht.«

»Das ist schon mal nicht schlecht«, stimmte Eve ihm zu.

»Aber jetzt ist es zu spät, um noch bei MacMasters anzuklopfen.«

»Es ist erst ... verflixt.« Die aufgrund der Zeitverschiebung gewonnene Stunde wäre gleich wieder verloren. Was einfach totaler Schwachsinn war. »Dann fahren Sie gleich morgen nach der Teambesprechung hin.«

»Wir haben hier und da noch ein paar Leute, die behaupten, dass sie ihm vielleicht auf diesem Fest begegnet sind. Shilly ist bisher die Einzige, die sich ganz sicher ist.«

»Shilly.«

»Ja, ich weiß, sogar ihr Name ist brandheiß. Nochmal zurück zu meinem Grillfleisch ...«

Doch bevor er seinen Satz beenden konnte, brach der Lieutenant kurzerhand die Übertragung ab.

»Die Staatsanwaltschaft wird sich freuen«, sagte sie zu Roarke. »Langsam, aber sicher gibt es eine Reihe handfester Beweise gegen diesen Typen. Wenn es euch gelingt, diese Festplatte zu reinigen, brauche ich das Bild von ihm, wie er das Haus betritt ...«

»Das bekommst du.«

»Dann bringen wir ihn bis ans Lebensende in den Kahn. Aber vorher müssen wir ihn finden. Nun, zumindest haben wir inzwischen sein Gesicht«, murmelte sie. »Und einen Namen. Nicht den Namen, den er jetzt gerade benutzt, und auch nicht den Namen, den er Deena gegenüber angegeben hat. Da hieß er angeblich David. Aber seinen echten Namen kennen wir. Wir haben sogar seine Verwandten ausfindig gemacht.«

Inzwischen hatten sie den Flughafen erreicht.

»Mit der Suche nach dieser Inga, oder wie sie sich auch immer nannte, beginne ich am besten auf dem Rückflug.«

»Ich wette, ich würde sie deutlich schneller finden als du. Nur müsstest du uns dann nach Hause fliegen.«

»Haha ...«

»Du würdest bestimmt viel lieber fliegen, wenn du nicht immer nur danebensitzen würdest, während jemand anderes die Instrumente bedient.«

»Ich tue lieber so, als wäre ich unten auf der Erde.«

Roarke sah sie mit einem schnellen Lächeln an. »Wie viele Fahrzeuge hast du in den letzten ein, zwei Jahren explodieren lassen, gegen eine Wand gefahren oder auf irgendeine andere Art zerstört?«

»Und was wäre, wenn so was passieren würde, wenn ich dabei nicht unten auf der Erde bin?«

»Okay. Ich fliege selbst.«

»Tu das, Kumpel«, stimmte sie ihm zu, als er unweit der Maschine dicht neben dem Rollfeld hielt.

»Sie hatten etwas, diese Pauleys«, stellte Roarke mit nachdenklicher Stimme fest. »Eine grundsolide Basis, eine innige Verbindung. Die beiden sind jeder für sich genommen bereits starke Persönlichkeiten, durch ihr Zusammensein wird das auf irgendeine Weise noch verstärkt.«

»Da widerspreche ich dir nicht. Er fühlt sich verantwortlich und trauert auf eine gewisse Weise um seinen verlorenen Sohn. Obwohl er höchstwahrscheinlich nicht der Vater ist.«

»Immerhin sind die beiden blutsverwandt. Blut ist ein starkes Bindeglied, und ein anständiger Mann wie er hält deshalb so lange wie nur irgend möglich daran fest.«

»Das können schlechte Menschen auch«, antwortete sie und stapfte auf den Flieger zu.

15

Sie hatte Irene Schultz geheißen, oder wenigstens hieß sie im Juni 2039 so, als sie von einem noch jungen Jonah MacMasters wegen Betrugs, Drogenbesitzes und unerlaubter Prostitution verhaftet worden war.

Ihr männlicher Begleiter, ein gewisser Victor Patterson, war nach seiner Vernehmung wieder frei gelassen worden, obwohl er laut MacMasters' Akte mitschuldig gewesen war. Doch der Mangel an Beweisen gegen ihn und Irenes Geständnis hatten eine Anklage gegen den Mann vereitelt.

Ein Kind, ein gewisser Damien Patterson, war während

der Ermittlungen vom Jugendamt in eine Pflegefamilie gegeben und anschließend wieder dem Vater überlassen worden. Seine Mutter hatte sich auf einen Deal eingelassen und achtzehn Monate kassiert.

Womit der Fall für die ermittelnden Beamten abgeschlossen war.

»Das muss sie sein«, erklärte Eve, als sie neben Roarke wieder ihr eigenes Haus betrat. »Da passt einfach alles. Zwei Monate nach ihrer Entlassung verschwindet sie, genau wie Patterson und dieser Junge. Sind wie vom Erdboden verschluckt und tauchen nie mehr in irgendwelchen Polizeiberichten auf.«

»Sicher haben sie sich damals neue Identitäten zugelegt.«

»Das würde auch zu seinem Vorgehen jetzt passen«, meinte Eve, während sie die Treppe in den ersten Stock erklomm. »Er hat ein ums andere Mal die Identität und den Ort gewechselt und ein neues Spiel begonnen. Trotzdem haben wir jetzt etwas, was wir vorher noch nicht wussten. Seiner Akte nach war MacMasters überzeugt, dass Patterson, oder wie wir inzwischen wissen, Pauley, an diesem Betrug beteiligt war. Trotzdem hat er zugelassen, dass die Frau allein dafür verurteilt wurde, und sie hat brav mitgemacht, obwohl sie dafür sogar in den Knast gewandert ist. Außerdem hat Vinnie nichts von Drogen erwähnt, und sein Bruder hat auch keine Vorstrafe deshalb kassiert. Das ist also neu, und ich frage mich, woher das kommt.«

Es passte einfach nicht, fand Eve.

»Und die Prostitution? Für Trickbetrüger wie die beiden echt riskant. Und dumm, obwohl ich nicht den Eindruck habe, dass sie dumm gewesen ist. Schließlich hat die Frau Vinnie länger als ein Jahr an der Nase herumgeführt.

Dann fliegt sie mit einem Mal nicht nur wegen Betrugs, sondern auch noch wegen Prostitution und dem Besitz von Drogen auf. Was tatsächlich nicht passt.«

»Mit Drogen und mit Sex lässt sich auf die Schnelle Geld verdienen, wenn man welches braucht«, bemerkte Roarke. »Wenn man es richtig macht, sogar großes Geld. Das sagt viel über die beiden aus.«

Eve blieb oben an der Treppe stehen und dachte nach. Schnelles, großes Geld. »Das könnte zu Pauley passen. Diese Gier und diese Ungeduld. Ja, es könnte passen.«

»Ich finde es auch interessant«, fügte Roarke hinzu, »dass sie Pauley nicht verpfiffen hat, als sie sich auf diesen Deal wegen der anderthalb Jahre eingelassen hat. Dabei wurde ihr doch sicher Straferleichterung angeboten, wenn sie dafür ihren Komplizen nennt.«

»Auf jeden Fall. Außerdem hätte man sicher auch noch Mitgefühl mit ihr gehabt. Eine junge Mutter, die sich anscheinend vorher nie etwas hatte zu Schulden kommen lassen. Sie hatte bei der Verhandlung eine Pflichtverteidigerin.« Eve ging in ihr Büro und setzte sich sofort vor ihren Computer. »Ich habe ihren und den Namen des Staatsanwalts aus MacMasters' Akte. Aber über die Verhandlungen bezüglich des Deals hat er nichts notiert. Ich kann also nur hoffen, dass er sich daran erinnern kann.«

»Sie ist nicht im Gefängnis gestorben.«

»Nein. Warum also gibt Darrin Pauley MacMasters die Schuld an ihrem Tod? Das ist einfach nicht logisch, obwohl er auf seine verdrehte Art ausnehmend logisch denkt.«

Sie stand auf und umrundete die Tafel, die mitten im Zimmer stand. »Gibt es etwas, was nicht in der Akte steht, was nicht aufgezeichnet worden ist? Er war damals noch ein Kind, fast noch ein Baby, oder nicht? Woher weiß er also, was passiert ist, wie kommt er darauf, dass MacMasters dafür zahlen muss?«

Sie hängte Irenes Foto vom Erkennungsdienst auf.

»Weil Vance Pauley es ihm erzählt hat«, überlegte sie und betrachtete die harten, müden Frauenaugen auf dem Bild. »Weil Pauley ihm erzählt hat, wie es, zumindest aus seiner Sicht, gelaufen ist. Oder wie es für ihn hätte laufen sollen. Es kann nämlich nicht sein, dass er die Mutter seines Sohnes einfach ins Gefängnis gehen lassen hat und selber völlig straffrei ausgegangen ist. Oh nein, das darf nicht sein.«

Während sie sich bewegte und laut überlegte, nahm Roarke auf der Kante ihres Schreibtischs Platz. Er liebte es, ihr bei der Arbeit zuzusehen, zu verfolgen, wie sie die Personen und Geschehnisse Gestalt annehmen ließ und immer weitergrub.

»Was für ein Mann lässt die Mutter seines Kindes für sich ins Gefängnis gehen? Was für ein Mann sieht einfach zu, wie die Mutter seines Kindes untergeht, und wendet sich dann kaltschnäuzig ab?«

Sie dachte an Risso Banks. »Ich habe da einen Typen überprüft. Einen jungen Kerl. Sein älterer Bruder hat ihn angefixt, in seine Sexgeschäfte einbezogen und ihn, als irgendwann die Bullen kamen, gnadenlos im Stich gelassen und versucht, alleine abzuhauen. Genau dieses Bild hat der junge Kerl von seinem Bruder im Kopf. Er erinnert sich daran, wie er ihn im Stich gelassen und versucht hat, seinen eigenen Arsch zu retten.«

»Darrin Pauley war damals zu jung, um sich daran zu erinnern, was genau geschehen ist.«

»Ja.« Eve nickte zustimmend. »Also kann Vance Pauley

die Geschichte so erzählen, wie sie ihm am besten passt. Sie hat diese Dinger nicht alleine durchgezogen, keine Frage, aber trotzdem geht sie irgendwann alleine in den Knast. Nur kann er es dem Jungen so nicht erzählen, denn dann stünde er ja wie ein Feigling da und Darrin könnte denken, er hätte die Mutter damals nur benutzt. Hat er ihm vielleicht erzählt, dass MacMasters die Beweise gegen sie manipuliert hat? Schließlich kann man immer sagen, dass man von den Cops über den Tisch gezogen worden ist. Aber trotzdem …«

»Achtzehn Monate Gefängnis als Motiv dafür, dass zwanzig Jahre später eine Polizistentochter vergewaltigt und ermordet wird?« Roarke sah sich die grundverschiedenen Fotos an der Tafel an. »Das kommt mir doch stark übertrieben vor.«

»Mira hat gesagt, dass alles an seinem Vorgehen symbolisch ist. Es muss also mehr dahinterstehen. Irgendetwas, was nach ihrer Entlassung und vor ihrem Tod geschehen ist, oder etwas, was nach Pauleys Darstellung mit ihrer Verhaftung und der Haftzeit in Verbindung stand und an ihrem Tod schuld gewesen ist.«

Sie raufte sich das Haar und versuchte, sich an Darrin Pauleys Stelle zu versetzen. »Falls Darrin den Zeitpunkt ihres Todes Vinnie gegenüber ehrlich angegeben hat, muss sie ungefähr zwei Jahre nach ihrer Festnahme, das heißt ein halbes Jahr nach ihrer Entlassung gestorben sein. Was ist in diesem halben Jahr passiert? Ich muss herausfinden, wann sie gestorben ist, und von da zurückgehen.«

»Inzwischen hast du einiges an Informationen über diese Frau. Also kannst du deine Suche wahrscheinlich optimieren.«

»Ja, genau.«

»Wenn du gestattest«, bot er an. »Computer, Ergebnisse der Suche nach sämtlichen weiblichen Opfern, die erst vergewaltigt und danach erstickt oder erdrosselt worden sind. Hauptsächlich im Jahr 2041 und vor allem Frauen mit den Initialen I und S.«

Einen Augenblick ...

»Computer«, fügte Eve hinzu. »Die Opfer müssen zwischen zwanzig und achtundzwanzig Jahre alt gewesen sein und mindestens ein Kind geboren haben.«

»Stimmt«, bemerkte Roarke, und sie lächelte ihn an.

»Für einen Zivilisten warst du aber auch nicht schlecht.«

Einen Augenblick ...

»Nein«, erklärte Roarke, als sie in die Küche gehen wollte. »Wenn du jetzt noch einen Kaffee trinkst, kriegst du heute Nacht kein Auge zu. Und obwohl die Antworten, die du dir von der Suche erhoffst, natürlich wichtig sind, werden sie dir nicht helfen, deinen Mann noch heute zu erwischen.«

Sie brauchte dringend den verdammten Kaffee, doch er hatte natürlich recht, also stopfte sie die Hände in die Hosentaschen und blickte ihn fragend an. Weil ihr nicht nur der Computer Antworten auf ihre Fragen geben konnte, sondern eben auch ihr Mann. »Er hat doch bestimmt noch eine andere Identität, die er seit dem Mord benutzt. Warum taucht sie nirgends auf? Warum finden wir nur Darrin Pauley und sonst niemanden, auf den seine Beschreibung passt?«

»Weil man ohne große Mühe die Farbe seiner Haare,

Augen und sogar der Haut sowie ein paar Gesichtszüge verändern kann. Alles vollkommen legal und vor allem hochmodern. Obwohl er sich als Student, als der er sich Deena gegenüber ausgegeben hat, für denselben grundlegenden Look wie als Darrin Pauley entschieden hat, hat er wahrscheinlich noch ein halbes Dutzend anderer Erscheinungsbilder, die genug von seinem eigentlichen Aussehen abweichen, damit man ihn, wenn man ihn im Computer sucht, nicht sofort entdeckt. Mehr oder weniger dichtes Haar, eine leichte Veränderung des Teints und der Gesichtszüge, um nicht mehr als rein Weißer durchzugehen. Mit etwas Talent und etwas Geld ist es das reinste Kinderspiel, sich eine Identität zuzulegen, die in keiner Datenbank gespeichert ist.«

»Falls er irgendwo arbeitet, braucht er eine Identität, die irgendwo gespeichert ist. Oder es auf jeden Fall zu Anfang war. Ein kurzer Background-Check ist schließlich Routine, bevor man einen Job bekommt.«

»Kommt drauf an, wer einen anstellt, aber ja, in den meisten Fällen ist das so. Wobei er, sobald er den Job hatte, die Identität auch hätte wechseln können. Denn wie oft wird die Identität von Angestellten überprüft? Vor allem, wenn sie sich, wie er es deiner Meinung nach wahrscheinlich tut, aus Schwierigkeiten raushalten und einfach machen, was man ihnen sagt?«

»Dann hat er sich also einen Look für seine Zeit am College, einen für Deena und vielleicht noch eine ganze Reihe anderer Looks für andere Gelegenheiten ausgesucht. Verschiedene Looks und verschiedene Persönlichkeiten, je nachdem, auf welche Zielperson er es gerade abgesehen hat. So hat Mavis es damals auch gemacht.«

Es juckte ihr in den Fingern, einen Kaffee zu bestellen,

doch sie schob erneut die Daumen in die Vordertaschen ihrer Jeans und konzentrierte sich auf ihren Job. »Miras Profil zufolge lebt der Kerl allein. Aber trotzdem hat er sicher immer noch Kontakt zu seinem alten Herrn. Durch eine Partnerschaft mit ihm würde er in seinem Vorhaben natürlich noch bestärkt, glaubst du nicht auch? Vance würde ihm helfen, sich auch weiter zu beherrschen und Geduld zu zeigen, weil er in ihm schließlich immer einen Menschen hat, mit dem er darüber reden, dem er von seinem Erfolg erzählen, vor dem er sich brüsten kann.«

»Einen Menschen, der ihn anfeuert«, fügte Roarke hinzu. »Der ihm bei der Laufarbeit, bei der Recherche und vielleicht mit Geld aushilft.«

»Vielleicht arbeitet er gar nicht, sondern all sein Geld stammt aus Betrügereien. Die beiden sind wirklich ein gutes Team und durch die Zusammenarbeit lernt er, sich an andere anzupassen, niemals aufzufallen, unsichtbar zu sein. Das entspräche ganz seinem Profil.«

Suche abgeschlossen, verkündete der Computer. Es wurde ein Treffer erzielt.

»Ergebnis auf Wandbildschirm eins«, wies Eve die Kiste an. »Illya Schooner, fünfundzwanzig, geboren in North Dakota, Eltern tot, keine Geschwister.«

»Es ist immer leichter, wenn man die Familie eliminiert, weil man dann nicht auch noch deren Daten fälschen muss.«

»Ja, ja, aber sie wird als Mutter eines Sohns geführt. Dieses Mal eines gewissen David Pruit, und als Ehemann, nächsten Verwandten und Vater dieses Kindes gibt sie einen Val Pruit an. Sie sieht anders aus als auf den Bildern von Irene Schultz. Längeres, ein bisschen helleres, gelocktes Haar, eine andere Augenfarbe, vollere Lippen, schärfer geschnittene Wangenknochen und neben der Oberlippe ein Muttermal. Sie gibt sich als ein Jahr jünger aus, der Hals ist länger, die Brauen dichter und höher in der Stirn.«

»Die meisten dieser Veränderungen kriegt man am Computer hin, wenn sich die Person nicht dauerhaft verändern will. Wem außer einem Cop fallen solche Kleinigkeiten denn schon auf? Die meisten Sachen hat sie sicher nur verändert, weil ihr danach war. Zum Beispiel nach grünen statt blauen Augen und nach einer anderen Frisur.«

»Mit diesem oder fast diesem Gesicht wurde sie im Mai 2041 in Chicago, wo sie damals lebte, umgebracht. Vergewaltigt und erwürgt. Aber ich brauche noch mehr. Ich brauche die Akte und muss mit dem Kollegen sprechen, der in dem Fall ermittelt hat.«

»Eve, es ist zu spät, um die Leute in Chicago wegen einer neunzehn Jahre alten Akte zu bedrängen. Morgen früh hast du bestimmt mehr Glück.«

»Ein paar Informationen kann ich mir auch jetzt schon über das IRCCA besorgen. Computer, ich suche nach einem David Pruit, geboren am 6. Oktober 2037, Mutter Schooner, Illya, Vater Pruit, Val. Über Val Pruit brauche ich ebenfalls alle Informationen, die es gibt.«

Einen Augenblick ...

»Sie werden nicht in den Datenbanken sein.«

»Nein, aber ich will eine Bestätigung dafür, dass sie dort nicht zu finden sind. Würden sie nicht vielleicht zu irgendeinem Zeitpunkt eine ihrer Identitäten wiederholen? Wenn man so viel Mühe, Zeit und Geld in etwas investiert, will man schließlich, dass es sich auch lohnt. Also haben sie bestimmte Namen vielleicht häufiger benutzt.«

»Eine ausgezeichnete Idee.«

»Während ich das IRCCA anzapfe, schicke ich schon einmal eine offizielle Anfrage wegen der Akte aus Chicago los.«

»Also gut, obwohl du doch bestimmt total erledigt bist.«

Mit einem Becher Kaffee hielte sie bestimmt noch ein, zwei Stunden durch. Dabei käme jedoch kaum mehr heraus, als ein paar Daten aufzurufen, die die Kiste auch alleine suchen könnte, während sie gemütlich schlief.

»Wie schwierig wäre es, nach jemandem zu suchen, der der Person auf diesem Bild ähnlich sieht?« Sie rief Ingas Foto auf dem Bildschirm auf. »Der bis zu fünf Jahre jünger oder älter ist und dieselben Initialen hat?«

»Die Suche in Gang zu bringen, wäre leicht. Nur kämen dabei sicher Tausende von Treffern heraus. Sie ist eine äußerst attraktive Frau von Mitte zwanzig mit bestimmten Initialen und einem nicht weiter auffälligen Gesicht. Hast du eine Ahnung, wie viele solche Frauen es weltweit gibt?«

»Bleib am besten erst einmal in den USA. Ich denke dabei auch an ihn. An Darrin/David/Damien.«

»Trotzdem …«

»Ich werde die Ergebnisse der Suche selber durchgehen. Alles, was du machen musst, ist, mir die Namen zu besorgen.«

»Ich kurbele die Suche an, und dafür gehen wir gleich ins Bett.«

»Okay.«

Sie wurde um kurz nach fünf von wunderbarem Kaffeeduft geweckt, öffnete ein Auge und entdeckte Roarke neben dem AutoChef, wo er an einem großen Becher nippte und zu ihr herübersah.

»Wenn das kein gutes Timing ist«, erklärte er, während er nach einem zweiten Becher griff und mit ihm an den Rand des Bettes trat.

»Danke. Hast du heute etwa schon begonnen, die Weltwirtschaft zu beherrschen?«

»Damit starte ich erst gegen sechs, weil ich dachte, dass du dann mit der Suche nach Wahrheit, Gerechtigkeit und dem Verteilen von Arschtritten beginnst.«

»Genau. Aber ich habe ein gutes Gefühl. Mit dem, was wir inzwischen herausgefunden haben, und dem, was wahrscheinlich noch kommt, erwischen wir ihn heute vielleicht endlich. Und dann kann ich ihn auf die Wache zerren. Wenn die elektronischen Ermittler mir das Bild besorgen, auf dem er durch die Haustür tritt, habe ich definitiv alles, was ich brauche. Ich habe ein Motiv und die Gelegenheit. Bisher sind es zwar nur Indizien, aber die sind auch nicht schlecht.«

»Ich liebe es, wenn du so optimistisch bist.«

Nach einer ausgiebigen Dusche, einer zweiten Tasse Kaffee sowie dem Genuss von einer Waffel steigerte sich ihre Zuversicht tatsächlich noch.

In ihrem Büro ging sie in der verwegenen Hoffnung, jemand von der Nachtschicht in Chicago hätte eine gute Tat vollbringen wollen, die neu eingegangenen E-Mails durch. Kein Glück, erkannte sie, aber sie ginge dieser Spur in Bälde nochmals nach. Dann überprüfte sie die Resultate der von Roarke auf ihre Bitte gestarteten Suche, und ihr Optimismus nahm noch etwas weiter ab.

»Dreihundertdreiunddreißigtausend Möglichkeiten?

Mist.« Allerdings hatte ihr Mann gleichzeitig noch einen zweiten Suchauftrag unter Einbeziehung einer Anschrift in New York erteilt, wobei nur noch eine Zahl von etwas mehr als dreizehntausend übrig blieb.

Dann hatte er die Resultate mit den Namen der Personen abgeglichen, die dieselbe Überwachungsanlage wie MacMasters hatten. Denn er dachte wie ein Cop, selbst wenn das Ergebnis immer noch ernüchternd war.

Es musste einen anderen Ansatz geben, eine andere Möglichkeit, um die Zahl weiter zu begrenzen, überlegte sie. Darüber würde sie nachdenken, wenn sie mit ihrem Bericht und der Vorbereitung der Besprechung fertig war.

Sie brauchte dafür beinahe eine Stunde, schließlich aber war ihr anfänglicher Optimismus beinahe wieder hergestellt.

Kurz vor sieben rief sie Whitney an.

»Commander, ich habe Ihnen gerade einen aktualisierten Bericht geschickt.«

»Er kommt gerade herein. Fassen Sie trotzdem schon mal kurz alles für mich zusammen, ja?«

Sie unterdrückte das Verlangen aufzuspringen, weil sie lieber stand, wenn sie Bericht erstattete, und klärte ihn im Sitzen über die Ereignisse des letzten Abends auf.

»Ich habe das Gefühl, als hätten wir inzwischen jede Menge handfester Indizien und als kreisten wir den Hauptverdächtigen langsam, aber sicher ein. Ich hoffe, Captain MacMasters kann uns ein paar zusätzliche Einzelheiten nennen und uns Genaueres zur Festnahme, Vernehmung und Verurteilung dieser Irene Schultz erzählen, was uns bei der Suche nach Darrin Pauley weiterbringen wird.«

»Wann haben Sie die nächste Teambesprechung angesetzt?«

»Meine Leute tauchen gerade auf.« Sie bedeutete Peabody, McNab und Jamie, die sich auf dem Weg in ihr Büro
lautstark miteinander unterhielten, still zu sein.

»Der Captain kommt um neun zu mir ins Büro. Er hat
sich bereit erklärt, um zwölf eine kurze Presseerklärung
abzugeben. Das müssen wir auch, und wir müssen vor allem zu ihm stehen, während er sich den Journalisten stellt.
Er wird keine Fragen entgegennehmen, aber Sie werden
das tun. Und zwar fünf Minuten lang.«

»Zu Befehl, Sir.« Mist, Mist, Mist.

»Briefen Sie Ihre Leute, Lieutenant. Ich werde mich
von hier aus mit Chicago in Verbindung setzen, damit sie
Ihnen die Informationen geben, die Sie brauchen.«

»Danke, Commander.«

Sie beendete die Übertragung in dem Augenblick, in dem
Summerset mit Truehearts Hilfe einen großen, reich gedeckten Tisch auf Rollen durch die Tür des Arbeitszimmers schob.

»Gott, denkt eigentlich irgendjemand hier auch einmal
an etwas anderes als ans Essen?«, fragte sie.

»Man kann klarer denken, wenn man seinen Körper
ausreichend versorgt.« Der Butler machte eilig einen
Schritt zurück, als der Sturm auf das Büfett begann. Eve
sah, dass sein Blick auf die Tafel neben ihrem Schreibtisch
fiel, und wusste, dass er an den Aufnahmen der toten Deena hängen blieb. Dann wandte er sich abermals an Eve.

»Ich wünsche Ihnen allen einen möglichst klaren Kopf.«

Als er den Raum verließ, erhob sie sich von ihrem Platz
und schenkte sich einen frischen Kaffee ein. »Setzt euch,
Leute. Das ist eine Teambesprechung und kein Wettbe-

werb, bei dem es darum geht, wer am meisten futtern kann. Wandbildschirme an«, wies sie den Computer an. »Das hier ist unser Verdächtiger. Darrin Pauley, dreiundzwanzig Jahre alt. Und das hier wissen wir über den Kerl oder glauben, es über ihn zu wissen.«

Sie sprach erst über ihn, dann über den Mann, der wahrscheinlich sein Vater war, und schließlich über die Frau, die als seine Mutter in den Akten stand.

»Sie ist der Schlüssel zu dem Ganzen«, meinte Eve. »Whitney ruft gleich in Chicago an, um meiner gestrigen Bitte um Einsicht in die Akten zu dem Mord an dieser Frau und um ein Gespräch mit den Beamten, die damals in dem Fall ermittelt haben, Nachdruck zu verleihen.«

»Ich kann die Zeitungsberichte dazu suchen«, bot Jamie ihr an. »Natürlich ist das zwanzig Jahre her, aber die Berichte zu dem Fall sind sicher archiviert.«

»Okay. Den Informationen des IRCCA zufolge wurde sie wahrscheinlich von mehr als einem Angreifer wiederholt vergewaltigt. Sie war jedoch nicht gefesselt, weshalb dieses Verbrechen bei der Suche nach ähnlich gelagerten Taten nicht auf unserem Radar erschienen ist. Sie wurde brutaler zusammengeschlagen als unser Opfer und weist Spuren von Drogenmissbrauch auf.«

Sie wies auf die Tafel, auf der sie die Ähnlichkeiten zwischen beiden Mordfällen notiert hatte. »Ihr wurde ein am Tatort gefundenes Kissen ins Gesicht gedrückt, dann wurde sie mit dem Bettlaken erwürgt. Als sie von einem Zimmermädchen in einem Zimmer in einem Bordell der mittleren Preisklasse gefunden wurde, war sie seit ungefähr acht Stunden tot. Es gab keine Augenzeugen, und keine der von der Polizei vernommenen Personen konnte etwas zu den Ermittlungen beitragen.«

»Da bin ich aber überrascht«, murmelte Baxter.

»Sie war keine lizensierte Gesellschafterin«, fuhr Eve mit ruhiger Stimme fort. »Allerdings hat Victor Patterson bei seiner Vernehmung ausgesagt, sie hätten gewisse familiäre Probleme gehabt, seit sie angefangen hätte, sich zu prostituieren, um ihre zunehmende Drogensucht zu finanzieren. Für die Zeit des Mordes hatte er ein Alibi.«

»Trotzdem könnte er es gewesen sein«, überlegte Baxter. »Wenn sie ein Junkie war, könnte sie seine Gaunereien gefährdet haben, vielleicht wollte er sie deshalb loswerden.«

»Möglich, aber unwahrscheinlich. Sehen Sie sich die Vorgeschichte an.« Sie rief sein Vorstrafenregister auf. »Verhaftung um Verhaftung, Scherereien um Scherereien, bis er aus dem Gefängnis kam und mit ihr verschwunden ist. Dann plötzlich gar nichts mehr. Seither ist er abgetaucht. Und sie? Gegen sie lag nie auch nur das Geringste vor, bis sie wegen eines Trickbetrugs in den Kahn gewandert ist. Ist er im Gefängnis derart schlau geworden? Ich gehe jede Wette ein, dass sie so schlau gewesen ist, dass sie das Hirn des Duos war. Aber nachdem sie einmal eingefahren war, hatte sich irgendetwas verändert. Das war der Wendepunkt. Peabody, besorgen Sie sich Informationen über ihre Zeit in Rikers, finden Sie jemanden, der sich an sie erinnern kann.«

»In Ordnung. Vielleicht war es ja die Haftzeit selbst«, schlug diese vor. »Wie Sie gesagt haben, vorher lag nie etwas gegen sie vor. Sie war frei wie ein Vogel und hat fröhlich vor sich hingelebt. Und plötzlich saß sie Knall auf Fall achtzehn Monate im Kahn.«

»Das hat sie sicher angekotzt«, überlegte Eve. »Ihr Selbstvertrauen erschüttert. Und wenn sie schon draußen Spaß an Drogen hatte, hat sich das hinter Gittern vielleicht noch verstärkt. Vielleicht hat das jemand ausgenutzt.«

»Auf jeden Fall war sie, als sie aus dem Gefängnis kam, nicht mehr derselbe Mensch.« Peabody sah sich das Foto an. »Dabei sah sie schon, als sie eingefahren ist, ziemlich fertig aus.«

»Das stimmt. Nicht mehr die wunderschöne, lebendige Frau, die sie nach der Aussage von Vinnie Pauley kaum zwei Jahre zuvor gewesen war.«

»Der falsche Kerl.« Trueheart blinzelte, als ihn die anderen anstarrten. »Hm. Ich meine, dass sie offenbar zu lange mit dem falschen Pauley zusammen war. Vielleicht hat sein Einfluss dazu geführt, dass es derart mit ihr bergab gegangen ist.«

»Könnte passen. Der zeitliche Rahmen und die Veränderungen stimmen. Was wir wissen«, fügte Eve hinzu, »ist, dass es von der Inga, die Vinnie Pauley kannte, zu der Illya, die in einem Chicagoer Bordell ermordet worden ist, ein ganz schöner Abstieg war. Es sieht so aus, als ob Darrin Pauley während eines Großteils dieser Zeit und auch noch jahrelang danach unter dem Einfluss seines Vaters stand. Wie steht es mit dem Bild der Überwachungsanlage aus dem Haus des Opfers?«

»Hier.« McNab stand auf und hielt eine Diskette hoch. »Ist es okay, wenn ich es einfach aufrufe?«

»Nun machen Sie schon.«

Er trat hinter ihren Schreibtisch und schob die Diskette in den dafür vorgesehenen Schlitz. »Aufnahme auf Bildschirm drei. Wie Sie sehen können, erkennt man inzwischen deutlich mehr.«

»Ach ja?«

»So was geht nun einmal langsam. Es ist kein routinemäßiges Aufräumen der Festplatte und geht deshalb nicht so schnell. Zwar ist uns die Wiederherstellung dieser Aufnahmen gelungen, doch sie sind noch ziemlich ramponiert. Die Pixel müssen Stück für Stück repariert werden. Feeney und ich haben gestern wiederholt das von uns entwickelte Verfahren angewandt und zwei weitere Bilder wiederhergestellt. Außerdem sind wir dabei, mehrere andere Aufnahmen zu reparieren. Etwas anderes dürfte auf der Festplatte nicht mehr zu finden sein.«

»Wir arbeiten gerade an einem Weg, um das Verfahren zu beschleunigen«, warf Feeney ein. »Wir sind dabei, aber versprechen kann ich nichts.«

»Ich treffe mich um neun mit Whitney und MacMasters und hoffe, dass sich MacMasters an die Verhaftung von Irene Schultz noch gut genug erinnert, damit er uns weitere Einzelheiten erzählen kann. Peabody, Sie gehen weiter der Spur der Schuhe und Klamotten nach. Baxter und Trueheart, Sie zeigen noch einmal das Foto des Verdächtigen in der Nähe des Tatorts herum, und ich gebe um zwölf zusammen mit MacMasters eine Presseerklärung ab und beantworte danach noch ein paar Fragen dieses blöden Packs. Außerdem habe ich eine andere Suche angefangen, bei der es bisher über dreizehntausend Resultate gibt.«

Als sie erläuterte, worum es bei der Suche ging, räusperte sich Trueheart. »Vielleicht hat der Vater das System gekauft und dabei einen seiner Aliasnamen benutzt.«

»Gute Idee. Überprüfen Sie das, ja? Wir treffen uns um sechzehn Uhr auf dem Revier. Bis dahin habe ich die anderen Leute, die bei der Gedenkfeier die Augen aufhalten sollen, ausgewählt. Wenn wir diesen Bastard nicht schon vorher festgenommen haben, findet die nächste Teambesprechung morgen früh um sieben statt. Jetzt verschwinden Sie und finden dieses Schwein. Baxter, Sie bleiben bitte noch kurz da.«

Sie ging in ihre Küche, kam zurück und warf ihm eine prall gefüllte Tüte zu.

Er warf einen Blick hinein und fing an zu strahlen wie ein Honigkuchenpferd. »Heiliges Kanonenrohr, Grillfleisch aus Alabama. Ich liebe diese Frau.«

»Lieben Sie lieber Roarke. Denn er hat dieses Zeug besorgt. Und jetzt hauen Sie ab. Peabody, Sie kommen mit mir.«

Erst, als sie in Eves Wagen saßen und in Richtung Straße schossen, sah Peabody sie von der Seite an. »Okay, ich weiß, wir stecken mitten in wichtigen Ermittlungen und müssen an jeder Menge Fäden ziehen. Aber jeder hat seinen speziellen Faden, den er ziehen muss, und ich klappere so bald wie möglich weiter die Geschäfte ab.«

»Und?«

»Und deshalb dachte ich, wir könnten uns ein paar Minuten Zeit für ein Gespräch über die Hochzeit nehmen.«

»Louise hat alles im Griff. Das weiß ich, weil ich gestern bei ihr war und mit ihr darüber gesprochen habe. Ich habe also meine Pflicht erfüllt.«

»Sie haben sogar mehr als das. Sie hat es mir erzählt«, stellte ihre Partnerin mit glücksstrahlenden Augen fest. »Dass Sie sie eingeladen haben, Freitag bei Ihnen zu übernachten und uns alle einzuladen, war echt super großzügig von Ihnen.«

»Es war eher ein Augenblick der Schwäche.« Den sie hoffentlich nicht allzu sehr bereuen würde, dachte Eve auf dem Weg in Richtung Innenstadt. »Können Sie mir vielleicht sagen, wer genau *wir alle* sind?«

»Der übliche Trupp, Sie wissen schon. Ich, Mavis, Nadine und Trina. Vielleicht Reo, wenn sie's schafft«, fügte sie bei dem Gedanken an die Staatsanwältin gut gelaunt hinzu. »Trina bringt noch eine Kollegin mit, damit sie uns alle verschönern kann. Aber am allertollsten ist, dass wir alle da sein werden, um Louise während der letzten Stunden vor der Hochzeit beizustehen. Ich habe mich gefragt, ob wir ihr vielleicht so etwas wie ein Brautgemach einrichten können.«

»Was zum Teufel soll das sein? Ich lasse sie bestimmt nicht draußen auf dem Rasen übernachten. Sie kriegt einen eigenen Raum. Eine Suite. Was auch immer.«

»Ja, natürlich, aber können wir das Zimmer vielleicht ein bisschen vorhochzeitlich für sie herrichten? Mit Blumen, Champagner, Kerzen – eine meiner Cousinen stellt selbst Kerzen her, deren Duft total beruhigend ist –, mit irgendwelchen kleinen Leckereien und Musik. Damit sie in die richtige Stimmung kommt.«

Eve sagte einen Moment lang nichts. »Darauf hätte ich von selber kommen müssen, stimmt's?«

»Nein. Dafür bin ich ja da. Aber es wird sicher supertoll. Das soll nur noch so etwas wie ein zusätzlicher Hochzeitsbonus für sie sein.«

»Okay. Okay.«

»Sehr gut. Ich dachte, wir könnten außerdem …«

»Die paar Minuten sind jetzt um. Ich will, dass Jenkison und Reineke auf der Gedenkfeier erscheinen, um sich nach dem Typen umzusehen. Sorgen Sie dafür, dass sie zur Teambesprechung eingeladen werden. Dann werde ich MacMasters fragen, welche Detectives er mir noch für diesen Dienst empfehlen kann. Außerdem sollte ein halbes Dutzend uniformierter Beamter dort erscheinen, von denen mindestens die Hälfte aus seiner Abteilung ist.«

»Dort Kollegen aus MacMasters' Truppe einzusetzen, ist bestimmt nicht dumm.«

»Wahrscheinlich tauchen sowieso fast sämtliche Kollegen auf der Feier auf. Ich will, dass kein Winkel dieses Raums unbeobachtet bleibt, aber gleichzeitig müssen wir darauf achten, uns möglichst unauffällig nach dem Typen umzusehen. Je mehr Polizisten wissen, wie er aussieht, umso größer ist die Gefahr, dass alle krampfhaft Ausschau nach ihm halten und ihn dadurch warnen oder vorzeitig verscheuchen.«

»Ihm muss ja wohl klar sein, dass es dort nur so vor Polizisten wimmelt. Dass jede Menge Cops dem Mädchen die letzte Ehre erweisen wollen, weshalb er vielleicht sowieso nicht erscheint.«

»Ich glaube, doch.« Eve erspähte eine Lücke zwischen einem Maxibus und einem Taxi und schlängelte sich eilig zwischen ihnen durch. »Es wird ihm bestimmt gefallen, dass er einfach so dort durch die Tür spazieren kann. Weil das ein weiterer Triumph über MacMasters ist. Und soweit er weiß, haben wir bisher keinen blassen Schimmer, wer er ist.«

»Nach der Pressekonferenz …«

»Wird er auch weiter denken, dass wir vollkommen im Dunkeln tappen.« Dafür würde sie persönlich sorgen, dachte Eve.

Als sie in ihre Abteilung kam, roch sie den Doughnut-Duft und dachte erbost: Nadine.

Sie bedachte die Detectives und Kollegen und Kolleginnen in Uniform mit einem kalten, durchdringenden Blick und marschierte durch die Tür ihres Büros. Wie erwartet, saß die Starreporterin auf dem Besucherstuhl und trank

Kaffee, der ohne jeden Zweifel aus Eves eigenem Auto-Chef entwendet worden war. Sie bedachte Eve mit einem amüsierten Blick aus ihren grünen Augen und bauschte sich die blond gesträhnten, allzeit telegenen Haare auf.

»Fast neun«, erklärte sie. »Sie kommen heute aber ganz schön spät.«

»Nicht zu spät, um Sie mit einem Arschtritt vor die Tür zu setzen«, knurrte Eve.

»Also bitte, Dallas. Bei der MacMasters-Story habe ich mich bisher echt zurückgehalten.« Ihre Miene wurde ernst. »Ich habe respektvoll darüber berichtet und den Erklärungen von Ihrem Pressesprecher keinen einzigen Satz hinzugefügt. Aber ich kenne MacMasters, weil ich schließlich in unserer Redaktion für die Polizeiberichterstattung zuständig bin. Und aus einer Reihe von Gründen hatte ich gehofft, Sie würden es schaffen, diesen Fall so schnell wie möglich aufzuklären. Aber das ist offensichtlich nicht der Fall.«

Eve trat vor ihren AutoChef und bestellte auch sich selbst einen Kaffee. »Für zwölf ist eine Pressekonferenz mit mir und MacMasters angesetzt.«

»Das ist mir bekannt, und ich werde auch ganz sicher dort erscheinen. Aber geben Sie mir jetzt schon irgendwas.«

»Das kann ich nicht. Das kann und werde ich nicht tun«, fügte sie, bevor Nadine noch etwas sagen konnte, nachdrücklich hinzu.

»Sie haben eine Spur. Ich kenne Sie und weiß, Sie haben irgendeine Spur.« Sie wies mit einem Finger auf den Lieutenant und sah Eve aus nachdenklich zusammengekniffenen Augen an. »Haben Sie einen Verdächtigen? Wann können wir mit einer Verhaftung rechnen?«

»Sie kennen mich auch gut genug, um zu wissen, dass es darauf keine Antwort von mir gibt.«

»Unter uns.« Zum Zeichen, dass es keine Aufnahme von ihrer Unterhaltung geben würde, hob Nadine die leeren Hände in die Luft. »Vielleicht kann ich Ihnen ja helfen.«

Das hatte sie ohne Frage schon des Öfteren getan. Nur, dass dieser Fall ein wenig anders als die bisherigen Fälle lag.

»Sie werden Nein sagen. Aber ehe Sie das tun, lassen Sie mich Ihnen sagen, dass man, wenn man schon so lange wie ich über Kriminalfälle berichtet, weiß, wie Polizisten arbeiten – und zwar die guten, die schlechten und auch die, denen alles schnuppe ist. Dann weiß man, was es heißt, wenn man einen Job wie Ihren hat. Die Sache mit diesem Kind, diesem Kind eines Kollegen, das auf grauenhafte Art ermordet worden ist, kommt praktisch direkt nach dem Mord an Detective Coltraine. Da ist es sicherlich nicht leicht, noch objektiv zu sein. Aber ich schaffe das, Dallas, denn das gehört zu meinem Job. Obwohl mir dieser Fall natürlich an die Nieren geht.«

Eve starrte nachdenklich in ihren Becher. »Vielleicht würden Sie in Ihrer Sendung ja gerne einmal was über teure Überwachungs- und Alarmanlagen bringen.«

»Ist das nicht seltsam? Gerade hatte ich mir überlegt, ob ich nicht in *Now!* etwas über teure Überwachungs- und Alarmanlagen bringen soll.«

»Das ist ja fast schon unheimlich.« Eve setzte sich auf die Kante ihres Schreibtischs, steckte eine Hand in ihre Hosentasche und hob ihren Becher an den Mund. »Viele Experten sind der Ansicht, dass die Interface Total Home 5500 eine von den besten ist, wenn man sie sich leisten kann. Und wissen Sie, als Cop frage ich mich natürlich, geben Leute so viel Geld für so eine Anlage aus, weil ihnen ihre Sicherheit am Herzen liegt oder weil es irgendetwas zu verbergen gibt?«

Nadine setzte ihr katzenhaftes Lächeln auf. »Das ist eine interessante Frage.«

»Ja, vielleicht. Wissen Sie, Tausende von Menschen in New York haben dieses System gekauft, legen sich regelmäßig Updates zu und lassen es auch regelmäßig warten – wobei Security Plus ein großes und vertrauenswürdiges Servicecenter ist. Wahrscheinlich sind die meisten dieser Menschen einfach vorsichtige und gesetzestreue Bürger. Aber einer von der anderen Sorte reicht natürlich bereits aus.«

»Es wäre sicherlich nicht leicht, den einen zu finden, der dieses System aus Gründen, die im Konflikt mit den Gesetzen stehen, erstanden hat.«

»Ein langwieriger, mühsamer Prozess«, stimmte Eve ihr locker zu. »Selbst wenn man, sagen wir, beschließen würde, dass dabei wahrscheinlich nur ein Kunde mit bestimmten Anfangsbuchstaben infrage kommt. Wie D.F. oder V.P. Dadurch würde das Feld natürlich etwas eingeengt, aber trotzdem hätte man es weiterhin wahrscheinlich mit Hunderten von Namen zu tun.«

»Das stimmt, aber Journalisten und die Leute, die für Journalisten recherchieren, sind so etwas gewohnt.«

»Na klar. Wohingegen ich als Polizistin keine Ahnung habe, wie man so was macht.« Eve setzte ein schmales Lächeln auf. »Hauen Sie ab, Nadine. Ich habe gleich einen Termin.«

»Also dann bis zwölf.« Nadine stand auf und wandte sich zum Gehen. »Ich freue mich auch schon auf die bevorstehenden Hochzeitsaktivitäten einschließlich der Pyjamaparty, zu der ich am Freitagabend eingeladen bin.«

»Ach, halten Sie die Klappe.«

Lächelnd schlenderte die Journalistin aus dem Raum, und während Eve den Rest von ihrem Kaffee trank, dachte sie, dass ihr nun zumindest jemand dabei behilflich wäre, die Zahl der Verdächtigen zu begrenzen.

16

Eve betrat Whitneys Büro und traf die beiden Männer stehend an. Obwohl MacMasters noch recht bleich war und sich neue, tiefe Falten um die Augen und den Mund herum gegraben hatten, stand er inzwischen wieder aufrecht, dachte sie.

Sein kalter, harter Blick war wieder der des hartgesottenen Cops.

»Detective Peabody verfolgt augenblicklich eine Spur«, setzte sie an. »Ich dachte, das wäre wichtiger als ihre Teilnahme an unserem Gespräch.«

»Jack hat mir erzählt, Sie ... der Commander hat mich darüber informiert, dass Sie einer Spur nachgehen, die in Verbindung zu einem meiner alten Fälle steht.«

»Das stimmt. Es ist uns gelungen, die Person auf dem Bild, das Detective Yancy entsprechend der Aussagen der beiden Zeuginnen erstellt hat, als einen gewissen Darrin Pauley aus Alabama zu identifizieren.«

»Alabama.«

»Wir glauben, dass die Angabe des Wohnsitzes gefälscht ist und dass dieser Mann möglicherweise in verschiedene Betrügereien, Cyberverbrechen und Identitätsdiebstähle verwickelt ist. Ich habe mit Vincent Pauley, der als Vater dieses Mannes angegeben ist, gesprochen.«

Sie berichtete ihm kurz von dem Gespräch und konnte sehen, wie MacMasters sein Gehirn durchforstete, ohne dass ihm irgendetwas dazu einzufallen schien.

»Vor zwanzig Jahren, sagen Sie?«

»Ich glaube, es ist sogar bereits einundzwanzig Jahre her. Wir gehen gerade sämtliche Informationen zu den damaligen Ermittlungen und den daran beteiligten Personen durch. Sie haben die Festnahme vorgenommen, Captain. Zusammen mit einem Detective Frisco, der sechs Jahre später im Dienst erschossen worden ist.«

»Frisco war mein Ausbilder. Ein guter Mann und ein solider Cop.«

»Ich habe hier eine Kopie der Akte. Vielleicht hilft es Ihnen ja, sich zu erinnern, wenn Sie sie noch einmal durchlesen.«

»Setz dich dazu ruhig an meinen Schreibtisch«, bot ihm Whitney an und legte Eves Diskette in seinen Computer ein. »Lieutenant.« Er bedeutete ihr, ihm zu folgen, bis sie vor ihm in der Ecke seines Arbeitszimmers stand. »Sie werden die Akte zum Mordfall Illya Schooner heute noch bekommen. Ein inzwischen pensionierter Lieutenant Pulliti hat die Ermittlungen damals geleitet und wird Sie kontaktieren. Außerdem habe ich den Namen und die Kontaktadresse von Kim Sung, die während der Haftzeit von Irene Schultz Wache in ihrem Zellenblock war.«

»Danke, Sir. Die Informationen helfen uns ganz sicher weiter.«

»Ich habe die Tricks und Schliche unseres Metiers noch nicht ganz verlernt.«

»Ich weiß wieder, worum es damals ging«, murmelte MacMasters. »Jetzt fällt es mir wieder ein. Ich war damals noch in Uniform und hatte die Prüfung zum Detective noch nicht abgelegt. Trotzdem hat mir Frisco die Leitung der Ermittlungen in dem Fall übertragen. Einer unserer Informanten hatte uns den Tipp gegeben, dass sich diese Frau illegal prostituiert, heimlich die Pässe und Kreditkarten ihrer Freier kopiert, und die Männer wenig später entweder lauter Rechnungen für Dinge, die sie nicht bestellt haben, bekommen oder feststellen, dass ihre Konten um mehrere tausend Dollar erleichtert worden sind. Die meisten ihrer Opfer haben keine Anzeige erstattet, vor allem nicht, wenn sie verheiratet oder anderweitig gebunden waren oder wenn es sonst etwas für sie zu verlieren gab.«

MacMasters blickte auf den Monitor und nickte langsam mit dem Kopf. »Ja, ich erinnere mich an den Fall. Ich erinnere mich auch an diese Frau. Sie hat sich immer Typen herausgesucht, bei denen sie davon ausgehen konnte, dass sie keinen allzu großen Lärm machen, wenn eine Nutte sie betrügt. Aber sie hat auch den Bruder unseres Informanten reingelegt, deshalb kam der Typ damit zu uns. Frisco und ich haben ihr eine Falle gestellt. Ich habe mich als Freier ausgegeben und mich in der Gegend herumgetrieben, in der sie meistens tätig war.«

»Und sie hat angebissen«, drängte Eve, als MacMasters nichts mehr sagte.

»Tut mir leid, ich war nur gerade in Gedanken in der alten Zeit. Bevor Deena geboren war, als Carol und ich ganz frisch zusammen waren, als Frisco noch am Leben war. Er war ein zäher Brocken. Tut mir leid«, erklärte er noch einmal, kehrte dann aber gedanklich in die Gegenwart zurück. »Ja, und zwar bereits am zweiten Abend. Es war kinderleicht. Wir haben sie wegen illegaler Prostitution verhaftet und Drogen und einen Handkopierer bei ihr konfisziert.«

Seine Augen bildeten zwei schmale Schlitze, während er versuchte, sich deutlich daran zu erinnern, wie es damals abgelaufen war. »Ja, dieser kleine Kopierer. Hochmodern und kaum größer als ihre Handfläche. Gemessen am damaligen Stand der Technik das Beste, was es gab. Sie hatte auch meinen Pass bei sich. Ich hatte gar nicht gemerkt, wie sie ihn mir abgenommen hatte. Sie war stoned, und trotzdem hat sie es geschafft, mir den Pass zu klauen, ohne dass mir das Geringste aufgefallen ist. Obwohl ich darauf gewartet hatte, dass sie es versucht.«

»Dann hat sie also Drogen genommen?«, fragte Eve.

»Ja. Sie sah nicht wie ein Junkie aus, aber sie war total high. Sie hatte Aufputschmittel und Exotica in den Taschen und im Blut. Vielleicht brauchte sie das Zeug, um mit den Typen ins Bett zu gehen.«

»Wie ist sie die Sache angegangen?«, fragte Eve. »Hat sie versucht zu handeln, hat sie getobt oder geweint?«

»Nein, nichts von alledem. Sie ... mir kam sie eher erschüttert und etwas verängstigt vor. Daran kann ich mich noch genau erinnern, und daran, dass sie darauf bestanden hat, sofort zu telefonieren. Das steht auch hier in meiner Akte. Sie hat sich rundheraus geweigert, irgendetwas zu sagen, solange sie nicht telefonieren darf. Aber dann hat sie keinen Anwalt angerufen, wie wir es erwartet hatten, sondern irgendjemand anderen. Dabei ist sie in Tränen ausgebrochen. Ja, genau«, murmelte er. »Während dieses Telefongesprächs ist sie in Tränen ausgebrochen. Ich konnte sie durch die Scheibe sehen. Die Tränen kullerten ihr nur so über das Gesicht und ich hatte ...«

»Fahren Sie fort«, bat Eve.

»Es ist nicht wichtig, es ist vollkommen bedeutungslos. Aber ich hatte Mitleid mit der Frau, als sie da saß und weinte. Denn sie sah total erschöpft und fertig aus. Ich glaube, ich habe etwas in der Art zu Frisco gesagt, und er meinte, ich müsste härter werden. Nur hat er es anders formuliert.«

Der Hauch eines Lächelns umspielte seinen Mund. »Er konnte ein echt harter Knochen sein. Nachdem sie aufgelegt hatte, hat sie einen Pflichtverteidiger verlangt.«

»Sie waren auch bei dem Mann, bei diesem Patterson.«

»Sie hat sich geweigert zu reden, ehe sie nicht mit ihrem Verteidiger gesprochen hat, aber es war mitten in der Nacht, deshalb dachten wir, dass wir mit ihr erst einmal nicht weiterkommen. Wir gingen davon aus, dass sie mit dem Mann gesprochen hatte, der als ihr Ehemann und als der Vater ihres Kindes angegeben war.«

»Sie hatte ihn kontaktiert, damit er belastendes Material verschwinden lassen konnte.«

»So muss es gewesen sein«, stimmte ihr MacMasters zu. »Was zum Teufel hat der Kerl gedacht, was sie die ganze Nacht lang treibt? Dachte er, sie spielt mit irgendwelchen alten Damen Bridge? Während sie also in U-Haft saß, sind wir zu ihr heimgefahren. Bereits nach zehn Sekunden war uns klar, dass dieser Typ nicht sauber war. Dieser Patterson war eindeutig nicht echt. Aber in der Wohnung waren weder irgendwelche Drogen noch Beweise für ihre Betrügereien versteckt. Das Jugendamt hat sich des Kindes angenommen, und wir haben ihn zur Vernehmung aufs Revier geschleift.«

»Noch in derselben Nacht?«, erkundigte sich Eve.

»Ja, noch in derselben Nacht. Frisco und ich wollten

ihn dort in die Zange nehmen, aber er hat einen auf unschuldig gemacht und behauptet, er hätte geglaubt, sie arbeite nachts in irgendeiner Beize irgendwo am Broadway. Dabei hat er fürchterlich geschwitzt«, fügte MacMasters noch hinzu. »Ich sehe noch deutlich vor mir, wie dem Kerl der Schweiß über die Backen rinnt, so wie vorher die Tränen bei der Frau. Vielleicht hätten wir einfach etwas mehr Zeit mit ihm gebraucht. Aber ihr Anwalt meinte, wir sollten den Staatsanwalt verständigen, denn seine Mandantin wolle einen Deal.«

Er holte Luft und dachte weiter über die Geschehnisse vor über zwanzig Jahren nach. »Wir erwarteten, sie würde ihren Mann verpfeifen, würde ihn ans Messer liefern, damit sie nicht ins Gefängnis muss. Also haben wir seine Vernehmung abgebrochen und mit ihr weitergemacht. Dann hat sie ein Geständnis abgelegt.«

»Einfach so?«

»Ja, einfach so. Ihre Anwältin war alles andere als glücklich, das war ihr deutlich anzusehen. Aber obwohl der Staatsanwalt noch gar nicht da war, hat die Frau darauf bestanden, es so schnell wie möglich hinter sich zu bringen, und uns dann erzählt, sie hätte sich zur Finanzierung ihrer Drogensucht prostituiert. Den Kopierer hätte sie vom Schwarzmarkt, und ihr Mann hätte mit alldem nichts zu tun. Wir haben trotzdem nachgehakt, und als der Staatsanwalt erschien, bot er ihr einen besseren Deal an, wenn sie diesen Kerl verpfeift. Aber davon wollte sie nichts hören. Also hat sie achtzehn Monate kassiert, und er ging nicht nur straffrei aus, sondern bekam auch noch das Kind zugesprochen.« MacMasters starrte vor sich hin.

»Frisco hat immer gesagt: ›Manchmal sind die Typen

so aalglatt, dass man sie einfach nicht packen kann.‹ Das war ein solcher Fall.«

»Hatte sie Angst vor ihm?«

»Meine Güte, nein.« MacMasters stieß ein halbes Lachen aus. »Sie hat ihn geliebt. Das war ihr deutlich anzusehen. Sie hat diesen Hurensohn geliebt, das wusste er und hat es schamlos ausgenutzt. Er hat nicht nur einfach zugelassen, sondern sie bei diesem Telefongespräch dazu gebracht, dass sie die Prügel ganz allein kassiert. Davon waren ich und Frisco überzeugt.«

»Es passt«, erklärte Eve. »Passt total zu unserem Bild von diesem Kerl.«

»Manchmal weiß man etwas, kann es aber nicht beweisen, und für eine Anklage reicht bloßes Wissen nun einmal nicht aus.« Sogar zwanzig Jahre später war MacMasters seine Frustration darüber, dass sie diesen Bastard hatten laufen lassen müssen, überdeutlich anzusehen. »Das Verfahren gegen sie wurde eröffnet, und für uns war dieser Fall damit erledigt. Sie hat ihre Zeit in Rikers abgesessen, das hatte sie natürlich auch verdient, aber …«

Er schüttelte unzufrieden seinen Kopf. »Dieses Vorgehen entsprach natürlich dem Gesetz, aber moralisch richtig war es nicht. Nein, ganz richtig war es nicht. Patterson hat zugelassen, dass sie ganz alleine untergeht, und den schockierten Ehemann und verzweifelten Vater rausgekehrt. Wir haben ihre Finanzen überprüft, das können Sie hier in der Akte sehen. Sie hatten nicht mehr als die Miete für zwei Monate auf ihrem Konto. Wo waren also die Tausende geblieben, die sie durch ihre Betrugsmasche ergaunert hatte? Sie behauptete, das Geld wäre für ihre Drogensucht und beim Glücksspiel draufgegangen, aber wo sie es angeblich verspielt hatte, konnte sie uns nicht sagen. Weil es nicht gestimmt hat. Sie hatten es irgendwo versteckt, aber sie ist bei ihrer Version geblieben, dass sie die ganze Kohle ausgegeben hätte und er an der ganzen Sache nicht beteiligt gewesen wäre. Dass er keine Ahnung gehabt hätte, was sie hinter seinem Rücken treibt. Er tauchte mit Tränen in den Augen bei ihrer Verhandlung auf und hatte den kleinen Jungen auf dem Arm, der nach seiner Mutter weinte. Es war …«

Er brach ab, stand langsam auf, und die Frustration des Cops über einen nicht zur völligen Zufriedenheit gelösten Fall wurde durch einen Ausdruck der Erschütterung ersetzt. »Der Junge. Sie glauben, dieser Junge hätte Deena umgebracht?«

»Wir gehen davon aus.«

»Aber, um Himmels willen, würde er so etwas tun, würde er einem unschuldigen Mädchen so was antun, weil seine Mutter irgendwann einmal von mir verhaftet worden ist? Weil sie weniger als zwei Jahre gesessen hat?«

»Irene Schultz alias Illya Schooner wurde im Mai 2041 in Chicago zusammengeschlagen, vergewaltigt und erwürgt.«

Er ließ sich wieder in den Schreibtischsessel sinken, als trügen seine Beine ihn nicht mehr. »Von Patterson?«

»Nein, der hatte ein Alibi. Ich bekomme nachher die Akte zu dem Fall und werde auch noch mit dem Mann sprechen, der die Ermittlungen geleitet hat, aber es sieht so aus, als hätte er mit dieser Sache nichts zu tun gehabt.«

»Wie kann er denn mir die Schuld an dieser Sache geben? Wie kann er mir die Schuld geben und deshalb meine Tochter umbringen?«

»Das kann ich Ihnen nicht sagen. Captain, hat Pauley – oder Patterson – Sie je auf irgendeine Art bedroht?«

»Nein, ganz im Gegenteil. Er gab sich ausnehmend ko-operationsbereit. Nach dem Motto: ›Oh Gott, das alles muss ein fürchterlicher Irrtum sein, bitte lassen Sie mich zu meiner Frau.‹ Er hat nie einen Verteidiger verlangt. Als ich ihm die Drogen und den Kopierer gezeigt habe, hat er erst schockiert, dann ungläubig und schließlich beschämt getan. Es wirkte wie ein gut einstudiertes Theaterstück.«

»Sie sagen, Sie hätten ihn mitten in der Nacht mit aufs Revier genommen. Hat sie nicht versucht, auf Zeit zu spie-len, oder ihre Anwältin dazu gedrängt, dafür zu sorgen, dass sie auf Kaution freigelassen wird?«

»Nein. Wir haben unsererseits auf Zeit gespielt, die bei-den ein bisschen schmoren lassen und uns ein paar Stun-den aufs Ohr gehauen. Schließlich kam der Staatsanwalt sowieso erst irgendwann am nächsten Morgen. Aber das hat an ihrer Aussage nicht das Mindeste geändert. Ich hat-te Mitleid mit der Frau. Verdammt, verdammt, ich hatte Mitleid mit der Frau. Sie hat ihn beschützt, und er hat das zugelassen. Deshalb taten diese Frau und auch ihr kleiner Junge mir echt leid. Dieser kleine Junge, der nach seiner Mama weinte. Und jetzt ist meine Tochter tot.«

Manchmal, dachte Eve, nahm der Schmerz auch durch die Antworten nicht ab. Auf dem Weg in ihr Büro, wo sie weiter Antworten auf ungeklärte Fragen suchen würde, lag die Last des Schmerzes wie ein bleiernes Gewicht in ihrem Genick.

Sie fand die Akte aus Chicago zwischen ihren anderen neu eingegangenen Mails, setzte sich und las sie durch.

Kaum, dass sie damit fertig war, rief auch schon Lieute-nant Pulliti bei ihr an.

»Danke, dass Sie sich bei mir melden, Lieutenant.«

»Gern geschehen. Nur, weil ich seit ein paar Jahren in Rente bin, segele ich schließlich nicht den ganzen Tag auf dem Lake Michigan. Cap meinte, es ginge um einen alten Mordfall. Illya Schooner.«

»Ja.« Für einen Pensionär war er noch ziemlich jung, bemerkte Eve. Er konnte höchstens fünfundsechzig sein, hatte klare, braune Augen und noch dichtes, dunkles Haar. Entweder hatte ihn der Job anders als die meisten andern nicht schneller altern lassen oder er gab einen Großteil seiner Rente in Kosmetikstudios aus.

»Vergewaltigung mit anschließendem Mord«, erklärte sie. »Das Opfer war eine Frau von Mitte zwanzig.«

»Ich erinnere mich noch«, fiel Pulliti ihr ins Wort. »Ich war damals in der South Side eingesetzt. Eine ziemlich üble Gegend, die noch stark unter den Folgen der Innerstädtischen Revolten litt. Eine beängstigende Zeit.«

»Davon bin ich überzeugt.«

»Sie hatten sie ziemlich übel zugerichtet. Cap meinte, er hätte Ihnen die Akte geschickt.«

»Das stimmt.«

»Sie können also sehen, wie sie sie zugerichtet hatten. Hat wahrscheinlich eine ganze Zeit gedauert, bis sie sie in diesem Zustand hatten.«

»Sie sagen immer *sie*. Laut Bericht des Pathologen scheint sie von einem Links- und einem Rechtshänder attackiert worden zu sein. Aber zwingend ist das nicht.«

»Die Stallions haben damals immer paarweise gearbeitet.«

Eve ging eilig seine Unterlagen durch. »Die Gang, die damals in der Gegend das Sagen hatte, hatte auch das Drogen- und das Sexgeschäft fest in der Hand.«

»Die Stallions waren damals *die* Drogen- und Sexhändler der South Side. Und zwar über zehn Jahre lang. Sie ist in ihr Revier eingedrungen und hat sich in ihre Geschäfte eingemischt. Wenn jemand versucht hat, sich dort breitzumachen, haben sie ihn aus dem Verkehr gezogen. Und zwar möglichst brutal.«

»Trotzdem haben Sie auch den Ehemann unter die Lupe genommen.«

»Ja, und zwar genau. Denn die Brutalität, mit der sie fertiggemacht wurde, war selbst für die Stallions ungewöhnlich. Es sei denn, sie hätte sich allzu breit gemacht. Aber wenn ihr das gelungen wäre, wären sie die Sache anders angegangen, hätten sie erst vorgewarnt und ihr, wenn sie gut genug gewesen wäre, unter Umständen die Möglichkeit geboten, für sie zu arbeiten.«

Er klopfte sich seitlich an die Nase. »Die Geschichte stank einfach zum Himmel.«

»Aber Sie konnten dem Mann nichts nachweisen?«

»Er hatte ein wasserdichtes Alibi. War mit seinem Kind zu Hause. Ungefähr zu der Zeit, als sie vergewaltigt wurde, hat er bei einer Nachbarin geklopft und sie um Hilfe gebeten, weil der Kleine krank war und seine Frau, wie er damals behauptete, noch nicht von der Arbeit zurückgekommen war. Das hat die Nachbarin bestätigt.«

»Ja, das sehe ich.«

»Trotzdem stank die Sache irgendwie zum Himmel. Also haben wir uns auch noch bei den anderen Nachbarn umgehört. Sie alle haben uns erzählt, er wäre sehr zurückhaltend, würde höchstens grüßen, bliebe abends bei dem Kind, ginge tagsüber mit ihm spazieren, wenn die Mutter schlafe, und wäre meist alleine unterwegs. Aber an dem Abend, an dem er ein Alibi benötigt, klopft er urplötzlich an einer fremden Tür. Wenn das nicht merkwürdig war.«

»Sie glauben, er hätte dahintergesteckt?«

»Davon war ich sogar überzeugt. Sehen Sie, die Stallions hatten damals eine Art Initiationsritus für Mitglieder oder Geschäftspartner. Entweder haben sie sie zusammengeschlagen oder es gab eine Gruppenvergewaltigung. Nachdem man das eine oder andere über sich ergehen lassen hatte, überließ man ihnen ihren Anteil an seinem Geschäft.«

Sex und Drogen, dachte sie. Schnelles, großes Geld.

»Sie glauben, dass sie das quasi freiwillig über sich ergehen lassen hat?«

»Vielleicht, oder er hat sie ihnen überlassen. Sie waren immer an neuen Geschäftspartnern, vor allem an Frauen interessiert. Ich sage Ihnen, meiner Meinung nach ist es so abgelaufen, nur gab es nicht den Hauch eines Beweises gegen diesen Kerl. Nach allem, was ich herausgefunden habe, hat sie das Leben der Familie finanziert, obwohl auf ihren Konten nicht viel zu finden war.«

»Dort war gerade mal die Miete für zwei Monate geparkt, keine Riesensumme«, fiel ihm Eve ins Wort.

»Das stimmt. Sie haben zwar nicht gerade von der Hand in den Mund gelebt, aber Kaviar und Champagner gab es auch nicht.«

»Sie haben sich also möglichst bedeckt gehalten«, meinte Eve.

»So könnte man sagen. Er hat sie vermutlich den Stallions überlassen, und dann gerieten die Dinge außer Kontrolle. Ich weiß nicht, aber irgendwie lief es für ihn einfach zu glatt. Er hat uns erzählt, sie hätten Eheprobleme gehabt, weil sie drogensüchtig war. Aber die Nachbarn haben ausgesagt, sie hätten nie auch nur den allerkleinsten Streit zwischen den beiden gehört. Abgesehen davon, dass die Frau ein bisschen fertig ausgesehen hätte, hätten sie wie eine nette, kleine Familie gewirkt, war die allgemeine Aussage.«

Während des Gesprächs machte Eve sich eigene Notizen und entwickelte ihre eigenen Theorien.

»Diese Adresse, unter der sie, der Mann und der Junge lebten. Was war das für eine Gegend?«

»Solide Mittelklasse. Jede Menge Kinder, Eltern, die meistens beide eine Arbeit hatten. Sie hatten eine schöne Wohnung in einem ordentlichen Haus. Nicht übertrieben schick, aber sehr nett. Der Mann lief ziemlich protzig rum.«

»Inwiefern?«

»Hatte eine teure Uhr und teure Schuhe an. Der Junge hatte jede Menge toller Spielsachen, und sie hatten teure elektronische Geräte in der Wohnung stehen. Er arbeitete als eine Art Berater in der Computerbranche, während sie ihm zufolge professionelle Mutter war. Nur hat er kaum Zeit auf seinen Job verwandt und nach Aussage der Nachbarn oft das Kind versorgt. Ich habe ihn nach der Armbanduhr gefragt, und er meinte, die hätte seine Frau ihm zum Geburtstag geschenkt.«

»Er war ein falscher Fuffziger«, stellte Pulliti fest. »Ich wusste instinktiv, er war ein falscher Fuffiger, auch wenn er nach außen völlig sauber war.«

Als Pulliti nichts mehr zu berichten wusste, lehnte Eve sich nachdenklich auf ihrem Stuhl zurück und klappte ihre Augen zu.

Ein falscher Fuffziger, aber nach außen hin völlig sauber. Die Beschreibung passte zu dem Mann.

Er hatte die Frau für sich ins Gefängnis gehen lassen, wie

er sie vorher länger als ein Jahr mit seinem eigenen Bruder hatte schlafen lassen und wie er sie nachher als Prostituierte Freier hatte betrügen lassen, noch dazu auf dem Territorium einer brutalen Gang.

Jedes Mal war es um Sex gegangen, überlegte sie. Hatte es ihm Spaß gemacht, wenn sie bei ihren Betrügereien mit Sex ans Ziel gekommen war? Hatte ihm das einen Kick verschafft?

Wann waren die Drogen ins Spiel gekommen? Wann hatte sie angefangen, dieses Zeug zu nehmen?

MacMasters dachte, vielleicht hätte sie das Zeug gebraucht, um den Sex mit ihren Zielpersonen durchzustehen.

Möglich. Für den Bruder hatte sie das nicht gebraucht. Weil er schließlich, wenn auch auf verdrehte Art, praktisch mit ihr verwandt gewesen war. Die Brüder sahen sich sehr ähnlich, und sie hatte diese Masche durchgezogen, um eine Familie aufzubauen.

Eve stand wieder auf, stapfte bis zum Fenster, zurück zu ihrem Tisch, bis zur Tafel und dann weiter Richtung Tür.

Nein, er hatte nicht rein zufällig am Abend des Mordes bei der Nachbarin geklopft. Nie im Leben. Auch wenn er ganz sicher nicht allein der Bullen wegen derart vorsichtig gewesen war. Denn die hätten ihn sowieso nie mit dem Tatort in Verbindung gebracht.

Er hatte sich abgesichert. Während seine Frau auf brutalste Art und Weise vergewaltigt worden war.

Er hatte gewusst, dass ihr etwas passieren würde. Etwas, was die Bullen dazu bringen würde, bei ihm zu erscheinen. Vielleicht hatte er sie wirklich in die Falle laufen lassen und einen Handel mit den Stallions abgeschlossen.

Dann wird der Sohn erwachsen, stellt MacMasters nach

und verübt an dessen Kind dasselbe furchtbare Verbrechen. Aber warum brachte er das Mädchen auf dieselbe grauenhafte Art wie damals jemand seine Mutter um? Weil MacMasters diese Frau volle zwei Jahre vor ihrer Ermordung festgenommmen hatte? Und das nicht mal in Chicago, sondern in New York, also an einem völlig anderen Ort?

Selbst für einen Soziopathen ergab das absolut keinen Sinn.

Sie brach ab, drehte sich um und starrte abermals die Tafel an. Außer ...

»Dallas, vielleicht habe ich eine Spur bezüglich der ...«

»Wer hat den größten Einfluss auf Ihr Leben?«, fiel Eve ihrer Partnerin ins Wort. »Ich meine, wer hat Ihrer Meinung nach das Fundament dafür gelegt, was Sie denken, was Sie glauben, wie Sie letztendlich geworden sind?«

Peabody runzelte die Stirn. »Nun, ich hoffe, dass ich durchaus selber denken kann, und natürlich gibt es eine ganze Reihe von Faktoren, die ...«

»Faseln Sie nicht lange rum.«

»Okay, das Fundament? Meine Eltern. Auch wenn ich natürlich längst nicht immer ihrer Meinung bin, denn dann würde ich schließlich in einer Kommune leben, Ziegen züchten oder Flachs spinnen, aber ...«

»Die Grundlagen sind da. Sie sind Polizistin, aber mit einem Hang zum Hippietum.« Während sich Peabodys Stirnrunzeln vertiefte, klopfte Eve auf Yancys Bild.

»Also, wer hatte den größten Einfluss auf ihn? Seine Mutter wurde umgebracht, als er noch ein kleiner Junge war. Wer also hatte den größten Einfluss auf seine Sicht der Welt?« Sie pikste mit dem Finger Pauleys Foto an. »Dieser Mann hier. Ein Betrüger, jemand, der sein Leben lang andere manipuliert hat. Er zapft immer wieder seine eigenen Eltern an, obwohl sie wissen, dass sie ihm nichts geben sollten, fallen sie immer wieder auf ihn rein. Er ist aalglatt, weshalb man ihn ganz einfach nicht zu packen kriegt. Sein eigener Bruder muss so tun, als würde er nicht existieren, weil er sich nur auf diese Art gegen ihn abgrenzen kann. Eine kluge und gewiefte Frau ist ihm derart verfallen, dass sie freiwillig ins Gefängnis geht, damit ihm nichts passiert. Sie fängt an, Drogen zu nehmen und sich zu prostituieren, nachdem sie etwas mit ihm angefangen hat. Nicht vorher, sondern erst danach.«

»Wie Trueheart gesagt hat: Er war offenbar der falsche Mann.«

»Auf jeden Fall. Weshalb sollte ihm sein Kind nicht glauben, wenn er ihm erzählt, seine Mum wäre auf Abwege geraten und ermordet worden, weil sie von den Cops über den Tisch gezogen worden ist?«

»Weil das einfach nicht stimmt?«

»Das spielt keine Rolle. Weil der Sohn für alles, was sein Vater sagt, empfänglich ist. Weil er sein Leben lang geglaubt hat, dass es so gewesen ist, und sich dafür rächen will. Er hat sein ganzes Leben auf der falschen Seite zugebracht. Hat andere Menschen betrogen, hat sich stets einfach genommen, was er haben will. Das hat ihm durchaus Spaß gemacht, und dann hat er irgendwann den großen Coup geplant. Pauley hat die Frau in den Abgrund stürzen lassen, aber das hört dieses Kind natürlich nicht. Pauley hat sich abgesichert an dem Abend, als die Frau ermordet wurde, doch auch davon hört der Junge nichts. Wenn man von dem Menschen, der die Macht über einen hat, immer dasselbe Zeug erzählt bekommt, glaubt man irgendwann, dass das die Wahrheit ist. Pauley hatte jahrelang allein die Macht über den Sohn.«

Auch ihr Vater hatte jahrelang die Macht über sie gehabt, ging es ihr durch den Kopf. Er hatte ihr erzählt, sie wäre ein Nichts, die Polizei würde sie in ein dunkles Loch werfen und dort verrotten lassen. Sie hatte ihm lange Zeit geglaubt und sich deshalb über Jahre hinweg vor der Polizei und allen anderen Vertretern des Systems ebenso gefürchtet wie vor diesem Mann, von dem sie regelmäßig vergewaltigt und auf andere Art brutal misshandelt worden war.

»Dallas?«

»Das ist einfach klassisch«, meinte sie. »Wenn man einen Menschen dazu bringen will, einem zu glauben, zu gehorchen und zu dem zu werden, den man haben will, muss man wiederholen, wiederholen, wiederholen. Ob man dabei straft oder belohnt, hängt vom jeweiligen Stil ab, doch auf jeden Fall hämmert man dem anderen seine Botschaft richtiggehend ein. Sie haben deine Mutter umgebracht. Sie sind schuld an ihrem Tod. Sie müssen dafür bezahlen.«

Es traf sie wie ein Fausthieb in der Magengegend. »Sie, nicht er. Pauley hat nicht er, sondern auf alle Fälle *sie* gesagt. Das System, jeder, der daran beteiligt war. Weil es das System ist, das er hasst. Oh, verdammt. Wir müssen sofort nach sämtlichen Personen suchen, die auf irgendeine Weise an der Verhaftung und Verurteilung von Irene Schultz beteiligt waren. Ihre Anwältin, den Staatsanwalt, die Richterin, die Wärterin in Rikers, die Person vom Jugendamt, die dem Vater den Jungen abgenommen hat, den damaligen Leiter dieses Amts, die Pflegefamilie, bei der der Kleine war. Wir müssen herausfinden, wo alle diese Leute und ihre Familien sind.«

Peabody riss die dunklen Augen auf. »Weil er es auch noch auf andere Leute abgesehen hat.«

»Ein Cop reicht ihm bestimmt nicht aus.« Eve stürzte zurück an ihren Schreibtisch und gab umgehend den Suchauftrag in den Computer ein. »Er hat die Sache angefangen, aber andere haben mitgemacht. Es ist ihre Schuld, dass seine Mutter plötzlich nicht mehr da war und dass sie ermordet worden ist. Sie haben sie ihm weggenommen, deshalb wird er ihnen auch etwas wegnehmen. Frisco, der andere Polizist, wurde im Dienst erschossen. Damit ist er aus dem Spiel. Weil man Tote nicht bestrafen und nicht leiden lassen kann.«

Peabody, die eilig irgendetwas in ihren Handcomputer tippte, nickte zustimmend. »Ihr Anwalt ist noch in der Stadt, als Partner einer Kanzlei in der City. Geschieden, mit einem Kind, einem fünfzehnjährigen Sohn.«

»Wir werden diese Leute informieren und überwachen lassen. Der Staatsanwalt lebt inzwischen in Denver, verheiratet, zwei kleine Kinder. Auch ihn werden wir kontaktieren und außerdem die dortigen Kollegen informieren.«

Während sie weitersuchte, klingelte ihr Link, und sie warf einen genervten Blick auf das Display. Bevor ihr Magen sich zusammenzog.

»Dallas.«

Hier Zentrale, Lieutenant Dallas.

Zu spät, ging es ihr durch den Kopf, als sie vor dem Loft in SoHo hielt. Ich komme wieder einmal zu spät. Zusammen mit Peabody lief sie an den Beamten vor dem Haus vorbei und bestieg den Lift.

»Wir brauchen sämtliche Aufnahmen der Überwachungskameras und müssen mit sämtlichen Bewohnern sprechen. Rufen Sie Morris an.«

»Schon erledigt. Dallas, ich habe auch Whitney informiert. Er hat Ihre Pressekonferenz auf sechzehn Uhr verschoben und wird versuchen zu verhindern, dass die Presse Wind von diesem neuen Fall bekommt.«

Eve trat aus dem Fahrstuhl in den Wohnbereich des
Lofts. Teuer, dachte sie. Die Behausung eines wohlhabenden Bohemiens. »Wem gehört das Loft?«

»Einem Eric Delongi und einem Samuel Stuben. Die beiden leben in Scheidung und wollen das Loft verkaufen.
Deshalb ist es augenblicklich nicht bewohnt.«

»Lieutenant.« Einer der Beamten näherte sich ihr. »Es
gibt keine sichtbaren Spuren eines Einbruchs und auch keine sichtbaren Spuren eines Diebstahls oder eines Kampfs.
Sie liegt drüben im Schlafzimmer. Ein Immobilienmakler
hat sie dort entdeckt. Er wollte die Wohnung zwei Kunden
zeigen, mein Partner hat die Leute in das zweite Schlafzimmer geschafft.«

»Sorgen Sie dafür, dass sie dort bleiben. Zuerst sehen wir
uns den Tatort an.« Sie ging in die Küche und betrachtete den Styroporbecher, der auf dem Tresen stand. »Stand
der auch schon bei Ihrer Ankunft hier?«

»Ja, Madam.«

»Machen Sie eine Aufnahme davon, und dann tüten Sie
ihn ein, Peabody.«

Sie ging weiter, blieb dann aber in der Tür des Schlafzimmers noch einmal stehen.

Dieses Mal war es kein Kind, bemerkte sie, als sie die
Tote sah. Aber sie war noch jung gewesen. Sah wie Anfang
zwanzig aus. Wessen Tochter war sie?

»Das Opfer ist eine Frau von Anfang bis Mitte zwanzig«, sprach sie in ihr Aufnahmegerät. »Die Sichtblenden sind hier und auch im Wohnbereich geschlossen.« Sie

blickte sich in dem Zimmer um. »Es gibt keine Kampf-spuren. Das Opfer scheint vollständig bekleidet zu sein.«

Sie versiegelte erst ihre Hände, dann ihre Schuhe und betrat den Raum, um sich die Leiche anzusehen. »Ab-schürfungen an den Knöcheln, Schwellungen im Gesicht und blaue Flecken am Hals, die auf Erwürgen hindeuten. Allerdings muss das der Pathologe noch bestätigen.«

Sie ging in die Hocke und beugte sich vor, um sich auch die Handgelenke anzusehen. Sie war davon ausgegangen, Polizeihandschellen wie bei Deena dort zu sehen, bei die-sem Opfer allerdings hatte der Kerl als Fessel irgendeine farbenfrohe Schnur benutzt.

»Die Fessel an den Handgelenken weicht von der im Mordfall Deena MacMasters ab. Finden Sie Ihre Iden-tität heraus und stellen Sie den genauen Todeszeitpunkt fest, Peabody.«

Das Blut auf den Laken deutete auf eine brutale Ver-gewaltigung des Opfers hin. Auch wenn sie wahrschein-lich keine Jungfrau mehr gewesen war, hatte sie dieselben Schmerzen und dieselbe grauenhafte Furcht wie Deena verspürt.

»Hämatome an den Oberschenkeln und im Genitalbe-reich. Sie hat keine Unterwäsche an. Wahrscheinlich wur-de sie wie Deena vaginal und anal vergewaltigt und be-kam mehrmals ein Kissen aufs Gesicht gedrückt. Das hier kann, verdammt noch mal, kein Trittbrettfahrer sein. Wa-rum hat er also eine Schnur statt Handschellen benutzt?« Eve zögerte.

»Weil sie keine Polizistentochter ist«, schloss sie. »Die Handschellen sind ein weiteres Symbol. Aber was symbo-lisiert die Schnur?«

»Das Opfer ist eine gewisse Karlene Robins«, meinte

Peabody. »Sechsundzwanzig Jahre alt, wohnhaft in der Lower West Side zusammen mit einem Anthony Hampton, Angestellte einer Immobilienagentur mit Namen City Choice. Gestorben ist sie gestern Nachmittag um sechzehn Uhr achtunddreißig.« Sie warf einen Blick auf Eve. »Da hatten wir noch kein Foto, keinen Namen, keine …«

Sie brach ab, als Eve die Hand hob und erklärte: »Das spielt keine Rolle. Suchen Sie nach ihrer Tasche, ihrem Handy, ihrem Terminkalender. Zwar bin ich mir sicher, dass Sie nichts von diesen Dingen finden werden, aber sehen Sie sich trotzdem danach um. Und sagen Sie in der Pathologie Bescheid, dass die toxikologische Untersuchung Vorrang hat.« Peabody nickte und sah sich in der Wohnung um.

»Sie ist die Tochter von Jaynie Robins, der Frau vom Jugendamt, die Darrin Pauley nach der Festnahme von Irene Schultz in eine Pflegefamilie gegeben hat. Sie wollte jemandem die Wohnung zeigen. Er hat sich bestimmt als potenzieller Kunde ausgegeben, dann brauchte er nur darauf zu warten, dass sie die richtige Immobilie für ihn entdeckt. Dieses Mal war er kein College-Kid. Denn damit hätte er bei ihr wahrscheinlich nichts erreicht. Nein, für eine solche Wohnung musste er die junge Führungskraft oder den reichen Erben rauskehren. In einer solchen Gegend hat er wahrscheinlich den Künstlertypen gemimt. Der Musik, die schönen Künste und die ganze angesagte Gegend liebt. Wahrscheinlich hat er ihr Kaffee mitgebracht. Weil das eine nette Geste ist. He, ich habe was für Sie. Damit hat er sie betäubt und genau wie Deena in das Schlafzimmer geschafft. Abgesehen von den Fesseln gibt es keinen Unterschied.« Eve richtete sich auf.

Peabody kehrte von ihrem Rundgang durch die Wohnung zurück. »So könnte es gewesen sein. Dallas, hier ist keine Tasche, kein Geldbeutel und auch nichts anderes von ihr. Es gibt zwei Computer, aber die dienen vor allem der Dekoration. Der Schrank für die Überwachungsanlage war abgesperrt. Zwar habe ich ihn mit meinem Generalschlüssel geöffnet, aber die Kameras sind aus, die Disketten weg und die Festplatte zerstört.«

Eve sah von dem Opfer auf. »In einem solchen Haus gibt es doch wahrscheinlich auch im Fahrstuhl und im Flur Kameras. Wir rollen sie erst einmal auf den Bauch, und dann überprüfen Sie das bitte, ja? Ich fange währenddessen mit den Zeugen an, wenn ich hier fertig bin.«

Sie rollten die Tote auf den Bauch, und Eve sah sich die Schnur genauer an. »Eine dehnbare Gummischnur?«

»Für Kinder.« Peabody atmete vernehmlich aus. »Damit hängt man Zeug über den Betten oder den Kinderwagen auf, damit sie daran ziehen können. Meistens irgendwelche Sachen in leuchtenden Primärfarben und in einer ansprechenden, kindgerechten Form. Weil das die Augen stimuliert.«

»Ihre Mutter war beim Jugendamt. Also ist diese Schnur genau wie die Handschellen bei Deena als Symbol gemeint.« Er hatte seinen Spaß, schoss es ihr durch den Kopf. Diese kleinen, zusätzlichen Schläge machten ihm wahrscheinlich einen Heidenspaß. »Überprüfen Sie die Überwachungsanlage des Hauses, und bestellen Sie die elektronischen Ermittler ein.«

Sie selber ging ins zweite Schlafzimmer, schickte den Beamten aus dem Raum, worauf die drei verbliebenen Personen gleichzeitig zu reden anfingen. Sie hob einfach eine Hand und wies dann auf den Mann, der allein in einer Ecke saß.

»Sie müssen der Immobilienmakler sein. Ich bin Lieutenant Dallas. Nennen Sie mir bitte Ihren Namen.«

»Chip Wayne. Ich arbeite für Astoria Real Estate.« Er zog eine Visitenkarte aus der Tasche und hielt sie ihr hin. »Ich hatte heute Morgen einen Termin mit Mr und Mrs Gordon, um ihnen dieses Loft zu zeigen. Es ist erst seit Kurzem auf dem Markt.«

Wieder hob sie eine Hand. »Wie sind Sie hier hereingekommen?«

»Ich hatte den Zugangscode. Sämtliche Makler, die das Loft im Angebot haben, bekommen diesen Code. Dazu müssen sie noch ihren eigenen Personencode eingeben. Ich …«

»Um wie viel Uhr sind Sie hier angekommen?«

»Wir haben uns um kurz nach elf draußen vor der Tür getroffen. Die Besichtigung sollte um elf beginnen. Wir … wir kamen zusammen herauf und haben mit dem Wohnbereich begonnen. Mrs Gordon ging schon einmal los, um sich die Schlafzimmer anzusehen. Wir ermutigen die Kunden, sich ganz nach Belieben umzuschauen, und dann hat sie …«

Wieder unterbrach ihn Eve. »Die Wohnung ist möbliert, obwohl angeblich seit drei Monaten niemand mehr hier wohnt.«

»Das ist nur Staffage, die von den Besitzern angemietet worden ist. Um den potenziellen Käufern ein besseres Gefühl dafür zu geben, wie die Wohnung aussieht, wenn man darin wohnt. Ich verstehe nicht, wie diese Frau … ich verstehe nicht, was sie hier macht. Dem Zugangsprotokoll zufolge hat eine Maklerin von City Choice die Wohnung gestern jemandem gezeigt, ist aber um zwölf Uhr dreißig wieder gegangen.«

»Ach ja?«

»Das Gebäude ist sehr gut gesichert.« Er sah beinahe flehend in Richtung des Paars, das dicht aneinandergedrängt in einem Sessel kauerte. »Es ist eine erstklassige Immobilie. Ruhig und völlig sicher.«

»Ja genau.« Eve blickte auf die Frau. Sie sah kaum älter als das Opfer und völlig erschüttert aus. »Sie haben die Tote gefunden.«

»Ich ... ich wollte mir die Schlafzimmer ansehen. Vor allem das größere. Wir wollen ein möglichst geräumiges Schlafzimmer, von dem aus man, wenn's geht, auch noch eine schöne Aussicht hat. Deshalb bin ich ... und dann lag sie dort auf dem Bett. Tot. Ich konnte sofort sehen, dass sie nicht mehr lebt. Ich habe nach Brent geschrien und dann bin ich vor dem ... vor ihr weggerannt.«

»Hat jemand von Ihnen das Zimmer betreten?«

»Nein. Ich spiele im Fernsehen einen Polizisten«, klärte Brent Gordon sie mit einem schwachen Lächeln auf. »In *City Force,* vielleicht haben Sie das ja schon mal gesehen.«

»Tut mir leid.«

»Egal. Ich spiele dort den jungen, draufgängerischen, unkonventionellen Detective. Was wahrscheinlich der totale Schwachsinn ist, aber zumindest lernt man dort, wie man einen Tatort sichert. Also haben wir das Zimmer nicht betreten und nichts mehr angerührt, nachdem Posey die Frau gefunden hatte, und sofort die Polizei verständigt.«

»Gut. Mr Wayne, wie lange im Voraus machen Sie die Termine für derartige Besichtigungen aus?«

»Kommt drauf ein. In einem Fall wie diesem möglichst kurzfristig. Es gab bereits Interessenten, die dann aber vom Kauf zurückgetreten sind. Wir haben gestern davon gehört, offenbar war City noch ein bisschen schneller. Sie haben anscheinend jemanden an der Quelle sitzen und kriegen immer etwas früher als die anderen Bescheid. Ich habe die Gordons kontaktiert, sobald ich erfuhr, dass das Loft noch zu verkaufen ist, aber gestern haben wir keinen Termin mehr bekommen.«

»Warum haben Sie gerade die beiden kontaktiert?«

»Die Wohnung hier ist genau das, was sie suchen. Die Lage, das Gebäude und die Preisklasse. Es ist genau das, wonach sie gesucht haben.«

Gordon bedachte ihn mit einem ungläubigen Blick. »Das ist ja wohl ein Witz.«

»Unter den gegebenen Umständen sind die Eigentümer sicherlich bereit, mit dem Preis noch ein bisschen runterzugehen. Wir können ...«

»Brent, ich will hier weg. Können wir jetzt endlich gehen? Bitte?«

»Geben Sie mir Ihre Adresse und Telefonnummer«, bat Eve, »vielleicht müssen wir noch einmal mit Ihnen reden. Aber dann können Sie gehen.«

Sie kehrte in den Wohnbereich zurück, machte sich Notizen und ging alles in Gedanken durch, während die Spurensicherung mit ihrem Teil des Jobs begann.

»Auch die Kameras im Lift und Flur sind aus, und der Virus ... es sieht aus, als hätte er die Anlage vollständig lahmgelegt. Weil sie mit den Anlagen in den verschiedenen Wohnungen verbunden ist. Es ist ein anderes System als beim ersten Mord«, erklärte Peabody. »Auch wenn es dieselbe Marke ist. Ein handelsübliches Modell. Die anderen Bewohner sind nicht da. Angeblich sind sie an den Wochentagen immer außer Haus, deswegen steht das Gebäude von Montag bis Freitag für gewöhnlich zwischen neun Uhr in der Früh und siebzehn Uhr am Nachmittag vollkommen leer. Ich habe trotzdem mit dem Background-Check der anderen Bewohner angefangen, bei dem jedoch bisher nichts herausgekommen ist.«

»Er hat das Haus beobachtet. Er hatte nicht viel Zeit, hat aber seine Hausaufgaben trotzdem gut gemacht. Er hat auf die Gelegenheit gewartet, und er wusste ganz genau, wie er sie am besten nutzt. Sicher hat sie den Termin in ihrem Computer im Büro notiert, irgendetwas finden wir dort ganz bestimmt. Wie zum Beispiel seinen Namen. Welchen Namen er auch immer angegeben hat. Wo ist der Mann, mit dem sie zusammenlebt, um die Tageszeit?«

»Er arbeitet hauptsächlich von zu Hause aus. Als wissenschaftlicher Berater. Ihre Wohnung ist nicht weit von ihrem Büro entfernt.«

»Erst sprechen wir mit ihm. Die Eltern leben in Brooklyn, richtig?«

»Ja. Die Mutter arbeitet inzwischen als Familientherapeutin.«

Eve nickte mit dem Kopf, sah sich ein letztes Mal in dem Apartment um und bestellte dann den Lift. »Auch hierbei geht's um die Familie, nicht wahr?«

17

Anthony Hampton trug ein lässiges Outfit fürs Büro zu einem sorgfältig gestutzten, kleinen Ziegenbart und teuren Turnschuhen. Er nahm Eve und Peabody mit einem netten Lächeln in Empfang, die grünen Augen, die sich leuchtend von der warmen, braunen Haut abhoben, blickten aber leicht gehetzt.

»Meine Damen. Was kann ich für Sie tun?«

»Anthony Hampton?«

»Ja, genau.«

»Ich bin Lieutenant Dallas von der New Yorker Polizei, und das hier ist meine Partnerin, Detective Peabody.«

»Polizei?« Sein Lächeln dehnte sich zu einem breiten Grinsen aus, während er ihre Dienstmarken betrachtete. »Die hat mich noch nie besucht. Gibt es irgendein Problem im Haus?«

»Nein, Sir. Dürfen wir vielleicht hereinkommen?«

»Natürlich, sicher, aber ...« Er sah hinter sich. »Hier herrscht gerade ziemliches Chaos. Weil ich nämlich am Samstag heirate.«

Obwohl Eves Magen sich zusammenzog, trat sie durch die Tür. Das war nicht nur hart, erkannte sie, sondern regelrecht brutal. Aber wenn man schon brutal sein musste, brachte man es am besten möglichst schnell hinter sich. »Mr Hampton, es tut mir leid, Sie darüber informieren zu müssen, dass Ihre Verlobte, Karlene Robins, nicht mehr lebt.«

»Was? Mein Gott, das ist nicht witzig. Wenn das einer von Chads kranken Scherzen ist ...«

»Mr Hampton, Ms Robins' Leiche wurde heute früh gefunden und eindeutig identifiziert. Es tut mir furchtbar leid.«

»Also bitte, Mann, das ist totaler *Schwachsinn*.« Wütend packte er Eve am Arm und stieß sie Richtung Tür. »Verdammt, verschwinden Sie.«

»Mr Hampton.« Eve packte ihn ihrerseits und drückte ihn auf einen Stuhl. »Karlene wurde in einem Loft in SoHo umgebracht, wo sie, wie wir vermuten, mit einem Kunden verabredet war. Hatte sie gestern einen Besichtigungstermin?«

»Die hat sie ständig. Wie jetzt gerade auch.« Er zog sein Handy aus der Tasche. »Wie jetzt gerade auch.« Drückte eine Kurzwahltaste und raufte sich das Haar, als ihn eine melodiöse Stimme wissen ließ, dass Karlene nicht zu sprechen war. »Karlene, ich muss mit dir reden. Gottverdammt, Karlene, geh dran. Was auch immer du gerade machst, geh bitte dran. Ich muss sofort mit dir sprechen.«

»Anthony.« Peabody ging vor ihm in die Hocke und nahm seine Hand. »Es tut uns wirklich leid.«

»Sie wird mich gleich zurückrufen.« Er atmete keuchend ein und aus. »Sie hat einfach viel zu tun. Weil es eine total verrückte Woche ist.«

»Wann haben Sie zum letzten Mal mit ihr gesprochen?«

»Ich … gestern, bevor sie zur Arbeit ging. Aber, wir haben uns danach noch ein paarmal angesimst.«

»Dann kam sie also gestern Abend nicht nach Hause, obwohl sie hier lebt?«

»Sie hatte noch zu tun, weil sie einen Kunden an der Angel hatte. Dann wollte sie wegen irgendwelchem Hochzeitskram noch zu Tip. Dort hat sie auch übernachtet. Warten Sie, ich werde Tip anrufen, und …«

Eve ließ ihn gewähren und verfolgte, wie die grauenhafte Trauer seinen Zorn und Unglauben vertrieb, als die Freundin ihm erklärte, sie hätte von Karlene am Tag zuvor weder etwas gehört noch etwas gesehen.

»Sie … dann ist sie im Büro. Dann muss sie bei der Arbeit sein. Ich kann ihre Chefin anrufen, die wird Ihnen bestimmt …«

»Anthony.« Die Stimme von Peabody hatte denselben ruhigen, mitfühlenden Klang wie einen Augenblick zuvor, und er sah sie mit einem Ausdruck verzweifelten Schmerzes an. »Sie kann unmöglich tot sein. Nein, das kann einfach nicht sein.«

»Wann hat sie Ihnen die letzte SMS geschickt?«

»Das weiß ich nicht mehr so genau. Hier.« Er hielt ihr sein Handy hin. »Ich habe sie gespeichert. Sie ist noch da drin.«

Während Peabody das Handy nahm und einen Schritt zur Seite tat, um sich die Nachricht anzusehen, zog Eve sich einen Stuhl heran und nahm ihm gegenüber Platz. »Mr Hampton, sehen Sie mich bitte an. Detective Peabody und ich brauchen Ihre Hilfe. Sie müssen uns helfen, die Person zu finden, die Karlene das angetan hat.«

»Wie ist sie gestorben?«

»Wir glauben, dass sie von der Person getötet wurde, mit der sie das Loft besichtigt hat. Wissen Sie, wer dieser Kunde war?«

»Das kann nicht sein. Das ist bestimmt … nicht wahr.«

»Wer war dieser Kunde?«, wiederholte Eve.

»Irgendein reicher Typ. Ein Möchtegern-Künstler aus einer stinkreichen Familie. Ein junger Kerl.«

»Haben Sie ihn mal gesehen?«

»Nein, aber …«

»Kennen Sie seinen Namen?«

»Wahrscheinlich hat sie ihn irgendwann erwähnt. Aber ich erinnere mich nicht mehr.«

»Sie hatte hier doch sicher einen Terminkalender oder so etwas.«

»Sie hat einen hier, einen in ihrer Handtasche und einen im Büro. Sie ist nämlich geradezu zwanghaft ordentlich. Er liegt auf ihrem Tisch im Arbeitszimmer.« Er starrte Eve derart durchdringend an, als brächte er nur dadurch überhaupt noch einen Ton heraus. »Wir teilen uns das Arbeitszimmer hier. Ich arbeite von zu Hause aus. Ich arbeite immer von zu Hause aus, manchmal macht Karlene das auch. Wir werden Samstag heiraten.«

»Können wir ihren Kalender mitnehmen?«

»Mir egal.«

Eve bedeutete Peabody, sich nach dem Kalender umzusehen. »Wissen Sie, wie dieser Mann, den sie gestern getroffen hat, ihr Kunde wurde?«

»Ich bin mir nicht ganz sicher. Ich weiß nur, dass sie seit ein paar Wochen auf der Suche nach der passenden Wohnung für ihn war. Er war ein dicker Fisch. Sie meinte, er wäre ein dicker Fisch. Das SoHo-Loft war gerade wieder auf den Markt gekommen, und sie war entsetzlich aufgeregt. Meinte, es wäre genau das Richtige für ihn. Genau das, was er wollte, und die Provision wäre extrem hoch. Deshalb müsste sie sich beeilen. Wo ist Karlene?«

»Wir kümmern uns um sie.«

Er schüttelte wie in Zeitlupe den Kopf. »Sie mag es nicht, wenn man sich um sie kümmert. Sie ist eine total selbstständige Frau. Sind Sie sicher? Sind Sie wirklich sicher?«

»Ja.«

Er ließ das Gesicht zwischen die Hände sinken, wiegte sich vor und zurück und brach in leises Schluchzen aus.

Eve stand lautlos auf und ging zu ihrer Partnerin.

»Er wurde um vierzehn Uhr zehn und dann noch einmal um achtzehn Uhr drei von ihrem Handy angesimst.«

»Bei der ersten SMS war sie gefesselt und vielleicht bewusstlos, und bei der zweiten schon seit über einer Stunde tot.«

»Er hatte den Namen der Freundin und hat, genau wie Hampton gesagt hat, in der SMS behauptet, sie bliebe über Nacht bei dieser Frau. In ihrem Kalender hat sie den

Termin mit einem gewissen D.P. notiert. Gestern Morgen neun Uhr dreißig, unter der Adresse in SoHo. Aber ich habe noch etwas zurückgeblättert und ein paar weitere Einträge mit dem Kürzel entdeckt, bis ich auf den anscheinend ersten Termin gestoßen bin. Mit einem Drew Pittering.«

Eve kehrte zu Anthony zurück und bat ihn um die Erlaubnis, den Kalender und sein Handy mitzunehmen und sich vorher Karlenes Sachen anzusehen.

»Anthony«, bat Peabody am Schluss. »Lassen Sie mich jemanden für Sie anrufen, okay?«

»Meine ... meine Familie. Sie sind wegen der Hochzeit hier. In einem Hotel. Sie sind wegen der Hochzeit hier.«

Als sie wieder auf die Straße traten, presste sich Peabody die Handballen gegen die Augen und holte so tief wie möglich Luft. »Es ist immer schwer und wird wahrscheinlich nie Routine, die Angehörigen zu informieren. Aber das hier? Schlimmer geht es einfach nicht. All die Hochzeitssachen, die dort herumgelegen haben, hätten mich fast umgebracht.«

Eve verdrängte den Gedanken an das Unglück dieses Mannes und stellte mit kalter Stimme fest: »Hampton hat das Foto nicht erkannt. Aber Darrin hat sie sicher auch nicht bis hierher verfolgt. Schließlich arbeitet ihr Partner von zu Hause aus, da wäre es zu kompliziert geworden, hätte er sie in der eigenen Wohnung überfallen. Aber das war schließlich auch nicht nötig, denn ihr Job hat es ihm leicht gemacht, sie an einen Ort zu locken, an dem er mit ihr alleine war. Er hat den reichen, attraktiven und wahrscheinlich ausnehmend charmanten, jungen Mann herausgekehrt. Sicher hat sie ihn routinemäßig überprüft, aber natürlich hatte er dafür gesorgt, dass sie dabei die gewünschten Antworten erhält.«

»Ich habe den Namen zusammen mit dem Bild und seinem Alter in den Computer eingegeben, ohne dass etwas dabei herausgekommen ist.«

»Wahrscheinlich hat er die Daten schon wieder gelöscht. Aber sie hat ihn ganz sicher überprüft, vielleicht finden wir ja noch etwas auf ihrem Computer hier oder in ihrem Büro. Zwar hat er bestimmt nicht seine richtige Adresse angegeben, aber ich hätte zumindest eine zusätzliche Nadel, die ich in die Karte stecken kann.«

»Wenn Sie sich nicht beeilen, kommen Sie zu spät zur Pressekonferenz.«

»Diese verdammten Medien.« Eve raufte sich das Haar. »Fahren Sie in Karlenes Büro und gucken, ob sich dort noch etwas über den Kerl herausfinden lässt.«

»Wer überbringt den Eltern die traurige Nachricht? Himmel, Dallas, zwingen Sie mich nicht, das ganz allein zu tun.«

»Nehmen Sie einen Psychologen mit. Und bringen Sie die Eltern aufs Revier, ich will mit der Mutter sprechen.« Dafür müsste Peabody nach Brooklyn und wieder zurück fahren. »Nehmen Sie den Wagen. Ich steige einfach in die U-Bahn.«

»Meinetwegen. Dallas, wir hätten es nicht verhindern können. Hätten es eindeutig nicht verhindern können«, stellte Peabody mit Nachdruck fest. »Es gab schließlich keinerlei Verbindung zwischen Karlene und der jungen Deena.«

»Das hat er gewusst. Darauf hat er gebaut. Vielleicht baut er auch darauf, dass wir es nicht schaffen, die Verbindung zwischen den Opfern zu entdecken. Schließlich ist es ein enormer Satz, den man dafür machen muss, und ich werde dafür sorgen, dass er weiterhin denkt, dass uns das erforderliche Sprungbrett dafür fehlt.«

Auf dem Weg zur U-Bahn wählte Eve die Nummer von Nadine. Eine Verbindung zu den Medien war ab und zu durchaus nützlich.

Wie vor jeder Pressekonferenz bemühte sich der Pressesprecher, sie vor ihrem Auftritt kurz zu briefen, und genau wie immer drohte Eve ihm dafür rüde Schläge an, betrat ungebrieft das Pressezentrum des Reviers und nahm zwischen Whitney und MacMasters Platz. Der Pressesprecher machte einen Schritt nach vorn, legte die Regeln des Verfahrens fest und erteilte dem Captain das Wort.

MacMasters betrat in voller Uniform das Podium, nahm eine kerzengerade Haltung ein und blickte reglos geradeaus.

Er war innerhalb von Tagen alt geworden, dachte Eve. Sah nicht mehr einfach schlaksig, sondern richtiggehend hager, und auch nicht mehr robust, sondern geradezu zerbrechlich aus.

»In der Nacht zum Sonntag wurde meine Tochter Deena brutal in ihrem eigenen Zuhause ermordet. In ihrem eigenen Zimmer, ihrem eigenen Bett. Sie war sechzehn Jahre jung, eine wunderhübsche, aufgeweckte, herzensgute junge Frau, sie hat in ihrem kurzen Leben niemandem auch nur ein Haar gekrümmt. Sie war unser einziges Kind. Sie hat Musik geliebt, ist gerne einkaufen gegangen und hat gern Zeit mit ihren Freundinnen verbracht. Deena war ein normaler Teenager und hat wie viele andere junge Menschen gehofft oder davon geträumt, dass sie die Welt ein wenig besser machen kann.«

Sein wehmütiges Lächeln brach einem das Herz.

»Sie war ein bisschen schüchtern, hat sich aber trotzdem voller Leidenschaft für andere eingesetzt. Verwandte und Freunde, die vorbeigekommen sind oder angerufen haben, um meine Frau und mich zu trösten, haben beinahe immer als Erstes davon gesprochen, was für ein freundliches und hilfsbereites Mädchen Deena war. Das ist ihre Hinterlassenschaft an uns.« Er räusperte sich mühsam.

»Ich bin mein halbes Leben Polizist. Ich bin der festen Überzeugung, dass die Polizei den Mörder meiner Tochter seiner gerechten Strafe zuführen wird. Als Polizist, der geschworen hat zu dienen und zu schützen, aber auch als Vater, dem es nicht gelungen ist, sein eigenes Kind vor Unheil zu bewahren, bitte ich Sie, sich an die Polizei zu wenden, falls Sie irgendwelche Informationen über den Menschen haben, von dem Deena ermordet worden ist.«

Natürlich wurden trotz der Anweisung des Pressesprechers Fragen laut, als er sich wieder setzte. Eve ging nicht auf diese Fragen ein, nachdem sie auf das Podium gestiegen war, sondern blieb wartend stehen und blickte reglos geradeaus, bis der Lärm erstarb.

»Ich bin Lieutenant Dallas, und ich leite das Team aus Kollegen vom Morddezernat, der Abteilung für elektronische Ermittlungen und anderen Dezernaten, das die Ermittlungen zum Mord an Deena MacMasters übernommen hat. Wir gehen verschiedenen Spuren nach und werden das so lange tun, bis das Individuum, das Deena MacMasters getötet hat, identifiziert und festgenommen ist. Wir glauben, dass Deena MacMasters ihren Mörder kannte und am Samstagabend freiwillig ins Haus gelassen hat. Dort hat er sie mit einem mit Betäubungsmittel versetzten Softdrink außer Gefecht gesetzt, gefesselt und dann über einen Zeitraum von mehreren Stunden hinweg wiederholt vergewaltigt, bis er sie am Schluss erdrosselt hat. Die Ermittler werden nicht eher Ruhe geben, bis Deena MacMasters Gerechtigkeit erfährt.«

Wieder prasselten Fragen über sie herein.

»Warum glauben Sie, dass Deena ihren Mörder kannte?«

»Aussagen ihrer Familie, ihrer Nachbarn sowie ihrer Freundinnen zufolge hätte Deena einem Fremden niemals aufgemacht, vor allem nicht, wenn sie allein zu Hause war. Spuren innerhalb des Hauses legen die Vermutung nahe, dass sie dort angegriffen worden ist und sich nicht wehren konnte, weil sie bereits vor der Fesselung bewusstlos war.«

»Was für Spuren?«

»Genauere Angaben werde ich nicht machen, solange die Ermittlungen nicht abgeschlossen sind.«

Sie beantwortete weiter Fragen und lehnte hin und wieder Antworten auf allzu detaillierte Fragen ab, bis Nadine ihre perfekt getimte Bombe platzen ließ.

»Lieutenant! Nadine Furst von *Now!* und Channel 75. Welche Verbindung gibt es zwischen der Vergewaltigung und Ermordung einer gewissen Karlene Robins, deren Leichnam heute Morgen in SoHo gefunden wurde, und dem Fall Deena MacMasters?«

Andere Journalisten sprangen auf, riefen irgendwelche Fragen, schnappten ihre Handys oder Handcomputer und riefen den Namen Karlene Robins darauf auf.

»Ich bin hier, um Fragen im Zusammenhang mit den Ermittlungen im Mordfall Deena MacMasters zu beantworten.«

»Bei meiner Frage geht es um diesen Fall.« Entschlossen fuhr Nadine fort. »Stimmt es etwa nicht, dass erst heute Morgen der Leichnam eines weiteren Opfers gefunden wurde und dass dieses Opfer ebenfalls gefesselt, vergewaltigt und erdrosselt worden ist?«

Eve hätte mit ihrem Blick wahrscheinlich Stahl durchbohren können. »Trotzdem steht nicht fest, ob es eine Verbindung zwischen diesen beiden Fällen gibt.«

»Aber es gibt auffallende Parallelen.«

»Und auffallende Unterschiede.«

»Was für Unterschiede?«

Eve gestattete sich einen Anflug echten Zorns. »Ich kann und werde keine Einzelheiten zu den Ermittlungen in diesen beiden Fällen nennen.«

»Glauben Sie, dass diese beiden Frauen Opfer eines Serien-Sexualstraftäters waren?«

Die Schrapnelle dieser Bombe flogen durch den Raum, und Eve brüllte über den allgemeinen Lärm hinweg: »Davon gehen wir bisher nicht aus. Wir gehen bisher nicht einmal davon aus, das es notwendigerweise eine Verbindung zwischen diesen beiden Fällen gibt.«

»Aber Sie schließen die Möglichkeit, dass es ein Serientäter ist, auch nicht zur Gänze aus. Oder dass der Täter im zweiten Fall vielleicht ein Trittbrettfahrer ist.«

»Ich werde hier nicht spekulieren. Ich werde weder Ihnen noch Ihren Kollegen irgendwelche wilden Spekulationen liefern, damit Sie Ihre Einschaltquoten in die Höhe treiben können. Zwei Frauen – eine beinahe noch zu jung, als dass man sie als Frau bezeichnen kann – sind tot. Das sollte erst einmal reichen, damit das Medienkarussell sich drehen kann.«

Wütend stapfte sie vom Podium.

»Lieutenant!«, rief Whitney ihr hinterher. »Sie kommen mit mir. Sofort.«

»Zu Befehl, Sir«, knurrte sie und folgte ihrem Vorgesetzten in den Nebenraum, wo er die Tür hinter sich schloss.

»Nun. Ich hoffe bei Gott, dass Ihr außergewöhnlicher Auftritt auch zu außergewöhnlichen Resultaten führt.«

»Wir hätten den Fall Robins sowieso nicht lange geheim halten können, und indem wir ihn auf diese Art bekannt gegeben haben, sieht es wenigstens so aus, als hätte uns der Kerl auf dem völlig falschen Fuß erwischt und als hinkten wir mit den Ermittlungen erbärmlich hinterher. Wenn er denkt, wir suchen einen Serienkiller oder einen Trittbrettfahrer, wird er sich vollkommen sicher fühlen. Dadurch steigt die Chance, dass er morgen auf Deenas Gedenkfeier erscheint. Vielleicht kommen wir auch über eine der anderen Verbindungen an ihn heran. Vielleicht hat er sich ja auch schon an jemanden aus einer anderen Familie herangemacht. Wenn er denkt, dass er es sich erlauben kann, versucht er vielleicht in absehbarer Zeit sein Glück ein drittes Mal.«

»Gehen Sie der Sache nach. Briefen Sie Ihr Team. Und betrachten Sie sich als ordnungsgemäß dafür gerüffelt, dass unter Ihrer Führung eine solch brisante Info an die Medien durchgesickert ist.«

»Verzeihung, Sir.«

Auf dem Weg in ihr Büro machte sie ein derart grimmiges Gesicht, dass sich, wie sie hoffte, keiner der Kollegen nähern würde, um mit mitfühlender Stimme zu erklären, dass die Journalisten eben alle Schweine waren, oder um herauszufinden, was es mit dem neuen Mordfall auf sich hatte, von dem bisher nichts zu ihnen durchgedrungen war.

Roarke stand vor ihrem AutoChef, als sie den Raum

betrat, und hielt ihr, als sie krachend die Tür hinter sich zufallen ließ, einen Becher dampfend heißen Kaffees hin.

»Der Lohn der Siegerin«, erklärte er, und sie sah ihn mit großen Augen an.

»Nur eine kleine Belohnung für deine Rolle in diesem sorgsam einstudierten Stück. Ich finde, dass es wirklich gut gelaufen ist und auch absolut glaubhaft war. Allerdings kenne ich dich und Nadine, mir ist klar, dass sie dich nie auf die Tour ins offene Messer hätte laufen lassen, und dass du sie plattgemacht hättest, wenn doch.«

»Lass uns hoffen, dass die anderen darauf reingefallen sind. Wobei es mir nicht gefällt, dass ich Karlene Robins so missbrauchen muss.«

»Das tust du schließlich nur, weil du ihren Mörder finden willst.«

»Auch wenn ihr das jetzt nicht mehr hilft.«

Ihm war klar, dass sie so dachte. Denn genau das machte sie als Menschen und als Polizistin aus. »Da Gerüchte immer schnell die Runde machen, habe ich bereits gehört, dass du schon die ersten Schritte unternommen hattest, um die Menschen, die mit diesem alten Fall von MacMasters in Verbindung stehen, zu informieren und zu warnen, als du zu der zweiten toten Frau gerufen worden bist.«

»Ich wusste, dass es eine Verbindung zu MacMasters und zu seiner Arbeit gibt. Dass es ein persönlicher Racheakt und Spiegel eines anderen Verbrechens ist. Aber es hat zwei Tage gedauert, bis ich auf den alten Fall gestoßen bin.«

»Tu dir das nicht an, Eve. Die Informationen waren schwer zu finden. Weil es schließlich kein Vergewaltigungs- und Mordopfer mit Namen Irene Schultz gegeben hat. Das Wesen dieser Pauleys oder Pattersons, Schultzes oder Schooners macht es schwierig und sehr zeitaufwändig, sie zu finden. Weshalb du dich darüber freuen solltest, dass du die Verbindung überhaupt entdeckt hast und dadurch das Leben anderer Zielpersonen retten kannst.«

»Ich weiß, dass man nicht alle retten kann. Das ist mir klar. Aber wenn man weiß, dass ein paar Stunden einen Mord hätten verhindern können, ist das nicht leicht zu ertragen. Sie wollte Samstag heiraten. Karlene Robins wollte Samstag heiraten.«

»Ah.« Er legte ihr instinktiv die Hände auf die Schultern und zog sie an seine Brust.

»Ich stand in dieser Wohnung, in der sie mit ihrem Verlobten gelebt hat, und habe all diesen Hochzeitskram rumliegen sehen. Genau wie bei Louise. Verdammt.«

Er sagte nichts. Weil es ganz einfach nichts zu sagen gab.

»Ich weiß, dass man nicht alle retten kann«, wiederholte sie. »Ich weiß, dass man nicht alle fangen kann, und dass einem selbst einige von denen, die man erwischt, bei der Verhandlung wieder durch die Lappen gehen. Aber der hier nicht. Dieser selbstzufriedene Hurensohn entwischt uns nicht.«

»Okay. Wie geht es jetzt weiter?«, fragte Roarke, und sie trat einen Schritt zurück.

»Wir vernehmen alle, die etwas mit dem Fall Irene Schultz zu tun hatten, und finden heraus, ob er Kontakt zur Tochter, zum Sohn, zur Schwester, zum Bruder, zur Mutter, zum Vater oder zur Cousine zweiten Grades eines dieser Menschen aufgenommen hat. Wir bereiten alles für die Feier morgen vor. Gehen weiterhin allen Spuren nach. Gucken, ob ihr mit den elektronischen Geräten weiterkommt. Warum hängst du übrigens nicht mehr bei deinen Kumpels herum?«

»Das erzählen wir dir während unseres nächsten Briefings.«

»Dann fangen wir am besten sofort damit an.«

Im Besprechungsraum gab Eve den neuen Mitgliedern des Teams einen kurzen Überblick über den bisherigen Stand ihrer Ermittlungen und fügte dann einen Bericht über die ersten Schritte im Fall Robins an.

»Peabody.«

»Nachdem wir bei Hampton waren, bin ich weiter zu City Choice gefahren und habe dort mit der Chefin und zwei Kolleginnen des Opfers gesprochen. Keiner der drei konnte den Verdächtigen anhand der Fotos, die wir haben, identifizieren. Aber es ist auch nicht ungewöhnlich, dass ein Kunde gar nicht ins Büro kommt, weil man sich normalerweise immer gleich beim Objekt trifft.«

»Was durchaus praktisch für ihn war.«

»Alle drei Personen, mit denen ich gesprochen habe, konnten sich daran erinnern, dass das Opfer von einem Drew Pittering gesprochen hatte, wobei eine der drei noch wusste, dass das Opfer ihr erzählt hatte, es hätte sie ein neuer Kunde kontaktiert. In ihrem Kalender im Büro ist ein Anruf von Pittering am fünfzehnten Mai notiert. Daneben hat sie noch vermerkt, dass er eine Wohnung in SoHo suchen würde, und wie genau sie aussehen soll. Außerdem stehen in dem Kalender zwei andere Besichtigungstermine mit dem Mann in dieser Gegend sowie zwei virtuelle Führungen in anderen Wohnungen. Der Termin in dem Loft in SoHo war für gestern neun Uhr dreißig vorgemerkt.«

»Reineke und Jenkinson, Sie beide fahren zu den anderen Wohnungen, befragen dort die Nachbarn und zeigen das Foto herum. Peabody«, wiederholte Eve.

»Die elektronischen Ermittler haben alle elektronischen Geräte aus der Wohnung, dem Büro und vom Tatort abgeholt. Zusammen mit einem Psychologen habe ich die Eltern des Opfers informiert.« Sie atmete hörbar aus. »Hm. Auf Befragen konnte sich Jaynie Robins nicht sofort an Irene Schultz oder den Fall erinnern. Aber sie hat sich bereit erklärt, hierherzukommen, um mit dem Lieutenant zu sprechen, und ihre Erinnerung aufzufrischen, indem sie in ihrem Archiv nach Aufzeichnungen zu dem Fall von damals sucht. Allerdings war sie natürlich vollkommen erschüttert, ich bin mir deswegen nicht sicher, ob sie überhaupt verstanden hat, worum es geht. Ich habe den Psychologen dort gelassen, damit er sie auf die Wache bringen kann.«

»In Ordnung. Gut gemacht. Feeney, habt ihr irgendwelche Fortschritte erzielt?«

»Das solltest du den Zivilisten fragen.«

Eve blickte auf Roarke, doch Feeney schüttelte den Kopf. »Nicht den. Los, Jamie, erstatte dem Lieutenant Bericht.«

»Erst haben McNab und ich allein, dann zusammen mit Feeney, Roarke und ein paar anderen weitergetüftelt. Wir haben einfach nicht herausgefunden, wie man den Reparaturprozess beschleunigen kann. Dazu war das Ausmaß der Zerstörung zu groß. Aber dann sagte Roarke etwas davon, dass wir versuchen sollten, einen anderen Matrix-Klon in einem zweiten JPL zu splitten, Texel mit den korrumpierten Pixels zu mischen und das PPI dazu zu bringen, das Bitmapping zu entfucken.«

»Hast du gerade *entfucken* gesagt?«, erkundigte sich Eve. »Ist das ein technischer Begriff?«

»Äh, es ist eine Art Beschreibung des Verfahrens. Sehen

Sie, für diese spezielle Anwendung sind die Bereiche aus Subpixeln gemacht, und wenn diese infiziert sind, wird dadurch die normale Dreiergruppe ...«

»Aufhören.« Sie widerstand mit Mühe dem Verlangen, sich die Ohren zuzuhalten, und sah Jamie flehend an. »Ich bitte dich.«

»Tja, es ist wirklich obermegacool, wenn man kapiert, warum etwas wie läuft. Als Roarke von dem Klon und der Vermischung sprach, habe ich mir überlegt, dass wir vielleicht mit Röntgenstrahlen versuchen könnten, eine Verschmelzung und Aufstockung zu initiieren, dann ein HIP als Gegengewicht einbauen und nach einer Extrapolarisation das Klonen einleiten und von dem Punkt aus neu mit dem Entfucken beginnen könnten.«

»Ich bin wirklich furchtbar stolz auf dich«, erklärte Feeney, während Eve sich ihre Hände vor die Augen hielt.

»Würde mir wohl bitte irgendjemand einfach nur erzählen, was das alles ergeben hat? Und zwar so, dass auch ein Nicht-Computerfreak es halbwegs verstehen kann.«

»Das Bild ist wirklich supergut geworden. Ruf es auf, Jamie«, wies Feeney seinen Schützling an.

»Okeydokey.« Jamie drückte auf den Knopf der Fernbedienung und rief so ein Foto auf dem Bildschirm auf.

Eve trat einen Schritt zurück. Auf dem Monitor stand Darrin Pauley auf der Treppe vor der Haustür der MacMasters. Er trug eine Baseballkappe der Columbia, eine Sonnenbrille und hatte ein scheues Lächeln aufgesetzt. Eine junge, hübsche, strahlende Deena öffnete die Tür und streckte zur Begrüßung ihre Hand in seine Richtung aus.

»Hervorragend«, murmelte Eve.

»Einfach brillant«, erklärte Roarke.

»Ich wäre nicht darauf gekommen, wenn Sie nicht den

Ball ins Rollen gebracht hätten.« Jamie nickte ihrem Gatten zu. »Sie sind derjenige, der die Umwandlung am Ende realisiert hat und der ...«

Roarke wies mit dem ausgestreckten Zeigefinger auf den jungen Mann. »Einfach brillant.«

»Tja.« Obwohl er mit den Schultern zuckte, war Jamie die Freude überdeutlich anzusehen. »Na ja.«

»Der Staatsanwalt müsste schon aberwitzig unfähig sein, bekäme er dieses Schwein nicht wegen Mordes dran. Aber jetzt müssen wir den Kerl erwischen. Bekommt ihr auch die Kameras in dem Gebäude in SoHo so weit wieder hin?«

»Nachdem wir den Virus identifiziert und das Verfahren zur Wiederherstellung der Festplatte entwickelt haben?« Feeney blickte Eve mit einem breiten Lächeln an. »Du kannst sicher davon ausgehen, dass du alle Bilder aus dem Haus MacMasters und der Wohnung in SoHo bis Schichtende auf deinem Schreibtisch liegen hast.«

»Gute Arbeit, allesamt. Wirklich gute Arbeit. Er hat einen Rucksack, was für den Transport der Sachen, die er braucht, natürlich praktisch ist. Und er hat dieselben Schuhe an wie die, die unsere Zeugin aus dem Park gesehen hat.«

»Was mich wieder zu meiner Suche bringt«, warf Peabody ein. »Ich habe inzwischen eine Spur bezüglich der Schuhe und des anderen Zeugs. Einen Laden direkt auf dem Campus, auch wenn ich deshalb mit meiner Vermutung, dass der Laden in der City liegt, leider danebenlag. Die Schuhe, das Sweatshirt, die Jogginghose, die Kappe, die Sonnenbrille, der Rucksack, das Airboard, mehrere T-Shirts sowie eine Windjacke wurden dort am einunddreißigsten März von einem gewissen Donald Petrie gekauft.«

»Adresse?«

»Sie liegt in Ohio und ist tatsächlich der Wohnsitz eines achtundsechzigjährigen Mannes namens Donald Petrie, der vollkommen ausgerastet ist, als er im April die Rechnung für das ganze Zeug geschickt bekam. Ich habe den Namen der Verkäuferin, die diesen Verkauf getätigt hat. Bisher habe ich sie noch nicht erreicht. Sie ist Studentin an der Universität.«

»Die finden wir schon noch. Morgen ist die Gedenkfeier für Deena«, meinte Eve und erläuterte den anderen ihren Plan.

Als das Briefing seinem Ende nahte, wurde Eve gemeldet, dass die Eheleute Robins auf dem Revier erschienen wären, und so griff sie sich den Aktenordner zu Irene Schultz und das Polizeifoto der Frau und ging zu den beiden in Verhörraum A.

Sie saßen dicht nebeneinander an dem kleinen Tisch und hielten einander an den Händen, wirkten aber trotzdem vollkommen verstört.

»Mr und Mrs Robins, ich bin Lieutenant Dallas«, stellte sie sich vor. »An Detective Peabody erinnern Sie sich sicher noch. Wir möchten Ihnen dafür danken, dass Sie hergekommen sind, und Ihnen unser tief empfundenes Beileid aussprechen.«

»Ich habe erst gestern Morgen noch mit ihr gesprochen.« Jaynies Stimme zitterte. »Sie war gerade auf dem Weg zu ... diesem Termin. Ich wollte ihr sagen, dass meine Schwester und ihrer Familie heute Morgen kommen. Meine Nichte, ihre Cousine, ist eine der Brautjungfern, und wir hätten uns heute Abend alle gesehen. Sie war so aufgeregt. Wegen der Hochzeit und weil sie sich sicher war, dass die Wohnung rundherum perfekt für ihren Kunden wäre. Sie war total glücklich.«

»Hat sie Ihnen von dem Mann erzählt?«

»Nicht wirklich. Sie hat nur gesagt, er wäre der perfekte Kunde für das Loft und dieser Verkauf wäre das perfekte Hochzeitsgeschenk für sie. Ich habe ihr Kleid, ihr Hochzeitskleid.« Ein ungläubiger Ausdruck mischte sich in ihren unglücklichen Blick. »Ich bewahre es für Karlene auf, weil Tony es vorher nicht sehen soll. Es hängt in ihrem Zimmer zu Hause im Schrank.«

Peabody legte eine Hand auf Jaynies Schulter, schob ihr einen Becher Wasser hin und nahm ihr gegenüber Platz.

»Ihm war sie egal, Mrs Robins«, meinte Eve. »Aber mir ist sie nicht gleichgültig.« Sie wartete, bis Jaynie ihre Augen wieder öffnete, und sah ihr ins Gesicht. »Mir liegt Karlene am Herzen, und mit Ihrer Hilfe finde ich den Kerl und sorge dafür, dass er für das, was er ihr angetan hat, zahlt.«

»Sie hat ihm nichts getan.« Owen Robins starrte sie aus leeren Augen an. »Sie hat nie auch nur einer Fliege etwas zu Leide getan.«

»Sie war ihm egal. Karlene war ihm egal und die sechzehnjährige Deena MacMasters auch. Ihm geht es ausschließlich um Rache. Darum, jedem wehzutun, von dem er glaubt, dass er ihm etwas genommen hat. Irene Schultz. Sie ist die Einzige, die ihm am Herzen liegt.«

Eve nahm das Foto aus dem Ordner und legte es vor den beiden auf den Tisch. »Versuchen Sie sich zu erinnern.«

»Ich habe in meinem Archiv nachgesehen. Es ist so lange her. Ich war von meiner Arbeit überzeugt, war davon überzeugt, dass das Wohlergehen der Kinder immer über allem anderen steht. Trotzdem fiel es mir nie leicht, ein

Kind aus der Familie zu nehmen, selbst wenn es das Beste war. Ich habe diesen Job fast zehn Jahre gemacht. Das ist eine lange Zeit. Dann zogen wir nach Brooklyn, und seither bin ich Familientherapeutin. Weil ich helfen will. Das wollte ich immer schon.«

»Verstehe.«

»Ich kann mich nicht wirklich an sie erinnern. Tut mir leid. Weil es so viele Frauen, weil es allzu viele Frauen gab. Aber ich habe meine Aufzeichnungen mitgebracht. Die können Sie haben. Ich habe mir damals notiert, dass die Lebensbedingungen des Kindes ausgezeichnet wirkten und dass es den Eindruck machte, als würde der Kleine gut versorgt. Er wurde nur deshalb kurz aus der Familie geholt, weil die Mutter verhaftet worden war und gegen den Vater der Verdacht der Mittäterschaft bestand. Da es keine Freunde und Verwandten gab, wurde der Junge vorübergehend zu einer Pflegefamilie gebracht. Keine achtundvierzig Stunde später haben wir ihn wieder seinem Vater übergeben. Ich kann einfach nicht verstehen, wie er meinem Kind das Leben nehmen konnte, nur, weil ich dafür gesorgt habe, dass er zwei Tage irgendwo sicher untergebracht war. Schließlich wurde ihm dabei kein Schaden zugefügt.«

»Fällt Ihnen noch irgendetwas zu dem Vater ein?«

»In meinen Unterlagen steht, dass er zwar bestürzt, aber durchaus höflich war. Dass er eine gute Beziehung zu dem Kind zu haben schien und offenbar in Sorge um den Kleinen war. Er hat selbst die Kleider und das Spielzeug für den Jungen eingepackt und ihn beim Abschied noch beruhigt. Das hätte ich, wenn nötig, vor Gericht bezeugt.«

Ihre Lippen zitterten so stark, dass sie sie aufeinanderpressen musste, ehe sie auch noch den letzten Rest Kontrolle über sich verlor. »Es ist immer wichtig, dass man sich Notizen über die Eltern-Kind-Beziehung und das jeweilige Umfeld macht. In meinen Unterlagen steht, dass er auf den ersten Blick wie ein guter Vater wirkte. Nachdem der Vorwurf der Komplizenschaft gegen ihn fallen gelassen wurde, brachten wir ihm seinen Sohn zurück. Danach hatten wir nie wieder etwas mit der Familie zu tun, weshalb der Fall für uns abgeschlossen war.«

»In Ordnung. Vielen Dank.«

»Es wird ihr auch nichts nützen. Weil Karlene jetzt nichts mehr irgendetwas nützt.«

»Ich denke, Ihre Notizen und Eindrücke werden uns eine große Hilfe dabei sein, den Täter zu fassen. Ich lasse Sie jetzt wieder nach Hause bringen, ja? Allerdings muss ich Sie bitten, nicht mit den Medien zu sprechen. Sie werden bei Ihnen auftauchen und Sie bedrängen, irgendetwas zu sagen. Aber da der Täter vielleicht auch noch andere Kinder ins Visier genommen hat, muss ich Sie bitten, keinem Menschen etwas von der Unterhaltung, die wir gerade hatten, zu erzählen. Ihr Schweigen ist im Interesse dieser Kinder.«

»Aber Sie halten uns auf dem Laufenden. Sie geben uns Bescheid?«

»Versprochen.« Eve stand auf, ging an die Tür und winkte die Beamten herbei, die dort warteten. »Diese beiden Kollegen werden Sie nach Hause fahren.«

»Wir müssen zu Tony.«

»Dann werden sie Sie dorthin fahren. Sie werden von ihnen dorthin gebracht, wohin Sie müssen. Geben Sie nur die Adresse an.«

Als das Ehepaar den Raum verließ, sah Peabody den beiden hinterher. »Es war gut, ihnen zu sagen, dass dieses

Gespräch uns weiterbringen wird. Auch wenn das nicht wirklich stimmt.«

»Wir können nicht wissen, ob es uns nicht vielleicht irgendwann doch nützlich ist.«

»Es bricht mir das Herz, Dallas. Statt auf die Hochzeit ihrer Tochter gehen sie jetzt auf ihre Beerdigung.«

»Dann lassen Sie uns diesen Hurensohn erwischen, ehe seinetwegen noch jemand beerdigt werden muss.«

18

Eve runzelte die Stirn, als sie Roarke erneut vor ihrem AutoChef antraf. »Warum bist du noch hier?«

»Die elektronischen Ermittler brauchen mich im Moment nicht und einen Teil von meiner eigenen Arbeit kann ich auch problemlos hier erledigen, wo ich mit meiner Frau zusammen bin.«

»Ich muss gleich wieder los. Ich muss noch in die Pathologie und dann muss ich die Studentin finden, bei der er seine Ausrüstung erstanden hat.«

»Ich habe gerade nichts Interessanteres zu tun.«

Sie dachte kurz darüber nach. Peabody könnte die Berichte schreiben, im Labor anrufen und versuchen herauszufinden, wer die nächste Zielperson des Bastards sein könnte.

»Okay. Komm mit.«

»Nichts lieber als das.«

Eve lud Peabody die Schreibtischarbeit auf und fuhr als Erstes zur Pathologie.

»Du brauchst nicht mit hereinzukommen«, sagte sie zu

Roarke. »Ich erwarte keine Überraschungen und keine neuen Enthüllungen. Es entspricht nur einfach der normalen Vorgehensweise, hier vorbeizuschauen.«

»Trotzdem«, antwortete er und lief neben ihr den weiß gefliesten, fensterlosen Gang hinab. »Ich kann mich noch daran erinnern, wie wir mit Nixie hier waren«, erinnerte er sich an das kleine Mädchen, dessen Familie bei einem Einbruch in ihr Haus abgeschlachtet worden war. »Das war brutal. Aber das ist es wahrscheinlich jedes Mal. Sie hat sich bei Elizabeth, Richard und dem jungen Kevin prima eingelebt. Inzwischen sind sie eine richtige Familie. Ich glaube, das hat sie nur geschafft, weil du ihr die nötige Entschlossenheit vermittelt hast.«

»Sie ist zäh und wird ihren Weg gehen.« Vor der Tür des Raumes, in dem Karlene Robins lag, blieb sie kurz stehen. »Der Kerl, der für das da drin verantwortlich ist, musste nicht wie Nixie durch das Blut von seiner eigenen Mutter kriechen, nachdem sämtliche Mitglieder seiner Familie in ihren Betten abgeschlachtet worden waren. Er hat nicht halb so viel Mumm wie sie. Er ist ein jämmerlicher Schwächling, und ich werde ihm zeigen, dass sich seine Entschlossenheit mit meiner ganz bestimmt nicht messen kann.«

Typisch Eve, fand Roarke. Sie konnte und sie musste vielleicht Schuldgefühle haben und den Schmerz der Opfer und der Hinterbliebenen nachempfinden, nahm aber nach einer Weile ihren Kampf gegen das Böse immer wieder auf.

Morris trug die Trauerfarbe Schwarz über einem dunkelroten Hemd und hörte leise Musik, während er den Y-Schnitt auf der Brust der Toten mit ein paar sorgfältigen Stichen wieder schloss.

»Sind Sie mit ihr fertig?«

»Ich habe sie mir sofort angesehen. Hallo, Roarke.«

»Morris. Wie geht es Ihnen?«

»Besser als noch vor ein paar Wochen. Ich hatte gehofft, ich würde Sie beide erst auf der Hochzeit, bei einem erheblich fröhlicheren Anlass, wiedersehen. Die toxikologische Untersuchung ist inzwischen abgeschlossen«, sagte er zu Eve. »Sie hatte dieselbe Mixtur im Blut wie Deena, obwohl ich das möglicherweise übersehen hätte, hätte ich nicht ganz speziell danach gesucht. Das Zeug muss ihr ungefähr sechseinhalb Stunden vor ihrem Tod verabreicht worden sein, in einer deutlich geringeren Dosis als im ersten Fall.«

»Er wusste, dass er sie nicht so lange wie Deena betäuben musste«, überlegte Eve. »Vielleicht hatte er nicht so viel Zeit, um sie zu bearbeiten, oder wollte einfach schneller vorgehen.«

»Abgesehen davon, dass in ihrem Fall ein Gummiband statt Polizeihandschellen verwendet worden ist, war die Methode haargenau dieselbe. Sie war an Hand- und Fußgelenken gefesselt, wobei die Fesseln an den Fußgelenken mehrmals gelöst und dann wieder angezogen worden sind. Sie wurde mehrfach vaginal und anal vergewaltigt und verglichen mit der Brutalität dieser Vergewaltigungen fast beiläufig geschlagen. Außerdem wurde ihr wiederholt ein Kissen aufs Gesicht gedrückt, bevor sie am Schluss mit bloßen Händen erdrosselt worden ist. Sie hat sich gewehrt. Darauf deuten die Abschürfungen, Risswunden und Quetschungen an den Gelenken hin.«

»Er passt also sein Vorgehen durch kleine Variationen an die Umstände an, geht aber grundlegend nach derselben Methode vor.«

»Es gibt noch eine Abweichung«, erklärte Morris. »Sie war schwanger.«

»Mist«, entfuhr es ihr, da sie diese Nachricht wie ein Fausthieb in den Magen traf. »Verdammt.«

»Erst seit einer Woche. Vielleicht wusste sie noch nichts davon.«

Eve raufte sich das Haar, ersparte sich aber die Mühe eines neuerlichen Fluchs.

»Ihre Familie wird kommen, um sie sich noch einmal anzusehen. Ihre Eltern, ihr Verlobter. Sie wollten Samstag heiraten.«

Morris stieß einen abgrundtiefen Seufzer aus. »Manchmal ist das Schicksal wirklich grausam.«

»Vergessen Sie das Schicksal, es sind immer irgendwelche Menschen, die so etwas tun. Es besteht keine Veranlassung, den Leuten etwas von der Schwangerschaft zu sagen, außer sie würden danach fragen. Zumindest müssen sie es nicht sofort erfahren.«

»Okay«, stimmte ihr Morris zu und machte einen Schritt zurück. »Erst die Jungfrau, jetzt die Braut.«

»Was?« Eve hob ruckartig den Kopf und blickte ihn durchdringend an. »Warten Sie. Was kommt danach?«

»Danach?«

»Nach der Jungfrau und der Braut? Wenn es eine Art logischer, organisierter Reihenfolge ist. Was kommt dann nach der Braut?«

»Die frisch Vermählte«, schlug Morris ihr vor.

»Die Ehefrau. Für manche ...« Roarke sah voller Mitleid auf die tote, junge Frau. »Schwangerschaft und Mutterschaft. Ein Zyniker könnte behaupten, dass danach sehr oft die Scheidung kommt.«

»Vielleicht legt er ja auf diese Art die Reihenfolge fest, vielleicht sucht er auf diese Weise seine Opfer aus. Du fährst, dann kann ich arbeiten. Danke, Morris.«

Bereits auf dem Rückweg durch den weiß gefliesten Gang gab sie etwas in ihren Handcomputer ein.

»Es wäre aus seiner Sicht ein Riesenglück, wenn er die passenden Opfer entsprechend dieser Reihenfolge fände«, meinte Roarke.

»Das glaube ich nicht. Es müssen keine Frauen sein, obwohl ihm das wahrscheinlich lieber ist. Hauptsache, der Mensch ist frisch verheiratet, ob Frau oder ob Mann, ist ihm dabei vielleicht egal. Man könnte also auch vom Ehemann reden, dem werdenden Vater und so weiter und so fort.«

Sie stieg in den Wagen und zog die Tür hinter sich zu. »Ich habe Peabody gesagt, dass sie versuchen soll herauszufinden, ob er auch Kontakt zu irgendwelchen anderen potenziellen Opfern aufgenommen hat. MacMasters, die Frau vom Jugendamt, der Leiter des Jugendamts, die Anwältin. Vielleicht wählt er sie ja in der Reihenfolge ihres Auftritts aus. Oder vielleicht eben auf diese andere Art. Aber irgendein Kriterium muss es für die Auswahl geben. Einen Zeitplan, nach dem er diese Menschen ausforscht, die erste Begegnung arrangiert und die Beziehung aufbaut. Wobei es zu Überschneidungen kommen kann. Denn er hatte Karlene schon kontaktiert, ehe er mit Deena fertig war. War in die zweite Runde eingestiegen, noch bevor er mit der ersten fertig war.«

»Weshalb er sicher auch bereits die dritte Runde eingeläutet hat.«

»Ja, vielleicht sogar noch mehr. Ich dachte, am wahrscheinlichsten macht er sich an die Anwältin heran, und habe sie deshalb schon überprüft. Nur gibt es in der Familie dieser Frau niemanden, der frisch verheiratet ist.« Kopfschüttelnd ging Eve die Daten durch. »Sie ist kinderlos und seit sechs Jahren geschieden. Hat eine Schwester, die seit über fünfundzwanzig Jahren verheiratet ist und somit als frisch Vermählte ausscheidet, sowie eine Nichte und einen Neffen, die beide Singles sind.«

»Man braucht weder verheiratet zu sein noch eine feste Beziehung zu haben, um schwanger zu werden.«

»Stimmt. Dann könnte es also einer von den beiden sein oder auch die Schwester dieser Frau in ihrer Funktion als Ehefrau. Wir werden diese Leute im Auge behalten, aber meiner Meinung nach kommen sie nicht als Nächste dran.«

»Wo fahren wir jetzt hin?«

»Hm? An die Columbia. Ich muss diese Verkäuferin finden. Sie hat ein Wohnheim als Adresse angegeben und den Laden als ihren Arbeitsplatz. Bisher ist sie nicht an ihr Handy gegangen und hat auch auf Peabodys Bitte, uns zu kontaktieren, nicht reagiert. Ich will diesen Faden einfach zu Ende aufrollen.«

»Warum gehen wir dazu nicht in den Obstgarten?«

»Was willst du denn zwischen irgendwelchen Bäumen?«

»Einen Pfirsich pflücken.« Dafür rief er höchstpersönlich bei Peach – *Pfirsich* – Lapkoff an.

In einem auffälligen roten Kostüm und Schuhen, die ihre Größe noch betonten und bei deren Anblick Eve die Knöchel schmerzten, wartete die Präsidentin vor dem Eingang des Verwaltungstrakts und streckte mit einem verführerischen Lächeln beide Hände in Roarkes Richtung aus.

»Es ist mir eine ungeheure Freude, Sie zu sehen.«

Eve runzelte die Stirn, als die zwei sich auf die Wangen küssten und ihr Mann charmant erklärte: »Die Freude ist ganz meinerseits. Sie sehen wieder einmal bezaubernd aus.«

»Ich wollte gerade los, um einem unserer Gönner eine möglichst große Summe aus der Tasche zu ziehen. Dazu muss man eben alles geben. Lieutenant.« Jetzt gab sie auch Eve die Hand. »Ich habe Fiona ausfindig gemacht. Sie nimmt gerade an einer zweitägigen Klausursitzung einer Studentengruppe teil, bei der Kommunikationsgeräte nicht gestattet sind. Aber ich habe sie aus der Gruppe holen lassen, denn Ihr Anliegen schien mir dafür wichtig genug zu sein. Sie wird gleich hier erscheinen. Ich war mir nicht sicher, ob Sie mein Büro brauchen oder irgendeinen anderen Raum.«

»Das wird nicht nötig sein. Es wird nicht lange dauern.«

»Ich habe in den Nachrichten gehört, dass es einen zweiten Mord gegeben hat. Dass eine zweite junge Frau vergewaltigt und ermordet worden ist.«

»Wir können bisher nicht bestätigen, dass es eine Verbindung zwischen diesen beiden Fällen gibt.«

»Die Medien haben kein Problem mit Spekulationen über einen Serientäter, der es offenbar auf junge Frauen abgesehen hat. Wir haben hier auf dem Campus jede Menge junger Frauen, weshalb wir ernsthaft in Sorge sind.«

»Ich würde Ihren Studentinnen und Angestellten raten, vernünftige Vorsichtsmaßnahmen zu treffen, obwohl die Behauptungen und Spekulationen der Medien von der New Yorker Polizei nicht bestätigt worden sind.«

Peach bedachte Eve mit einem derart durchdringenden Blick, als versuche sie, ihr Hirn mit ihren Augen zu durchleuchten. »Ich war ernsthaft in Sorge, als die Bitte kam, Fiona Wallace ausfindig zu machen. Denn ich dachte, Sie hätten vielleicht Grund zu der Annahme, dass sie gefährdet ist.«

»Das ist sie nicht. Es geht um einen Verkauf, den sie im

März im Sports Center getätigt hat und der für unsere Ermittlungen möglicherweise von Bedeutung ist.«

»Das erleichtert mich.« Der Blick der Präsidentin schweifte ab. »Da kommt sie.«

»Kennen Sie etwa all Ihre Studenten, Dr. Lapkoff?«

»Peach. Oh nein, aber ich habe mir ihre Akte bringen lassen, als Sie mich darum gebeten haben, sie zu suchen. Miss Wallace.«

»Dr. Lapkoff.« Das Mädchen sah wie höchstens zwanzig aus, hatte helle, durchscheinende Haut, mehrere Kilo roter Haare auf dem Kopf, und der Weg über den Campus und die Furcht, weil die Präsidentin sie herbeizitiert hatte, hatten sie ein bisschen atemlos gemacht.

»Sie sind nicht in Schwierigkeiten«, erklärte die Respektsperson in überraschend mütterlichem Ton. »Sie müssen auch keine Nachteile wegen der unterbrochenen Klausur befürchten. Das hier ist Lieutenant Dallas von der New Yorker Polizei. Sie hofft, dass Sie ihnen helfen können.«

»Helfen?«

»Ja. Soll ich Sie allein lassen, Lieutenant?«

»Das wird nicht nötig sein. Sie arbeiten im Sports Center.«

»Ja, Ma'am. Ich bin Vollzeitstudentin und verdiene mir durch diesen Job etwas dazu. Ich arbeite dort inzwischen seit über einem Jahr.«

»Sie haben auch am einunddreißigsten März dort gearbeitet.«

»Ich bin mir nicht ganz sicher. Könnte sein.«

»Sie haben mehrere Sachen an diesen Mann verkauft.« Eve hielt ihr das Foto hin. »Erinnern Sie sich noch an ihn?«

»Das ist über zwei Monate her, und in unserem Geschäft ist meistens ziemlich viel Betrieb.«

»Ich habe eine Liste der von ihm gekauften Dinge. Vielleicht hilft die Ihnen, sich zu erinnern.« Eve las ihr die Liste vor und bemerkte, dass Fiona blinzelte, als sie zu den Schuhen kam. »Fällt es Ihnen wieder ein?«

»Oh ja. Er hat einen Großeinkauf gemacht, und die Schuhe sind echt teuer. Ich kann mich an den Verkauf erinnern, weil ich ihm gesagt habe, in einer Woche gäbe es die Schuhe einen Tag lang billiger. Zehn Prozent, das ist bei Schuhen für dreihundertfünfzig Dollar ganz schön viel. Aber er wollte sie sofort. Er sah ein bisschen anders aus als auf Ihrem Bild. Deshalb habe ich ihn nicht sofort erkannt.«

»Inwiefern anders?«, fragte Eve.

»Sein Haar war deutlich länger und gewellt. Er hatte wirklich tolles Haar und war auch sonst echt süß. Ich schätze, ich habe ein bisschen mit ihm geflirtet, wie man es so macht, habe ihn gefragt, ob er auf dem Campus lebt und was er studiert. Ich glaube, er hat geantwortet, dass er woanders wohnt. Er war durchaus nett, hat aber nicht zurückgeflirtet, deshalb dachte ich, dass er vielleicht schon eine Freundin hat oder nicht auf Mädchen wie mich steht. Ich habe ihn scherzhaft gefragt, ob er im Lotto gewonnen hat, weil er so viel gekauft hat. Daraufhin hat er gelächelt – daran kann ich mich erinnern, denn sein Lächeln hat mich einfach umgehauen – und gesagt, Kleider machen Leute. Was ich angesichts der Tatsache, dass er Sweatshirts, Turnschuhe und solche Sachen kaufte, wirklich witzig fand. Dann habe ich ihm alles eingepackt, und er ist gegangen.«

»Haben Sie ihn danach noch einmal gesehen?«

»Nein, ich glaube nicht.«

»Okay, Fiona. Vielen Dank.«

»Hat er etwas angestellt?«

»Wir würden gerne mit ihm reden. Aber wenn Sie ihn sehen, tun Sie mir bitte einen Gefallen. Halten Sie sich von ihm fern, und rufen Sie mich an.« Eve hielt ihr eine Visitenkarte hin.

»Na klar. Soll ich jetzt wieder in die Klausur gehen?«

»Ja«, erklärte Peach. »Und zwar auf direktem Weg.«

»Ja, Ma'am.«

»Hat Ihnen das Gespräch geholfen?«, fragte Peach, nachdem die junge Frau wieder davongelaufen war.

»Es bestätigt gewisse Informationen, die wir bereits hatten, hilft uns bei der Entwicklung eines Musters weiter und verrät mir, dass die Selbstgefälligkeit des Kerls manchmal über seine Vorsicht siegt. Weshalb es uns durchaus geholfen hat. Genau wie Sie. Danke.«

»Gern geschehen. Jetzt hoffe ich nur, dass ich sehr bald aus den Nachrichten erfahren werde, dass der Mann von Ihnen festgenommen worden ist.«

»Das hoffe ich auch.«

Als sie zum Wagen zurückkamen, fragte Roarke: »Und jetzt?«

»Ich muss noch einmal die Liste der Personen durchgehen, die etwas mit der Verhaftung von Irene Schultz zu tun hatten. Muss mit allen diesen Leuten reden und versuchen herauszufinden, wen der Kerl als Nächstes ins Visier genommen hat.«

»Nicht alle diese Leute leben in New York.«

»Nein.« Sie stieg entschlossen ein. »Aber wie es aussieht, hat der Kerl einen endlosen Vorrat an Identitäten und vor allem jede Menge Geld, weshalb er auch mühelos verreisen kann. Vielleicht lebt seine nächste Zielperson hier in

New York, vielleicht aber auch nicht. Deshalb muss ich mit allen diesen Leuten sprechen, um herauszufinden, ob der Kerl zu jemandem aus ihren Familien Kontakt aufgenommen hat.«

»Es leben auch nicht sämtliche Verwandte dieser Leute in New York. Du könntest natürlich durch die Gegend fliegen, um sie alle aufzusuchen, oder du rufst diese Leute einfach an.«

»Ich würde ihnen bei diesen Gesprächen lieber gegenüberstehen, aber da dafür die Zeit einfach nicht reicht, muss ich die meisten wohl anrufen. Das Problem besteht darin, dass Familien immer größer werden. Dass die Leute heiraten und Kinder kriegen, die dann irgendwann dasselbe tun. Oder dass sie Geschwister haben, die so etwas tun. Deshalb hat man es nach einundzwanzig Jahren oft nicht mehr mit einem Menschen, sondern einem Riesenclan zu tun.«

»Die Menschen und ihr Hang zur Fortpflanzung.« Roarke schüttelte amüsiert den Kopf. »Was soll man dagegen machen?«

»Was ich gerne machen würde, wäre, diese Leute alle auf die Wache zu bestellen, nacheinander zu befragen und danach, wenn nötig, alle zusammen irgendwo einzusperren, um zu sehen, ob die Antworten einer Person nicht eine andere dazu bringen, sich an irgendetwas zu erinnern, was uns vielleicht weiterbringt.«

»Das kann ich arrangieren.«

Während er sie gut gelaunt nach Hause fuhr, sah sie ihn verwundert von der Seite an. »Wie bitte? Du willst all diese Leute auf die Wache transportieren lassen, ganz egal, wo sie gerade sind? Das wäre nicht nur unpraktisch, sondern wahrscheinlich wären die meisten zu diesem Trip gar nicht erst bereit. Ein weiteres Problem mit Menschen ist, dass sie ein Leben haben und sich manchmal ziemlich anstellen, wenn ihr Leben kurz pausieren soll, während sie der Polizei bei Ermittlungen behilflich sind, von denen sie ihrer Meinung nach gar nicht betroffen sind.«

»Es gibt verschiedene Möglichkeiten, Menschen zu transportieren«, erklärte Roarke.

»Tja, okay, deine Transportmittel sind wirklich schick, aber ...«

»Eve, auch wenn ich oft geschäftlich unterwegs bin und genauso häufig irgendwelche Menschen hier empfangen muss, führe ich ja wohl den Großteil meiner weltweiten und selbst extraterrestrischen Geschäfte, ohne dass ich diese Stadt dafür verlassen muss.«

»Das stimmt, aber du hast ...« Plötzlich dachte sie daran, wie sie erst kürzlich ohne Voranmeldung durch die Tür seines Büros getreten war. Er hatte gerade eine wichtige Besprechung abgehalten, ohne dass die anderen Teilnehmer in Fleisch und Blut vor ihm gestanden hatten. Die Holographien der anderen hatten dafür vollkommen gereicht.

»Das könnte funktionieren«, überlegte sie. »Wir wenden diese Technik nur sehr selten an, denn vor Gericht haben die Aussagen, die wir auf diesem Weg bekommen, oft keinen Bestand. Es ist tatsächlich etwas knifflig, weil man diese Aufnahmen sehr leicht verändern kann. Will man also handfeste Beweise haben, braucht man ein Geständnis oder eine Aussage, bei der man dem Verdächtigen oder dem Zeugen direkt gegenübersitzt. Aber in diesem Fall ...«

»Wollt ihr kein Geständnis haben und sprecht weder mit einem Verdächtigen noch auch nur mit Leuten, die als Zeugen von Interesse für euch sind.«

»Das könnte wirklich die Lösung meines Problems

sein«, wiederholte sie. »Trotzdem spreche ich am besten erst noch mit Cher Reo, um ganz sicherzugehen, dass ein solches Vorgehen während des Verfahrens nicht aus irgendwelchen Gründen gegen uns verwendet werden kann. Denn falls irgendeine Information, die ich auf diesem Weg erhalte, zur Verhaftung dieses Bastards führt, soll schließlich kein windiger Verteidiger behaupten können, wir hätten diese Info auf zweifelhaftem Weg erlangt und sie wäre deshalb als Beweismittel nicht zugelassen oder so. Aber ich glaube, so können wir es machen.«

»Du hast diese Technik auch schon bei Ricker angewandt.«

»Ja, aber der sitzt schließlich sowieso schon bis ans Lebensende hinter Gittern, selbst wenn sie jetzt versuchen, wegen der Methode, die wir angewandt haben, eine neuerliche Anklage des Kerls wegen der Verabredung zum Mord an einer Polizistin zu verhindern, kommen sie damit bestimmt nicht durch. Weil man mir wohl kaum zum Vorwurf machen kann, dass ich nur auf diese Art beweisen konnte, dass Ricker aus einer extraterrestrischen Strafkolonie, auf der Holo-Besuche und Holo-Gespräche mit Anwälten gestattet sind, die Ermordung von Coltraine befohlen hat. Im Übrigen hatte ich mein Vorgehen vorher mit der Staatsanwaltschaft abgeklärt. Vielleicht war Cleo nicht Teil der Holographie, aber ihr wurde gestattet, sich die Aufnahme des Treffens anzusehen. Außerdem habe ich nicht direkt etwas von dem Gespräch mit diesem Kerl dazu benutzt, um sie zu ihrem Geständnis zu bewegen, und vor allem hatte ich auch diese Möglichkeit im Vorfeld abgeklärt. Deshalb hat der Richter den Antrag ihres Anwalts, die Holographie nicht als Beweis bei der Verhandlung zuzulassen, bereits abgelehnt.«

»Freut mich zu hören.«

»Ich hoffe, wir können diese Technik auch in diesem Fall anwenden, wenn das für alle Beteiligten in Ordnung ist. Dadurch würde es erheblich schneller gehen, und es wäre fast so gut, wie wenn ich den Leuten gegenüberstünde. Ich muss mich nur schnell noch vergewissern, dass uns deshalb niemand an den Karren fahren kann.«

»Während du das erledigst, bereite ich schon einmal alles vor.«

»Wie lange wird das dauern?«

»Die Einrichtung des Basisprogramms höchstens zwanzig Minuten. Danach brauche ich die Koordinaten der Personen, die du sprechen willst, und ein paar Minuten später sind ihre Bilder hier.«

»Auch wenn ich mich wiederhole: Manchmal ist es wirklich praktisch, mit jemandem wie dir verheiratet zu sein.« Damit zog sie ihr Handy aus der Tasche und rief Staatsanwältin Reo an.

Wie erwartet, musste sie erst verhandeln, aber trotzdem wäre dieses Verfahren zeitsparend. Während sie mit Reo sprach, ging sie ins Haus und stellte fest, dass die Verhandlungen sogar noch für etwas gut waren: Denn sie konnte Summerset ganz einfach ignorieren, während sie am Handy sprach.

Kaum hatte sie Reos Genehmigung, begann sie mit der Kontaktaufnahme und der Vorbereitung der Gespräche, hatte diese jedoch nicht einmal zur Hälfte abgeschlossen, als bereits ein Anruf ihres Gatten kam.

Der Holo-Raum ist fertig. Jetzt brauche ich noch die Koordinaten, dann kann es losgehen.«

»Ich bringe sie dir gleich vorbei. Peabody kann noch die letzten Leute kontaktieren. Ich bin in fünf Minuten da.«

Sie schickte die letzten Nummern ihrer Partnerin, sammelte ihre Sachen ein und fuhr mit dem Lift in eine größere und schickere Version ihres Büros.

»Hm.«

»Manchmal ist die äußere Erscheinung durchaus von Bedeutung. Vielleicht siehst du das ja irgendwann mal ein und tauschst deinen Schreibtisch gegen einen Arbeitsplatz wie den hier ein.«

Stirnrunzelnd sah sie auf die dunkle, schimmernde Fassade der U-förmigen Konsole mit dem eingebauten Daten- und Kommunikationszentrum und dem modernen Kontrollpaneel.

»Ich mag meinen Schreibtisch, wie er ist.«

»Ja, ich weiß.« Er gab ihr einen Kuss und wies auf einen Tisch im hinteren Bereich des Raums. »Los, hol dir ein Sandwich.«

»Haben wir hier etwa sogar Sandwichs?«

»Iss. Wenn du willst, kannst du dich an den Schreibtisch setzen. Wie ich dich kenne, läufst du während der Gespräche sowieso die meiste Zeit herum. Die Person, mit der du gerade sprichst, kann auf einem Stuhl oder dem Sofa sitzen. Das Gerät hier und der Wandbildschirm sind voll funktionstüchtig, falls du sie brauchst.«

Raffiniert, ging es ihr durch den Kopf. Echt raffiniert. »Es muss alles aufgenommen werden.«

»Wird es auch.«

Er zeigte erneut in Richtung Tisch, worauf sie sich ein Sandwich nahm. »Am besten holen wir zuerst Peabody hierher.«

Sofort klappte Roarke sein Handy auf. »Peabody.«

Ihre Partnerin fing an zu strahlen, als sie ihn erblickte. »Oh, hallo.«

»Hallo. Der Lieutenant hätte gern, dass Sie sich zu uns gesellen.«

»In Ordnung. Wow. Ich wurde noch nie als Holographie irgendwohin geschafft.«

»Ich werde ganz sanft vorgehen«, meinte er und fing, während sie leise kicherte, mit seiner Arbeit an. »So. Ich habe Sie. Gleich geht es los.«

Eine Reihe kleiner Lichtpunkte schwirrte vor Eves Augen durch den Raum, die nach einem Augenblick als Peabody zu erkennen war.

»Aber hallo. Das war einfach. Ich habe mich gar nicht seltsam gefühlt.« Blinzelnd blickte sie sich um. »Natürlich ist es seltsam, doch so hat es sich nicht angefühlt. Was ist das?«

»Was? Ein Brot.«

»Oh, ein Panini. Sieht echt lecker aus.«

»Da drüben sind noch mehr. Bedienen Sie sich ruhig.«

»Danke.« Peabody trat vor den Tisch, streckte eine Hand nach einem Sandwich aus, griff dann aber geradewegs hindurch. »Das war gemein. Ich kann mir nichts nehmen, weil ich gar nicht wirklich hier im Zimmer bin. Dabei bin ich ganz eindeutig hier. Ich verstehe diese Technik einfach nicht. Immer wenn McNab versucht, sie mir zu erklären, schaltet mein Gehirn von selber ab.«

»Überlassen wir die Technik einfach weiter den Computerfuzzis und gehen unserer eigenen Arbeit nach. Lassen Sie uns die letzten Leute von der Liste kontaktieren, danach rufe ich noch einmal die Anwältin von damals an, und wir bringen sie hierher.«

Es war wirklich seltsam, gab Eve zu, aber gleichzeitig auch ungeheuer praktisch und bequem, da innerhalb von wenigen Momenten die Verteidigerin von Irene Schultz vor ihrem virtuellen Schreibtisch saß.

»Danke, dass Sie sich die Zeit genommen haben, Ms Drobski«, fing sie an.

»Kein Problem. Es wäre mir lieb, wenn diese Angelegenheit so schnell es geht erledigt wäre, weil ich natürlich in höchstem Maß beunruhigt bin.«

»Das kann ich mir vorstellen. Aber Ihre Sicherheit und die Sicherheit Ihrer Familie genießen oberste Priorität.«

»Haben Sie einen stichhaltigen Beweis dafür, dass ich oder jemand aus meiner Familie von diesem Typen ins Visier genommen worden ist? Irgendeinen Beweis dafür, dass diese Bedrohung in Zusammenhang mit jemandem steht, der vor über zwanzig Jahren einmal von mir vertreten worden ist?«

»Sie denken wie die Anwältin. Ich denke wie ein Cop. Wem wollen Sie lieber Ihr eigenes und das Leben Ihrer Verwandten anvertrauen?«

Die Frau rutschte ein wenig unbehaglich oder vielleicht auch verärgert auf ihrem Stuhl herum. »Ich bin zu dem Gespräch erschienen, oder etwa nicht?«

»Man hat Ihnen ein Phantombild des Verdächtigen gezeigt. Sind Sie sich völlig sicher, dass Sie diesen Mann noch nie gesehen haben? Foto von Darrin Pauley auf den Wandbildschirm.«

Die Anwältin sah sich die Aufnahme noch einmal an. »Nein. Meines Wissens ist er mir nie begegnet.«

»Sie haben einen Bruder.«

»Lyle. Der, wie ich bereits gesagt habe, Finanzberater ist. Ich habe schon mit ihm gesprochen und auch ihm, seiner Frau und ihrem Sohn wurde das Bild gezeigt. Inzwischen bin ich besorgt genug, dass ich sogar meine Eltern angerufen habe, die in Arizona leben. Aber keiner von ihnen hat den Mann auf diesem Bild erkannt.«

»Wem stehen Sie am nächsten?«

»Wie bitte?«

»Aus Ihrer Familie. Welchem dieser Menschen stehen Sie am nächsten?«

»Das ist wirklich schwer zu … meinem Vater, nehme ich an. Seinetwegen bin ich Anwältin geworden, aber ich kann Ihnen versichern, Lieutenant, er ist nicht naiv und nicht leichtgläubig genug, um sich oder meine Mutter in Gefahr zu bringen. Außerdem hat dieser Kerl es doch wohl auf Frauen abgesehen, oder?«

»Wir können nicht ausschließen, dass er auch männliche Zielpersonen hat. Wen gibt es sonst noch?«

»Mehr Verwandte habe ich nicht.«

»Wer steht Ihnen sonst noch nahe? Schließlich sehen nicht alle Menschen stets nur Blutsverwandte als Familie an.«

»Oh Gott.« Zum ersten Mal sah Drobski regelrecht erschüttert aus. »Lincoln, Lincoln Matters. Wir sind inzwischen seit über einem Jahr zusammen. Und Elysse Wagman, meine Partnerin. Wir stehen uns seit dem College nahe. Sie ist für mich wie eine Schwester.«

»Peabody.«

»Bin schon dabei.«

»Sie denken, er hätte es vielleicht auf Lincoln oder Elysse abgesehen? Ich muss den beiden sagen …«

»Wir kümmern uns bereits darum. Ist Elysse verheiratet oder lebt sie in einer eingetragenen Partnerschaft?«

»Nein. Tatsächlich hat sie gerade eine sehr schwierige Scheidung hinter sich. Sie hat eine Tochter, meine Patentochter, Renny. Das Mädchen ist erst elf.«

»Wir werden uns um sie kümmern.« Eve sah aus dem Augenwinkel, dass Peabody nickte, und wandte sich wieder Drobski zu. »Es sind bereits Polizeibeamte zu ihrer und zu Lincolns Wohnung unterwegs. Wenn wir hier fertig sind, werde ich die beiden auch persönlich kontaktieren und ihnen alles erklären.«

»Sie glauben also wirklich, dass er ...«

»Ich will einfach kein Risiko eingehen. Jetzt möchte ich, dass Sie mir alles über den Fall Irene Schultz erzählen, woran Sie sich erinnern können.«

»Ich kann mich sogar sehr gut daran erinnern. Ich war damals noch nicht lange im Geschäft und sehr idealistisch, doch vor allem furchtbar unbedarft. Irene war ein unbeschriebenes Blatt, hatte einen kleinen Sohn, und ich dachte, ich bekäme einen guten Deal für meine Mandantin hin. Dachte, ich könnte die Staatsanwaltschaft dazu bringen, auf die Anklage wegen Prostitution und Drogenbesitzes zu verzichten, und bei einem Schuldbekenntnis gäbe es dann möglicherweise nur ein Jahr und einen zwangsweisen Entzug. Ich bildete mir sogar ein, dass meine Mandantin vielleicht vorzeitig entlassen würde, wenn alles nach Plan verläuft. Bevor ich sie auch nur zum ersten Mal gesehen hatte, bekam ich Wind davon, dass die Polizei im Grunde gar nicht sie, sondern ihren Mann festnageln wollte, und dachte, ich bekäme sie vielleicht ganz ohne Knast direkt in den Entzug, wenn sie ihn verpfeift.«

»Aber das hat sie nicht getan.«

»Oh nein. Selbst im Gespräch mit mir hat sie darauf beharrt, dass er nicht gewusst hätte, was sie da treibt. Ich habe ihr erklärt, wie sie ihren Kopf am besten aus der Schlinge ziehen kann, habe regelrecht versucht, sie dazu zu überreden, dass sie diesen Kerl verpfeift, aber sie blieb weiter stumm. Dann habe ich die Mom-Karte gezogen. Weil ich dieser Frau echt helfen wollte. Habe ihr erklärt, dass sie sich nicht um ihren kleinen Jungen kümmern könnte, wenn sie ins Gefängnis geht. Aber sie blieb bei ihrer Aussage. Noch schlimmer war, dass sie darauf bestand, sich erst einmal selber zu verteidigen, als am nächsten Vormittag der Staatsanwalt erschien. Ich hätte den Mann ganz sicher auf ein Jahr herunterhandeln können, aber das hat sie nicht zugelassen. Deshalb habe ich mich hinterher wie eine Versagerin gefühlt.«

»Haben Sie auch mit dem Ehemann gesprochen?«

»Oh ja. Er war fuchsteufelswild und vollkommen außer sich, als ich ihm erklärt habe, sie hätte die achtzehn Monate genommen. Hat gesagt, sie hätte nie mehr als ein Jahr bekommen dürfen. Ich habe ihm zugestimmt, aber trotzdem gab er erst einmal mir die Schuld. Erst als ich ihm erklärt habe, dass sie mich nicht hätte handeln lassen, hat er sich etwas beruhigt und sich sogar entschuldigt. Als die Verhandlung war, brachte er das Baby mit. Ein unglaublich hübsches Kind.«

Sie blickte wieder auf den Wandbildschirm. »Oh Gott. Ich hatte diesen Jungen auf dem Arm. Ich hatte dieses Baby auf dem Arm, während Irene kurz mit ihrem Mann gesprochen hat. Es brach mir fast das Herz, als er nach seiner Mutter weinte. Brach mir regelrecht das Herz, dass mir kein besserer Deal gelungen war. Irgendwann tut so etwas nicht mehr weh, irgendwann werden diese Gefühle von der Arbeit, vom System verdrängt.«

Schließlich hatte Eve den Eindruck, dass die Frau ihr nichts mehr sagen konnte, deshalb holte sie Elysse Wagman in den Raum und ließ auf deren Bitte auch Anwältin Drobski weiter dort.

Die Frau hörte sich Eves Erklärung an und stellte dann mit ruhiger Stimme fest: »Ich werde meine Tochter heute Abend noch nach Colorado schicken. Dort lebt meine Mom.«

»Du selbst solltest ebenfalls von hier verschwinden, Lissy. Du ...«, fing Drobski an, bevor Eve sie unterbrach.

»Ms Wagman«, wandte sie sich wieder an die andere Frau. »Ich verstehe Ihre Sorge um das Wohlergehen Ihrer Tochter. Wir werden Ihnen auf jede erdenkliche Art dabei behilflich sein, sie an einen Ort zu bringen, wo sie sicher ist. Ich kann auch Ihnen nicht befehlen, hier zu bleiben, doch ich bitte Sie darum. Falls der Kerl Sie ins Visier genommen hat, würde er durch eine Veränderung Ihrer Routine vielleicht vorgewarnt. Aber wir können und wir werden Sie beschützen.«

»Und wie lange werden Sie das tun?«

»Solange es nötig ist. Würden Sie sich bitte das Foto auf dem Bildschirm noch einmal genauer ansehen?«

»Ich bin mir einfach nicht sicher, ob er mir schon einmal irgendwo begegnet ist.«

»Vielleicht waren seine Haare länger oder kürzer und vielleicht sah er ein bisschen älter aus.«

»Längere Haare«, murmelte Elysse. »Das könnte ... Himmel, ja, er könnte es tatsächlich sein. Mit längerem Haar und einem Bart. Dom Patrelli.«

Bingo, dachte Eve, und noch während sie sich umdrehte, um Peabody zu bitten, diesen Aliasnamen kurz zu überprüfen, tippte diese bereits irgendetwas in ihren Handcomputer ein. »Woher kennen Sie den Mann?«

»Ich arbeite ehrenamtlich in einer Rechtsberatungsstelle in der Lower East Side. Vor ungefähr drei Wochen, als ich gerade gehen wollte, kam er angerannt. Er war völlig außer Atem. Fragte, ob ich Elysse Wagman sei. Meinte, er wäre Journalist und schriebe an einem Artikel über auf Familienrecht spezialisierte Juristinnen. Das ist mein Fachgebiet. Er meinte, er wäre furchtbar im Verzug, hätte deshalb noch versucht, mich vor Schließung der Beratungsstelle zu erreichen, und fragte, ob ich wohl bereit wäre, ein Stück mit ihm zu gehen, damit er mir ein paar Fragen stellen kann. Ich fand nichts dabei. Er wirkte charmant, seriös und unglaublich interessiert an den Dingen, die wir in dieser Beratungsstelle tun.«

»Er hat Ihnen seinen Namen und seinen Presseausweis gezeigt.«

»Na klar. Wenn auch nur ganz kurz. Aber schließlich standen wir zusammen auf der Straße, er hat mich einfach nur ein Stück begleitet und mir genau die richtigen Fragen gestellt. Hatte sich anscheinend wirklich gründlich mit der Beratungsstelle befasst. Das hat mich beeindruckt und gefreut. Denn ein bisschen positive Presse täte uns auf alle Fälle gut. Dann hat er mir noch einen Becher Kaffee von einem Schwebegrill spendiert und mich gefragt, ob er sich noch einmal bei mir melden darf, falls er weitere Fragen hat.«

»Hat er sich noch einmal gemeldet?«

»Als ich eine Woche später aus der Beratungsstelle kam, stand er draußen auf der Straße und hatte mir wieder einen Kaffee mitgebracht. Ich hatte etwas Zeit, also sind wir in den Park hinübergegangen, haben uns auf eine Bank gesetzt, unseren Kaffee getrunken, und er hat mich noch ein paar Dinge gefragt. Er hat ein bisschen mit mir … geflirtet, wenn auch auf eine völlig unaufdringliche Art. Was mir durchaus geschmeichelt hat. Ich meine, er ist locker zwanzig Jahre jünger und ich … bin eine Närrin, dass ich darauf reingefallen bin.«

»Oh nein. Er macht seine Sache wirklich gut.«

»Wir haben uns unterhalten, weiter nichts, dabei stellte sich heraus, dass er ein Fan der Filme von Zapoto ist.«

»Mein Gott«, stieß Drobski aus.

»Ich weiß. Ich bin ein Riesenfan von diesem Regisseur, also haben wir ausgiebig über seine Filme diskutiert. Dann fand ein Wochenende später in Tribeca ein kleines Filmfestival statt.«

»Auf dem Sie mit ihm zusammen waren.«

Elysse leckte sich die Lippen und strich sich mit der Hand über das Haar.

Sie war verlegen und nervös, erkannte Eve.

»Ich habe ihn am Samstagabend dort getroffen. Danach haben wir noch zusammen etwas getrunken und eine Kleinigkeit gegessen. Großer Gott, ich habe ihm sogar erklärt, ich könnte ihn schlecht bitten, einen Absacker bei mir zu trinken, weil dort meine Tochter wäre, was ja wohl beinahe dasselbe war wie ihm zu sagen: ›Los, Schätzchen, wir gehen zu dir‹. Aber er meinte, die Mutter seines Mitbewohners wäre gerade zu Besuch und da wäre es vielleicht ein bisschen peinlich, tauchten wir beide dort auf. Dann hat er ein Taxi für mich herbeigewinkt und mich geküsst«, erklärte sie und hob die Hand an ihren Mund.

»Eine Woche später sind wir wieder ausgegangen, nur zum Mittagessen, unten in der Wharf. Mit ihm zusammen habe ich mich jung, sexy und begehrenswert gefühlt«, räumte sie unumwunden ein. »Aber er meinte, er wollte mir noch ein bisschen Zeit geben. Ich hatte ihm von der Scheidung erzählt, und von meiner Tochter. Habe ihm von meinem Kind erzählt. Er wollte mir noch Zeit lassen, damit ich mir auch völlig sicher bin.«

»Wann sehen Sie ihn wieder?«

»Nächste Woche Freitag. Er meinte, am Wochenende hätte er zu tun.«

Nicht, wenn ich es verhindern kann, sagte sich Eve.

19

»Sie ist nicht sofort an der Reihe«, meinte Eve. »Er spielt erst noch mit ihr und verlängert den Spaß auf diese Weise. Weil es bis zu der geschiedenen Frau noch ein paar Schritte sind. Aber er macht seine Sache wirklich gut. Hat sein Aussehen und sein Image abermals verändert und sich ausnehmend geschickt an sie herangemacht. Der junge, doch nicht blutjunge Mann, der unaufdringlich mit ihr flirtet, dieselben Interessen hat wie sie und von den Dingen, die sie beide interessieren, auch noch wirklich Ahnung hat.«

»Sie hat niemandem von ihm erzählt, weil sie noch ganz am Anfang der Beziehung stehen«, warf Peabody ein. »Und weil sie sich ein bisschen doof vorkommt, dass sie eine Affäre mit einem Kerl, der zwanzig Jahre jünger ist als sie, auch nur in Erwägung zieht.«

»Er hat ihr erzählt, es gäbe keinen Festnetzanschluss in seiner WG, sein Handy wäre kaputt, und er hätte noch keine Zeit gehabt, um sich ein neues zu besorgen. Weil sie ihn nicht kontaktieren soll. Weil sie unsicher und nervös sein soll. Denn so hat er die Macht in diesem Spiel. Aber sie ist nicht als Nächste dran.«

»Also hat er sich auch noch an jemand anderen herangemacht.« Mit sorgenvoller Miene blickte Peabody auf die Aufnahmen möglicher Zielpersonen auf dem Wandbildschirm. »Er will bestimmt dieses Wochenende wieder zuschlagen.«

»Was ihm nicht gelingen wird. Los, sprechen wir mit dem damaligen Leiter des Jugendamts und dem Staatsanwalt.«

Zwischen den Gesprächen trank sie eine Tasse Kaffee und gab Peabody zwanzig Minuten frei, um ebenfalls etwas essen und trinken zu gehen.

Langsam, aber sicher fing sie an, die einzelnen Schritte, Phasen, die Geschichte von vor über zwanzig Jahren, die Darsteller, ihre jeweiligen Rollen und ihre Entscheidungen zu verstehen.

»Sie hat sich für ihn geopfert«, meinte Roarke. »Weil er sie bei diesem Telefongespräch gleich nach ihrer Verhaftung dazu überredet hat: ›Wir können nicht beide in den Knast gehen, Schätzchen, denn wer wäre dann für unser Baby da?‹, hat Vance sie gefragt.«

»Vielleicht«, pflichtete Eve ihm bei. »Aber vor allem hatte er schon einmal gesessen und wäre als Wiederholungstäter wegen des Identitätsbetrugs deutlich länger eingefahren als sie. Dieses Argument hat er wahrscheinlich auch gebracht: ›Du kriegst höchstens ein Jahr, Süße, ich werde auf dich warten. Aber wenn sie mir was anhängen, kriege ich sicher fünf bis sieben Jahre aufgebrummt.‹«

»Das stimmt. Für ihn ging es um deutlich mehr als für Irene.«

»Deshalb musste er dafür sorgen, dass sie es den Bullen und der Staatsanwaltschaft leicht macht. Dass sie umgehend gesteht, damit man ihn gar nicht erst genauer unter die Lupe nimmt.«

»Außerdem hätte, wenn sie beide eingefahren wären, niemand ihre Identitäten aufrechterhalten können. Vielleicht hat er auch diesen Knopf gedrückt. Denn sonst wäre wahrscheinlich alles aufgeflogen, und sie hätten beide deutlich mehr als achtzehn Monate gekriegt. Vor allem war sie diejenige, die sich erwischen lassen hatte, oder etwa nicht? Sie war es, die nicht vorsichtig genug gewesen war. Weshalb sollten sie alles verlieren, wenn sich durch ein Schuldbekenntnis vieles retten ließ?«

»Ich gehe davon aus, dass es so oder so ähnlich abgelaufen ist«, stimmte Eve ihm zu. »Er war schon einmal im Kahn und wollte auf keinen Fall dorthin zurück. Mit ein bisschen Zeit und wenn sie ihn zumindest teilweise belastet hätte, wäre sie vielleicht mit einem zwangsweisen Entzug und einem Jahr oder noch weniger davongekommen. Aber das hätte es zu riskant für ihn gemacht. Je schneller sie verurteilt wurde, desto schneller war er selber aus dem Schneider. Wobei das wahrscheinlich noch nicht alles war.«

Sie stopfte die Hände in die Hosentaschen, lief in dem imaginären, doch vertrauten Zimmer auf und ab. Plötzlich erinnerte sie sich.

»An meine Mutter kann ich mich nur undeutlich erinnern. Ich erinnere mich nur verschwommen, aber ein paar Bilder kann ich klar und deutlich sehen. Und ich weiß – und wusste damals schon –, dass sie es gehasst hat, dass sie mich am Hals hatte. Doch sie hat mich auf die Welt gebracht und ist zumindest so lange geblieben, dass ich ein paar Bilder von ihr abgespeichert habe und mich an ein paar besondere Ereignisse mit ihr erinnern kann.«

»So wie Darrin Pauley?«

»Was auch immer er weiß, oder was auch immer ihm

sein Vater eingeredet hat, ist etwas anderes als das, woran er sich noch erinnern kann. Ich weiß, meine Eltern haben mich niemals als Kind gesehen. Für sie war ich nur eine Ware. Etwas, womit sich mit ein bisschen Glück Profit machen ließ. Ich werde nie erfahren, ob sie beide auf diese Idee gekommen sind oder ob einer den anderen dazu überredet hat, aber das spielt jetzt auch keine Rolle mehr.«

Denn das ließe sie nicht zu.

»Wobei es in seinem Fall anscheinend sogar eine große Rolle spielt.«

»Die Frage, warum sie allein oder die beiden gemeinsam beschlossen haben, dieses Kind zu kriegen«, führte Roarke ihren Gedanken weiter aus.

»Sie war die Hauptakteurin, Frontfrau, das Gehirn. Er war der Manipulator mit dem Hang zum großen Geld, und sie hat ihm alles beigebracht. Drogen und Sex, das ist billiges Geld und wenig raffiniert. Damit wollte jemand auf die Schnelle Kohle machen, weil er gierig war. Aber sie muss raffiniert gewesen sein, sonst hätte sie dem anderen Pauley über einen derart langen Zeitraum niemals etwas vormachen können. Und der Kleine? Hätte eine Last sein sollen, derer sie sich hätte entledigen wollen. Aber das hat sie nicht getan. Sie hat also entweder dieses Kind oder Pauley, vielleicht auch beide gewollt. Sie hat das Kind nicht nur als Ware angesehen. Vielleicht hat sie es für Tarnzwecke benutzt, aber nicht mal das kann ich mit Bestimmtheit sagen.«

»Eine Betrügerin mit Kleinkind ist unauffälliger«, pflichtete Roarke ihr bei.

»Als Pauley aus dem Knast kam, hätten sie das Kind auch ganz einfach bei Vinnie lassen und verschwinden können.«

»Vinnie die geliebte Frau und das Kind, für dessen Vater er sich hielt, wegzunehmen, zeugt von einer unheimlichen Grausamkeit.«

»Was zu diesem Typen passt. Sie war gesund und clean, und mit dem Geld, das sie Vinnie gestohlen hatten, hatten sie erst mal ein gutes Auskommen, aber ein paar Jahre später ist sie ein Junkie, der für Geld mit anderen Männern schläft. Es stellt sich heraus, dass plötzlich nicht mehr sie, sondern er die Fäden zieht.«

»Es war leichtes Geld«, schloss Roarke. »Und sie hat die Drecksarbeit gemacht.«

»Es ist eindeutig Pauley, er war ihre Schwachstelle. Sie hat für ihn gedealt und sich prostituiert, weil er irgendwann begonnen hat, die Regie zu übernehmen, und weil ihm am schnellen Geld und immer höheren Einkünften lag. Bis sie aus dem Gefängnis kam und sie nach Chicago umzogen, hatte er die vollkommene Kontrolle über sie.«

Eve atmete tief durch. »So war es auch bei mir. So fühlt es sich für mich an, wenn ich mich an die beiden zusammen erinnere, wenn ein Bild von meinen Eltern vor meinem inneren Auge erscheint. Sie war ein Junkie, hat sich prostituiert, und er hat dabei die Regie geführt. Vielleicht projiziere ich also eigene Erlebnisse auf dieses Paar.«

»Das glaube ich nicht.«

Sie schüttelte den Kopf. »Darüber denke ich am besten später noch einmal nach, weil uns das vielleicht irgendetwas nützen kann. Aber jetzt geht's zuerst um die Gegenwart. Lass uns Peabody zurückholen, dann spreche ich als Nächstes mit der Richterin.«

Erst aber trat er noch vor sie, umfasste ihr Gesicht mit beiden Händen und blickt sie reglos an. »Ganz egal, woran du dich erinnerst, und egal, was du dabei empfindest, darfst du nie vergessen, dass den beiden, was auch immer sie getan haben, in ihrem elendigen Leben eine Sache gut gelungen ist. Und das bist du. Was auch immer diese beiden waren, haben sie es nicht geschafft, dich zu zerstören. Konnten sie es nicht verhindern, dass du dich zu einer wunderbaren Frau entwickelt hast.«

Richterin Serenity Mimoto, eine winzig kleine, zierliche Person, studierte die Aufnahme von Darrin Pauley auf dem Wandbildschirm. »Er sieht wie sein Vater aus.«

»Sie können sich an den Vater noch erinnern?«

Mimoto bedachte Eve mit einem durchdringenden Blick. Das tiefe Blau der Augen hob sich strahlend von der warmen Bräune ihrer Wangen ab. »Ich habe mein Gedächtnis aufgefrischt, nachdem ich von Ihnen angerufen worden war. Die Angeklagte hatte bereits einen Deal mit dem Staatsanwalt gemacht. Sie hat sich in allen Anklagepunkten schuldig bekannt, woraufhin der Staatsanwalt eine achtzehnmonatige Haftstrafe empfohlen hat. Sie war nicht vorbestraft, hatte keine Gewaltverbrechen begangen und sich ausnehmend kooperationsbereit gezeigt, deshalb kam mir dieses Strafmaß durchaus angemessen vor, und ich habe sie für diese Zeit nach Rikers in den leichten Strafvollzug geschickt.«

Mimoto nickte erneut in Richtung des Monitors. »Ich kann mich auch an ihn erinnern, an das Baby auf dem Arm des Vaters, das nach seiner Mutter weinte. Deshalb habe ich ihnen gestattet, sich noch voneinander zu verabschieden. Aber sie hat den Jungen nur ganz kurz genommen und dann ihrer Anwältin gegeben, um den Mann zu umarmen. Ich dachte, sie kann ihr Kind also nicht trösten, braucht aber den Trost von diesem Mann.«

»Seit dem Tag im Gericht haben Sie den Vater und den Sohn nicht mehr gesehen?«

»Nein, ich glaube nicht. Sollte der Fall auf meinem Schreibtisch landen, wenn Sie diesen jungen Mann verhaften, muss ich wegen unseres Gesprächs und der damaligen Verbindung wegen Befangenheit ablehnen. Aber, Lieutenant, haben Sie denn überhaupt genug für eine Verhaftung gegen diesen Jungen in der Hand?«

»Ich glaube, ja, und wir werden noch weitere Beweise finden.«

Mimoto nickte. »Sie hoffen, dass ich Ihnen weitere Beweise liefern kann.«

»Genau, und dass Sie dadurch verhindern, dass er jemandem, der Ihnen nahesteht, ein Leid zufügt. Sie haben das Urteil gesprochen, aufgrund dessen seine Mutter in den Knast gegangen ist. Sechs Monate nach ihrer Entlassung, nachdem sie und ihr Partner unter anderen Namen die Betrügereien und anderen strafbaren Handlungen, aufgrund derer sie verurteilt worden war, wieder angenommen hatten, wurde sie beinahe auf dieselbe Weise vergewaltigt und ermordet wie jetzt zwei junge Frauen hier in New York.«

»Sie glauben, dass dieser Mann dahintersteckt, weil er den Tod seiner Mutter auf irgendeine Art mit ihrer Festnahme und der von mir verhängten Freiheitsstrafe in Verbindung bringt?«

Eve wusste Mimotos ruhiges Auftreten nicht weniger zu schätzen als ihren hellwachen Verstand. »Ja, ich glaube, er wurde durch eine lebenslange Gehirnwäsche dazu gebracht.«

Mimoto zog eine ihrer fein geschwungenen, schwarzen Brauen hoch. »Das müssen die Psychiater und die Anwälte beurteilen. Aber an mich macht er sich sicher nicht heran. Was beinahe ein bisschen schade ist, denn während der sechsundzwanzig Jahre meiner Tätigkeit als Richterin wurde ich bereits des Öfteren bedroht. Er wird jemanden aus meiner Familie nehmen. Aber die ist riesengroß.«

»Da haben Sie recht. Vier Geschwister, ausnahmslos verheiratet, drei ebenfalls verheiratete Kinder und acht Enkel.«

»Zwischenzeitlich ist der neunte unterwegs.«

»Ma'am. Ihre älteste Enkelin ist ebenfalls verheiratet.«

»Und hat mich gestern erst zur Uroma gemacht.«

»Oh.« Dieses Kind hatte es offenbar noch nicht in ihre Datenbank geschafft. Wie hielt jemand eine derartige Ausdehnung der Familie aus? »Gratuliere.«

»Ein Junge, Spiro Clayton, 3400 Gramm.«

»Hm. Schön.« Nahm sie zumindest an. »Auch Ihr Mann hat vier Geschwister, ebenfalls mit Anhang, und dann sind da auch noch Ihrer beider Eltern sowie Großeltern.«

»Sowie diverse Tanten, Onkels, Cousinen, Cousins, Nichten, Neffen und deren Nachkommen. Zusammen sind wir eine richtiggehende Hundertschaft.«

Genau, stimmte ihr Eve gedanklich zu. Aber wo finge sie bei der Suche nach der Zielperson des Bastards an?

»Er geht bei der Auswahl seiner Zielpersonen offenbar nach einem ganz bestimmten Muster vor. Wenn man Ihre ... riesige Familie nimmt, findet sich dort ohne Zweifel irgendwer, der sämtliche Kriterien erfüllt. Allerdings habe ich bereits Kontakt zu anderen potenziellen Zielpersonen aufgenommen und muss deshalb nur noch jemanden finden, der die folgenden Kriterien erfüllt: Es muss jemand sein, der Ihnen nahesteht, das heißt jemand aus Ihrer Familie oder jemand, der Ihnen so nah wie ein

Verwandter steht, und der entweder frisch verheiratet oder frisch verwitwet ist.«

»Ein Anfang und ein Ende.«

»Die Wahrscheinlichkeit ist groß, dass nur noch diese beiden Parameter übrig sind. Vielleicht sollte ich hinzufügen, dass er möglicherweise noch keinen Kontakt zu der Witwe oder zu dem Witwer aufgenommen hat. Weil sie oder er zuletzt auf seiner Liste steht, während die junge Braut oder der junge Bräutigam als Nächstes, vielleicht sogar schon am Wochenende, an die Reihe kommen wird.«

Zum ersten Mal lag auf dem bisher reglosen Gesicht der Frau ein Hauch von Angst. »Schon so bald. Lieutenant, in meiner Familie haben wir das Glück, dass wir alle ungeheuer alt werden. Wobei wir natürlich auch schon liebe Menschen verloren haben. Erst letztes Jahr starb eine meiner Tanten, die mir wirklich nahestand.«

»Ich werde den Witwer kontaktieren, obwohl ich glaube, dass der Kerl es eher auf Frauen abgesehen hat. Weder eins der beiden Opfer noch eine der anderen Zielpersonen, die wir bisher ausfindig machen konnten, war ein Mann.«

»Vor ein paar Monaten ist einer meiner Cousins gestorben. Seine Frau …« Mimoto presste sich einen Finger an die Schläfe. »Sie lebt in Prag. Meine Mutter müsste die Adresse haben. Sie hat alle Infos über die Familie abgespeichert.«

»Es müsste jemand sein, der Ihnen näher steht. Weil er Ihnen nicht nur wehtun, sondern Sie zerstören will.«

»Keins von meinen Kindern oder Enkeln hat in letzter Zeit geheiratet. Zwei von meinen Enkeln sind verlobt, ich habe eine Nichte, die letzten Sommer geheiratet hat, und eine andere, die im Herbst heiraten wird. Außerdem …« Sie brach ab und schüttelte den Kopf. »Geben Sie mir eine Stunde Zeit. Ich werde meine Mutter kontaktieren. Sie wird wissen, wen Sie suchen. Außerdem hat sie eine Liste mit sämtlichen Namen und Adressen, denn sie hat sie für die Einladungen zu der Erneuerungszeremonie gebraucht.«

»Erneuerung?«

»Ja, meine Eltern haben beschlossen, ihr Eheversprechen am Valentinstag zu erneuern. Sie fanden, nach siebzig Jahren hätten sie eine Auffrischung, eine Riesenparty und eine zweite Hochzeitsreise verdient.«

»Eine zweite Hochzeitsreise. Als wären sie frisch verheiratet.«

»Ja. Sie sind neunundachtzig und dreiundneunzig Jahre alt und ...« Mimoto wurde vor Entsetzen kreideblich. »Oh mein Gott. Meine Mutter? Er hat es auf meine Mutter abgesehen?«

»Wäre möglich. Bitte holen Sie sie her. Bleiben Sie sitzen, Euer Ehren. Peabody.«

»Ich wähle gerade ihre Nummer.«

»Schalten Sie den Lautsprecher an, wenn sie an den Apparat kommt, falls sie sich bei ihrer Tochter vergewissern möchte, dass sich niemand einen schlechten Scherz mit ihr erlaubt. Dann schicken Sie zwei Beamte in Zivil zu ihrem Haus, um sie zu bewachen. Keine Angst«, beruhigte Eve Mimoto. »Sie wird ab sofort rund um die Uhr beobachtet.«

Innerhalb von wenigen Minuten saß die Holographie von Charity Mimoto neben der ihrer Tochter. Doch für eine Frau von beinahe neunzig sah sie noch putzmunter aus.

Im Gegensatz zu ihrer zierlichen und winzig kleinen Tochter war sie eine große, knochige Person. Ihre Haut war deutlich dunkler, doch die wachen, leuchtend blauen Augen sahen vollkommen identisch aus.

Charity warf einen Blick auf das Foto auf dem Wandbildschirm. »Das ist Denny«, stellte sie mit ruhiger Stimme fest. »Er hat sich das kleine Bärtchen abrasiert und auch seine Frisur etwas verändert, aber trotzdem ist das Denny, wie er leibt und lebt.«

»Kennen Sie auch seinen Nachnamen, Mrs Mimoto?«

»Natürlich. Dennis Plimpton, den ich Denny nennen soll. Das ist dieser nette junge Mann, der bei mir Klavierunterricht nimmt. Ich gebe hin und wieder ein paar Stunden und verdiene mir auf diese Art ein bisschen was dazu. Er nimmt heimlich Unterricht bei mir, weil er seine Mama überraschen will. Ist das nicht süß?«

»Grundgütiger Himmel. Ist die Polizei schon da? Mama, du und Daddy dürft nicht an die Tür gehen, außer, wenn dort Polizisten stehen. Lasst euch vorher die Ausweise ...«

»Seri, deine Großmutter hat keine Närrin großgezogen.« Mit bewundernswerter Nonchalance schlug Charity die langen Beine übereinander und machte es sich erst einmal bequem. »Was hat der Junge angestellt, Lieutenant? Es fällt mir schwer zu glauben, dass er irgendwas verbrochen hat, was ein solches Aufheben verdient. Er ist ein wirklich netter, wohlerzogener junger Mann.«

»Er steht unter Verdacht, zwei Frauen ermordet zu haben.«

»Ermordet? Dieser Junge?« Sie wollte den Gedanken lachend abtun, sah dann aber Eve aus zusammengekniffenen Augen an. »Einen Augenblick. Ich kenne Sie. Na klar. Vor lauter Aufregung, weil Sie mich wie bei *Star Trek* aufs Revier gebeamt haben, habe ich Sie nicht sofort erkannt. Aber ich kenne Sie aus den Nachrichten. Dort habe ich

Sie heute erst gesehen. Wegen dieses jungen Mädchens und der jungen Frau. Sie glauben, dieser Junge hat die beiden umgebracht?«

Eve setzte zu einer ausweichenden Antwort an, beschloss dann aber, offen zu der Frau zu sein. »Ich weiß, dass er es war. Seit wann geben Sie ihm schon Unterricht?«

Charity hob beide Hände in die Luft und streckte sie nach vorne aus, als schöbe sie auf diese Art die Worte von sich weg. »Einen Augenblick. Einen Augenblick. Ich hatte schon immer eine gute Menschenkenntnis. Die habe ich an dich vererbt, stimmt's, Serenity? Dieser Junge hat nicht im Geringsten wie ein schlechter Mensch auf mich gewirkt. Aber jetzt sehe ich Sie an, Lieutenant, und ich gehe davon aus, dass Sie gute Gründe für diese Behauptung haben. Also habe ich mich offenbar in ihm geirrt. Bisher habe ich ihm fünf Stunden gegeben, immer am Mittwochnachmittag, obwohl er die Stunde vor zwei Wochen auf Donnerstagabend verschoben hat.«

»Daddy geht mittwochnachmittags immer zum Golf. Dann warst du also ganz allein mit diesem Monster.«

»Warum hat er die eine Stunde verlegt?«, erkundigte sich Eve.

»Er meinte, er müsste an dem Mittwoch arbeiten. Er ist Computerprogrammierer, und es gab da irgendein Problem, das er beheben musste. Es hat an dem Tag geregnet«, fügte sie hinzu. »Wenn es regnet, geht mein Deke nicht zum Golf, er war also den ganzen Tag daheim. Einmal im Monat trifft er sich donnerstagabends mit ein paar der Jungs zum Poker. Deshalb war er auch nicht zu Hause, als der junge Mann am Donnerstagabend kam.«

Ihre bisher sanften blauen Augen blitzten auf. »Das ist schlau, nicht wahr? Schlau, das alles zu wissen und dafür zu sorgen, dass ihn außer mir niemand zu Gesicht bekommt. Dieser verdammte Hurensohn.«

»Das ist er auf jeden Fall. Ist er jemals am Wochenende bei Ihnen zu Hause aufgetaucht?«

»Nein, aber er hat mich gefragt, ob er die Stunde diese Woche auf Freitagnachmittag verschieben kann.«

»Lieutenant, mein Vater, mein Mann, meine Brüder und die Enkelsöhne machen dieses Wochenende einen Camping-Trip. Sie fahren Freitag los, das heißt, dass meine Mutter bis Sonntag alleine ist. Das muss dieser Bastard wissen.«

»Natürlich weiß er das, denn ich habe es ihm schließlich selbst erzählt.« Charity schlug sich mit einer Hand auf ihren Oberschenkel. »Vor ungefähr zwei Wochen habe ich ihm erzählt, dass ich mich darauf freue, das Haus einmal für mich allein zu haben, weil mein Mann mit unseren Jungen zelten fährt. Er hat mich gefragt, wo sie zelten, wann sie losfahren und wie lange sie bleiben wollen. Er hat seine Sache wirklich gut gemacht, hat mir erzählt, er hätte noch nie gezeltet, und er wäre sich nicht sicher, ob es ihm gefallen würde. Am letzten Mittwoch hat er beiläufig wieder die Sprache darauf gebracht. Offenbar wollte er sichergehen, dass es bei dem Ausflug meiner Männer bleibt.«

Sie verzog angewidert das Gesicht. »Er hat die Absicht, mich zu töten. Aber dafür werde ich ihm eine verpassen, dass ihm Hören und Sehen vergeht.«

»Das würden Sie bestimmt problemlos schaffen«, meinte Eve. »Aber überlassen Sie das trotzdem lieber mir.«

Charity holte tief Luft und stellte anerkennend fest: »Sie sehen ebenfalls so aus, als bekämen Sie das hin. Was soll ich tun?«

Es dauerte eine Weile, den beiden Mimotos alles zu erklären, die Tochter zu beruhigen, die letzte Person auf der Liste zu einem Gespräch zu holen, die Zielperson zu finden, ihr wie den Mimotos alles zu erklären und ihr zu versichern, dass sie völlig sicher war.

Als sie es geschafft hatten, stieß Peabody einen erschöpften Seufzer aus. »Wir werden ihn morgen auf der Gedenkfeier erwischen. Wir werden ihn dort erwischen, dann sind die anderen Vorsichtsmaßnahmen und zusätzlichen Pläne hinfällig. Wir werden ihn erwischen und ... die Hochzeit von Louise.«

»Fangen Sie jetzt bloß nicht davon an.« Auch Eve war hundemüde und fuhr sich mit ihren Händen durchs Gesicht. »Briefing morgen wie geplant. Dann bringen wir den Rest des Teams auf den neuesten Stand. Ich schreibe den Bericht. Sprechen Sie schon einmal mit Jamie und McNab, denn das machen Sie schließlich sowieso. Anschließend hauen Sie sich aufs Ohr. Denn Sie müssen morgen topfit sein.«

»Das bin ich auf jeden Fall. Weil wir ihn morgen einfach erwischen müssen. Um des Rechts, der Ordnung ... und der wahren Liebe willen.«

»Roarke. Bitte«, flehte Eve.

Lächelnd wünschte er Peabody eine gute Nacht, bevor er die Holographie des Detectives herunterfuhr.

»Jetzt herrscht endlich Frieden«, seufzte sie, fuhr dann aber entschlossen fort: »Ich brauche die Aufnahme, damit ich ...«

»Hier ist eine Kopie.« Er hielt ihr eine Diskette hin. »Eine weitere Kopie habe ich bereits an den Computer in deinem Büro geschickt. Doch jetzt komm mit.«

»Ich muss ...«

»Ja, ich weiß.« Er nahm ihre Hand und zog sie Richtung Lift. »Wenn genug Zeit wäre oder wenn ich denken würde, dass ich dich zu irgendetwas zwingen kann, würde ich jetzt dafür sorgen, dass du erst ein heißes Bad nimmst und danach eine Entspannungssession machst, aber statt mit dir zu streiten ...«

Er zog sie in ihr Schlafzimmer.

»Auch dafür habe ich jetzt keine Zeit.«

»Grundgütiger Himmel, Sex ist offenbar das Einzige, woran du denken kannst.« Er schob sie in Richtung der Sitzgruppe.

Wo sie im warmen Schein einiger Kerzen zwei gefüllte Weingläser und ...

»Ist das etwa Kuchen?«

»Ja.«

»Ich bekomme Kuchen?«

Sie wollte sich direkt auf das Backwerk stürzen, aber er hielt sie zurück. »Kommt drauf an.« Dann zog er eine kleine Schachtel aus der Tasche und verfolgte, wie die freudig überraschte Miene einem Ausdruck der Gereiztheit wich.

»Ich brauche keine Tablette.«

»Wenn du Kuchen möchtest, schon. Ich weiß, dass du Kopfschmerzen hast. Das sehe ich dir an. Du hast zu viel Arbeit, jede Menge Stress und denkst ununterbrochen nach. Also sei ein braves Mädchen, schluck die Pille, und dann kannst du so viel Kuchen essen, wie du willst.«

»Ich kann nur hoffen, dass der Kuchen wirklich lecker ist.« Sie warf die Pille ein, schnappte sich den Teller, nahm den ersten großen Bissen und klappte die Augen zu. »In Ordnung, er ist wirklich fein. Die Pille hat sich eindeutig gelohnt. Jetzt lege ich eine zehnminütige Kuchenpause ein.«

»Das ist mehr als gerecht.« Er zog sie auf die Couch.

»Wir haben sie alle gefunden.« Abermals schloss sie die Augen, diesmal aber nicht aus Freude, sondern aus Erleichterung. »Alle fünf.«

»Ihr habt sie alle gerettet.«

»Nein, nicht alle.«

»Was diese fünf Frauen und ihre Familien eindeutig anders sehen.«

»Wenn wir ihn morgen erwischen«, schränkte Eve umgehend ein, bevor sie erneut in ihren Kuchen biss. »Was hältst du von der Mutter dieser Richterin? Eine unglaubliche Person.«

»Das ist sie auf jeden Fall.«

»Stell dir nur mal vor, sie hat vor siebzig Jahren geheiratet und ist jetzt neunundachtzig. Das heißt, dass sie bei ihrer Hochzeit gerade einmal neunzehn war und dann beinahe sofort das erste Kind bekommen hat. Siebzig Jahre später hält die Ehe immer noch. Das ist es, was Pauley zerstören will. Nicht nur die Person, sondern die Verbindungen, die sie zu unzähligen Menschen hat. Er will sie mit ihren eigenen Familienbanden erwürgen.«

Sie nippte vorsichtig an ihrem Wein. »Wenn wir ihn morgen nicht erwischen, wird sie die Sache bis zum Ende durchziehen. Sie ist eine wirklich taffe Frau.« Sie schloss ihre Augen.

»Ich will die Hochzeit nicht vermasseln«, stellte sie plötzlich fest. »Ich will sie ganz sicher nicht vermasseln, aber wenn ...«

»Eins nach dem anderen«, meinte Roarke und sie atmete vernehmlich aus.

»Ja. Eins nach dem anderen.«

Am nächsten Morgen legte Eve im Besprechungsraum auf dem Revier die Strategie für die Ergreifung Darrin Pauleys fest. Sie rief den Grundriss des Gebäudes auf den großen Wandbildschirm und wies mit einem Laserpointer auf verschiedene Bereiche hin.

»In den unteren drei Etagen sind die Leichenhallen untergebracht, in der vierten und der fünften sind Beratungszimmer und Büros, in der sechsten und siebten Ausstellungs- und Verkaufsräume, und in der achten bis zehnten ein Hotel für die Familien und andere Teilnehmer an den Gedenkfeiern und den Beerdigungen, die dort stattfinden.«

»Wie in einem exklusiven Einkaufszentrum«, stellte Baxter fest.

»Ja.« Es hatte etwas Gespenstisches. »Außerdem gibt es noch Präparationssäle im Keller, in den man durch zwei separate Eingänge gelangt. Das Gebäude verfügt über vier Fahrstuhlreihen mit insgesamt zwölf Fahrstühlen, ein Gleitband zwischen den Hotel- und den Einkaufsbereichen und mehrere Treppen, über die man in sämtliche Etagen kommt.«

»Dem Kerl bieten sich also jede Menge Fluchtwege«, stellte Feeney grimmig fest.

»Außerdem gibt es den Haupteingang im Süden sowie zwei weitere Eingänge im Westen und Osten sowie zwei Notausgänge Richtung Norden. Die Größe und die Lage des Gebäudes erschweren unseren Einsatz. Die Gedenkfeier findet in der südwestlichen Ecke der zweiten Etage statt, wo es wie vor allen Räumen, die nach Westen gehen, noch eine in Richtung Park gehende, offene Terrasse gibt. Zeitgleich finden drei andere Gedenkfeiern und zwei Beerdigungen statt. Zwanzig der zweiundzwanzig Hotelzimmer sind momentan belegt. Sämtliche Büros, Kapellen, Beratungs- und Verkaufsräume werden geöffnet sein.«

»Es wird bestimmt ein unübersichtliches Gedränge herrschen. Was für ihn von Vorteil ist«, meinte McNab.

»Es ist uns nicht gelungen, die Betreiber der Geschäfte dazu zu bewegen, über Mittag zu schließen, und zwingen können wir sie nicht. Also konzentrieren wir uns auf die Ein- und Ausgänge und den Bereich, in dem die Feier stattfinden wird. Der besteht aus diesem einen Raum, in dem die offizielle Feier abgehalten wird, und zwei kleineren Salons, wobei man aus allen drei Räumen sowohl auf die Terrasse als auch in den Flur gelangen kann.«

Sie rief ein Bild der Räumlichkeiten auf und ging die bereits von ihr markierten, nummerierten Positionen durch.

»Wir beobachten die Ausgänge, ein paar Kollegen bewegen sich durch die Räume, und wenn jemand ihn entdeckt, schließen wir die Türen, damit er nicht mehr entkommen kann. Die Beamten an den Ausgängen bleiben auf ihren Positionen, die anderen schnappen sich den Kerl. Ich will, dass der Zugriff möglichst schnell erfolgt, damit kein Chaos ausbricht und es keine Verletzten gibt.«

»Lieutenant«, meldete sich einer der Beamten aus MacMasters' Team zu Wort. »Es wird dort zwar ein riesiges Gedränge herrschen, aber der Großteil der Trauernden werden wahrscheinlich Kollegen sein. Was für uns von Vorteil ist, denn wenn wir das Foto des Verdächtigen verteilen, halten praktisch alle die Augen nach dem Typen auf.«

»Dann hätten wir zwar mehr Augen, aber auch keine Kontrolle mehr über das Geschehen. Ich will, dass niemand außer den hier Anwesenden etwas von dem Einsatz weiß, denn ich möchte nicht, dass der Verdächtige die Fliege macht, weil irgendein Cop argwöhnisch in seine Richtung guckt. Er ist bereits sein Leben lang ein Trickbetrüger, weiß also genau, wonach er Ausschau halten muss. Ich will nicht, dass es irgendetwas für ihn zu entdecken gibt. Feeney.«

»Zwei von unseren Leuten sitzen vor den Bildschirmen im Überwachungsraum. In dem Gebäude gibt es Kameras an allen Ein- und Ausgängen, in sämtlichen Fahrstühlen sowie in den Verkaufsräumen. Sobald sie irgendetwas entdecken, geben sie uns Bescheid.«

»Falls es eine Meldung gibt, bleibt jeder auf seiner Position«, übernahm Eve wieder das Wort. »Wir wollen ihn schließlich nicht verschrecken, sondern in die Falle locken. Gibt's noch irgendwelche Fragen zum Gebäude?« Sie sah die Kollegen fragend an. »Nein? Okay, dann kommen wir jetzt zu den Aufgaben von jedem Einzelnen.«

Nachdem sie ihr Team entlassen hatte, studierte sie abermals den Grundriss auf dem Monitor, um sich zu vergewissern, dass sie nichts übersehen hatte. »Es gibt jede Menge Ein- und Ausgänge«, griff sie Feeneys Einwurf auf.

»Wir haben sie alle erfasst.« Trotzdem studierte auch Peabody abermals die Skizze auf dem Wandbildschirm. »Der Kollege hat nicht ganz unrecht damit, dass es in diesem Gebäude während der zwei Stunden nur so von Polizisten wimmeln wird. Wenn wir das Bild des Typen an sie weitergeben würden, wäre es, als spaziere ein Kaninchen mitten durch ein Wolfsrudel hindurch.«

»Dann bestünde die Gefahr, dass etwas zu ihm durchsickert oder dass irgendein Heißsporn einen Fehler macht. Dann würde das Kaninchen weghoppeln.«

»Meinetwegen.«

»Um einen anderen Vergleich zu bemühen, wäre eine Einbeziehung sämtlicher Kollegen, als würde man allzu viele Köche in die Küche holen. Und zu viele Köche verderben schließlich die Pastete oder so.«

»Ich glaube, den Brei.«

»Wer isst denn bitte Brei?«

»Vielleicht jemand, der krank ist.«

»Die Pastete zu verderben, finde ich viel logischer, denn dann kann sie niemand mehr essen, ob er gesund ist oder krank. Ein kleines, eingeschworenes Team«, fuhr sie mit Nachdruck fort, während Peabody noch über die Pastete grübelte. »Wenn er auftaucht, riegeln wir die Türen so unauffällig wie möglich ab. Er hat keinen Grund, sich Sorgen zu machen, dass ihn womöglich irgendwer erkennt. Denn nach allem, was er weiß, bewegen wir uns immer noch im Kreis.«

»Weswegen uns die Medien in der Luft zerreißen. Obwohl ich weiß, dass wir strategisch vorgehen, tut das einfach weh.«

»Vergessen Sie's«, wies Eve sie an. »Er kann entspannt dort hereinspazieren, sich direkt vor MacMasters aufbauen, ihm in die Augen sehen und sich über das Ergebnis seiner Arbeit freuen. Erst dann ist dieser Teil des Jobs endgültig für ihn abgeschlossen. Wobei er durchaus multitaskingfähig ist, deshalb können wir davon ausgehen, dass er sich am Freitag oder Sonnabend die Dritte auf der Liste, nämlich die alte Mrs Mimoto schnappt, und am Montag kurz auf der Gedenkfeier für Karlene Robins vorbeischaut, bevor er sich ganz auf sein nächstes Opfer konzentriert.«

Sie fuhr den Computer herunter, schaltete den Bildschirm aus und sammelte die Disketten ein.

»Lassen Sie uns schon mal rüberfahren. Ich will mir das Gebäude gründlich von oben bis unten ansehen, bevor der Rest der Truppe dort erscheint.«

Nicht zum ersten Mal wünschte sich Eve, die MacMasters hätten einen kleineren und überschaubareren Ort für die Gedenkfeier gewählt. Sie stand in der großen Eingangshalle, hielt wegen des starken Liliendufts den Atem an und ging die verschiedenen potenziellen Fluchtwege des Bastards durch.

Es ging überall rauf und runter, rein und raus, das Haus erschien ihr wie ein Bienenstock und die schwarz gewandeten Angestellten kamen ihr wie lauter Arbeitsbienen vor.

Sie ging über den eleganten Marmorboden auf die erste Fahrstuhlreihe zu.

»Entschuldigung. Kann ich Ihnen irgendwie behilflich sein?«

Eve blickte in das ernste Gesicht der Frau, die auf sie zugetreten war.

»Ich überprüfe die Security für die Familie MacMasters.« Sie zückte ihre Dienstmarke.

»Selbstverständlich.« Eilig rief die Frau etwas auf ihrem Mini-Computer auf. »Die Gedenkfeier für Deena MacMasters wird in Saal zweihundert stattfinden. Der ist im zweiten Stock. Soll ich Sie dorthin bringen?«

»Ich glaube, den zweiten Stock finden wir noch allein.«

»Natürlich.« Eves Sarkasmus prallte völlig an ihr ab, in ihrem Blick und ihrer Stimme lag auch weiter ein seltsam nüchterner Ausdruck von Mitgefühl. »Nicholas Cates ist für den Ablauf der Feier verantwortlich. Ich werde ihm melden, dass Sie hier sind. Kann ich sonst noch irgendetwas für Sie tun?«

»Nein.«

Eve bestieg den Lift und drückte auf die Zwei.

»Die war mir unheimlich«, erklärte Peabody. »Ich weiß, dass sie die Leute trösten soll, aber mit ihrer komischen Friedhofs-Flüsterstimme war sie mir genauso unheimlich wie das gesamte Haus. Es kommt mir wie ein exklusives Hotel für Tote vor.«

Eve spitzte nachdenklich die Lippen. »Mir erscheint es eher wie eine exklusive Toten-Wellness-Oase oder so. Sie verpassen den Toten unten im Keller sogar noch eine Maniküre.«

»Igittigitt.«

»Sagen Sie nicht igittigitt. Das klingt memmenhaft.«

»An Orten wie diesen komme ich mir auch wie eine Memme vor, vor allem, wenn ich mir vorstelle, wie irgendeine fröhlich plappernde Angestellte einer Toten die Fingernägel anmalt.«

»Vielleicht sollte Trina anfangen, hier zu arbeiten.«

Sie betraten einen zweiten breiten Korridor, in dem es denselben teuren Marmorboden und dieselben unzähligen Blumensträuße gab, und Eve blickte im Gehen durch diverse offene Türen, hinter denen das in respektvolles Schwarz gehüllte Personal die letzten Vorbereitungen für verschiedene Trauerfeiern traf.

Noch mehr Blumen, merkte sie, und aktivierte Wandbildschirme, auf denen es die von den Familien der Toten ausgesuchten Videos und Fotos der Verstorbenen zu sehen gab.

»Lieutenant Dallas.« Ein Mann mit goldenem Haar und dem Gesicht eines Engels kam eilig auf sie zu. Er wirkte wie die männliche Version der Friedhofsflüsterin. »Ich bin Nicholas Cates. Meine Kollegin hat mich über Ihr

Erscheinen informiert. Tut mir leid, dass ich nicht unten war, um Sie dort schon in Empfang zu nehmen. Was kann ich für Sie tun?«

»Sie können die anderen Feiern und Beerdigungen heute Morgen umleiten, damit niemand, der nicht direkt etwas mit der Gedenkfeier MacMasters zu tun hat, in diese Etage kommt.«

Er setzte ein betrübtes Lächeln auf. »Ich fürchte, das ist nicht möglich.«

»Das sagte man mir schon.«

»Natürlich möchten wir in größtmöglichem Umfang mit Ihnen kooperieren, aber wir müssen gleichzeitig auch Rücksicht auf die anderen Parteien nehmen, die einen geliebten Menschen verloren haben.«

»Da haben Sie natürlich recht. Sie haben die interne Security und sämtliche hier tätigen Angestellten überprüft?«

»Selbstverständlich. Sie konnten sich alle ordnungsgemäß ausweisen. Außerdem haben wir Ihre elektronischen Ermittler in meinen Büros untergebracht.«

Sie betrat den großen Saal, in dem, wie in den anderen Räumen, bereits mit den Vorbereitungen der Feier angefangen worden war. Ohne auf die Blumen, das lachende, junge Gesicht der Toten auf den Wandbildschirmen und in Bilderrahmen, die auf Staffeleien verteilt waren, oder den weiß schimmernden Sarg mit den leuchtend violetten und pinkfarbenen Blüten zu achten, sah sie sich die Terrasse, die Salons, die Treppenhäuser, die Toiletten und den kleinen Meditationsraum auf der anderen Seite des Ganges an.

Sämtliche Ausgänge würden von elektronischen Augen und lebenden Menschen bewacht. Sie und Peabody hatten die Lebensläufe aller Angestellten und vor allem der Personen, die an diesem Tag in dem Gebäude tätig waren, überprüft, Beamte in Zivil einschließlich ihrer selbst würden sich unter die Trauergemeinde mischen, sie alle waren verkabelt und hielten auf diese Weise permanent Kontakt.

Sämtliche Beamte unter ihrer Führung waren über das geplante Vorgehen informiert.

Jetzt gab es nichts anderes mehr zu tun, als die Sache endlich anzugehen.

20

Eine halbe Stunde vor Beginn der Feier hatten sämtliche Beamten ihre Positionen eingenommen, als die MacMasters zusammen mit ein paar anderen Leuten aus dem Fahrstuhl stiegen, damit Cates sie noch einmal alleine vor den anderen zum Sarg der Tochter brächte. Eve trat höflich einen Schritt zur Seite, um der kleinen Gruppe Platz zu machen.

Carol MacMasters aber schüttelte die Hand ihres Mannes von ihrem Arm ab und wirbelte zu ihr herum.

»Warum sind Sie hier?«, fuhr sie sie zornig an. »Warum machen Sie nicht Ihren *Job*? Glauben Sie etwa, wir wollen Sie hier haben, glauben Sie etwa, wir legen Wert auf Ihr zur Schau gestelltes Mitgefühl? Mein Baby ist tot, und das Monster, das sie getötet hat, läuft noch immer frei herum. Was haben Sie uns eigentlich bisher genützt? Was nützen Sie uns überhaupt?«

»Carol, hör auf. Hör sofort auf.«

»Ich höre ganz bestimmt nicht auf. Ich höre nie mehr

auf. Für Sie ist das hier nur ein Fall, nicht wahr? Ein ganz normaler Fall. Sämtliche Medien berichten, dass Sie nichts herausgefunden haben. Nicht die allerkleinste Kleinigkeit. Sie sind eine totale Null.«

Während sie anfing zu schluchzen, zog ein älterer Mann, der neben ihr stand, sie sanft an seine Brust. »Beruhige dich, Carol, bitte beruhige dich. Setz dich erst einmal hin, komm mit mir, und setz dich hin.«

Er führte die kleine Gruppe fort, und MacMasters blickte ihnen hilflos hinterher. »Ich muss Sie um Verzeihung bitten, Lieutenant.«

»Nicht ...«

»Sie wollte kein Beruhigungsmittel nehmen. Hat sich strikt geweigert, irgendetwas zu nehmen, was ihr hilft, den Tag zu überstehen. Ich habe erst zu spät gemerkt, dass sie die Nachrichten gesehen hat, und sie ist zu ... aufgewühlt, um zu verstehen, was vor sich geht. Es ist teilweise meine Schuld. In dem Bemühen, sie zu trösten, habe ich ihr versprochen, Sie würden ihn noch vor diesem Tag erwischen. Das hätte ich nicht tun dürfen. Zwar hatte ich gehofft, dass Sie ihn vorher schon erwischen, aber ich ...«

Kopfschüttelnd betrat er ebenfalls den Saal.

Einen Moment später machte Cates die Flügeltüren zu, und Carols lautes Schluchzen klang, als trommele irgendjemand mit geballten Fäusten auf dem dicken Holz herum.

»Es ist falsch, was sie gesagt hat, Dallas«, fing Peabody an. »Und es ist einfach nicht fair.«

»Vielleicht ist es falsch, aber unfair ist es nicht.«

»Aber ...«

»Konzentrieren Sie sich auf den Grund, aus dem wir hier sind.« Eve wandte sich von der Tür und von dem lauten Schluchzen ab. »Feeney? Habt ihr alles im Blick?«

»Wir haben alles im Blick«, hörte sie seine Stimme durch den Knopf in ihrem Ohr. »Peabody hat recht, und du hast unrecht. Das ist alles, was ich dazu sagen kann. Dein Mann kommt gerade rein. Zusammen mit irgendwelchen hohen Tieren von der Drogenfahndung, Whitney, dessen Frau und dem Commissioner. Außerdem kommen durch den Nordeingang regelmäßig irgendwelche Lieferungen rein. Blumen, Kisten, Fotowände, auf denen wahrscheinlich irgendwelche toten Leute abgebildet sind. Gerade werden ein paar Leichen durch die Kellertür gekarrt.«

»Nehmt das bitte alles auf. Und haltet mich auf dem Laufenden.« Sie wartete, bis sich die Tür des Fahrstuhls öffnete. »Commissioner Tibble. Commander, Mrs Whitney. Die MacMasters sind bereits im großen Saal, um sich als Familie von der Toten zu verabschieden.«

»Dann werden wir hier draußen warten.« Tibble nickte und sah sie aus harten, dunklen Augen an. »Ist schon irgendwas passiert?«

»Nein, Sir.«

»Ich hoffe, Ihre Strategie rechtfertigt die Medienschelte, der wir in den letzten Tagen ausgesetzt sind.« Er warf einen Blick auf die geschlossenen Türen. »Und trägt dazu bei, dass es für den Captain und für seine Frau endlich irgendeinen Abschluss gibt.«

»Wir werden ihn erwischen, wenn er sich hier blicken lässt, und ich bin der festen Überzeugung, dass er kommt. Trotzdem haben wir bereits geplant, wie wir ihn morgen kriegen können, falls ...«

»Davon will ich nichts hören, Lieutenant. Entweder Sie nehmen diesen Kerl noch heute fest, oder wir veröffentlichen sein Foto.«

Er machte auf dem Absatz kehrt und trat an das Fenster am Ende des Korridors.

»Ihr Plan, es so aussehen zu lassen, als ob Sie bei den Ermittlungen nicht weiterkommen, hat erheblich besser als erwartet funktioniert«, stellte Whitney leise fest. »Wir stehen inzwischen mächtig unter Druck, Lieutenant.«

»Das ist mir bewusst.«

Whitney und seine Frau wandten sich ein paar anderen Trauergästen zu.

»Das ist nicht ...«

Eve bedachte Peabody mit einem bösen Blick. »Sagen Sie jetzt nicht, das ist nicht fair. Ich leite die Ermittlungen und stecke auch die Prügel ein, falls es Prügel gibt. Kontaktieren Sie die anderen Mitglieder des Teams. Sie sollen sich langsam unauffällig hier verteilen. Ich habe nicht erwartet, dass du es zu der Feier schaffst«, fügte sie, an Roarke gewandt, hinzu.

»Ich habe einfach ein paar Termine umgelegt.« Er blickte auf ihren Commander und den obersten Cop der Stadt. »Und darüber bin ich wirklich froh, weil ich dir auf diese Weise vielleicht helfen kann, wenn du die Sache hier zum Abschluss bringst.«

»Er wird auf jeden Fall erscheinen. Das sagen mir die Wahrscheinlichkeitsberechnungen, Miras Profil und mein Instinkt. Er wird auf jeden Fall erscheinen, und dann nehmen wir ihn in die Zange und setzen ihn fest. Und während sich die anderen dafür von der Gottheit Medien applaudieren lassen, sitzt der Kerl *mir* gegenüber im Vernehmungsraum. Und dann ...«

Sie brach ab und atmete tief durch. »Okay. Okay. Ein bisschen angefressen bin ich schon.«

Roarke streichelte ihr aufmunternd den Arm. »Was dir ausgezeichnet steht.«

»Aber ich habe keine Zeit für solche Emotionen. Ich habe keine Zeit. Bisher konnten wir die Fingerabdrücke von dem Musical-Programm noch nicht zuordnen. Wenn wir diesen Kerl erst haben, wird uns das gelingen, aber dazu müssen wir ihn eben erwischen.« Sie stopfte die Hände in die Taschen ihrer schwarzen Jacke und fügte in resigniertem Ton hinzu: »Nadine und ihr wahrhaft erstaunliches Rechercheteam haben bisher noch keinen Käufer der Alarmanlage ausfindig gemacht, auf den seine Beschreibung passt.«

»Ich habe da ein paar Ideen, an denen ich noch arbeite«, erklärte Roarke.

»Uns läuft die Zeit davon. Wir müssen heute etwas finden.« Sie entdeckte Cates, der mit den Eheleuten Whitney sprach, bevor er sie und Tibble in den Saal geleitete, und sagte leise in ihr Mikrofon: »Jetzt geht es los.«

Sie hatte mit einer großen Gästezahl gerechnet – jeder Menge Cops, Nachbarinnen, Nachbarn, Schulfreunden und Freundinnen des Mädchens –, einen derartigen Andrang aber hatte sie beim besten Willen nicht vorhergesehen.

Sie sah Deenas beste Freundin Jo mitsamt ihrer Familie, die Nachbarin, mit der sie am Morgen nach dem Mord gesprochen hatte, zahlreiche Kollegen, die sie kannte, und genauso viele, denen sie noch nie begegnet, denen ihr Beruf aber schon aus der Ferne anzusehen war.

Junge Menschen, alte Menschen und vor allem Dutzende von Teenagern liefen zwischen den Beamten in Uniform und in Zivil herum. Mehr als einer brach in Tränen aus und wurde aus dem Saal geführt, als er die Aufnahmen von Deena auf den Wandbildschirmen sah.

Eve hatte kurzen Blickkontakt mit Nadine Furst, behielt aber vorsichtshalber einen möglichst großen Abstand zu ihr bei, während sie sich stetig durch das Gedränge schob, um sich alles aus verschiedenen Perspektiven anzusehen.

»Jetzt bewegt sich noch eine Gruppe Richtung Haupteingang«, drang wieder Feeneys Stimme an ihr Ohr. »Acht, nein, neun Sechzehn- bis Achtzehnjährige. Warte einen Augenblick. Da ist jemand dabei. Männlich, Baseballkappe, Sonnenbrille, dunkles Haar, die passende Statur. Es … nein, er ist es nicht.«

In diesem Augenblick trat Whitney neben sie. »Es wurden auch Schüler aus ihrer Schule eingeladen«, klärte er sie mit frustrierter Stimme auf. »Jonah wusste nichts davon. Das ist Carols Werk.«

»Er ist bisher durch keinen der normalen Eingänge gekommen. Dort hätten wir ihn auf jeden Fall entdeckt. Aber die Feier fängt schließlich auch erst an.«

Sie beobachtete Mira, die den Saal betrat und sich durch die Menge in Richtung der trauernden Eltern schob.

Zu viele Polizisten, dachte sie. Zu viele Kids. Sie beobachtete ein paar Angestellte, die sich mit Tabletts mit Fingerhüten voller Wasser und winzig kleinen Tassen voller Tee und Kaffee einen Weg durch das Gedränge bahnten oder noch mehr Blumen brachten.

Obwohl man schon jetzt wegen des allzu süßen Dufts in diesem Trauergarten kaum noch Luft bekam.

Menschen drängten durch die Türen nach draußen und in die Salons, inmitten eines immer weiter anschwellenden Stimmenmeers lauschte Eve durch den Knopf in ihrem Ohr den knappen Meldungen der Mitglieder ihres Teams.

Um ein wenig frische Luft zu schnappen und sich gleichzeitig auch draußen noch einmal umzusehen, marschierte sie in Richtung der Terrassentür.

Kaum aber hatte sie die Tür erreicht, krachte es vernehmlich hinter ihr, und sie wirbelte herum.

Lautes Gebrüll und spitze Schreie drangen an ihr Ohr, urplötzlich brach der gesamte Saal in blinde Panik aus. Unter Einsatz ihrer Ellenbogen kämpfte sie sich wieder in den Raum und forderte durch ihr Mikro die Berichte ihrer Leute an, während sie bereits ihren Communicator aus der Tasche riss. Direkt vor ihr rollte eine menschliche Lawine durch den Raum. Jemand rempelte sie hart von hinten an, sie stürzte fluchend auf die Knie, ihr Communicator flog ihr aus der Hand und wurde von den Schuhen der Flüchtenden zermalmt.

Sie bekam einen Hieb aufs Auge, einen auf die Nase und dann einen in den Rücken, während sie sich in der Flut der Menschen, die zum Ausgang stürzten, wieder auf die Füße kämpfte, um besser zu sehen.

Durch eine kleine Lücke im Gedränge sah sie zwei Kollegen, die gewaltsam einen jungen Mann am Boden hielten. Seine Baseballmütze rutschte ihm dabei vom Kopf und eine Strähne wild zerzauster, brauner Haare fiel ihm in die Stirn.

Sie wischte sich das Blut aus dem Gesicht, kämpfte sich erneut durch das Gewühl.

Dann sah sie ihn am Rand des Chaos stehen. Er warf einen selbstzufriedenen Blick auf den schimmernd weißen Sarg mit den violetten und den pinkfarbenen Blumen und den Mann, der die schluchzende Mutter seines Opfers in den Armen hielt.

Innerhalb von wenigen Sekunden wogte die Masse aus Menschen abermals um sie herum, versperrte ihr die Sicht und hinderte sie daran, auch nur einen Schritt zu tun.

»Haupteingang des Saals. Ich habe ihn gesehen.« Eine Frau fiel gegen sie, Eve schob sie energisch zur Seite und kämpfte sich durch das Gewühl. »Schwarzer Anzug, weißes Hemd, Ausweisplakette am Revers. Verdammt, verdammt, nun macht schon. Schnappt ihn euch.«

Durch den Knopf in ihrem Ohr drang nur ein lautes Rauschen. Die Leute vor ihr, die versuchten, aus dem Saal zu fliehen, stellten eine menschliche Barrikade dar, die sich unmöglich überwinden ließ.

Sie schubste, stieß und drängelte, während irgendwo in ihrem Rücken Whitney die Menschen mit herrischer Stimme anwies, Ruhe zu bewahren. Doch es war zu spät, verdammt, es war zu spät. Als sie endlich in den Flur gelangte, blickte sie sich suchend um und entdeckte Trueheart, der einer älteren Frau auf einen der dort stehenden Stühle half.

Sie packte ihn am Arm. »Der Verdächtige trägt einen schwarzen Anzug, ein weißes Hemd, eine schwarze Krawatte und hat eine Ausweisplakette am Revers. Das Haar ist kurz und mittelblond. Schicken Sie seine Beschreibung raus. Jetzt sofort. Ich will, dass das Gebäude abgeriegelt wird. Niemand verlässt das Haus.«

»Zu Befehl, Ma'am.«

Sie rannte Richtung Treppe, nahm immer zwei Stufen auf einmal bis ins Erdgeschoss und stürzte ins Foyer.

»Oh, Sie haben Nasenbluten, lassen Sie mich ...«

»Ist hier ein Mann von Anfang zwanzig, mit kurzem, mittelblondem Haar, einem schwarzen Anzug und einer Ausweisplakette durchgekommen?«

Die Frau, die sie bei ihrer Ankunft in Empfang genommen hatte, starrte auf ihr blutiges Gesicht. »Ja, ich glaube, ich habe gerade einen unserer Assistenten ...«

»Wo ist er hingegangen?«

»Er hat das Haus gerade verlassen. Er sah aus, als hätte er es eilig.«

Eve rannte vor die Tür, sah in alle Richtungen und merkte, dass die beiden Cops, die den Haupteingang bewachen sollten, bereits die Verfolgung aufgenommen hatten. Fluchend sprintete sie in derselben Richtung los, riss ihr Handy aus der Tasche und rief die Zentrale an.

»Hier ist Lieutenant Dallas. Ich verfolge den Verdächtigen zu Fuß von der Ecke Fünfzigster und Achtundfünfzigster aus in Richtung Norden. Die Person ist männlich, weiß, dreiundzwanzig, schlank, blond mit einem schwarzen Anzug, einem weißen Hemd und einem schwarzen Schlips.«

Im Fußgängerstrom, der ihr entgegenkam, konnte sie den Kerl nicht entdecken.

Obwohl sie sich mit Mühe einen Weg durch das Gedränge bahnte, stürmte sie in Höchstgeschwindigkeit an mehreren Häuserblocks vorbei, als sie fast auf einer Höhe mit ihren Kollegen war, erkannte sie, dass ihr Bemühen völlig sinnlos war. Sie hätten ihr gar nicht erst Bericht erstatten müssen, als sie sie schließlich erreichte. Weil ihnen der Fehlschlag bereits überdeutlich anzusehen war.

»Wir haben ihn verloren, Lieutenant«, räumten sie niedergeschlagen ein. »Er hatte schon fast einen Block Vorsprung, als die Meldung kam, und er war wirklich schnell. Wir konnten ihn nur noch von Weitem sehen, dann ist er plötzlich in der Menge abgetaucht.«

»Wie ist er an Ihnen vorbeigekommen?«, herrschte sie die beiden an. »Wie zum Teufel ist der Kerl an Ihnen vorbeigekommen?«

»Lieutenant, wir sollten auf die Leute achten, die das Haus betreten. Wenn uns die elektronischen Ermittler jemanden gemeldet hätten, hätten wir verhindern sollen, dass diese Person ins Haus hineingelangt. Aber dieser Typ kam zusammen mit einer Gruppe anderer Angestellter aus dem Haus heraus. Wir hatten gerade die Meldung von dem Chaos oben erhalten, in dessen Verlauf der Verdächtige angeblich festgenommen worden war. Dann hat es etwas gedauert, bis die neue Meldung kam, dass sich der Verdächtige als Angestellter ausgegeben hat und flüchtig ist. Wir haben sofort die Verfolgung aufgenommen und können von Glück reden, dass wir ihn zumindest noch gesehen haben, ehe ...«

Eve hob abwehrend die Hand. »Wir werden diesen Riesenschlamassel auf der Wache klären. Kehren Sie zu Ihrer Einheit zurück, und warten Sie dort auf weitere Befehle.«

Wütend und mit schmerzendem Gesicht stapfte sie zurück und schüttelte den Kopf, als Roarke ihr eilig entgegenkam.

»Wir haben ihn verloren. Gottverdammt.«

Roarke zog ein Taschentuch aus seiner Jackentasche und hielt es ihr hin. »Du hast Nasenbluten.«

»In diesem verfluchten Durcheinander habe ich ein, zwei Ellbogen auf den Zinken gekriegt, die Trampeltiere haben mir das Mikro abgerissen und sind so lange auf meinem Communicator rumgetrampelt, bis nichts mehr davon übrig war. Und er ist direkt vor den Augen von zwei Polizisten einfach aus dem Haus spaziert. Hat getan, was er tun wollte, und dazu den Extraspaß gehabt mit anzusehen, wie sich ein ganzer Trupp von Cops zum Narren macht. Was zum Teufel ist passiert?«

»Ich habe keine Ahnung.« Er nahm ihren Ellbogen und lenkte sie durch das Gewühl auf der Fifth Avenue. »Ich habe gesehen, wie du umgeworfen wurdest, aber bis ich mir einen Weg durch die panische Menge bahnen konnte, warst du nicht mehr da. Dann hat Trueheart mir erzählt, du hättest die Verfolgung dieses Typen aufgenommen, und ich habe gedacht, ich laufe dir am besten einfach hinterher.«

»Das blöde Gerenne hätte ich mir sparen können. Er war nämlich schon verschwunden, als ich auf die Straße kam.«

Als sie sich wieder dem Gebäude näherte und sich einen Weg durch das Gedränge auf dem Gehweg bahnte, trat Peabody durch die Tür.

»Weg«, erklärte Eve.

»Verdammt.« Peabody atmete zischend aus und zuckte zusammen, als sie Eves lädierte Nase sah. »Ich dachte schon, mich hätte es übel erwischt«, erklärte sie, während sie vorsichtig mit ihren Fingerspitzen über den blauen Fleck an ihrer Wange strich. »Aber Sie sind eindeutig noch schlimmer dran.«

»Lassen Sie uns dieses Chaos erst mal aufklären. Was wissen Sie?«, erkundigte sich Eve auf dem Weg ins Gebäude.

»Alles, was ich bisher weiß, ist, dass irgendein Idiot aus MacMasters' Truppe einen Jungen angegriffen und dass ein Kollege ihm geholfen hat, ihn am Boden festzuhalten, bis er gefesselt war. Daraufhin brach allgemeine Panik aus. Wir haben alle Beteiligten in einen der Privatsalons oben verfrachtet, wo Baxter darauf aufpasst, dass nichts mehr passiert. Whitney ist bei den MacMasters und hat Anweisung gegeben, ihm sofort Bescheid zu sagen, wenn Sie wieder hier sind. Wir mussten ein paar Krankenwagen rufen, weil es zahllose Verletzte gab. Das ist alles eine Riesenscheiße, Dallas.«

»Versuchen Sie, das Chaos in den Griff zu bekommen, und sagen Sie Whitney, dass ich mit den beiden Polizisten und dem Zivilisten spreche. Mein Communicator ist nämlich im Arsch.«

»Soll ich mit dem Manager des Instituts sprechen?«, schlug Roarke ihr vor. »Ich könnte versuchen, die Wogen ein wenig zu glätten.«

»Das wäre bestimmt nicht schlecht. Auch wenn ich nachher selbst noch einmal mit ihm sprechen muss. Verflucht.« Eve straffte die Schultern und kehrte entschlossen in den zweiten Stock zurück.

Der Geruch der Lilien und der Rosen war noch stärker als zuvor, wahrscheinlich, weil der größte Teil der Blumen von den Flüchtenden zertrampelt worden war. Sie bahnte sich einen Weg an Wasserpfützen und Glasscherben vorbei bis zu der Tür, vor der der brave Trueheart Wache hielt.

»Wir haben bereits gehört, dass der Verdächtige geflüchtet ist, Lieutenant. Tut mir wirklich leid. Baxter hat die beiden beteiligten Beamten und den Jungen hier. Der Junge wird gerade von einem Sanitäter untersucht. Er sieht nämlich ein wenig mitgenommen aus.«

»Na wunderbar.«

Sie betrat den Raum und machte die Tür hinter sich zu.

Ein etwa achtzehnjähriger Junge saß auf einem blendend weißen Stuhl, während ein grauhaariger Sanitäter ihm mit einer Taschenlampe in die Augen leuchtete.

»Ich bin okay«, meinte der junge Mann. »Zwar haben mich die Kerle grün und blau geprügelt, aber trotzdem fehlt mir nichts.«

»Wenn man mich schon gerufen hat, um Sie zu untersuchen, tue ich das auch gründlich.«

Der Sanitäter fuhr mit einem Klebestift über den Riss an seinem Kinn.

Eve warf einen kurzen Blick auf die beiden Polizisten, die zusammengesunken auf dem ebenfalls blendend weißen Sofa saßen, dann wandte sie sich an Baxter, der seine Augen himmelwärts rollte.

Ja genau, jetzt hilft uns nur noch beten, dachte sie und sah wieder den Jungen an.

»Ich bin Lieutenant Dallas.«

»Hi. Ich bin Zach. Kann ich jetzt vielleicht endlich gehen? Ich muss Kelly finden. Kelly war in derselben Klasse wie das tote Mädchen, und ich bin mit ihr zusammen hergekommen, weil sie meinte, dass sie sich nicht traut, sich alleine eine Tote anzusehen.«

»Wie heißt Kelly mit Nachnamen?«

»Nims. Da drinnen war schließlich das totale Chaos ausgebrochen, deswegen muss ich wissen, ob mit ihr alles in Ordnung ist.«

»Detective Baxter, schicken Sie jemanden los, der nach der jungen Dame sucht.«

»Wird sofort erledigt, Ma'am.«

»Danke. Ich werde mich erheblich besser fühlen, wenn ich weiß, dass sie in Ordnung ist. Wir zwei sind ziemlich dicke, und wie gesagt, sie war sowieso schon panisch, als wir hergekommen sind.« Er hatte eine gewisse Ähnlichkeit mit Pauley, merkte sie. Dieselbe Statur, dieselbe Hautfarbe, dasselbe wild zerzauste Haar. Dann bemerkte sie die Baseballkappe, die er in den Händen hielt.

»Zach, ich möchte mich bei dir für diesen unglücklichen Zwischenfall entschuldigen und dir gleichzeitig versichern, dass ich höchstpersönlich gründlich untersuchen werde, wie es dazu kam.«

»Ich stand einfach da und dann war es mit einem Mal, als hätte mich ein Maxibus gerammt. Ich lag auf dem Boden, alle fingen an zu schreien und rannten wie die Wilden hin und her. Ich glaube, irgendwer ist auf mich drauf getreten. Dann haben diese Typen hier mir Handschellen angelegt und Kelly hat geschrien. Ich war total erledigt. Lag völlig fertig auf dem Boden und konnte nichts tun. Das war total seltsam, aber ...«, er sah sie mit einem leichten Lächeln an, » ...irgendwie auch cool. Dann haben mich diese Typen über meine Rechte aufgeklärt. Sollte ich vielleicht einen Anwalt anrufen?«

Sie konnte nur hoffen, dass er diesen Anruf unterließ. Denn ein Anwalt, der diese Berufsbezeichnung auch nur annähernd verdiente, würde sie alle verklagen, bis ihnen Hören und Sehen verginge, das war ihr klar.

»Du bist nicht in Schwierigkeiten, Zach. Es war ein sehr bedauerliches Versehen. Ich kann nur hoffen, dass du meine persönliche Entschuldigung für das rüde Vorgehen meiner Kollegen akzeptierst.«

»Sicher. Kein Problem.«

Baxter glitt wieder in den Raum. »Kelly geht es gut, Zach. Sie wartet unten auf dich.«

»Super. Kann ich dann jetzt gehen?«

»Ist er okay?«, erkundigte Eve sich bei dem Sanitäter.

»Er hat einige leichte Schürfwunden und blaue Flecke, weiter nichts.« Er sah Eve durchdringend an. »Sie sehen deutlich schlimmer aus.«

»Wenn du Detective Baxter deinen vollständigen Namen und deine Adresse nennst«, wandte Eve sich abermals dem Jungen zu, »wird der Beamte an der Tür dich zu Kelly runterbringen. Falls du noch irgendwelche Fragen oder Probleme hast, erreichst du mich auf dem Hauptrevier.«

»Cool.« Er setzte seine Kappe wieder auf und sprang von seinem Stuhl. »Das war echt der Hammer.«

»Freut mich, wenn du es zumindest aufregend gefunden hast. Baxter, leihen Sie mir Ihren Rekorder. Meiner ist kaputt.« Sie machte das Gerät am Kragen ihrer Jacke fest.

»Soll ich mir mal Ihr Gesicht ansehen?«, bot der Sanitäter an.

»Jetzt nicht.«

»Tja dann.« Er zog ein Kühlkissen aus seinem Koffer und warf es ihr zu. »Legen Sie sich das wenigstens auf Ihre Nase, ja?«

Nachdem der Mann und Zach den Raum verlassen hatten, wandte sich Eve den beiden Polizisten zu.

»Rekorder an. Lieutenant Eve Dallas bei der Vernehmung zweier hitzköpfiger Vollidioten, denen es gelungen ist, einen präzise geplanten Einsatz zu vermasseln, woraufhin ein Mordverdächtiger gemütlich wegspazieren konnte, ohne dass ihm dabei irgendjemand in die Quere kam.«

»Lieutenant ...«

»Sie sprechen erst, wenn ich es Ihnen sage«, fauchte sie und wandte sich absichtlich an den anderen Cop. »Name, Rang, Revier, Abteilung.«

»Officer Glen Harrison vom Hundertfünfundzwanzigsten, Abteilung für Drogendelikte unter der Leitung von Captain MacMasters.«

»Sie«, forderte sie jetzt den ersten Polizisten auf.

»Officer Kyle Cunningham vom Hundertfünfundzwanzigsten, Abteilung für Drogendelikte unter der Leitung von Captain MacMasters.«

»Und ihr beiden Clowns habt beschlossen, dass ihr heute meine Arbeit machen wollt?«

»Wir waren hier, um der Tochter unseres Vorgesetzten

die letzte Ehre zu erweisen und um dem Captain und seiner Frau unsere Unterstützung anzubieten. Schließlich ist allgemein bekannt, dass Sie bei Ihren Ermittlungen in einer Sackgasse gelandet sind.«

»Ach ja?«, erkundigte Eve sich freundlich, während Cunninghams Kollege unglücklich die Augen schloss.

»Das wird überall erzählt«, erklärte Cunningham.

»Und deshalb haben Sie beschlossen, die Ermittlungen dadurch voranzutreiben, dass Sie auf der Gedenkfeier für dieses Mädchen über einen Zivilisten herfallen und Panik auslösen, in deren Verlauf der tatsächliche Verdächtige denjenigen von uns entkommen konnte, die tatsächlich für seine Ergreifung zuständig gewesen wären.«

»Der Junge sah so aus wie er.«

Sie sah ihn aus zusammengekniffenen Augen an. »Und woher wissen Sie das, Officer Cunningham? Woher hatten Sie eine Beschreibung des Verdächtigen?«

»Solche Sachen sprechen sich ganz einfach rum.«

»Dann hat sich also einerseits herumgesprochen, dass wir bei unseren Ermittlungen nicht weiterkommen, während andererseits die Rede davon war, dass es eine Beschreibung eines Verdächtigen gibt. Deshalb haben Sie beschlossen, die Dinge in die Hand zu nehmen, Sie haben dadurch meine Operation unterminiert und einem Mann die Flucht ermöglicht, der zwei Frauen auf dem Gewissen hat. Die Ermittlungen sind in Verruf geraten und die Polizei könnte nicht nur von einem Teenager, den Sie misshandelt haben, sondern auch von diesem Etablissement und jeder anderen Person, die bei der von Ihnen ausgelösten Massenpanik verletzt wurde oder ihrer Meinung nach vielleicht psychisch zu Schaden kam, verklagt werden. Ihr seid echt zwei Arschlöcher.«

»Das muss ich mir nicht sagen lassen.« Cunningham sprang auf. »Ich habe das Bild des Kerls gesehen, und der Junge sah nicht nur genauso aus, sondern hatte auch genau dieselben Klamotten an. Deshalb habe ich was unternommen, und zwar mehr, als Ihre Abteilung unternommen hat, seit das Mädchen des Captains vergewaltigt und ermordet worden ist.«

Eve machte einen Schritt nach vorn. »Pflanzen Sie Ihren fetten Hintern sofort wieder auf das Sofa, wenn ich das nicht für Sie machen soll.«

»Das möchte ich sehen.«

»Um Himmels willen, Cunnigham. Um Himmels willen.« Der noch sitzende Harrison fuhr sich mit einer Hand durch das Gesicht.

»Officer Cunningham, Sie sind wegen Insubordination während des nächsten Monats vom Dienst suspendiert. Wie anschließend weiter mit Ihnen verfahren wird, legen Ihre Vorgesetzten fest. Sie setzen sich, wenn ich es sage, sonst werden Sie von vornherein für zwei Monate suspendiert.«

»Der Captain ist mein Vorgesetzter«, raunzte er, nahm aber wieder Platz.

»Trotzdem bin ich ranghöher als Sie. Aber ja, der Captain ist Ihr Vorgesetzter. Ihr heutiges Vorgehen hat den Einsatz unterminiert, nach dem der Mann, der seine Tochter vergewaltigt und ermordet hat, jetzt hinter Schloss und Riegel sitzen sollte. Also, wer hat Ihnen das Bild gezeigt?«

Cunningham reckte herausfordernd das Kinn. »Ich sage nichts mehr ohne meinen Anwalt.«

»Das können Sie halten, wie Sie wollen.« Sie wandte sich erneut an Harrison. »Wie sieht es mit Ihnen aus?«

»Ich habe das Bild nicht gesehen, Lieutenant. Ich habe

nur davon gehört, es aber nicht gesehen. Cunningham hat sich auf den Jungen gestürzt und gebrüllt, er hätte das Schwein erwischt und bräuchte Hilfe. Also habe ich geholfen.«

»Gehen Sie mir jetzt aus den Augen, schreiben Ihre Berichte, und kontaktieren Sie Ihre Anwälte.«

Nachdem die zwei verschwunden waren, nahm Baxter ihr das Kühlkissen aus der Hand, klappte es einmal um und aktivierte es auf diese Art. »Hier, legen Sie sich das aufs Auge, bevor es noch dicker wird.«

Während sie das Kissen selbst noch einmal wrang, stellte sie sich vor, es wäre der Hals dieses Idioten Cunningham. »Meine Güte, Baxter.«

»Wir stecken in der Scheiße, und zwar bis zum Hals. Ich würde diesem Cunningham am liebsten dafür in den Hintern treten, doch das wäre reine Zeitvergeudung. Obwohl uns das wahrscheinlich nicht viel nützt, habe ich genau gesehen, wie es abgelaufen ist. Es ging alles furchtbar schnell. Es stimmt, was Harrison gesagt hat. Er hat einem anderen Officer geholfen, weiter nichts, ich kann mir nicht vorstellen, dass man ihm deswegen an den Karren fahren kann.«

»Die Entscheidung liegt glücklicherweise nicht bei mir.«

»Ich hatte das Schwein gerade entdeckt. Pauley, meine ich. Hatte ihn gerade entdeckt, dann brach urplötzlich die Hölle los, als hätte jemand das Wort *Bombe* geschrien. Ich bin einfach nicht an ihn herangekommen, denn ich wurde zurückgedrängt und saß in einer Ecke fest. Trueheart hat irgendeine alte Frau aus dem Saal geschleppt. Irgendwer hatte sie umgehauen. Wir hatten ihn, Dallas. Wir hätten diesen Kerl erwischt.«

»Was uns jetzt auch nichts nützt.« Sie raufte sich das

Haar. »Jetzt werden sie mir dafür den Arsch aufreißen so wie ich dem blöden Cunningham.«

»Das ist nicht fair. Das ist, verdammt noch mal, nicht fair.«

»Ich habe die Operation geplant, also löffele ich die Suppe jetzt auch aus.«

Als Eve den Raum verließ, wartete Peabody im Flur. »Der Commander ist im Meditationsraum hier in diesem Stock. Wir können direkt zu ihm rübergehen.«

»Ich gehe allein. Informieren Sie das Team, dass es in einer Stunde eine Einsatznachbesprechung gibt.«

»Ich werde die anderen informieren, und dann gehen wir zusammen rüber. Denn auch wenn Sie einen höheren Rang haben als ich, bin ich trotzdem Ihre Partnerin. Deshalb hänge ich in der Sache genauso drin wie Sie.«

»Es wäre doch wohl total sinnlos, wenn wir uns deswegen beide in den Hintern treten lassen.«

»Die Entscheidung sollten Sie mir selber überlassen.«

»Meinetwegen. Schließlich können Sie mit Ihrem Hintern tun und lassen, was Sie wollen.«

»Genau. Trueheart! Informieren Sie das Team, dass es in einer Stunde eine Einsatznachbesprechung auf der Wache gibt. Es ist ein berauschendes Gefühl, ranghöher als jemand anderes zu sein«, erklärte Peabody im Gehen. »Auch wenn ich das vielleicht nicht mehr lange bin.«

»Whitney wird Sie ganz bestimmt nicht wieder Streife fahren lassen. Irgendwer hat Pauleys Bild herumgezeigt, und ich gehe jede Wette ein, dass es niemand aus unserer Abteilung war. Deshalb werden wir, nachdem man uns gegrillt hat, selber ein paar Leute grillen. Wie dem auch sei, war dieser Einsatz eindeutig ein Riesengriff ins Klo.«

Vor dem Meditationsraum blieb sie stehen. »Dies ist Ihre letzte Chance.«

»Nein. Ich bin dabei«, beharrte ihre Partnerin auf ihrer Position und öffnete sogar selbst die Tür.

Jonah und Carol MacMasters saßen zusammen auf einem kleinen Sofa, Anna Whitney schenkte Tee aus einer zerbrechlichen Kanne in zerbrechliche Tassen ein, und Whitney stand am Fenster, drehte sich aber zu ihnen um.

»Wir werden woanders miteinander sprechen«, sagte er, doch ehe er auch nur den ersten Schritt in ihre Richtung machen konnte, sprang Carol MacMasters auf.

»Wie konnten Sie nur zulassen, dass so etwas passiert? Wie konnten Sie das tun? Auf Deenas Gedenkfeier?«

»Hör auf, Carol. Hör auf.« Eilig stand auch der Captain auf.

»Es ist eine Schande.«

»Ja, das ist es.« Er umfasste ihre Schultern. »Es waren meine Männer, die dieses Desaster angerichtet haben, meine Männer. Lieutenant Dallas hat nichts damit zu tun.«

»Dessen ungeachtet habe ich diese Operation geleitet«, widersprach ihm Eve. »Deswegen trage auch ich die Verantwortung für alles, was geschehen ist. Ich habe keine Entschuldigung, Mrs MacMasters, und wenn ich Sie um Verzeihung bitte, reicht das ganz bestimmt nicht aus.«

»Glauben Sie, dass mir das irgendwas bedeutet?« Der glühend heiße Zorn, der in Carols Augen blitzte, war wahrscheinlich nicht so schmerzlich wie die Trauer, überlegte Eve. »Dass Sie die Verantwortung für dieses Desaster übernehmen?«

»Nein, aber mehr kann ich nicht tun. Ich sollte jetzt hier stehen und Ihnen sagen, dass der Mörder Ihrer Tochter hinter Schloss und Riegel sitzt, aber das kann ich nicht. Weshalb Ihnen keines meiner Worte irgendwas bedeuten kann.«

»Carol.« Mrs Whitney stellte vorsichtig die Kanne auf den Tisch. »Du bist schon viel zu lange mit einem Polizisten verheiratet, um so zu reagieren. Als langjährige Polizistenfrau musst du auch wissen, dass seine Kollegen alles in ihrer Macht Stehende tun und dass du Deena mit deinen Vorwürfen gegen den Lieutenant ganz bestimmt nicht hilfst.« Sie stand entschlossen auf. »Komm mit. Wir setzen uns zu Deena, während die anderen die Sache klären.«

Damit führte sie Carol aus dem Raum und zog leise die Tür hinter sich zu.

»Erstatten Sie Bericht, Lieutenant«, verlangte Whitney kühl und knapp.

Das tat sie ebenfalls kühl, doch detailliert, und als sie auf Harrison und Cunningham zu sprechen kam, vergrub MacMasters seinen Kopf zwischen den Händen und stieß einen abgrundtiefen Seufzer aus.

»Wer hat das Bild herumgezeigt?«, hakte Whitney nach.

»In einer Stunde findet die Einsatznachbesprechung statt, dort wird diese Frage umgehend geklärt.«

»Ich habe erwartet, dass Sie Ihre Leute besser unter Kontrolle haben, Lieutenant«, herrschte er sie an. »Ich habe erwartet, dass Sie über eine ausreichende Urteilskraft und Autorität verfügen, um eine solche Operation zu planen und zu leiten, ohne dass etwas davon nach außen dringt.«

»Ja, Sir«, stimmte Eve ihm unumwunden zu.

»Jack«, warf MacMasters müde ein. »Es waren meine Männer, die diesen furchtbaren Bock geschossen haben.«

»Wie der Lieutenant zutreffend gesagt hat, war es ihre Operation und deshalb trägt auch sie alleine die Verantwortung dafür.« Whitney blickte Eve durchdringend an. »Ich erwarte noch heute Abend einen ausführlichen Bericht und eine Einschätzung der Situation.«

»Ja, Sir. Ich werde mein Team entsprechend meiner Einschätzung neu zusammenstellen und Ihnen eine detaillierte Beschreibung des alternativen Plans zur Festnahme des Verdächtigen in Kooperation mit Mimoto zukommen lassen.«

»Wenn ich den Commissioner dazu bewegen soll, Darrin Pauleys Bild und die Informationen zu seiner Person auch weiterhin zurückzuhalten, brauche ich einen wirklich guten Grund dafür.«

»Wenn wir jetzt das Foto an die Medien geben und ihn wissen lassen, wie dicht wir ihm auf den Fersen sind, wird er sofort abtauchen.« Vielleicht war er ja sogar schon abgetaucht, überlegte sie. Woraufhin ihr Magen sich zusammenzog.

»Er ist jung und sehr geduldig«, fuhr sie fort. »Wenn er jetzt abtaucht, kann er es sich leisten, ein oder auch fünf Jahre zu warten, bevor er sich das nächste Opfer sucht. Vielleicht wählt er dann jemanden aus, von dem wir noch nichts wissen. Und verändert wieder sein Aussehen, das er auch heute schon abgewandelt hatte, nutzt sein Talent zum Fälschen von Identitäten und lehnt sich zurück, bis Deena und Karlene Robins vergessen und die Schutzmaßnahmen für die anderen bekannten Zielpersonen aufgehoben worden sind.«

»Sie hat recht, Jack«, mischte sich erneut der Captain ein. »Dallas hatte recht mit der Vermutung, dass er heute zu der Feier kommt. Sie hat auch jetzt eindeutig recht, und falls euch das interessiert, solltet du und Tibble wissen, dass ich ihrer Meinung bin.«

Eve nutzte die Gelegenheit und nahm den Faden wieder auf. »Commander, wenn wir dieses Bild jetzt an die Presse geben, rufen sicher unzählige Hornochsen wie Cunningham uns an, die irgendwelche Teens und Twens mit Baseballkappen durch die Gegend laufen sehen haben, während Pauley einfach irgendwo in Deckung geht, bis er eine neue Chance bekommt.

Wenn wir das Bild rausgeben, gewinnt der Kerl. Wenn wir aber weiterspielen und erlauben, dass die Medien das heutige Fiasko als Beweis für unsere Riesendummheit nehmen, nervt mich das natürlich, aber zugleich wird sich der Kerl dadurch bestätigt fühlen und sich wie geplant morgen an Mrs Mimoto heranmachen. Geben Sie das Bild heraus, sind wir um diese Chance gebracht.«

»Sir. Wir hätten ihn heute schon erwischt.«

Eve bedachte Peabody mit einem überraschten, ärgerlichen Blick, doch ihre Partnerin fuhr unerschrocken fort. »Das ist keine Entschuldigung, sondern eine Tatsache. Wir müssen mit den Angestellten sprechen und uns alle Aufnahmen der Überwachungskameras aus dem Gebäude ansehen, denn offenbar hat Darrin Pauley sich bereits viel früher als erwartet Zugang zu dem Haus verschafft und war schon vor Beginn der Feier hier. Trotzdem hätten wir den Kerl erwischt, wäre keine Panik ausgebrochen.«

Whitney zog die Brauen hoch. »Sind Sie sich da völlig sicher?«

Obwohl Peabody hörbar schluckte, nickte sie entschieden mit dem Kopf. »Ja, Sir. Detective Baxter und der Lieutenant hatten ihn bereits entdeckt. Nur hat das von Cunningham und Harrison ausgelöste Chaos, in dessen Verlauf Dallas verletzt und ihr Mikro und ihr Communicator beschädigt wurden, die Kommunikation zwischen den Einsatzkräften nachhaltig gestört. Statt dass er in den Saal gekommen wäre, wo wir ihn problemlos hätten in die Zange nehmen können, oder wo zumindest die Gefahr bestanden hätte, dass man ihn wie alle anderen Zeugen dieses Durcheinanders offiziell hätte vernehmen wollen, hat er sich so schnell wie möglich aus dem Staub gemacht. Er war vorsichtig und hat genau das gemacht, was wir von ihm erwartet haben. Das wird er morgen auch tun.«

»Und Sie sind bereit, Ihr Leben für diese Überzeugung zu riskieren?«

»Commander ...«

»Nein«, fiel Peabody der Partnerin ins Wort. »Er hat mich gefragt. Ich werde mein Leben bereitwillig riskieren, wenn sich dieser Einsatz nach Meinung des Lieutenants lohnt. Weil ich nämlich ihre Meinung teile. Aber ich würde weder mein noch das Leben eines anderen Menschen riskieren, um das Ansehen der Polizei zu retten. Doch genau das würden wir durch eine vorzeitige Herausgabe seines Bildes tun. Wir würden Menschenleben riskieren, nur um das Gesicht zu wahren. Das ist meine Meinung, Sir.«

»Ich kann nur wiederholen, dass ich das genauso sehe, Jack.«

Whitney sah MacMasters an. »Trotzdem muss ich Tibble dieses Vorgehen irgendwie verkaufen. Ich spreche gleich persönlich mit Harrison und Cunningham. Es sind deine Männer, Jonah, trotzdem bleibt die Tatsache bestehen, dass der Lieutenant die Verantwortung für diesen fehlgeschlagenen Einsatz trägt.«

»Ja, Sir«, stimmte Eve ihm nochmals unumwunden zu.

»Sie haben dreißig Stunden Zeit. So lange kann ich die Informationen noch zurückhalten, wenn Sie den Verdächtigen bis dahin immer noch nicht festgenommen haben, gebe ich das Foto an die Medien. Finden Sie heraus, wer aus Ihrem Team den Mund nicht halten konnte, Lieutenant, und dann schnappen Sie sich endlich diesen Kerl.«

»Ja, Sir. Es tut mir wirklich leid, Captain.«

»Ich will in Ihr Team.« MacMasters stand entschlossen auf. »Sie müssen den Kollegen feuern, der geplappert hat. Geben Sie mir seinen Job.«

Es gab Augenblicke, in denen man seinem Instinkt vertrauen musste, dachte Eve und nickte knapp. »Wir könnten Sie durchaus brauchen, wenn der Commander damit einverstanden ist.«

»Das entscheiden Sie am besten selbst. Ich sage Anna, dass sie Carol und eure Familie nach Hause bringen soll.«

»Ich fahre«, meinte Roarke, als sie wenig später neben ihm zum Wagen ging. Schulterzuckend stieg sie ein und klappte kurz die Augen zu.

Sie schlug sie wieder auf, nachdem ein kleiner, rechteckiger Gegenstand in ihrem Schoß gelandet war. »Erst Kuchen und jetzt noch ein Schokoriegel?«

»Du siehst aus, als könntest du eine Aufmunterung brauchen.«

»Es hätte schlimmer kommen können.« Ihr Schädel drohte zu zerplatzen, ihre Nase pochte und ihr Hauptverdächtiger trank sicher gerade irgendwo ein kühles Bier und lachte sich kaputt. »Ich weiß zwar nicht, wie das aussehen sollte, aber es hätte auch noch schlimmer kommen können. Es hätten zum Beispiel auch noch Heuschrecken in den Saal einfallen können«, überlegte sie, während sie die Plastikfolie von der Schokolade riss. »Das wäre sicher noch schlimmer gewesen, oder nicht?«

»Vielleicht muntert es dich ja ein wenig auf, dass ich mir nicht vorstellen kann, dass das Institut die Polizei verklagen wird.«

Sie genoss den ersten Bissen der süßen Köstlichkeit. »Hast du den Laden etwa kurzerhand gekauft?«

»Eine interessante Lösung, aber nein. Ich habe einfach angemerkt, dass der Großteil der Verantwortung für dieses Chaos bei dem Unternehmen liegt, weil ihre Security einen Eindringling ins Haus gelassen hat. Wobei ich nicht so weit gegangen bin, ihnen zu erklären, dass ihr davon ausgeht, dass der Kerl der Mörder dieses Mädchens war.«

Sie verzog verächtlich das Gesicht, während sie erneut in ihren Schokoriegel biss. »Aha.«

»Immerhin haben sie zugelassen, dass jemand eine Gedenkfeier für ein minderjähriges Mädchen, das ermordet worden ist, stört und dass in dem dadurch ausgelösten Chaos mehrere Zivilpersonen und auch Polizisten zu Schaden gekommen sind. Ich glaube, den Verantwortlichen ist inzwischen klar, was für Konsequenzen eine Gegenklage hätte und dass es ganz sicher keine gute Werbung für ihr Unternehmen wäre, käme es in dieser Angelegenheit auch noch zu einer Auseinandersetzung vor Gericht.«

»So führst du also Verhandlungen.«

»Genau. Wie geht es übrigens meinem Lieblingsgesicht?«

Sie drehte ihren Kopf und sah ihn an. »Du siehst vollkommen in Ordnung aus.«

»So sehr mir das, was ich im Spiegel sehe, auch gefällt, mag ich dein Gesicht noch mehr.«

»Es tut weh.« Einen Augenblick verzog sie schmollend

das Gesicht. »Aber das ist gut, weil es mich daran erinnert, dass ich die Sache vermasselt habe.«

»In Ordnung, tu dir erst mal etwas leid. Das ist kein Problem, du bist hier schließlich unter Freunden.«

»Ich hätte damit rechnen müssen, dass er sich als Angestellter dieses Ladens ausgibt.«

»Warum hättest du damit rechnen sollen?« Roarke versuchte, nicht zu lächeln, als sie stirnrunzelnd in ihren Schokoriegel biss.

»Weil er vorsichtig ist. Weil das eine super Tarnung war. Wer guckt sich schon einen dieser Anzugträger an und sieht etwas anderes als einen langweiligen Angestellten dieses Instituts? Dadurch hatte er leichteren Zugang zu dem Haus und konnte genau in dem Moment im Saal erscheinen, als das Gedränge dort am größten war.«

»Aber zugleich lief er Gefahr, dass einer von den Bossen dort erkennt, dass er nicht zu dem für diese Feier eingeteilten Personal gehört. Ich werde dir sagen, warum er dieses unnötige Wagnis eingegangen ist. Wenn du meine Meinung wissen willst.«

»Auf jeden Fall.«

»So konnte er sich das Ergebnis seiner Arbeit noch einmal aus der Nähe ansehen und sich selber dafür auf die Schulter klopfen, was für ein gewiefter Kerl er ist.« Roarke beschleunigte, damit er noch über die gelbe Ampel kam. »Er bringt ein paar Blumen in den Saal, sieht sie sich in aller Ruhe noch einmal an und hofft wahrscheinlich, dass er zur Erinnerung ein paar Fotos machen kann.«

»Verdammt. Genau so hat er es bestimmt gemacht.« Sie raufte sich das Haar. »Daran habe ich natürlich nicht gedacht.«

»Es ist immer leicht, im Nachhinein zu sehen, warum

etwas wie gelaufen ist. Seine Jugend spielt natürlich eine Rolle, er ist vorsichtig, aber zugleich auch impulsiv, und wahrscheinlich ist auch wichtig, dass sie sein erstes Opfer war. Er ist auf einer Mission, die er auf keinen Fall gefährden will. Aber heute hat er sich das Material für ein hübsches Erinnerungsalbum besorgt.«

»Lass uns erst einmal mit niemandem darüber sprechen, ja? Ich habe MacMasters einen Platz in meinem Team gegeben, und ich möchte nicht, dass er das hört.«

»War es klug, ihn mit ins Boot zu nehmen?«

»Warten wir es ab.«

Auf dem Weg zum Konferenzraum ließ sie sich noch etwas Zeit, denn sie wollte, dass die anderen alle schon versammelt waren, wenn sie kam. Dann trat sie entschlossen ein, marschierte zum Kopfende des Tisches und wartete kurz, bis auch ihr Gatte saß.

»Captain MacMasters ist ab sofort Mitglied dieses Teams. Ich erwarte von jedem Einzelnen von Ihnen einen Bericht und eine Analyse des Geschehens. Aber vorher möchte ich, dass die Person sich meldet, die das Foto des Verdächtigen an Detective Cunningham und vielleicht auch noch an andere Personen weitergegeben hat.«

Sie brauchte kein Geständnis und noch nicht einmal eine erhobene Hand, als sie Officer Flangs verlegene Miene sah.

»Ich erwarte eine Erklärung, Flang.«

»Ich habe versucht zu helfen, Lieutenant. In dem Saal herrschte ein furchtbares Gedränge, und ich dachte mir, je mehr Kollegen diesen Typen kennen …«

»Hatte ich nicht eine direkte Anweisung erteilt, als Sie bei dem Briefing vor dem Einsatz auf das Thema zu sprechen kamen, Officer?«

»Ja, Ma'am, das hatten Sie, aber …«

»Dann muss ich also davon ausgehen, Officer, dass Sie Ihrer Meinung nach besser als ich zur Leitung dieses Einsatzes geeignet sind oder dass Sie zumindest meiner Urteilskraft misstrauen.«

»Nein, Ma'am, ich dachte nur …«

»Sie dachten, es wäre akzeptabel, den direkten Befehl einer Vorgesetzten einfach zu missachten. Da haben Sie sich geirrt. Ich werde Ihr Vergehen melden, Officer Flang, und werfe Sie obendrein aus diesem Team.«

»Lieutenant …«

»Halten Sie den Mund.« Die anderen verfolgten stumm, wie Flang in sich zusammensank. »Wenn auch nur ein Wort, ein einziges Wort, über diese Sache nach außen dringt, werde ich persönlich dafür sorgen, dass man Sie wegen Behinderung polizeilicher Ermittlungen belangen wird. Ich will, dass spätestens in einer Viertelstunde eine Liste sämtlicher Personen, an die Sie die Information weitergegeben haben, auf meinem Schreibtisch liegt. Und jetzt verlassen Sie den Raum.« Nachdem Flang gegangen war, senkte sich Grabesstille über den Raum.

»Falls sonst noch jemand meiner Urteilskraft misstraut oder meint, dass er sich meinen Befehlen einfach widersetzen kann – da drüben ist die Tür.«

Sie wartete einen Moment und fuhr, als nichts geschah, mit Nachdruck fort: »Jetzt gehen wir dieses verdammte Kuddelmuddel noch einmal gründlich und aus allen Perspektiven durch, danach fassen wir den Einsatzplan für morgen ein letztes Mal zusammen, um zu gucken, ob noch irgendetwas daran verändert werden muss.«

»Feeney. Haben die Aufnahmen aus den Überwachungskameras des Instituts etwas gebracht?«

21

Spät am Abend, nachdem sämtliche Eventualitäten an-
und durchgesprochen waren, kehrten Eve und Roarke zusammen heim.

Wie gewöhnlich lauerte direkt hinter der Tür Eves Erz-
feind Summerset und stellte mit hochgezogener Braue fest:
»Wie ich sehe, haben Sie sich Ihre monatliche Gesichts-
behandlung angedeihen lassen, Lieutenant.«

»Wenn Trina morgen kommt, werde ich sie darum bitten, dass sie irgendwas aus Ihrem Totenschädel macht.«

Stirnrunzelnd stapfte sie in den ersten Stock hinauf.
»Verdammt, das war echt schwach. Er war eindeutig
schon besser. Als hätten mich heute nicht schon genügend
Sachen genervt.«

»Es überrascht mich, dass du noch genügend Energie
zum Nörgeln hast. Ich für meinen Teil werde mich jetzt in
den Whirlpool setzen, weil ich vollkommen erledigt bin.«

Sie ließ ihre verspannten Schultern kreisen und zuck-
te zusammen, denn durch die Bewegung dehnte sich das
Pochen ihres Schädels noch auf andere Körperteile aus.
»Klingt gut. Mir tun allmählich alle Knochen weh.«

»Dann lass schon mal das Wasser ein, ich hole uns zwei
Gläser Wein.«

»Wir haben an alles gedacht.« Sie ging ins Schlafzimmer,
wählte dort an einem Wandpaneel die gewünschte Tem-
peratur, und während sich ein breiter, heißer Wasserstrahl
ins Wannenrund ergoss, ging sie in Gedanken den morgi-
gen Einsatz durch.

»Ich wüsste nicht, dass wir etwas vergessen hätten. Das
Haus der Mimotos ist erheblich kleiner, weshalb auch die

Überwachung deutlich leichter wird. Außerdem laufen dort keine überflüssigen Zivilpersonen rum. Mrs Mimoto muss sich nur so lange halten, bis der Kerl durch ihre Tür getreten ist. Natürlich wäre es noch besser, wenn er seine Maske fallen ließe, aber wir können uns den Kerl auch schnappen, wenn sie vorher ängstlich reagiert. Inzwischen haben wir genug gegen den Bastard in der Hand.«

Der fehlgeschlagene Einsatz hatte an ihrem Selbstvertrauen gekratzt und rief ungewohnte Zweifel in ihr wach, bemerkte Roarke. »Vergiss den ganzen Kram. Zu viel Nachdenken ist nämlich auch nicht gut.« Er drückte ihr ein Weinglas in die Hand.

»Der morgige Einsatz war von vornherein das bessere Szenario. Ich wollte ihn mir heute schnappen und den Fall zum Abschluss bringen, aber ...«

Ihr klappte die Kinnlade herunter, als sich Roarke das Hemd auszog. »Heiliges Kanonenrohr. Ich wusste gar nicht, dass du auch was abbekommen hast.«

»Hm.« Er trat vor den Spiegel und sah sich die Symphonie aus blauen Flecken entlang seines Brustkorbs an. »Auch wenn mein zweitliebstes Gesicht verschont geblieben ist, fühlt sich der Rest von mir so an, als hätte ich zehn Runden gegen einen Weltmeister geboxt. Aber schließlich ging es in dem Saal ja auch zu wie in einem Irrenhaus.«

»Wir haben Glück, dass es bei diesem Chaos nur Verletzte gab.« Sie schälte sich aus ihrem eigenen Hemd und zuckte zusammen, als ihr Mann mit seinen Fingerspitzen über die auf ihrer Brust und ihrem Bauch verteilten Hämatome glitt.

»Aua«, meinte er.

»Das kannst du laut sagen.« Sie legte auch den Rest von

ihren Kleidern ab, ließ sich in das heiße Wasser sinken und stieß einen abgrundtiefen Seufzer aus. »Himmlisch. Danke, lieber Gott.«

»Wenn wir wieder aus der Wanne kommen, werden wir ein bisschen Doktor spielen.« Vorsichtig hob er ein Bein über den Wannenrand. »Meine Güte, Eve, das ist heiß genug, um mir die Haut vom Leib zu ziehen.«

Sie öffnete ein Auge und blickte ihn forschend an. »Wenn du erst ganz drin bist, fühlt es sich fantastisch an. Düsen an. Oh, Mann!«

Unweigerlich musste er lachen, als er neben seiner Liebsten in die große Wanne glitt. Vielleicht wäre es sogar ganz gut, wenn er ein paar Lagen geschundene Haut verlor. Auf jeden Fall machte ein Bad mit seiner Frau in praktisch kochend heißem, wild wirbelndem Wasser einen Teil der Anstrengung des Tages wieder wett.

Er griff nach seinem Glas und trank einen Schluck Wein. »Vielleicht fühle ich mich wieder halbwegs wie ein Mensch, wenn ich den getrunken habe.«

»Also bitte, während deiner Zeit als Dubliner Straßenratte hast du ja wohl öfter etwas abgekriegt.«

»Inzwischen bin ich ein paar Jahre älter, oder nicht?« Er klappte seine Augen zu, während er seinen geschundenen Leib noch tiefer in die Wanne gleiten ließ.

»Aber weicher bist du deshalb nicht.« Um es zu beweisen, glitt sie mit der Hand an seinem Bauch herab, bis sie ihn fand. »Nein, weicher bist du nicht.«

Er verzog den Mund zu einem leichten Grinsen. »Heißes Wasser scheint dir nicht zu reichen.«

»Ich schätze, dass ich dir was schuldig bin.« Sie wandte sich ihm zu, bis sie rittlings auf ihm saß und das amüsierte Blitzen seiner Augen einem Ausdruck des Verlangens wich.

»Wie oft hast du inzwischen meinetwegen blaue Flecken oder Schlimmeres gehabt?«

»Ich habe schon lange aufgehört zu zählen.« Er glitt mit den Händen über ihren Rücken, und sie nahm ihn in sich auf. »Ah. Das hilft noch besser als der Alkohol, um die Schmerzen zu vergessen.«

Sie nahm ihm das Weinglas ab und hob es, während sie ihn ritt, an ihren Mund. »Das tut gut«, murmelte sie dicht an seinem Mund. »Das tut wirklich gut.«

Eingehüllt in heißen Dampf und wild sprudelndes Nass, bewegten sie sich langsam und geschmeidig auf und ab, voller Leidenschaft und gleichzeitig auf wunderbare Art getröstet, legte sie den Kopf auf seine Schulter und ließ ihren Körper rhythmisch schaukeln, bis ein warmer Schauder ihren Leib durchzuckte und er leise seufzend kam.

»Es ist gut, dass wir zu Hause sind.«

»Das ist immer gut«, stimmte er ihr zu.

»Und nun, da wir uns wieder halbwegs menschlich fühlen, lass uns einfach noch ein bisschen hier sitzen und den Augenblick genießen.«

Er schlang ihr seine Arme um den Leib, schloss abermals die Augen und genoss.

Obwohl der sanfte Sex und das ausgedehnte Bad in kochend heißem Wasser bereits gut gegen den Schmerz gewesen waren, ließ Roarke nicht zu, dass Eve in ihre Kleider stieg, ehe er nicht ihre Schürfwunden mit einem Klebestab verschlossen hatte und ein neues Kühlkissen auf ihrer geschwollenen Nase lag.

»Gib mir den Klebestab«, verlangte sie. »Deine Wunden sehen nämlich viel schlimmer aus.«

Er gab ihr das Gerät, drehte sie dann aber so, dass sie sich selbst im Spiegel sah.

»Oh, verdammt.« Vorsichtig griff sie sich an ihr violettes Auge. »Mist. Selbst mit Salbe und dem Kühlkissen kriege ich das bis Samstag nicht weg.«

»Es wird nicht die erste Hochzeit sein, auf der du ein Veilchen hast. Selbst auf deiner eigenen Hochzeit sahst du etwas mitgenommen aus. Trina kann bestimmt die schlimmsten Stellen überschminken.«

»Erinnere mich bloß nicht daran. Ach, verdammt, muss ich Louise anrufen und sie fragen, ob es wegen morgen noch was zu besprechen gibt?«

»Das hat bereits Summerset erledigt. Es ist also alles geklärt.«

»Aber da ist doch noch diese Probe.«

Roarke küsste sie zärtlich auf den Mund. »Auch das hat er geklärt.«

»Tja, verdammt, dann kann er jetzt schon wieder über meine Unfähigkeit die Nase rümpfen. Ich will noch mal mit Baxter und mit Trueheart sprechen, einfach, um sicherzugehen, dass bei den Mimotos alles vorbereitet ist.«

»Tu das, wenn's dir hilft, dich zu entspannen. Ich muss selbst noch ein paar Dinge überprüfen. Danach gibt es etwas zu essen.«

Sie zogen sich mit ihren Handys in zwei Ecken ihres Schlafzimmers zurück, und als Roarkes letztes Gespräch beendet war, saß Eve stirnrunzelnd auf der Couch.

»Gibt es ein Problem?«

»Nein, sie sind schon dort und haben das Haus rundum gesichert. Für den Fall der Fälle habe ich die beiden schon bei Mrs Mimoto einquartiert. Baxter meinte, die Situation wäre für sie und ihren Mann nicht nur okay, sondern sie würden richtiggehend darauf brennen, diese Sache anzugehen.«

»Du hast doch selber erst vor ein paar Stunden mit ihnen gesprochen.«

»Ja, ich weiß, da haben sie auch schon gesagt, dass sie mit allem einverstanden sind. Die beiden waren die Ruhe in Person. Ich hatte nur einfach erwartet, dass sie etwas nervös sind, irgendwelche Fragen haben und ich sie beruhigen muss. Stattdessen standen sie eben zusammen in der Küche und haben das Abendessen gekocht. Standen seelenruhig in ihrer Küche und haben ein richtiges Essen mit richtigen Zutaten gekocht. Baxter meint, nachdem ich mit ihnen gesprochen hätte, wären sie extra einkaufen gegangen, und jetzt bekämen er und Trueheart ein richtig tolles Essen von den beiden vorgesetzt.«

Roarke nickte begeistert mit dem Kopf. »Was haben sie denn gekocht?«

»Brathähnchen – einen echten Vogel –, Kartoffelpüree mit Sauce und echte grüne Bohnen. Frisch, nicht aus der Dose oder so. Das muss sie ein halbes Vermögen gekostet haben. Zum Nachtisch soll's Zitronenmeringue geben. All das für zwei Cops. Baxter hat sich hoffnungslos in diese Frau verliebt. Sie wird morgen einen Mann hereinlassen, von dem sie weiß, dass er sie vergewaltigen, misshandeln und ermorden will. Aber statt deshalb zu jammern, stellt sie sich in ihre Küche und backt eine Torte für zwei Cops.«

»Es überrascht euch, wenn euch irgendwer mit einer solchen Höflichkeit und Freundlichkeit begegnet. Denn das seid ihr nicht gewohnt.«

»Sie haben sogar ein Gästezimmer hergerichtet, in dem derjenige, der gerade keine Wache schiebt, ein bisschen schlafen kann. Was beinahe noch überraschender als diese

Mahlzeit ist. Einer solchen Frau will der Kerl ans Leder. Er will einer Frau ans Leder, die so etwas macht, die an solche Dinge denkt. Was mich eigentlich nicht im Geringsten überrascht. Meinst du, das ist ein gutes oder eher ein schlechtes Zeichen?«

»Es macht dich zu einer guten Polizistin, und die Tatsache, dass du dir diese Frage stellst, macht dich zu einer sehr guten Polizistin.« Er beugte sich zu ihr herab, küsste vorsichtig ihr blaues Auge und blickte in Richtung Auto-Chef. »Warum gucken wir nicht nach, ob man hier auch Brathähnchen bekommen kann?«

Deke und Charity Mimoto lebten in einem hübschen Einfamilienhaus in einem alten Viertel von White Plains. Die Gegend hatte die Jahre bestens überstanden und sichtlich vom Zuzug wohlhabender junger Paare profitiert. Die Hausfassaden waren makellos und die frisch geteerten Straßen wurden von ausladenden, dicht belaubten Bäumen und hübschen Vorgärten mit sorgfältig gemähten Rasenflächen gesäumt.

»Wir leben hier seit fünfunddreißig Jahren«, erzählte Charity. »Wir wollten irgendwo Wurzeln schlagen, als wir unsere Familie gegründet haben, am besten irgendwo, wo es auch einen Garten für die Kinder gibt. Da mein Deke ausnehmend praktisch veranlagt ist, hat er im Verlauf der Jahre jede Menge Reparaturen selber durchgeführt. Aus meiner Sicht macht die Fähigkeit, eine undichte Toilette selbst zu reparieren, einen Mann erheblich wertvoller als mehrere Millionen auf der Bank.« Sie zeigte auf den Ehering, den Eve am Finger trug. »Ich hoffe, dass Ihr Mann sich im Haus genauso nützlich machen kann.«

Eve hatte sich bisher noch nie gefragt, ob Roarke den

Kampf mit einem lecken Klo gewinnen würde, und so gab sie ausweichend zurück: »Auf seine Art bestimmt.«

»Deke hat den Wintergarten selbst gebaut und auch das Erdgeschoss alleine renoviert, damit es einen schönen, großen Raum für die Familie gibt. Ich kann Ihnen gar nicht sagen, wie oft er die Küche und die Bäder umgemodelt hat. Aber es ist uns eben wichtig, dass immer alles in einem hervorragenden Zustand ist.«

»Ihr Haus ist wunderschön, Mrs Mimoto«, meinte Eve, auch wenn ihr Interesse weniger der neuen Arbeitsplatte in der Küche als dem Grundriss des Gebäudes galt.

»Es ist ein guter Ort, um Kinder großzuziehen, und ein genauso guter Ort, die Enkel und die Urenkel zu betreuen. Wir haben der Familie von der Angelegenheit nichts erzählt. Wir wissen meistens ganz genau, wie es den Familienmitgliedern geht, weshalb das ziemlich ungewöhnlich ist.«

»Ich weiß Ihre Kooperation zu schätzen«, antwortete Eve. »Es geht uns darum, Sie zu schützen und den Mann zu schnappen. Sobald uns das gelungen ist, werden wir Sie nicht länger stören.«

»Oh, Sie stören keineswegs.« Die alte Dame winkte fröhlich ab. »Wir hatten Troy und David wirklich gern bei uns zu Gast. Zwei sehr nette, junge Männer«, fügte sie stolz hinzu, weil sie auf Du und Du mit Trueheart und mit Baxter war.« Nehmen Sie sich einen Muffin«, bat sie Eve und hielt ihr eine mit einem Leintuch ausgelegte Schüssel hin. »Ich habe sie heute Morgen extra noch gebacken.«

»Ich …«

»Los, greifen Sie zu. Sie können ein bisschen mehr Speck auf den Rippen gut vertragen.«

»Danke, Mrs Mimoto, aber vorher würde ich gerne noch

einmal mit Ihnen durchgehen, was Sie tun und sagen sollen und wo die Beamten stehen werden, wenn der Kerl erscheint. Schließlich hat Ihre Sicherheit oberste Priorität.«

»Setzen Sie sich jetzt mal hin. Ich werde uns noch einen Kaffee holen, und dann reden wir.«

Eve aß das wahrhaft köstliche Gebäck, trank den selbst für ihren verwöhnten Gaumen durchaus trinkbaren Kaffee und legte Charity noch einmal sorgfältig sämtliche Schritte ihres Plans dar.

Nach der Unterhaltung über undichte Toiletten und nachdem ihr selbstgebackene Muffins angeboten worden waren, hatte sie befürchtet, dass die Frau möglicherweise nicht begriff, in welcher Gefahr sie schwebte und wie ernst die Lage war. Ihre Besprechung machte jedoch deutlich, dass Mrs Mimoto offenbar durchaus verstand.

Denn die Fragen, die sie stellte, und die Antworten, die sie Eve gab, zeigten, dass sie, auch wenn sie in ihrer blitzsauberen Küche mit den unzähligen krakeligen Kinderbildern an den Wänden wie der Inbegriff des alten Mütterchens erschien, einen hellwachen Verstand und ein Rückgrat aus Stahl besaß.

»Haben Sie noch irgendwelche Fragen? Gibt es irgendetwas, wobei Sie sich unwohl fühlen?«

»Keine Bange.« Charity tätschelte Eve aufmunternd die Hand. »Sie machen sich viel zu viele Gedanken, wie meine Serenity. Das sehe ich Ihnen an. Davon kriegt man nur Migräne und Verstopfung, ohne dass es irgendeinem Menschen nützt.«

»Ich muss Ihnen diese Frage einfach stellen. Haben Sie gar keine Angst?«

»Warum sollte ich denn Angst haben, wenn das ganze Haus voll Polizisten ist?« Fragend sah sie Eve aus ihren warmen, schrägstehenden Augen an. »Werden Sie zulassen, dass er mir etwas tut?«

»Nein, Ma'am, das werden wir ganz sicher nicht. Das verspreche ich. Aber immerhin bitten wir Sie, einem Mörder die Tür zu öffnen. Ich muss noch einmal wiederholen, dass wir ihn auch bereits draußen stellen könnten. Die Beweise reichen für eine Verhaftung aus.«

»Aber wenn Sie ihn *in* meinem Haus erwischen, und möglicherweise sogar erst, wenn er versucht, mich zu betäuben, sieht die Sache für Sie noch erheblich besser aus. In meiner Familie gibt es nicht nur eine Richterin, sondern auch noch eine ganze Reihe Anwältinnen, Anwälte, Polizistinnen und Polizisten. Deshalb kenne ich mich ziemlich gut mit diesen Dingen aus.« Sie beugte sich zu Eve über den Tisch. »Meine Liebe, soll ich Ihnen sagen, was ich will? Ich will daran beteiligt sein, wenn dieses kleine Arschloch festgenagelt wird.«

Eve musste ein Grinsen unterdrücken, denn einen solchen Kraftausdruck hatte diese hübsche Vorstadtküche sicher noch nicht oft gehört.

»Dann sorgen wir dafür, dass es so läuft.«

»Gut. Wie wäre es mit einem zweiten Muffin?«

»Danke, aber ich bin wirklich satt.« Eve schob ihren Stuhl genau in dem Moment zurück, als MacMasters in die Küche kam.

»Verzeihen Sie die Störung. Mrs Mimoto, Ihr Mann wollte wissen, ob Sie ihm kurz bei irgendetwas helfen könnten, falls Sie einen Moment Zeit haben.«

»Bestimmt weiß er mal wieder nicht, wo er seine Glückssocken gelassen hat.« Kopfschüttelnd stand sie auf. »In siebzig Jahren wusste er noch nie, wo diese Dinger sind, wenn er sie braucht. Nehmen Sie sich noch Kaffee.« Auf

dem Weg in Richtung Flur tätschelte sie kurz MacMasters'
Arm. »Heute werden wir den Kerl erwischen, und dann
kann Ihr Mädchen in Frieden ruhen.«

Das Gesicht des Cops spannte sich an, als er vor sich
auf den Boden sah.

»Das gehört zu unserer Arbeit«, meinte Eve, während
sie vor ihn trat. »Das ist Teil von unserem Job. Mehr können wir nicht tun. Ich muss Sie etwas fragen, Jonah, und
Sie müssen bitte völlig ehrlich zu mir sein. Wird es Ihnen
reichen, wenn wir ihn erwischen?«

MacMasters hob den Kopf und sah sie reglos an. »Sie
müssen wissen, ob Sie mir vertrauen können.«

»Ich muss wissen, ob ich Ihnen trauen kann. Ich bin
nicht in Ihrer Lage, aber trotzdem ist mir klar, dass Sie in
einem ungeheuren Zwiespalt sind.«

»Ich habe darüber nachgedacht, wie leicht es für mich
wäre, diesen Kerl zu töten. Das ist Ihnen klar.«

»Wenn Sie etwas anderes behauptet hätten, hätte ich
Ihnen das nicht abgenommen.«

Weder seinem Gesicht noch seinen Augen war etwas von
seinen Gedanken anzusehen. Dafür war er einfach ein zu
guter Polizist. »Ich hoffe, Sie haben die Befriedigung, den
Kerl zu töten, sorgfältig gegen die Konsequenzen abgewo-
gen. Dass Sie dann Ihre Frau alleine lassen müssten, wenn
sie Sie am meisten braucht. Und es gäbe noch jede Menge
anderer Konsequenzen, aber die haben für Sie im Augenblick wahrscheinlich kein besonderes Gewicht.«

»Ich will ihn töten. Will ihn leiden sehen. Ich wünschte
mir, ich könnte sagen, meine Dienstmarke und das, wofür
sie steht und was sie mir bedeutet, hindern mich daran,
ihm irgendetwas anzutun. Wünschte mir, das Wissen, dass
ich dann verhaftet würde und Carol alleine lassen müsste,

hielte mich davon ab, ihm die Lichter auszublasen, wenn er vor mir steht.«

»Und was hält Sie davon ab?«

»Dass ich ihn leiden sehen will. Ich glaube, ich werde bis an mein Lebensende jeden Morgen, wenn ich aufwache, als Erstes daran denken, dass mein Mädchen nicht mehr lebt.« Er atmete tief ein und langsam wieder aus. »Aber darüber hinaus will ich allmorgendlich als Zweites daran denken, dass der Kerl dafür bezahlt. Ich will bis an mein Lebensende jeden Tag und jede Stunde wissen, dass er für die Tat bezahlt. Genau wie meine Frau. Und ich muss dabei sein, wenn sein Leiden anfängt. Deshalb können Sie mir trauen. Wenn das nicht genügt ...«

Er griff nach seiner Waffe und bot sie ihr an.

»Sie haben meine Frage umfänglich beantwortet«, erklärte sie, nickend steckte er den Stunner wieder ein.

Während die Mimoto-Männer zwei Geländewagen für den Campingtrip beluden, ging Eve in Dekes Männerbude hinauf, in der Feeney über einen Monitor verfolgte, was draußen geschah. Sportsachen und Fotos füllten den nicht gerade kleinen Raum fast bis unter die Decke, und die Regale links und rechts des Bildschirms, der dem riesengroßen Fernsehsessel gegenüberstand, waren mit weiteren Fotografien und zahllosen Trophäen vollgestopft.

»Der alte Herr Mimoto hat in seiner Highschool-Zeit, am College und dann sogar in der dritten Profi-Liga eine Saison lang für die Yankees Baseball gespielt und es auf dreihundertzweiundfünfzig Innings gebracht.«

Fasziniert sah Eve sich die Trophäen genauer an. »Auf welcher Position?«

»Als Catcher. Dann hatte er eine Knieverletzung, die

seine Sportlerkarriere beendet hat. Also hat er als Lehrer angefangen und nebenher ein Highschool-Team trainiert. Wurde schließlich Rektor, danach sogar Bezirksschulrat und hat sich auch politisch engagiert. In den Sommerferien hat er meist noch auf dem Bau gejobbt. Ein echter Teufelskerl«, fügte Feeney ehrfürchtig hinzu. »Er war eben noch hier oben und hat mich nach unserer Ausrüstung gefragt. Ich kann von Glück sagen, wenn ich in seinem Alter noch halb so fit bin wie er.«

Sie wandte ihren Blick von den Regalen ab. »Ist es richtig, was ich mache, Feeney, oder hätte ich MacMasters besser nicht ins Boot geholt?«

Er lehnte sich auf seinem Stuhl zurück. »Fühlt es sich denn richtig an?«

»Ja. Es fühlt sich richtig an.«

»Dann ist es auch okay.«

Eve trat wieder vor den Bildschirm und beobachtete Charity, die mit in die Hüften gestemmten Händen an der Straße stand und ihren Männern irgendwelche Anweisungen gab. Alles sah nach einem ganz normalen Morgen aus, fand Eve. Einem ganz normalen Sommermorgen in der Vorstadt mit Geplänkel und Gelächter, wie es in Familien üblich war.

Sie sah, wie Mr Mimoto seine Frau enthusiastisch in die Arme nahm und wie seine Lippen sich an ihrem Ohr bewegten, als er leise mit ihr sprach.

»Macht er sich Sorgen?«

Feeney schüttelte den Kopf. »Man sollte meinen, dass der Mann vor lauter Angst um seine Frau vergeht. Aber er meinte, seine Charry käme schon zurecht, und er wäre furchtbar stolz auf sie. Ich könnte mir fast vorstellen, dass sie diesen Bastard ganz alleine ohne unsere Hilfe fertigmacht.«

»Vielleicht.« Eve legte eine Hand auf Feeneys Schulter und verfolgte, was draußen geschah. »Aber lass es uns trotzdem für sie tun. Da ziehen sie von dannen«, murmelte sie leise, als der letzte Mann in einen der Geländewagen stieg.

Charity blieb stehen, winkte ihnen fröhlich hinterher, drehte sich dann um, schlenderte zum Haus, blieb aber unterwegs noch einmal stehen, bückte sich und zupfte ein paar Büschel Unkraut aus dem kleinen Blumenbeet.

Wenig später drang Klaviermusik über die Treppe in den ersten Stock hinauf.

»Schön«, bemerkte Feeney nach den ersten Takten. »Es ist einfach schön, wenn jemand Klassikstücke so gefühlvoll spielt.«

»Wahrscheinlich hast du recht.« Eve trat an das sichtgeschützte Fenster, um aus einer anderen Perspektive auf den Bürgersteig zu sehen. »Was ist das, Beethoven?«

»Also bitte.« Feeney seufzte abgrundtief. »Was habe ich bei dir nur falsch gemacht? Du hast nicht die mindeste Kultur. Das ist Springsteen. Das ist der Boss.«

»Was für ein Boss?«

Feeney schüttelte frustriert den Kopf. »Es ist einfach hoffnungslos. Hau ab, und schick mir Jamie rauf. Wir sind ab jetzt im Dienst. Vor allem kennt er sich im Gegensatz zu dir mit Klassik aus.«

»Okay. Überprüft noch mal die Kameras und Mikros«, bat sie ihn, als sie den Raum verließ. »Lasst uns sichergehen, dass es in diesem Haus nicht den allerkleinsten toten Winkel gibt.«

Sie lief selbst noch einmal durch alle Räume, überprüfte, ob sämtliche Kollegen Position bezogen hatten und ob die Kommunikation störungsfrei lief. Denn sie durften diesmal nicht den allerkleinsten Fehler machen, dachte sie und gesellte sich dann zu Peabody in den neben dem Wohnbereich gelegenen, von Charity Stube genannten Raum.

»Die Musik ist schön«, bemerkte ihre Partnerin.

»Das hat Feeney auch schon gesagt. Er wird sie erst auf ihrem Handy anrufen, damit sie für ihn bereit ist und ihm schnell die Tür aufmacht. Außerdem kann er auf diese Weise in Erfahrung bringen, ob sie tatsächlich allein zu Hause ist. Er geht nach demselben Muster wie bei Deena vor. Es ist eine ordentliche Gegend, in der an einem Wochentag fast sämtliche Bewohner bei der Arbeit sind. Sie hat etwas zu trinken und zu essen vorbereitet, weil sie das gewohnheitsmäßig macht, was er weiß.«

»Gleich müsste er kommen«, fügte Peabody hinzu. »Und sie spielt einfach ungerührt weiter Klavier.«

»Sie gäbe eine gute Polizistin ab.« Eve blickte auf den kleinen Monitor, auf dem der gesamte Wohnbereich zu sehen war.

Sie hatte Beamte um das Haus herum und auf die verschiedenen Stockwerke verteilt, Peabody und sie selbst waren nur ein paar Schritte von der älteren Frau entfernt.

Nein, sie ließe ganz bestimmt nicht zu, dass Charity Mimoto auch nur das geringste Leid geschah.

Doch sie brauchte ihn im Haus. Er würde es nicht hören, wenn die Tür der Falle hinter ihm ins Schloss fiel, dachte sie. Würde gar nicht wissen, dass er in der Falle saß.

»Wir haben ihn«, meldete sich Jenkinson über den Knopf in ihrem Ohr. »Er kommt zu Fuß aus Richtung Osten und ist noch zwei Blocks vom Haus entfernt. Marineblaues Hemd, braune Hose, Baseballkappe, Sonnenbrille. Außerdem trägt er noch einen schwarzen Rucksack und hat ein paar Blumen in der Hand.«

Auch Deena hatte dieser Bastard Blumen mitgebracht. »Roger«, antwortete sie. »Bleiben Sie auf Ihrer Position. Jeder bleibt auf seiner Position. Teams A und B, ihr wartet, bis er in der Falle sitzt, und nehmt dann erst eure neuen Positionen ein. Verstanden?«, fragte sie und wartete, bis sie die positiven Antworten bekam. »Mrs Mimoto?«

»Ja, meine Liebe?«

»Er ist unterwegs. Nur noch zwei Blocks von hier entfernt. Sind Sie okay?«

»Auf jeden Fall. Und Sie?«

Noch immer strahlte Charity eine unerschütterliche Ruhe aus, und kopfschüttelnd erklärte Eve: »Wir sind ebenfalls okay. Er bringt Ihnen Blumen mit. Ich möchte, dass Sie alles ganz genauso machen, wie es abgesprochen ist, außer, dass Sie ihm erklären werden, dass Sie seine hübschen Blumen erst einmal ins Wasser stellen wollen, sich entschuldigen und in die Küche gehen.«

»Dann wird er mir sicher das Betäubungsmittel in die Limonade kippen, glauben Sie nicht auch?«

»Wahrscheinlich. Aber Sie werden von da an in der Küche bleiben. Wir haben Sie stets im Blick, Mrs Mimoto, sodass Ihnen nichts passieren kann.«

»Davon bin ich überzeugt, aber trotzdem sollten wir jetzt erst mal abwarten, dass er hier erscheint.« Als in diesem Augenblick ihr Handy schrillte, fügte sie hinzu: »Ich wette, wir wissen, wer das ist. Machen Sie sich keine Sorgen. Ja, hallo?«

Auf dem Bildschirm konnte Eve die alte Dame lächeln sehen. Sie hielt das Gerät der Anweisung entsprechend so, dass auch Eve auf ihrem Monitor das Gesicht des Typen sah.

Da bist du ja, du Bastard, dachte sie. *Komm rein. Komm einfach rein.*

»Hallo, Denny. Ich habe gerade an dich gedacht!«

»Hallo, Mrs Mimoto. Ich bin etwas spät dran und wollte Sie nur wissen lassen, dass ich unterwegs bin, und Sie fragen, ob unser Termin noch steht und ob Ihr Mann gut weggekommen ist.«

»Natürlich steht unser Termin. Ich habe Limonade und ein paar Muffins für uns gemacht, nachdem meine Männer in die Wildnis aufgebrochen sind«, klärte sie ihn lachend auf. »Ich freue mich, dass ich noch ein bisschen Gesellschaft habe, bevor meine Klausur beginnt.«

»Ah, Sie hätten sich keine solche Mühe machen sollen, Mrs Mimoto. Aber für Ihre tollen Muffins lege ich sogar noch einen Zahn zu! Ich bin sofort da.«

Komm nur, dachte Eve, während die verschiedenen Teams ihr meldeten, wo der Killer gerade war. *Komm nur rein, du Hurensohn.*

»Tja, dann schenke ich schon mal die Limonade ein«, erklärte Charity ihm gut gelaunt. »Bis gleich.«

Sie schaltete ihr Handy aus und legte es auf das Klavier. »Wie war ich?«

»Perfekt«, erklärte Eve.

»Vielleicht habe ich meinen Beruf verfehlt«, stellte sie fröhlich fest, stand auf und schenkte wie geplant zwei Gläser Limonade ein. »Ich hätte Schauspielerin werden sollen.«

Ihr Blick wurde eiskalt, und sie atmete tief durch, setzte dann aber sofort wieder die harmlos nette Miene auf.

»Auf geht's«, murmelte sie und ging zur Tür.

»Jeder bleibt auf seiner Position. Wir halten uns genau an unseren Plan. Ab jetzt gibt's kein Geplapper mehr. Wartet meine weiteren Befehle ab.«

Sie sah, wie Charity die Haustür öffnete, und sah auch das mühelose, durch und durch charmante Grinsen in Darrin Pauleys Gesicht.

»Hallo, Mrs Mimoto. Sie sehen wieder einmal bezaubernd aus.«

»Was für ein Schmeichler du doch bist. Aber komm doch erst mal rein. Oh, Maßliebchen. Wie hübsch!«

»Damit wollte ich mich bei Ihnen bedanken, weil Sie mich die Stunde statt am Mittwoch heute nehmen lassen.«

»Das ist wirklich lieb von dir.« Charity steckte die Nase in den Blumenstrauß. »Setz dich erst mal hin, und trink etwas von meiner Limonade. Von der ganzen Lauferei hast du doch sicher Durst.«

»Das stimmt.«

»Ein junger Mann wie du hat auch immer Hunger. Also nimm dir einen Muffin, ja?«

»Danke.« Er stellte seinen Rucksack neben einen Stuhl und nahm die Kappe und die Sonnenbrille ab.

Charity blieb stehen und sah ihn lächelnd an. »Wie geht's deiner Mama?«

»Oh, der geht es gut. Ich wünschte nur, sie würde nicht immer so hart arbeiten. Wünschte mir, ich könnte irgendetwas tun, damit sie es ein bisschen leichter hat.«

»Ich wette, du tust bereits mehr, als sie jemals erwartet hat«, erklärte Charity, und Eve konnte nur hoffen, dass sie als Einzige den kühlen Unterton vernahm, der bei dem Satz in ihrer Stimme lag. »Es wird sicher eine riesengroße Überraschung, wenn sie dich plötzlich Klavier spielen hört. Ich kenne keinen anderen Jungen deines Alters, der sich eine solche Mühe machen würde, nur, um seiner Mama eine Freude zu bereiten.«

»Alles, was ich bin, verdanke ich nur ihr. Ich wette, dass Ihre Familie das in Bezug auf Sie genauso sieht. Vor allem Ihre Kinder. Sind Sie sicher, dass Sie kein Problem haben, wenn Sie jetzt ganz allein hier sind? Bis Sonntag, haben Sie gesagt, nicht wahr?«

»Oh, ich habe nicht nur kein Problem damit, sondern werde es im Gegenteil sogar genießen, das Haus einmal ganz für mich allein zu haben, bis mein Deke und die Jungs am Sonntag wiederkommen. Und jetzt nimm dir einen Muffin, während ich den hübschen Blumen Wasser gebe. Ich bin sofort wieder da.«

»Okay.«

Charity marschierte aus dem Raum und sah hinter Darrins Rücken grimmig lächelnd in die Richtung, in der Eve verborgen war.

Kaum, dass er allein im Zimmer war, zog Darrin ein kleines Fläschchen aus der Tasche und kippte dessen Inhalt in ihr Glas.

»Zugriff«, raunte Eve. »Schnappt euch den verdammten Kerl.«

Mit gezückter Waffe stürmte sie nur wenige Sekunden vor ihren Kollegen in den Raum.

»Hallo, Darrin.« Sie verzog den Mund zu einem breiten Lächeln, als sie seine aufgerissenen Augen sah. »Hände hinter den Kopf und auf die Knie. Jetzt sofort.«

»W… was hat das zu bedeuten?« Er gehorchte, schüttelte aber den Kopf und stellte mit einer perfekten Mischung aus Angst und Verwirrung in der Stimme fest: »M… mein Name ist Denny, Denny Plimpton. Ich kann mich ausweisen.«

»Davon bin ich überzeugt. Darrin Pauley, Denny Plimpton oder welche Namen Sie sonst noch verwendet haben, ich nehme Sie wegen zweifachen Mordes fest.« Eve packte sein Handgelenk, drehte seinen Arm auf seinen Rücken, blickte auf und sah MacMasters an. »Captain, würden Sie wohl bitte diesen Hurensohn über seine Rechte aufklären?«

»Ich …«, setzte der Mann mit rauer Stimme an, räusperte sich kurz, blickte auf seine gezückte Waffe und steckte sie langsam wieder ein. »Sie haben das Recht zu schweigen«, fing er an, während Eve dem Kerl die Hände auf den Rücken band.

»Du dachtest, du würdest mit ihr spielen, stimmt's, Darrin?« Eve zerrte ihn unsanft auf die Füße. »Mit einer alten Frau. Aber dann hat sie mit dir gespielt. Wie auf ihrem Klavier. Deshalb bist diesmal du das Opfer.«

Jetzt ließ er die Maske des verschreckten Jungen fallen, setzte ein breites Lächeln auf, wandte sich MacMasters zu und der Schatten des Monsters, das er war, tauchte hinter seinen Augen auf. »Vielleicht kriegen Sie mich wegen geplanten Raubes dran, aber wegen etwas anderem sicher nicht.«

Eve riss ihn zu sich herum. »Rede dir das ruhig ein, Darrin.«

»Seht mal, was ich gefunden habe.« Baxter hielt ein Paar Kabelbinder in die Luft, mit denen man gewalttätigen Angeklagten vor Gericht die Arme zusammenband. »Dann sind hier noch ein Rekorder, eine Dose Versiegelungsspray und, hm …« Er hielt ein zweites kleines Fläschchen sowie eine kleine Packung Pillen in die Luft. »Ich wette, dieses Zeug ist illegal.«

»Tüten Sie es ein, und nehmen Sie es mit auf das Revier.

Zusammen mit dem Inhalt von Mrs Mimotos Glas. Bringen Sie auch diese Kreatur dorthin und buchten Sie sie ein. Ich komme so schnell wie möglich nach, dann fängt unser kleines Plauderstündchen an.

Schafft den Kerl hier raus.« Sie stieß Darrin in Richtung von Jenkinson und ging auf MacMasters zu. »Sie haben sich echt gut gehalten, Sie haben Ihren Job gemacht. Wir haben dieses Schwein erwischt, und jetzt sollten Sie nach Hause fahren, damit Ihre Frau aus Ihrem Mund erfährt, dass der Einsatz dieses Mal erfolgreich war, und damit sie nicht alleine ist.«

»Ich würde gern bei der Vernehmung zusehen.« Sein Gesicht war bleich und ausdruckslos wie Stein.

»Wir werden ihn erst noch eine Weile schwitzen lassen. Sie haben also noch genügend Zeit, um heimzufahren und es Ihrer Frau zu sagen. Weil sie es von Ihnen hören muss.«

»Ja, Sie haben recht.« Er reichte ihr die Hand. »Danke, Lieutenant.«

»Captain.«

Er wandte sich zum Gehen, blieb dann aber stehen und drehte sich noch einmal zu ihr um. »Ich habe darüber nachgedacht, nachdem wir miteinander gesprochen hatten. Ich hätte ihn problemlos töten können. Mit einem einzigen gezielten Schuss. Ich hätte es gekonnt. Das geht mir nicht mehr aus dem Kopf.« Damit verließ er das Haus.

»Dieser Bastard hat seine Sache wirklich gut gemacht«, murmelte Eve. »Denn er hat am Fundament eines hervorragenden Cops gekratzt.«

»Ich glaube, dass sich dieses Fundament mit ein bisschen Zeit als grundsolide erweisen wird. Wie Sie selbst gesagt haben, hat er sich wirklich gut gehalten und hat seinen Job gemacht«, bemerkte Peabody. »Es war gut, dass Sie ihn diesen Bastard über seine Rechte aufklären lassen haben.«

»Ja. Kontaktieren Sie die Richterin und sagen Sie ihr, dass ihre Mutter in Sicherheit und der Fall für sie erledigt ist. Wir können auch ihren Vater kontaktieren, aber ich nehme an, dass sie das lieber selber machen will.«

Damit wandte sie sich ab. »In Ordnung, Jungs und Mädels, ihr habt eure Sache gut gemacht. Jetzt verschwinden wir von hier.«

Auf der Wache informierte Eve ihren Commander und die Staatsanwältin, rief bei Mira an, damit sie als Beobachterin zur Vernehmung dieses Bastards käme, und verfasste ihren schriftlichen Bericht.

Danach blieb sie hinter ihrem Schreibtisch sitzen, legte ihre Stiefel auf der Schreibtischplatte ab und hob ihren vollen Kaffeebecher an den Mund.

Ehe sie jedoch auch nur den ersten Schluck getrunken hatte, klopfte Peabody an ihre Tür. »Er sitzt jetzt seit einer Stunde im Vernehmungsraum.«

»Mhm.«

»Der Commander, Reo und MacMasters sind schon da, und Mira hat gesagt, sie wäre unterwegs.«

»Okay.«

»Glauben Sie nicht auch, wir sollten diesen Kerl jetzt langsam in die Zange nehmen?«

»Höre ich da eine gewisse Ungeduld heraus?«

»Nein. Ja. Auf jeden Fall kann Nadine es nicht mehr erwarten, mit der Story auf Sendung zu gehen.«

»Noch nicht. Weil es noch nicht wirklich etwas zu berichten gibt.«

»Tja, wissen Sie, die Probe fängt bald an. Ich weiß, sie

haben Doubles für uns besorgt, aber wenn wir diesen Fall rechtzeitig abgeschlossen hätten, könnten wir zumindest noch ...«

Sie bedachte ihre Partnerin mit einem durchdringenden Blick.

»Und, äh ... wir sollten darüber reden, wie wir die Vernehmung angehen wollen«, schwenkte Peabody kurzentschlossen um. »Wenn wir ihn zu lange sitzen lassen, könnte es passieren, dass er nach einem Anwalt ruft.«

»Das wird er ganz bestimmt nicht tun. Welchen Namen und welche Adresse sollte er dem denn nennen? Schließlich ist sein Pass gefälscht. Außerdem hat es seiner Mutter nichts genützt, dass sie anwaltlich vertreten wurde. Deshalb sagt er sich, zur Hölle mit einem Verteidiger, zur Hölle mit uns allen. Weil er aus seiner Sicht zu clever ist, um diesen Kampf tatsächlich zu verlieren. Oder weil er den Kampf mit etwas Glück aus seiner Sicht als Held verlieren wird.«

»Also, wie gehen wir es an? Oh, lassen Sie mich raten. Ich bin wieder einmal der gute Bulle«, stellte Peabody mit einem angenervten Augenrollen fest.

»Es wird keinen guten Bullen geben.«

Ein Ausdruck fast kindlicher Freude breitete sich auf Peabodys Zügen aus. »Ich darf also richtig eklig sein?«

»Am besten schlagen Sie so fest wie möglich zu. Sein Geständnis zu bekommen, wird nicht weiter schwierig sein.«

»Ach nein?«

»Er wird gestehen wollen, wenn ihm klar wird, dass wir ihn eiskalt erwischt haben. Er wird sich damit brüsten wollen, dass er derart clever war. Der knifflige Teil wird der, ihn dazu zu bringen, dass er seinen alten Herrn verpfeift.« Sie stellte ihre Füße auf den Boden und stand auf. »Also gehen wir es an.«

Sie betraten den Verhörraum, nahmen Darrin gegenüber Platz, und Eve warf ihre Akte auf den Tisch.

»Rekorder an«, erklärte Eve und gab außer ihrem und Peabodys Namen auch alle bisher bekannten Aliasnamen ihres Gegenübers an.

Das leichte Zucken seines Wangenmuskels machte deutlich, dass er nicht damit gerechnet hatte, dass sie bei ihren Ermittlungen so weit gekommen waren.

»Dem Gesetz nach reicht es völlig, nur den Namen anzugeben, der in Ihrer Geburtsurkunde steht«, erklärte sie im Plauderton. »Aber ich möchte möglichst gründlich sein und möglichst viele Ihrer Namen nennen, einschließlich der beiden, die Sie als Mörder von Deena MacMasters und Karlene Robins benutzt haben. Also, wie soll ich Sie bei dieser Vernehmung ansprechen? Sie haben die Wahl.«

»Leck mich doch am Arsch.«

»Nur fürs Protokoll, ist Arsch der Vor- oder der Nachname? Aber egal. Die Richter würden sicher Anstoß daran nehmen, wenn ich jemanden bei einer Vernehmung mit einem solchen Namen anspreche. Obwohl er meiner Meinung nach ausnehmend passend ist.«

»Unbedingt«, pflichtete ihre Partnerin ihr bei.

»Trotzdem werde ich bei Darrin bleiben, wenn Sie damit einverstanden sind. Tja, Darrin, wir haben Sie eiskalt erwischt. Sie sind ein cleveres Kerlchen, deshalb ist Ihnen das bewusst. Wobei es nicht wirklich clever war, dass Sie sich von einer Neunzigjährigen zum Narren halten lassen haben. Einer Neunzigjährigen, die Sie mit einer verbotenen Substanz betäuben, fesseln, vergewaltigen und ermorden wollten.«

»Also bitte.« Sein verächtliches Grinsen wirkte jung und arrogant. »Sie ist uralt. Wie hätte ich bei einer derart vertrockneten, alten Schachtel jemals einen hoch bekommen sollen? Bereits bei dem Gedanke wird mir schlecht.«

»Die Pillen in Ihrem Rucksack hätten Ihnen dabei geholfen, obwohl Ihnen garantiert auch so schon einer abgegangen wäre, Darrin. Im Übrigen gehe ich davon aus, dass Sie statt eines ordentlichen Schlauchs nur ein kleines, schlaffes Würmchen in der Hose haben. Weil es Sie heiß macht, wenn Sie anderen wehtun, wenn Sie andere quälen, wenn Sie anderen Angst einflößen und sie Schmerzen leiden lassen können. Denn Sie sind einfach ein kranker Arsch – huch, jetzt habe ich tatsächlich doch Arsch gesagt.«

»Und wie wollen Sie das beweisen?« Immer noch entspannt lehnte Darrin sich auf seinem Stuhl zurück und blickte sich betont gelangweilt um. »Okay, ich hatte vor, die alte Frau zu überfallen. Sie hat jede Menge Wertsachen im Haus. Deshalb wollte ich sie ausrauben und dann verschwinden, weiter nichts.«

»Verstehe. Dann sind Sie also mit der Absicht, Ihre Opfer auszurauben, bei Deena und Karlene einfach etwas zu weit gegangen. Deswegen haben die zwei am Schluss so ausgesehen …« Eve klappte ihren Ordner auf und warf zwei Fotos auf den Tisch.

Der Hauch eines Lächelns umspielte seinen Mund.

»Sie sind echt ein kranker Arsch.« Peabody stieß ihren Stuhl zurück, sprang auf und beugte sich so weit über den Tisch, bis sich ihre und Darrins Nasen fast berührten. »Und es kotzt mich einfach an, dass wir jetzt noch unsere Zeit mit Ihnen vergeuden müssen, weil es Vorschrift ist.

Wir haben Zeuginnen, Sie Arsch. Wir haben Bilder aus Deena MacMasters' Haus, auf denen Sie zu sehen sind, wie Sie am Abend, bevor Sie das Mädchen ermordet haben, durch die Tür getreten sind. Und wir haben Bilder, die beweisen, dass Sie an dem Tag, an dem Sie Karlene Robins ermordet haben, in dem Loft gewesen sind.«

»Schwachsinn. Das ist der totale Schwachsinn, weil ich niemals auch nur in der Nähe dieser beiden Häuser war.«

»Wollen Sie sehen, wie schwachsinnig das ist? Bildschirm an!« Peabody brach ab und wandte sich an Eve.

»Machen Sie ruhig weiter, denn jetzt haben Sie die Überraschung sowieso verdorben.«

»Aufnahme 1 A.«

Auf dem Wandbildschirm sah man gestochen scharf, wie Deena MacMasters lächelnd in der offenen Haustür stand, während Darrin auf sie zutrat, ihr die Blumen überreichte und an ihr vorbei im Haus verschwand. Unten rechts im Bild pulsierte eine Uhr, in der das Aufnahmedatum eingeblendet war.

»Sie hat ihren Freundinnen von Ihnen erzählt ... David«, erklärte Eve. »Sie hat ihnen von ihrem heimlichen Freund von der Columbia erzählt. Dem schüchternen Jungen, dem sie im Park begegnet ist.«

»Wir haben Augenzeuginnen für dieses Treffen«, fügte Peabody hinzu. »Wir wissen schon seit Tagen, wie Sie aussehen, und haben in der Zeit noch andere Zeugen und Zeuginnen gesucht, denen Sie irgendwo begegnet sind.«

»Deena hat heimlich Souvenirs von Ihren Treffen aufbewahrt, wie das Programm des Musicals, das Sie sich zusammen am College angesehen haben, und auf dem Ihre Fingerabdrücke sind.« Eve warf ein weiteres Papier aus ihrer Akte auf den Tisch. »Nachdem wir vorhin Ihre Abdrücke genommen haben, können wir beweisen, dass Sie diesen Zettel in der Hand gehalten haben.«

Er nickte reglos mit dem Kopf. »Sie hatten einfach Glück.«

»Reden Sie sich das ruhig weiter ein. Und jetzt zu den Details.«

22

»Glück?« Eve lehnte sich auf ihrem Stuhl zurück und machte ein genauso hämisches Gesicht wie er. »Glück, dass unsere elektronischen Ermittler schlauer als Ihr Virus sind? Oder dass wir wissen, was für Sachen Sie auf der Silvesterparty anhatten, auf der Sie Darian Powders' Studentenausweis mitgehen lassen haben? Ich weiß, woher die Schuhe sind, die Sie gerade tragen, und wie teuer sie, der Rucksack und das Columbia-Sweatshirt waren, mit dem Sie Deena im Central Park geködert haben.«

Jetzt fing sie an zu grinsen und nahm eine lässig herablassende Haltung ein. »Ich weiß sogar, auf was für einem Airboard Sie an einem regnerischen Nachmittag im Mai mit Deena wo herumgefahren sind.«

»Das ist totaler Schwachsinn«, wiederholte er.

Er wirkte immer noch nicht ängstlich, dachte Eve. Aber er sah verwirrt und etwas trotzig aus.

»Denken Sie das ruhig weiter, Arschloch«, knurrte Peabody, und Eve kam zu dem Schluss, dass sie ihr sagen müsste, dass man auch als *böser Bulle* besser maßvoll blieb.

»Ich wusste bereits, wie Sie aussehen, als ich einen Tag, nachdem Sie Karlene Robins vergewaltigt und ermordet hatten, vor der Presse stand. Ich kannte Ihren Namen, wusste, wo Sie geboren und unter welchem Namen Sie herumgelaufen waren, als Ihre Mutter in Chicago hopsgegangen ist.«

Mit diesem Satz hatte sie einen Volltreffer gelandet, merkte Eve. Seine Augen blitzten zornig auf, obwohl er sich sofort wieder zusammenriss, hatte sie es eindeutig gesehen und wusste, wenn sie bei dem Thema bliebe, wäre es um seine coole Pose bald geschehen.

»Wir sind einfach cleverer als Sie. Auf der Gedenkfeier für Deena hatten Sie noch einmal Glück. Aber jetzt sieht es so aus, als wäre Ihre Glückssträhne vorbei. Wie die Ihrer Mutter, als sie in dem Puff in Chicago an den falschen Kerl geraten ist.«

»Vorsicht«, fauchte er.

»Warum? Sie können keinem Menschen mehr was tun. Zwar kennen Sie sich mit Elektronik aus, aber so genial, wie Sie anscheinend denken, sind Sie beim besten Willen nicht. Sie haben keine Möglichkeit gefunden, die Kameras oder das Schloss von außen lahmzulegen, haben es nicht geschafft, das System zu knacken, bevor Sie in der Bude waren. Und der Virus?«

Eve ließ ihre Schultern kreisen und streckte genüsslich ihre Arme aus. »Ein netter Versuch, der unsere elektronischen Ermittler eine Zeitlang unterhalten hat. Tatsächlich hat jeder Anfänger auf dem Gebiet mehr auf dem Kasten als Sie. Aber schließlich hat Ihnen den Großteil dieses Zeugs Ihr Vater beigebracht.«

»Das ist die Frage«, warf Peabody mit einem gleichmütigen Achselzucken ein. »Schließlich ist nicht sicher, ob Vincent oder Vance Pauley sein Vater ist. Nachdem seine Mutter sich von beiden ficken lassen hat.«

»Genau.« Eve nickte, während Darrin fest die Zähne aufeinanderbiss. »Ich frage mich, ob Ihre Mutter wusste, wer Ihr Vater ist, nachdem sie mit allen beiden in der Kiste war. Vielleicht ist Ihr Erzeuger ja auch jemand völlig anderes. Schließlich war Ihre Mutter eine Hure.«

»Halten Sie endlich Ihr verdammtes Maul.«

»Wollen Sie es mir vielleicht stopfen, Darrin? So wie Deena und Karlene, als Sie ihnen ein Kissen aufs Gesicht gedrückt haben, nachdem sie von Ihnen vergewaltigt worden waren? Ich frage mich, ob Sie, während Sie die Frauen vergewaltigt und mit Ihren Fäusten auf sie eingedroschen haben, Ihre Mutter vor sich gesehen haben? Haben Sie deshalb einen hochgekriegt, Darrin? Haben Sie an Ihre Mom gedacht und sich vorgestellt, dass Sie sie gerade ficken?«

Als er aufsprang, blinzelte sie nicht einmal. Er ballte ohnmächtig die Fäuste, als die Eisenkette seiner Fesseln laut klirrend gegen den Wandring schlug.

»Würden Sie mich gerne schlagen? Es ist wirklich ätzend, wenn man sich nicht wehren kann, nicht wahr? Ich nehme an, Sie wissen, wie sich Deena und Karlene gefühlt haben. Jetzt sind Sie bestimmt enttäuscht, weil Sie nicht mehr sehen können, wie sich die Mutter von Richterin Mimoto wehrt und vor Schmerzen und Entsetzen schreit. Oder Elysse Wagman«, fügte sie hinzu, sah ihm in die Augen und zählte die Namen seiner anderen Zielpersonen auf.

»Wir haben sie alle gefunden«, meinte Peabody und steigerte dadurch seinen Zorn. »Wir hatten wirklich *Glück*.«

»Weshalb Sie Ihre kranke Hommage an die Hure, die Ihre Mutter war, nicht mehr vollenden können.«

Zornbebend versuchte er, den Tisch in ihre Richtung

umzukippen, aber Eve und Peabody stützten sich einfach auf der anderen Seite auf die Platte auf.

»Es ist echt frustrierend, nicht?«, bemerkte Eve. »Wenn einen andere kontrollieren und man völlig hilflos ist.«

Seine Muskeln zitterten vor Anstrengung, doch schließlich gab er auf und nahm ermattet wieder Platz. »Wenn Sie alle diese Dinge bereits wissen, weswegen vergeuden Sie dann überhaupt noch Ihre Zeit mit diesem sinnlosen Gespräch?«

»Dafür werden wir bezahlt. Aber wenn Sie es eilig haben, warum geben Sie dann nicht einfach alles schnell zu Protokoll?«, bot Eve ihm freundlich an. »Sie wissen selbst, dass Sie das wollen. Sie wollen sich damit brüsten, wie Sie Ihren Feldzug geplant und durchgezogen haben. Ich kann Ihnen auf die Sprünge helfen, wenn Sie wollen. Sie haben Ihre Opfer monatelang ausspioniert und Ihre Taten ganz genau geplant. Schließlich hatten Sie bereits jahrelang darüber nachgedacht. Praktisch Ihr Leben lang. Ich gehe davon aus, dass Sie mit Deena angefangen haben, weil sie am einfachsten zu ködern war. Sie war schließlich fast noch ein Kind, ein scheues, junges Mädchen – eine Jungfrau –, die sich davon blenden lassen hat, dass Sie um sie herumscharwenzelt sind, und die den Gedanken, einen heimlichen Freund zu haben, sicher furchtbar aufregend gefunden hat. Sie haben Ihre Beziehung zur Columbia genutzt. Sie waren selber mal kurz dort, deshalb kannten Sie sich auf dem Campus aus. Und da Deenas Kumpel Jamie Lingstrom dort studiert, brauchten Sie sich nur ein bisschen umzuhören, und schon konnten Sie mit ein paar Namen um sich werfen, die ihr Opfer kannte. Wodurch Sie sich Deenas Vertrauen erschlichen haben.«

Er zuckte mit den Schultern.

»Sie irren sich, falls Sie denken, wir würden Ihnen möglicherweise einen Deal anbieten so wie Ihrer Mutter, nachdem sie wegen Prostitution und Drogen hochgenommen worden war.«

Darrin bleckte seine Zähne und sah sie mit einem bösartigen Grinsen an. »Richten Sie MacMasters von mir aus, dass seine liebe kleine Tochter eine Hure war. Ich habe sie wochenlang gefickt.«

Eve wandte sich an Peabody. »Haben wir uns wirklich eingebildet, dieser Trottel hätte Grips?«

»Das haben wir. Auch wenn er jetzt beweist, dass das ein Irrtum war, da wir schließlich wissen, dass er seinen jämmerlichen Schwanz erst in Deena reinbekommen hat, als sie gefesselt war.«

»Wohingegen man bei seiner Mutter nur bezahlen musste.«

»Halten Sie Ihr gottverdammtes Maul. Sie haben ja keine Ahnung.«

»Dann erzählen Sie mir doch, wie's wirklich war. Dann erklären Sie mir, was die Leute, die mit der Verhaftung Ihrer Mutter in New York zu tun hatten, dafür können, dass die Frau zwei Jahre später in Chicago starb. Helfen Sie mir, das zu verstehen, Darrin.«

»Dieser verdammte Bulle hat sie ruiniert. Er hat ihr das alles eingebrockt.«

»MacMasters hat ihr all das eingebrockt?«

»Er hat ihr die Drogen untergeschoben und sie dann dazu gezwungen, Sex mit ihm zu haben, was ja wohl nichts anderes als eine verkappte Vergewaltigung gewesen ist. Dann hat er versucht, die Sache zu vertuschen, indem er behauptet hat, sie hätte sich prostituiert. Aber dafür war meine Mutter viel zu intelligent.«

»Dann hat sie also hinter den Identitätsbetrügereien gesteckt«, schloss Eve in einem Ton, der eine gewisse Bewunderung verriet.

»Sie konnte sein, wer sie sein wollte, und sich alles nehmen, was sie haben wollte, aber das hat schließlich keinem Menschen wehgetan.«

»Was ist mit den Leuten, die von ihr betrogen worden sind? Wie zum Beispiel Vincent Pauley?«

»Einfaltspinsel«, stellte Darrin mit einem erneuten gleichmütigen Schulterzucken fest. »Wenn jemand so dumm ist, sich von jemand anderem aufs Kreuz legen zu lassen, ist er ja wohl selber schuld. Vinnie war schon immer ein Idiot, der meinem Vater nie das Wasser reichen konnte, weshalb er schon immer neidisch auf ihn war. Meine Mutter brauchte einen sicheren Ort, als sie mit mir schwanger war und mein Vater zu Unrecht hinter Gittern saß. Sie hat nur meinetwegen mit dem Blödian gepennt.«

»Hat sie dir das erzählt?«

»Sie hat nie davon gesprochen. Was damals passiert ist, hat sie fertiggemacht. Das hatte sie bereits fertiggemacht, bevor sie von den Bullen in Chicago bei den Stallions eingeschleust und von diesen Dreckskerlen ermordet worden ist.«

»Interessant.« Eve runzelte die Stirn und blätterte in den Papieren auf dem Tisch. »Von all dem steht nichts in meiner Akte. Woher haben Sie diese Informationen?«

»Mein Vater hat mir alles erzählt. Wie sie sie fertiggemacht hatten, bevor sie sie ermordet haben, wie unsere Familie auseinanderfiel, weil die Bullen sie dazu gezwungen haben, für sie zu arbeiten.«

»Dann haben also irgendwelche Polizisten in Chicago Ihre Mutter dazu gezwungen, die Stallions auszuspionieren.«

»Das hatte MacMasters alles arrangiert. Als sie aus dem Gefängnis kam, war sie eine gebrochene Frau, das hat er ausgenutzt und sie in Absprache mit dieser korrupten Richterin vor die Wahl gestellt, Spitzeldienste für ihn zu leisten oder wieder in den Knast zu gehen.«

»Aber sie wurde in Chicago umgebracht.«

»Sie wollte abhauen, um mich in Sicherheit zu bringen, aber dieses Arschloch hat sie aufgespürt und die Bullen in Chicago auf sie angesetzt.«

»Er muss ziemlich von ihr besessen gewesen sein, um sich derart ins Zeug zu legen«, warf Eve ein.

»So war es nun einmal.«

»All das hat Ihr Vater Ihnen erzählt.«

»Er musste mich allein großziehen, weil sie sie ermordet haben. Weil sie sie erniedrigt, eingesperrt und vergewaltigt haben. Sie war wunderschön und diese Dreckskerle haben sie umgebracht.«

»Und sie hat Sie geliebt«, erklärte Peabody mit einem Hauch von Mitgefühl. »Sie hat sich für Sie geopfert.«

»Sie hat nur für mich gelebt. Wir hatten ein gutes Leben und mussten uns nie an irgendwelche Regeln halten.« Darrin ballte seine Fäuste auf dem Tisch. »Sie war frei und wunderschön. Deshalb hat MacMasters sie begehrt und gezwungen, mit ihm ins Bett zu gehen. Das musste er dann vertuschen. Deshalb haben sie dieses elendige Weib dazu gebracht, mich meinen Eltern wegzunehmen.«

»Jaynie Robins.«

»MacMasters hatte sie in der Tasche, so wie all die anderen auch. Sie haben versucht, mich von meinem Vater fernzuhalten, aber er hatte meiner Mutter versprochen, sich um mich zu kümmern, und deshalb so lange gekämpft, bis er mich zurückbekommen hat.«

»Und was war mit Robins' Chef, dem Staatsanwalt, der Richterin und all den anderen?«

Wieder wurde seine Miene kalt und ausdruckslos. »Auf die eine oder andere Art sind sie alle mitverantwortlich.«

»Deshalb haben Sie und Ihr Vater einen Plan entwickelt, um Ihre Mutter zu rächen und die Menschen bezahlen zu lassen, die sie verletzt hatten.«

»Weshalb sollten sie einfach damit durchkommen? Weshalb sollten sie weiter leben und mit ihren Familien glücklich sein?«

»Dann hat also Ihr Vater – Vance – die Reihenfolge festgelegt und Deena als erstes Opfer ausgesucht.«

»Wir haben die Entscheidungen gemeinsam getroffen. Wir sind ein Team, wir waren immer schon ein Team.«

»Dann hat er also bereits die Nachforschungen über die nächsten Opfer angestellt, während Sie mit einer von den Frauen beschäftigt waren. Das nenne ich effizientes Arbeiten.«

»Wir sind ein Team«, erklärte Darrin ihr erneut. »Waren wir immer schon.«

»Außerdem konnte er nach Colorado fliegen, um sich mit der Pflichtverteidigerin zu befassen, während Sie hier in New York geblieben sind, um Deena zu bearbeiten. Aber weshalb hat er in dem Fall beschlossen, dass Sie nicht zum Beispiel ihre Mutter, sondern ihre Schwester töten sollen?«

»Um Himmels willen, die Schwester lebt ganz in der Nähe, in New Jersey. Das ist grundlegende Geographie.«

»Dann hat er sie also erst einmal beobachtet. Bis es zum ersten direkten Kontakt zwischen Ihnen und diesen Frauen kam.«

»Wie gesagt, wir sind ein Team. Er hat die anfängliche

Recherche durchgeführt, die Informationen über die Frauen gesammelt und dann habe ich ...« Wieder wurde seine Miene ausdruckslos. »Ich werde nichts mehr über meinen Vater sagen.«

»Fein. Beschützen Sie ihn, so wie Ihre Mutter es gemacht hat. Lassen Sie sich einbuchten, damit er ungestraft davonkommt. So war es damals schließlich auch. Nur, dass Sie im Gegensatz zu Ihrer Mutter nicht für achtzehn Monate, sondern zweimal lebenslänglich ohne eine Chance auf vorzeitige Entlassung sowie zusätzlich noch fünfundzwanzig Jahre wegen dem versuchten Mord an Charity Mimoto eingebuchtet werden.«

»Das ist eine lange Zeit«, bemerkte Peabody, »wenn man so jung einfährt wie Sie. Wissen Sie, Dallas, ich wette, Vance hat wasserdichte Alibis für jede Tatzeit, zu der Darrin zugeschlagen hat. Das passt zu seinem Muster.«

»Das spielt keine Rolle, denn dem Alten fehlt der Mumm, um diese Sache ohne seinen Jungen weiter durchzuziehen. Wir haben den dicken Fisch hier an der Angel, und ich habe kein Problem damit, wenn sein alter Herr ihn jetzt im Stich lässt.«

»Sie müssen verrückt sein, wenn Sie denken, dass ich ihn verpfeife. Ohne meine Hilfe finden Sie ihn sowieso nie.«

»Das ist mir vollkommen egal. Sie sind alles, was ich brauche, Darrin. Sie sind jung, und deshalb würde ich am liebsten einen Freudentanz vollführen. Denn das heißt, dass Sie für circa hundert Jahre hinter Gittern landen. Sie werden also sehr viel Zeit haben, um nachzudenken und herauszufinden, wer Sie derart in die Scheiße reingeritten hat.«

»Denken Sie vielleicht, Sie könnten mir Angst machen? Es hat sich auf jeden Fall gelohnt, MacMasters dort neben der weißen Kiste stehen zu sehen, in der seine tote Tochter lag. Es ist sogar so noch schöner, weil der Kerl jetzt genau weiß, warum sie dort gelandet ist. Er wird bis an sein Lebensende ständig daran denken, dass er an dem Tag, an dem er meine Mutter ermorden lassen hat, auch sein eigenes Kind ermordet hat.«

»Darüber können Sie sich meinetwegen freuen, so viel Sie wollen. Sie können sein Leiden sogar noch verstärken, wenn Sie mir erzählen, wie Sie Deena leiden lassen haben.«

Er verzog den Mund zu einem Lächeln. »Stimmt. Obwohl sie wirklich leichte Beute war.«

Es machte sie krank und rief ein Gefühl von Übelkeit in ihrem Innern wach. Die meisten Dinge hatte sie bereits in ihrem Kopf gesehen. Aber jetzt gab dieser Bastard jedes noch so grausige Detail zu Protokoll. Ohne darin zu schwelgen, registrierte Eve. Wobei die nüchterne Beschreibung seines Vorgehens fast noch schlimmer war.

Er hatte getan, was er tun musste. Wozu er aus ihrer Sicht erzogen worden war.

Nachdem er die Morde an Deena und Karlene sowie seine Pläne zur Ermordung all der anderen Frauen eingehend geschildert hatte, lehnte sich der Kerl auf seinem Stuhl zurück und bedachte Eve mit einem ruhigen Blick.

»War das ausführlich genug?«

»Wir sind fertig. Sie werden jetzt in eine Zelle gebracht. Das Gericht wird einen Pflichtverteidiger für Sie bestimmen, wenn Sie keinen eigenen Anwalt wählen.«

»Ich brauche keinen Anwalt und verzichte auch auf eine Anhörung. Ihre Gesetze sind mir vollkommen egal. Wie Sie selbst gesagt haben, bin ich noch jung. Früher oder später finde ich ganz sicher einen Weg heraus. Dann werde ich zu Ende bringen, wobei ich vorübergehend unterbrochen worden bin.«

»Davon bin ich überzeugt.« Eve stand entschlossen auf. »Rekorder aus. Peabody, holen Sie jemanden, der ihn in die Zelle bringt.« Sie wartete, bis ihre Partnerin den Raum verlassen hatte, und wandte sich dann wieder Darrin zu. »Er hat Sie benutzt, Darrin. Sie beten diesen Mann vollkommen grundlos an. Er hat Sie manipuliert, seit Sie ein Baby waren, damit Sie nicht bemerken, was für ein Spiel er wirklich treibt und dass er vielleicht sogar schuld an der Ermordung Ihrer Mutter ist. Er hat Sie genau wie Ihre Mutter und wie seinen eigenen Bruder immer nur benutzt. Er hat Ihre Mutter erst in New York und später in Chicago dazu benutzt, das schnelle Geld zu machen, Ihre Mutter musste für ihn die Arbeit machen. Weil er damals schon derselbe Feigling war, der er noch immer ist.«

»Sie verlogenes Miststück«, fauchte er und sah sie abermals mit seinem bösartigen Lächeln an.

»Was hätte ich davon, Sie zu belügen? Vance Pauley ist ein Mensch, der andere immer nur benutzt.«

»Sie haben ja keine Ahnung.«

»Mehr als Sie sich vorstellen können«, antwortete sie und dachte an ihre eigene Vergangenheit zurück. »Der Grund, aus dem ich Ihnen all dies erzähle, ist, dass Sie irgendwann während der langen, langen Jahre Ihrer Haft beginnen sollen, darüber nachzudenken. Eingehend darüber nachzudenken, um am Ende vielleicht zu erkennen, dass meine Behauptung stimmt. Ich hoffe von Herzen, dass Sie das erkennen. Denn dann werden Sie anfangen zu leiden. Ihr Vater steckt hinter der Ermordung Ihrer Mutter.«

»Sie sind eine Lügnerin.«

Sie schüttelte den Kopf. »Ich habe nichts zu gewinnen,

wenn ich Sie belüge. Ich habe diesen Fall umfassend aufgeklärt, und Sie sind erledigt und werden jede Menge Zeit haben, darüber nachzudenken, wie es wohl dazu gekommen ist.« Sie wandte sich zum Gehen und nickte den beiden Beamten, die den Flur heraufkamen, zu. »Schafft dieses wertlose Stück Scheiße zurück in seine Zelle.«

Als die beiden Männer Darrin aus dem Zimmer führten, blieb sie stehen, presste sich die Hände vors Gesicht, rieb daran herum, als würde sie auf diese Art den dicken Film schmutziger Erinnerungen los, und drehte sich erst um, als MacMasters vor sie trat. »Tut mir leid, dass Sie das alles hören mussten.«

»Das darf es nicht. Sie war meine Tochter und ich muss … alles wissen. Musste im Detail erfahren, was ihr widerfahren ist. Jetzt werden Sie versuchen, den Vater dranzukriegen.«

»Ja.«

Er nickte zustimmend. »Das genügt mir, es muss mir genügen. Ich nehme mir jetzt erst einmal frei. Meine Frau und ich brauchen Zeit für uns. Sie hat mir gesagt, dass ich Sie um Verzeihung bitten soll.«

»Das ist nicht erforderlich.«

Seine Augen drückten unerträgliche Erschöpfung sowie grenzenlose Trauer aus. »Doch, und zwar für unsere Tochter. Bitte nehmen Sie ihre Entschuldigung an.«

»Auf jeden Fall.«

Er nickte abermals. »Auf Wiedersehen, Lieutenant.«

»Auf Wiedersehen, Captain.«

Sie machte eine Kopie der Aufnahme, sammelte ihre Papiere ein, und als sie ihr Büro betrat, wandte sich ihr Roarke aus Richtung Fenster zu.

»Scheint langsam zur Gewohnheit zu werden, dass ich dich hier stehen sehe. Ich wusste gar nicht, dass du auf der Wache bist.«

»Ich bin auch noch nicht lange da. Allerdings lange genug, um den Schluss deines Gesprächs mit Darrin anzuhören.« Er trat auf sie zu und streichelte ihr sanft die Wange. »Das war sicherlich nicht leicht für dich. Es war sicher grauenhaft, dir sämtliche Details darüber anzuhören, wie er das Mädchen und die junge Frau leiden lassen hat.«

»Es gibt bestimmt noch Schlimmeres. Es gibt immer eine Steigerung.« Einen Augenblick spürte sie in ihrem Inneren, was sie in MacMasters' Blick gesehen hatte. Unerträgliche Erschöpfung sowie eine grenzenlose Traurigkeit. »Dieser Fall und dieser Kerl machen einem bewusst, dass es für Grausamkeit anscheinend keine Grenze gibt.«

»Dallas?« Peabody trat zögernd durch die Tür. »Ich wollte Ihnen nur sagen, dass ich den Bericht für den Commander schreiben kann. Mira hat die Vernehmung wie gewünscht verfolgt und schreibt ihre Beobachtungen auf.«

»Gut. Machen Sie sich keine Gedanken über den Papierkram, hauen Sie einfach ab. Ich muss noch ein paar Sachen erledigen, also tun Sie mir einen Gefallen und machen noch den Rest der Probe und so mit.«

»Wir können die Probe ruhig verpassen. Das wird sie verstehen.«

»Auf jeden Fall. Aber darum geht es nicht. Also, fahren Sie los. Wenn Sie es noch halbwegs rechtzeitig schaffen, habe ich keine solchen Schuldgefühle, wenn es bei mir später wird.«

»Okay. Es wird mir sicher guttun, diese Sache abzuschütteln und etwas … Fröhliches zu tun.«

»Ja. Ich komme dann in ein, zwei Stunden nach.« Sie stieß einen abgrundtiefen Seufzer aus, als Peabody den Flur hinunterlief. »Etwas Fröhliches. Ich bin nicht in der Stimmung für was Fröhliches. Computer, Straßenkarte von Manhattan, Lower West Side.«

»Warum?«, erkundigte sich Roarke, als die Karte dieser Gegend auf dem Monitor erschien.

»Du hast einen Teil des Verhörs nicht mitgekriegt. Er hat mir seinen alten Herrn geliefert. Wegen zweifacher Beihilfe zum Mord und mehrfacher versuchter Verabredung zum Mord. Obwohl ihm das bestimmt nicht klar ist. Er hat mir auch nicht direkt verraten, wo der Alte steckt. Aber er hat mir verraten, dass er nach dem Mord an Robins nach Hause gelaufen ist.«

Sie massierte die steinharten Knoten in ihrem Genick. »Dann haben wir noch den Kaffee. Den Styroporbecher. Diese Hotz Cafés sind überall, aber da ich davon ausgehe, dass er wohl kaum quer über die ganze Insel gelaufen ist, hat er den Kaffee irgendwo zwischen seinem Unterschlupf und dem Tatort gekauft. Wahrscheinlich näher an seinem Unterschlupf. Von dem aus der Tatort bequem zu Fuß erreichbar war.«

Roarke trat hinter sie und knetete ihren Hals und ihre Schultern durch. »Dann wirst du dich über die Informationen freuen, derentwegen ich hierhergekommen bin.«

»Was für Informationen?«

»Über die Überwachungsanlage. Jetzt versuch, dich wenigstens eine Minute zu entspannen«, herrschte er sie an. »Lass uns erst mal ein paar der Felsbrocken zertrümmern, die du im Nacken sitzen hast. Ich bin verschiedene Datenströme durchgegangen, habe ein paar der Infos, auf die die Rechercheure von Nadine gestoßen sind, in die Suche einbezogen und hatte am Ende ungefähr ein Dutzend Namen, von denen ich dachte, dass du sie überprüfen willst.«

»Das ist gut oder sogar hervorragend. Die Info meine ich«, fügte sie hinzu, »wobei die Massage auch nicht übel ist.«

»Ich mache einfach meinen Job. So, jetzt ist es wenigstens ein bisschen besser.« Er trat einen Schritt zurück und gab etwas in seinen Handcomputer ein. »Wenn wir das geographische Element mit meinen Informationen verbinden, kommt nicht mehr ein Dutzend, sondern nur noch … ein Name heraus.«

Ihre Augen fingen an zu blitzen. »Los, gib her.«

»Das ist ebenfalls mein Job.« Er hielt den Computer so, dass sie ihn nicht erreichen konnte, und las ihr den Namen vor. »Ein Unternehmen namens Peredyne im West Village.«

»Also keine einzelne Person und auch nicht die gewohnten Initialen, sondern einfach nur das P. Vielleicht habe ich es deshalb übersehen.«

»Vielleicht auch, weil Peredyne als Teil eines Konsortiums auf der Liste steht. Und zwar Iris Sommer Memorial.«

»I.S. Echt schlau. Nur, dass du noch schlauer bist, du hast es herausgefunden. Ich muss den Laden überprüfen, um sicherzugehen, dass er nicht …«

»Das habe ich bereits erledigt«, fiel er ihr ins Wort. »Keins der beiden Unternehmen taucht im New Yorker Handelsregister auf. Es ist also eine doppelte Tarnung, weiter nichts.«

Sie machte auf dem Absatz kehrt und stürzte aus dem Raum. »Baxter.«

»Gute Arbeit, Dallas.« Er salutierte zwinkernd. »Ich liebe es, wenn ich mit einem Erfolg ins Wochenende gehen kann.«

»Ihr Wochenende muss noch etwas warten. Ich erwarte Sie in fünf Minuten im Besprechungsraum. Und, Trueheart, Sie kommen auch mit.«

»Aber ...«

Statt noch etwas zu erklären, lief sie einfach weiter, zog ihr Handy aus der Tasche und rief Feeney an. »Wir haben den Unterschlupf von diesem Kerl gefunden. Komm so schnell es geht in den Besprechungsraum.«

»Ich will mitspielen«, erklärte Roarke.

»Das hast du dir verdient.« Beinahe hätte sie sich ihn geschnappt und in einem Korridor voll Polizisten mitten auf den Mund geküsst. Gerade noch zur rechten Zeit riss sie sich zusammen und forderte ihn mit einem breiten Grinsen auf: »Hol mir eine Dose Pepsi, ja?«

Eine gute Stunde später hatte Eve bereits Kollegen in Zivil an einem Bistrotisch vor einem kleinen Restaurant, in geparkten Fahrzeugen und auf dem Gehweg vor dem hübschen Backsteinhaus platziert und kaufte eine Soja-Wurst bei Jenkinson, der einen Schwebegrill betrieb.

»Wenn die Leute Trinkgeld geben, darf ich das ja wohl behalten«, meinte er.

»Davon will ich nichts hören.«

»Vielleicht ist er schon abgetaucht.« Er hielt ihr das Würstchen hin.

»Dafür gibt es keinen Grund. Der Sohn hat nach seiner Verhaftung nicht telefoniert und auch nicht darum gebeten, dass man ihn telefonieren lässt. Wenn er doch noch daran denkt und seinen Dad anrufen will, können wir ihn ein bisschen hinhalten. Nach allem, was Pauley weiß, ist die Frucht seiner verdammten Lenden gerade damit beschäftigt, eine alte Frau zu vergewaltigen.«

Auch Roarke ließ sich ein Würstchen geben und schlenderte gemächlich neben Eve den Bürgersteig hinab. »Ich könnte mir auch einfach Zugang zu dem Haus verschaffen.«

»Genau das wirst du tun, wenn er sich nicht innerhalb der nächsten Stunde blicken lässt. Schließlich haben wir einen Durchsuchungsbefehl für die Bude dabei. Aber nachdem die Sensoren gemeldet haben, dass niemand im Haus ist, warten wir besser noch ein bisschen ab.«

Sie biss in ihre Wurst. »Wir warten, bis er wiederkommt und durch das Gartentor getreten ist. Denn dahinter sitzt er in der Falle. Mein Gott, Louises Haus ist nur einen Block von hier entfernt. Ich bin also vor ein paar Tagen praktisch hier vorbeispaziert. Vielleicht habe ich das Schwein ja sogar auf dem Gehweg überholt.«

Roarke nahm zärtlich ihre Hand. »Das gehört zu unserer Tarnung«, klärte er sie auf.

»Ja klar. Er ist nicht zu Hause, weil er irgendwo gesehen werden will. Sicher kauft er gerade irgendetwas ein und lässt sich eine Quittung geben, auf der selbst die Uhrzeit angegeben ist. Um ganz sicherzugehen. Weil es ihm schon immer darum ging, den eigenen Arsch zu retten, während er die anderen in die Pfanne haut.«

Ein schwieriges Thema für einen so schönen Sommerabend, überlegte Roarke, doch selbst wenn sie nicht darüber sprächen, ginge es ihr nicht so einfach aus dem Kopf. »Warum hat er den Jungen zum Killer ausgebildet?«

»Vielleicht brauchte er dafür gar nicht so viel zu tun. Verdammt, woher soll ich das wissen? Schließlich bin ich keine Psychologin oder so. Aber vielleicht hat die Geschichte an ihm genagt. Vielleicht hat er die Dinge so gedreht, um als Held vor Darrin dazustehen und vor allem, um selber damit klarzukommen, was damals geschehen war. Schließlich ist es immer leichter, wenn man anderen die Schuld für eigene Fehler in die Schuhe schieben kann. Wenn es andere Menschen gibt, denen man einen Vorwurf machen und die man bestrafen kann.«

»Spielt es für dich eine Rolle, warum er so gehandelt hat?«

»Nein, ich glaube nicht.«

»Dallas?«

Sie drehte sich um und merkte, dass der glücksstrahlende zukünftige Bräutigam Charles Monroe direkt auf sie zugelaufen kam. »Verdammt.«

»Was in aller Welt machen Sie beide hier in dieser Gegend? Ich war eben noch bei Ihnen, und ich dachte, dass in Ihrem Haus so etwas wie eine Ladies Night stattfinden soll.«

»Das stimmt auch. Ich glaube, die Party ist sogar schon in vollem Gange ...« Zumindest war dies eine gute Tarnung, dachte sie. Ein paar Freunde, die sich auf der Straße trafen und ein kurzes Schwätzchen hielten, bis es weiterging. »Dies ist doch gar nicht Ihre Straße.«

»Ich versuche, durch Bewegung etwas Spannung abzubauen. Schließlich ist morgen ... *der* Tag.«

»Auf mich wirken Sie kein bisschen angespannt«, bemerkte Roarke.

Das tat er wirklich nicht, bemerkte jetzt auch Eve. Er sah einfach überglücklich aus. Und trotz des legeren Hemds und der bequemen Freizeithose äußerst elegant.

»Ich gehe davon aus, dass die Probe gut gelaufen ist. Tut mir leid, dass wir uns vertreten lassen mussten.«

»Kein Problem, es lief echt gut. Soweit ich das beurteilen kann«, schränkte er lachend ein. »Ich will, dass es für sie perfekt wird, und da ich zu Hause alle zehn Minuten im Computer gucke, wie das Wetter werden soll, dachte ich, ich ziehe besser noch einmal los. Aber kommen Sie doch einfach noch auf einen Drink zu mir und bewahren mich davor, wieder alle zehn Minuten nachzusehen, ob morgen die Sonne scheint.«

»Das geht leider nicht. Ich bin nämlich im Einsatz und habe gerade unsere Zielperson entdeckt«, erklärte sie. »Jeder bleibt auf seiner Position. Lasst ihn in den Garten gehen, dann schnappen wir ihn uns.«

»Wie bitte?«

»Reden Sie einfach weiter«, bat sie Charles. »Roarke, stell Charles noch irgendeine Frage, ja?«

»Haben Sie schon Pläne für die Hochzeitsreise?«, fragte Roarke im Plauderton, während er mit den Augen einen Mann verfolgte, der mit einer Einkaufstasche in Richtung des überwachten Hauses ging.

»Äh, ja. Wir wollen in die Toskana«, antwortete Charles verwirrt.

»Nicht umdrehen, Charles. Reden Sie weiter mit Roarke.«

»Wir … haben dort für zwei Wochen eine Villa direkt am Meer gebucht und dann …«

»War wirklich super, Sie zu sehen.« Eve sah ihn mit einem breiten Lächeln an und fügte, als die Zielperson das Gartentor erreichte, laut hinzu: »Ich wünschte mir, wir wären nicht derart in Eile, aber jetzt müssen wir wirklich … Los!«

Sie sprintete zum Tor, das noch nicht wieder hinter Pauley zugefallen war, und drückte ihm ihre Waffe ins Genick. »Bewegen Sie sich lieber nicht.«

Zehn bewaffnete Beamte umrundeten den Vorgarten

und richteten ihre Stunner auf den Mann. Die Tasche, die Pauley getragen hatte, fiel zu Boden und ihr Inhalt verteilte sich auf dem gepflasterten Weg.

»Was ist los? Was gibt es für ein Problem?«

»Hände hinter den Rücken. Oh, bitte zögern Sie. Bitte versuchen Sie wegzulaufen oder sich der Festnahme zu widersetzen. Geben Sie mir irgendeinen Grund.«

»Ich tue alles, was Sie sagen.« Er legte die Hände auf den Rücken, und Eve legte ihm Fesseln an. »Ich will keine Schwierigkeiten. Ich verstehe nicht, was hier vor sich geht.«

»Dann lassen Sie es mich Ihnen erklären.« Sie riss ihn zu sich herum. »Vance Pauley, ich nehme Sie wegen Beihilfe zum Mord in zwei Fällen und Verabredung zu Mord in mehreren anderen Fällen fest. Sie haben das Recht zu schweigen.«

»Ich …«

»Halten Sie den Mund. Habe ich Ihnen nicht eben erst gesagt, dass Sie das Recht haben zu schweigen?« Sie klärte ihn weiter vorschriftsmäßig über seine Rechte auf und trat gegen ein paar der Glasscherben, die auf der Erde lagen. »Da wollten Sie sich aber einen feinen Schluck gönnen. Ich nehme an, Sie hatten eine kleine Feier für Ihren Sohn geplant, wenn er heute Abend nach Hause kommt. Nur dass er nie wieder nach Hause kommen wird. Und dass er Sie verpfiffen hat.«

Er wurde kreidebleich, sah sie aber aus zornblitzenden Augen an. »Ich weiß nicht, wovon Sie reden. Wo ist mein Sohn? Ich habe das Recht …«

»Ich habe Sie eben über Ihre Rechte aufgeklärt. Wie der Vater, so der Sohn. Als es hart auf hart gegangen ist, ging es ihm nur noch um die Rettung seines eigenen Arschs.«

»Das ist gelogen. Er würde nie etwas gegen mich sagen.«

Eve verzog den Mund zu einem schmalen Lächeln und wies die Kollegen an: »Bringt dieses gestörte Arschloch aufs Revier und buchtet es dort ein. Wir werden bald noch einmal miteinander reden, Vance. Sehr bald.«

Sie wandte sich an Roarke und einen faszinierten Charles. »Jetzt kannst du zusammen mit den Elektronik-Nerds die Haustür aufsperren. Aber haltet euch an die Vorschriften, Leute«, rief sie den anderen zu. »Schaltet die Rekorder an und nehmt jeden Winkel dieser Bude auf. Stellt sämtliche Zimmer auf den Kopf und nehmt alles, was euch irgendwie bedeutsam vorkommt, mit.«

»Nun.« Charles blickte sie lächelnd an. »So aufregend sind die Spaziergänge hier in der Gegend für gewöhnlich nicht.«

»Ich habe nur dafür gesorgt, dass es hier für frisch Verheiratete sicher ist. Aber jetzt muss ich los. Wir sehen uns dann morgen.«

»Ich werde auf alle Fälle da sein. Oh, und sagen Sie Louise, wenn Sie sie sehen, dass ich es kaum noch erwarten kann.«

»Das tue ich auf jeden Fall.«

Sie knöpfte sich den Kerl alleine vor, denn sie sah keinen Grund, einen der Kollegen davon abzuhalten, endlich heimzugehen. Entschlossen trug sie einen riesigen Karton in den Vernehmungsraum.

»Rekorder an.«

»Das ist irgendein absurder Fehler. Ich habe bisher noch keinen Anwalt gerufen, weil ich es nicht noch komplizierter machen will. Aber jetzt verlange ich, dass man mich meinen Jungen sehen lässt.«

»Nein. Halten Sie den Mund, und hören Sie gut zu, weil es nicht besonders lange dauern wird, denn ich habe auch noch anderes zu tun. Wir haben sämtliche elektronischen Geräte aus Ihrem Haus beschlagnahmt und alle Informationen, die Sie über Deena MacMasters, Karlene Robins, Charity Mimoto, Elysse – nun, Sie kennen alle diese Frauen – zusammengetragen haben, auf Disketten kopiert. Schließlich haben Sie Ihre Recherche gründlich dokumentiert. Oh und einfach, weil's so lustig ist, kriegen wir Sie obendrein noch wegen der Identitätsbetrügereien und den anderen Kleinigkeiten dran. Wir haben praktisch Ihre gesamte Werkstatt hier. Dann ist da noch die Sache mit den Drogen. Da kommt ganz schön was zusammen, Vance.«

»Hören Sie, Sie verstehen nicht.« Er breitete die Hände aus und fuhr mit eindringlicher Stimme fort. »Ich muss meinen Jungen sehen. Ich muss mich überzeugen, dass mit ihm alles in Ordnung ist. Sie ... Sie müssen wissen, dass mit ihm etwas nicht stimmt. Jetzt befürchte ich fast, dass er irgendetwas verbrochen hat. Dass er irgendetwas Schreckliches verbrochen hat. Ich habe mich immer bemüht, auf meinen Jungen aufzupassen, aber er ...«

»Glauben Sie, ich kaufe Ihnen diesen Blödsinn ab?« Zornig riss sie ihn von seinem Stuhl. »Sie widerliches Arschloch. Sie haben ihn zu dem gemacht, der er geworden ist, und jetzt wollen Sie ihn einfach hängen lassen. So wie damals Ihre Frau. Nur, um die eigene Haut zu retten.«

Angewidert stieß sie ihn zurück auf seinen Platz. »Sie haben ja keine Ahnung, was ich jetzt am liebsten machen würde. Legen Sie es besser nicht drauf an. Sie haben ein Monster aus dem eigenen Sohn gemacht. Haben seine Seele vergewaltigt und sein Hirn mit Hass, Verachtung und mit Lügen angefüllt. Was bringt Leute wie Sie, Väter wie Sie, dazu, ihren Kindern so etwas anzutun?«

Sie machte einen Schritt zurück und starrte sich selbst in dem von außen durchsichtigen Spiegel an. Ihr Herz schlug viel zu schnell, und ihre Hände wollten zittern. Sie verlor die Contenance, das durfte sie nicht zulassen.

Sie hob eine Hand, presste sie gegen das Glas und stellte sich vor, dass auf der anderen Seite Roarke dasselbe tat.

Er kannte sie, rief sie sich in Erinnerung. Kannte sie genau. Er war und wäre auch in Zukunft immer für sie da. Deshalb käme sie damit zurecht. Deshalb käme sie mit allem, was jemals geschah, zurecht.

In Ordnung, dachte sie. *Ich bin wieder okay.*

Trotzdem starrte sie noch einen Augenblick lang ihre eigenen Augen an. »Seine Mutter hat ihn auch nicht geliebt, oder auf alle Fälle nicht genug. Weil er für sie immer nur an zweiter Stelle kam. Im Mittelpunkt standen immer nur Sie.« Sie hatte sich beruhigt und wandte sich ihm wieder zu. »Sie hat Sie beschützt und dabei nicht einen Augenblick an ihn gedacht. Als Sie Probleme mit den Stallions hatten, haben Sie ihnen Ihre Frau angeboten. Sie haben sie benutzt. Sie war ein Mittel zum Zweck. Sonst nichts.«

»Das ist nicht wahr«, stieß er mit rauer Stimme aus, und in seine Augen trat ein feuchter Glanz. »Ich habe die Mutter meines Sohns geliebt.«

»Sie können ihn nicht mal bei seinem Namen nennen. Weil Sie keine Ahnung haben, welchen Namen Sie verwenden sollen. Weil er nie wirklich einen hatte«, fügte sie hinzu. Genau wie sie. Auch sie war für ihre Eltern namenlos geblieben, ein namenloses Nichts.

»Er hat uns alles im Detail erzählt.«

»Das würde er nie tun.«

»Oh doch, das würde er.« Etwas von ihrer Müdigkeit bahnte sich einen Weg durch ihren Zorn, und sie nutzte sie, weil sie dadurch gelangweilt klingen konnte. »Auf seine verdrehte Art hat er Sie dadurch zum Helden stilisiert.« Sie kehrte zu dem Kerl zurück und beugte sich über den Tisch. »Er hat mit Ihnen angegeben, Vance. Mit dem, was Sie ihm alles beigebracht und erzählt haben. Wie Sie zusammen Ihre Opfer ausgewählt und ausspioniert haben, damit er dieses Wissen nutzen kann. Wie Sie alles geplant haben.

Und selbst ohne diese offizielle Aussage von ihm«, sie zog mehrere Gegenstände aus der Kiste auf dem Tisch, »habe ich hier die Disketten mit Informationen. Informationen über die beiden Menschen, die er ermordet hat, die Frau, die er heute, die, die er nächste Woche, und all die anderen, die er danach ermorden wollte, Informationen über ihre Familien, ihre Gewohnheiten, ihre Arbeit, ihre Freunde ...«

»Sie sind wirklich gründlich«, warf er ein, während sie mehrere Packen Fotos aus der Kiste nahm.

»Aufnahmen von einigen der Frauen, einschließlich derer, die er von Deena und Karlene gemacht hat, nachdem er mit ihnen fertig war, um Sie an seinem Triumph teilhaben zu lassen. Und ich habe noch mehr. Noch jede Menge mehr. Ein Meer an Beweisen gegen Sie, ich kenne eine Staatsanwältin, die Tränen der Freude über dieses Material vergießen wird.«

»Ich wäre zu einem Deal bereit.« Er fuchtelte mit seinen Händen wie ein Politiker, der einen Punkt in seiner Rede unterstreichen wollte, dachte sie. »Es gibt nämlich jede Menge Dinge, die Sie noch nicht wissen und die ich erzählen kann.«

»Was für ein großzügiges Angebot. Aber vielen Dank. Ich habe schon mehr, als ich brauche, und es war ein wirklich langer Tag. Ihre Fingerabdrücke sind überall auf diesem Zeug.«

Er fuhr sich mit der Hand über den Mund. »Es tut mir wirklich leid. Er hat mich da hineingezogen. Aber er ist schließlich mein Sohn, er brauchte meine Hilfe. Ich habe ihn alleine großgezogen, war die ganze Zeit mit ihm allein. Und die Art, auf die wir seine Mutter verloren haben, hat uns natürlich … geprägt. Ich wollte ihn dazu überreden, sich zu stellen, damit man ihm helfen kann.«

»Wann hätte er das machen sollen? Nach dem Mord an der Mutter von Richterin Mimoto oder vielleicht nach dem Tod der nächsten ein, zwei Frauen?«

»Von der Sache heute weiß ich nichts. Von der Sache mit Mimoto. Ich dachte, dass er bei der Arbeit ist. Er ist Datenanalyst bei Biodent.«

»Meine Güte, Vance.« Sie legte eine Pause ein und stieß ein dunkles Lachen aus. »Sie sind wirklich ein Idiot. Sie haben den heutigen Anschlag wie einen Zahnarzttermin in Ihrem verdammten Terminkalender eingetragen.«

»Ich konnte ihn nicht zurückhalten.«

»Wollen Sie so lange Scheiße schwallen, bis etwas davon an den Wänden kleben bleibt?«

»Ich habe niemanden umgebracht. Das muss doch zählen. Klar, ich habe ihm geholfen. Habe ihm bei der Planung assistiert, aber das war auch schon alles. Und es tut mir leid. Also kommen Sie mir etwas entgegen, ja? Ich habe schließlich niemanden umgebracht.«

»Oh doch, das haben Sie.« Ihre Müdigkeit verflog, und statt Langeweile lag in ihrer Stimme plötzlich kalter Zorn. »Wenn ich könnte, würde ich Sie wegen des

Mordes an Illya Schooner und an einem vielleicht vierjährigen Jungen drankriegen, der gleichzeitig mit ihr gestorben ist und zu dem Monster wurde, das Sie aus ihm geformt haben. Deshalb ist das einzige Entgegenkommen, das ich Ihnen zeige, die Empfehlung, dass man Sie auf Omega in einem anderen Bereich einsperrt als Ihren Sohn, damit er Sie nie mehr sehen muss. Denn früher oder später wird er sich an die Dinge erinnern, die ich ihm gesagt habe, und merken, dass auch er Ihr Opfer war. Sobald er das erkennt, wendet er seine Talente sicher gegen Sie. Das Entgegenkommen, das ich Ihnen zeige, Vance, ist, dass Sie leben werden. Etwas anderes bekommen Sie ganz sicher nicht.«

»Ich verlange einen Anwalt.«

»Der Verdächtige verlangt nach einem Anwalt. Ende der Vernehmung«, meinte Eve und stellte den Rekorder aus.

»Ich habe Geld«, erklärte er, als sie anfing, ihre Kiste wieder einzupacken. »Jede Menge Geld. An einem sicheren Ort. Es könnte sich also durchaus für Sie lohnen, wenn Sie die Beweise gegen mich verlören.«

»Billig würde das ganz sicher nicht.«

»Fünf Millionen«, meinte er.

»Wenn ich also die Beweismittel vernichte, damit Sie vom Haken sind, geben Sie mir fünf Millionen?«

»Bar.«

»Danke.« Sie griff an den Kragen ihrer Jacke. »Offenbar ist Ihnen der Rekorder hier nicht aufgefallen. Jetzt kommt noch Beamtenbestechung dazu.«

Sein erboster Schrei und die hässlichen Verwünschungen, die Darrins Vater brüllte, während sie den Raum verließ, klangen wie Musik in ihren Ohren. »Bringen Sie das hier in die Asservatenkammer.« Sie drückte die Kiste einem wartenden Kollegen in die Hand. »Dann übernehmen Sie den Dreckskerl, ja? Er will einen Anwalt.«

Sie ging weiter, bis sie Roarke mit der gewünschten Dose Pepsi vor dem Getränkeautomaten stehen sah.

»Das hat sich einfach fantastisch angefühlt. Jetzt geht es mir wieder gut.« Sie öffnete die Dose und trank einen großen Schluck. »Jetzt ist es für mich okay, wenn's nachher fröhlich wird.«

»Peabody hat angerufen, um zu fragen, wie die Aktien stehen. Ich habe ihr gesagt, meiner Meinung nach wärst du bald so weit, ich soll dir ausrichten, dass Trina auf dich wartet.«

»Mist. Das war nicht nett von dir.«

»Du hast deine Sache wirklich gut gemacht«, erklärte er, während er mit ihr zusammen weiterlief. »Du hast diesen Typen … kleingekriegt.«

»Du hast bei der Vernehmung zugesehen? Ich … ich habe dich gespürt.«

»Was hätte ich denn bitte anderes machen sollen?«

Jetzt nahm sie seine Hand und drückte sie. Er war hier an ihrer Seite. Und da würde er auch immer sein.

»Es klingt wahrscheinlich seltsam, aber als ich angefangen habe, mich an meinen Vater zu erinnern, habe ich dich ganz deutlich gespürt. Vielleicht könnte man sagen, ich habe mich gedanklich an dich angelehnt. Dadurch konnte ich mich wieder beruhigen.«

Er hob ihre Hand an seinen Mund. »Jetzt lass uns nach Hause fahren und zusehen, dass der Abend möglichst fröhlich wird.«

Epilog

In dem Zimmer roch es wie in einem Garten und es klang, als gäben zahlreiche Vögel – vielleicht Meisen – ein Konzert. Warum, fragte sich Eve, klang eine Gruppe Frauen so oft wie eine aufgeregte Vogelschar, wenn sie sich zu einem ihrer Rituale traf?

Sie saß gehorsam in dem Raum, den Peabody als Brautgemach bezeichnete, und ließ es über sich ergehen, dass Trina ihr Gesicht mit irgendeinem widerlichen Zeug bestrich.

»Hören Sie endlich auf, so zu zappeln.« Trina, deren Haar ein kompliziertes Labyrinth aus leuchtend roten Zöpfen und Spiralen war, klatschte irgendeine widerliche Pampe auf Eves Stirn.

»Mein Gott, wie lange dauert das denn noch?«

»Bis ich fertig bin. Dieses Produkt hilft gegen die Schwellungen und deckt sie gleichzeitig so gut wie möglich ab. Sie hätten wenigstens versuchen können zu vermeiden, dass man Ihnen einen Tag vor einer Hochzeit eins aufs Auge gibt.«

»Sicher, war echt blöd von mir, der Horde panischer Menschen nicht auszuweichen, weil ein Veilchen schließlich nicht zur Farbe meines Outfits passt.«

»Genau das meine ich«, stimmte ihr Trina unbekümmert zu. »Aber so schlimm sieht es gar nicht aus. Schließlich haben wir den größten Teil des Schadens schon behoben, als Sie gestern Abend endlich heimgekommen sind.«

»Nerven Sie mich nicht. Immerhin habe ich zwei gemeingefährliche Verbrecher festgesetzt.«

»Ein Punkt für Sie«, gab Trina zu und schnalzte mit ihrem Kaugummi.

Eine weich gelockte Peabody mit dick bemaltem, kantigem Gesicht spähte über Trinas Schulter. »Man kann kaum noch etwas davon sehen. Außerdem wirkt Ihre Haut dank dieses Zeugs taufrisch.«

»Warten Sie erst, bis die Grundierung draufkommt.«

»Es kommt noch mehr? Ich habe schon mindestens zwei Zentimeter Pampe im Gesicht. Warum kann ich nicht einfach …«

»Hören Sie auf zu jammern. Warum holen Sie ihr nicht ein Glas Champagner?«, fragte Trina Peabody. »Dann kann ich schon einmal mit Louise anfangen, während ihre Maske wirkt.« Sie sah Eve mit einem bösen Grinsen an. »Bei ihr gibt's schließlich deutlich weniger zu tun.«

»Sicher.« Barfuß und in einem weich fließenden, blauen Kleid schlenderte Peabody davon.

Mavis, deren hautenges Minikleid dasselbe Rot wie Trinas Locken hatte, kam in farblich passenden Sandalen mit herzförmigen, nadelspitzen Absätzen durch den Raum gehüpft. »Du siehst wirklich cool aus, Dallas. Ist dies nicht einfach ein oberaffengeiler Tag? Hier, halt mal kurz Bellamina, damit ich ein Gläschen Blubberwasser für die Braut holen kann.«

Ohne eine Antwort abzuwarten, setzte sie der Freundin ihre kleine Tochter auf den Schoß. »He, Mavis, nicht …«

Doch es war zu spät, denn Eve hatte die Arme bereits mit einem knubbeligen Baby in üppig gerüschtem Pink voll. Während die kleine Bella fröhlich wippte, wippten auch die blonden Locken mit den pinkfarbenen Bändern auf und ab. »Gah«, gurgelte sie und sah Eve grinsend an.

»In Ordnung. Gut. Okay. Warum lächelst du die ganze Zeit?«, erkundigte sich Eve. »Was weißt du, was ich nicht weiß?«

Juchzend stieß die Kleine sich mit ihren dicken Beinchen ab, bis sie schwankend auf dem Oberschenkel ihrer Patentante stand, deren Magen sich in nackter Angst zusammenzog. »Was macht sie da? Um Gottes willen, tu doch jemand was.«

»Sie probiert ihre Beine aus.« Mit einem geübten Griff schnappte sich Peabody das Baby, setzte es auf ihrer Hüfte ab, reichte Eve ein Glas, das sie in einem Zug leerte.

In diesem Augenblick betrat Cher Reo elegant in einem blass lavendelfarbenen Kleid den Raum. »Unten sieht es einfach fantastisch aus! Die Blumen, die Kerzen, die ...«

»Sind Sie sicher?«, rief Louise von ihrem Platz, an dem sie sich von Trina mit der Bürste durch die Haare fahren ließ. »Ich habe das Gefühl, als sollte ich noch einmal gucken, ob auch wirklich alles so wie geplant.«

»Glauben Sie mir. Man kommt sich wie in einem Märchen vor. Oh Gott, ja«, erklärte sie, als auch sie ein Glas Champagner in die Hand gedrückt bekam. »Ich wollte nur kurz raufkommen, um Ihnen zu sagen, wie die Aktien stehen, Dallas. Darrin Pauley hat gegen den ausdrücklichen Rat von seinem Anwalt auf eine Anhörung verzichtet. Sein Verteidiger versucht, mit Unzurechnungsfähigkeit etwas zu erreichen, aber damit kommt er niemals durch, wie Mira mir bestätigt hat. Er kann durchaus zwischen falsch und richtig unterscheiden und ist in der Lage, selbstständig Entscheidungen zu fällen. Nur sind ihm die Folgen seines Handelns vollkommen egal. So in etwa hat Mira es formuliert. Er wird hinter Gitter wandern und dort bis an sein Lebensende bleiben. Das steht bereits fest.«

»Das ruft nach einem zweiten Drink. Und Vance?«

»Besteht auf einer Anhörung. Die ihm angebotenen zweimal fünfundzwanzig Jahre für die Verabredung zum Mord hat er mehrfach abgelehnt. Denn die Zeit käme schließlich zu der Zeit wegen der Identitätsbetrügereien und dem Bestechungsversuch dazu.«

»Warum in aller Welt haben Sie ihm überhaupt ein Angebot gemacht?«

»Dallas, wenn er fünfundsiebzig Jahre hinter Gitter wandert, kommt er nicht mehr raus. Das ist ihm bewusst und deshalb setzt er jetzt alles auf eine Karte. Wobei er dieses Spiel verlieren wird. Weil die Guten schon gewonnen haben. Also.«

Sie nahm einen ersten Schluck aus ihrem Glas. »Übrigens, Nadine ist unterwegs. Sie hat gerade noch eine Livesendung zu den Verhaftungen gemacht. Wir ... Trina, was ist das für ein Lidschatten? Er sieht einfach fantastisch aus!«

Recht und Ordnung waren vergessen, als die Staatanwältin loslief, um sich die Verwandlung von Louise aus der Nähe anzusehen.

Ständig kamen neue Frauen herein, und Eve nahm nur noch verschwommene Sommerfarben wahr, während sie sich krampfhaft bemühte, stoisch abzuwarten, bis sie selbst fertig verwandelt war. Aufgedonnert, dick geschminkt und sorgfältig frisiert, seufzte sie erleichtert auf, als sie ihren Stuhl endlich verlassen durfte, um den Umhang und den Morgenmantel abzulegen und sich anzuziehen.

»Sie sehen wirklich super aus«, erklärte Peabody und strich mit ihren Fingern über die hauchdünnen Lagen von

Eves Kleid. »Als wären Sie in hellen Sonnenschein gehüllt. Sommerlichen Sonnenschein.«

»Mein Knuddelbär ist eben ein Genie«, verkündete Mavis voller Stolz. »Und da ich heute die Kammerzofe spiele, habe ich hier noch das Glitzerzeug für dich.«

»Wirklich tolles Glitzerzeug.« Peabody pfiff anerkennend zwischen ihren Zähnen, als sie die langen, diamantbesetzten Ohrgehänge sah.

»Durch den kristallenen Ton wird die Farbe des Kleides noch betont. Deshalb kommen auch noch die Kette und die Armreifen dazu«, fuhr Mavis fort.

»So viel Zeug brauche ich sicher nicht.«

»Vertrau auf Leonardo. Schließlich hat er sich etwas bei diesem Look gedacht. Und jetzt guck selbst.« Mavis ließ den Finger kreisen, damit Eve sich umdrehte und in den großen Spiegel sah.

»Hm.« In dem Kleid mit all den Lagen durchscheinenden Stoffs sah sie ungewöhnlich weiblich aus, doch sie musste zugeben, dass das Gewand nicht im Geringsten tussig wirkte. Die reinen, klaren Diamanten gaben ihrem Kleid wahrscheinlich erst den letzten Schliff. »Fein. Okay.«

»Phänomenal«, verbesserte die Freundin sie.

»Jetzt müssen Sie Louise beim Anziehen helfen«, meinte Peabody.

»Warum? Sie ist ein großes Mädchen und zieht sich wahrscheinlich schon seit Jahren ohne Hilfe an.«

»Das ist einfach Tradition.«

»Okay, okay.« Augenrollend ging sie zu Louise, die in ihrem offenen Morgenmantel dastand. Sie zog überrascht die Brauen hoch, als sie ein Korsett mit unzähligen blütenweißen Rüschen und ein blaues Strumpfband sah. »Aber hallo.«

»Echt verführerisch, nicht wahr? Aber im Augenblick soll dieses Zeug nur dafür sorgen, dass das Kleid wie angegossen sitzt. Weil ich schließlich rundherum perfekt aussehen will.«

»Lassen Sie mich gucken.« Eve griff nach dem Kleid. »Puh, das ist ja jede Menge Stoff. Da käme wahrscheinlich niemand ohne Hilfe rein.«

»Oh Gott. Ich steige in mein Hochzeitskleid.«

Eve bedachte sie mit einem durchdringenden Blick. »Fangen Sie jetzt bloß nicht an zu heulen! Weil sonst sicher irgendwas mit Ihrem Gesicht passiert, und dann fängt Trina noch einmal ganz von vorne an.«

»Sie hat mich wasserfest gemacht.« Sie wandte Eve den Rücken zu, damit die an die Knöpfe auf dem Rücken herankam.

»Die Ohrringe von Ihrer Großmutter.« Peabody hielt Louise die zarten Perlenstecker hin. »Etwas Altes.«

»Das Kleid ist neu, das Strumpfband blau ...« Louise legte die Perlenstecker an. »... und die Kette ist geliehen. Leonardo hat sie extra für den Anlass aus Eves Schatzkiste gemopst.« Bevor Peabody ihr half, die Kette anzulegen, sah sie Eve über die Schulter an. »Danke.«

»Nichts zu danken. Noch ein Knopf, dann haben wir's geschafft. Großer Gott, das müssen über zwanzig Knöpfe sein.«

»Drehen Sie sich noch nicht um!«, befahl Peabody Louise. »Sie dürfen erst gucken, wenn der Schleier sitzt.«

»Machen Sie den fest«, bat Eve. »Wenn ich ihre Frisur zerzause, bringt mich Trina um.« Sie musste zugeben, dass die unter dem durchsichtigen Schleier und der schmalen, funkelnden Tiara seidig weiche, lose Lockenpracht der Braut nicht einfach hübsch, sondern perfekt war.

Peabody fing an zu schniefen, und obwohl sie heftig mit den Augen klimperte, brachen sich ein paar Tränen Bahn.

»Hören Sie auf«, fuhr Eve sie an.

»Ich kann nichts dagegen tun.« Sie trat einen Schritt zurück, während Mavis leise schluchzend einen Arm um ihre Taille schlang.

Louise holte tief Luft und drehte sich dann langsam um.

»Heiliges Kanonenrohr«, entfuhr es Eve. »Ich glaube, das ist mehr als nur perfekt.«

Romantisch, dachte sie, und zugleich beinahe überirdisch mit dem meterlangen, weißen, weich fließenden Rock und den warm schimmernden Perlen auf dem trägerlosen Oberteil. Das Kleid war zweifellos ein Hit, auch wenn das Strahlen im Gesicht der Trägerin den Glanz ihres Gewandes noch bei Weitem übertraf.

»Ich sehe aus wie eine echte Braut«, murmelte Louise.

»Hier.« Mit tränenfeuchten Augen hielt ihr Trina ihren Strauß aus kleinen Rosen in verschiedenen Schattierungen von Dunkelrot bis hin zu zartem Rosa hin. Sie drückte Eve und Peabody zwei kleine Ausgaben desselben Straußes in die Hand. »Los, Mavis, wir sollten langsam runtergehen.«

Mavis nahm das Baby auf den Arm. »Sag auf Wiedersehen, Bellarina. Ihr seid alle wunderschön.« Seufzend lief sie aus dem Raum, und Eve wandte sich wieder an Louise.

»Sind Sie bereit?«

»Dallas.« Glücklich drückte sie Eves Hand. »Ich bin mehr als nur bereit.«

Die Sonne schien am wolkenlosen Himmel, während eine beinahe unmerkliche Brise die Musik der Flöten und der Violinen und den süßen Duft der unzähligen Blumen durch den Garten trug.

Peabody betrat zuerst den langen, weißen Teppich, der zwischen den Stuhlreihen bis zu dem weißen Rosenbogen führte, wo der Bräutigam in einem eleganten schwarzen Anzug und von Roarke und von McNab flankiert stand.

Hinter ihr kam Eve. Sie suchte mit den Augen Roarke und fand in seinem Blick den Grund für all die Blumen, all den Pomp, all das Aufhebens und all die Förmlichkeit.

Denn der Blick, mit dem er sie bedachte, drückte reine, unverfälschte Liebe aus.

Nur du allein, entsann sie sich. Schon einmal, an einem anderen Sommertag, war sie über diesen Teppich auf ihn zu geschritten, und er hatte nichts und niemand anderen gesehen als nur sie allein.

Er lächelte wie damals, als sie über diesen Teppich auf ihn zugegangen war. Wie damals setzte kurzfristig ihr Herzschlag aus.

Manchmal, dachte sie, während sie ihren Platz einnahm und der glücklich strahlenden Braut entgegensah, war das Leben wirklich rundherum perfekt.